HEYNE BÜCHER

SCIENCE FICTION

Herausgegeben
von Wolfgang Jeschke

Von John Brunner erschienen in der Reihe
HEYNE SCIENCE FICTION & FANTASY:

Spion aus der Zukunft · 06/3137, auch ↗ 06/4360
Bürger der Galaxis · 06/3203, auch ↗ 06/1004
Die Zeitsonde · 06/3234, auch ↗ 06/1003
Die Pioniere von Sigma Draconis · 06/3238, auch ↗ 06/1001
Im Zeichen des Mars · 06/3268, erneut: 06/3930
Geheimagentin der Erde · 06/3286, auch ↗ 06/1012
Ein Stern kehrt zurück · 06/3293, auch ↗ 06/1009
Durchstieg ins Irgendwann · 06/3427
Die dunklen Jahre · 06/3565, auch ↗ 06/4439
Der ganze Mensch · 06/3609
Schafe blicken auf · 06/3617
Der Schockwellenreiter · 06/3667
Die Plätze der Stadt · 06/3688
Morgenwelt · 06/3750
Doppelgänger · 06/3850
Reisender in Schwarz · 06/3884
Treibsand · 06/3902
Der Infinitiv von Go · 06/3964
Mehr Dinge zwischen Himmel und Erde · 06/3982
Warnung an die Welt · 06/4007
Das Menschenspiel · 06/4056
Von diesem Tage an · 06/4125
Die Gußform der Zeit · 06/4226
Träumende Erde · 06/4227
Zeiten ohne Zahl · 06/4238
Fremde Konstellationen · 06/4239
Die Gezeiten der Zeit · 06/4430
Das öde Land · 06/4479
Schnittstelle · 06/4665
Kinder des Donners · 06/4683

in der BIBLIOTHEK DER SCIENCE FICTION LITERATUR:

Der Schockwellenreiter · 06/78

JOHN BRUNNER

KINDER DES DONNERS

Roman

Mit einem Nachwort von Ernst Petz

Deutsche Erstausgabe

Science Fiction

WILHELM HEYNE VERLAG
MÜNCHEN

HEYNE SCIENCE FICTION & FANTASY
06/4683

Titel der englischen Originalausgabe
CHILDREN OF THE THUNDER
Deutsche Übersetzung von Irene Bonhorst
Das Umschlagbild schuf Don Maitz

Redaktion: Wolfgang Jeschke

Printed in Germany 1990
Umschlaggestaltung: Atelier Ingrid Schütz, München
Satz: Schaber, Wels
Druck und Bindung: Elsnerdruck, Berlin

ISBN 3-453-04266-2

Für

WENDY MINTON,

weil sie ein guter Kumpel ist

ANMERKUNG DES AUTORS:

Bei den Recherchen zu diesem Roman erhielt ich
viele hilfreiche Informationen
von Dr. Louis Hughes, Harley Street, London,
dem ich entsprechend großen Dank schulde.

JKHB

TEIL EINS

»Vielleicht liebt Little John, genau wie die Söhne Belials, das Böse um seiner selbst willen; vielleicht haßt er es, nett zu anderen zu sein, begreift es jedoch als Preis, den er zu bezahlen hat, wenn er ihnen später überlegen sein will, und vielleicht berechnet er sehr genau die Zugeständnisse, die er um des Bösen willen an die Nettigkeit machen muß.«

Aus »Was gut für uns ist«
von Alan Ryan
(*New Society*, 30. Jan. 87)

Der Swimmingpool war leer, abgesehen von dem Abfall, den der Wind hergeweht hatte. Die meisten privaten Schwimmbecken im Silicon Valley wurden in diesem Jahr nicht benutzt, trotz der Hitze des kalifornischen Sommers. Zu viele Industriechemikalien hatten das Grundwasser der Gegend verunreinigt, und der Preis für Kläranlagen, die geeignet waren, sie herauszufiltern, hatte sich in den vergangenen drei Monaten verdreifacht.

Trotzdem — vielleicht, weil sie erst vor zu kurzer Zeit aus Großbritannien angekommen waren, um nicht jeden Sonnentag so auszukosten, als ob es morgen schneien könnte — hatten Harry und Alice Shay die langweilige alte Nervensäge von einem Besuch am Swimmingpool empfangen, in Segeltuchstühlen mit ihren Namen in Schablonenschrift auf den Rückenlehnen.

Von seinem persönlichen kleinen Reich im Privatflügel des Hauses aus belauerte sie David, der beinah vierzehn Jahre alt war, durch die Schlitze einer Jalousie. Aus dieser Entfernung konnte er nichts hören, doch wußte er viele sachkundige Mutmaßungen über die Unterhaltung anzustellen. Shaytronix Inc. machte etwas durch, das man höflicherweise als ›Liquidationskrise‹ bezeichnete, und der Besucher war Herman Goldfarb, der Oberbuchhalter der Firma, ein gediegener, Brille tragender Mittfünfziger und das typische Musterexemplar eines widerlichen alten Sacks, der dauernd sagte: »Ich kann mich noch erinnern, als ...«

Aus mindestens zwei Gründen machte er den Eindruck, als ob ihm äußerst unbehaglich zumute wäre. Sein dunkler Anzug war zweifellos angemessen für ein Büro, in dem die Klimaanlage auf höchster Stufe lief, doch fürs Freie war er lächerlich, und daran änderte auch nichts, daß ihm ein großes Erfrischungsgetränk und der Schatten eines gestreiften Sonnenschirms angeboten worden war. Bis jetzt hatte er noch nicht einmal das

Jackett abgelegt, und was noch erschwerend hinzukam …

Der an der Westküste seit langem gepflegte Kult der schönen nackten Körper entwickelte sich wegen der immer stärker werdenden Strahlen, die durch die beschädigte Ozonschicht der Erde drangen, zu einem Risiko. Dessen ungeachtet huldigten die Shays ihm immer noch mit Hingabe. Obwohl er fast im gleichen Alter war wie Goldfarb und bereits bis zur Brustbehaarung hin grau wurde, hatte sich Harry hervorragend in Form gehalten und machte sich nichts daraus, wenn jemand sein Alter kannte. Er trug einen winzigen französischen Badeslip und eine dunkle Sonnenbrille. Desgleichen Alice — ergänzt durch eine glänzende Schicht Sonnencreme. Harry gefiel es, wenn sie bewundert wurde. Er war über alle Maßen stolz darauf, daß er sie geheiratet hatte, als er vierzig war und sie gerade zwanzig.

Er neigte dazu, leichten Sinnes über die Tatsache hinwegzusehen, daß er seine erste Frau und zwei halbwüchsige Kinder verlassen hatte, um dieses Vorhaben durchzuführen.

Eine Zeitlang machte es David — der überhaupt nichts anhatte — Spaß zu beobachten, wie Goldfarb so tat, als würde er den Busen seiner Mutter nicht anstarren. Doch der Spaß ließ bald nach, und er wandte sich wieder seinem Computer zu. Er war an einem Modem angeschlossen, der ihm den Zugriff auf ein internationales Datennetz ermöglichte, und er arbeitete mit einem Programm, das er sich selbst ausgearbeitet hatte und von dem er sich interessante Ergebnisse versprach.

Dieser große, kühle, niedrige Raum, der im rechten Winkel an den älteren Hauptteil des Hauses angebaut war, war sein persönliches Königreich. Ein Vorhang vor einer Nische verbarg sein Bett und die Tür zum angrenzenden Badezimmer. Regale an allen Wänden waren vollgepackt mit Büchern und Tonbändern, so daß kaum noch Platz blieb für seine Stereoanlage und den Fernsehapparat; der letztere murmelte mit heruntergedrehter Lautstärke vor sich hin. In der Mitte der Fläche stand ein Schreibtisch mit seinem Computer darauf; aus den halb aufgezogenen Schubladen quollen unordentlich Papiere. Der übrige Raum war zum größten Teil angefüllt mit Erinnerungsstücken an vergangene und gegenwärtige Interessen: entlang einer Wand ein umfangreiches Heimlabor, einschließlich eines gebraucht erstandenen Elektronik-Mikroskops und einer Ausrüstung zur Genanalyse und Bastelei mit Enzymen und Ribozymen; auf einer anderen Seite eine Werkbank mit einer Reihe von versenkten Holzbearbeitungswerkzeugen; an einer anderen Stelle ein zusammengebrochener Heimroboter, den er halbwegs repariert und abgewandelt hatte; in der hintersten Ecke eine Staffelei mit einem verlassenen Porträt und daneben Gläser mit Pinseln, an denen die Farbe vor etwa sechs Monaten getrocknet war ...

Die Luft war angefüllt mit sanfter Musik. Aus einer Laune heraus hatte er seinem Auto-Composer eingegeben, eine Fuge nach einem eigenen Thema unter Benutzung der traditionellen Instrumente einer Dixieland-Jazzband zu erschaffen. Das Ergebnis, so fand er, war ziemlich eindrucksvoll.

Das Computerprogramm schien noch ein ganzes Stück vom Ende seines Durchlaufs entfernt zu sein. Als der Fernsehapparat etwas kaum Hörbares erzählte von Aufständen in einem halben Dutzend Großstädten, blickte David gelangweilt zum Bildschirm. Eine Meute, die sich hauptsächlich aus jugendlichen Farbigen zusammensetzte, schleuderte Steine in ein Schaufenster. Als er mit der Fernbedienung den Ton lauter stellte, schnappte er den Namen eines Softdrinks auf und kräuselte die Lippen. Sie protestierten also gegen den Erlaß der Food And Drug Administration, mit dem CrusAde verboten worden war. Dummheit auf der ganzen Linie!

Etwas an der Art, wie für das Zeug geworben worden war, hatte ihn stutzig gemacht, und es war nicht nur die Behauptung, daß man durch den Kauf eine gottgefällige Sache unterstützte — angeblich floß die Hälfte des Gewinns einer Fundamentalistenkirche zu, die inzwischen schon so viel wert war wie eine Fußballmannschaft der Unterliga. Daraufhin hatte er sich eine Dose gekauft, nicht etwa zum Trinken, sondern zum Analysieren, und einige Wochen zuvor hatten die Prüfer der FDA die darin enthaltene Spur einer Designer-Droge gefunden; es handelte sich dabei weniger um ein Aufputsch- als um ein reines Suchtmittel.

Er hatte keine Mühe, die Droge zu identifizieren. Es war eine seiner eigenen Erfindungen und erfreute sich bei den Dealern, die er damit belieferte, besonderer Beliebtheit, weil es die Verbraucher fast genauso schnell abhängig machte wie Crack — fast so schnell, um genau zu sein, wie das legendäre (nach Davids Ansicht zum Mythos hochstilisierte) Big L.

Wie sich die Hersteller von CrusAde jemals einbilden konnten, ungeschoren davonzukommen, das mochte der Himmel wissen. Vielleicht hatten sie einfach darauf gehofft, sich den Vorteil des ständig wachsenden Mißtrauens der Bevölkerung zur Regierung und deren Unbeliebtheit zunutze machen zu können.

Und/oder die immer weiter reichende Immunität, die die Kirchen durch das Inkrafttreten eines neuen Gesetzes genossen.

Der Computer piepte. Er drehte sich wieder zu ihm um. Und raufte sich wütend die Haare. Entweder enthielt sein Programm einen Haken, was er bezweifelte, oder die Daten, auf die er scharf war, waren einfach nicht zu knacken. Oder, das konnte natürlich auch sein, sie waren on-line nicht verfügbar. Das letztere erschien ihm am wahrscheinlichsten, wenn man bedachte, welch vertraulicher Natur sie waren.

Nun, damit war die Sache besiegelt. Harry Shay

mußte mit seiner Familie für eine gewisse Weile wieder nach Großbritannien zurückkehren, ob das nun die totale Pleite für Shaytronix Inc. zur Folge hatte oder nicht. Tatsächlich, das war Davids Meinung, würde es dem alten Kotzbrocken recht geschehen, wenn seine Herrschaft über die Firma, die er gegründet hatte, zu Ende wäre. Er wäre dann immer noch ein sehr wohlhabender Mann, denn er war gut im Errichten von — nun — Sicherheitspolstern. Was er sagen würde, wenn er dahinterkäme, daß es ihm David während der vergangenen achtzehn Monate nachgemacht hatte, indem er die Einkünfte aus seiner Drogenerfindung in eine Bank auf den Bahamas hatte fließen lassen, war unmöglich zu erraten. Doch wenn sich eine entsprechende Notwendigkeit ergäbe, könnte durch eine Enthüllung ein gewisser Druck ausgeübt werden; da er minderjährig war, hatte er das Geld auf den Namen seiner Eltern deponieren müssen, mit Referenzen, die Mitglieder der Geschäftsleitung von Shaytronix ohne ihr Wissen gegeben hatten, und was er getan hatte, war so *offensichtlich* legal, da er sich mit Fug und Recht darauf berufen konnte, daß seine neue Droge ein durch Genmanipulation gewonnenes Sekret aus Hefe war und kein synthetisches Produkt, daß diese Nachricht sofort die Aufmerksamkeit des FBI und vielleicht auch der Sicherheitspolizei auf die Firma lenken würde. Tatsächlich war das erstere bereits auf David aufmerksam geworden, wenn auch nicht auf die Firma. Doch die betreffende Abteilung würde keine Schwierigkeiten mehr machen, oder auf jeden Fall diese ganz speziellen Beamten nicht mehr... Angesichts dieser Bedrohung hätte Harry keine andere Wahl, als zu verkaufen und einer Rückkehr nach England zuzustimmen.

Doch es war wahrscheinlich gar nicht nötig, daß es soweit käme. David hegte buchstäbliches Vertrauen in seine Überredungskraft, ganz besonders nach dem Zoff, den er mit dem FBI gehabt hatte. Wenn es jedoch hart auf hart gehen sollte, hätte er keine Bedenken, diese Art von Druck auf seinen Vater auszuüben.

Er kippte seinen Stuhl nach hinten und stieß einen Seufzer aus, während er dachte: *Vater — Sohn …*

Seit er zehn war, hatte er einen gewissen Verdacht, und seit er zwölf war, wußte er genau, daß Harry nicht sein Vater war. Jedenfalls, wenn man seine Blutgruppe in Betracht zog, sprach alles dagegen. Harry wies mit Vorliebe darauf hin, daß sich die Biotechnik von ihren gegenwärtigen Rückschlägen wieder erholen würde und sich in der nächsten Zeit sogar zu einem blühenden Industriezweig entwickeln könnte, wenn erst einmal die Computer der fünften Generation verkraftet wären. Demzufolge war er entzückt, als sich David zu seinem zwölften Geburtstag eine Biologie-Ausrüstung wünschte — eine ganz spezielle, die sich der Junge sorgsam ausgesucht hatte, weil die Möglichkeit einer Blutgruppenanalyse in der Liste der durchführbaren Experimente aufgeführt war. Erst später las er den Hinweis, daß dafür echte Blutproben zur Verfügung stehen mußten, und eines Morgens, als sich Harry beim Rasieren geschnitten hatte, kramte David ein Kosmetiktuch aus dem Abfalleimer des Badezimmers. Ein gebrauchtes Tampon seiner Mutter war leichter aufzutreiben, wenn auch hinterher schwerer auf diskrete Art verschwinden zu lassen.

Und mehr als einmal, als er einen Blick auf seinen nackten Vater erhaschte, hatte er etwas bemerkt, das verdächtig wie eine Vasotomie-Narbe aussah …

Er war ein sehr kühles, sehr vernünftiges Kind. Er wäre ganz zufrieden gewesen, wenn Harry und Alice von Anfang an auf gleicher Ebene mit ihm umgegangen wären, oder zumindest ab dem Alter, in dem er die Antworten auf diesbezügliche Fragen verstehen konnte. Was in ihm einen tiefen und eisigen Zorn entfachte, war die Tatsache, daß ihn seine Eltern belogen. Schlimmer noch: Sie scheuten keine Peinlichkeit, um ihre Lüge nicht nur direkt, sondern auch indirekt zu bekräftigen. So zum Beispiel gefiel es seiner Mutter, andere Leute zu fragen: »Finden Sie nicht, daß David seinem Vater ungeheuer ähnlich sieht?«

Vielleicht tue ich das. Wenn ich nur wüßte, wer mein Vater ist, könnte ich es sagen.

Ein zaghaftes Klopfen klang von der Tür her. Da ihm bewußt war, was das ankündigte, schlich er sich lautlos zurück ans Fenster. Seine Eltern diskutierten immer noch mit Goldfarb, der jetzt endlich sein Jackett ausgezogen hatte, und es hatte den Anschein, daß die Unterhaltung so hitzig geführt wurde, wie ihm zumute war. Das würde bestimmt noch eine halbe Stunde so weitergehen — mindestens.

Also wartete er; sein Gesicht verzog sich zu einem gemeinen Grinsen.

Nach einer Weile wurde die Tür geöffnet, und Bethsaida trat behutsam ein; sie war gekommen, um sein Bett zu machen und die Handtücher zu wechseln. Sie war die philippinische Köchin und Haushälterin der Shays: hübsch, plump, verheiratet mit einem Mann, der als Steward auf einem Kreuzfahrtdampfer arbeitete, und die tugendhafte katholische Mutter von drei Kindern — und sie hoffte inständig, der Sohn ihrer Arbeitgeber möge nicht hier im Zimmer sein.

Als sie merkte, daß er es doch war, und noch dazu nackt, japste sie und wollte davonrennen, doch er war zu schnell. Er schoß an ihr vorbei, schob die Tür hinter ihr mit dem Fuß zu und umfaßte sie von hinten, indem er die kleinen, blassen Hände um ihre Brüste legte und ihren Nacken mit dem Mund liebkoste. Sie hielt ihren Widerstand einen Moment lang aufrecht, dann wirkte der Zauber. Er öffnete den Reißverschluß ihres Rocks und ließ ihn zu Boden fallen, gefolgt von ihrem Slip; danach warf er sie halb bekleidet auf das zerwühlte Bett und begann sie zu rammeln. Sie stöhnte ein wenig ängstlich, als er sie befriedigte, doch sie konnte nicht anders, als sich ihm hinzugeben.

Es war gut zwei Jahre her, daß sich irgend jemand geweigert hatte, das zu tun, was David wollte, und wann er es wollte.

Jetzt wollte er nichts mehr auf der Welt, als den Grund herauszufinden, warum das so war.

Hier ist das Programm TV-Plus. Es folgen die Nachrichten.

Nach dem Verzehr von Gemüse, das aus dem Garten eines Hauses stammte, das auf einer ehemaligen Mülldeponie errichtet worden war, kam ein Kind in Scoutwood, Country Durham, ums Leben, und dreizehn Personen mußten ins Krankenhaus eingeliefert werden. Arthur Smalley, einunddreißig, arbeitslos, der das Gemüse angebaut und verkauft hat, dem Vernehmen nach jedoch selbst Angst davor hatte, es zu essen, wird beschuldigt, das ihm daraus zugeflossene Einkommen nicht angegeben zu haben, und er wird sich morgen vor Gericht verantworten müssen.

General Sir Hampton Thrower, der aus Protest gegen den Rückzug von Mittelstrecken-Atomraketen von seinem Amt als Befehlshabender NATO-Beauftragter zurückgetreten ist, empfahl in Salisbury einer jubelnden Menge von Briten, ihren Ansichten Nachdruck zu verleihen und …

Der freiberuflich arbeitende Wissenschaftsredakteur Peter Levin kehrte in seine Dreizimmerwohnung im obersten Stock eines Hauses im Londoner Stadtteil Islington zurück; er war spät dran und schlecht gelaunt.

Er hatte den Tag damit zugebracht, einer Konferenz über Computer-Sicherheit als Berichterstatter beizuwohnen. Die Sache versprach einiges an Nachrichtenwert herzugeben. Zwei Monate zuvor war eine Logo-Bombe in einen Computer der British Gas eingeschlagen — ohne Zweifel das Werk eines Mitarbeiters oder einer Mitarbeiterin, der oder die über eine zu geringe Ausschüttung an Anteilen verstimmt war; die Folge davon war, daß jedem Kunden im Großraum London die Rechnung zugesandt wurde, die eigentlich für den nächsten in der Liste bestimmt war, woraufhin alle Daten über fällige Zahlungen gelöscht wurden. Nach diesem Vorfall waren derartige Dinge in den Brennpunkt des öffentlichen Interesses gerückt.

Trotzdem hatte Peter das ungute Gefühl, daß der Chefredakteur des *Comet*, der ihm den Auftrag erteilt hatte, über die Ausbeute nicht glücklich sein würde. Die Zeitung, die vor zwei Jahren gegründet worden war, war in Wirklichkeit ein Sensationsnachrichtenblatt, dessen Zielgruppe Leute waren, die zwar intellektuelle Ansprüche stellten, deren Interessenreizschwelle jedoch von den Kurzmeldungen im Rundfunk und im Fernsehen geprägt war, und was der Typ tatsächlich wollte, war eine Reihe von aufsehenerregenden Hämmern: wie die Intimsphäre der Leser verletzt wird, wie ein paar schwarze Schafe unter den Programmierern berühmte Firmen erpressen, wie Saboteure sich den Zugang ins Hauptquartier des Geheimdienstes oder des Verteidigungsministeriums ergaunern … Doch der Großteil des Materials, das Peter mitgebracht hatte, bestand aus trockenen mathematischen Analysen, denn vor allem hatten die Verschlüsselungsexperten den Verlauf der Konferenz bestimmt. Schlimmer noch: die interessanteste Sitzung war unter Ausschluß der Presse abgehalten worden, und niemand außer den Mitgliedern der geldgebenden Gesellschaft war zugelassen.

Und dann, um das Faß zum Überlaufen zu bringen, mußte er noch erleben, daß wieder einmal ein seit ewigen Zeiten nicht reparierter U-Bahn-Schacht zusammengebrochen und die Strecke in sein Viertel stillgelegt worden war, so daß er mit dem Bus fahren mußte; und während er an der Haltestelle wartete, hatte es auch noch angefangen zu regnen.

Unter lauten Verwünschungen knallte er seine Aktentasche mit dem Packen Konferenzunterlagen und Werbematerial auf einen Stuhl, breitete seine feuchte Jacke über die Lehne, damit sie dort trocknete, und schleuderte die Schuhe von den Füßen; auch sie waren patschnaß, weil er gleich in eine der ersten Pfützen des Unwetters getappt war. Auf Socken schlurfte er zu der türlosen Wandnische, die ihm als Küche diente, fand eine halbvolle Flasche Whiskey und goß viel davon auf wenig Eis. Nach dem zweiten Schluck beruhigte er sich etwas. Es gab einen Aspekt, den er ausbauen konnte, wenn er auch alles andere als ideal war. Einer der Redner — der einzige mit einem gewissen Sinn für Humor — hatte einen Teil seiner Rede der Aufklärung gewidmet, mit welchem Unverständnis immer noch viele laienhafte Computerbenutzer reagierten, wenn sie mit der Notwendigkeit konfrontiert wurden, einen Sicherheitscode einzurichten. Die meisten der Zuhörer waren ernst dreinblickende junge Männer und Frauen (eine unerwartet große Anzahl der letzteren, was ebenfalls einer Erwähnung wert wäre), denen es mehr um die mathematischen Gesichtspunkte ihrer Arbeit ging als um den Wert für die Firmen, die versuchten, Industriespione davon abzuhalten, sich Zugriff auf ihre Forschungsdaten zu verschaffen, doch einige der vorgebrachten Beispiele hatten selbst sie zu höhnischem Gelächter hingerissen. Ganz besonders dieser eine Fall von dem Generaldirektor einer Firma ...

Doch es war an der Zeit, mit dem Denken aufzuhören und mit dem Schreiben zu beginnen! Die Uhr in seinem Computer zeigte halb acht an, und er war mit Nachdruck ermahnt worden, daß sein Artikel via Modem vor neun eingehen mußte, wenn er noch in den Ausgaben Schottland und West Country erscheinen sollte. Trotz des Umstandes, daß sich die Geschäftsleitung des *Comet* rühmte, die fortschrittlichste Technologie aller Zeitungen in Großbritannien zu besitzen, übernahmen die Außenbüros die Manuskripte aus London noch lange nicht, ohne sie mit entsprechendem Zeitaufwand für ihre lokale Leserschaft redaktionell zu bearbeiten. Vielleicht war das die Erklärung dafür, daß die Zeitung die angestrebte Auflage nie erreicht hatte und daß über sie das Gerücht ging, sie bewege sich am Rande des Ruins.

Voller Abscheu bei dem Gedanken, welchen Machenschaften durch unfundiertes pseudowissenschaftliches Gewäsch der Weg geebnet werden könnte, kramte Peter seinen Taschenmerker aus der Jacke, übertrug dessen Inhalt in den Computer und machte sich daran, grobe Notizen in eine brauchbare Story umzuwandeln. Der Regen, der auf das Schieferdach trommelte, bildete einen trostlosen Kontrapunkt zum Klacken der Tasten.

Zu guter Letzt unterschritt er seinen Abgabetermin um ein angenehmes Maß. Er war sogar einigermaßen zufrieden mit der Art, wie er die Schwerpunkte der durchaus witzigen Rede dargestellt und die mathematische Seite heruntergespielt hatte, ohne sie ganz zu ignorieren. Er feierte das Ergebnis, indem er sich noch einen Drink eingoß, und dann wanderte er auf und ab, um sich die Beine zu vertreten. Er war nicht nur vom langen Sitzen an der Computertastatur steif geworden, sondern auch davon, daß er den Großteil des Tages auf Plastikstühlen verbracht hatte, die offenbar für den *Australopithecus* konstruiert waren. Aber ganz sicher würde er noch einen Anruf bekommen, sobald der Chefredakteur Zeit gefunden hatte, seinen Text zu lesen, so daß er es trotz stärker werdender Hungeranfälle nicht wagte auszugehen, um irgendwo noch einen Bissen zu essen.

Das Warten wurde jedoch ein langes Warten, und unterdessen kehrte seine vorherige Stimmung der Depression und Frustration zurück. Er war jetzt Ende Dreißig und hatte seiner Meinung nach etwas Besseres verdient als diese Wohnung hier. Die höflichste Bezeichnung, mit der man diese Unterkunft beschreiben konnte, war ›kompakt‹: dieser Raum, in dem er arbeitete, mit seinem Computer und der Bibliothek mit den Nachschlagewerken; ein Schlafzimmer, in das wie mit einem Schuhlöffel noch eine Dusche und Toilette hineingezwängt waren und das so eng war, daß er sich seitlich um das Bett herumquetschen mußte, wenn er es frisch beziehen wollte; und was er als sein ›Pseudo- oder auch Wohnzimmer‹ bezeichnete, war trotz einer Wand voller Elektronik mit Fernsehapparat, Stereoanlage samt Kassettendeck und

Radio-Tuner kaum dazu angetan, seine Besucher vom Hocker zu reißen, schon gar nicht seine weiblichen.

Nein, das war nicht wahr — seine Verbitterung war lediglich das Ergebnis eines schlechten Tages und des schlechten Wetters. In Wirklichkeit fehlte es ihm nicht an vorzeigbaren Freundinnen, obwohl er selbst auch bei wohlwollendster Bemühung der Phantasie nicht als gutaussehend eingestuft werden konnte. Er war mittelgroß, einigermaßen schlank, in einem einigermaßen ordentlichen Gesundheitszustand, mit dunklem Haar und braunen Augen. Nichts an ihm war außergewöhnlich, nicht einmal seine Stimme. Es war sogar so, daß er jedesmal, wenn er sich selbst auf Tonband hörte, einen Schreck bekam, wie sehr sie jeder beliebigen englischen Ansagerstimme im Radio oder Fernsehen glich — der gemeinsame Stimmnenner sozusagen …

Als er ans Fernsehen dachte, fiel ihm ein, daß es Zeit für die Nachrichtensendung war, und er schaltete den Apparat ein; er stellte fest, daß das Hauptthema eine Story war, über die auch er geschrieben hatte — Zustände, die typisch für diese Zeit waren —, bis zu einem gewissen Punkt, als er der Sache überdrüssig wurde. Wieder mal hatte eine Gruppe von schwarzen Flüchtlingen, dem Verhungern und Verzweifeln nahe, den *cordon sanitaire*, den die Südafrikaner an ihrer nördlichen Grenze immer noch aufrecht erhielten, gewaltsam überschritten und waren gebührend niedergeschossen worden mit der Begründung, sie seien ›Überträger biologischer Kriegswaffen‹ … Es bestand kein Zweifel daran, wer diesen speziellen Zermürbungskrieg gewinnen würde: die Afrikaner besaßen, wie die anderen wohlhabenden, fortschrittlichen Nationen, den Impfstoff gegen AIDS, während ihre Gegner nur AIDS hatten. Zur Zeit wurde der Anteil an Infizierten in Kenia, Uganda und Angola auf fünfzig Prozent geschätzt. Welche Armee konnte gegen einen so unfaßbaren und heimtückischen Gegner etwas ausrichten?

Der nächste Beitrag beschäftigte sich mit einer Speisefarbe, von der sich herausgestellt hatte, daß sie die Intelligenz bei Kindern beeinträchtigte — ungefähr zehn Jahre zu spät, um die Opfer noch zu retten. Diesem Thema schenkte er ernste Aufmerksamkeit, machte sich sogar Notizen.

Stories mit einem medizinischen Hintergrund waren das, was die Redaktionen am dringendsten von ihm wollten, aufgrund der Art und Weise, wie er in diesen hochspezialisierten Bereich hineingerutscht war. Mit Anfang Zwanzig war er Student an einer Londoner Lehrklinik gewesen mit der Hoffnung, irgendwann einmal in die allgemeine medizinische Praxis überwechseln zu können. Als er die Halbzeit seines Studiums erreicht hatte, ohne besondere Fortschritte zu machen, lernte er zufällig einen wissenschaftlichen Mitarbeiter von TV-Plus kennen, dem Außenseiter der britischen Fernsehstationen, der eine Einschaltquote von nicht einmal zehn Prozent der Zuschauer hatte, der jedoch andauernd mit großangelegten Stories aufwartete, an die sich die Konkurrenz nicht heranwagte. Der Produzent der Wissenschaftsserie *Continuum* plante eine Dokumentation über die neuesten Errungenschaften der Medizin. Peter war in der Lage, nützliche Informationen zu liefern, und er verhinderte, daß ein schwerwiegender Fehler auf den Bildschirm gelangte — wofür er in einer Danksagung gebührend Anerkennung erhielt.

Sehr zum Ärger seines Professors, der bei seinen Studenten keine Aktivitäten außerhalb der Universität duldete.

Es folgten Ermahnungen und Tadel und die nicht allzu freundliche Empfehlung, das Studium anderswo fortzusetzen. Als er bei TV-Plus anrief, um sich darüber zu beschweren, was ihm widerfahren war, löste er eine überraschende Reaktion aus: Der Produzent sagte, er sei sehr beeindruckt von der Art, wie Peter selbst schwerverständliche Themen darstellte, und der wissenschaftliche Mitarbeiter, den er kennengelernt hatte, habe gekündigt, so daß jetzt eine Stelle frei sei. Ob er nicht Lust hätte, zu einem Bewerbungsgespräch vorbeizukommen?

Er bekam den Job, und die folgenden acht Jahre arbeitete er mit dem Team zusammen, das Jahr für Jahr in sechsundzwanzig von zweiundfünfzig Wochen die Sendung *Continuum* zusammenstellte, wobei seine Karriere vom Recherchieren zum Schreiben und schließlich zum Co-Moderieren verlief. Während seiner Mitarbeit gewann die Serie zwei begehrte Preise. Dann verließ der Produzent den Sender, weggelockt durch ein höheres Gehalt, und die Serie wurde eingestellt.

Doch inzwischen hatte Peter Levin einen guten Namen und jede Menge Kontakte zur Presse und den Sendeanstalten. Er beschloß, sich selbständig zu machen, und bis jetzt hatte er es geschafft, immer am Ball zu bleiben. Einmal fungierte er als Berater hier, ein andermal schrieb er einen oder mehrere Beiträge dort, gelegentlich half er beim Konzipieren und Herausgeben eines populärwissenschaftlichen Werkes, und alles in allem war er recht gut im Geschäft. Vor allem hatte er die Möglichkeit, Reisen zu machen, die er sich anders als auf Kosten eines Verlages oder einer Fernsehgesellschaft nie hätte leisten können.

In letzter Zeit jedoch ...

Er seufzte. Es war nicht allein sein Problem. Solang computergesteuerte Panik die Börse ständig zum Verrücktspielen brachte, solang Großbritannien von der japanischen Wirtschaftssphäre ausgeschlossen war — was im Klartext bedeutete, solang diese verdammte, dämliche Regierung an der Macht blieb —, konnten die Dinge nur schlimmer werden.

Das Telefon läutete. Überrascht stellte er fest, daß er dem Rest der Nachrichten keinerlei Aufmerksamkeit mehr geschenkt hatte. Während er schnell mit einer Hand den Ton leiser stellte, griff er mit der anderen nach dem Apparat.

»Jake Lafarge für Sie«, sagte das Telefon. Das war der Redakteur, der ihn damit beauftragt hatte, über die heutige Konferenz zu berichten.

»Nun, was halten Sie von meiner Geschichte?« fragte er mit gespielter Herzlichkeit.

»Geht so«, brummte Lafarge. »Sie muß reichen.«

»Das ist alles? Ich fand sie eigentlich ziemlich geglückt, wenn man bedenkt ... Einige der Späßchen ...«

»Peter, diese Zeitung heißt *Comet*, nicht *Comic!*« unterbrach ihn Lafarge. »Sollte heute nachmittag nicht eine geschlossene Sitzung stattfinden?«

»Natürlich.« Peter zwinkerte unruhig. »Sie haben das Programm doch gesehen.«

»Und Sie waren nicht dabei?«

»Was erwarten Sie? Wie hätte ich das anstellen sollen? Mich mit einer gefälschten Teilnehmerkarte einschleichen? Jake, diese Sitzung behandelte Sicherheitsfragen, verdammt noch mal!«

»Sie haben nicht die Gehirne der Teilnehmer angezapft? Sie haben sich keinen einzigen geschnappt und unter Alkohol gesetzt, damit sich seine Zunge löst?«

»Ich habe mit allen gesprochen, die ich erwischen konnte!« brauste Peter auf. »Ich habe in der Tat so viel Zeit mit dem Anzapfen von Gehirnen zugebracht, daß ich erst nach Hause kam, als es schon ...«

Doch es war offenkundig, daß Lafarge nicht in der Stimmung war, sich Ausflüchte anzuhören. Er fuhr fort, als ob Peter überhaupt nichts gesagt hätte.

»Was gäbe ich darum, wenn ich mit einem ordentlichen Skandal klotzen könnte! Was, zum Teufel, nutzt die beste technische Ausrüstung in der Branche, wenn ich es mir nicht leisten kann, die besten Mitarbeiter zu engagieren? Tag für Tag, Woche für Woche sehe ich Stories im *Guardian* oder *Observer*, die wir hätten aufreißen müssen — wir sind die stumpfe Klinge auf dem Markt, dabei sollten wir die schärfste sein, verdammt! Wir sitzen bis zum Hals zwischen den raffiniertesten Computern und schaffen es nicht, sie so einzusetzen, daß wir die Art von Schmutz hochschaufeln, die wir — davon bin ich überzeugt — ausfindig machen könnten, wenn wir nur wüßten wie. Wenigstens ist es mir endlich gelungen ...«

Er unterbrach sich mitten im Satz. Im stillen fragte sich Peter, wie lang Lafarge seinen Job wohl noch behalten würde. So wie er sich anhörte, trank er offenbar ganz gern einen über den Durst. Nach einer ganzen Weile sagte er hinterhältig: »Was haben Sie gesagt?«

»Vergessen Sie's!« schnauzte Lafarge. »Und das meine ich wörtlich!«

Sehr wohl, Baas! Aber das sprach Peter nicht aus. Statt dessen ging er zum wichtigsten anliegenden Punkt über. »Haben Sie mein Honorar angewiesen?«

»Ja, natürlich. Sie werden es morgen auf dem Konto haben. Und« — mit großer Überwindung — »es tut mir leid, daß ich Sie so angefahren habe. Sie können nichts dafür. Aber denken Sie daran, ich meine es durchaus ernst, daß ich einen echten Aufreißer brauche. Ich ... Also, wir zahlen Honorare, die sich ohne weiteres vergleichen lassen.«

Hier spricht die Stimme der Verzweiflung. Vielleicht ist etwas dran an den Gerüchten, daß die Zeitung vor dem Bankrott steht.

Mit der Hälfte seines Denkens war Peter mit der Überlegung beschäftigt, wo er diesen speziellen Informationsschnipsel am besten verschachern könnte; mit der anderen Hälfte gab er beschwichtigende Laute von sich und wiegte düster den Telefonhörer in der Hand. Der *Comet* war nicht der beste Absatzmarkt, doch er war eine ganz brauchbare Stütze, und ohne ihn ...

Aber jetzt hatte er einen Bärenhunger, und der Regen hatte nachgelassen. Zeit, sich um etwas zu essen zu kümmern.

Die dreizehnjährige Dymphna Clancy blieb vor dem Büro der Mutter Oberin stehen, wohin sie zu dieser ungewöhnlichen Stunde, die eigentlich die Zeit des Schlafengehens war, bestellt worden war. Sie wünschte, es hätte einen Spiegel in der Nähe gegeben, doch es gab nur sehr wenige davon im Bereich der Klosterschule, da die Betrachtung des eigenen Antlitzes für die Wurzel der Sünde der Eitelkeit gehalten wurde. Aber wenigstens gab es ein Fenster ohne Vorhang, in dem sie einen Blick auf sich erhaschen konnte. Soweit sie es beurteilen konnte, war ihre Uniform einigermaßen gepflegt und ihr dunkles Haar einigermaßen ordentlich. Falls sie sich in der einen oder anderen Hinsicht ein Versäumnis zuschulden hätte kommen lassen, müßte sie natürlich damit rechnen, ermahnt zu werden, und zwar in nicht zu zimperlichen Worten.

Nicht, daß ihr das viel ausgemacht hätte — viel hätte anhaben können. Heute nicht mehr. Trotzdem, dieses Auf-sich-zukommen-Sehen und dann Über-sich-ergehen-Lassen dieser besonderen Art von Gardinenpredigten, die die Nonnen gern auf die Schülerinnen niederprasseln ließen, erzeugten zumindest Unbehagen und trieben ihr den Schweiß in die Handflächen und bewirkten, daß ihr Herz wie ein Hammer klopfte, und allzuoft waren sie in höchstem Maße erschöpfend. Dymphna hielt es für das beste, sich anzupassen, wenigstens nach außen hin.

Sie wünschte, sie würde sich nicht so sehr davor fürchten, daß eine der Schandtaten, die sie sich angewöhnt hatte, im verborgenen zu begehen, irgendwie ans Licht gekommen sein könnte. Doch wie sonst sollte sie sich erklären, daß sie noch zu so später Stunde zur Audienz gerufen wurde?

Während sie sich innerlich für ein langatmiges und unerfreuliches göttliches Tribunal wappnete, klopfte sie an die Tür des Büros. Mutter Aloysia antwortete sofort. »Komm herein, Kind!«

Kind? Warum, um alles in der Welt, sagt sie so was?

Verwirrter denn je, wenn auch eine Spur weniger ängstlich, öffnete Dymphna die Tür.

Mutter Aloysia war nicht allein. Anwesend waren ebenfalls Schwester Ursula, die Nonne, deren Obhut Dymphnas Altersgruppe unter den Schülerinnen anvertraut war, außerdem Vater Rogan, der Geistliche und Beichtvater der Schule, sowie ein Fremder in einem dunklen Anzug: ein rotgesichtiger Mann mit einem Walroßschnauzer, der einen schwarzen Homburg linkisch auf dem Knie balancierte.

In der Mitte stand ein unbesetzter Stuhl.

»Setz dich, Kind!« hörte Dymphna. Sie folgte und wunderte sich über den unvertrauten Ausdruck in Mutter Aloysias Gesicht. Selten hatte es anders ausgesehen als starr, wie aus Stein gehauen, mit zusammengekniffenen Augen, eingezogenen Wangen, den Mund zu einem schmalen Schlitz gespannt. Genausowenig hatte sie je den leisesten Anflug von Zärtlichkeit in ihrer kratzigen, doch autoritären Stimme vernommen.

Eine Zeitlang herrschte Schweigen. Dann ergriff die Mutter Oberin wieder das Wort.

»Ich muß dich bitten, stark zu sein, Dymphna. Wir ... nun, wir haben eine schlechte Nachricht für dich. Dies ist Mr. Corkran, einer der Partner der Anwaltskanzlei, die das Vermögen deines verstorbenen Vaters verwaltet. Er war so freundlich, sich persönlich hierherzubemühen, anstatt einfach nur anzurufen.«

Ich bin also nicht hier, damit sie mir das Fell über die Ohren ziehen.

Dymphna entspannte sich, wobei sie versuchte, sich ihre Reaktion nicht allzu deutlich anmerken zu lassen, und sich bemühte, die Knie in züchtiger Weise zusammenzudrücken.

Sie konnte sich kaum an ihren Vater erinnern, und man hatte ihr auch nicht viel direkt über ihn erzählt. Doch boshafter Klatsch machte die Runde an der Schule, sowohl bei den Lehrschwestern als auch unter den Schülerinnen, und aus Andeutungen und Beleidigungen hatte sie sich die wesentliche Wahrheit über Brendan Clancy zusammengereimt. Er hatte sich umgebracht. Obwohl das im Zustand eines durch Trunkenheit ausgelösten Weltschmerzes geschehen war, hatte er unzweifelhaft eine Todsünde begangen.

Am Anfang war sie entsetzt. Denn hinterließen die Sünden der Väter nicht ihre Male auf den Kindern, sogar noch in der dritten oder vierten Generation?

Seltsamerweise bekam sie jedoch innerhalb einer verhältnismäßig kurzen Zeit eine andere Einstellung dazu. Inzwischen stellte sie sich diese Umstände ihres Lebens ziemlich romantisch vor und hielt ihre angeseheneren Schulkameradinnen geringschätzig für einfallslos und angepaßt. Sie hatte begonnen, Schritt für Schritt die Grenzen ihrer Möglichkeiten an Ungehorsam zu erforschen, indem sie mit kleineren von der Norm abweichenden Handlungen angefangen und sich vor etwa einem Jahr zu Untaten gesteigert hatte, die üblicherweise — das heißt, wenn sie irgendeines der anderen Mädchen begangen hätte — eine Bestrafung erster Größenordnung nach sich gezogen hätte. Wenn zum Beispiel eine von den anderen von der Schüleraufsicht dabei erwischt worden wäre, im Besitz von Fotos zu sein, auf denen Männer und Frauen in nacktem Zustand in verfänglichen Situationen abgebildet waren ...

Doch Dymphna besaß viele davon, die sie sich durch Bestechung in Form von Küssen und der gelegentlichen Erlaubnis, ihr in die Bluse zu greifen, vom Laufburschen der Bäckerei beschafft hatte und die sie unter den älteren Schülerinnen herumreichte — gegen ein Entgelt. Während der letzten paar Monate hatte sie darüber hinaus angefangen, echtes Geld zu verdienen. Der Lieferant des Materials war der ältere Bruder des Laufburschen, ein Fernfahrer, der die Möglichkeit hatte, die neuesten Magazine aus Frankreich und Italien einzuschmuggeln. Da er einmal beinah von der *Gardia* erwischt worden wäre, brauchte er einen sicheren Ort, wo er seine Vorräte verstecken konnte, und er war gewillt, dafür stattlich zu bezahlen. Dymphna tat ihm den Gefallen. Wer würde schon in einem Nonnenkloster nach pornografischen Magazinen suchen? Ganz zu schweigen von Kondomen, die mit einer Gewinnspanne von einigen hundert Prozent verkauft wurden!

Gab es denn keine Grenze, wieweit sie gehen konnte, ohne bestraft zu werden?

Ich glaube, ich schlage meiner Mutter nach.

Von der sie gleichfalls wenig wußte, denn sie trafen sich nur einmal im Monat, am Samstag nachmittag, wenn eine Krankenschwester Mrs. Imelda Clancy in einem Taxi zur Schule begleitete: eine gebrechliche, unscheinbare Frau, die viel älter aussah, als sie wirklich war, mit einem verkniffenen Gesicht und unordentlichen grauen Haaren, die wenig sprach und anscheinend noch weniger begriff. Jahrelang hatten die anderen Mädchen die Angewohnheit gehabt, sich nach jedem dieser Besuch über Dymphna lustigzumachen, doch in letzter Zeit hatten sie es aufgegeben, vielleicht, weil sie auf irgendeine unbegreifliche Weise neidisch waren auf den Unterschied zwischen ihrem Leben — mit dem Hauch sensationeller Illustrierten-Stories — und ihren eigenen Zukunftsaussichten, so voraussehbar und langweilig.

Man hatte hinter vorgehaltener Hand erklärt, daß ihre Mutter, nachdem ihr Vater sie verlassen hatte, einen Nervenzusammenbruch erlitten habe, was der Grund dafür gewesen sei, daß sie in die Obhut der Nonnen gegeben worden war. Doch das konnte nur ein Teil der Geschichte sein. Weitere Anhaltspunkte, die der allgemeine Klatsch noch auf Lager hatte, kamen ihr zu Ohren, und so fügte sie Stück für Stück zusammen. Angeblich war ihr »Vater« nicht ihr richtiger Vater (obwohl ihr ein bis in alle Einzelheiten gehendes Verständnis für die biologische Elternschaft fehlte, trotz der Verhütungsmittel und Bilder, die sie besaß). Mit anderen Worten, ihre Mutter hatte ihn mit einem anderen Mann betrogen, und Dymphna war die Frucht einer ehebrecherischen Vereinigung.

Es wurde immer romantischer! Sie mußte also ein Kind der Liebe sein! Und sie fand, daß es kein schöneres Wort geben könnte.

Wenn sie betete — was sie zu den vorgeschriebenen Zeiten tat, wenn auch ohne Überzeugung, denn sie war alles andere als zufrieden mit der Art, wie sich der Schöpfer nach vollbrachter Tat um sein Werk kümmert —, bat sie nicht um Erlösung, auch nicht um Berufung in den Orden, sondern um etwas, über das die Nonnen in Hysterie ausgebrochen wären. Sie flehte darum, mit ihrem leiblichen Vater vereint zu sein, der sicher noch andere Kinder hatte. Sie wollte ihre Halbschwestern und vor allem ihre Halbbrüder kennenlernen. Sie wollte Jungen kennenlernen, mit denen sie ... Doch an diesem Punkt stockte selbst ihre fieberhafte Phantasie. Und überhaupt war jetzt nicht der richtige Zeitpunkt, um an solche Sachen zu denken.

Sie legte ihr Gesicht sorgfältig zu einer Maske zurecht, in der sich Verwirrung und Besorgnis mischten — da es offenbar das war, was man von ihr erwartete —, und wandte sich mit einem Blick, in dem eine wortlose Frage lag, an Mr. Corkran.

Er zog ein Taschentuch aus der Brusttasche seines Jacketts und wischte sich die Stirn, bevor er antwortete.

»Ich möchte nicht lange um die Sache herumreden, Miss Clancy. Es ist meine traurige Pflicht, Ihnen zu eröffnen, daß Ihre Mutter sie nicht mehr besuchen wird.«

»Wollen Sie damit sagen ...?« flüsterte Dymphna mit einer gekonnten Darbietung von banger Sorge, die einer professionellen Schauspielerin alle Ehre gemacht hätte.

Mr. Corkran nickte feierlich. »So ist es in der Tat. Sie schied heute am frühen Abend dahin, nach einem Herzanfall. Alles, was getan werden konnte, wurde getan, das versichere ich Ihnen. Und der Arzt, der gerufen worden war, erklärte, daß sie bestimmt nicht viel leiden mußte.«

Eine Zeitlang herrschte Stille. Sie alle starrten sie erwartungsvoll an. Welche Art der Reaktion wollten sie sehen? Sollte sie in Tränen ausbrechen? Mutter Aloysia hatte sie angewiesen, tapfer zu bleiben, das konnte es also wohl nicht sein ... — Ach, natürlich!

Als ob sie ein Schluchzen unterdrücken würde, fragte sie gepreßt: »Hatte sie noch genügend Zeit, um mit einem Geistlichen zu sprechen?«

Sie entspannten sich. Sie hatte richtig geraten. Mit einem Tonfall noch nie dagewesener Zärtlichkeit antwortete Schwester Ursula — normalerweise die verbissenste Verfechterin einer strengen Erziehung.

»Ich fürchte, meine Liebe, als er kam, war deine Mutter bereits nicht mehr bei Besinnung. Doch uns wurde versichert, daß sie noch vor ganz kurzer Zeit die Beichte abgelegt hatte. Ihre arme, schwache Seele kann also nur mit sehr wenig Sünde beladen gewesen sein.«

»Und übrigens«, murmelte Vater Rogan, »verfährt Gott gnädig mit jenen, die lange Zeit für eine jugendliche Verfehlung sühnen.«

Er bekreuzigte sich; die anderen machten es ihm nach, und Dymphna beeilte sich, es ihnen ebenfalls gleichzutun. Dann senkte sich wieder Schweigen herab.

Was sollte sie jetzt tun? Mehrere Möglichkeiten kamen ihr in den Sinn, und sie entschied sich für jene, die — wie sie annahm — am wahrscheinlichsten Schwester Ursulas Zustimmung finden würde. Mutter Aloysia war im Vergleich zu ihr eine Randfigur, warum die Mädchen auch, wenn sie davon sprachen, in ihr Büro zu gehen, den Ausdruck gebrauchten »Zur Audienz gebeten werden«. Sie beugte sich vor und probierte es auf gut Glück. »Muß ich bitte nicht gleich wieder in den Schlafsaal zurück? Ich ...« — sie fügte einen überzeugenden

Bruch ihrer Stimme ein — »ich möchte eine Weile allein sein. In der Kapelle.«

Schwester Ursula warf der Mutter Oberin einen Blick zu. Nach kurzem Zögern nickte die letztere.

»Ich denke, unter den gegebenen Umständen ist das angemessen. Sagen wir ... äh ... eine halbe Stunde? Das übrige können wir morgen früh besprechen: die Vorbereitungen für die Beerdigung und die anderen traurigen Obliegenheiten. Schwester Ursula, bitte begleiten Sie Dymphna in die Kapelle, dann gehen Sie bitte in den Schlafsaal und unterrichten die Kinder über den Vorfall, um zu verhindern, daß irgendwelches törichte Geschwätz entsteht. Erklären Sie ihnen, daß sie in dieser Zeit der Prüfung besonders freundlich zu ihrer Kameradin sein müssen.«

»Ja, Mutter Oberin«, sagte Schwester Ursula und erhob sich. »Komm, mein Kind!«

Auf der Schwelle wandte sich Dymphna um. Fast unhörbar sagte sie: »Vielen Dank, Mr. Corkran, daß sie sich die Mühe gemacht haben, es mir persönlich zu sagen. Ich weiß es zu schätzen.«

Als die Tür zugefallen war, sagte der Rechtsanwalt bewegt: »Sie hat es erstaunlich gut aufgenommen. Ich war ziemlich besorgt, sie würde ... Und sie ist überaus höflich, nebenbei bemerkt. Ihr erzieherisches Niveau muß sehr hoch sein.«

Wenn das nicht auch eine ungehörige Manifestation von Stolz gewesen wäre, hätte man fast behaupten können, Mutter Aloysia schwoll bei diesem Kompliment an. Doch sie sagte nur: »Wir tun unser Bestes. Und ich glaube, wir können Dymphna zu unseren Erfolgen zählen, ganz besonders eingedenk ihrer Lebensumstände. Eine ganze Zeit lang war sie — nun — schwierig, doch seit einem oder zwei Jahren habe ich, meine ich, keine einzige Beschwerde mehr über sie gehört. Zumindest keine, die jugendlichem Übermut anzulasten wäre.«

Sie griff nach einem Notizblock und einem Stift. »So«

— förmlicher — »welche organisatorischen Schritte müssen wir unternehmen, damit sie an der Beerdigung teilnehmen kann? Wann und wo soll sie stattfinden?«

Die Kapelle lag fast vollkommen im Dunkeln. Während sie Schwester Ursula dankte, sah Dymphna auf die Armbanduhr, die ihrer Mutter gehört hatte. Es war ein altmodisches, vordigitales Modell, das zum Vorgehen neigte, aber immerhin hatte es leuchtende Zeiger. Sobald sich Schwester Ursulas plumpe Schritte außer Hörweite entfernt hatten, begab sie sich in die Ecke, in die am allerwenigsten Licht fiel, und setzte sich auf den Boden; sie schüttelte den Kopf.

Hatten sie wirklich erwartet, daß sie weinen und jammern und schreien würde bei der Mitteilung, daß diese Fastfremde, ihre Mutter, nicht mehr zu diesen angespannten, langweiligen stundenlangen Begegnungen hierhergebracht werden konnte? Wie immer Imelda Clancy gewesen sein mochte, als sie ihr einziges Kind zur Welt brachte, die Erkenntnisse der folgenden Zeit mußten sie stark verändert haben. Es war unmöglich, sich vorzustellen, daß diese hinfällige, fast seelen- und gehirnlose Person ein leidenschaftliches Verhältnis mit einem Mann unterhalten hatte, mit dem sie nicht verheiratet war.

Und dieses Verhältnis war das einzige an ihrer Mutter, das Dymphna jemals bewundert hatte. Genau wie der Selbstmord das einzige war, das sie an ihrem Vater bewunderte.

Sie befragte wieder die Uhr. Fünf Minuten waren vergangen. Schwester Ursula kam möglicherweise fünf Minuten vor Ablauf der zugestandenen Zeit zurück, doch bis dahin ...

Sie mußte das Beste aus den nächsten zwanzig Minuten machen, denn eine solche Chance würde sich wahrscheinlich so schnell nicht wieder ergeben. Da die Nacht lau war, hätte sie sich am liebsten ganz nackt ausgezogen, aber das war bei weitem zu riskant; es könnte ja passieren, daß sie sich so sehr in ihrem eigenen Entzücken verlieren würde, daß sie Schwester Ursulas polternden Trampelschritt nicht rechtzeitig hören würde, um sich wieder anzuziehen. Sie mußte sich also damit zufriedengeben, ihre häßliche, unförmige Unterhose bis zu den Knöcheln hinunterzuziehen, mit der linken Hand unter ihre Bluse und das Unterhemd zu fahren und die Brustwarzen zu streicheln, während sie mit dem rechten Mittelfinger zwischen dem Büschel seidiger Löckchen, das seit dem Einsetzen ihrer Periode am unteren Rand ihres Bauches gesprossen war, herumtastete und die ganz spezielle Stelle ausfindig machte, über die sie die »verdorbene« Caitlin, eine ältere Schülerin, aufgeklärt hatte und der sie, streng genommen, erhebliche Abbitte schuldete sowie tiefe Dankbarkeit dafür, daß sie sie in die verborgenen Freuden ihres Körpers eingeweiht hatte. Um einen Ausdruck zu gebrauchen, den sie aus ihrer verbotenen Lektüre kannte: zum Teufel damit! Caitlin war klug, sie war beliebt und allgemein anerkannt gewesen; trotzdem war sie im letzten Jahr am Tag ihres sechzehnten Geburtstags von der Schule gewiesen worden, weil Schwester Ursula beim Wühlen unter ihrer Matratze ein Pornoheft gefunden hatte. Es war entschieden leichter zu glauben, daß die hübsche, erotische Caitlin es hereingeschmuggelt hatte, als das von einer harmlosen Dreizehnjährigen anzunehmen, noch dazu von einer, die so überzeugend lügen konnte und keinen Pfifferling gab um den guten Ruf einer anderen; Hauptsache, ihr eigener blieb makellos ...

Nachdem Dymphna zum Höhepunkt gekommen war, pulte sie das Schloß des Schreins mit einer Haarklammer auf — was sie nicht zum erstenmal tat —, nahm den Kommunionskelch heraus und pinkelte hinein. Da sie sich, wie üblich, in Vorbereitung auf das Zubettgehen bereits zuvor entleert hatte, brachte sie nur ein paar

Tropfen heraus, doch das genügte, um ihr einen Schauder bei der gewaltigen Erregung ob dieser Blasphemie zu verschaffen. Sie goß den Urin aus dem Fenster, das nur angelehnt war, und der Kitzel bei dem Ganzen war so groß, daß sie es schaffte, noch ein zweitesmal zu kommen und anschließend noch ein drittesmal.

Schwester Ursula rief sie. Blaß und erschöpft, trat Dymphna ins Licht. Ihre Kleidung war wieder tadellos geordnet.

»Armes Kind«, sagte Schwester Ursula und legte ihr den knochigen Arm um die Schultern. »Ich habe dein Stöhnen gehört. Laß es dir ein Trost sein: Deine Mutter wurde abberufen, um sich der himmlischen Heerschar zuzugesellen.«

Dymphna antwortete nicht. Doch sie hatte große Mühe, nicht zu kichern, als sie einschlief.

Hier ist das Programm TV-Plus. Es folgen die Nachrichten.

Berichte über die starken Niederschläge an hochbelastetem sauren Regen in großen Teilen Nordwesteuropas während des Nachmittags haben auf dem Börsenmarkt zu erheblichen Kursanstiegen geführt, besonders im Hinblick auf Woll-, Baumwoll- und Leinenprodukte. Die Anteile an Herstellerfirmen von Synthetikfasern verzeichnen ebenfalls Zugewinne. Im Bereich der Forst- und Landwirtschaft hingegen fielen die Aktien um einige Punkte.

General Throwers Haltung wurde von einer Anzahl von Mitgliedern der parlamentarischen Opposition scharf verurteilt; einer der Politiker warf ihm vor, er versuche, den Geist der Schwarzhemden der dreißiger Jahre wieder heraufzubeschwören …

Nachdem sich Peter einen Döner Kebab gekauft und ihn verzehrt und schließlich mit einer Dose Lagerbier nachgespült hatte, war es zehn Uhr, doch er fühlte sich eher ruhelos als müde. Er erwog, eine Bekannte anzurufen, die ganz in der Nähe wohnte, und sie zu fragen, ob er noch auf einen Bums vorbeikommen könnte, gelangte aber zu dem Schluß, daß ihn der Tag bereits zuviel Kraft gekostet hatte. Und außerdem — sie hatte ihm zwar mal ihr AIDS-Zertifikat gezeigt, doch er war nicht sicher, ob er der Sache trauen konnte. Gerüchten zufolge hatten sich einige der Impfaktionen des vergangenen Jahres als Fehlschläge erwiesen.

Es war noch Fernsehzeit, also beschloß er, Senderoulett zu spielen. Schon beim ersten Druck auf einen Knopf seiner Fernbedienung fiel ihm jedoch ein, daß er weder seinen Anrufbeantworter abgehört noch seine Bildschirmpost angefordert hatte, obwohl er das bereits von unterwegs aus nach Verlassen der Konferenz beziehungsweise gleich, nachdem er zu Hause angekommen war, hätte tun sollen.

Wütend über sich selbst, weil ja immerhin die Möglichkeit bestand, daß ein neuer Auftrag in Sicht war, und er zur Zeit jede Arbeit, die sich bot, gebrauchen konnte, ließ er zuerst den Anrufbeantworter ablaufen. Jemand lud ihn zu einer Party ein, bei der ein neues Buch vorgestellt werden sollte; er notierte sich den Termin, denn das bedeutete Essen und Trinken umsonst und vielleicht ein paar nützliche neue Kontakte. Jemand schlug ihm (und wer weiß wievielen anderen seiner Kollegen) die Teilnahme an einer Tagung von Physikern in Den Haag nächsten Monat vor, erwähnte aber nichts von Spesen und schon gar nicht von einem Honorar — offenbar davon ausgehend, daß er eine Tageszeitung oder eine Zeitschrift dazu bewegen könnte, seine Auslagen zu erstatten. Vielleicht war die Sache wert, daß er sich näher damit befaßte, wenn sie auch nicht sehr hoffnungerweckend klang. Und das war alles.

Vielleicht wäre die Bildschirmpost interessanter. Sein Modem war noch in Betrieb; er gab seinen Netzcode ein und holte den Inhalt seines Postfachs in den Abrufspeicher. Was da auf dem Bildschirm vor ihm abrollte, war jedoch nichts anderes als der übliche Kram: eine Bekannte versprach ihm, seine Anfrage zu beantworten, sobald sie entsprechende Recherchen durchgeführt habe (Schwachsinn! Wenn er die Geschichte nicht schnell vorlegen könnte, würde jemand anderes sie ihm vor der Nase wegschnappen!); eine Frau namens Lesley Walters ließ ihn wissen, daß es schon viel zu lange her sei, daß sie Interface-Kontakt miteinander gehabt hätten (wer, zum Teufel, war sie? Hatte ihr Interface-Kontakt im Bett stattgefunden, und falls das so war, war die Bekanntschaft wert, daß er sie erneuerte?); und ...

Mist!

Der Rest war Abfall. Gott sei Dank war man gezwungen gewesen, die Idee zu verwerfen, Bildschirmpost-Teilnehmern auch die eingehenden Botschaften in Rechnung zu stellen! Verdammt sei alle Engstirnigkeit — das war ein Rückschritt in die Vergangenheit, der sich rächen würde. In Walter Scotts Memoiren kam eine Geschichte vor über ein Paket, für das er beim Empfang bezahlen mußte und das ein Manuskript über die Romanze eines indischen Liebespaares enthielt, geschrieben von einer Frau, die niemals aus der englischen Stadt, in der sie geboren worden war, hinausgekommen war; und dann wiederholte sich das Spiel, weil sie ihm eine zweite Kopie schickte, aus Angst, die erste könnte verlorengegangen sein …

Eines Tages würde er sich eins von diesen neuen Dingern kaufen, die allen Schrott automatisch löschten, es sei denn, man gab ihnen einen gegenteiligen Befehl. Doch die Nachfrage danach war so groß, daß sich der Preis dafür in unerschwinglichen Höhen bewegte, so wie der Preis für Wasserkläranlagen dieses Jahr in Kalifornien.

Bei Kalifornien fiel ihm ein: Vielleicht sollte er irgendwann mal Kontakt aufnehmen mit Harry Shay, der ebenfalls an dieses Netz angeschlossen war. Da er im Gebiet des alten Silicon Valley lebte, litt er wahrscheinlich auch unter den Auswirkungen des vergifteten Wassers. Vielleicht ließe sich aus dem, was er zu sagen hatte, sogar ein kleiner Bericht machen, vorausgesetzt, die Fernseh- und Zeitschriftenredakteure hatten noch nicht die Nase voll von den ewig gleichen Katastrophengeschichten, immer wieder und wieder.

Ich weiß, daß ich die Nase voll davon habe, sie zu schreiben.

Im Fernsehen gab es immer noch nichts, das das Zuschauen lohnte: ein Haufen idiotischer Quizsendungen, alberner Geschicklichkeitsklamauk, eine Reihe von Wiederholungen, von denen ein Teil ebenfalls Quizsendungen waren oder alberner Geschicklichkeitsklamauk … Ein skandinavisches Satellitenprogramm war auf neuartige Interactive-Sendungen spezialisiert, was als die aufregendste und größte Errungenschaft des Mediums gefeiert wurde, doch offensichtlich wurde es von alten Säcken von pubertärem Geist gestaltet, die vor allem scharf auf Titten und Arschbacken waren. Herrje! Einer der Gründe, warum er — und andere Bewohner — sich eine Wohnung in diesem Gebäude — einem ehemaligen Schwesternheim — gekauft hatten, war der, daß die Besitzer die Errichtung einer Satellitenempfangsantenne auf dem Dach versprochen hatten. Wie konnte er oder irgend jemand sonst nur so naiv sein anzunehmen, größere Quantität an Programmen garantiere größere Qualität!

In seiner Niedergeschlagenheit spielte er mit dem Gedanken, die Whiskeyflasche leerzutrinken, doch die Vernunft siegte, und er machte sich statt dessen eine Tasse Tee. Er hatte für morgen einen weiteren Termin, zwar auch nicht mehrversprechend als der heutige, aber immerhin besser als nichts; er durfte also nicht riskieren, morgen einen Kater zu haben. Doch nachdem er den Tee getrunken hatte, hatte er immer noch keine Lust, ins Bett zu gehen. Einige der besorgniserregenden Andeutungen, die er auf der Computerkonferenz aufgeschnappt hatte und die er niemals gewagt hätte in seiner Story zu verwerten, bohrten noch irgendwo in seinem Denken. Das Zusammentreffen mit Leuten, die ständig high waren vor Begeisterung über ihr eigenes Fachgebiet hatte stets diese Wirkung auf ihn. Was er vor allem wollte, war der Zugriff auf eine mathematische Datenbank, und außerdem hätte er gern seine Kenntnisse in der Theorie der Primzahlen auf den neuesten Stand gebracht ...

Zugriff auf eine Datenbank!

Natürlich. Das war der beste Weg, um aus den Phasen der Untätigkeit in seinem Leben das Beste zu machen. Es war fast eine Woche her, daß er die verschiedenen Informationsdienste, an die er angeschlossen war, abgerufen hatte. Welchen Sinn hatte es, Geld von seinem Konto fließen zu lassen wie Blut aus einer Wunde, wenn er von den Dienstleistungen, für die er zahlte, keinen Gebrauch machte?

Zugegeben, es würde entschieden mehr Spaß machen, sich an Minitel anzuschließen — er war der französischen Sprache einigermaßen mächtig — und sich die Zeit von AMY oder AMANDINE oder einem anderen der Erotikdienste vertreiben zu lassen; etwas Ähnliches war in Großbritannien nie erlaubt gewesen, obwohl sie sich beidseits des Kanals größter Beliebtheit erfreuten. Einige Leute bewunderten den gesunden Menschenverstand der französischen Behörden; durch die Förderung der Masturbation konnte man AIDS möglicherweise so lange eindämmen, bis genügend Impfstoff zur Verfügung stünde, um mit der Krankheit wie mit Pocken umzugehen. Er hatte sogar einen Artikel zu diesem Thema verfaßt, doch er war abgewiesen worden. Ein Angriff auf die religiöse Minderheit ...

Seine Verachtung für das Interactive-Programm, das er soeben ausgeschaltet hatte, ließ etwas nach. Er fragte sich, welche Gefühle die scheinheiligen Moralapostel wohl bekämen, wenn sie auf diesen Sender schalten würden.

Doch — automatisch tippten seine Finger den Code ein, mit dem er seinen Kontostand abrufen konnte, und im ersten Moment bekam er einen Schreck, bis ihm einfiel, daß das Geld, das er jetzt von Jake Lafarge zu erwarten hatte, ein ganz stattliches Sümmchen war, das ihn gut eine oder zwei Wochen über Wasser halten würde — doch was er in diesem Moment brauchte, war ein gewisses finanzielles Polster. Er mußte eine Superstory finden und sie zum Höchstpreis verkaufen, und Jake suchte so etwas.

Nun denn: zurück auf den Boden der Tatsachen. Es gab einen amerikanischen Infodienst mit dem Namen BIOSOC, bei dem er schon viele verwertbare Hinweise gefunden hatte. Wenn er sich jetzt nur erinnern könnte, wie er an den Zugriffscode gelangt war ...

Ach ja. Irgend etwas hatte der eine Redner heute gesagt, derjenige, der die Witzchen gemacht hatte. Achten Sie stets darauf, daß niemand Ihren Gedankengang nachvollziehen kann, auch wenn Sie befürchten, selbst den Code zu vergessen, den Sie sich ausgedacht haben. Wählen Sie etwas, das sie niemals vergessen werden und das nie jemand erraten wird, und verstecken Sie alle Ihre Codewörter dahinter. Und schreiben Sie sie niemals in Klarschrift auf!

Ein alter Hut, aber nichtsdestoweniger gültig, weil erprobt und wahr. Hier war der Beweis. Da ihn etwas daran erinnerte, brauchte er den Mastercode nicht zur Hilfe zu nehmen; der Code war der Name einer Frau, von der er als Teenager geträumt und in die er sich verliebt hatte, ohne sie selbst oder eine andere, die ihr im entferntesten ähnelte, jemals kennengelernt zu haben, deren Name sich jedoch in seiner Erinnerung eingeprägt hatte — ein Name, den er niemals ausgesprochen oder niedergeschrieben hatte. Wenn es ihm bestimmt sein sollte, eines Tages einer Person dieses Namens zu begegnen …

Es war bisher nie geschehen. Das war nicht schlimm. Er hatte sich daran erinnert, wie er sich den Zugriff auf BIOSOC verschaffen konnte, dem Dienst, der sich auf drei Bereiche spezialisiert hatte, die für ihn von großer Bedeutung waren: Medizin, Biologie und Genetik sowie der Zusammenhang zwischen diesen Dingen und dem menschlichen Verhalten. Er tippte seinen aus vierzehn Buchstaben bestehenden Code ein, der — da es sich um eine amerikanische Datenbank handelte — lautete: THEBEERISTOOCOLD, und wartete auf das Aufleuchten des Bildschirms.

Natürlich erwartete er nicht, daß er eine an ihn persönlich gerichtete Botschaft empfangen würde. Er nahm BIOSOC lediglich in großen zeitlichen Abständen in Anspruch, und Journalisten waren bei solchen Infodiensten ohnehin nicht sonderlich willkommen. Was sie im wesentlichen darstellten, war ein Mittel zum Datenaustausch zwischen Spezialisten in aneinandergrenzenden wissenschaftlichen Bereichen in der Hoffnung, Probleme, bei denen der eine oder andere nicht weiterkam, auf diese Art zu klären. Manchmal brachte ihm das Zusammenzählen von zwei und anderthalb aufgrund der Andeutungen und Informationsschnipsel eine interessante Story ein.

Allerdings war das vor allem während der Zeit gewesen, in der er für *Continuum* gearbeitet hatte und das, was ihm aufgefallen war, an einen anderen Kollegen zum Weiterverfolgen übergeben konnte, anstatt allen verzweigten Spuren selbst nachzugehen. Ihm fehlte — er sah sich immer mehr gezwungen, sich diesen Umstand einzugestehen — ihm fehlte wirklich die Unterstützung, der Gedankenaustausch, den er während dieser acht chaotischen Jahre genossen hatte, besonders nachdem sich das Programm zu einer Gemeinschaftsproduktion mit deutschen, amerikanischen und australischen Sendern entwickelt hatte, so daß man nie voraussagen konnte, wer bei den wöchentlichen Themenkonferenzen, die per Satellitenschaltung abgehalten wurden, mit welchen faszinierenden, unvermuteten Themen herausrücken würde …

Eine Zeitlang hatte er sich sogar eingebildet, die Vernunft könnte den sich weltweit ausbreitenden blinden religiösen Fanatismus besiegen. Nun, diese Hoffnung schwand immer mehr — doch er empfand es nach wie vor als sein Schicksal, den Kampf weiterzuführen.

Genug!

Manchmal neigte er zu so später Stunde, besonders, wenn der Tag für ihn enttäuschend verlaufen war, zur Rührseligkeit. Er zwang sich, seine Aufmerksamkeit wieder dem Bildschirm zuzuwenden. Nachdem alles, was der Infodienst anzubieten hatte, schneller als ein Herzschlag dauert in den Abrufspeicher übertragen worden war, ließ er sich auf seinem Bildschirm alle Daten mit gemäßigter Geschwindigkeit abspulen. Bis jetzt hatte noch keins der Schlüsselworte, die er für diese spezielle Konfiguration gewählt hatte, ein Piepen oder Einfrieren ausgelöst. Doch als er gerade die Hand ausstreckte, um den Befehl WIPE einzugeben, weil es nur noch um persönliche Mitteilungen ging, geschah genau das.

Er blinzelte. Was, um alles in der Welt ...? *Oh!* Plötzlich, da, in dem ganzen Wust von Pseudonymen, erschien ein Name, den die Maschine erkannte — und er auch.

Jedenfalls undeutlich. Einen Augenblick lang war »Claudia Morris« so fremd wie der Name der Frau, die mit ihm Interface-Kontakt begehrte, und er hatte keinen blassen Schimmer, warum er ihn auf seine Bildschirmpost-Liste gesetzt hatte. Dann dämmerte eine Erinnerung herauf.

Ja. Natürlich. Diese Konferenz damals in New York, als ich noch für Continuum *arbeitete. Ich habe mich eine Weile mit ihr an der Bar unterhalten. Zweifellos hat sie mir irgendeinen Anhaltspunkt gegeben, der mich veranlaßte, ihre Spur nicht verlieren zu wollen. Aber warum?*

Er war drauf und dran, den Code für den Zugriff aufs *Who is Who in American Science* einzugeben, da er sich davon am meisten Auftrieb für sein Gedächtnis versprach, da stieß er seinen Stuhl zurück und schnipste mit den Fingern. Herr im Himmel! Wie konnte er vergessen haben, daß Dr. Claudia Morris die Autorin war von *Die gefährlichste Kern-Kraft: Verbrechen und traditionelle Kernfamilie?* Sie hatte sein Exemplar sogar signiert!

Das Buch hatte einen Skandal ausgelöst, damals vor — drei Jahren? Nein, eher vor vier. Es war kurz vor dem Zeitpunkt herausgekommen, als *Continuum* zu dem wurde, was seine Mitarbeiter mit einer Art Galgenhumor *Discontinuum* nannten. Wenn die Serie noch weiterhin gelaufen wäre, dann hätte sich ein Beitrag bestimmt mit Dr. Morris und ihren radikalen, doch in großem Umfang belegten Ansichten beschäftigt. Auf den wesentlichen Nenner gebracht, bestand ihre Behauptung darin, daß die unaufhaltsam ansteigende Zahl von Verbrechen in der westlichen Welt vor allem in dem Bemühen begründet lag, die Struktur der Kernfamilie aufrechtzuerhalten, ein System, das Kinder hervorbrachte und erzog, die den Bedürfnissen der Gesellschaft nicht mehr entsprachen. Ihre Empfehlung ging dahin, eine Generation mit zehn, zwanzig oder fünfzig ›Eltern‹ aufzuziehen, denen die Kinder jeweils die gleiche Loyalität entgegenbrachten; dann hätten die jungen Leute nicht mehr das Bedürfnis, aus reiner Willkür auf eine unpersönliche Menge von anonymen, autoritären Fremden einzudreschen.

Nun, auch in dieser Zeit, in der eine ›Sensation‹ nach einem Tag überholt und nach drei Tagen vergessen ist ...

Er las noch einmal die Mitteilung, die sie eingegeben hatte:

CLAUMOR/CLAUDIA MORRIS/BEFINDE MICH BIS AUF WEITERES IN LONDON ENGLAND STUDIENAUFENTHALT ZUR DURCHFÜHRUNG EINER FORSCHUNGSARBEIT ANFRAGEN NACH GB-ADRESSE UND CODE BITTE AN BIOSOC: INFO NUR AUF DIESER TAFEL!

Und das Datum ihrer Ankunft war eingefügt: das heutige!

Gut. Gut. *Gut!*

Die Chancen waren ausgezeichnet, daß er der erste Wissenschaftsjournalist in England war, der diese Mitteilung entdeckt hatte. Eins der wenigen Dinge, an die er sich im Zusammenhang mit Dr. Morris erinnerte, war ihre Ablehnung jeglicher Publicity; die Hälfte der Zeit, während derer sie sich unterhalten hatten, hatte sie damit zugebracht, sich spöttisch darüber auszulassen, welche Ignoranten die Rezensenten ihres Buches sein mußten, die es so wohlwollend besprochen hatten, daß es sich immerhin eine Woche lang auf der Bestsellerliste der *New York Times* behaupten konnte.

Die Spur zu ihr würde also am ehesten über ihren Verlag führen. Und er kannte mehrere Leute, die auf dem gleichen Gebiet arbeiteten und mit denen sie mit

Sicherheit Kontakt aufnehmen würde. Er machte sich gleich daran, die Nummern zu prüfen und zu vervollständigen.

Das dauerte bis lange nach Mitternacht, obwohl seine Liste immerhin auf dem Stand von vor zwei Jahren war; dann endlich hatte er das Gefühl, aufhören und sich entspannen zu können, zufrieden darüber, daß von nun an überall, wo Claudia Morris beschloß sich zu melden, in dem Moment, in dem ihr Name an irgendeinem Telefon ihres Verlages oder eines Bekannten, von dem er die Nummer hatte, er oder eines der Geräte, auf die er gegen Bezahlung Zugriff hatte, aufmerksam gemacht wurden.

Solche Einrichtungen waren natürlich nicht billig. Sobald wie möglich, ermahnte er sich, mußte er jemanden finden, der für seine Auslagen aufkam.

»Wilson, Whitfield House!« brüllte der Erste Vertrauensschüler der Hopstanton School. Hochgewachsen, wohlerzogen, blond, achtzehn Jahre alt, stand er kurz vor dem Schulabgang und dem Wechsel zur Universität in drei Monaten. Im Augenblick bestand seine Pflicht jedoch darin, dreizehn- und vierzehnjährige Neulinge in einem düsteren Korridor im viktorianischen Stil in Reih und Glied Aufstellung nehmen zu lassen.

Diese sogenannten ›Knirpse‹, die darauf warteten, ihren jeweiligen Hausaufsehern zugewiesen zu werden, bewegten sich von einem Fuß auf den anderen. Der Hauptaufnahmetermin der Schule war im September, zu Beginn des Schuljahres, so daß es für die, die im Mai, also zu Beginn des Sommerhalbjahres, eintraten, typisch war, daß sie aus der Zeit der vorbereitenden Schule, die sie besucht hatten, seit sie acht oder neun waren, irgendeinen dunklen Fleck auf der Weste hatten.

Keiner der Neulinge trat auf diesen Aufruf hin vor.

»Wilson!« brüllte der Vertrauensschüler noch einmal.

Ein schlanker Junge mit dunklem Haar und braunen Augen, der einen gelasseneren Eindruck machte als seine Kameraden, hob den Blick.

»Meinst du vielleicht zufällig Cray Wilson?« erkundigte er sich mit klarer Stimme, die offenbar bereits im Brechen begriffen war.

Verdutzt sah der Vertrauensschüler auf die Liste in seiner Hand. Nach einem Moment sagte er: »Wilson, R. C.!«

»Aha. Das muß ich wohl sein. Entschuldigung, es müßte heißen ›Cray Wilson, R.‹ — R. für Roger. Deshalb habe ich nicht gleich geantwortet. Ich hoffe sehr, dieser Fehler kommt nicht noch einmal vor.«

Während der Vertrauensschüler noch um Worte rang, spazierte Roger mit unbeirrter Selbstsicherheit an ihm vorbei. Der Vertrauensschüler schrie: »Dritte rechts — Mr. Brock!«

»Vielen Dank. Ich habe beim Hereinkommen die

Hinweisschilder an den Türen sehr wohl wahrgenommen.«

Und schon klopfte er und wurde hereingerufen.

Später sagte der Erste Vertrauensschüler, der aus Tolland's House kam, zu Flitchwood, dem Vertrauensschüler von Whitfield House: »Du mußt ein Auge auf diesen Wilson haben — Cray Wilson, meine ich. Er riecht nach Stunk!«

»Komisch!« — dazu ein Stirnrunzeln. »Ich hätte eher angenommen, daß er sich hier schneller einlebt als jeder andere Knirps, den wir dieses Jahr bekommen haben. Warum ist dir bei ihm nicht ganz wohl zumute?«

»Ich ... ich weiß nicht. Außer, daß er ein schreckliches Großmaul ist.«

»Das werden wir ihm abgewöhnen«, versprach Flitchwood.

In der Zwischenzeit: »Du bist also Wilson, stimmt's?«

»Nein, Sir.«

»Wie bitte?«

»Mein Name lautet korrekt Cray Wilson, Sir. Ich mußte den Vertrauensschüler, der draußen Dienst tut, auch vorhin schon auf diesen Fehler hinweisen.«

»Hm! Nun gut, wir werden das klären ... Also, nimm Platz!«

Der Junge folgte der Aufforderung, während er seinen neuen Hausaufseher musterte. Fettleibig, mit angegrautem Haar, saß er hinter einem Tisch, eher Küchen- als Schreibtisch. Es war offensichtlich, daß diese Räume, seit sie vor einem Jahrhundert oder noch mehr gebaut worden waren, einer Vielzahl unterschiedlicher Zwecke hatten dienen müssen. Es gab Bücherregale und Aktenschränke, sogar ein Computerterminal, doch nichts davon paßte an den Platz, der ihm zugefallen war. Nach Ansicht des Jungen war es allerhöchste Zeit, den ganzen alten Bau abzureißen und Platz für etwas Praktisches zu schaffen.

Sofern irgend etwas an einer Schule wie dieser überhaupt einen solchen Ausdruck rechtfertigte.

Mr. Brock war nicht allein. Zu seiner Linken saß eine magere Frau in den Vierzigern in einem grünen Kleid, mit blauen Augen und braunem Haar und ungeschickt aufgetragenem Lippenstift. Der Junge lächelte sie an, und seine spontane Vermutung wurde bestätigt. Sie lächelte zurück, wobei sich ihr Gesicht verwandelte und fast hübsch wurde. Während — nun, das mußte er wohl sein — ihr Mann immer noch durch einen Ordner mit Papieren blätterte, wagte sie es, sich vorzubeugen und zu sprechen.

»Willkommen in Whitfield House, Roger! Ich bin Mrs. Brock. Denke bitte immer daran, ja, wenn du irgendwelche Probleme haben solltest ...«

»Nicht jetzt schon, ich bitte dich, Margaret!« unterbrach sie Mr. Brock. Sie errötete und sank in sich zusammen, während er sich auf seinem Stuhl zurücklehnte und Roger unter struppigen grauen Augenbrauen hervor musterte.

»Das erste, was ich dir sagen muß, junger Mann, ist folgendes: Laut einem Schreiben, das mir hier vorliegt und das vom Direktor deiner vorbereitenden Schule stammt, waren deine Prüfungsnoten in den meisten Fächern zwar ganz hervorragend, doch der sittliche Einfluß, den du auf deine Mitschüler ausgeübt hast, war alles andere als der erwünschte. Was hast du dazu zu sagen?«

Aha. Ich habe mir schon überlegt, welchen Weg der alte Knacker wohl einschlagen würde. Er konnte ja wohl schlecht sagen, nicht wahr, daß der größte Teil seiner Belegschaft die Kundschaft für die sexuellen Dienste, die wir Jungen anboten, darstellte. Besonders, da seine ge-lieb-te Tochter sich mit solcher Hingabe daran beteiligte! Bestimmt möchte er nicht, daß seine Begeisterung für einen Gruppenfick an die große Glocke gehängt wird.

Es waren vergnügliche und äußerst gewinnbringende Unterfangen gewesen, besonders nachdem die Lehrer auch Kunden aus der Stadt mitbrachten. Roger tat es nur leid, daß die Sache eingedämmt worden war. Die Eltern eines Freundes waren jedoch während der Ferien — und damit außerhalb des Einflußbereiches von Rogers Überredungskunst — dahintergekommen, daß ihr Sohn sich eine Rektal-Gonorrhoe zugezogen hatte. Damit war die Katze schließlich aus dem Sack.

Natürlich wurde der Skandal wirkungsvoll vertuscht, und einige Summen Geldes hatten den Besitzer gewechselt; an seiner alten Schule liefen die Dinge wieder normal, wenn auch einige Mitglieder des Lehrkörpers über Nacht verschwunden waren und durch andere ersetzt werden mußten. Außerdem hatte er sich eine passende Rache für den Schweinehund ausgedacht, der ihn hatte auffliegen lassen. Nachdem er herausgefunden hatte, daß seine Familie eine Auslandsreise plante, fuhr er, da sie gar nicht weit entfernt wohnte, mit einem Verlängerungskabel auf einer Spule, die er auf dem Gepäckträger seines Fahrrads transportierte, zu ihnen hinüber, machte einen elektrischen Heizofen ausfindig, verband den Stecker mit dem Kabel, ließ das Kabel beim Zurückfahren abspulen und steckte schließlich das andere Ende in die Steckdose. Das entstandene Feuer hatte einen Schaden in erheblicher Höhe angerichtet.

Es war jedoch an der Zeit, daß er reagierte. Während er seine Miene zu einer möglichst glaubwürdigen Maske entrüsteter Fassungslosigkeit zurechtlegte, sagte Roger: »Ich versichere Ihnen, Sir, daß ich alle Anschuldigungen, die gegen mich erhoben worden sein mögen, entweder aufklären oder widerlegen kann.«

Sowohl die Worte als auch der Tonfall waren eine Anleihe an seinen Vater Julian. Seit zwei oder drei Jahren war ihm bewußt, daß zwischen ihnen beiden wenig physische Ähnlichkeit bestand, deshalb unternahm er große Anstrengungen, um sicherzugehen, daß er wenigstens dessen Manierismen übernahm. Hin und wieder würzte er seine Verhaltensmuster mit einer Redewendung oder einem Gesichtsausdruck, mit denen er seine Mutter Susan nachahmte, damit sie sich nicht vernachlässigt vorkam. Wenn man bedachte, wie sehr Julian sie ignorierte, dann verdiente sie zumindest ...

Doch Mr. Brock sah ihn eindringlich an.

»Das heißt«, sagte er langsam, »du wagst es, dir einzubilden, du könntest der Beurteilung deines Schuldirektors widersprechen?«

Bescheuertes Arschloch! Verkappter Sadist! Du solltest dich mal mit Sarah darüber unterhalten, wie sie ihr Vater und ihr Bruder behandeln! Kein Wunder, daß sie sich verzweifelt nach ein wenig Zuneigung von außen sehnte! Und ich nehme nicht an, er hält mir was für das Wissen zugute, daß Coca Cola angeblich ein wirkungsvolles Spermizid ist, mit dem sie sich hinterher immer unbedingt duschen sollte.

Oder, wenn wir schon dabei sind, dafür, daß ich darauf bestanden habe, daß all unsere Kunden ein AIDS-Zertifikat vorlegen!

Dies war jedoch nicht die Zeit für vernünftige Argumente. Was gefragt war, war die Darbietung von Charme ... Roger schenkte ihm sein gewinnendstes Lächeln und spürte, wie das bekannte angenehme Empfinden kühler Selbstbeherrschung seine Sinne durchflutete.

»Sir, es ist ein Unrecht, einen Erwachsenen zu verleumden, nicht wahr? Ist es dann nicht um so mehr eins, ein Kind in meinem Alter zu verleumden, das sich keinen Rechtsbeistand zu seiner Verteidigung erlauben kann? Wenn es in meiner Macht gestanden hätte, hätte ich meinen früheren Direktor sicher gerichtlich verfolgen lassen.«

Er wartete. Er sah, wie nach und nach Unsicherheit Mr. Brocks Gesicht überzog. Schließlich schloß er seinen Aktenordner und zuckte die Achseln.

»Daran ist etwas Wahres, schätze ich«, brummte er. »Ich hatte es unter diesem Gesichtspunkt noch nicht betrachtet, aber — nun gut, ein Pluspunkt für dich. Ich hoffe, es wird dir bei uns im Haus gefallen. Jetzt ab ins Bett mit dir!«

An der Tür warf Roger einen Blick zurück und lächelte. Genau wie er erwartet hatte, hatte sich Mrs. Brock die Hände vor die Brust geschlagen und flüsterte: »Träum was Schönes!«

Sehr gut. Ja, in der Tat, *sehr* gut!

Während er über die ausgetretenen Steinstufen stieg, um zu seinem voraussichtlich ungemütlichen Bett zu gelangen, mußte Roger krampfhaft ein Lachen unterdrücken. Es gab Leute, die konnte er mühelos um den kleinen Finger wickeln ... oder vielleicht auch um ein anderes Glied.

»Wilson!« fauchte ihn der Schlafstubenaufseher an, der sechzehn war und seine Verantwortung sehr ernst nahm. »Du kommst zu spät!«

»*Cray* Wilson heißt das, wenn es dir nichts ausmacht«, sagte Roger mit einem freundlichen Klaps auf die Hand des älteren Jungen. »Und es waren Mr. und Mrs. Brock, die mich aufgehalten haben, du wirst dich also in dieser Angelegenheit mit ihnen ins Benehmen setzen müssen. Gute Nacht. Träum was Schönes!«

Und damit ging er zu der ihm zugeteilten Schlafzelle und fragte sich, wie lange es dauern würde, bis er mit Mrs. Brock im Bett landen würde.

Oder mit dem Schlafstubenaufseher. Solang er angemessen bezahlt wurde, hatte er keine speziellen Vorlieben.

Obwohl er auf Mr. Brock ganz bestimmt nicht scharf war.

Hier ist der Sender TV-Plus. Zeit für die Nachrichten.

Jetzt, da sich der Sommer dem Ende zuneigt, drohen immer mehr Urlauber, die Hersteller von Sonnenschutzmitteln zu verklagen. Vielleicht sollten wir hier in Großbritannien uns glücklich schätzen, sagte ein Sprecher der British Medical Association. Weil so wenige von uns es sich noch leisten können, an die Riviera oder nach Nordafrika zu reisen, entgehen wir den schlimmsten Auswirkungen der starken ultravioletten Strahlung, die durch die zum großen Teil zerstörte Ozonschicht dringt. Mehr darüber in einigen Minuten.

Die Reaktionen auf die Äußerungen von General Thrower werden immer heftiger. Tausend Menschen haben heute nachmittag in London ...

Peter wurde schneller fündig, als er zu hoffen gewagt hatte. Nachdem er den nächsten Morgen mit dem Verfassen einer schmeichelhaften PR-Geschichte über eine Alternativtherapie-Klinik verbracht und sich bereit erklärt hatte, unter einem fremden Namen ein halbes Dutzend Artikel über die Nebeneffekte herkömmlicher Medikamente eindringlich darzulegen — das lag nicht ganz auf seiner Linie und spiegelte auch seine persönliche Überzeugung nicht wider, doch die Bezahlung war großzügig, und es herrschte kein Mangel an Material, auf das er sich stützen konnte —, rief er von dem Lokal, in dem er zu Mittag gegessen hatte, zu Hause an, um eventuelle Mitteilungen abzurufen:

Klick: »Nein, sie schläft noch. Die Zeitverschiebung, verstehen Sie.«

Die Maschine hatte sich also bei »Claudia Morris« eingeschaltet.

Die Antwort war von einer Frauenstimme gesprochen worden. Peter erkannte sie nicht, doch sie klang nach dem Englisch der besseren Kreise.

»Richten Sie ihr dann bitte aus, daß ich angerufen habe. Ich bin in der Redaktion ihres Londoner Verlages. Und sagen Sie ihr, daß ich morgen zur gleichen Zeit wieder anrufen werde.« Das war ein Mann, ein jugendlicher Bariton.

»Ja, okay. Danke.«

Die Verbindung brach ab. Peter wartete. Ein Summen ertönte. Dann erschien die angewählte Nummer auf dem Bildschirm des Münztelefons. Schnell speicherte er sie in seinen Taschenmerker. Es wartete jemand auf das Telefon und wurde immer ungeduldiger, doch Peter ignorierte ihn. Er legte den Taschenmerker hin und tippte den Zugriffcode für die nach Straßen unterteilte Kundenliste der British Telecom ein. Niemand außer den Mitarbeitern der BT war befugt, derartige Codes zu kennen, doch in Wirklichkeit kannten sie natürlich Tausende von Leuten, nicht nur Journalisten, sondern auch Marktforscher, Vertreter, die per Telefon arbeiteten, Geldverleih-Institute, private Sicherheitsdienste ... Er fuhr sie mit der angewählten Nummer ab, und Sekunden später übermittelte ihm eine Tonbandstimme Name und Anschrift des Teilnehmers.

Hervorragend. Es war eine Adresse in The Wansdyke, einem vor Tumulten sicheren, bestens abgeschirmten Wohnkomplex in der Nähe des Angel Place, nur ein paar Schritte von seiner Wohnung entfernt.

Pfeifend verließ er die Telefonzelle, und den finsteren Blick, den ihm der nächste Telefonbenutzer zuwarf, erwiderte er mit einem aufreizend sonnigen Lächeln.

Es gab Tage wie den gestrigen, da hatte er das Gefühl, daß sich das ganze Universum gegen ihn verschworen hatte, und Tage wie den heutigen, da schien ihm alles in den Schoß zu fallen. Es regnete nicht einmal, als er um kurz nach sieben gegenüber von The Wansdyke ankam; um diese Zeit, so schätzte er, müßte Dr. Morris eigentlich die Zeitverschiebung überschlafen haben. Ihm war so vergnügt zumute, daß er buchstäblich nichts wahrnahm von den Bettlern, die ihr Elend zur Schau stellten und um die Bushaltestelle, an der er ausgestiegen war, herumwimmelten; er bahnte sich zwischen ihnen hindurch einen Weg wie ein Boot, das vor Dreck schäumendes, fauliges Wasser durchteilt.

Nun ja, sie waren inzwischen in London zu etwas Alltäglichem geworden, so daß man sie einfach nicht mehr beachtete, wenn sie nicht gerade gewalttätig wurden ...

Und genau in diesem Augenblick, als er die Straße zu seinem Ziel überqueren wollte und sich noch überlegte, was er sagen sollte, wenn er von einem der Wachmänner angesprochen würde, entließ die feuersichere und gasdichte Drehtür eben jene Person, nach der er auf der Suche war. Im ersten Augenblick, als er ihrer ansichtig wurde, schwappte die Flut der Erinnerung zurück. Ja, natürlich *das* war sie! Ziemlich kräftig gebaut, keine zwei Zentimeter kleiner als er, mit einem eckigen Gesicht, eingerahmt von dunkelblondem Haar, das sie immer noch als Pagenkopf geschnitten trug — all das hatte ihn damals schon an Signe Hasso in *L'Eternel Retour* erinnert.

Auch jetzt war es so, obwohl sie einen Pullover und Jeans anhatte.

Ein halbes Dutzend verschiedener Strategien huschten ihm durch den Sinn. Er entschied sich für den Versuch, so auszusehen, als ob er unterwegs wäre zu einem ganz und gar anderen Ort; er sah sich um, sah sich noch mal um, hielt mitten im Schritt inne und rief aus:

»Dr. Morris? Dr. Claudia Morris?«

Einen Moment lang befürchtete er, sie würde sich nicht zu ihrem Namen bekennen und einfach weitergehen. Doch schwaches Erkennen flackerte in ihrem Gesicht auf, und er nutzte die Gelegenheit, um die Entfernung zwischen ihnen zu überbrücken.

»Ich kann es kaum glauben! Sie sind es wirklich! Ich wollte, ich hätte gewußt, daß Sie in London sind, dann hätte ich mich längst bei ihnen gemeldet ... Oh, Sie erinnern sich wahrscheinlich nicht an mich. Mein Name ist Peter Levin. Wir sind uns begegnet. Ich habe damals für *Continuum* gearbeitet — Sie wissen schon, die Fernsehserie, die wissenschaftliche Themen behandelte und die in Amerika *Quasar* hieß.«

Inzwischen stand er direkt vor ihr und hinderte sie am Weitergehen. Nachdem sie ihn kühl und unbeeindruckt gemustert hatte, sagte sie schließlich zögernd: »Ja, ich erinnere mich. Die Serie war vor unserer Begegnung gerade abgesetzt worden. Stimmt das?«

»Leider ja. Wenn das nicht der Fall gewesen wäre, hätte ich darauf bestanden, daß wir eine Sendung über sie gebracht hätten. Ich ... nun, ich glaube, ich habe mich damals ziemlich ereifert darüber, daß das die unpassendste Zeit überhaupt für ein Absetzen der Sendung war, denn noch nie wäre Vernunft so dringend nötig gewesen.«

Wenn ich nur ein paar entscheidende Worte einfließen lassen könnte!

»So war es allerdings. Sie haben nicht einmal lockergelassen, als ich Ihnen erklärte, daß ich nicht das geringste Interesse daran habe, unter das Mikroskop Fernsehen zu geraten. Jetzt entschuldigen Sie mich bitte.«

»Noch einen Augenblick bitte! Noch einen Augenblick! Befassen Sie sich zur Zeit mit etwas Speziellem? Ich befand mich gerade auf dem Weg zu mir nach Hause, wo ich einem öden Abend entgegensah, wenn Sie also Zeit hätten ... Haben Sie vielleicht die Absicht, irgendwo etwas zu Abend zu essen? Dürfte ich Sie einladen? Auf beruflicher Ebene natürlich. Ich muß Sie gleich von Anfang an warnen: was ich am liebsten täte, wäre, einen Einblick in Ihr Denken zu erhalten und daraus einen Artikel zu machen. Wissen Sie, ich arbeite jetzt freiberuflich.«

Riskantes Spiel. Aber ich habe sie als sehr direkte Person in Erinnerung, so direkt, daß es fast schon peinlich werden konnte.

Sie brauchte so lange, sich die Sache zu überlegen, daß er die Hervorkehrung einer seiner schlechteren Eigenschaften durch die einer besseren aufzuheben versuchte, indem er hinzufügte: »Ich kenne mich in dieser Gegend ganz gut aus. Wenn es Ihnen aufgrund der Zeitverschiebung mehr nach einem Brunch als nach einem Abendessen zumute ist, kenne ich genau das richtige Lokal dafür.«

»Ich vermute«, sagte Claudia mit gekräuselten Lippen, »es ist ganz gut, daß sie Non-Fiction-Schreiber sind und nicht Erfinder fiktiver Geschichten.«

»Wie bitte?« Dieser Gedankensprung verwirrte Peter.

»Sie sind ein schlechter Lügner und ein erbärmlicher Schauspieler. Sie taten so, als hätten Sie nicht gewußt, daß ich in London bin. Wie lange lungern Sie schon hier herum, für den Fall, daß ich auftauche?«

»Ich weiß nicht, was Sie ...«

»Oh, sparen Sie sich dieses Theater!« — ihr Ärger war nicht gespielt. »Wenn ich vor einem oder mehreren Tagen bereits angekommen wäre, würde ich dann immer noch so sehr unter der Zeitverschiebung leiden, daß ich abends um sieben Lust auf einen Brunch habe? Wie, zum Teufel, sind Sie darauf gekommen, daß ich hier bin? Ich hatte gehofft, einige Wochen in Ruhe gelassen zu werden, bevor die Nachricht die Runde macht.«

Einen Moment lang erwog Peter, zu seiner ursprünglichen Strategie zurückzukehren. Er gab der Entscheidung dagegen knappen Vorzug. Im Umgang mit einer Frau wie dieser war es sinnvoller, den irrenden, verletzbaren Mann zu mimen. Er setzte ein einfältiges Grinsen auf und breitete die Hände aus. »BIOSOC«, gab er zu.

»Sie sind auf Draht«, räumte sie widerwillig ein. »Es gibt bestimmt kaum ein Dutzend Leute in Großbritannien, die diese Tafel abrufen. Eine ausgestorbene Gegend! Alle Leute hier, die früher in meinem Bereich Forschungen betrieben haben, sind entweder ins Ausland vertrieben worden oder waren zum Aufgeben gezwungen. Ich weiß nicht, ob das daran liegt, daß die Regierung es sich wahrhaftig nicht leisten kann, sie zu finanzieren, oder daß man Angst vor den Ergebnissen hat, zu denen wir kommen könnten.«

Unwillkürlich hatte es sich so ergeben, daß sie sich in dieselbe Richtung gewandt hatten und Seite an Seite zur Hauptstraße gingen. Peter nahm seine Chance wahr.

»Eher das zweite als das erste. Es ist nicht so, daß unsere Kassen leer sind — das kann nicht sein. Ihre Art von Forschungsarbeit verlangt vielmehr eine Analyse vorhandener Daten als eine kostspielige neue Ausrüstung, und in Großbritannien verfügen wir über die besten Quellen weit und breit. Die Unterlagen über großangelegte soziologische Beobachtungen sind ein unvergleichlicher Schatz. Doch sobald sich jemand daranmacht, die Wurzeln unserer heutigen Probleme in den von früheren Regierungen getroffenen Entscheidungen zu suchen, stößt er zwangsweise auf unerfreuliche Wahrheiten, die ein wiedergutmachendes Handeln erfordern, und solches Handeln könnte leicht zu Veränderungen führen, die die herrschende Klasse aufgrund ihrer Inkompetenz der Macht berauben — Vorsicht!«

Er warnte sie, indem er ihren Arm berührte, als sie vor dem Überqueren der Straße aus Gewohnheit in die falsche Richtung blickte. Der Fahrer eines Minitaxis, der es besonders eilig hatte, hupte wild und brauste mit einer Geschwindigkeit, die die erlaubte bestimmt überschritt, an ihnen vorbei. Aus einer Seitenstraße nahm ein Polizeiwagen mit quietschenden Reifen, blinkendem Blaulicht und eingeschaltetem Martinshorn die Verfolgung auf.

»Jedesmal, wenn ich wieder hier bin, kommt es mir mehr wie New York vor«, murmelte Claudia, als sie auf der anderen Straßenseite waren.

»Was veranlaßt Sie, immer wieder herzukommen?«

wagte Peter zu fragen. »In ein Land, das Ihrer Ansicht nach so rückschrittlich ist?«

Sie blieb stehen, drehte sich mit einem Ruck um und blickte ihm ins Gesicht. Für einen Augenblick nahm ihre Miene einen harten Ausdruck an. Dann entspannte sie sich wieder.

»Na gut, Sie bekommen, was Sie wollen. Sie sind ein gerissener Hund, was? Ich könnte mir sogar vorstellen, daß Sie sich absichtlich mit der Bemerkung über die Zeitverschiebung verraten haben, nur um zu unterstreichen, wieviel schneller Sie aus den Startlöchern gekommen waren als Ihre Kollegen ... Okay, wohin gehen wir?«

Er zögerte für einen Moment, denn in Wahrheit kannte er die Gegend nicht so gut, wie er behauptet hatte. Innerhalb kürzester Zeit schaltete jedoch ein Relais in seiner Erinnerung.

»Mögen Sie griechisches Essen?«

»Im Moment ist es mir verdammt egal, was ich esse, solang es für den Menschen zum Verzehr geeignet ist. Das einzige, was ich während der letzten vierundzwanzig Stunden bekommen habe, waren der Flugzeugfraß und ein Becher Müsli. Meine Gastgeberin mußte weg, und als ich nachsah, was sie im Kühlschrank übriggelassen hatte, ...« Ein vielsagendes Schaudern.

Immer besser!

Doch als sie sich in Richtung des Restaurants, das Peter im Sinn hatte, in Bewegung setzten, war er sich durchaus im klaren darüber, daß er gut beraten wäre, beim nächsten Überqueren einer Straße den Arm dieser Dame nicht noch einmal zu berühren.

Als sie an ihrem Ziel ankamen, lag das Lokal jedoch im Dunkeln. Ein Schild an der Tür verriet, daß es von der Gesundheitsbehörde geschlossen worden war. Eine Begründung war nicht angegeben, doch sie war leicht zu erraten. Nachdem die Preise für Nahrungsmittel mit einem Kontaminations-Zertifikat in astronomische Höhen geklettert waren, wichen immer mehr Restaurants aus lauter Verzweiflung zu Lieferungen aus, die der offiziellen Prüfung entgangen waren und damit auch nicht der Mehrwertsteuer unterlagen, die inzwischen zwanzig Prozent betrug. Der Besitzer dieses Lokals hier mußte wohl zu den Pechvögeln gehört haben, die dabei erwischt wurden.

Ein wortloses Schnauben war Claudias Kommentar zu Peters ›Sich-in-der-Gegend-Auskennen‹. Er befürchtete, sie könnte es sich doch noch anders überlegen und sich an das wagen, was der Kühlschrank ihrer Gastgeberin eben hergab, und blickte sich in alle Richtungen um, bis ihm das leuchtendrote Schild über einem indischen Restaurant, keine fünfzig Meter weit entfernt, ins Auge sprang. Es war zweifellos geöffnet, und zwar sehr wahrscheinlich in der ganzen Gegend als einziges, der Schlange von Lumpenbrüdern vor dem Straßenausgabefenster nach zu urteilen; jede Person hielt ihren Tagesbedarf-Gutschein im Wert von einem Pfund krampfhaft in der Hand. Während er an ihnen vorbeiging, fragte er sich, was man heute noch für ein Pfund bekommen konnte — eine Handvoll Küchenabfälle, wenn man Glück hatte ...

»Wir könnten es dort versuchen«, schlug er zaghaft vor. Die Tatsache, daß die Leuchtreklame eingeschaltet war, deutete darauf hin, daß es teuer sein mußte, doch sehr wahrscheinlich könnte er die Rechnung von der Einkommensteuer absetzen.

»Okay«, seufzte Claudia und schlenderte weiter. Er folgte ihr; ihm fiel es nicht so leicht wie ihr, das neidische Gaffen der Armen der Stadt zu ertragen.

Letztendlich kam Peter zu dem Schluß, daß die Entscheidung für die indische Küche in jedem Fall eine gute Wahl gewesen war. Je mehr Nahrungsmittel nach Massenproduktionsmethoden hergestellt wurden, desto weniger schmeckten sie nach irgend etwas. Gezüchteter Lachs zum Beispiel oder Schweinefleisch aus Intensivtierhaltung waren hoffnungslose Fälle, während das Brot ... Doch hier sorgten wenigstens die Gewürze für Abwechslung, obwohl sie natürlich auch ihrem traditionellen Zweck dienen mochten: minderwertige Zutaten zu überdecken. Er schlug Lamm Biriyani und Gemüse-Curry vor und als passendes Getränk einen herben Rotwein; dann hielt er sich zurück, bis nur noch ein Löffelvoll Reis und ein Klecks Sauce übrig waren, bevor er die Sprache wieder auf das Thema brachte, warum Claudia einen Studienaufenthalt in England verbrachte.

Während er ihr direkt ins Gesicht sah — und fast völlig aus dem Konzept geriet, als er zum erstenmal entdeckte, daß die ungewöhnlich gefärbte Iris ihrer Augen, blau mit grünen strahlenförmigen Riefen, gar nicht ihre eigene war, sondern Implantate —, beschränkte er sich auf ein einziges Wort. »Nun?«

Sie wußte genau, was er meinte. Sie hob ihr Glas, schwenkte es unter ihrer gerundeten Nasenspitze hin und her und sagte schließlich: »Na gut, wir wollen uns über die Bedingungen unterhalten. Ich könnte mir vorstellen, daß Sie einen Recorder dabeihaben.«

»Nein, ich habe tatsächlich keinen dabei. Natürlich besitze ich einen, und ich habe erwogen, ihn mitzubringen, doch ich kam zu dem Schluß, daß ich, wenn Sie ihn entdecken würden, nicht mehr die geringste Hoffnung hätte, Sie davon zu überzeugen, daß wir uns zufällig begegnet sind, und Sie zum Sprechen zu bringen. Das einzige, was ich dabei habe, ist mein Taschenmerker, den ich immer mit mir herumtrage.« Er legte ihn auf den Tisch und fügte hinzu. »Und außerdem ein altmodisches Notizbuch mit Spiralbindung sowie einige Kugelschreiber. *Voilà!*«

»Ich verstehe. Sie sind genauso mit allen Wassern gewaschen, wie ich vermutet hatte.« Ein leicht wohlwollendes Lächeln umspielte ihre Mundwinkel. »Okay, lassen Sie uns den formellen Teil hinter uns bringen, einverstanden? Reißen Sie eine Seite aus dem Notizbuch heraus, und bestätigen Sie darauf, daß Sie nichts von dem, was ich Ihnen anvertraue, insgesamt oder auszugsweise veröffentlichen werden, ohne daß Sie eine beglaubigte Genehmigung von mir dazu haben und über ein entsprechendes Honorar Einigung zwischen uns erzielt wurde, und fügen Sie noch hinzu, daß ich das Recht habe, die Genehmigung zu verweigern, egal, wieviel Sie mir bieten.«

Dieses Vorgehen war allgemein üblich, besonders im Umgang mit Amerikanern. Peter war bereits dabei zu schreiben. Als er die Seite herausriß und sie ihr reichte, nickte Claudia zunächst, doch dann runzelte sie die Stirn.

»Was bedeutet das — das Material ist übertragbar auf andere ...?«

Sie verwarf die Frage, bevor er Gelegenheit zu einer Erklärung hatte.

»Ich verstehe. Ich verstehe. Sie glauben, daß Sie zumindest in einigen Punkten, die mich betreffen, besser informiert sind als ich selbst. Das kann ich nicht bestreiten, obwohl ich es zu gern täte. Sehen Sie ...« Sie nippte zuerst noch mal an ihrem Wein, bevor sie fortfuhr.

»Wissen Sie, der einzige Grund, der mich überhaupt veranlaßt, Ihnen etwas über meine Forschungsarbeit zu erzählen, ist der, daß ich hoffe, von Ihnen großzügig entschädigt zu werden — mit Informationen. Ihr abscheuliches Land hier ist besessen von einer Geheimniskrämerei! Wenn es möglich wäre, würde man hier auch vom Zeitpunkt des Sonnenaufgangs ein offizielles Geheimnis machen! Ich war in Kuba — ich war sogar in China, stellen Sie sich vor! —, und dort wurden mir Tür und Tor bereitwilliger geöffnet als jemals in Großbritannien!«

»Ich weiß«, murmelte Peter. »Wie wahrscheinlich jeder Journalist habe ich mir die Fingerknöchel an einigen dieser Türen wundgeklopft ... Und andererseits scheinen sich die offiziellen Stellen keine allzu großen Gewissensbisse zu machen, wenn sie die Privatsphäre ihrer Bürger verletzen, nicht wahr?«

»Nicht, solang sie selbst das machen. Wenn irgend jemand anders jedoch ...«

»Genau!« — in verbittertem Ton. »Uns ist nicht einmal gestattet, Fehler in unseren eigenen Computerdaten zu korrigieren. In meinen persönlichen Daten steckt mindestens ein rätselhafter Fehler — jemand hat meinen Namen benutzt, als er wegen Trunkenheit am Steuer festgenommen wurde —, doch als ich versuchte, etwas dagegen zu unternehmen, wurde mir Strafverfolgung angedroht, denn ich durfte von der Existenz dieser Daten offiziell gar nichts wissen!«

Eine Zeitlang herrschte Schweigen. Dann sagte Claudia, wobei sie in ihr Glas blickte, als ob es eine Kristallkugel wäre: »Sie erinnern sich doch an das Thema meines Buches?«

»Selbstverständlich. Ich besitze immer noch das Exemplar, das Sie mir signiert haben.«

»Ich glaube, ich habe mich geirrt.«

Peter blinzelte sie an. Er wollte sie gerade fragen, warum, als sie hastig weitersprach.

»Es ist etwas aufgetreten, das nicht in die Theorie paßt, und ich habe Angst. Ich möchte mich noch nicht als große Warnerin aufspielen. Dazu fehlt mir sowieso der Mut. Einesteils, weil noch keine vollständigen Beweise erbracht sind. Anderenteils, weil ich gewarnt worden bin, daß die finanziellen Mittel für meinen Studienaufenthalt, falls ich eine bestimmte Grenze überschreite, gestrichen würden. Und doch ...«

Sie hob den Blick mit der eigenartigen künstlichen Iris und sah ihm eindringlich in die Augen.

»Sie kennen ja die blöde alte Redewendung ›eine Nadel im Heuhaufen suchen‹. Als Kind fürchtete ich mich vor einem so hoffnungslosen Unterfangen. Und heute fürchte ich, wir sind kurz davor, barfuß über ein ganzes Feld von Nadeln gehen zu müssen. Wenn das so ist ...«

Während der vergangenen Minuten, als keiner von ihnen beiden die Geschehnisse ringsum wahrgenommen hatte, hatte sich ein Musikantentrio auf einem Podium in der entgegengesetzten Ecke des Restaurants aufgebaut: ein Sitarspieler, ein Vinaspieler und ein Schlagzeuger. Sie hatten Verstärker. In diesem Moment stimmten sie die Filmmusik des neuesten Kinohits aus Bombay an, und mit vereinter Lautstärke übertönten sie den Rest dessen, was Claudia hatte sagen wollen.

Während Peter die Taschen nach seinen Kreditkarten durchwühlte, machte er so laut, wie er die Stimme erheben konnte, den Vorschlag, das Gespräch in einem Pub in der Nähe fortzusetzen. Einige Sekunden lang hatte er den Eindruck, sie wäre geneigt, zuzustimmen.

Doch dann sah sie auf die Uhr und schüttelte den Kopf.

»Es tut mir leid«, murmelte sie. »Ich muß gehen. Meine Gastgeber werden jetzt dann nach Hause kommen. Jedenfalls vielen Dank für das Essen.«

»Warten Sie! Sie können doch nicht einfach ...«

»Sie im Stich lassen?« Eine Wiederholung ihres flüchtigen Lächelns. »Noch mal: es tut mir leid. Ich hätte nicht soviel reden sollen. Ich bin gerade erst in Europa angekommen, wenn Sie sich erinnern. Lassen Sie mir etwas Zeit, mich davon zu überzeugen, daß ich meinem Urteilsvermögen trauen kann.«

Ist das vielleicht wieder so eine Geschichte, bei der mir die Hauptstory durch die Lappen geht, weil ich den Gentleman mime?

Mit einer blitzartigen Eingebung erkannte Peter, daß das der Hauptgrund war, warum er immer noch in seiner erbärmlichen Mansardenwohnung hauste. Jemand mit einem Killerinstinkt ...

Aber den besaß er nun mal nicht. Eine solche Einstellung war ihm zuwider. Er handelte automatisch, steckte seinen Taschenmerker ein und schob ihr seine Visitenkarte mit den Worten hin: »Wenn Sie sich so weit ausgeruht haben, daß Sie mit jemandem über die Angelegenheit sprechen wollen, oder wenn Sie irgendwelche Informationen brauchen, die ich Ihnen vielleicht beschaffen kann ...«

»Ja. Ja. Ich werde es nicht vergessen. Vielen Dank noch mal. Ich finde allein den Weg nach Hause. Ich wohne nicht zum erstenmal in The Wansdyke. Gute Nacht.«

Sie wandte sich um und vergaß im Eifer die Bestätigung, die er für sie unterschrieben hatte; doch dann drehte sie sich noch mal um und nahm sie vom Tisch, eine Sekunde, bevor er sie daran erinnern konnte, wodurch sie ihm die Gelegenheit zunichte machte, den günstigen Eindruck, den zu hinterlassen er sich bemühte, noch zu verstärken.

Der Kellner griff nach der Kreditkarte und ließ sie durch das Lesegerät an der Kasse laufen, als ob er Angst hätte, Peter könnte das Lokal verlassen, ohne bezahlt zu haben. Bis ins tiefste Innere aufgewühlt, beschloß Peter, diesen Fall um jeden Preis zu verfolgen, auch wenn er Claudia damit so sehr reizte, daß sie die Beherrschung verlieren würde. Er hatte das Gefühl, bis kurz vor den Orgasmus erregt und dann fallengelassen worden zu sein.

In einer Seitengasse neben dem Restaurant, wo die Mülleimer standen, war ein erschreckter Küchenjunge von einem halben Dutzend Lumpenbrüdern in die Enge gedrängt worden, weil er etwas hatte wegwerfen wollen, das sie als wertvolle Speise erachteten. In dem Moment, als Peter vorbeikam, warf er ihnen seine Last vor die Füße und machte sich aus dem Staub. Sie stürzten sich auf den Abfall, als ob es Manna wäre, und beschimpften und schlugen einander.

Peter beachtete sie nicht und schleppte sich mit schweren Schritten in Richtung seiner Wohnung, während vom Wind aufgewirbelter Dreck um seine Beine flog.

London geht auf das einundzwanzigste Jahrhundert zu ...

Lärm, dunkle, nasse Nacht, viele der Straßenlaternen zerstört, zerlumpte Gestalten, die von einem überquellenden Mülleimer zum nächsten schlurften auf der Suche nach etwas zum Essen oder Anziehen oder Verkaufen; die Glücklicheren, die ein Zuhause haben, wohin sie gehen können, ängstlich um sich blickend, als ob sie befürchteten, aus den Gebäuden könnten bewegliche Pfähle wie Beine sprießen und sie niedertrampeln; Fahrer in seltenen Autos und Passagiere in Bussen, bestrebt, überall zu sein, nur nicht hier ... Mit anderen Worten:

Die Stadt sirrend klirrend flirrend die Stadt sirrend klirrend flirrend im MINUS

Diese Worte, die aus den Kopfhörern drangen und zwischen ihren Ohren widerhallten (der Schrei auf dem Höhepunkt wurde in dem Maße schwächer, in dem die Batterie schwächer wurde — *morgen neue kaufen, falls es noch welche gibt*), bildeten einen fließenden Kommentar zu dem, was Crystal Knight in diesem allzu normalen Augenblick sehen konnte: schwarzer Himmel, windgepeitschter Regen, unglückliche Menschen, einige helle, doch häßliche Schilder, die meisten Fahrzeuge stinkend und kurz vor dem Zusammenbrechen, weil es sich kaum noch jemand leisten konnte, die Reifen ordnungsgemäß reparieren zu lassen, und neue inzwischen in Großbritannien so rar waren, da es aus der japanischen Wirtschaftssphäre ausgeschlossen war ... Die Busse stanken am meisten und brachen am häufigsten zusammen.

(Die Reichen mieden natürlich Viertel wie dieses, überzeugt davon, daß sie sich allein durchs Atmen mit AIDS infizieren würden. Anderswo, zum Beispiel im Parlament, hatten sie es bei weitem nicht so wichtig damit, den Mund geschlossen zu halten.)

Das normale Dröhnen des Verkehrs hatte sich soeben

in ein Geheul verwandelt. Hier traten die Bullen in Aktion, und zwar mit besonderer Hast.

Welches war ihr Anliegen? Offenbar ging es ihnen nicht darum, das Lumpenpack einzusammeln, um die Zahl der Gefangennahmen in die Höhe zu treiben. Crystal schaltete das abgenudelte Band aus, von dem sie ihre Seele hatte berieseln lassen, bis der nächste Kunde auftauchen würde. Außer den Kopfhörern trug sie das, was am meisten dazu angetan war, ihre Freier anzumachen, denn das waren überwiegend mittelalterliche Knochen, deren größter Wunsch es war, ihre minderjährige Tochter zu vögeln, und zwar in der Aufmachung, mit der sich ihre Freundinnen damals, als sie in diesem Alter gewesen waren, herausgeputzt hatten. Sie hatte ausreichend psychologischen Durchblick, um zu ahnen, daß dieser spezielle Drang hinter der verbissenen Disziplin steckte, die ihr von ihrem Onkel auferlegt worden war, der sie nach dem Tod ihrer Eltern murrend bei sich aufgenommen hatte und dem sie schließlich weggelaufen war: die ewigen kleinen Demütigungen, die heftigen Prügel bei den kleinsten Vergehen und die letzte Beleidigung, indem er ihr den Umgang mit seinen eigenen Kindern verbot, weil sie buchstäblich ein Bastard sei! Ausgerechnet er unterstellte ihrer Mutter so etwas ...!

Sie konnte sich nicht mehr sehr deutlich an ihre Eltern erinnern, denn sie waren gestorben, als sie fünf Jahre alt war — in der damaligen Meningitis-Epidemie, die (so behaupteten immer noch einige Leute) von einem Forschungslabor ausgelöst worden war, doch hatte es nie Beweise, geschweige denn, Untersuchungen gegeben —, doch sie war sicher, daß sie voller Liebe und Leidenschaft gewesen sein mußten, und sie wußte, daß sie etwas gehabt hatten, was ihrer Tante und ihrem Onkel völlig fehlte: Sinn für Humor. Denn wenn es nicht so wäre, warum hätte dann ein Paar, dessen Namen Jem und Beryl waren, beschlossen, ihre Tochter Crystal zu nennen?

Natürlich, die Folge war, daß die Leute sie mit Crissie ansprachen, was sie nicht ausstehen konnte. Aber im allgemeinen machten sie das nur einmal.

In voller Sechzigerjahre-Staffage — Minikleid und hohe Lederstiefel, dazu falsche Wimpern und eine idiotisch aufgetürmte Perücke in der Farbe ihrer eigenen Haare — stand sie an ihrem in harten Kämpfen errungenen Platz in einem Ladeneingang gegenüber von St. Pancras Station. Es war eine vorzügliche Stelle, besonders seit man das gewaltige Hotel im viktorianischen Stil auf der anderen Seite renoviert hatte. Nachdem der Hauptteil der Klientel — spät ankommende Bahnreisende und jene, deren Züge ohne Vorwarnung ausgefallen waren — der kleineren Hotels der Gegend ausgeblieben waren, waren sie ins Prostitutionsgeschäft eingestiegen. Ja, wenn man es genau betrachtete, war es wirklich eine ganz vorzügliche Stelle, denn hier scherte sich niemand darum, wie alt jemand war, noch welchen Geschlechts. Hauptsache, man konnte ein AIDS-Impfzeugnis vorweisen.

Die Impfung kostete natürlich ein Vermögen. Es gab also einen blühenden Handel mit Fälschungen.

Crystal war dreizehn Jahre alt, und sie scheute sich nicht, das ihren Freiern zu sagen. Manchmal gab sie sich sogar als zwölf aus, denn je jünger sie behauptete zu sein, desto geiler wurden die meisten von ihnen, und je schneller sie sie reinzog und auf Hochtouren brachte, desto schneller konnte sie sich dem nächsten zuwenden. Zu den Bullen sagte sie natürlich immer voller Entrüstung, sie sei sechzehn — nach dem Gesetz die unterste Grenze ... und fügte dann hinzu: »einhalb« — mit einem entwaffnenden Kichern.

Was werde ich machen, wenn ich wirklich einmal sechzehn sein sollte?

In diesem Moment hatte sie jedoch ganz andere Sorgen. Ein Polizeiwagen war vorbeigefahren, ohne anzuhalten, doch eine Zweimann-Streife kontrollierte zu Fuß diese Seite der Straße — natürlich bewaffnet, wie heutzutage allgemein üblich in den finsteren Vierteln. Man konnte nur an ihrer unterschiedlichen Größe ahnen, welches der Mann und welches die Frau bei einem solchen Paar war, denn sie waren vollkommen gleich gekleidet, von den schweren schwarzen Stiefeln bis zu den runden schwarzen Helmen mit Visieren. In diesen Helmen waren Sender angebracht, die alles, was sie sagten und hörten, an die unermüdlichen Computer von Scotland Yard übermittelten; diese waren rund um die Uhr wachsam, ob vielleicht eins der gespeicherten Schlüsselworte fiele, was auf mehr Scherereien hindeutete, als zwei Polizisten zu Fuß zu bewältigen in der Lage wären.

Eine Patrouille dieser Art warf im allgemeinen beträchtliche Probleme auf, doch niemals so schwerwiegende, daß Crystal nicht damit fertiggeworden wäre. Sie hatte herausgefunden, daß sie mit allem fertigwerden konnte — an den meisten Tagen des Monats. Unter Umständen bedeutete das jedoch eine Vergeudung wertvoller Arbeitszeit …

Wie sich herausstellte, war das Glück heute abend auf ihrer Seite.

Genau in diesem vorteilhaften Augenblick erspähte sie einen Mann, mit dem sie noch eine Rechnung zu begleichen hatte: direkt auf der anderen Straßenseite, den Rücken ihr zugewandt, den Hut tief ins Gesicht gezogen, den Mantelkragen hochgeschlagen in der Hoffnung, der Blick der Polizei möge nicht auf ihn fallen. Bis jetzt war das noch nicht geschehen. Doch er hatte keine Chance, Crystals Aufmerksamkeit zu entgehen. Sie hätte ihn aus einer zehnmal so großen Entfernung erkannt.

»Winston Farmer«, hauchte sie mit angehaltenem Atem. »Jetzt klatscht dir die Scheiße ins Gesicht …« Und in einem eindringlichen Bühnenflüstern: »Officer!«

Die Polizisten sahen sich zu ihr um.

»Kommen Sie hierher! Keine Angst. Tun Sie so, als ob Sie meinen Gesundheitspaß überprüfen würden.«

Verdutzt, auf der Hut vor einer Falle, schob der Mann dennoch sein Visier zurück, so daß sie sein Gesicht sehen konnte, und kam näher, während seine Kollegin in einiger Entfernung verharrte, in wachsamer Stellung, um notfalls Hilfe herbeizurufen.

»Was willst du?« fragte er, offenbar überrascht, von einer Person angesprochen zu werden, die normalerweise alles daran setzte, einer Begegnung mit dem Gesetz aus dem Weg zu gehen.

»Ich hab' was für Sie! Sehen Sie den feinen Pinkel dort drüben, der sich so schrecklich viel Mühe gibt, keine Aufmerksamkeit zu erwecken? Das ist Winston Farmer. Sagt Ihnen das etwas?«

Der Polizist runzelte die Stirn, dann nickte er plötzlich. »Der Dealer?«

»Und Manager von drei Mädchen. Alle drei Cracker.« Damit beschrieb Crystal nicht etwa ihr Aussehen oder ihren Gesundheitszustand, sondern ihre Drogensucht. »Einmal in der Woche fährt er in den Norden, nach Liverpool glaube ich, obwohl ich nicht sicher bin. Es wird behauptet, daß er dann Nachschub holt. Jeden Moment wird jetzt ein Wagen kommen, in den er dann einsteigt. Ein Jaguar. Meistens ist er pünktlich. Filzen Sie ihn jetzt, ich bin ziemlich sicher, daß er was dabei hat.«

Sie versuchte, ihre Stimme zu beherrschen, doch bei aller Anstrengung konnte sie eine gewisse Gehässigkeit darin nicht unterdrücken.

Die weibliche Polizistin war gerade rechtzeitig näher gekommen, um die letzten Worte zu hören. Sie sagte: »Das hört sich nach einer persönlichen Fehde an. Was hast du gegen ihn?«

»Er hat versucht, mir 'ne Dosis Crack unterzujubeln. Er wollte mich an die Angel kriegen und zwingen, für ihn zu arbeiten. Eins der Mädchen, bei denen er es geschafft hat, war mal meine beste Freundin. Bestimmt ist sie tot, bevor sie zwanzig ist.«

Es würde keine weiteren Auseinandersetzungen geben. Das wußte Crystal bereits. Aus irgendeinem Grund, den sie nicht erklären konnte, war sie sehr gut darin geworden, Leute zu überreden, etwas zu tun, das sie von ihnen wollte. Kurz nachdem sie ihre neue Karriere eingeschlagen hatte, war es ihr sogar gelungen, einem betrunkenen, sadistisch veranlagten Freier auszureden, sie mit dem Messer aufzuschlitzen ... und es statt dessen gegen sich selbst zu richten. Ihr ganzes Leben lang würde sie sich bei geschlossenen Augen wieder diesen halbdunklen Raum vergegenwärtigen können, das zerwühlte Bett, Liter um Liter von Blut, das so rot hervorquoll, so rot ...! Sie hatte sich bei dem Anblick übergeben, direkt auf seinen sterbenden Körper! Und obwohl man sie festgenommen hatte mit der Beschuldigung, ihn umgebracht zu haben, konnte sie bei der Gerichtsverhandlung sogar den Richter von ihrer Geschichte überzeugen. Das war das zweitemal gewesen, daß sie sich so wie in diesem Moment fühlte: wütend, doch vollkommen klar im Kopf, mit einem Bewußtsein unerklärlicher Macht. Das erstemal hatte sie dieses Gefühl gehabt, als sie sich vor dem mit dem Messer herumfuchtelnden Kunden rettete.

Als sich herausstellte, daß er einer der Soldaten gewesen war, die zur Überwachung des radioaktiven Mülls auf der Jura-Insel abgestellt waren, von den Eingeborenen aus Angst vor Verseuchung gemieden und von den Mädchen der Gegend bespuckt und beschimpft, wenn er und seine Kameraden durch die Straßen gingen, war das natürlich ein Pluspunkt für die Verteidigung ...

Sie hatte große Angst gehabt, ihre Tante und ihr Onkel könnten von der Sache erfahren, doch zum Glück durften die Medien, weil sie noch minderjährig war, weder ihren Namen nennen noch ein Bild von ihr bringen.

Zweifellos wußten sie also bis jetzt noch nichts davon!

Wenn sie je dahinterkämen ...!

»Wumm!« fuhr sie fort und blickte an den Polizisten vorbei. »Da ist der Wagen jetzt. Sieht aus, als wär's der gleiche wie immer — ja, ist er. In diesem Fall kenn' ich die Nummer. Sie geben sie am besten gleich mal durch.«

Die weibliche Polizistin sprach bereits. »Dunkelblauer Jaguar, bewegt sich in östlicher Richtung auf der Euston Road, zwei männliche Insassen. Anhalten und auf illegale Drogen durchsuchen, wahrscheinlich Crack ...« Dann, an Crystal gewandt: »Wie war noch mal die Nummer?«

Crystal wiederholte sie und fügte hinzu: »Man sollte noch sagen ›bewaffnet und gefährlich‹ — sind das nicht die Worte, die Sie gebrauchen?«

»Schußwaffen?« fragte der männliche Polizist.

»Ich glaube nicht. Aber ich habe gesehen, wie er eins der Mädchen mit einer Scherbe bedroht hat.«

Die Frau lauschte eine Weile in ihr Funkgerät, dann nickte sie zufrieden.

»Zwei Wagen patroullieren in der Gegend. Einer oder beide werden ihn schnappen. Hast du eine Ahnung, wohin er unterwegs ist, für den Fall, daß er uns doch entwischt?«

»Er wohnt in Docklands. Ich weiß nicht genau, wo.«

»Hm.« Der Mann hob eine Augenbraue. »Und er besitzt einen neuen Jaguar und hat jemanden, der den Wagen fährt. Ich bin überrascht, daß er mit dem Zug fährt, obwohl das jetzt eine salonfähige Mode geworden ist, nachdem die Eisenbahntickets so teuer sind. Ich hätte trotzdem erwartet, daß er fliegt.«

»Werden nicht auch manchmal die Leute am Flughafen gefilzt?« entgegnete Crystal. »Das wäre das letzte, was er will.«

»Ja, natürlich.« Der Mann biß sich auf die Lippe und

warf seiner Begleiterin einen Blick zu. »Nun, ich schätze, das einzige, was uns jetzt zu tun bleibt, ist, danke zu sagen.«

»Genau. Und gute Nacht!«

Sie verstanden die Andeutung und marschierten im Gleichschritt davon.

Während der letzten paar Minuten hatte ein weiterer Zug seine Passagiere ausgespuckt, und vierzig oder fünfzig Menschen warteten auf eine Gelegenheit, die Straße zu überqueren. Crystals geübte Augen identifizierten einige von ihnen als entlassene Wehrdienstleistende, stets eine vielversprechende Zielgruppe — und außerdem sicher, abgesehen von den vereinzelten faulen Nüssen wie demjenigen, an den sie zuletzt geraten war, denn sie erhielten die AIDS-Impfung gratis. Trotz des Regens postierte sie sich so, daß sie gut zu sehen war, und setzte ihr professionelles Lächeln auf. Seit dem Tod ihrer Eltern hatte sie wenig Grund zum Lächeln gehabt, doch heute war ihr Gesichtsausdruck ehrlicher als gewöhnlich, nachdem sie Winston Farmer in die Pfanne gehauen hatte.

Sie wünschte nur, sie könnte das gleiche ihrer Tante und ihrem Onkel antun und all den Scheißtypen wie sie, die diese Art von Welt gewollt haben mußten, denn sie hatten alles dafür getan, die Regierung, die diese Zustände möglich gemacht hatte, an die Macht zu bringen und sie dort zu halten.

Sie sehen das Programm TV-Plus. Es folgen die Nachrichten.

Die Tatsache, daß Kartoffeln immer knapper und immer teurer werden, wurde von offizieller Seite damit begründet, daß ein Virus mit Importen aus dem Nahen Osten, wahrscheinlich aus Zypern oder Ägypten, nach Großbritannien eingeschleppt wurde. Die einheimischen Sorten dieser Länder sind dagegen resistent, während es die in Großbritannien angebauten nicht sind. Viele Bauern rechnen damit, daß ihre Felder vollkommen abgeräumt und entkeimt werden müssen, und verlangen Hilfe durch die EG, und zwar im gleichen Umfang wie die französischen Anbauer von Zuckerrüben, deren Ernte im letzten Jahr durch eine heimtückische Fäulnis vernichtet wurde. Mehr darüber in Kürze.

General Sir Hampton Thrower hat bei einer Veranstaltung in Birmingham vor mehreren tausend Anhängern seine Äußerung wiederholt, daß Patrioten ›ihre Meinung deutlich kundtun‹ sollten; diesmal schlug er vor, sie sollten rot-weiß-blaue Bänder tragen ...

Sofort nach der Rückkehr in seine Wohnung speicherte Peter so wortgetreu, wie er es eben konnte, die erschütternden — die aufwühlenden — Bemerkungen, die Claudia fallengelassen hatte, in den Computer. Für seinen Seelenfrieden wäre es entschieden besser gewesen, wenn sie ihn beispielsweise mit der fadenscheinigen Ausrede abgewiesen hätte, daß sie zur Zeit nicht belästigt werden wollte, weil sie zunächst Urlaub zu machen gedenke, bevor sie die Absicht habe, die Arbeit aufzunehmen. (Nebenbei bemerkt: Sie hatte, so erinnerte er sich, darauf hingewiesen, daß sie an einer Studie arbeitete, nicht an einem neuen Buch.)

Statt dessen ...

Und einen Moment lang hatten sowohl ihre Stimme als auch ihr Gesichtsausdruck — dessen war er ganz sicher — echte Angst ausgedrückt.

Nachdem er seine Aufzeichnungen immer wieder durchgelesen und noch mal durchgelesen hatte, blätterte er durch ihr Buch, um seine Erinnerung aufzufrischen, doch er fand keine Anhaltspunkte. Ihre Ausführungen, die zwar seiner Meinung nach keineswegs schlüssig waren, waren dennoch gründlich dokumentiert, und es war klar erkennbar, daß sie zu dem Zeitpunkt, als sie das Buch schrieb, von dem, was sie zu sagen hatte, zutiefst überzeugt war. Was konnte ihre Ansicht derart verändert haben, daß sie jetzt glaubte, im Irrtum zu sein?

Vielleicht würden neuere Veröffentlichungen klarere Erkenntnisse liefern. Ungeachtet der Kosten befragte er alle einschlägigen Datenbanken. Es stellte sich heraus, daß es sich ausnahmslos um kurze Artikel in soziologischen und soziobiologischen Fachzeitschriften handelte, und alle beschäftigten sich mit Aspekten ihrer ursprünglichen Argumentation, indem sie sie untermauerten oder erweiterten oder neue unterstützende Beweise erbrachten. Der letzte war erst im vergangenen Jahr erschienen; ihre neue Entdeckung, falls es so etwas war …

Moment mal!

Er prüfte das Datum der Eingabe. Die Arbeit war sieben Monate vor ihrem tatsächlichen Erscheinen vorgelegt worden. Veröffentlichungen per Computer mochten zwar schnell machbar sein, doch eine gründliche Bearbeitung brauchte eben immer noch ihre Zeit. Ganz so aktuell war die Sache also nicht. Doch es gab nichts Neueres, nicht einmal eine inoffizielle Verlautbarung, um sich die Priorität zu sichern, nicht einmal einen Brief als Antwort an einen der vielen Kollegen, die nicht ihrer Meinung waren.

Eine kahle Wand!

Seine Enttäuschung wuchs, und er erwog, einige Kontaktpersonen in Amerika anzurufen, die vielleicht noch vor kurzem mit ihr gesprochen haben könnten. Gleich darauf verwarf er die Idee wieder; er gab bereits mehr Geld aus, als er verantworten konnte. Morgen müßte er jedoch zwischendurch, während er den Entwurf für die Geschichte über das alternative Therapiezentrum ausarbeitete, Zeit finden, ihren Verlag anzurufen. Claudia mochte Publicity ablehnen, doch die Leute dort könnten sie vielleicht zu einem Sinneswandel überreden. Er hätte gern den Namen der Person gewußt, die versucht hatte, sie anzurufen, dann hätte er gezielt nach dem Betreffenden fragen können. Außerdem gab es noch einen Typen namens Jim Spurman, einen ehemaligen Bewährungshelfer, der jetzt an einer der Universitäten im Norden als Dozent arbeitete. Er gehörte zu den ersten Leuten in Großbritannien, die Claudias Ideen verfochten hatten, indem er einen Artikel über sie in *Society Now* veröffentlichte. Vielleicht würde er sich als hilfreich erweisen.

Nachdem er eine Liste gemacht hatte mit all den Dingen, die er tun wollte, aber nicht gleich tun konnte, weil es fast Mitternacht war, ging Peter ins Bett, wo er noch eine Stunde lang wach lag. Als er schließlich einschlummerte, überfielen ihn unruhige Träume.

Unter dem Vorsprung eines Berges, teilweise grün durch sommerliches Gras, teilweise grau durch kahle Felsen, durchzogen von groben Steinwällen und einem tosenden Wildbach und gegen den Gipfel hin von einer Schafherde gesprenkelt, stand ein Bauernhaus, gebaut aus dem gleichen Felsgestein und gedeckt mit Schieferplatten, von denen jedoch einige fehlten und durch Plastikfolie ersetzt worden waren. Die Fensterrahmen hätten eines neuen Anstrichs bedurft, und etliche der Scheiben waren blind durch Sperrholzverschläge ... oder vielleicht war es auch Pappe. Dahinter, wie das versteinerte Skelett eines gigantischen Straußenvogels, ragte das Gerüst einer verlassenen Windmühle empor. Längs zum Haus verlief eine Scheune in noch weiter heruntergekommenem Zustand, stellenweise geflickt mit rostigem Wellblech.

Und das, was da soeben im blendenden Glitzern der Sonne auf dem Wildbach zu erkennen war: sollte das als Wasserrad gedacht sein?

Falls es so war, dann drehte es sich jedenfalls nicht.

Froh darüber, angeschnallt zu sein, während der verrostete Mini, in dem sie als Beifahrerin saß, über eine schlechte Straße holperte, versuchte Miss Fisher, an diesen Ort die gleichen Maßstäbe anzulegen, wie an eine normale Schule. Sie war Schulinspektorin. Manche behaupteten, sie habe das ideale Nervenkostüm für diesen Job.

Als ob es um die Vorbereitung auf eine Prüfung ging, wollte sie ihrem Begleiter und Fahrer, Mr. Youngman (Miss Fisher gehörte nicht zu den Leuten, die andere nach kurzer Bekanntschaft beim Vornamen nannten) dieselben Fragen wie sonst stellen. Doch er biß sich auf die Lippen vor Konzentration, um Schlaglöcher und Querrillen zu umfahren, und sie mußte sich zwangsweise damit begnügen, noch einmal alles zu überdenken, was er ihr bereits gesagt hatte. Schließlich war er so entgegenkommend gewesen, sich anzubieten, sie hier heraufzufahren, anstatt ihr einfach den Weg zu weisen und es ihr selbst zu überlassen, sich zurechtzufinden. Also:

»Wie lange ist es her, daß die Crowders hierhergekommen sind?«

»Das war in dem Jahr, als Garth in die Schule kam. Er ist jetzt dreizehn, das muß also vor acht Jahren gewesen sein. Ich habe sie damals noch nicht gekannt — habe sie erst kennengelernt, als Garth im Alter von elf Jahren zu mir kam.«

»Obwohl Mrs. Crowder selbst Lehrerin war?«

»Die Menschen hier in der Gegend sind sehr verschlossen. Sie mögen keine Zugezogenen. Und außerdem hielten sie Roy und Tilly für eingebildet, bestrebt, den Leuten hier ihre althergebrachte Lebensweise auszutreiben. In Wirklichkeit war es ihr Traum, zum Ursprünglichen zurückzukehren. Unabhängig und eigenständig von dem zu leben, was ihr Stück Land hergab.«

»Haben sie dann doch Fuß gefaßt? Wurde Garth beispielsweise in der Schule akzeptiert?«

»Es hat eine Weile gedauert, doch nach allem, was ich von seinen Lehrern gehört habe, paßte er sich in der Grundschule ziemlich gut an. Es wurde gleich von Anfang an deutlich, daß er sehr intelligent ist, und so etwas führt unweigerlich zu Problemen. Aber im großen und ganzen ... Und natürlich hatte Roy einen ganzen Batzen Geld gespart, so daß er für alles, was er getan haben wollte, prompt zahlte.«

»Soweit ich weiß, war er Ingenieur?«

»Elektoringenieur. Er träumte davon, sein Wissen praktisch umzusetzen ... nun, zum Beispiel baute er ein Wasserrad. Er verlegte andere Kabel im Haus, damit der Strom mit einem Autodynamo erzeugt werden konnte; zur Beleuchtung verwendete er Scheinwerferbirnen.«

»Funktionierte es?«

»Eine Zeitlang, ja. Sie hatten sogar einen Schwarzweiß-Fernseher. Allerdings, das einzige, was sie jetzt noch haben ist ein batteriebetriebenes Radio.«

»Was ging schief?«

»Ich weiß nicht. Aber irgend etwas muß schiefgegangen sein.«

»Wann?«

»Ich vermute, daß es kurze Zeit, nachdem Garth in meine Schule überwechselte, angefangen haben muß.«

»Machte er sich dort ebenso gut wie in der Grundschule?«

»Während der ersten paar Schulhalbjahre schon. Doch ... ach, ich weiß nicht. Kinder in diesem Alter neigen dazu, streitsüchtig zu werden, nicht wahr? Und gleichzeitig verschlossen. Vielleicht lag es daran, daß die anderen Kinder merkten, wie klug er ist. Unter ihnen gibt es kaum einen von fünfzig Schülern, der das Zeug zum höheren Bildungsweg hätte, und da tauchte nun Garth auf, bestes akademisches Material, wenn ich je welches gesehen habe, voller drängender Fragen, während die anderen Jungen, die ich seit meiner Ankunft hier zu unterrichten versuche, der Auffassung sind, bereits genügend zu wissen, um sich durch den Rest ihres Lebens zu schlagen. Also schalten sie einfach ab, hören nicht mehr zu. Das ist natürlich die Schuld ihrer Eltern.«

Miss Fisher nickte diplomatisch. Sie kannte Mr. Youngmans Sorte. Ende der Dreißig, fügte er sich resignierend in die Einsicht, daß er niemals Schuldirektor werden würde, und in seiner Resignation würde er es wahrscheinlich nicht einmal mehr bis zum Fachbereichsleiter schaffen.

»Waren die häuslichen Verhältnisse in Unordnung geraten? Sie sagten, daß Sie etwa um diese Zeit herum die Crowders kennengelernt haben. Und eine Krise in der Familie, genau dann, wenn ein Kind in die Pubertät eintritt ...«

Ein heftiges Kopfschütteln brachte Mr. Youngmans wirre Haare noch mehr durcheinander.

»Nein, sie machen den Eindruck eines einander sehr

zugeneigten Ehepaares. Es kann allerdings sein, dessen bin ich nicht ganz sicher, daß Tilly Roys Begeisterung für das Leben in der totalen Einöde nicht in vollem Umfang teilte, doch vom ersten Augenblick unserer Bekanntschaft an betonte sie immer wieder, daß sie dem Plan um Garths willen gern gefolgt sei, denn dort, wo sie zuvor gelebt hatten, waren die Kinder, die sie unterrichtete, so sehr von jeder Realität abgeschnitten, und sie wollte nicht, daß er sich genauso entwickelte.«

»›Wo sie zuvor gelebt hatten‹ — das war ...?«

»Mitten im Zentrum von Birmingham. So großstädtisch, wie es nur geht.«

»Mit ›Realität‹ meinte sie ...?«

»Ich nehme an, die Erfahrung, wie Getreide wächst, wie Tiere gezüchtet und geschlachtet werden ... Nicht, daß das für sie in Frage käme; sie sind Vegetarier.«

»Haben sie versucht ... nun, die anderen zu ihrer Überzeugung zu bekehren? Ich meine, die meisten Bauern hier leben von der Schafzucht, oder nicht? Sie können sicher wenig Sympathie aufbringen für Leute, die danach trachten, ihnen das Fleischgeschäft kaputtzumachen.«

Wieder ein heftiges Kopfschütteln. »Nein, ich habe sie stets als sehr tolerant eingeschätzt.«

»Trotzdem habe ich etwas über gewisse Vorkommnisse gelesen ...«

»Ich weiß, was Sie meinen« — mit einem Beiklang von Verbitterung in der Stimme. »Und ich mache mir ebensoviel Sorgen über die Geschehnisse wie alle anderen. Aber ich kann einfach nicht glauben, daß Garth etwas damit zu tun hat.«

»Es entstand ein Grenzkonflikt, der zur Vergiftung eines Schäferhundes führte, eines in mehreren Wettbewerben preisgekrönten Tieres, von dem sein Besitzer hoffte, es in die nationale Ausscheidung bringen zu können.«

»Und zum Fernsehen. Es handelte sich um Jack Atterthwaites Judy. Sein Hof liegt im nächsten Tal.«

»Ist nicht sein Sohn ertrunken aufgefunden worden? Und war der nicht auch ein Schüler von Ihnen, in derselben Klasse wie Garth, doch älter?«

»Sie haben Ihre Hausaufgaben gemacht, wie?« — mit einem spöttischen Kräuseln der Lippen. »In beiden Fällen: ja, so ist es. Und die Schlinge, in die Bob geriet, als er in den Wildbach stürzte und so unglücklich auf einen Stein aufschlug, daß er ohnmächtig wurde, soll mit einem Draht aus der Scheune der Crowders hergestellt worden sein. Jedenfalls versuchten sie das nachzuweisen. Doch es handelte sich um eine weitverbreitete Sorte Draht. Bei der Untersuchung konnte nichts nachgewiesen werden! Hören Sie, Sie können am besten selbst beurteilen, was von solchen Beschuldigungen zu halten ist, wenn ich Ihnen sage, daß die Einheimischen die Crowders verdächtigen, magische Kräfte zu besitzen!«

»Das kann doch nicht Ihr Ernst sein!«

»Ganz vollständig waren Ihre Hausaufgaben nun doch nicht, was? Ich meine es wörtlich!« Funken sprühten aus Mr. Youngmans Augen — und aus seiner Stimme. »Halten Sie sich ein paar Tage hier auf, und Sie werden feststellen, daß hier Worte in den Mund genommen werden, die seit mindestens einem halben Jahrhundert niemand mehr ausgesprochen hat — ›die dunkle Herrin‹ und ›der Gehörnte‹!«

Miss Fisher mußte feststellen, daß es ihr die Sprache verschlagen hatte, was schon lange nicht mehr vorgekommen war. Nach einer Weile sagte sie: »Ich bin sicher, daß so etwas Studenten der Ethnologie interessieren könnte, doch ...«

Ein Seufzen. »Sie sind ausschließlich hier, um herauszufinden, ob der Junge eine angemessene Schulbildung bekommt, stimmt's?«

»Selbstverständlich.« Und, nachdem sie ihren beherrschten Ton wiedergewonnen hatte: »Sie scheinen in dieser Angelegenheit eine eindeutige Stellung zu beziehen. Wenn Sie glauben, dennoch eine objektive Meinung vertreten zu können, lassen Sie mich bitte Ihre Ansicht wissen. Bieten Garths Eltern ihm eine gesunde, ausgewogene Erziehung oder nicht?«

»Ich wollte, ich wüßte es!« Ein eindrucksvolles Achselzucken hob den Kragen seines abgewetzten Tweedjacketts bis zu den Ohren hoch. »Ich besuche die Crowders etwa einmal im Monat, denn ungefähr nach vier Wochen fange ich regelmäßig an, mir wieder Sorgen zu machen.«

»Und …?«

»Ich bleibe besorgt, bis ich mich im Haus befinde, und dann wird mir leichter ums Herz. Ich meine … Doch es ist ja wohl Ihre Aufgabe, sich selbst ein Bild zu machen, wenn ich mich nicht irre.«

Ja, natürlich. Es war vollkommen legal, daß Eltern ihre Kinder zu Hause unterrichteten. Es war ihr Recht. Doch sie mußten nachweisen, daß die Erziehung zu Hause der in der Schule in nichts nachstand. Und in einem halbzerfallenen Bauernhaus, ohne Fernsehgerät … Gab es dort überhaupt ein Telefon?

»Das letzte Stück müssen wir zu Fuß zurücklegen. Ein Mini liegt dafür zu tief am Boden.«

Miss Fisher schrak aus ihren Gedanken auf, denn Mr. Youngmans letzte Äußerung betraf die unmittelbare Realität. Er hatte ungefähr hundert Meter unterhalb des Hauses angehalten, wo die Straße zu einem Pfad wurde. Während sie automatisch ihren Sicherheitsgurt löste, wollte sie gerade fragen, wie die Crowders das Transportproblem lösten, als ihr Blick auf einen älteren Citroen 2CV fiel, der neben der Scheune abgestellt war.

An der Wand waren einige Holzstämme aufgestapelt. Außerdem Ballen von etwas, das aussah wie gewaltige dunkelbraune Sandwiches.

»Ist das Torf?«

»Hm? Ach so, ja. Sie brauchen jede Menge davon. Zum Heizen.«

Vertrug es sich mit dem Konzept, sich auf unerschöpfliche

Energiequellen zu beschränken, wenn man Torf als Heizmaterial anstatt als Dünger benutzte?

Bereits darauf gefaßt, zu einer negativen Beurteilung zu gelangen, folgte Miss Fisher in Mr. Youngmans Fußspuren in einem merkwürdigen Zickzack durch Matsch und Pfützen und wünschte, sie hätte vernünftigere Schuhe gewählt.

»Guten Tag, Mr. Youngman! Und ich nehme an, Sie sind Miss Fisher? Ich bin Garth — wie Sie sich denken können. Wie geht es Ihnen?«

Es war ein Junge mit schwarzen Haaren und braunen Augen — durchaus ordentlich gekleidet, mit einer Strickjacke, Jeans und Turnschuhen —, der von der Eingangstür des Hauses zu ihnen herüberrief.

Jetzt kam er ihnen entgegengelaufen, um die Besucher am Gartentor zu begrüßen; die rostige Pforte hing an rostigen Scharnieren angelehnt zwischen schrägen Mauerpfosten. Zu beiden Seiten säumten den Weg Reihen von verwelktem Gemüse, das von Fliegen umschwirrt wurde; doch die Aufmerksamkeit der Besucher war voll und ganz von Garth in Anspruch genommen, der ihnen nicht nur die Hände schüttelte, sondern sie mit seinen beiden umfaßte, und als er sich umdrehte, um sie ins Haus zu geleiten, legte er einen Arm kameradschaftlich um Miss Fishers Taille ... oder teilweise herum, denn sie hatte ziemlich zugenommen. Solche Vertraulichkeiten beim ersten Kennenlernen waren ihr normalerweise verhaßt, doch in diesem Fall erhob sie keine Einwände, denn der Junge hatte ein so nettes Lächeln.

»Mutter ist in der Küche«, erklärte Garth vergnügt. »Ich habe ihr gesagt, daß Sie bald hier sein würden und sie schon mal Wasser aufsetzen sollte — Sie mögen doch sicher eine Tasse Tee? Nesseltee natürlich. Wir können uns den echten nicht leisten, aber meine Eltern sagen, der andere sei sowieso gesünder. Und Dad ... Ja, da kommt er schon.«

Sie blickten in die Richtung, in die er wies. Bekleidet mit ausgebeulten Cordsamthosen und einem altmodischen Hemd ohne Kragen, kam Roy Crowder mit einem Armvoll angekohlten Holzes auf sie zu.

»Er hat den alten Hühnerschuppen abgebrochen«, erläuterte Garth. »Sie wissen doch, daß wir Vegetarier sind, nicht? Also haben wir keine Verwendung mehr dafür, während wir andererseits ständig knapp an Kaminholz sind ... Kommen Sie doch herein!«

Und schneller als ein Lamm zweimal mit dem Schwanz wedeln kann, saßen sie rings um einen viereckigen Bauerntisch und schlürften klaren, stark adstringierenden Tee, aufgetragen mit frischgebackenen Hörnchen und dazu selbstgemachte Butter und selbstgemachte Marmelade, gesüßt mit Honig von den eigenen Bienenstöcken der Crowders ...

Eine Zeitlang bemühte sich Miss Fisher krampfhaft, sich zu erinnern, welche Fragen sie eigentlich hatte stellen wollen. Es kostete sie eine fast physische Kraftanstrengung, den Blick von Garth abzuwenden. Dann erspähte sie Reihen von Büchern auf grobgezimmerten, doch stabilen Regalen, die eine Nische neben dem Kamin füllten. Sie erkannte einige davon: Mabeys *Ernährung ohne Kosten*, Seymours *Vergessene Handwerkskünste* — und bemerkte andere, von denen sie noch nie etwas gehört hatte: *Ein Morgen Land und die Sicherheit* von Bradford Angier, *Das Mutter-Erde-Buch über die selbstgemachte Kraft* ...

Und darunter die neueste Ausgabe der *Encyclopedia Britannica*.

»Ich kann sehr gut verstehen«, sagte Garth und rutschte dabei mit seinem Stuhl über den Steinboden kratzend näher zu Miss Fisher, »welche Bedenken die Behörden dagegen haben müssen, wenn es Leute vorziehen, ihren Kindern zu Hause die erforderliche Bildung zu vermitteln. Aber, Ma'am, Sie haben doch sicher gehört, daß Tilly — das ist meine Mutter — qualifizierte Lehrerin ist. Wieviel Kinder haben das Glück, den ganzen Tag lang in einem Lehrer-Schüler-Verhältnis von eins zu eins unterrichtet zu werden? Oder ich sollte besser sagen: zwei zu eins, denn Dad vermittelt mir sein Wissen ebenso rastlos. Bei allem Respekt für Mr. Youngman, meinen Sie, ich hätte, wenn ich weiterhin an seinem Unterricht teilgenommen hätte, jetzt schon die allgemeine Relativitätstheorie durchgenommen und wäre außerdem vertraut mit den Grundlagen praktischer Konstruktion von Gebäuden und funktioneller Kraftwerke, die geeignet sind, das nationale Stromnetz zu speisen?«

Mit plötzlich erwachtem Widerspruchsgeist sagte Mr. Youngman: »Dort drüben sehe ich vier abgebrannte Kerzen. Was ist mit eurem wasserbetriebenen Dynamo? Und mit dem windbetriebenen, den ihr davor hattet?«

Miss Fisher warf den Kopf herum. Das war ihr nicht eingefallen!

»Wir sind dabei, eine verbesserte Version zu entwikkeln«, warf Roy Crowder ein.

»Das stimmt«, bestätigte seine Frau. »In der Zwischenzeit kann ich anhand des Gebrauchs von Kerzen Garth die Grundlagen des Verbrennungsprinzips näherbringen. Roy und ich scheuen keine Mühe, wenn es um sein Wohlergehen und seine Fortbildung geht. Noch etwas Tee?«

Die Besucher waren so sehr von Garth in Bann geschlagen, daß sie weggingen, ohne bemerkt zu haben, wie ausgemergelt Roy und Tilly geworden waren seit jenem entsetzlichen Tag, als er von der Schule — oder vielmehr vom Schuleschwänzen — nach Hause gekommen war und verkündet hatte:

»Roy! Ich habe keine Lust mehr, dich weiterhin Vater zu nennen. Du bist nicht mein wirklicher Vater, stimmt's?«

»Was um alles in der Welt ...?«

»*Halt den Mund!* Und schaltet das Scheißradio aus!« Es wurde gerade gemeldet, daß schon wieder mal auf das Haus eines Juden in Tokio ein Brandanschlag verübt worden war, doch solche Vorkommnisse fanden in zu großer Entfernung statt, als daß sie für Garth in diesem Moment von Bedeutung sein konnten. Er fuhr mit unverminderter Heftigkeit fort: »Tilly, ich akzeptiere dich als meine Mutter. Aber auch du hast mich angelogen!«

»Was ...?« Und »Wie ...?« gleichzeitig von Tilly und Roy.

»Auf dieses ›Wie‹ habe ich gewartet«, lautete Garths spitze Antwort. »Bis jetzt hatte ich nur einen Verdacht. Jetzt bin ich sicher. Ich werde nie mehr in die Schule gehen. Ich halte es nicht mehr aus, dieses ...«

»Wir wollten dir alles erklären!« brach es aus Tilly heraus. »Sobald die Zeit reif dafür gewesen wäre!«

»Sie wäre niemals reif gewesen, was? Ihr habt mich hierher in die Wildnis verschleppt, umgeben von Bauerntölpeln, die ich nicht ausstehen kann, der sanften Gnade von Lehrern ausgeliefert, die noch unwissender sind als ihr — sogar als ich, in meinem Alter! —, und ich werde von jetzt an bekommen, was mir zusteht. Ihr habt zwölf Jahre lang unter Vorspiegelung falscher Tatsachen mein Leben gegängelt, damit ist jetzt *Schluß!* Trefft die notwendigen Vorkehrungen, damit ich zu Hause unterrichtet werden kann! Haltet mich körperlich und geistig fit, und bringt mir bei, was ich wissen will — angefangen damit, daß ihr die komplette *Encyclopedia Britannica* anschafft, denn diese Woche gibt es gerade ein Sonderangebot in einem Buchclub; später könnt ihr ja wieder austreten. Verlangt nicht mehr von mir, daß ich mich mit euren verdammten Steckrüben quäle oder die Asche aus dem Kamin räume! Ich werde es nicht mehr tun! Ich weiß genug über die Art von Leben, auf das ich mich hätte freuen können — Busse und Taxis und Discos und Konzerte und Computer und Büchereien und Fernsehen und Mädchen und allerlei Annehmlichkeiten! Um all das habt ihr mich gebracht! Und zwar um eines öden Stückchen Landes willen, das ihr jetzt nicht einmal für mich erhalten könnt, weil ihr pleite seid!«

Tränen standen ihm in den Augen, doch seine Stimme blieb ausgeglichen und beherrscht.

»Also du, Roy, kannst mit deinem landwirtschaftlichen Getue weitermachen. Ich sehe ein, daß du das bei Tageslicht tun mußt. Aber wenn du mich jemals Hunger leiden lassen wirst, dann wirst du vor mir hungern, das verspreche ich dir! Und sobald ich irgend etwas erfahren möchte, das du mir beibringen kannst, dann läßt du den Spaten fallen und kommst zu mir gerannt, verstanden? Und was dich betrifft, *Mutter,* du kannst den Haushalt für mich in Ordnung halten, bevor ich aufstehe und nachdem ich ins Bett gegangen bin, auch wenn das bedeutet, daß du für den Rest deines Lebens keine Nacht mehr als fünf Stunden Schlaf bekommen wirst. Wenn ich von hier weggehe, was meiner Schätzung nach in ungefähr vier Jahren der Fall sein wird, dann beabsichtige ich, soweit zu sein, mir von euch alles Wissen, das ihr vermitteln könnt, angeeignet zu haben, weil ihr mich den ganzen Tag über unterrichtet habt, angefangen vom Kochen bis hin zur Quantenphysik! Wenn ich mich schließlich aus euren verlogenen Fittichen befreie, dann möchte ich in der Lage sein, zumindest im abstrakten Sinn *gut* allein zurechtzukommen — und euch wünsche ich, daß ihr quieken müßt, um als Schweine anerkannt zu werden!«

Jetzt waren es nicht mehr nur Tränen, sondern auch Schweißperlen, die ihm übers Gesicht kullerten.

»Sohn ...«, wagte Roy eine Entgegnung.

»*Wessen?*« kam die bissige Antwort. Das war der letzte Einwand gewesen.

Natürlich, wenn Garth nicht seine ungeteilte Aufmerksamkeit voll und ganz auf sie richtete — wie zum Beispiel gerade jetzt, da er einiges davon dafür verwendete, die Besucher abzublocken —, schafften es Roy und Tilly, die Gelegenheit zu einer kurzen Frage zu nutzen.

»Garth, wenn nun diese Inspektorin ...?«

»Was denn? Was denn?« — mit unsagbarer Verachtung. »Habe ich mich eurer nicht ebenso angenommen wie ihr euch meiner? Habe ich nicht mit Jack Atterthwaite abgerechnet, nachdem er seiner Hündin eingebleut hatte, seine Schafe in eure Gemüsebeete zu treiben? Und das, obwohl ich etwas so Fades wie Gemüse nicht ausstehen kann! Hat er keinen Rückzieher gemacht, als dieses Ekel von seinem Sohn im Wildbach dahintrieb? Und habe ich euch nicht gewarnt, kein Wasser davon zu nehmen, bis es wieder sauber war, das heißt, bis man Bobs Leiche entfernt hatte?«

Roys Gesicht war kreideweiß, Tillys grau.

»Dann warst *du* es also ...?«

»Warum erschüttert euch das so? Seither hat man uns doch in Ruhe gelassen, oder etwa nicht?«

»Aber die Polizei ...«, jammerte Tilly.

»Haben Sie uns bei der Ermittlung auch nur als Zeugen vernommen?«

»Nein, aber ...«

»Und halten uns die anderen jetzt nicht allesamt für unberührbar? Nennen sie euch nicht ›die dunkle Herrin‹ und ›den Gehörnten‹? *Findet ihr jetzt nicht immer wieder Gaben am Hoftor, für die niemand eine Bezahlung fordert? Opfergaben?* Wenn ihr es abstreitet ...«

Roys Blässe wich tiefer Röte. Er setzte zum Sprechen an, doch Garth sprang auf.

»Mir hängt euer ewiges ›ja aber‹ zum Hals raus! Tilly, mach, daß du wieder an deinen Herd kommst! Ich will rechtzeitig zu Abend essen! Und ich möchte Fleisch serviert bekommen — hast du mich verstanden? Ihr könnt von mir aus dahindarben mit Grünzeug und Wurzeln, aber ich brauche herzhaftes Protein!«

Ein einziges Mal schaffte es seine Mutter, der Wucht seines Zorns etwas entgegenzuhalten. Anstatt sofort zu gehorchen, flüsterte sie: »Wenn man uns schon so nennt, wie wird man dich erst nennen?«

Der Junge wußte darauf keine Antwort. Zum erstenmal seit längerer Zeit fühlte er wieder eine gewisse Unsicherheit; beim letztenmal hatte er über sein Erwachsenwerden nachgedacht, weil er beim Aufwachen einen nassen Fleck in seinem Bett entdeckt hatte. Roy und Tilly — das mußte er ihnen immerhin zugestehen — hatten ihn in seiner Aufregung mit einer offenen und beruhigenden Aufklärung über das Einsetzen der Pubertät beschwichtigt. Und doch ...

Undeutliche Zweifel regten sich in ihm, ob der Weg, den er eingeschlagen hatte, der richtige war; diese Empfindung steckte so tief in seinem Unterbewußtsein wie das, was immer es gewesen sein mochte, das sein Glied steif werden lassen und seinen Samen vergossen hatte. Theoretisch wußte er natürlich, was im wachen Zustand dazu führte, daß es steif wurde, doch seine Mutter war nur ein Arbeitsesel mit verbissenen Gesichtszügen ...

Und überdies hatte er seinen Eltern schon immer beim An- und Ausziehen zugesehen, soweit er sich zurückerinnern konnte.

Die Anstrengung, auf Miss Fisher und Mr. Youngman einen guten Eindruck zu machen, hatte ihn erschöpft. Mürrisch wiederholte er seinen Befehl, der sogleich befolgt wurde. Wie üblich.

In dieser Nacht, als er im Bett lag, versuchte er sich in allen Einzelheiten zu erinnern, was ihn zu der Schlußfolgerung geführt hatte, daß Roy nicht sein Vater war.

Er konnte nicht.

Er konnte nicht.

Er konnte nicht ...

Hier ist der Sender TV-Plus. Wir bringen Nachrichten.

Die Unruhen unter den Studenten in Tokio und anderen großen japanischen Städten dauern nun schon den dritten Tag an; die Proteste richten sich gegen die Gepflogenheit ihrer Eltern, den zukünftigen Verdienst ihrer Kinder als Sicherheit für Wohnungen und Häuser zu verpfänden. Der Preis für eine Dreizimmerwohnung im Stadtbereich von Tokio beträgt jetzt durchschnittlich eine Million Pfund jährlich. Mehr darüber in Kürze.

General Thrower wurde heute nachmittag von begeisterten Anhängern umjubelt, als er erklärte, der ›stählerne Geist Britanniens‹ müßte im Feuer nachgehärtet werden, und selbst wenn sich dieses Feuer als atomar erweisen sollte. Oppositionelle Parlamentsmitglieder …

Peter hatte den Anschluß verloren. Seit ihrem letzten Kontakt war Jim Spurman zum ordentlichen Professor bestellt worden. Jetzt befand er sich ständig ›außer Haus‹ — ›in einer Sitzung‹ — ›als Leiter bei einer Tagung‹ … Peter verfluchte die ewig neuen Ausflüchte, die er als Antwort auf seine Nachricht, die er zweimal am Tag auf den Automaten des Kerls sprach, auf seinem Gerät vorfand. Schließlich, weil er sich langsam Sorgen machte, daß Claudias vage Andeutungen ihn von ernsthafter, bezahlter Arbeit abhielt, riskierte er eine allgemeine Anfrage an einen amerikanischen Info-Dienst, von dem er wußte, daß Claudia nicht an ihn angeschlossen war, dafür jedoch mehrere ihrer Kollegen, die dazu neigten, über ihre Theorie die Nase zu rümpfen.

Um diese Zeit erwartete er weder eine schnelle noch eine inhaltsreiche Antwort, doch am selben Abend — zufällig war es der Tag, an dem unter dem Einfluß des islamischen Expansionismus Malaysia Singapur besetzte, ein Ereignis, das für Großbritanniens Wirtschaft verhängnisvoll war, insofern, als es den Bruch einer weiteren Commonwealth-Verbindung bedeutete —, als er von der Buchvorstellungs-Party, die sich zu einem

Abendessen mit einigen früheren Kollegen entwickelt hatte, zurückkehrte, fand er unter seiner Bildschirmpost eine aus einem einzigen Wort bestehende Nachricht, vermutlich ein Schlüsselwort, das unter einem Code eingegangen war, den er — so hätte er schwören mögen — nur einer Handvoll engster Freunde verraten hatte. Es war eine warme Nacht. Während er die Fenster öffnete und Kaffee machte, den er dringend brauchte, um den Kopf klar zu bekommen, fragte er sich laut, wer um alles in der Welt ...?

Im gleichen Augenblick fiel ihm die wahrscheinlichste Möglichkeit ein. Er stieß einen schrillen Pfiff aus. Während der Konferenz in New York, bei der er Claudia kennengelernt hatte, war er auf einen dünnen, großen Mann mit angegrautem Haar gestoßen, der anscheinend von den Anwesenden keinen Menschen kannte und dessen einzige Legitimation in einem Namensschildchen mit dem Aufdruck GAST bestand. Er langweilte sich offensichtlich und war — zum Glück für Peter — ziemlich betrunken. Als er Peters Namensschildchen erspähte, das ihn als Vertreter von *Continuum/Quasar* auswies, verwickelte er ihn in ein Gespräch.

Danach ... Peter strengte sein Gehirn an, um sich an Einzelheiten zu erinnern. Der grauhaarige Knilch, der sich als Rechtsanwalt entpuppte, hatte ausführlich dargelegt, wie sehr er Leute verabscheute, die — seiner Ansicht nach — die amerikanische Verfassung untergruben, indem sie eine Staatsreligion anstrebten — oder vielleicht war es vielmehr ein ›Religionsstaat‹ —, und seine Argumentation wurde mit jedem Martini, den er hinunterkippte, wirrer. Jedenfalls stellte er lautstark die Prognose, daß das Ergebnis eine kommunistische Weltherrschaft sein würde, denn die Kommunisten besäßen das Monopol der angewandten Wissenschaften, während sein Volk sich darauf beschränkte, zu beten und den Finger auf willkürlich ausgelegte Bibelstellen zu legen und das Schicksal durch Stöckchenziehen entscheiden zu lassen, wessen ältester Sohn geopfert werden sollte, um den Weltuntergang abzuwenden ...

Und er hatte gesagt — Ja, jetzt fiel es ihm wieder ein! Er hatte gesagt: »Wenn Sie die einzige Stimme, die während dieses ganzen Wochenendes etwas Vernünftiges spricht, hören wollen, dann müssen Sie sich an Claudia Morris wenden. Hat sie ihre Rede schon gehalten?«

Peter hatte schroff geantwortet: »Ja, heute morgen. Waren Sie nicht dort?«

Ein Kopfschütteln. »Sie hatte mir den Text vorab zugeschickt, und ich habe ihn letzte Woche gelesen. Großartig! Wir brauchten mehr Leute wie Claudia ... Machen Sie eine Sendung über sie? Das sollten Sie unbedingt.«

Und mit diesen Worten hatte er sich, ohne eine Antwort abzuwarten, abgewandt und sein leeres Glas in Richtung Barkeeper geschwenkt.

Peter hätte sich in diesem Moment am liebsten entfernt. Doch irgend etwas hatte ihn zögern lassen. Ein Rechtsanwalt, der offenbar Agnostiker war, der anhaltende Streit zwischen Wissenschaftlern und Fundamentalisten ... und jetzt stand endgültig fest, daß *Continuum* abgesägt werden sollte ... Er brauchte jede Menge Kontakte, um überhaupt hoffen zu können, als freiberuflicher Journalist überleben zu können.

Ich habe ihm meine Karte gegeben, auf deren Rückseite ich diesen Code geschrieben hatte! Und er hat mich nicht nach meinem Namen gefragt!

Doch soweit er sich erinnerte, war das das einzige Mal, daß er diesen Code — der normalerweise allerengsten Freunden und ganz speziellen Informanten vorbehalten war — jemandem außerhalb Englands anvertraut hatte.

Wieso erschien er auf dieser Info-Tafel?

Eine Antwort kam ihm wie ein Geistesblitz in den Sinn: Sie wurde von Leuten benutzt, die anderer Meinung waren als Claudia. Wahrscheinlich war der Rechtsanwalt in Wirklichkeit nicht Teilnehmer an diesem Netz — er bediente sich lediglich eines Programms, um sich die Tafel auf den Monitor zu rufen. Das könnte interessant sein!

Mit übertriebener Sorgfalt tippte Peter das Schlüsselwort ein, das er empfangen hatte, und wartete, was sich auf dem Bildschirm tat.

Was darauf abrollte, war eine Zusammenstellung der Nachrichten für eine Trappistengemeinde, die offenbar zu schnell lief und schlampig bearbeitet war, denn sie enthielt viele Fehler. Der Kernpunkt war jedoch klar. Zunächst wurde Bezug genommen auf Versuche der Fundamentalisten, weitere Bereiche des amerikanischen Schulwesens zu beherrschen, wozu die üppigen finanziellen Mittel benutzt wurden, die sich angehäuft hatten, weil die Jahrtausendwende immer näher rückte und die Gläubigen immer weniger darauf vertrauten, daß ihnen noch sieben Jahre Zeit blieb, bis Harmageddon über sie hereinbrach. Die Zeit lief ab …

Dann wurde unvermittelt das Thema gewechselt zu einer Sache, von der Peter gehört, die er aber nie ernst genommen hatte: Eine Gruppe mit dem Spitznamen ›Strugger‹ nach einem gewissen Cecil Strugman, der Millionen Dollar aus dem fleischverarbeitenden Betrieb seiner Familie geerbt, sich zum Vegetarier-Ökologen-Rationalisten entwickelt und eine Gegenkampagne gestartet hatte mit dem Ziel, die verfassungswidrigen Tendenzen der Fundamentalisten offenzulegen, die sich dadurch verrieten, daß sie Begriffe gebrauchten wie »König« und »Herrscher« — genau das, wovon sich die Gründungsväter mit aller Entschiedenheit gelöst hatten. Mit wachsender Erregung setzte sich Peter an den Arbeitstisch und hielt die Bildschirmanzeige gelegentlich an, wenn ihm ein besonderer Punkt ins Auge stach.

Bis zu diesem Moment hatte er sich eingebildet, daß all diese Spekulationen im wesentlichen symbolisch gemeint und damit unweigerlich zum Fehlschlagen verurteilt waren. Doch im Gegenteil: wenn er dem, was er da las, Glauben schenken durfte, dann hatten die Strugger eine Unmenge gerichtlicher Verfahren durchgefochten und ein buchstäblich unangreifbares Urteil erwirkt, während sie zusätzliche Geldmittel von Industriefirmen lockermachten, deren Direktoren Angst hatten, daß es in der nächsten Generation keine Rohöl-Geologen oder Freiwillige für Mondforschungsprojekte mehr geben könnte — jedenfalls nicht mehr außerhalb Rußlands, Europas und Japans.

Ihre Widersacher waren naturgemäß die Anbeter der Idee vom Allmächtigen Dollar, die durch eine computergesteuerte Manipulation der Börsenmärkte viel schneller viel reicher wurden, als es irgend jemand heutzutage mit echter Arbeit schaffen konnte.

Peter gab wieder einen Pfiff von sich. Nie war ihm diese spezielle Spaltung der amerikanischen Gesellschaft so plastisch vor Augen geführt worden. Natürlich, hier in Großbritannien ...

Und während er noch die Lippen kräuselte, verschwammen die Linien auf dem Bildschirm für einen Moment zur Unlesbarkeit, dann erschienen sie wieder deutlich, doch als Buchstabensalat. Er sprang zornig auf.

Diese Schweine! Diese Schweine!

Er begriff die Warnung. Special Branch (oder SIS oder was auch immer — die Unterscheidung zwischen den einzelnen Spezialeinheiten der englischen Polizei war nur noch gering) hatte Big Brother in Langley unverzüglich gehorcht. Hier waren Daten im Spiel, die einem normalen Bürger des Vereinigten Königreichs nicht zugänglich sein durften!

Das paßte alles gut zusammen. Im Fernsehen würde man nichts darüber erfahren. Auch in den Zeitungen nichts darüber lesen ... außer vielleicht im Programm TV-Plus oder im Comet!

Einen Moment lang dachte er voller Freundlichkeit an Jake Lafarge, der ihn in letzter Zeit etwas knauserig mit Aufträgen bedacht hatte.

Seine Gedanken schossen wieder zurück zu dem, was Claudia über die an Besessenheit grenzende Geheimniskrämerei der britischen Regierung gesagt hatte, und er schlug sich mit der Faust in die Handfläche. Dieser grauhaarige Rechtsanwalt tat ihm einen Gefallen (aber warum? Logischerweise, weil Claudia etwas mit den Struggern zu tun haben mußte, sonst würde ihre Universität von den religiösen Fanatikern bedroht — *Halt!* Er hangelte sich mit seinen Mutmaßungen gleichzeitig in drei verschiedene Richtungen hoch und mußte versuchen, wieder auf den Boden zu kommen) ...

Vielleicht hatte dieser Rechtsanwalt ihm unbewußt einen Besuch der Bullen auf den Hals gewünscht.

Na ja, wie jeder in seinem Beruf, verfügte er über gewisse Verbindungen für den Notfall. Wenn sie nur nicht so teuer wären ...!

Mit einem Seufzer ließ er den Text aus Amerika in einem Unterspeicher versinken, der eigentlich nach dem Datenschutzgesetz unantastbar sein müßte. Ganz bestimmt war er das jedoch nicht, wenn man von der gewaltigen Computerherrschaft, über die die Regierung heutzutage verfügte, ausging, aber zumindest war es ihnen vielleicht nicht der Mühe wert, das Gesetz zu brechen, das ihn schützte. Wenn sie wirklich beunruhigt gewesen wären, hätten sie überhaupt nicht zugelassen, daß etwas auf seinem Bildschirm erschien, sondern hätten ihr Eingreifen einfach als Zusammenbruch des Computernetzes getarnt, indem sie im ganzen Block einen Stromausfall inszeniert hätten, egal, wieviele unschuldige Teilnehmer darunter zu leiden gehabt hätten. An belebten Abenden wie dem heutigen konnte man in London so manche Viertel wie Warnlampen blinken sehen — sofern die Straßenbeleuchtung überhaupt noch in Betrieb war.

Dann schaltete er sämtliche Alarmvorrichtungen an, damit das Eintreffen der Polizei so viel Aufsehen wie nur möglich erregen würde. Er gehörte zu einer Nachbarschafts-Garde. Als diese Einrichtung in den achtziger Jahren eingeführt wurde, hatten nur wenige Leute vorausgesehen, daß diese Selbsthilfegruppen innerhalb so kurzer Zeit von der Polizei und der Regierung gehaßt würden, anstatt unterstützt zu werden. Keiner der anderen Bewohner seines Hauses gehörte dazu, doch es gab fünfzehn Mitglieder in Hörweite seiner Alarmanlage, darauf vorbereitet, zu jeder Tages- oder Nachtzeit mit Fotoapparaten, Videokameras, Tonaufnahmegeräten zum Einsatz zu kommen ...

Herrje! So mußte es in Rußland vor Glasnost *zugegangen sein! Außer daß die Nachbarn damals technisch nicht so perfekt ausgerüstet waren.*

Seine unerfreuliche Gedankenkette wurde durch das Läuten des Telefons unterbrochen. Im ersten Moment dachte er, es wären die Bullen, die von unten anriefen und fragen wollten, ob er ohne Aufsehen herunterkommen würde. Dann sah er die Nummer des Anrufers auf der Anzeigetafel. Es war die, unter der er Jim Spurman zu erreichen versucht hatte.

Er beeilte sich, den Anruf anzunehmen, und hörte eine Stimme, die ihm plötzlich vertraut vorkam, obwohl vier Jahre vergangen waren.

»Peter Levin! Hier spricht Jim Spurman. Es tut mir leid, wir hatten ein Problem mit unserem Computer, und mein dämlicher Apparat hat mir etwas von einer *Petra* Levin gesagt; so heißt eine frühere Studentin von mir, die ich — wie ich echt hoffe — nie wieder zu Gesicht bekomme ... Ich vermute, Sie möchten über die Dinge sprechen, mit denen sich Claudia Morris neuerdings befaßt, habe ich recht?«

Plötzlich wieder skeptisch, sagte Peter angespannt: »Ja! Was können Sie mir darüber sagen?«

Ein trockenes Kichern. »Nun, wie ich leider schon bei

einer großen Zahl meiner Kollegen beobachten mußte, scheint sie einem Druck nachzugeben. Man muß in dieser Hinsicht nachsichtig sein — ich selbst muß mich mit dem gleichen Problem auseinandersetzen, obwohl ich glücklicherweise mit einem Rektor gesegnet bin, in dem ich eine große Stütze finde. Doch ist es nicht stets das Los aller Leute mit Power, daß sie von alten Lahmärschen behindert werden?«

O Gott! Ich hatte ganz vergessen, mit welcher Begeisterung er die Redeweise seiner Studenten nachahmt!

»Ich hätte gern noch eine Handvoll weitere Daten aus diesem Bereich«, sagte Peter laut.

»Haben Sie nicht gehört, daß ihre Universität zum Hauptangriffsziel religiöser Fanatiker geworden ist. Wie war doch noch gleich der Name ...?«

»Vergessen Sie's!« unterbrach ihn Peter. »Ich verstehe, was Sie meinen.«

»So, wie die Dinge heutzutage liegen« — mit einer Spur von Tadel in der Stimme — »müßte man es anders ausdrücken, nämlich: ›Sie wissen, was ich meine.‹ Damals, noch in den achtziger Jahren, betrachtete man das als ...«

Was der Aufstieg vom Bewährungshelfer zum Professor im Denken eines Menschen für eine Verwirrung anrichten kann!

So höflich, wie es ihm eben gelang, deutete Peter an, wie wenig ihn die Tatsache interessierte, daß Jim Spurman seit ihrer letzten Begegnung beschlossen hatte, sich auf die Wortwahl als einen unfehlbaren Index für vorhersehbares soziales Verhalten zu konzentrieren. Er saß auf der Kante seines Schreibtisches, starrte durchs Fenster hinaus, beobachtete die Lichter der Flugzeuge, die in der Gegend von Heathrow aufstiegen oder tiefer sanken, und schaffte es schließlich, eine weitere Frage bezüglich Claudias Universität anzubringen.

»Ach! Es überrascht mich, daß Sie noch nichts darüber gehört haben. Nun, es hat den Anschein, als ob eine Strömung der Fundas, der dogmatische, eine andere

Gruppe verdrängt, bei denen der Muff nicht so schlimm ist.«

Das wurde ja mit jeder Minute unerträglicher! Peter lauschte mit einem Ohr angespannt auf das Erscheinen der Special Branch. Doch bevor sie hier auftauchten, wollte er wenigstens etwas Vernünftiges aus *Professor* Spurman herausquetschen ...

Um äußerste Selbstbeherrschung bemüht, sagte er: »Wenn ich Sie richtig verstehe, wollen Sie damit sagen, daß die religiösen Fundamentalisten versuchen, die Fäden an der Universität, an der sie arbeitet, in die Hand zu bekommen.«

»Starke Leistung!«

Aber das ist doch nicht die richtige Anwendung dieses Ausdrucks ... Streichen wir das. Er hat gerade erklärt, warum sie Angst hat, daß das Geld für ihren Studienaufenthalt gestrichen wird.

»Bitte fahren Sie fort!«

»Nun ja, nachdem sie mit ihrem Buch erhebliches Aufsehen erregt hatte und so viele Menschen positiv darauf reagierten, war sie ein Hauptangriffsziel für die Obskurantisten. Ich greife bestimmt nicht zu hoch, wenn ich sage, daß wir allein in meiner Abteilung jede Woche buchstäblich Dutzende von Briefen bekommen von Eltern, die den Eindruck haben, sie hätte erklärt, warum sich ihre Kinder dem Bösen verschrieben haben. Was glauben Sie, wie wir es sonst geschafft hätten, unsere finanziellen Zuschüsse weiterhin zu erhalten, wenn nicht das, was wir wie ein Evangelium verbreiten, ein Anathema zur allgemein gepredigten Weisheit darstellte? Wir können auf eine große Unterstützung durch die Öffentlichkeit verweisen.«

Peters Mund wurde immer trockener; er hatte bei der Buchpräsentation zu eifrig dem Gratiswein zugesprochen, und der Kaffee hatte nicht viel geholfen, da er ohne Zweifel zum größten Teil aus Kaffee-Ersatz bestand im Gegensatz zu dem, was auf dem Glas stand. Er starrte immer noch durchs Fenster, unter dem rote und weiße und grüne Lichter endlose abstrakte Muster woben, und sagte nach kurzem Schweigen: »Damit ich es richtig verstehe, Sie sagen, ihre Universität ...«

»Ist im Begriff, durch eine massive Geldspritze ins antiwissenschaftliche Lager geholt zu werden. Genau. Das arme Luder wird gezwungen sein, wie der Teufel zu kämpfen, um nicht von ihrem Stuhl gedrängt zu werden.«

»Haben Sie sie in letzter Zeit gesehen? Oder mit ihr gesprochen?«

Die folgenden Worte waren von einem fast hörbaren Stirnrunzeln begleitet.

»Komisch, daß Sie das fragen. Tatsächlich muß ich gestehen, daß ich neuerdings von der Dame ziemlich enttäuscht bin, wenn man bedenkt, daß ich mich so sehr dafür eingesetzt habe, ihren Theorien hier bei uns zum Durchbruch zu verhelfen ... Deshalb habe ich den Verdacht, daß sie sich einem Druck fügt. Als ich das letztemal versuchte, mit ihr Verbindung aufzunehmen, hat sie auf meinen Anruf hin nicht einmal zurückgerufen, und eine Nachricht, die ich ihr per Bildschirmpost auf eine Tafel übermittelte, die sie ebensooft abzurufen pflegte wie ich ...«

Blitz!

Strahlendhell am Himmel über Heathrow Airport. Als Peter begriff, was er soeben gesehen hatte, sackte sein Kinn herunter.

Knall!

Aber es war mehr als ein Knall. Es war ein Schlag, ein Brummen, ein Dröhnen, und dann eine Reihe von dumpfen Detonationen. Aus dem Telefon drang immer noch ein Murmeln. Er beachtete es nicht, sondern wartete gespannt darauf, was seiner Meinung nach jetzt noch mit Sicherheit folgen mußte. Es folgte tatsächlich, und in halb London zitterten die Fensterscheiben in ihren Rahmen, während aus einem Feuerball glühende Bruchstücke herabrieselten auf ... wo mochte es sein?

Hounslow? Southall? Wahrscheinlich sowohl als auch, und noch an vielen anderen Orten.

Und ich habe es tatsächlich zufällig beobachtet! Kamera!

Ungehalten ließ er den Telefonhörer fallen und holte hastig das, was er sich im ersten Moment, als das Feuer den Himmel erhellt hatte, hätte schnappen sollen; dann stellte er den Apparat ein und drückte auf den Auslöser. Das würde ihn vor den Bullen bewahren! Jetzt war geschehen, was seit langem vorausgesagt worden war; es war die Frucht der Regierungspolitik, öffentliche Gelder aus der Flugüberwachung abzuziehen und private Firmen damit zu beauftragen, mit der Begründung, diese arbeiteten wesentlich kostengünstiger. Doch im Dienste des großen Mammon verzichteten sie manchmal auf die umständlichen Überprüfungen, die nötig waren, um sicherzugehen, daß all ihre Computer miteinander kommunizierten ... Das Ergebnis war, daß zwei Flugzeuge zusammengestoßen und explodiert waren, ausgerechnet über dem Flughafen, der seit Generationen als der meistfrequentierte der Welt bekannt war.

Ganz zu schweigen von den schrecklich vielen privaten Wohnungen.

Das Chaos zu beseitigen, würde die Bullen eine ganz schön lange Zeit beschäftigen, genau wie es die Regierung beschäftigen würde nachzuweisen, daß irgendein überarbeiteter Fluglotse an der Katastrophe schuld war und nicht etwa die Leute, die ein Vermögen verdient hatten, indem sie notwendige Sicherheitsmaßnahmen strichen. Er konnte sich entspannen ...

O nein, das kann ich nicht!

Das Telefon sagte etwas. Er nahm den Hörer auf, ohne hinzusehen, und fauchte hinein: »Vielen Dank für das, was Sie mir erzählt haben, aber die Schau ist Ihnen gestohlen worden!«

»Was meinen Sie?« — mit einem frostigen, *akademischen* Tonfall.

»Sehen Sie sich die Nachrichten im Fernsehen an.«

Er unterbrach die Verbindung zu Spurman und tippte die Nummer des *Comet* ein.

Besetzt.

Nun, natürlich. Die Leitungen mußten total überlastet sein. Hunderte von Leuten, die sich in der Nähe des Unfallgeschehens befanden, riefen wahrscheinlich bei allen Zeitungen, Illustrierten, Fernsehanstalten und so weiter und so weiter an, in der Hoffnung, ihre Amateurfilme (denn drei von vier Familien besaßen heutzutage ... und so weiter, daher der hohe Lebensstandard) würden den Weg auf den Bildschirm schaffen und ein hohes Honorar ...

Mit wachsender Verzweiflung, genährt von der Erinnerung an die Kosten, die er sich aufgeladen hatte, indem er die Daten aus Amerika in einen sicheren Speicher übertragen hatte, verbrachte er eine Weile mit der Betrachtung der aufflackernden Feuer, die jeweils dort ausbrachen, wo die Bruchstücke der Flugzeuge niedergegangen waren. Von seinem Standort aus konnte er jedoch jetzt nicht mehr sehen als einen orangefarbenen Schein, wie von altmodischen Natriumdampflampen bei Stromschwankungen.

Die anderen Flugzeuge wurden nach Luton und Gatwick umgeleitet.

Er goß sich noch mal einen Schuß Whiskey ein. Die Flasche war fast leer, und er machte sich in Gedanken eine Notiz, morgen eine neue zu kaufen, falls er in einem Geschäft noch eine auftreiben konnte; in diesem trostlosen wirtschaftlichen Klima wurde das meiste für den Export bestimmt. Als er das Glas gerade zum Mund führen wollte, schrillte das Telefon.

»Ja?«

»Jake Lafarge. Wissen Sie schon, daß zwei Flugzeuge ...?«

»Ich habe es *gesehen*, und ich habe sogar ein paar Fotos gemacht!«

»Fotos haben wir, und in dieser Hinsicht können wir mit dem Fernsehen sowieso nicht mithalten. Erklären Sie mit achthundert Worten, warum es passiert ist! Fast zehn Prozent unserer Stammleser sind Anteilseigner bei British Airways — und es waren zwei Maschinen der BA, die zusammengestoßen sind.«

Jakes Stimme hatte etwas Flehentliches. Peter hatte einen solchen Artikel schon vor Jahren in Gedanken entworfen. Er holte tief Luft und griff nach seinem Modem.

»Verbinden Sie mich«, sagte er. »Ich kann es gleich satzfertig durchgeben.«

Er gab seinen aus 789 automatisch gezählten Worten bestehenden Text durch: eine gänsehauterregende Anklageschrift über eine Politik, die zum schlimmsten Luft-Zusammenstoß in der englischen Geschichte geführt hatte, lang schon vorausgeahnt, jetzt zur Tatsache geworden.

»Erste Seite«, sagte Jake, als er zurückrief. »Danke.«

Auch Ihnen vielen Dank, Sir!

Denn einen solchen Artikel als Aufmacher und mit Verfasserzeile in eine der überregionalen Publikationen zu bekommen, ohne Überarbeitung durch die Redaktion, das war wie ein Ritterschlag — auch wenn der *Comet* nicht gerade zu den ganz großen zählte.

Am nächsten Morgen wurde Peter viel früher geweckt, als ihm lieb war (denn er hatte den Fehler begangen, den Whiskey vollends wegzuputzen, um sich aus dem Höhenrausch, in den ihn sein Artikel versetzt hatte, herunterzuholen), und zwar nacheinander durch verschiedene Kollegen, die ihm gratulierten und beteuerten, das sei das Beste, was er je gemacht habe, und sie wünschten sich ja so sehr, auch einmal eine solche Chance zu bekommen, und er sei nun mal ein Glückspilz, und warum er nicht ...?

Und das Wichtigste: Kommen Sie, und tragen Sie das Ganze doch mal im Fernsehen vor, wenn Sie zu einer

Gegenüberstellung mit einem Regierungssprecher bereit sind ›wegen der Ausgewogenheit‹.

Darüber mußte er einen Moment lang nachdenken. Dann kam er zu dem Schluß, daß seine Dokumentation unangreifbar war. Und was, zum Teufel, sollte er sonst mit seinem Leben machen?

Er machte aus dem eingebildeten Pinkel von der Regierung Hackfleisch. Mit einemmal war sein Name wieder in aller Munde. Das bedeutete natürlich, daß er Rükkendeckung brauchte, doch Fernsehgesellschaften hatten immer noch einigen Einfluß, und es wurde darüber gemunkelt, daß ein Dokumentarfilm entstehen sollte ...

Es war schwindelerregend. Das Wichtigste an dem Ganzen war das Gefühl, wieder in den Schoß eines Teams zurückzukehren. In einem hinteren Winkel seines Gehirns wußte er, daß die Leute das Flugzeugunglück in einer Woche oder noch eher vergessen haben würden, mit Ausnahme der Hinterbliebenen der Opfer und derer, deren Häuser und Wohnungen verbrannt waren — und natürlich der Rechtsanwälte, die die Interessen dieser Leute wahrnahmen und dabei einen Haufen Geld scheffelten — aber auf diese Weise war er ...

Ja. Auf diese Weise war er erwachsen geworden. Er war ein Kind gewesen, bevor er zum *Continuum*-Team gestoßen war. Die Jahre, die er dort verbracht hatte, waren die wirklichen Jahre seines Reifens. Jetzt, nach einer Unterbrechung, die man seine Wanderjahre nennen könnte, hatte er die Chance, seine Entwicklung fortzusetzen.

Ein paar Tage später wurde er wieder an Claudia Morris erinnert, als er die Rechnung für die Information über die Strugger erhielt, die er in einem Anfall von Panik abgerufen und gespeichert hatte. Der Betrag war erschreckend, und obwohl er ihn zahlte, weil er fürchtete, sonst seine Kreditwürdigkeit einzubüßen, gab er einen Löschcode ein.

Als Professor Spurman ihm eine Nachricht auf dem Anrufbeantworter hinterlassen hatte, mit der er sich erkundigte, ob er das Gerücht bestätigen könnte, daß Claudia Morris sich in Großbritannien aufhalte, löschte er das Band, ohne sich die Mühe zu machen, zurückzurufen.

Ich weiß nicht, wer ich bin.

Oh, ich weiß natürlich, wie ich heiße — Sheila Hubbard. Jedenfalls werde ich allgemein unter dem Namen Hubbard geführt, obwohl das in Wirklichkeit der Name des zweiten Mannes meiner Mutter ist. Der erste war ein Künstler namens Doug Mackay. Er und Ingrid (meine Mutter) trennten sich, als ich noch ziemlich klein war. Ich bin nie ganz dahintergekommen, was der Grund dafür war, aber ich habe den Eindruck, es hatte etwas damit zu tun, daß sie sich ein Kind wünschte, und er keine Lust hatte, sich mit überflüssigem Ballast zu belasten, obwohl ich zu ihm eine innere Bindung hatte, die wohl schon so etwas wie eine fixe Idee war, denn als sie wieder heiratete, und zwar Joe (einen gerissenen Geschäftemacher, Großkotz und Geldsack), entwickelte ich alle Arten von Macken. Einmal habe ich heimlich einen Blick in den Bericht eines Psychiaters über mich geworfen. Es wimmelte darin von Begriffen wie ›Verhaltensstörungen‹ und ›Irrelevanz der Affekte‹.

Und daran lag es, daß ich schließlich in dieser ›progressiven‹ Schule, die Mappleby House heißt und am Allerwertesten der Welt liegt, landete.

Doch mir gefällt es hier erheblich besser als in meiner früheren Schule, das muß ich zugeben. Im großen und ganzen macht hier jeder, was er will, solang er damit keinem anderen schadet. Es gibt ein paar wirklich tolle Lehrer, die anscheinend Kinder echt mögen. Bevor ich hierherkam, hatte ich keine Ahnung, wieviel Spaß es machen kann, etwas begreifen zu lernen. Manchmal kriege ich eine schreckliche Wut auf meine früheren Lehrer, denen alles egal war, Hauptsache, man hatte die erwünschte Antwort parat.

Aber ich schweife ab.

Ich wollte eigentlich sagen: Ich weiß, wie alt ich bin — beim nächsten Geburtstag werde ich vierzehn —, und ich erkenne mein Gesicht, wenn ich es im Spiegel sehe: das kräftige schwarze Haar, die braunen Augen und die etwas olivfarbene Haut, als ob da irgendwelche Vorfahren aus dem Nahen Osten mitgemischt hätten ... Oft betrachte ich mich stundenlang und versuche mich so zu sehen, wie mich vielleicht jemand einschätzt, dem ich zum erstenmal begegne. Ich kann es nicht so ganz nachvollziehen, genausowenig wie ich sagen könnte, ob ich hübsch bin. Ich hoffe, daß ich es bin — ich meine, von Natur aus. Ich kann es nicht ausstehen, mein Gesicht zu tünchen, wie es einige der älteren Mädchen machen, nur um auf irgendeinen dämlichen Knaben einen günstigeren Eindruck zu machen.

Nein, der Grund, warum ich nicht mehr weiß, wer ich bin, ist der, daß ich mich verändert habe. Innerlich. Ich weiß genau, *wann* das passiert ist, aber ich weiß nicht, *warum*. Und ich habe Angst. Soweit ist es mit mir gekommen.

Mappleby war früher mal ein großes Landhaus, nicht gerade ein hochherrschaftliches Gut — es stammt aus der viktorianischen Zeit —, doch es ist von einem weitläufigen Garten umgeben mit vielen lauschigen Winkeln zwischen Lorbeerbüschen, und der Platz, den die meisten von uns besonders mögen — vor allem im Sommer —, ist der, wo einer der Wege an einer Flußbiegung endet. Der Fluß ist an dieser Stelle ziemlich flach, so daß man baden kann, wenn einem danach ist, aber das andere Ufer gehört nicht mehr zu unserem Grundstück, und manchmal kommen die einheimischen Bauerntölpel und gaffen uns an und versuchen sogar, uns anzumachen — wobei sie mit äußerstem Stimmaufwand die Entfernung überbrüllen müssen. Sie können nicht zu uns herüberkommen, denn es gibt so ein komisches Gebilde aus Maschendraht, das wir ›die Palisade‹ nennen, und außerdem ist das Wasser ein bißchen schlammig, und wir haben auch einen richtigen Swimmingpool. Aber der Platz eignet sich hervorragend zum Sonnenbaden, und da Mappleby in den zwanziger Jahren gegründet worden ist, als die sogenannte ›Freikörperkultur‹ (ich glaube, so heißt das) hoch im Kurs stand, braucht man nicht einmal einen Faden am Leib zu tragen, wenn man nicht will.

Selbstverständlich werden wir alle ermutigt, schrecklich natürlich und gesund mit unserem Körper umzugehen, und Jungen und Mädchen schlafen im selben Raum und duschen zusammen und alles so Sachen, aber mir gefällt das, und wenn das Essen nicht ziemlich mäßig wäre, könnte man glatt sagen, daß das Ganze hier super ist, abgesehen natürlich von dem Umstand, daß wir bei den Einheimischen unheimlich Anstoß erregen und sie praktisch einen Erwerbszweig daraus gemacht haben, daß sie ständig ihre heiligsten Gefühle verletzen lassen.

Gerade habe ich noch behauptet, die Bauerndeppen können nicht zu uns hereinkommen, sondern uns nur vom anderen Ufer aus angaffen. Aber das stimmt nicht ganz. Einer von denen hat es geschafft.

Es war genau in der Mitte zwischen zwei Menstruationsperioden. Ich habe früh damit angefangen, wie offenbar meine Mutter auch. Zum Glück mache ich vor dem Einsetzen der Blutung keine schlimmen Tag durch — keine prämenstruale Krise oder wie das heißt —, doch gegen Mitte des Zyklus werde ich immer unglaublich niedergeschlagen. Ich war also in einer ganz beschissenen Stimmung, obwohl herrliches, sonniges Wetter herrschte, und ich ging ganz allein mit ein paar Büchern, die ich zu Ende lesen wollte, hinunter zum Fluß. Es war so heiß, daß ich mich ausziehen mußte, und dann schwitzte ich immer noch und ging ins Wasser, um kurz unterzutauchen. Ich bemerkte auf der anderen Seite eine Gruppe von Einheimischen, aber ich scherte mich keinen Deut um sie. Ich habe schon seit vielen Jahren nicht mehr mitgezählt, wieviele Menschen mich nackt gesehen haben. Und dann … na ja, ich glaube einer von denen hat sich vor den anderen damit gebrüstet, daß er zu mir rüberkommen könnte, denn er zog sich aus — nicht ganz, die Unterhose behielt er an —, sprang ins Wasser und schwamm auf die Palisade zu. Sie ist oben auf eine Weise gebogen, die es unmöglich machen soll, daß man rüberklettert, und das Wasser ist an dieser Stelle am tiefsten, so daß man nicht mehr stehen kann. Wenn man versucht, sein ganzes Gewicht nur auf Zehen und Finger zu verlagern, während man sich hochhievt, muß das schrecklich weh tun. Als ob man über Stacheldraht klettert, verstehen Sie?

Später erfuhr ich, daß eben dieser Einheimische, der übrigens neunzehn war, gerade eine Spezial-Wehrausbildung hinter sich hatte, von der behauptet wurde, daß sie die härteste in der ganzen NATO sei. Bevor ich wußte, wie mir geschah, war er neben mir, während seine Kumpel drüben auf der anderen Seite klatschten und ihm zujubelten.

»Das hast du nicht für möglich gehalten, daß ich das schaffen würde, was?« sagte er, während er mit den Füßen nach dem Grund tastete und sich durchs Wasser auf mich zuschob. »Nur weil das bisher noch keiner gemacht hat! Also, ich glaube, dafür habe ich einen Kuß verdient, meinst du nicht? Und vielleicht noch ein bißchen mehr als nur einen Kuß!«

Ich konnte es überhaupt nicht fassen. Ich dachte, ich werde ohnmächtig. Ich meine, man sagt im allgemeinen, ich sei für mein Alter ganz gut entwickelt, aber das heißt nicht, daß ich es mit einem Schrank wie dem da hätte aufnehmen können, einem Kerl, dem aus den Muskeln noch mal Muskeln quollen. Ich sehe immer noch sein Grinsen vor mir. Er hatte einen Sonnenbrand, so daß auf seinen Backen rote Flecken waren, und er hatte so gut wie keine Haare. Auf dem Kopf, meine ich. Seine Brust war wie ein ekelhafter Schuhabstreifer, und weiter unten ... nun ja, das Wort Dickicht ist untertrieben!

Die Vorstellung, geküßt zu werden, störte mich nicht so sehr. Ich muß das klarstellen. Ich meine, das wird an meiner Schule häufig gemacht. Das ist doch ganz natürlich, nicht? Und auch noch andere Sachen als Küssen. Aber wir werden gründlich aufgeklärt über Schwangerschaft und AIDS und all solche Sachen, und überhaupt, es ist nicht viel dabei, höchstens vielleicht bei den älteren Jungen und Mädchen. Einer meiner Lieblingslehrer hat mir ein Buch von so einem Typ gezeigt — ich glaube, von einem Amerikaner, obwohl er einen deutschen Namen hat, Bet-nochwas, kann das sein? —, und der hat herausgefunden, daß die gleiche Situation bei den Kindern in israelischen Kibbutzim besteht, die, weil sie so zwanglos miteinander aufwachsen, wie Brüder und Schwestern miteinander umgehen. Ich kenne viele Brüder und Schwestern, die was miteinander machen, aber ...

Also hören Sie, dies soll keine Rechtfertigung für die Zustände in Mappleby sein, okay? Ich habe versucht zu erklären, was mir Angst machte. Es war die Art, wie er es als naturgegeben hinnahm, daß ich, nur weil er bewiesen hatte, ein Großer Starker Mann zu sein, mich sofort hinlegen und die Beine breit machen würde. Verzeihen Sie meine rohe Ausdrucksweise, aber sie ist nicht halb so roh wie das, was man in deutlicher Sprache auf seinem Gesicht lesen konnte.

Und in diesem Moment hörte ich auf, Angst zu haben. In diesem Moment wußte ich nicht mehr, wer ich bin. Denn Angst zu haben entsprach mehr dem Ich, an das ich gewöhnt war. Aber ...

Aber plötzlich hatte ich keine Angst mehr. Ich war wütend. Ich war ...

Na schön. Das klingt vielleicht ein bißchen aufgesetzt, wie etwas, das ich in einem Buch gelesen habe, aber ich weiß nicht, wie ich es treffender ausdrücken soll. Ich war plötzlich *besessen,* und zwar von einem eiskalten Zorn, der mir eine genaue Anweisung gab, was ich zu tun hatte. Ich spürte, daß ich lächelte, als er die Hand nach mir ausstreckte, und anstatt seine Hände wegzustoßen, reichte ich ihm die meinen, verhakte meine kleinen Finger mit seinen großen. Das überraschte ihn lange genug, daß ich Gelegenheit hatte zu sagen: »Ich bin noch Jungfrau, weißt du. Ich bin noch keine dreizehn Jahre alt.«

Er blinzelte sich Wasser aus den Augen; Wasser tropfte aus den spärlichen Haaren auf seinem Kopf. Dann grinste er wieder.

»Du kannst mir nichts vormachen! *Ich* weiß über eure Schule Bescheid. *Ich* weiß, was ihr dort treibt! Splitterfasernackt lauft ihr herum, Jungen wie Mädchen!«

Langsam lockte ich ihn zurück ins flache Wasser, so daß meine Brüste über der Wasseroberfläche erschienen, was seine Kameraden zu einem erneuten Ausdruck des Jubels hinriß. Seine Augen saugten sich gierig daran fest. Im nächsten Moment wäre es wahrscheinlich sein Mund gewesen. Doch das war nicht der Sinn der Sache. Ich sagte — und legte in meinen Ton etwas Schmeichelndes und Verführerisches: »Okay. Aber ...«

»Was aber?«

»Ich möchte, daß du da unten mit dem Mund zu mir hinkommst. Weißt du, was ich meine?«

»Was glaubt du denn, was ich bin, verdammt? 'ne Jungfrau wie du? 'türlich weiß ich, was du meinst.«

»Dann mach's«, sagte ich. »Und wenn ich auf die Art gekommen bin, dann mach ich's bei dir, bis du kommst.«

Sein Grinsen wurde gewaltig breit; er spannte die rotgefleckten Backen, bis ich dachte, er renkte sich die Mundmuskulatur aus — und dann tat er genau das, was ich ihm gesagt hatte.

Dreißig Zentimeter unter der Wasseroberfläche.

Es war, als ob er völlig vergessen hätte, daß er das Zeug nicht atmen konnte. Ich spürte seine dicke Zunge auf meinem Bauch, dann um meine Schamhaare herum, dann zwischen ihnen. Und dann, als ich sicher war, daß er die Luft nicht länger anhalten konnte, kam er einfach nicht mehr hoch. Er bewegte sich nicht mehr, und plötzlich trieb er weg, vollkommen schlaff, wie eine nasse Lumpenpuppe.

Ab diesem Moment verwischten sich die Dinge. Das nächste, an was ich mich erinnere, ist, daß ich zum Ufer stolperte, meine Kleider und Bücher packte und zum Schulgebäude rannte. Einmal blickte ich mich um, und von ihm war nichts zu sehen. Als man ihn von der Strömung angetrieben an der Palisade fand — immer noch unter Wasser — war er tot.

Natürlich fanden Untersuchungen statt. Ich erklärte, daß es mir nichts ausmachte, als Zeugin vernommen zu werden, und stellte mich der Ermittlungsbeamtin bereitwillig zur Verfügung, um ihre Fragen so ruhig, wie ich konnte, zu beantworten; ich sagte, ich wüßte Bescheid über Vergewaltigung und so und schätzte mich glücklich, daß ich meinem Schicksal, wenn auch auf so entsetzliche Weise entronnen sei, obwohl ich große Angst ausgestanden hätte. Die Ermittlungsbeamtin war gleichzeitig Frauenärztin. Sie gratulierte mir, weil ich unbeschadet davongekommen war. Der Pathologe, der die Obduktion vornahm, erklärte, daß der Tod durch Ertrinken eingetreten sei, daß er aber außerdem bei dem Typen eine Herzschwäche festgestellt habe, obwohl er zu einer militärischen Spezialeinheit gehört habe und eigentlich in bester Verfassung hätte sein müssen. Die Jury sprach in ihrem Urteil von einer Verkettung unglücklicher Umstände. Die Lokalzeitungen schrieben, daß es dem Unhold recht geschehen sei — oder etwas in diesem Sinne —, und riefen nach einer ganz neuen Beurteilung der Erziehungsmethoden von Mappleby mit der Begründung, daß sie Schülerinnen von noch nicht einmal dreizehn Jahren mit der richtigen Aufklärung wappnete, falls sie von einem potentiellen Vergewaltiger angegriffen wurden. Ich weiß nicht, ob Sie sich noch daran erinnern, doch während der vergangenen paar

Monate waren ein halbes Dutzend Mädchen vergewaltigt und umgebracht worden.

Woraufhin natürlich auch meine Mum und mein Dad — meine Dads, muß ich sagen, denn bei der Verhandlung trat auch Doug auf den Plan — und die Lehrer und die Angestellten der Schule und alle sagten, daß ich großartig und wundervoll gewesen sei, und die anderen Kinder sagten das auch, und auf einmal wollten ganz viele ganz eng mit mir befreundet sein.

Doch mit wem wollen sie befreundet sein? Ich weiß es nicht! Ich kann nicht mehr glauben, daß ich weiterhin *ich* bin! Verstehen Sie, *ich habe im Angesicht der Öffentlichkeit einen Mord begangen.* All die anderen Kinder haben zugeschaut, wie ich es beschrieben habe — fünf oder sechs waren es, mußten es mindestens gewesen sein. Und ich bin damit durchgekommen!

Ich glaube, ich will gar nicht mehr *ich* sein!

Wenn man mich wieder mal belästigt, werde ich das gleiche noch mal tun, befürchte ich. Ich bin dazu fähig. Ich weiß, daß ich dazu fähig bin.

Ich will es nicht. Verstehen Sie mich? *Ich will es nicht!*

Bitte, helft mir! Irgend jemand. Bitte helft mir ...

Hier ist TV-Plus. Es folgen die Nachrichten.

Eine Gruppe amerikanischer Terroristen, eine der sogenannten ›Rambo-Schwadronen‹, hat sich zu dem Bombenanschlag bekannt, der das Hauptbüro der westdeutschen Partei ›Die Grünen‹ zerstört hat. Soweit bis jetzt bekannt ist, kamen dabei acht Menschen ums Leben, und neun weitere mußten verletzt ins Krankenhaus eingeliefert werden.

Hier in Großbritannien wurden vier Personen — ihren eigenen Angaben zufolge Anhänger von General Thrower - gegen Kaution auf freien Fuß gesetzt, nachdem sie Brandanschläge auf Geschäfte mit chinesischen oder pakistanischen Besitzern verübt hatten. Bei ihrer Vernehmung sagte der Richter, daß Patriotismus seine Grenzen habe, woraufhin Rufe aus dem Zuschauerraum des Verhandlungssaals …

Peter Levins Auftritt bei TV-Plus mit dem Sprecher der Regierung hatte sein Leben verändert.

Vor allem war er umgezogen, in einen Wohnblock, der auf einem ehemaligen Schulhof erbaut worden war, nachdem die Emigration aus dem Stadtgebiet Londons seine Einwohnerzahl dramatisch gesenkt hatte — und sich die Probleme mit Drogen und Kriminalität in Provinzstädte verlagert hatte, die bis dahin verhältnismäßig friedlich gewesen waren. Er hatte nach wie vor nur eine Dreizimmerwohnung, doch die einzelnen Räume waren größer, und anstatt in einer Mansarde wohnte er jetzt zur ebenen Erde und in einer besseren Gegend. Die Küche war dreimal so groß wie seine alte, und das Bad prunkte mit einer echten Wanne. Außerdem hatte er einen Parkplatz weg von der Straße. Er konnte sich zwar immer noch kein Auto leisten, aber es bestand die Aussicht, daß ihm TV-Plus demnächst einen Firmenwagen zur Verfügung stellen würde.

Natürlich war der Preis wahnwitzig, doch nichts verglichen mit dem, was die Leute in Manhattan oder Tokio zahlten. Also sagte er gleich im ersten Moment, als er die Wohnung besichtigt hatte: »Ich nehme sie!« Und zog auf der Stelle ein, um Hausbesetzern zuvorzukommen.

Nachdem die Umzugsleute gegangen waren, goß er sich einen Schluck Scotch ein und summte eine fröhliche Melodie vor sich hin, obwohl der Abend für die Jahreszeit viel zu kalt und zu naß war. Offenbar hatte der Herbst beschlossen, Großbritannien in diesem Jahr vorzeitig heimzusuchen. Nachdem er seine Computeranlage überprüft hatte, um zu sehen, ob alles richtig angeschlossen war, tippte er einen Bildschirmpost-Code ein, und zwar den von Harry Shay in Kalifornien, bei dem er sich schon seit ewigen Zeiten hatte melden wollen. Selbst wenn die Menschen dort noch nicht aus dem Bett waren, so konnte er immerhin eine Nachricht hinterlassen.

Was?

Der Bildschirm informierte ihn blinkend: CODE UNBEKANNT.

Hatte er sich bei der Nummer vertippt? Er versuchte es noch mal, langsamer, mit dem gleichen Ergebnis.

Professionelle Neugier verursachte ihm ein Prickeln im Nacken. Er setzte sein Glas ab, ließ sich auf seinen Arbeitsstuhl plumpsen und versuchte es mit der einzigen anderen Adresse, die er sonst noch von Harry hatte, nämlich die seiner Firma Shaytronix, bei der zumindest ein Gerät in Betrieb sein müßte.

CODE UNBEKANNT.

»Das ist ja lächerlich!« schimpfte Peter laut. Er erinnerte sich an Harry Shay aus seiner Anfangszeit bei *Continuum.* Der Knabe war einer der erfolgreichsten Software-Unternehmer — selbst zwar kein Computerfachmann, doch ein Meister im Vermitteln von Kontakten zwischen Experten, die vorhandene Systeme veränderten Bedürfnissen anpassen konnten, und den entsprechenden Industriefirmen, und darüber hinaus ein Genie im Kassieren von Provision. Zugegeben, während seiner letzten paar Monate in Großbritannien waren gewisse Schatten auf ihn gefallen, er war in den Verdacht geraten, Gelder, die seinen Kunden gehörten, für eigene Zwecke abzuzweigen … Doch man hatte ihm nie etwas beweisen können, und er hatte das einzig Richtige getan, indem er mit Pauken und Trompeten nach Kalifornien abgedampft war mit der Erklärung, daß er zur Emigration gezwungen sei, weil die Dummköpfe, die zu Hause das Sagen hatten, kein Verständnis für moderne Geschäftsmethoden aufbrachten.

Und daran war durchaus etwas Wahres, nach Peters Meinung. Wenn einer der großen Industriebetriebe in Großbritannien so ungeschickt wie die Regierung geführt würde, wäre er innerhalb weniger Monate bankrott …

Nur halb beachtet im Hintergrund, doch laut genug, daß der Ton eine Ablenkung darstellte, berichtete der Fernsehapparat von den Ereignissen in Chicago, wo die Flutkatastrophe Tausende von Menschen aus ihren Häusern vertrieb. Ärgerlich bediente er die Fernschaltung und ließ die Bilder schweigend ablaufen, während er den Grund herauszufinden versuchte, warum der Code für Shaytronix nicht mehr galt.

Doch nachdem er noch mal die richtige Zahlenkombination eingegeben hatte, erschien auf dem Bildschirm: KEIN ZUGRIFF ÜBER NORMALNETZ. Eine solche Mitteilung hatte Peter noch nie erhalten. Er lehnte sich mit gefurchter Stirn zurück und nahm einen Schluck Whiskey. Doch als er gerade den Finger ausstrecken wollte, um es noch einmal zu probieren, dämmerte ihm etwas, und er drehte sich unwillig zum Fernseher um.

Inzwischen war der Bericht über Chicago vorbei, und es wurden Bilder von brasilianischen Flüchtlingen gezeigt, jener Indianer, die nach Angaben der Regierung des Landes in Grand Carajas nicht existierten; mit Bäuchen, die unter einer Kruste von festgebackenem rotgelbem Staub durch die Pellagra-Krankheit aufgedunsen waren, zu apathisch, um auch nur die Fliegen wegzuwischen, die sich auf ihren Augen niederließen, um die Flüssigkeit herauszusaugen.

Ach du Schande, nicht schon wieder Zoff in Südamerika!

Doch das wenige, das er zuvor mit einem Blick gesehen hatte, reichte, um ihn an etwas zu erinnern, das er zwar wußte, das ihm jedoch entfallen war. Die Schaltzentrale für das Bildschirmpost-Netz, dem er in Amerika angeschlossen war, war im Rechner der Universität von Chicago ...

Zu den Dingen, mit denen er sich anläßlich seines Umzugs aus seiner alten Wohnung verwöhnt hatte, gehörte ein Aufnahmegerät mit Zeitverschieber, das die vorgewählten Sendungen von sechzehn Fernsehkanälen auf einem Endlos-Schlaufenband mitschnitt, so daß er alles, was innerhalb von vierundzwanzig Stunden an Interessantem gebracht wurde, nach und nach sehen konnte; anschließend wurden die Aufzeichnungen gelöscht. Jetzt brauchte er diesen Bericht über Chicago, und zwar schnell!

Ein paar von Verwünschungen erfüllte Minuten später hatte er die Bedienungsanleitung enträtselt und bekam genau das zu sehen, was er befürchtet hatte. Es war nichts Neues, daß der Wasserpegel der Großen Seen wieder auf den Stand wie vor der Gründung der Stadt anstieg, doch jetzt kam noch hinzu, daß ein Wind aus Norden Wasser über die Uferanlagen und in Keller, Untergeschosse, Tiefgaragen trieb — es gab Aufnahmen von überschwemmten Autos. Einige, die bei geschlossenen Fenstern besonders luftdicht waren, trudelten noch eine Zeitlang auf der Wasseroberfläche herum, doch dann — vielleicht mit dem Auspuff als Einlaß — wurden sie von den Fluten besiegt und versanken gluckernd zwischen blubbernden Blasen.

Peter war einmal in Chicago gewesen. Er wußte, wo die Computer untergebracht waren, die als Relaisstation für die Nachrichtenübermittlung dienten — sie waren zu einer wertvollen Einnahmequelle für die Universität geworden, nachdem die Mittel aus dem Bundeshaushalt nur noch spärlich flossen. Sie befanden sich in Betongewölben unter der Erde, die durch ihre Bauweise Terroristen abhalten sollten.

Wasser hielt diese Bauweise jedoch wahrscheinlich nicht ab.

Zum erstenmal seit seinem späten Teenageralter, als er aufgehört hatte, sich über einen Atomkrieg Sorgen zu machen, aus dem allgemein überzeugenden Grund, weil er bis dahin noch nicht stattgefunden hatte, überkam ihn ein Gefühl für die Anfälligkeit der Zivilisation. Chicago mochte Tausende von Meilen von London entfernt sein, doch noch vor einem oder zwei Tagen konnte er durch eine Handbewegung mit hundert Freunden dort Verbindung aufnehmen. Doch jetzt, aufgrund eines mickrigen Hochwassers ...

Aber es mußte doch einen Ersatzleitweg geben! Warum war er nicht automatisch in Funktion getreten? Er probierte es und mußte zu seinem Mißfallen feststellen, daß die Geräte ihn ausgetrickst hatten. Er bekam nicht die geringste Reaktion, über keinen Leitweg, weder über Bodenstationen noch über Satelliten, auf keinen der Shay-Codes. Was, um alles in der Welt ...?

Peter hatte sich flüchtig Gedanken darüber gemacht, welche Art von Menschen seine neuen Nachbarn wohl sein mochten. Jetzt, da er wieder mal an die Unsicherheit des Lebens in jeder großen Stadt erinnert worden war, beschloß er, daß einer seiner nächsten Schritte sein müßte, der hiesigen Nachbarschafts-Garde beizutreten; er hatte entsprechende Aufkleber in einigen der Fenster gesehen, allerdings nicht so viele wie in seiner früheren Umgebung. Er schrieb sich gerade einen Merkzettel, um sich gleich am nächsten Morgen um die Sache zu kümmern, als die Türglocke ging.

Im Moment dachte er nicht daran, daß sein neuer

Wohlstand ihm auch ein geschlossenes Fernüberwachungssystem über seiner Eingangstür beschert hatte. Er sprang auf und war schon fast am Fenster, das zur Straße hinausging, als ihm die neue Errungenschaft siedendheiß einfiel. Nachdem er sich ins Gedächtnis gerufen hatte, wo der Monitor angebracht war, konnte er kaum glauben, was er darin sah. Denn auf der Schwelle, soeben im Begriff, etwas zurückzutreten, und sich nach allen Seiten umblickend, als ob sie eine Falle witterte, stand eine Polizistin.

Eine Frau? Allein? Unbewaffnet?

Mit großer Mühe unterdrückte er seine automatische Reaktion. Natürlich: Er befand sich hier in einer anderen Gegend. Vielleicht hatte sie einfach nur gehört, daß ein neuer Bewohner in der Straße eingezogen war, und wollte sich erkundigen, ob alles in Ordnung war.

Obwohl natürlich jedes Organ der gesetzeshütenden Kraft im Staate ...

Ja. Vielleicht war sie gekommen, um ihn zu warnen, die Regierung nicht weiterhin in der Öffentlichkeit anzugreifen; andererseits wurden solche Aufgaben im allgemeinen von jemandem in Zivilkleidung wahrgenommen. Eine andere Möglichkeit war, daß sie die für dieses Viertel zuständige Vertreterin des Geheimdienstes war, die dem Hinweis eines ihrer Informanten nachging hinsichtlich der über ihn gespeicherten Daten im NPC, dem Nationalen Polizei-Computer.

In jedem Fall hielt es Peter für schicklich, sie nicht allzu lange an der Tür warten zu lassen, und nahm sich vor, ungemein höflich zu sein. Zum erstenmal seit einigen Wochen rührte sich in ihm die Erinnerung an Claudia Morris, als ihm nämlich einfiel, wie wütend er ihr gegenüber davon gesprochen hatte, daß in einem Computer eine Menge Daten über einen anderen Mann unter seinem Namen gespeichert waren. Vor langer Zeit hatte er alle möglichen Hebel in Bewegung gesetzt, um das ändern zu lassen, mit dem einzigen Ergebnis, daß er streng zurechtgewiesen wurde: »Sie dürfen über diese Daten überhaupt nichts wissen — schweigen Sie, oder ich werde Sie wegen Verletzung des Amtsgeheimnis-Gesetzes anzeigen!«

Du liebe Güte! Ist es ihnen seit den achtziger Jahren immer noch nicht gelungen, ihre Datenspeicher aufs laufende zu bringen? Was geschieht eigentlich, wenn jemand stirbt?

Aber Regierung war nun mal Regierung, und die von Großbritannien war besonders unerfreulich, und so tat er auf dem Weg zur Eingangstür nichts anderes, als zu prüfen, ob sein Pro-Thrower-Band auch schön deutlich vorn am Sweatshirt angesteckt war. Es bestand die Möglichkeit, die allerdings noch nicht bestätigt war, daß ihm eine feste Anstellung bei TV-Plus angeboten werden könnte. Doch das Mitglied der Geschäftsleitung, das ihm diese gute Nachricht zugeraunt hatte, hatte ihm gleichzeitig das Band gegeben und ihm geraten, es zu tragen, falls er an dem Job interessiert sei. Er hatte in einem um Verständnis heischenden Tonfall hinzugefügt: »Lieber mit den Wölfen heulen, Peter, als mit den Schafen weinen. Obwohl, das muß ich zugeben, weinen könnte ich ...«

Im übrigen, obwohl es verboten war, trug die Polizistin ebenfalls ein solches Band.

Tatsächlich war sie nicht allein. In der Nähe, doch außerhalb des Sichtfeldes der Kamera, war ein weißer Wagen geparkt, und der Mann am Steuer ließ sie nicht aus den Augen. Nachdem er die Lage gepeilt hatte, sagte Peter in seiner höflichsten Art: »Guten Abend. Was kann ich für Sie tun?«

Einen Moment lang dachte er, Claudia stünde vor ihm, denn diese Frau hatte die gleiche kräftige Gestalt, fast die gleiche Haarfarbe und den gleichen leicht verdrossenen Ausdruck im eckigen, blassen Gesicht. Doch der Eindruck der Ähnlichkeit war nur flüchtig.

Während sie in einigen Papieren in ihrer Hand blätterte, sagte sie schroff: »Sind Sie Peter Andrew Levin?«

»Ja.« Er blinzelte. »Wenn mich jemand als Hausbesetzer angezeigt hat, so kann ich Ihnen versichern ...«

»Vater von Ellen Dass, alias Gupta?«

Zunächst verschlug es ihm die Sprache. All das lag so lange zurück ... Ein schreckliches Gefühl des Absackens entstand in seinem Bauch, der Mund wurde ihm trocken.

»Also, was ist jetzt?« fuhr ihn die Frau an. »Sie haben doch die Vaterschaft anerkannt, soweit aus unseren Unterlagen hervorgeht!«

Das stimmte. Das stammte aus einer Datei über ihn, die nicht verfälscht war. Schließlich brachte er ein Nikken zustande.

»Na und? Ich habe das Kind seit zehn Jahren nicht mehr gesehen! Kamala wollte das nicht! Und seit sie einen neuen Mann hat, brauche ich nicht einmal mehr Unterhalt zu bezahlen.«

Die Polizistin hörte nicht zu. Sie faltete ihr Papier zusammen und rief ihrem Kollegen zu: »Jetzt haben wir endlich die richtige Stelle gefunden. Bring sie rüber!«

Verstört bemerkte Peter plötzlich, daß sich noch eine weitere Person in dem Auto befand; sie stieg jetzt aus, wobei sie eine Segeltuchtasche umklammerte: ein schlankes Kind mit bronzefarbener Haut in einem Sweatshirt und Jeans, ein Mädchen ungefähr im richtigen Alter, um Ellen sein zu können. Der Fahrer begleitete sie zur Tür.

Als sie näher kamen, sah er, daß sie geweint hatte. Ihre Augenlider waren geschwollen, und sie kaute auf der Unterlippe herum. Sie klammerte sich an ihre Tasche wie ein Schiffbrüchiger an eine Schwimmweste.

Sie blieb vor ihm stehen, blickte aus unglaublich dunklen Augen zu ihm auf und sagte unsicher: »Dad?«

»Was soll das alles?« flüsterte Peter.

»Meinen Sie nicht, Sie sollten uns besser hineinbitten?« wies ihn die Polizistin zurecht.

»Ich … Oh, Herrje!« — er dachte daran, was dieser Besuch der Bullen auf seine neuen Nachbarn wohl für einen Eindruck machen mußte. »Ja, Sie haben sicher recht. Es herrscht noch ein großes Durcheinander, weil ich heute erst eingezogen bin, aber …« *Ach, Scheiße!* »Okay!« Er trat zur Seite und machte eine Handbewegung in Richtung Wohnzimmer. Die Frau trat als erste ein; Ellen folgte, und der männliche Beamte bestand darauf, daß Peter vorausgehen sollte.

Während er die Tür hinter sich schloß, sagte er: »Ich bin Polizeiwachtmeister Jones. Meine Kollegin hier ist Wachtmeister der Weiblichen Polizei Prentis.«

»Sehr erfreut.« Während Peter automatisch diese Worte aussprach, dachte er, daß es so ziemlich die blödsinnigsten waren, die er je in seinem Leben geäußert hatte. Er konnte die Augen nicht abwenden von dieser Fremden, die seine Tochter sein mußte. Genausowenig wie sie von ihm.

»Angemessener Wohnraum«, sagte die Prentis und setzte sich, ohne einen Platz angeboten bekommen zu haben. »Groß genug für ein Kind.«

»Was wollen Sie damit sagen?« fragte Peter unwirsch und ging auf sie zu. »Worum geht es hier eigentlich?«

»In erster Linie geht es um ein Kind, das keine Bleibe hat«, murmelte Jones. »Möchtest du es erklären, Ellen? Nein? Na ja, vermutlich nicht … Nun gut, Mr. Levin.« Er holte tief Luft.

»Erinnern Sie sich an den Flugzeugzusammenstoß vor einigen Tagen? Bestimmt erinnern Sie sich. Sie hatten viel zu sagen, so habe ich gehört, über die Niederträchtigkeit der Regierung, die private Firmen mit der Flugsicherung beauftragt hat. Vielleicht haben Sie recht, vielleicht haben Sie unrecht, aber was jetzt in diesem Zusammenhang interessant ist, ist die Tatsache, daß Trümmer von einer der Maschinen auf das Haus gefallen sind, in dem Ihre Tochter wohnte. Sie war gerade bei Freunden zu Besuch. Als sie zurückkam, war alles vorbei. Alles verbrannt, einschließlich ihrer Mutter und ihres Vaters — entschuldigen Sie, ihres Stiefvaters —, die sich im Haus aufgehalten hatten. Mr. Gupta war sofort tot. Mrs. Dass verstarb heute. Und als wir uns die Daten geben ließen ...«

»Oh, mein Gott!« Peter ertastete sich mühsam den Weg zu einem Stuhl, während er dachte: *Wie hätte ich auf so etwas kommen können? Ich wußte ja nicht einmal, wo Kamala wohnte.*

»Wir hatten ganz schöne Schwierigkeiten, Sie ausfindig zu machen!« sagte die Prentis bissig. »Als ob Sie sich verstecken wollten.«

In beschwichtigendem Ton lenkte Jones ein: »Maggie, Mr. Levin ist ein vielbeschäftigter Mann. Das weißt du doch ...

So, jetzt haben wir die Kleine ja untergebracht, wir sollten gehen. Morgen früh wird eine Sozialarbeiterin vorbeischauen, um einiges zu besprechen, wie zum Beispiel den Antrag auf Entschädigung für die Opfer des Unglücks und die Neuanschaffung von Kleidung und ähnliches ... alles, was ihr geblieben ist, befindet sich in dieser Tasche. Der Rest ist verbrannt. In solchen Fällen ist es am besten, so schnell wie möglich wieder zum normalen Alltag zurückzukehren, obwohl der Weg von hier zu ihrer bisherigen Schule recht weit ist. Na ja, die Sozialarbeiterin wird Ihnen alles erklären. Gehen wir?«

Die Prentis erhob sich ruckartig, und die beiden Polizeileute wandten sich in Richtung Tür.

»Warten Sie!« schrie Peter. »Sie können doch nicht einfach ...«

Im gleichen Moment hätte er sich die Zunge herausreißen können. In ihren Gesichtern sah er einheitlich Verachtung. Doch wie sich herausstellte, hatten beide unterschiedliche Gründe dafür.

Jones sagte, immer noch im gleichen milden Ton, doch jetzt ernster, wie ein Richter: »Falls Sie es noch nicht gehört haben sollten: Hunderte von Menschen wurden von den herabfallenden Bruchstücken getötet, und Tausende verloren ihr Zuhause. Die meisten wurden in notdürftig in Schulen eingerichteten Lagern untergebracht. Doch der Unterricht fängt nächste Woche wieder an, sie müssen also weichen. Sie sollten sich mal die neuesten Nachrichten anhören. Für minderjährige Kinder müssen die nächsten unversehrten Verwandten sorgen. So lautet seit gestern das Gesetz. In Ellens Fall sind das Sie.«

Und die Prentis: »Und überhaupt, es ist schließlich Ihre moralische Pflicht, nicht wahr? Geschieht Ihnen sowieso ganz recht! Wie jedem anderen auch, der mit Negerinnen rummacht! Ein Landesverräter, das sind Sie, daran ändert auch das Band an Ihrem Hemd nichts!«

Peng!

Und weg waren sie; Peter war in Betrachtung der Ruinen von tausend Träumen zurückgeblieben.

»Morgen, Dad — Morgen, Mum!« schrie Terry Owens, als er in die Küche gesaust kam, begleitet von einer Wolke einer teuren Aftershave-Lotion. Er war eigentlich noch nicht so alt, um sich rasieren zu müssen, aber man machte es zur Zeit einfach.

»Guten Morgen, mein Lieber«, antwortete seine Mutter Renee über die Schulter und füllte die Teekanne zum zweitenmal, nachdem sie die erste Runde Tassen vollgegossen hatte. Dann drehte sie sich zu ihm um. »Ist das eine neue Jacke?«

»Mm-hm.« Der Mund des Jungen war bereits mit Cornflakes vollgestopft. »Gefällt sie dir?«

Renee unterdrückte ein Seufzen. Für sie sahen die Klamotten, die derzeit Mode waren, alle so aus, als wären sie einem Secondhand-Trödler abgekauft worden, aber ... »Sie ist gewiß sehr hübsch, mein Lieber«, sagte sie diplomatisch. Dann fügte sie hinzu: »Du wirst Verdauungsbeschwerden bekommen, wenn du dein Essen so hinunterschlingst. Möchtest du ein Ei?«

Terry, der seine Schale mit Conflakes schon fast zur Neige geleert hatte, schüttelte den Kopf. Nachdem er geschluckt hatte, antwortete er: »Das muß reichen. Ich bin spät dran. Bye!«

»Kommst du nach Hause zum ...?«

Sie hatte ›Mittagessen‹ sagen wollen, doch die Füße ihres Sohnes polterten bereits die Treppe hinunter.

Nach einer Weile sagte sie: »Ich mache mir Sorgen um unseren Terry. Er hat sich während der letzten Monate sehr verändert.«

Ohne von seiner Zeitung aufzublicken, brummte ihr Mann Brian: »Is' doch ganz natürlich. Normal in dem Alter. Und ich würde sagen, die Veränderung tut ihm nur gut. Dann läßt er sich in der Schule nicht mehr so fertigmachen wie im letzten Jahr. Tatsächlich hat er inzwischen sogar mehr Freunde, als ich in seinem Alter hatte. Und dazu noch welche, die älter sind als er selbst. Das muß ja bedeuten, daß sie ihn respektieren, stimmt's?«

»Ja, schon, aber ...« Renee biß sich auf die Lippe, setzte sich, rührte Zucker in ihren Tee und starrte ins Leere. »Ich mache mir trotzdem Sorgen. Kann nichts dagegen machen. Ich meine, *schon wieder* eine neue Jakke! Und die vielen Tonbandkassetten, die er kauft! Woher hat er das Geld?«

»Von uns jedenfalls nicht«, entgegnete Brian barsch. »Darüber haben wir schon dutzendmal gesprochen! In unserer Kasse hat noch nie etwas gefehlt, höchstens mal ein Pfund oder so, was wahrscheinlich daran lag, daß Sarah jemandem falsch herausgegeben hat.« Er sprach von dem Mädchen, das samstags in ihrem Lebensmittelladen aushalf. »Das bringt mich drauf: Wie sind wir eigentlich mit der Zeit dran?« Er warf einen Blick auf seine Armbanduhr. »Na, das geht ja noch. Sei ein Schatz und schenk mir noch eine Tasse Tee ein!«

Während sie seinem Wunsch nachkam, beharrte sie weiter: »Aber trotzdem ...«

»Hör mal«, sagte Brian und legte resigniert die Zeitung aus der Hand. »Er *arbeitet* für sein Geld! Er hat es uns doch erzählt. Er ist jeden Samstag und Sonntag unterwegs, und meistens auch noch abends, und macht in der Nachbarschaft allerlei Gelegenheitsarbeiten. Er hat ein ausgeprägtes Verantwortungsbewußtsein, so sehe ich das. Is' doch besser, als wenn er dauernd angerannt käme und uns was vorjammerte: ›Der Soundso bei mir in der Schule hat das und jenes, warum kann ich es nicht auch bekommen?‹ Stimmt doch, oder?«

»O ja, das gebe ich zu. Aber dennoch ...«

»Na gut, strenggenommen ist es nicht ganz legal, noch nicht in seinem Alter, aber er macht es doch gemeinsam mit den älteren Jungen, und sie teilen den Verdienst. Dafür sind Freunde doch da. Man leistet seinen Beitrag, und sie lassen einen niemals hängen. Und außerdem, sie bekommen das Geld immer bar in die Hand. Was das Auge des Gesetzes nicht sieht ...«

Er kippte den größten Teil seines Tees in einem

Schluck hinunter und erhob sich, wobei er sich den Mund abwischte.

»So, Zeit zum Gehen, damit ich Sarah aufschließen kann. Bis nachher. Komm bitte auch bald runter — heute gibt's bestimmt wieder den üblichen Ansturm.«

Auf der anderen Straßenseite war ein Eckladen, in dem vorher für eine kurze Zeit ein Mann einen Video-Verleih betrieben hatte. Die Tür war jetzt aber schon seit sechs Wochen mit Brettern vernagelt. Die Schließung war eine mahnende Erinnerung an ihren bis jetzt einzigen Fehlschlag, und Terry bestand darauf, seine Partner in dem zurückgesetzten Eingang zu treffen, um ihnen stets ins Gedächtnis zu rufen, wo sie ohne ihn wären.

An diesem Morgen erwarteten sie ihn jedoch vor der Eingangspassage.

Ein einziger Blick erklärte den Grund: Irgendein Schwein hatte sie in der Nacht vollgekotzt, und es stank bestialisch darin.

»Wir werden uns deswegen beschweren«, murmelte Terry. »Gefährdung der öffentlichen Gesundheit oder so was. Ich werde nachher anrufen, mich drum kümmern.«

Er war sehr gut darin, seine Stimme und sein Gehabe am Telefon erwachsen erscheinen zu lassen. Er konnte ein entrüstetes Mitglied der Oberschicht mit fast absoluter Vollkommenheit nachahmen. Außerdem wußte er besser als so ziemlich jeder andere in der Gegend darüber Bescheid, was selbst heute noch und sogar von Leuten aus der großen Masse an offiziellem Einschreiten erzwungen werden konnte. Der geplagte Berufsberater an seiner Schule, dessen Mißerfolgsquote beim Finden von Jobs für Schulabgänger inzwischen bei siebzig Prozent lag, hatte einmal ganz ernsthaft gesagt: »Ich werde mir keine grauen Haare wachsen lassen müssen, wenn es bei dir mal soweit ist, Terry. Du betreibst ja bereits jetzt ein Ein-Mann-Bürgerberatungsbüro.«

Terry wußte, was er meinte, doch die anderen Kinder,

die es mitgehört hatten, mußten nach dem Sinn fragen, da doch die BBB's unter dem Verdacht, Brutstätten für subversive Antiregierungs-Machenschaften zu sein, abgeschafft worden waren.

Seine Partner — der harte Kern — waren drei Jungen. Barney war keineswegs Barnabas getauft worden; er hatte sich vielmehr diesen Namen dank seiner Neigung zu Raufereien erworben. So, wie er gebaut war, und mit einem Gewicht, das ungefähr das Doppelte von Terrys war, gewann er meistens. Terry fragte sich manchmal besorgt, was passieren würde, wenn er einmal anfing mehr zu verlieren als zu gewinnen. Taff wurde aus dem üblichen Grund Taff genannt, nämlich weil er aus Wales stammte; wenn sich jemand über seinen Akzent lustig machte, pflegte er die Leute zu fragen, ob er denn nicht eher das Recht habe, auf Englands Straßen herumzulaufen, als das ganze Gesocks von Packies und Windies, und wenn ihm jemand nicht zustimmte, büßte er es mit einem blauen Auge oder einer anderen Schramme. Der dritte, der älteste — fast achtzehn — war als Rio bekannt, denn er bevorzugte gepunzte Lederstiefel und einen Matador-Hut, den sein Vater aus Spanien mitgebracht hatte, und er erzählte gern, wie er am Strand von Benidorm sich der Oben-ohne-Talente kaum erwehren konnte, ungeachtet der Tatsache, daß aufgrund der Wirtschaftsflaute das Touristikgeschäft vollkommen am Boden lag und er nie weiter als nach Whitley Bay von zu Hause weggekommen war — dort hatte er übrigens das Messer erworben, das er im rechten Stiefel trug.

Terry hatte ihre jeweiligen Stärken mit Bedacht kultiviert und gemeinsam stellten sie eine furchterregende Macht dar.

Doch heute hatte er das eine oder andere Hühnchen mit ihnen zu rupfen.

»Also, zur Sache!« verkündete er in seiner zu früh tief gewordenen Stimme. »Rio, was muß ich da hören — du trägst Mr. Lees Mülltonnen nicht hinaus? Wie oft habe ich dir schon gesagt: Man muß uns dabei sehen, daß wir irgend etwas *tun!* Wir müssen ein ehrliches Verhalten zur Schau stellen! Da ist doch nicht allzuviel dabei, oder? Es bringt uns fünfzehn Piepen ein, und es dauert nur eine Viertelstunde. Oder ist für dich ein Scheinchen pro Minute zu wenig?«

Verlegen wackelte Rio unter dem eindringlichen Blick des Jüngeren von einem Fuß auf den anderen. »Er wollte es mich diese Woche nicht machen lassen«, murmelte er. »Sagte, er würde diesmal nichts bezahlen. Und überhaupt nie mehr.«

»Dieses alte Mistschwein!« rief Terry. Mr. Lee war Besitzer einer Fisch-und-Chips-Bude und Abholküche für chinesisches Essen: ein dünner, ständig besorgter Mann mit einer kleinen, fetten Frau und einem Schwarm nicht voneinander unterscheidbarer kleiner Kinder mit flachen Gesichtern und undurchdringlichen Mienen, die durch den Schlitz eines Vorhangs die Kundschaft begafften.

»Das gleiche gilt für Mr. Lal!« rief Taff. Lal war ein Inder, der einen Laden mit Zeitungen, Tabakwaren und Süßigkeiten betrieb. Sein Schaufenster war mit einem dichten Eisengitter verrammelt, weil Pakistanis wiederholt Anschläge auf ihn verübt hatten. Der auf dem südasiatischen Subkontinent brodelnde Krieg hatte an vielen weit entfernten Orten solche Kleinkämpfe entfacht. Er sprach mit einem Akzent, der ›Bombay-Welsh‹ genannt wurde, und Taff imitierte ihn mit größter Begeisterung. In diesem Stil fügte er also hinzu: »Vielmals Verzeihung, Mister Sir! Hab' ich nicht genug Einnahmen mehr, Sie nicht können meine unverkauften Zeitungen wegbringen.«

»Ich glaube, sie verschwören sich gegen uns«, brummte Barney, und ein Grinsen teilte die breitgeschlagenen Lippen unter einer zweimal gebrochenen Nase. »Was sollen wir dagegen machen, Terry?«

Inzwischen schlenderten sie die Straße hinunter. Frühe Einkaufsbummler wichen nervös aus, um sie vorbeigehen zu lassen, selbst wenn das bedeutete, daß sie Kinderwagen und Handkarren auf die Straße schieben mußten. Die Jungen nahmen es nicht zur Kenntnis.

»Nun, ich glaube, ich sollte Mr. Lee mal darüber aufklären, daß ich den Flammpunkt von handelsüblichem Bratöl kenne, meint ihr nicht?« sagte Terry nach kurzem Nachdenken. »Und ich weiß auch, was bei einer höheren Temperatur alles brennt!«

Rio kicherte. Barney sah enttäuscht aus. Diese Art von Aktion war für seinen Geschmack zu wenig direkt.

»Und«, fuhr Terry fort, »Mr. Lal muß ich wohl mal erklären, daß Leute, die ihre Zeitungen nicht bekommen, auch nicht zahlen. Wir kennen doch all die Jungs, die für ihn als Boten arbeiten, oder? Begriffen?«

Taff grübelte einen Moment lang, dann sah er den Zusammenhang und signalisierte das mit zwei erhobenen Daumen, begleitet von einem breiten Grinsen.

»*Und*«, schloß Terry, »Ich werde ihnen auch mal sagen, daß ihre wöchentliche Zahlung auf zwanzig Piepen heraufgesetzt wird, weil sie sich so störrisch benehmen.«

Bei dieser Bemerkung sah sogar Barney zufrieden aus, und sie trennten sich im besten Einvernehmen.

Brian wollte an diesem Abend gerade den Laden zumachen, da hörte er ein Klopfen an der Tür. Er war im Begriff zu brüllen: »Tut mir leid, zu spät!« als er den Besucher durch die Scheibe erkannte und sich anders besann. Er kannte Mr. Lee vom Sehen, natürlich, doch er und seine Familie blieben vollkommen unter sich, so wie es die Leute in diesem Viertel am liebsten taten. Er hatte noch nie bei ihm etwas gekauft, und seinem Gesichtsausdruck nach zu schließen, kam er auch jetzt nicht als Kunde.

Während er die Tür öffnete, sagte er unsicher: »Guten Abend, Mr. Lee. Was gibt es?«

»Es geht um Ihren Sohn. Kann ich Sie für einen Augenblick sprechen?«

Brian zögerte. Dann brummte er: »Na gut. Kommen Sie mit rauf!«

»Abend Mum! Abend, Dad!« rief Terry, als er ins Wohnzimmer gesaust kam.

Und wie angewurzelt an der Tür stehenblieb. Der Fernsehapparat lief, wie üblich, doch der Ton war abgedreht. Und es war Besuch da.

Sein Herz pochte wild. Das roch nach Unannehmlichkeiten!

Doch seine Mutter sagte rasch: »Darf ich Ihnen eine Tasse Tee anbieten, Mr. Lee? Obwohl ich annehme, daß er mit dem, was Sie in China haben, natürlich nicht vergleichbar ist.«

Ein Gefühl der Erleichterung durchflutete Terry, und plötzlich empfand er sich wieder als besonnener Herr der Lage. Dies war ein Zeichen dafür, daß Mr. Lee soeben erst gekommen war; das Anbieten von Tee geschah bei seiner Mutter so automatisch wie der Kniezuckreflex und war das erste, was ihrem »Darf ich Ihnen den Mantel abnehmen?« Und »Bitte nehmen Sie doch Platz« folgte.

Brian sagte: »Mr. Lee sagte, er möchte dich sprechen, Terry.«

»Ach, wie schön!« Der Junge ging auf Mr. Lee zu, nahm seine Hand und schüttelte sie warmherzig. »Und ich wette, ich weiß bereits, was er sagen möchte. Mal sehen, ob ich recht habe. Er ist gekommen, um sich lobend über die Arbeit zu äußern, die ich und meine Freunde für ihn erledigen — stimmt das, Mr. Lee? Er ist gekommen, um zu sagen, daß wir für ihn eine so große Hilfe bedeuten, daß er unsere Bezahlung erhöhen möchte — stimmt das, Mr. Lee? *Stimmt das?*«

Er konnte geradezu fühlen, wie sich die Zehen des Mannes in den Schuhen krümmten. Nach einer Weile antwortete er dumpf:

»Ja. Ja, das stimmt. Vielen Dank, Missis, aber ich glaube, ich kann nicht zum Tee bleiben. Jetzt wissen Sie ja Bescheid, und ich muß zurück. Wir öffnen in einer halben Stunde. Entschuldigen Sie mich bitte.«

Und er ging zur Treppe.

»Also, so was!« sagte Renee, während sie ihm nachblickte. »Das war ein sehr komischer Besuch, das muß ich schon sagen!«

»Ach ja, bei der orientalischen Mentalität weiß man nie, woran man ist«, erklärte Terry großspurig. »Ihr Denken funktioniert anders als unseres — das kann man überall nachlesen ... Was gibt's zum Essen? Ich habe wahnsinnigen Hunger!«

Später, während er sich umzog, um am Abend auszugehen, überlegte er:

So ganz anders kann ihr Denken nicht funktionieren, natürlich nicht. Selbst ein Schlitzauge wie er erkennt die Butterseite vom Brot — ach nein, sie essen ja kein Brot, oder? Dann eben die Saucenseite der Nudeln.

Und damit erntete er einen Lacherfolg, als er sich später mit seinen Partnern in ihrer Stammkneipe traf; der Wirt dort war übrigens zu klug, um Terry keinen Alkohol auszuschenken, obwohl er dem Gesetz nach noch zu jung dazu war.

Hier ist der Sender TV-Plus. Es folgen Nachrichten.

Die Ermittlungen im Zusammenhang mit der Katastrophe, durch die im vergangenen Jahr Hunderte von Menschen obdachlos geworden sind, haben ergeben, daß die Explosion durch ein Versehen bei der Durchführung einer bislang nur im Labor erprobten chemischen Reaktion auf industrieller Ebene ausgelöst worden war. Eine Mineralwasser-Abfüllfirma, die ihren Betrieb wegen der Verseuchung der Naturquellen einstellen mußte, wird die Verursacherfirma, Flixotrol, auf eine Million Pfund Schadenersatz verklagen.

In Tottenham, London, wurde ein farbiger Jugendlicher heute beinah zu Tode geprügelt, weil er sich geweigert hatte, ein Thrower-Band zu tragen. Wilfred Holder, siebzehn ...

Die folgende Woche erwies sich in Wirklichkeit als nicht ganz so entsetzlich, wie Peter während jener unerträglichen Minuten, nachdem die Polizisten hinausmarschiert waren und die Tür hinter sich zugeschlagen hatten, befürchtet hatte.

Nicht *ganz* ...

Doch das war ein schwacher Trost dafür, daß er diese Fremde ständig um sich herum hatte. Ihm kam der Gedanke an einen Mühlstein, an einen Hals gebunden ...

Schlimm war, daß er sich nun in der Situation befand, sich auf noch weniger Raum zum Leben und Arbeiten beschränken zu müssen als in seiner alten Wohnung, denn Ellen brauchte ein Zimmer für sich allein. Die Sozialarbeiterin, die pünktlich am nächsten Morgen erschienen war, hatte ihm einen ganzen Stapel von Broschüren dagelassen, denen er die gesetzlichen Bestimmungen entnehmen konnte, nach denen ein eigenes Zimmer für sie unerläßlich war. Das ganze Verhalten der Frau hatte angedeutet, daß sie ihn verdächtigte, eine Vergewaltigung seiner Tochter zu planen, sobald sie gegangen wäre.

Und natürlich ergaben sich zahllose kleine Unannehmlichkeiten — wie zum Beispiel, daß er jetzt für den

Weg zum Bad und zurück einen Bademantel anziehen mußte. Er besaß keine Schlafanzüge, schon seit er ein Junge war nicht mehr, und hatte sich automatisch angewöhnt, in der Wohnung nackt herumzulaufen, denn wenn einmal jemand bei ihm war, dann war sie mit Sicherheit in der Nacht zuvor in seinem Bett gelegen.

Noch schlimmer jedoch war, daß er den nächsten wirklich lukrativen Auftrag, der ihm von TV-Plus angeboten wurde, ablehnen mußte. Einem Gerücht zufolge waren nach den Vorbereitungsarbeiten für den Bau des Kanaltunnels in Kent tollwütige Ratten aufgetaucht. In einer der letzten Sendungen hatte *Continuum* über das Grassieren der Tollwut berichtet, die sich immer weiter zur französischen Küste hin ausbreitete, so daß Peter der geeignete Mann gewesen wäre, sich dieses Themas anzunehmen. Statt dessen hatte er hilflos um Verständnis ringen müssen: »Ellen ist ein Opfer der Heathrow-Katastrophe — ich muß eine Schule für sie ausfindig machen, kann sie nicht einfach sich selbst überlassen, dafür ist sie noch viel zu jung, und überhaupt, nach allem, was sie durchgemacht hat …«

»Dann muß ich eben versuchen, jemand anderes dafür zu gewinnen.«

Klick.

Und damit war auch die Aussicht auf einen Firmenwagen gestorben.

Doch das vielleicht schlimmste an der ganzen Sache war, daß dieses scheue, rehäugige Wesen, dieser zerbrechliche, mehr als verwaiste Spielball der bösen Schicksalsmächte — diese Noch-nicht-Person, deren Existenz zugegebenermaßen auf einem Fehler beruhte —, so ungemein emsig darauf bedacht war, es ihm recht zu machen. Sie wollte nicht sein, was sie erkannte zu sein: eine Last. Also bat sie um die Erlaubnis, ihm aus dem Weg gehen zu dürfen, den Abwasch zu erledigen, ihre erbärmlich wenigen Kleidungsstücke, die er gegen ihren heftigen Protest durch einige Neukäufe ergänzt hatte, zu waschen, unbeweglich vor dem Fernsehgerät zu sitzen, mit Kopfhörern auf den Ohren, damit er nicht durch den Ton gestört würde …

Nein. Das war nicht das schlimmste. Das schlimmste war, daß sich der Verdacht bei ihm einschlich, er hätte besser daran getan, Kamala durch gutes Zureden zu versöhnen, als sie damals einen Jähzornsausbruch hatte, weil sie dahintergekommen war, daß er … nun ja, daß er etwas getan hatte, über das sie außer sich war. Er hatte sie sehr gemocht: eine schlanke, hübsche Krankenschwester, die er während des Medizinstudiums kennengelernt hatte. Doch dann, durch unglückliche Umstände …

Er schob diesen Gedanken beiseite, oder er versuchte es wenigstens. Trotz aller Bemühungen tauchten immer wieder Bilder vor seinem geistigen Auge auf, wie sein Leben jetzt aussehen könnte: als niedergelassener Arzt mit einer gut eingeführten Praxis, einer Frau zur Seite, die ihn mit Rat und Tat unterstützte, und einer Tochter, die die nächstgelegene Schule besuchte …

Halt! Man hätte mich auf der Straße gesteinigt!

Wenn es nach Leuten wie der Polizistin Prentis ging …

Einige Probleme verflüchtigten sich mit überraschender Geschwindigkeit. Damals hatte es für ihn keine Bedeutung gehabt, doch zu den Vorzügen, die ihm der Immobilienmakler, über den er diese Wohnung gekauft hatte, aufgezählt hatte (wann wurde übrigens endlich seine alte verkauft? ›Zu verkaufen‹-Schilder waren in London so zahlreich wie rote Flecken bei einer Maserninfektion, und — als ob er nicht schon genug Scherereien hätte — ein potentieller Käufer war von der Bank für eine so hohe Hypothek als nicht sicher genug eingeschätzt worden, so daß er jetzt unfreiwilliger Besitzer von zwei Wohnungen war!) hatte der Umstand gehört, daß es eine Schule in der Nähe gab, die zu Fuß erreichbar war. Er ging mit Ellen hin, erzählte der Direktorin ihre Geschichte und wurde mit Mitgefühl überhäuft. Einige Hebel müßten in Bewegung gesetzt werden, und vielleicht könnte sie erst eine Woche nach Unterrichtsbeginn in ihrer Klasse aufgenommen werden, aber — nun ja, es ließe sich machen.

Dies war ein Meilenstein, der das erste Mal kennzeichnete, daß er seine Tochter direkt nach ihrer Meinung fragte, abgesehen von solchen Belanglosigkeiten wie dem Einkauf fürs Abendessen und ähnlichem. Dort im Büro der Schuldirektorin griff er nach ihrer Hand und fragte: »Bist du damit einverstanden, in diese Schule zu gehen?«

Ihre Augenlider waren noch immer geschwollen, und an den meisten Abenden hörte er, daß sie sich in den Schlaf weinte; mehr als einmal war sie schreiend aufgewacht, weil sie einen Alptraum von brennenden Häusern gehabt hatte. Doch jetzt lächelte sie und erwiderte seinen Händedruck.

»Ja, Dad. Ich glaube, hier könnte ich ganz gut zurechtkommen.«

Es geschah am Abend desselben Tages, als er etwas zum Essen zusammengebastelt hatte, daß er sie mit den Worten rief: »Liebling, es ist angerichtet!«

Diesem Ereignis folgte, daß sie ihm zum erstenmal einen Gutenachtkuß gab.

Am nächsten Tag rückte sie mit der Mitteilung heraus, daß sie an ihrer bisherigen Schule im Umgang mit Computern unterwiesen worden war. Ob sie vielleicht ...? Weil, als sie ihm bei der Arbeit zugesehen hatte ...

Er hatte ein Gerät übrig, das er hatte verkaufen wollen, sobald er einen Kunden dafür fände. Nun ja, viel mehr als den Schrottpreis hätte er sowieso nicht dafür erzielt. Er schaltete es ein, und es erwies sich als noch betriebsbereit. Als er ihr sagte, daß es ihr gehörte, umarmte sie ihn — zum erstenmal —, und danach schien sie vollkommen zufrieden damit zu sein, allein in ihrem Zimmer zu sitzen und daran herumzuspielen. Oder mit seinem alten Apparat fernzusehen, oder seiner alten Stereoanlage zu lauschen. Manchmal bat sie auch, sich eins seiner alten Bücher ausleihen zu dürfen, und erklärte, sie hätte noch nie so viele Bände gesehen, außer in der öffentlichen Bücherei.

Trümmerkinder.

Das traf nicht zu, doch der Ausdruck ging ihm aus irgendeinem Grund im Kopf herum. Er konnte sich aus seiner eigenen Kindheit nicht daran erinnern, sondern wußte nur, was man ihm darüber erzählt hatte. Die Vorstellung hatte den Ruch von etwas, das er nicht eindeutig bestimmen konnte.

Doch dann kam ihm ein weiterer vergessener Ausdruck in den Sinn:

Schlüsselkinder.

Mit anderen Worten: ein Kind, das von der Schule in ein leeres Haus heimkehrte, weil beide Eltern arbeiteten. Auch er selbst war ein solches Kind gewesen, wenn auch zum Glück nur während einer ganz kurzen Zeit, nachdem sein Vater seine Mutter wegen einer anderen Frau verlassen hatte ...

Das veranlaßte ihn, die Schuldirektorin noch einmal anzurufen und sich nach jemandem zu erkundigen, der Kinder am Nachmittag beaufsichtigte. Ja, es gab einen entsprechenden Dienst, aufgrund des hohen Prozentsatzes alleinerziehender Eltern in dieser Gegend.

Die Gebühr dafür war absolut überzogen. Leichtsinnigerweise ließ er sich trotzdem darauf ein, indem er sich selbst einredete, daß er, wenn er nicht frei wäre, um zu arbeiten, auch für niemanden den Unterhalt aufbringen könnte, wie auch immer. Und als er Ellen fragte, wie es an ihrem ersten Tag in der Schule gelaufen sei und ob sich bis zu seinem Nachhausekommen jemand eingehend um sie gekümmert habe, nickte sie, grinste überraschenderweise und umarmte ihn erneut.

Vielleicht hat Kamala letztendlich doch nicht soviel gearbeitet ... Arbeit! Meine wird langsam zu einer richtigen Schinderei! Den ganzen Tag bin ich auf den Beinen! ...

Also, wieder ans Werk! Gleich jetzt, da Ellen offenbar zufrieden damit war, sich früh zurückzuziehen und ihn in Ruhe zu lassen.

Offenbar. Das mußte nicht bedeuten, daß es wirklich so war. Oder?

Trotz allem empfand er jedoch eine eigenartige Selbstzufriedenheit, als er sich nach dem Abendessen an seinen Schreibtisch setzte und seine Termine für den nächsten Morgen sortierte. Im Hintergrund seines Bewußtseins war ein warmes Glühen, als ob er ein besonders schwieriges Bewerbungsgespräch für einen neuen Job erfolgreich hinter sich gebracht hätte.

Zu guter Letzt ordneten sich alle Dinge hübsch an ihren Platz. Ellen ging jetzt zur Schule, die Lehrer und offenkundig auch die Mitschüler zeigten Mitleid wegen des Verlustes, den sie erlitten hatte — sie war am Samstag zu einer Teegesellschaft eingeladen (seltsam, sehr *seltsam,* wenn er auf dem Bildschirm die Liste seiner eigenen Termine betrachtete und daneben einen zweiten Terminplan sah!) — nun konnte er also seine eher lächerlichen Sorgen beiseite schieben und neue Pläne machen. Zum Beispiel war der *Comet* noch immer in der Schwebe, und Gerüchten zufolge sollten neue Geldmittel hineingepumpt werden. Bevor diese Transfusion versiegte, sollte er die Chance wahrnehmen ...

»Dad?«

Das war Ellens Stimme, wie üblich schüchtern und voller Unsicherheit. Er drehte sich mit einem Seufzer zu ihr um.

»Dad, es tut mir furchtbar leid, aber ich blute. Ich habe mich ausgezogen und bin ins Bett gegangen, und als ich schon halb eingeschlafen war, habe ich bemerkt, daß ich eine unheimliche Schweinerei auf dem Laken gemacht habe! Mum hat mich zwar gewarnt, daß ich damit rechnen müßte, aber ich habe nie gedacht, daß ...! *Es tut mir leid!*«

Ein Wimmern und Tränen, die sie zu unterdrücken versuchte.

Das war etwas, mit dem Peter sich niemals auseinandergesetzt hatte, weil er noch nie mit einer Frau zusammengelebt hatte. Es hatte ihn höchstens mal während einer Beziehung aus der Fassung gebracht. Natürlich hatte Kamala, da sie ja Krankenschwester war, Ellen mit den Tatsachen des Lebens vertraut gemacht, doch zwischen Theorie und Praxis ...!

Nun ja, es war allgemein bekannt, daß unter besonderer seelischer Belastung die Periode früher einsetzte. Und welche größere seelische Belastung konnte es geben, als die Katastrophe, die sie durchgemacht hatte?

Er improvisierte. Und nachdem er seine Aufgabe erfüllt hatte, hatte er das Gefühl, außerordentlich gut improvisiert zu haben. Die neue Frau war bestens ausgerüstet mit Watte, um den Blutstrom aufzufangen, und einem strammsitzenden Slip, damit die Watte an Ort und Stelle blieb, obgleich sie die Nacht in einem alten, durchgewetzten Schlafsack verbringen müßte und er gezwungen war, seinen Zeitplan für morgen noch einmal über den Haufen zu werfen und einen ausgiebigen Besuch in der Wäscherei vorzusehen ...

Doch er hatte sie kuschelig eingewickelt und gefragt, ob sie Schmerzen hätte, was nicht der Fall war, und dann hatte er sich erinnert, daß auch Kamala oft davon überrascht worden war (einmal im Bett ...); er machte ihr eine Tasse eines krampflindernden Tees und ließ sie allein, damit sie fernsehen konnte. Im großen und ganzen war er beeindruckt von seiner Fähigkeit, mit ungewöhnlichen Situationen fertigzuwerden.

Wenn nur meine Fähigkeit, für ein Auskommen zu sorgen,

ähnlich gut ausgeprägt wäre! Dann wäre ich aus dem Schneider!

Das Telefon klingelte.

Ach du Scheiße! »Ja?«

Kühl, gelassen, eine Frau mit amerikanischem Akzent. »Sie hören sich so an, als hätten sie genausoviel Probleme wie ich.«

Erinnerungsbrocken knallten in Peters Kopf zusammen wie Eisberge. Er platzte heraus: »Claudia Morris!«

»Ja. Haben Sie meinen Anruf erwartet? Waren Ihre Verbindungen gut genug, daß Sie früher als ich vom Niedergang einer weiteren Bastion der Vernunft gehört haben?«

»Ich ...« Aber es wäre töricht gewesen, etwas erklären zu wollen. Statt dessen gab er klein bei, als ob er die Waffen in einem aussichtslosen Fechtkampf streckte.

»Wie haben Sie mich gefunden? Ich bin umgezogen!«

»Ach!« Ein Laut wie ein Ausspucken. »Ich habe mich in mehr als einem Punkt geirrt! Ich dachte, dieses Land wäre von einem Netz der Geheimhaltung überzogen. Aber nur Ihre Regierung ist geschützt. Möchten Sie etwas über die Privatangelegenheit eines Bürgers herausfinden? Schmieren Sie die richtige Stelle ...«

»Sagen Sie so etwas nicht am Telefon!«

»Man hat Sie drangekriegt wie alle anderen, was? Ich wette, Sie tragen neuerdings ein rot-weiß-blaues Band an Ihrem Geschäftsanzug — wie es sich für einen braven Jungen gehört!«

»Claudia, um Himmels willen ...!«

»Schluß mit dem Wahnsinn!« Ihre Stimme klang plötzlich schrill. »Ich muß mit Ihnen reden! Und übrigens, eine Analyse sämtlicher abgehörten Gespräche würde bis zum Sankt-Nimmerleins-Tag dauern. Ich möchte Sie treffen, und zwar um ...«

»Ich kann nicht!«

»Aha. Sie stehen also auch unter deren Fuchtel. Na ja, schade um Sie. Es tut mir leid um Sie.«

»*Warten Sie!*« — Im letzten Moment dämpfte er seine Stimme so, daß er Ellen nicht störte.

»Und warum?«

»Sie haben mir noch nicht gesagt, warum Sie mich sprechen möchten.«

»Haben Sie es noch nicht gehört? Die fiesen Fundas haben die anderen Fundas abgelöst ...«

»Ach so. Warten Sie mal, ich glaube, ich weiß, was Sie meinen. Aber ich bin über die neueste Entwicklung nicht im Bilde.«

»Wäre das nicht eigentlich Ihr Job?« — höhnisch.

»Ich bin total im Streß. Meine Tochter ...«

»Das hört sich nicht gerade sehr väterlich an.«

»Ach, hören Sie auf, ja! Sie hat heute abend zum erstenmal ihre Periode bekommen, und ich habe versucht, es ihr einigermaßen erträglich zu machen!«

Eine Weile herrschte Schweigen. Schließlich sagte Claudia: »Es tut mir leid. Ich wußte gar nicht, daß Sie verheiratet sind.«

»Ich bin nicht verheiratet. In Wirklichkeit ...« — er suchte nach der alten Bezeichnung, die ihm irgendwo im Kopf herumschwebte, und stürzte sich auf sie, wie sich ein Falke auf seine Beute stürzt — »ist sie ein Bankert. Doch ihr Zuhause brannte bei der Heathrow-Katastrophe nieder, deshalb habe ich sie in meine Obhut genommen.«

Als Claudia wieder sprach, war ihr Ton merklich herzlicher.

»Ich möchte trotzdem mit Ihnen reden. Genaugesagt, ich *muß* mit Ihnen reden. Können wir uns treffen, um ...«

»Heute abend soll ich ausgehen? Sie spinnen wohl! Ein Kind ganz allein lassen, das zum erstenmal seine Periode hat! Da setze ich mich doch lieber neben ihr Bett!«

»Kann ich dann vielleicht zu Ihnen kommen?«

Peter dachte einen Moment lang nach, hin- und hergerissen zwischen zwei Verpflichtungen. Schließlich siegte die berufliche Seite.

»Na gut«, seufzte er. »Um welche Zeit?«

»Ich kann in einer halben Stunde bei Ihnen sein.«

»Ich erkläre Ihnen den Weg ...«

Sie unterbrach ihn.

»Wenn ich nicht wüßte, wo Sie wohnen, wie hätte ich Sie dann anrufen können? Aber keine Sorge! Alle Aufzeichnungen darüber, welche Teilnehmer ich angewählt habe, löschen sich von selbst, sobald ich den Hörer auflege. Oh — noch etwas!«

»Ja« — ungeduldig, denn er spürte Ellens große traurige Augen auf sich ruhen.

»Was für einen Computer haben Sie?«

Er nannte die Marke.

»Das ist gut. Ich werde eine Diskette mitbringen. Bestimmt wird sie Sie interessieren ... Bis in einer halben Stunde.«

Ellen brauchte noch mehr Watte. Die Blutung war dafür, daß es das erstemal war, ganz beträchtlich. Als sie einigermaßen gestillt war, fragte sie, ob sie sofort wieder ins Bett müßte. Da er befürchtete, wenn er darauf bestünde, würde sie es als persönliche Zurückweisung auffassen, gestattete er ihr aufzubleiben, bis sein Besuch einträfe. Daraufhin kuschelte sie sich gleich neben ihm auf der Couch zusammen, um die Fernsehnachrichten zu verfolgen.

Wer bin ich? Wo bin ich? Bin ich in einer Falle gefangen, die schlimmer ist, als sie der schlimmste Alptraum hervorbringen könnte, oder stehe ich kurz vor dem Durchbruch, um mir einen Namen zu machen und zu Ansehen zu gelangen? Das schlimmste: Bin ich vielleicht einer ungeheuerlichen Ge-

schichte auf der Spur, die ich wegen Ellen nicht verfolgen kann?

Sie ist ein süßes Kind. Sie ist so nett, daß ich es jetzt bedaure, nicht mit Kamala in Kontakt geblieben zu sein. Aber trotzdem empfinde ich sie als Fessel.

Renato Tessolari war unglaublich stolz auf seinen Sohn — sein einziges Kind — GianMarco. Wie er immer wieder gern betonte, hatte der Junge das schwarze Haar von ihm und die braunen Augen seiner Frau Constanza, auch wenn ansonsten wenig Ähnlichkeit festzustellen war.

Und der Umstand, daß er nach sieben kinderlosen Jahren geboren wurde! Als Renato langsam ernsthaft befürchtete, daß der Fehler bei ihm liegen könnte, denn er hatte in seiner Jugend durchaus ein ausschweifendes Leben geführt, und nicht ein einziges Mal war eins der Mädchen, mit denen er das Lager geteilt hatte, schwanger ...

Nun, letztendlich hatte sich alles zum Guten gewendet. Große Dankbarkeit schuldete er vor allem GianMarcos Onkel, seinem Schwager Fabio Bonni, der so gut Bescheid wußte über die neuesten Errungenschaften der Wissenschaft und vorgeschlagen hatte, Constanza sollte doch nach England reisen, wo die Ärzte unglaubliche Fortschritte in der Behandlung von Unfruchtbarkeit vorweisen konnten.

Die Therapie hatte Wunder gewirkt! Bereits innerhalb eines Monats nach ihrer Rückkehr war sie lächelnd zu ihm gekommen und hatte ihm ihre Schwangerschaft verkündet, und ihm war, als ob ihm eine zentnerschwere Last von der Seele genommen worden wäre.

Denn was wäre ohne einen direkten Erben aus den Ländereien geworden, die seit dem siebzehnten Jahrhundert im Besitz der Familie Tessolari waren? Sie wären vielleicht irgendwelchen Vettern zugefallen — von denen die meisten droben im Norden lebten und ihr Geld mit Dingen verdienten, die absolut nichts mit Mutter Erde zu tun hatten. Sie waren nicht die Menschen für den ewig gleichen Kreislauf der Jahreszeiten; sie hatten keinen Sinn für das Pressen von Öl, das Verkaufen von Trauben, das Ernten von Tomaten, das Trocknen von Mais. Nein, sie zogen das Gewühl und die Geschäftigkeit der großen Städte vor: Mailand, Turin, Marghera. Die alten Traditionen des *Mezzogiorno* waren ihnen fremd geworden, als ob sie Fremde in der eigenen Heimat wären, und wenn die Ländereien in ihren Besitz übergingen, dann wäre ihre größte Sorge, wie schnell und für wieviel sie sie verkaufen könnten.

Dieses Gefühl hatte zumindest Renato, und laut und heftig stimmte ihm Fabio bei und blinzelte Constanza gelegentlich unbemerkt zu.

Nach und nach lernte GianMarco, seinerseits stolz auf seinen Vater zu sein. Als er acht oder neun Jahre alt war, fing er an zu begreifen, wie es in der Welt der Erwachsenen zuging; als er zehn war, empfand er es als angenehme Selbstverständlichkeit — weil seine Familie schon seit so langer Zeit zu den Großgrundbesitzern gehörte —, daß der Gemeinderat niemals eine Entscheidung treffen würde, die den Interessen der Tessolaris entgegenstünde. Renato war natürlich selbst Gemeinderat, und er war auch schon mal Bürgermeister gewesen. Das gleiche galt für seinen Vater, seinen Großvater und zahlreiche seiner Onkel. Und der Einfluß der Familie dehnte sich schließlich bis auf Provinzebene aus und sogar bis nach Rom. Darüber hinaus gab es noch einige andere Dinge, auf die er stolz sein durfte, wie man ihm versicherte. Bei dem herrschaftlichen Landhaus, in dem er aufgewachsen war, mochte zwar der Stuck von der Fassade stellenweise abgebröckelt sein — doch es hatte einst als Unterschlupf für einen von Garibaldis Gesandten, der in geheimer Mission unterwegs war, gedient. Der Wagenpark seiner Eltern bestand zwar aus gängigen Fiat-Typen und nicht etwa aus aufsehenerregenden Ferraris — doch sein Ur-Urgroßvater Ruggiero war der erste in der ganzen Region gewesen, der überhaupt ein Auto besaß, und mannigfaltig waren die Anekdoten darüber, wie die Bauern entsetzt waren, als eine Kutsche über die Straßen rollte, die nicht von Pferden gezogen wurde.

Dennoch fragte er Renato manchmal, warum die Familie eigentlich nicht mehr so außergewöhnlich reich war, wie sie es zu Zeiten des alten Ruggiero gewesen sein mußte, und jedesmal erhielt er die gleiche Unterweisung über die wahre Natur des Reichtums. »Angenommen«, pflegte sein Vater dann in schulmeisterhaftem Ton zu erklären, »es käme wieder mal eine Wirtschaftskrise. Das Geld hätte keinen Wert mehr, wie es schon so oft in der Vergangenheit geschehen ist. Dann könntest du erleben, wie unsere ›wohlhabenden‹ Verwandten bei uns angekrochen kämen und um Hilfe flehten — bei uns, die wir Nahrungsmittel anbauen können. *Das* ist die vortrefflichste Quelle allen Reichtums: das Land. Ich werde nicht ewig da sein, weißt du. Doch ich werde dir das beste Vermögen hinterlassen, das man sich nur wünschen kann. So, jetzt komm mit! Wir müssen einen Besuch machen bei ...« — und dann nannte er den Namen eines Pachtbauern, der vielleicht seinen Pflichten in letzter Zeit nicht ordentlich nachgekommen oder in dessen Familie jemand krank geworden war und der deshalb ein Darlehen brauchte, um den Arzt bezahlen zu können.

Seinen Pächtern gegenüber benahm sich Renato wie im Umgang mit seinem Sohn: streng oder leutselig, je nachdem, wie es die Situation erforderte. Als der Junge zwölf Jahre alt war und damit in einem Alter, um in die Geschäfte miteinbezogen zu werden (überdies war er auch körperlich zum Manne herangereift), wurde ihm gestattet, in einer Ecke sitzend den Unterredungen beizuwohnen, die sein Vater mit seinen Verwaltern führte, und zuzuhören, wie dieser seine Urteile fällte: Dieser Mann war wertlos und mußte weggeschickt werden, doch jener andere, der an sich noch weniger taugte, hatte schließlich letztes Jahr seine Frau verloren und noch keine neue gefunden, also mußte man mit ihm Nachsicht üben ...

GianMarco lauschte mit stolz geschwellter Brust und

fieberte der Zeit entgegen, wenn er seinem Vater bei so wichtigen Angelegenheiten zur Seite stehen könnte.

Diese Gelegenheit ergab sich früher, als er erwartet hatte.

Eines Tages im Herbst desselben Jahres, als die Ernte in vollem Gange war, fuhr Renato mit ihm in eine fünfzig Kilometer entfernte Stadt, um Verwandte zu besuchen. Seine Mutter fuhr nicht mit, angeblich, weil sie sich nicht wohl fühlte — doch sie hatte keinerlei Anzeichen eines Leidens gezeigt. Ihr Bruder blieb jedoch bei ihr zu Hause, um ihr Gesellschaft zu leisten, also ... Und sie machten sich auf den Weg: zwei Männer unter sich, wie Renato schmunzelnd bemerkte.

Irgend etwas Unfaßbares verriet GianMarco, daß er zum erstenmal in die Angelegenheiten der Erwachsenen direkt miteinbezogen werden sollte. Er wartete aufgeregt darauf zu entdecken, um was es sich handeln mochte.

Sie blieben lang aus. Es war schon stockdunkle Nacht, als sie sich auf den Heimweg machten, und sie wählten eine Strecke, die geringfügig von der üblichen abwich. Zunächst war GianMarco verdutzt. Doch dann erkannte er nach und nach die Gegend, durch die sie fuhren. Sie befanden sich auf einem Land, das weder den Tessolaris noch einer befreundeten Familie gehörte. Nachdem es am Ende des Zweiten Weltkriegs verlassen dagelegen hatte, war es von einer landwirtschaftlichen Kooperative übernommen worden. Es war fruchtbarer Boden — was man im trockenen Süden Italiens als fruchtbar bezeichnete —, und es befanden sich seit langem bestehende Olivenhaine und Weingärten darauf. Folglich hatten die alteingesessenen Familien, deren Ländereien daran anschlossen, schon Unsummen in Gerichtsverfahren investiert, um zu erreichen, daß diese Leute, die sie als unrechtmäßige Landbesetzer erachteten, enteignet würden. Doch die Gerichte im fernen Rom hatten nach jahrelangem zähen Ringen erklärt, daß sie keinen Rechtsanspruch hätten, und die einstmals besitzlosen Bauern ermächtigt, reich zu werden, sich wie Besitzende zu gebärden und es ihren wohlhabenden Vorbildern nachzumachen.

So war es GianMarco beigebracht worden, in allen Einzelheiten und mit gehöriger Verbitterung. Ganz besonders sein Onkel Fabio war voller Verachtung für die Bestrebungen der Bauern. Einmal, als GianMarco sich die Frage erlaubt hatte, warum er mit vierzig immer noch Junggeselle sei, hatte er zugegeben, daß seine Familie, die Bonnis, den Anspruch auf das Land, das jetzt von der Kooperative bewirtschaftet wurde, verloren hatte, und wenn seine Schwester nicht eine so glückliche Hand bei ihrer Heirat gehabt hätte, dann wäre er inzwischen vollkommen verarmt. Wie die Dinge lagen, war er dank seiner Empfehlung, Constanza zur Behandlung nach England zu schicken, im Hause der Tessolaris ein gerngesehener Dauermitbewohner.

(Hinter dieser griffigen Geschichte steckte jedoch die Ahnung von etwas Dunklerem. GianMarco hatte gelegentlich mitangehört, wie Bedienstete sich darüber lustig gemacht hatten, daß Fabio gewisse hübsche junge Männer mit ins Haus brachte und sie schnellstens wieder fallenließ, nachdem er sie mit Geschenken überhäuft hatte, ohne eine Gegenleistung zu erhalten … Aber das war etwas, dessen Sinn er nicht begriff.)

Und neuerdings hatte es sich ergeben, daß aus irgendeinem Grund, der etwas mit Düngemitteln und anderen Chemikalien zu tun hatte, oder mit sonstigen modernen Hilfsmitteln für Ackerbau und Viehzucht, zu denen Renato unter der Anleitung Fabios begeistert gegriffen hatte, die Einkäufer aus Genua, deren Firma seit über einem halben Jahrhundert das Olivenöl der Tessolarischen Gutsbetriebe zu einem überaus erfreulichen Preis gekauft hatten, in diesem Jahr der Kooperative mehr boten, mit der Begründung, daß ihr Produkt besser in das gesundheitsbewußte Amerika als »aus biologischem Anbau stammend« exportiert werden konnte.

Das war natürlich ein Affront, der nicht hingenommen werden konnte.

Langsam dämmerte eine Ahnung in GianMarcos verschlafenem Geist, was sein Vater vorhatte, als der Wagen über einen holprigen Weg auf eine abgelegene Scheune zurumpelte. Das war der Ort, wo die Kooperative ihre Ölpresse und die Vorratsbehälter untergebracht hatte ...

Es mußte, so schätzte er, nach Mitternacht sein. Noch nie zuvor war ihm gestattet worden, so lange aufzubleiben, nicht einmal in der toleranten Umgebung mediterraner Kultur. Er versuchte, die Zeit von seiner Armbanduhr abzulesen, doch sein Vater hatte sämtliche Lichter am Wagen ausgeschaltet, und die Nacht war bewölkt. Er kam zu dem Schluß:

Das hier war in der Tat Männersache!

Diese Erkenntnis ließ ihm einen Schauder über den Rücken laufen und holte ihn mit einem Ruck ins Wachsein zurück.

»Du wartest hier!« sagte Renato knapp, als er den Wagen angehalten hatte und ausstieg. »Und vergiß nicht: Wenn irgend jemand dich fragen sollte — ich sage nicht, wer, merkst du das? Aber wenn irgend jemand dich fragen sollte — wir sind von Anna direkt nach Hause gefahren. Hast du verstanden?«

»Ja«, hauchte GianMarco und starrte mit brennenden Augen seinem Vater nach, während dessen verschwommener Schatten in der Dunkelheit, der die Scheune einhüllte, verschwand.

Zwei Männer begrüßten ihn — GianMarco hörte ihre Stimmen —, und dann war nur noch geheimnisvolle Finsternis.

Zitternd, in der Erwartung von etwas, ohne zu wissen, was, außer daß ihm seine Phantasie ständig Bilder vorgaukelte von einem geöffneten Ventil unten an einem riesigen Bottich voller Öl (würde man es in Brand stecken oder einfach nur auslaufen lassen? Er nahm das letztere an, doch das war nur eine Vermutung), saß GianMarco fünf oder sieben Minuten lang allein im Wagen.

Dann hörte er einen Schuß.

Und einen Schrei.

Und aufgeregt rennende Schritte.

Und sein Vater saß wieder neben ihm, ließ den Motor an, setzte den Wagen zurück, brachte ihn holpernd wieder auf den Weg, und während der ganzen Zeit fluchte er in einer Sprache, von der GianMarco angenommen hätte, daß sie niemals über seine Lippen kommen würde. Aus diesem Schwall von Unflätigkeiten hörte der Junge heraus, daß die stinkenden Bauern so beeindruckt waren von dem hohen Preis, den ihr Öl in diesem Jahr erzielen würde, daß sie einen Wachtdienst aus Mitgliedern der Kooperative eingerichtet hatten; die Männer blieben in wechselnden Schichten Tag und Nacht in der Scheune und hüteten ihren Schatz.

Der Wachhabende in dieser Nacht war so töricht, aufmerksam zu werden und einzugreifen.

GianMarco versuchte, sich die blutige Masse, die ein Gewehr bei einem Schuß aus nächster Nähe aus einem menschlichen Körper machen würde, nicht vorzustellen.

»Vergiß nicht«, ermahnte ihn sein Vater noch einmal beharrlich, während der Wagen mit wildem Gehoppel auf die Schotterstraße zuraste, »wir sind heute abend auf direktem Weg nach Hause gefahren. Von Anna direkt nach Hause!«

»Jawohl, Vater«, sagte GianMarco gefaßt. Denn schließlich, was machte ein störrischer Bauerntölpel mehr oder weniger denn schon aus?

Gleich nach ihrer Ankunft zu Hause wurde er zu Bett geschickt, doch lange Zeit war er viel zu aufgeregt, um einschlafen zu können. Sein Zimmer lag über dem Flur, in dem sich der Haupttelefonanschluß befand; er lauschte angestrengt und konnte hören, wie Renato mit Anna sprach. Er gab ihr Anweisungen, daß er und GianMarco zwanzig Minuten später von ihrem Haus abgefahren seien, als es in Wirklichkeit der Fall gewesen war.

Das war, als ob man in einem Gangsterfilm mitspielte.

Dann ging seine Mutter nach unten — vielleicht aufgeweckt durch das unvermeidliche Klicken des Nebenanschlußes in ihrem Schlafzimmer — und witterte sofort, daß etwas Unangenehmes in der Luft lag. Renato versuchte sie davon zu überzeugen, daß er Anna nur angerufen habe, um ihr mitzuteilen, daß sie gut zu Hause angekommen waren, doch sie glaubte ihm kein Wort. Innerhalb weniger Minuten hatte sie die Wahrheit entweder aus ihm herausgequetscht oder erraten. Danach brauchte er nicht mehr angestrengt zu lauschen, denn es brach ein Streit in voller Lautstärke aus. Davon wurde auch Fabio wach, der ebenfalls erschien und mit geringem Erfolg versuchte, besänftigend und zur gedämpften Lautstärke mahnend einzugreifen.

»Unser einziger Sohn!« kreischte Constanza immer wieder. »Ein zwölfjähriger Junge! Und du setzt sein Leben aufs Spiel! Wenn dort nun mehr als nur ein Wachtposten aufgestellt gewesen wäre? Angenommen, sie wären bewaffnet gewesen und hätten zurückgeschossen?«

»Aber es war nur einer, und er hat nicht zurückgeschossen!« fauchte Renato. »Willst du jetzt endlich den Mund halten und wieder ins Bett gehen? Ich muß noch weitere Anrufe tätigen — wichtige Anrufe.«

Schließlich ließ sich Constanza von Fabio wegführen. Inzwischen hatte sie angefangen zu weinen. Als er ihr Schluchzen hörte, wurde sich GianMarco zum erstenmal so richtig des Ernstes der Lage bewußt. Es war auf jemanden geschossen worden, und vielleicht war er getötet worden, und zwar von einem der Leute seines Vaters, die auf seinen Befehl hin und in seinem Beisein in die Scheune der Kooperative eingedrungen waren. Zu Zeiten Ruggieros wäre es sicher einfach gewesen, die Sache zu vertuschen. Doch heutzutage, auch wenn Renato dem Gemeinderat angehörte und früher Bürgermeister war, mochte das nicht ganz so leicht sein.

In diesem Fall — er ballte die Hände unter der Bettdecke zu Fäusten, als er die immer erregter klingende Stimme seines Vaters dort unten hörte —, was würde in diesem Fall aus ihm werden? Oh, es war völlig klar, daß er und seine Mutter und sein Onkel und Anna lügen würden, um Renato zu schützen — doch wenn die Wahrheit auf einem anderen Wege herauskäme, zum Beispiel, weil einer der Männer die Nerven verlor oder plötzlich von Gewissensbissen geplagt wurde? Oder vielleicht, weil sich das Siegel des Beichtgeheimnisses als weniger heilig erwies, als es früher einmal war? Der zuständige Geistliche war ein Außenseiter aus Foggia, der angeblich als Strafe für seine radikalen Ansichten in diese Gegend versetzt worden war, eine Unterstellung, die seine Beliebtheit bei den Mitgliedern der Kooperative nur gefördert hatte. Er würde den Tessolaris gegenüber wenig Mitgefühl aufbringen.

Wenn die wahren Tatsachen ans Licht kämen, dann wären diejenigen, die gelogen hatten, ebenfalls Kriminelle, oder nicht? Es könnte ihm dann passieren, daß er in eine Besserungsanstalt eingeliefert würde! Seine Mutter und sein Onkel kamen wahrscheinlich ins Gefängnis, und sein Vater mit Sicherheit!

Die Vorstellung, daß das Haus verloren wäre, ebenso wie die Ländereien, die ihm versprochen waren, geisterte durch GianMarcos Denken. Nein, das wollte er sich nicht ausmalen! Es durfte einfach nicht geschehen!

Endlich sank er in einen unruhigen Schlummer.

Und wurde nicht lang nach Sonnenaufgang durch das Geräusch von Motoren geweckt. Er rannte zum Fenster und sah schwarzgekleidete Männer auf Motorrädern, die einen Polizeiwagen eskortierten. Als er zum Stillstand gekommen war, stieg der erste Mitfahrer aus, ein Mann mit einer Maschinenpistole; der zweite war der *Maresciallo,* der örtliche Polizeichef, ein vertrauter Besucher im Haus der Tessolaris — doch stets nur außerdienstlich.

Nein!

Das Wort hallte so deutlich in GianMarcos Kopf nach, daß er sich einen Moment lang einbildete, es laut ausgesprochen zu haben. Doch es war nur der Brennpunkt eines plötzlichen Entschlusses, der ihn gepackt hatte wie ein Schauder, der anfing und nie mehr aufhörte.

Nein, man wird meine Familie nicht wie gewöhnliche Verbrecher einsperren!

In wilder Hast zog er sich an und rannte hinunter.

Daß er sich angezogen hatte, war ein Fehler.

GianMarco erkannte das in der ersten Sekunde, als er in die Eingangshalle kam. Die einzige andere Person im Haus, die schon aus dem Bett war, war das Dienstmädchen der Familie, Guiseppina, die die Tür aufgemacht hatte; sie war immer als erste auf den Beinen, um den Ofen in der Küche anzuheizen und das Frühstück vorzubereiten. Wenn dies ein ganz normaler Tag war, was sie vorgeben mußten, wieso war er dann um diese Stunde schon angekleidet?

Nun, es war zu spät, um daran noch etwas zu ändern; er konnte nur noch seine Rolle so geschickt weiterspielen, wie es ging.

»Guten Morgen, *Signor Maresciallo!*« rief er aus. »Das Geräusch der Motorräder hat mich aufgeweckt, also dachte ich, ich gehe mal runter und sehe nach, ob irgend etwas Aufregendes im Gange ist.«

Der *Maresciallo,* ein stämmiger Mann mit beginnender Glatze und einem dicken schwarzen Schnauzbart, bedachte ihn mit einem mürrischen Blick.

»Was Kinder in deinem Alter für aufregend halten, gehört nicht zu den Dingen, um die wir Erwachsenen uns unbedingt reißen«, brummte er. »Es ist eine häßliche Angelegenheit, die mich herführt, eine sehr häßliche Angelegenheit ... Guiseppina, ich muß Sie bitten, Signor Tessolari aufzuwecken und ihm zu sagen, daß ich ihn sprechen möchte. Sofort!«

Mit weit aufgerissenen Augen, die Mißfallen und Beunruhigung ausdrückten, versicherte ihm Guiseppina, daß sie seinem Wunsch sofort nachkommen werde. Sie bat ihn, solange im Salon Platz zu nehmen, und beim Hinausgehen stellte sie murmelnd in Aussicht, daß der Kaffee in Kürze fertig sei.

Unsicher blieb GianMarco in der Halle stehen, bis sie wieder herunterkam und sich in die Küche zurückzog. Nach einer oder zwei Minuten kam Renato ebenfalls die Treppe herunter, wobei er noch den Gürtel seines Morgenmantels zuband. Sein Gesicht war unbewegt wie das einer Statue, und in seiner Stimme schwang nicht die Spur eines Bebens mit, als er ausrief:

»Du bist früh auf den Beinen, mein junger Freund! Ich dachte, nachdem du gestern nacht so spät ins Bett gekommen bist, würdest du heute bis mittags schlafen! Was sind das für Geschichten, die ich da höre? Der *Maresciallo* ist hier, noch dazu mit einer bewaffneten Eskorte?«

»Es ist absolut wahr«, bestätigte GianMarco. »Er wartet dort drin« — er nickte in die Richtung der Tür, die Giuseppina angelehnt gelassen hatte.

»Hmm! Das hört sich ja sehr geheimnisvoll an. Am besten bleibst du noch eine Weile hier, während ich herausfinde, um was es geht.«

Schamlos lauschend, hörte GianMarco, wie er den Polizeichef begrüßte und ihn fragte, was ihn denn herführte.

»In der vergangenen Nacht ist ein Anschlag auf die Scheune der Kooperative verübt worden«, lautete die Antwort. »Ein Mann ist dabei erschossen worden.«

»Sie wollen doch nicht sagen, daß jemand zu Tode gekommen ist!« — im angemessen entsetzten Tonfall.

»Bis jetzt noch nicht, doch die Ärzte geben dem Betroffenen keine Überlebenschance. Doch er ist bei Bewußtsein und ...«

Eine feierliche Pause.

»Und was?«

»Er hat eine Aussage gemacht, in der er behauptet, den Mann, der auf ihn geschossen hat, erkannt zu haben. Luigi Renzo. Einer Ihrer Pächter.«

»Aber das ist ja lächerlich! Wie konnte er so sicher sein! Gestern abend war kein Mond am Himmel, das weiß ich sehr genau. Zufällig war ich mit GianMarco bei meiner Schwägerin Anna zu Besuch — Sie kennen Anna natürlich —, und wir sind erst sehr spät zurückgekommen. Deshalb war ich auch so überrascht, meinen Sohn schon so früh auf den Beinen zu sehen. Ich vermute, der Krach hat ihn aufgeweckt.«

»Er kam, um sich zu erkundigen, ob irgend etwas Aufregendes im Gange sei.«

»Nun, es hört sich ja ganz danach an, als ob es so wäre. Doch wenn der Mann mit der Waffe als Renzo erkannt worden ist, warum sind Sie dann hier, anstatt bei ihm zu Hause?«

»Oh, ich habe eine andere Gruppe zu ihm geschickt«, sagte der *Maresciallo.* »Ich bin hier, weil das Opfer außerdem ausgesagt hat, Stimmen von drei Männern gehört zu haben — dadurch sei er überhaupt erst aufmerksam geworden. Und ...«, schloß er wohlüberlegt, »er sagt, die eine Stimme sei die Ihre gewesen.«

»Aber das ist ja vollkommen absurd!«

»Als ich das Krankenhaus verließ, sollte er gerade die Letzte Ölung erhalten. Menschen, die wissen, daß sie sterben werden, lügen im allgemeinen nicht. Dazu kommt, daß wir in der Nähe des Tatorts Reifenspuren in der Erde gefunden haben. Sie passen genau zu den Reifen Ihres Wagens.«

Wie sehr sich sein Ton und sein Benehmen von seiner üblichen Leutseligkeit unterschieden! GianMarco merkte, daß er anfing zu zittern.

»Sie sagen also, Sie seien gestern abend spät von einem Besuch bei Ihrer Schwägerin zurückgekehrt. Ich weiß, wo sie wohnt. Der direkte Weg von dort hierher führt nicht über das Land der Kooperative, sondern über eine Straße seitlich davon … Hmm! Wie spät ist ›spät‹?«

»Ich glaube, wir sind gegen halb eins nach Hause gekommen.«

»Der Anschlag fand kurz nach zwölf statt. Sie müssen sich in Hörweite des Schusses aufgehalten haben, als …«

»Jetzt hören Sie mal zu!« Renato sprang auf. »Ich begreife, worauf Sie hinauswollen, und das gefällt mir ganz und gar nicht! Ich bin ohne Unterbrechung nach Hause gefahren. GianMarco, bist du noch da? Komm doch mal herein und erzähle dem *Maresciallo,* wie die Heimfahrt gestern abend verlaufen ist!«

GianMarco war nicht in der Lage, seine Furcht völlig zu verbergen, als er den Salon betrat.

»Nichts Auffälliges ist geschehen«, sagte er leise. »Wir sind auf direktem Weg nach Hause gefahren, wie Papa sagte.«

Die Kälte, die von ihm Besitz ergriffen hatte, wurde immer stärker, als ob etwas in ihm die Herrschaft über seine Stimme, seine Bewegungen, ja sogar sein Denken übernommen hätte.

Der *Maresciallo* gab ein ungläubiges Grunzen von sich. »Warst du während der Fahrt wach?« setzte er an und schien die Hoffnung auf eine Antwort im gleichen Moment aufzugeben, als die Worte ausgesprochen waren. GianMarco sah ihn eindringlich an und legte ihm beschwörend eine Hand auf den Arm, als ob dieser Mann immer noch der onkelhafte Freund der Familie wie bisher wäre.

»*Signor Maresciallo,* Sie kennen meinen Vater als ehrenhaften Mann. Niemals würde er sich zu einer so abscheulichen Tat herablassen! Ich stimme mit Ihnen darin überein, daß Menschen, die den Tod herannahen fühlen, im allgemeinen nicht lügen — doch gibt es nicht Ausnahmen? Selbst wenn er die Letzte Ölung empfangen hat, ist er vielleicht doch nicht wahrhaft gläubig. Sind nicht viele Mitglieder der Kooperative Kommunisten oder sogar Atheisten? Es könnte doch gut sein, daß er die Lüge, die Stimme meines Vaters gehört zu haben, gebraucht hat, um eine alte Rechnung zu begleichen — schließlich sind wir alten Familien in radikalen Kreisen nicht sonderlich beliebt, nicht wahr? Und übrigens, vielleicht hat er sich auch einfach geirrt. Es war wirklich sehr dunkel, und wenn er aus dem Schlaf aufgeschreckt wurde, was ich annehme, da die Stunde schon sehr weit vorgerückt war, muß er verwirrt gewesen sein. Ich sage *muß,* denn mein Vater war bestimmt nicht dort. Ich war die ganze Zeit mit ihm zusammen, und wie er sagte, sind wir direkt nach Hause gefahren. Und was die Reifenspuren angeht — nun, wir sind patriotische Italiener! Genauso, wie wir Autos von Fiat kaufen, kaufen wir Reifen von Pirelli! Und die werden millionenfach verkauft, ist es nicht so?«

Mit einer Mischung aus Verwunderung und Erleichterung sah er, wie die Sicherheit aus dem Gesicht des Polizisten wich, bis er am Ende der Rede kummervoll den Kopf schüttelte.

»Ja, natürlich, du hast wohl recht. Es war dunkel, wie du sagst, und in der Tat sind viele Mitglieder der Kooperative Sozialisten oder Schlimmeres, und ... ja, was gibt es?«

Er drehte sich zur Tür um. Guiseppina steckte nervös den Kopf herein. »Entschuldigen Sie bitte, *Signori*«, platzte sie heraus. »Aber einer der Polizisten hat über Funk eine Mitteilung empfangen.«

»Ich komme!«

Als er zurückkam, war der *Maresciallo* offensichtlich peinlich berührt.

»Allem Anschein nach muß ich Sie um Verzeihung bitten. Luigi Renzo ist letzte Nacht nicht nach Hause gekommen. Muß sich wohl aus dem Staub gemacht haben. Ohne Zweifel ist er der wahre Schuldige. Nun, es tut mir leid, daß ich Sie belästigt habe. Ich werde Sie informieren, sobald es etwas Neues gibt.«

Während er die Uniformmütze auf seiner Halbglatze zurechtrückte, verließ er das Haus in deutlicher Zerknirschung.

»Was ist denn los?« rief Constanza vom oberen Treppenabsatz herunter, und zwar in einem überzeugend unschuldigen Tonfall im Hinblick auf Guiseppina, die die Eingangstür schloß.

»Etwas Abscheuliches ist geschehen. Offenbar haben Luigi Renzo und noch ein anderer Mann jemanden bei der Scheune der Kooperative erschossen, und zwar kurz bevor wir nach Hause kamen. Deshalb ist die Polizei gekommen, um zu fragen, ob wir etwas Verdächtiges gehört oder gesehen haben.«

»Wie entsetzlich!« — das war Fabio, der aus seinem Zimmer gekommen war und die letzten Sätze mitangehört hatte. »Und, konntest du behilflich sein?«

»Weder ich noch GianMarco, befürchte ich ... Nun, Guiseppina, wo bleibt unser Kaffee?«

Später, als sie unter sich waren und vertraulich reden konnten, raunte Renato seinem Sohn zu:

»Als ich sagte, du konntest nicht behilflich sein, meinte ich natürlich dem *Maresciallo!* Mir warst du eine bewundernswerte Hilfe. In meinem ganzen Leben habe ich noch kein so eindrucksvolles Beispiel von Schauspielerei gesehen! Du hast praktisch sogar mich überzeugt, ist dir das klar? Wirklich, ich habe tatsächlich geglaubt, was du gesagt hast.«

Als Antwort konnte GianMarco nur grinsen. Doch er spürte, wie ihm die Brust vor Stolz schwoll.

Alter Familienstolz.

Sie sehen TV-Plus. Es folgen die Nachrichten.

Der Flugzeugzusammenstoß letzte Woche in Teneriffa wurde heute von offizieller Stelle auf einen Computerfehler zurückgeführt, genau wie der Unfall über dem Londoner Flughafen vor ein paar Wochen. Ein Sprecher der Pilotenvereinigung, BALPA, kritisierte einen Zustand, für den er ›Profitgier‹ auf seiten der Fluggesellschaften und ›Unfähigkeit‹ auf seiten der Flugüberwachung verantwortlich machte und weniger die Computer.

Hier in Großbritannien scheint General Throwers Name inzwischen zu einer allgemeinen Bezeichnung für eine ganze Strömung geworden zu sein, wie einst Hoover. Eine Meute von Jugendlichen, die Fähnchen mit dem Aufdruck ›Ich bin ein Thrower‹ schwenkten, randalierten und verwüsteten ...

Schließlich kam Claudia nicht eine halbe, sondern eine ganze Stunde später. Während er auf sie wartete und mit Ellen an seiner Seite die Nachrichtensendung verfolgte, dachte Peter viel über seine Tochter nach. In der Vergangenheit, so hatte sie zugegeben, hatte sie sich um das Weltgeschehen kaum gekümmert. Doch jetzt, nachdem sie erkannt hatte, was der Beruf ihres ›Dad‹ war, beteuerte sie, daß sie es sehr aufmerksam beobachte, und legte in der Tat ein lebhaftes Interesse an den Tag.

Niemand kann ihr vorwerfen, daß sie sich keine Mühe gibt!

Ab und zu fragte er sie, ob es ihr einigermaßen gutging, und sie zwang sich zu einem Lächeln und nickte.

»Das ist ganz normal«, lautete ihr Urteil. »Es war nur zunächst ein Schock festzustellen, daß es auch mir passiert.«

Von wie vielen Dingen konnte man das gleiche sagen?

Die Nachrichtensendung bestand aus den üblichen Meldungen von Unfällen und Katastrophen, durchsetzt von den Einlassungen der führenden Köpfe, die morgen alles in Ordnung bringen würden. Ein Hochhausblock war in Brand gesteckt worden; die Täterin war eine ehemalige Patientin einer psychiatrischen Klinik, die unter dem Vorwand, daß sie ›wieder in die Gemeinschaft eingegliedert‹ werden sollte, entlassen worden war. Der Preis dafür waren zehn Menschenleben, einschließlich des ihren. Die Häuser einer ganzen Straße waren eingestürzt, weil Wasser aus einem nicht reparierten Rohr sie unterspült und ihre Fundamente abgetragen hatte. Eine Brücke in verwahrlostem baulichen Zustand war eingebrochen. Zwei Tankwagen, beladen mit leichtentflammbaren Chemikalien, und ein Omnibus waren in den Fluß darunter gestürzt, und sechzig Menschen waren entweder verbrannt oder ertrunken. Weitere Zweifel waren am Sinn eines Tunnels durch den Ärmelkanal, des sogenannten Ka-Tu, laut geworden, geäußert von einem Psychologen, der am Fréjus-Tunnel in den Alpen einen Test mit Fernfahrern, denen man normalerweise eine robuste Natur nachsagte, durchgeführt hatte. Ein Drittel von ihnen hatte es abgelehnt, viermal hintereinander durchzufahren, was er von ihnen verlangt hatte; sie hatten eine starke Klaustrophobie entwickelt. Eine weitere Untersuchung erbrachte, daß der gleiche Anteil unter ihren Kollegen sich einige Zeit zuvor geweigert hatte, diese Strecke zu fahren. Wie viele der voraussichtlichen Ka-Tu-Benützer würden unter den gleichen Symptomen leiden?

Im Rahmen einer Fragestunde über aktuelle Angelegenheiten, die auf einem anderen Sender folgte, deutete ein Kabinettsmitglied in schleimigem Tonfall darauf hin, daß es sich bei dem Psychologen um einen Italiener handelte und man ihn deshalb nicht so ganz ernst zu nehmen brauchte.

In diesem Moment klingelte es endlich an der Tür.

Claudia trat mit einem Schwall von Verwünschungen und Entschuldigungen ein. Offenbar war der Minitaxi-Dienst, dem ihre Gastgeberin ihr Vertrauen zu schenken pflegte, im Besitz tamilischer Emigranten, und an diesem Abend war auf die Zentrale ein Brandanschlag verübt worden — eine weitere Aktion im fortdauernden Kampf zwischen den Tamilen und Singalesen. Infolgedessen hatte sie sich nach einer anderen Beförderungsmöglichkeit umsehen müssen.

Noch ein Faden im reichlich bunten Webteppich des Lebens ...

Ellen blieb noch so lange, bis sie vorgestellt worden war, dann gab sie Peter einen Kuß und verschwand wieder in ihrem Zimmer. Während sie eine vollgepackte Tasche auf die Couch fallen ließ, nickte ihr Claudia hinterher.

»Hübsches Kind! Wie fühlt man sich als alleinerziehender Elternteil?«

»Sie macht es mir leicht«, murmelte Peter und schaltete den Fernsehapparat aus. »Der Himmel mag wissen, wie sie das schafft, nach all den schrecklichen Erlebnissen, die sie hinter sich hat.«

»Beruhigungsmittel?«

»So etwas würde sie niemals anrühren. Der Einfluß ihrer Mutter macht sich da bemerkbar. Kamala war Krankenschwester. Natürlich hat Ellen schlimme Träume, und die Sozialarbeiterin hat zu Schlaftabletten geraten, doch die will sie auch nicht nehmen. Manchmal weckt sie mich nach Mitternacht auf, dann muß ich zu ihr gehen und sie trösten, aber ... nun, man sagt, es sei am besten, Kummer nicht zu unterdrücken, nicht wahr? Setzen Sie sich bitte. Möchten Sie etwas zu trinken?«

»Ich hätte nichts dagegen.« Claudia lehnte sich zurück, mit deutlichen Spuren von Erschöpfung im Gesicht, und fuhr sich mit den Händen durch die zum Pagenkopf geschnittenen Haare.

»Ich habe nicht viel anzubieten, fürchte ich. Meine ... ah ... Lebensbedingungen haben sich ziemlich drastisch geändert. Scotch mit Wasser?«

»Mit Eis. Ich brauch' 'n bißchen Schmackes in die Kischkas.«

»Wie bitte?« — Er hielt das für einen neuen amerikanischen Slangausdruck, den er noch nicht gehört hatte.

Jetzt war es an ihr, verdutzt zu sein. »Entschuldigung! Ich bin einfach davon ausgegangen, daß bei einem Namen wie Levin ...«

Jetzt ging ihm ein Licht auf. »Oh! Das war jiddisch? Halten Sie mich für einen Juden?«

»Nun — ah ... Ja, in der Tat.« Zum erstenmal schien Claudia sichtlich peinlich berührt zu sein.

Meint sie, daß sie mich damit beleidigt? Nein, das kann ich mir nicht vorstellen. Wahrscheinlich ärgert sie sich, daß sie mit ihrer Vermutung danebengelegen hat.

»Sie sind nicht die erste«, sagte er leichthin. »Aber es ist eigentlich ein alter englischer Name. Stammt ursprünglich von Leofwine — ›Love-Friend‹.«

»Trotzdem Entschuldigung. Ich hätte es besser wissen müssen.«

Sie schwieg und schien in Gedanken versunken zu sein, während er die Drinks eingoß. Als er sie serviert hatte und sich ihr gegenüber in einen Sessel setzte, fuhr sie fort: »Ich vermute, daß Sie nach unserer letzten Auseinandersetzung ziemlich wütend auf mich waren, hm?«

»Ich war nicht gerade entzückt — Prost!«

»L'chaim! Damit klar ist, daß *ich* Jüdin bin ...« Sie nahm einen kleinen Schluck und stellte das Glas ab. »Ich kann nur sagen, daß ich viel im Kopf hatte. Haben Sie gehört, was an meiner Universität passiert ist?«

»Ich bin der Sache nicht nachgegangen, doch kann ich es nach dem, was Sie mir angedeutet haben, erraten. Eine weitere Machtübernahme der Fundamentalisten, richtig?«

»Eine der verhängnisvollsten. Ich wußte schon immer, daß der Dekan und die meisten älteren Mitglieder der Fakultät etwas weich in der Birne sind, doch ich hätte nicht damit gerechnet, daß sie so schnell zu Kreuze kriechen würden, sobald ich ihnen den Rücken kehre.«

»Sie waren die Hauptzielscheibe?«

»Bin nicht ich diejenige, die ihre Friede-Freude-Eierkuchen-Welt angegriffen hat?«

»Also, was genau ist geschehen?«

Diesmal nahm Claudia einen großzügigen Schluck von ihrem Whiskey, bevor sie antwortete.

»Die Fundas machten sich stark für ein Angebot von einer Million Dollar als Grundstock für eine Abteilung der ›Schöpfungs-Wissenschaft‹« — sie sprach die Anführungsstriche hörbar mit — »unter der Bedingung, daß die Zuschüsse zu meinem Studienaufenthalt gestrichen und ich des Lehramts enthoben würde.«

»Geht das denn? Ich dachte, wenn man einmal einen Lehrstuhl hat ...?«

»Außerdem stellten sie Mittel in jeder erforderlichen Höhe zur Verfügung, um jeden Prozeß, den ich eventuell gegen die Universität anstrengen würde, abzuschmettern.«

»Ich könnte mir vorstellen, es wäre billiger und schneller zu erledigen gewesen, wenn sie eine Rambo-Schwadron angeheuert hätten«, murmelte Peter.

Sie hielt das, was sie weiterhin hatte sagen wollen, zurück und ging auf seine Bemerkung ein. »Sie hören sich fast so an, als ob Sie es ernst meinten.«

»Warum nicht?«

»Aber, ich dachte ...«

»Sie dachten, Rambo-Schwadronen seien eine Erfindung der Medien? Das glauben die meisten Amerikaner. Nein, es gibt sie tatsächlich. Sie arbeiten immer in Dreiergruppen, bestehend aus einem Waffenexperten, einem Fachmann für Sprengstoffe, einem Spezialisten für Kommunisten ... Aber ich habe es natürlich nicht ernst gemeint. Das war reiner Zynismus von mir. Aber um wieder zur Sache zu kommen: Kann Ihr Freund, Mr. Strugman, nicht helfen?«

»Er mag ja sehr reich sein«, lautete die Antwort, »aber so reich ist er auch wieder nicht. Vor allem ist er nicht mehr so reich, wie er einmal war — er hat bereits ein halbes Dutzend Prozesse für uns finanziert. Drei haben wir gewonnen, drei haben wir verloren. Wie gewonnen, so zerronnen ... Aber er ist bereit, für mein Jahr in England aufzukommen — gepriesen sei er!«

»Aha, Sie machen also weiter. Mit Hilfe der Freunde, die Sie bei sich aufgenommen haben?«

»Wohl kaum« — ein betrübtes Lächeln. »Gäste und Fisch stinken nach drei Tagen. Jedenfalls haben meine Gastgeber ihre eigenen Probleme. Die Schwester meiner Gastgeberin starb gestern, nachdem sie sich mit einem Küchenmesser geschnitten hatte.«

»Du lieber Himmel! War sie Bluterin?«

Mit einem Kopfschütteln leerte Claudia ihr Glas. »Sie bekam von dem Rindfleisch, das sie für einen Eintopf zurechtschnitt, eine Blutvergiftung, die allen Antibiotika widerstand. Ihre Familie kann natürlich Klage erheben, aber würden Sie einen Heller auf ihre Gewinnchancen setzen?« Sie stellte ihr Glas mit zorniger Wucht ab, und Peter beeilte sich, es nachzufüllen. Er wollte Claudia gern in dieser Stimmung halten, in der sie so locker aus sich herausging, und der Whiskey schien rasch seine Wirkung zu tun.

Über die Schulter fragte er sie: »Was werden Sie also tun?«

»Ich weiß noch nicht. Ich möchte Cecils Geld nicht vergeuden, und die Mieten in dieser Stadtfestung sind wahnsinnig hoch; andererseits, wenn ich in irgendeinen Vorort ziehe, geht schrecklich viel Zeit fürs Hin- und Herfahren drauf ...«

»Ich glaube, ich habe die Lösung«, unterbrach Peter sie.

»Sagen Sie schon!« — ganz aufgeregt, während sie einen neuen Drink entgegennahm.

»Was halten Sie davon, in meine alte Wohnung zu ziehen? Sie ist nichts Besonderes, nur drei winzige Räume, eine Kochnische und etwas Badezimmerähnliches oder zumindest eine Dusche. Außerdem eine Mansarde, aber ich habe es dort vier Jahre lang ausgehalten.«

»Würden Sie sie mir vermieten? Was kostet sie?«

»Nein, das hatte ich nicht im Sinn.« Peter rückte seinen Sessel zurecht. »Ich muß sie verkaufen — unbedingt. Eigentlich war sie schon so gut wie verkauft, doch der Handel kam nicht zustande.« Er ging nicht weiter auf die Einzelheiten ein. »Ich meine, sie sollten eine Bank dazu bewegen, sie zu kaufen.«

»Eine Bank?« wiederholte Claudia ungläubig.

»Genau. Während der achtziger Jahre haben sich sehr viele von ihnen aufs Immobiliengeschäft verlegt, besonders in London, wo die Preise für Wohneigentum seit mehr als einer Generation nicht mehr gefallen sind. Bald werden sie mehr von dieser Stadt besitzen als die feinen Herrschaften von Westminster ... Mit Strugman als Bürgen dürften Sie keine Schwierigkeiten haben. Gehen Sie zu einer Bank — bei der meinen könnte es durchaus klappen —, und sagen Sie, Sie wollen meine Wohnung für ein Jahr haben. Sie werden sie kaufen. Wenn Sie wieder ausziehen, werden sie sie weiterverkaufen oder erneut vermieten. Wie Sie sagten, Mietobjekte sind knapp. Sie wird das Ganze nur die Zinsen auf die Investition der Bank kosten, plus Versicherung und Nebenkosten. Das ist entschieden billiger, als normales Mieten, das kann ich Ihnen garantieren.«

Ihr Gesicht glühte vor Begeisterung. Das machte sie fast hübsch — doch Peter bezweifelte, daß sie das gern hören würde.

»So was machen Banken wirklich?«

»Oft sogar. Meistens für ausländische Investmentfirmen, die einen ihrer Manager für ein Jahr nach England schicken. Ich könnte mich selbst irgendwohin treten, daß ich nicht schon früher daran gedacht habe.« Er schnitt eine Grimasse der Selbstanklage.

»Das ist ja wunderbar. Ich bin so froh, daß ich gekommen bin!« Und dann, in aufgedrehter Stimmung: »O

Gott! Ich habe noch nicht einmal den Grund erwähnt, warum ich Sie treffen wollte, oder?«

»Eine Sekunde noch, bevor Sie damit anfangen. Ich muß mal eben nachsehen, ob Ellen okay ist.«

Als er zurückkam:

»Sie schläft tief, Gott sei Dank. Hoffentlich bleibt das diesmal die ganze Nacht so. Nachdem ich so oft in den frühen Morgenstunden aus dem Schlaf gerissen worden bin, kann ich nachempfinden, was geplagte Eltern dazu bringen kann, ein ewig quengelndes Baby zu prügeln ... Nun gut, was ist der Grund für Ihren Besuch? Sie sagten, Sie wollten eine Diskette mitbringen.«

»Schon zur Stelle!« Sie griff nach ihrer Tasche. »Wenn Sie also mal Ihren Computer vorbereiten würden ...«

»Ein Wort, und schon getan ...«

Doch als er dabei war, eine Datei zum Laden einzurichten, zögerte sie. »Um fair zu sein«, sagte sie verhalten, »muß ich Sie warnen. Das Folgende könnte Ihnen noch mehr schlaflose Nächte bereiten.«

»Ganz bestimmt hat es diese Wirkung auf mich.«

Und genau in diesem Moment gingen alle Lichter aus.

Mit ihren noch nicht einmal vierzehn Jahren — obwohl sie das Aussehen und Benehmen einer Sechzehnjährigen hatte — war Tracy Coward die jüngste Schülerin in der obersten Klasse ihrer Schule. Doch der Umgang mit Älteren hatte ihr noch nie Probleme bereitet, genausowenig, wie die älteren Kinder etwas gegen sie zu haben schienen, denn sie war ungemein beliebt.

Nun, das konnte auch gar nicht anders sein. Das war jedenfalls die Ansicht ihrer Eltern Matthew und Doreen, die sie anbeteten. Bekam sie nicht andauernd Geschenke, manchmal sogar sehr wertvolle? Und nicht nur von Jungen, wie man vielleicht vermuten könnte, sondern auch von Mädchen!

Heute war ein ganz normaler Schultag. Wie immer stand Tracy rechtzeitig auf; trotz eines warnenden Unterleibskrampfes — gegen den sie eine starke Schmerztablette nahm, nachdem sie sich die Zähne geputzt hatte — zog sie ihre Uniform an, verschönerte sich mit einem Hauch von Rouge und einer zarten Linie mit dem Augenbrauenstift sowie einer Spur von Lippenstift ... und öffnete ihr Schatzkästlein, wie sie die Schublade ihres Nachttisches nannte, um sich zu entscheiden, welche zusätzlichen Akzente sie noch setzen wollte.

Früher oder später — und wahrscheinlich früher — würde sie etwas Größeres als diese Schublade brauchen, um ihre Errungenschaften zu verstauen. Da gab es Ringe, Uhren, Broschen, Anhänger, Halsketten, Armbänder, Haarspangen — eine wundervolle Aladin-Höhle voller Schmuck; jedes einzelne Stück war sorgsam geschützt in zusammengeknüllten Papiertüchern oder Watte.

Sie entschied sich für einen silbernen Haarclip, mit dem sie sich die dunklen Zöpfe im Stil der vierziger Jahre hochsteckte; eine Reminiszenz an die Bilder von Veronica Lake; dazu legte sie eine Quarzuhr mit silbernem Band an und eine silberne Brosche mit eingelassenen Brillanten. Nichts davon war so glitzernd, daß es die

Lehrer gestört hätte — nicht, daß diese heute noch gewagt hätten sie zu rügen —, doch immerhin so, daß ihre Freunde, die sie für eine ›durchgestylte‹ Person hielten, in dieser Meinung bestärkt wurden. Nur wenige der anderen Schülerinnen wagten es, Schmuck zur Uniform zu tragen, da das nicht gern gesehen wurde.

Und nach dem Frühstück, da es ein schöner Morgen war, machte sie sich, wie in solchen Fällen üblich, zu Fuß auf den Weg, um die drei Blocks weit bis zur Schule zu gehen.

Als sie näherkam, merkte sie jedoch, daß dort etwas höchst Merkwürdiges vor sich ging. Während des Wartens auf die Schulglocke, die sie alle zusammenrufen würde, flitzten die kleineren Kinder wie immer auf dem Schulhof herum, rempelten sich gegenseitig an und schrien sich etwas zu. Doch eine Gruppe älterer Mädchen, ihre Klassenkameradinnen, stand auf dem gepflasterten Bürgersteig vor dem Tor und umringten jemanden, den sie zunächst nicht erkennen konnte.

Eine Woge von Wut wallte in ihrem Hinterkopf auf. Es war ein Privileg, das sie immer als ihr selbst vorbehalten erachtet hatte: der Honigtopf zu sein, den die Bienen umschwirrten — so drückte sie das im stillen aus ... obwohl sie das selbst ihrer besten Freundin gegenüber niemals zugeben würde.

Wenn sie eine gehabt hätte. Manchmal kam ihr zu Bewußtsein, daß sie keine hatte. Obwohl sie anerkannt war, ja sogar begehrt, obwohl die Mädchen und häufig auch die Jungen sie um Rat fragten und sie großzügig mit kostbaren Gütern entlohnten, schien sie keine *echten* Freunde zu haben — Menschen, bei denen sie sich vollkommen behaglich fühlen konnte, denen sie geheime Ängste und Wünsche anvertrauen konnte.

Doch solche Gedanken gehörten in die Zeit vor dem Zubettgehen, vor dem Einschlafen, und nicht in die Morgenstunden. Sie wurde sowieso schnell von ihnen abgelenkt, als sie beim Näherkommen plötzlich erkannte, wer da im Brennpunkt der Aufmerksamkeit der anderen Mädchen stand.

Natürlich!

Es war Shirley Waxman, die im Alter von sechzehn Jahren am Ende des Schuljahrs abgegangen war, um — und das war eine mittelmäßige Sensation gewesen, denn der Rückfall in eine puritanische Keuschheit aufgrund von AIDS war alles andere als überstanden, obwohl es inzwischen einen wirkungsvollen Impfstoff gab — mit ihrem Freund zusammenzuziehen. Jetzt sah es ganz so aus, als ob ...

Oh, kein Zweifel! Sie hielt die linke Hand ausgestreckt, drehte sie in alle Richtungen, und die anderen Mädchen stießen *Oh!s* und *Ah!s* aus. Sie mußte, konnte nur mit ihrem Verlobungsring angeben.

Unwillkürlich hatte Tracy ihre Schritte beschleunigt. Sie besann sich, ihren Gang etwas zu verlangsamen, und schlenderte leise zu den anderen, die sie erst bemerkten, als sie nur noch auf Armeslänge von ihnen entfernt war.

Das war nicht so, wie es sein sollte. Sie hatte schon vor langer Zeit — na ja, immerhin vor achtzehn Monaten — beschlossen, daß sie stets der Mittelpunkt aller Aufmerksamkeit sein müßte. Und irgendwie hatte sie bisher immer Mittel und Wege gefunden, das zu erreichen.

Das starke Schmerzmittel hatte ihre Unterleibskrämpfe behoben, aber es hatte einen Nebeneffekt: Sie konnte nicht ganz klar denken. Vergeblich bemühte sie sich um die vollkommene Gelassenheit und Überlegenheit, die ihren gelungensten Auftritten stets vorausgegangen waren.

Also, keine Angst! Sie hatte den Trick so oft angewandt, daß sie ihn aus dem Effeff beherrschen mußte.

»Oh, Tracy! Sieh dir nur meinen Ring an! Ist er nicht stark?«

Und die strahlende Shirley stellte ihn für sie zur Schau. Es war in der Tat ein herrliches Stück. Natürlich war der Brillant in der Mitte wahrscheinlich nur ein Zirkon, doch er glitzerte fast wie ein Diamant, und die Fassung war wunderschön. Eine Woge gieriger Wut überschlug sich in Tracys Kopf.

Sie ist fett, diese Sau! Sie ist nicht einmal hübsch! Und sie besitzt diesen wundervollen Ring, und sie lebt für sich — na ja, mit ihrem Freund oder Verlobten, wie man jetzt wohl sagen muß — und sie muß sich nicht mit den bescheuerten Lehrern herumärgern und mit Eltern, die so blöd sind, daß sie nicht einmal wissen, was für eine Tochter sie haben, und ...

Doch nichts von alledem zeigte sich an der Oberfläche. Statt dessen sagte Tracy in ihrem schmeichelndsten Tonfall, während sie Shirleys Hand nahm, als ob sie den Ring aus der Nähe bewundern wollte: »Oh, was für ein wundervolles Stück, nicht wahr? Wie gern hätte ich es! Du wirst es mir schenken! Das wirst du doch, oder ...?«

Mit einemmal wurde ihr klar, daß ihre Magie nicht wirkte.

Sie ließ die Hand fallen und trat unwillig einen Schritt zurück, begleitet von tadelnden, feindseligen Blicken.

»Du spinnst wohl!« schrie Shirley und umklammerte ihre linke Hand mit der rechten, als ob sie befürchtete, Tracy könnte sie physisch berauben (obwohl das niemals physisch geschehen war, nur geistig, und zwar auf eine Weise, die sie nicht verstand).

»Typisch!« Das war Jackie, die Shirleys beste Freundin gewesen war, als diese noch zur Schule ging. »Immer will sie das Beste von jedem!«

»Und kriegt es, dieses Miststück, Gott mag wissen, wieso!« Das kam von Netta, die auf der anderen Seite in der Gruppe stand. »Die Spange da, in ihrem Haar, die hat mal mir gehört!«

»Und das ist meine Uhr!« schrie Vanessa, die ihr am nächsten stand, und griff nach Tracys Armbanduhr.

»Meine Brosche!« rief Jane, die wiederum als nächste neben Vanessa stand. Und die letzte der Gruppe, Marian, fiel mit ein:

»Sie nimmt einem nicht nur Dinge weg! Ich bin mit Brian gegangen, bis sie sich in den Kopf gesetzt hatte, daß sie ihn will!«

»Sie hat mich und Harry auseinandergebracht!« — von Vanessa.

»Und mich und Tom!« brach es aus Jackie heraus. »Und dann hat sie mir noch die Karten für das Black-Fire-Konzert abgeluchst! Ich habe es satt! Und ich habe *sie* satt!«

»Genau! Genau! Genau!«

Entsetzt schüttelte Tracy Vanessas Hand ab und machte auf dem Absatz kehrt, um zu fliehen. Doch Jakkie stellte ihr geschickt ein Bein, so daß sie vornüber auf das harte Pflaster knallte.

Dann fielen sie über sie her, nicht nur, um ihre Besitztümer wieder an sich zu reißen, sondern auch, um ihrem angestauten Haß freien Lauf zu lassen. Bis die Schulhofaufsicht merkte, was los war, hatten sie ihr Ziel erreicht. Tracy wurde mit zahlreichen Schnitten und Prellungen sowie einer gebrochenen Nase, einem Riß in der Milz und einer offenen Wunde am Kopf, wo die tobende Netta ihr nicht nur die Spange, sondern auch ein Haarbüschel weggerissen hatte, ins Krankenhaus eingeliefert.

Später beschlagnahmte die Polizei zu Matthews und Doreens Entsetzen den gesamten Inhalt der Schublade von Tracys Nachttisch und bezeichnete ihn als Diebesgut. Als die Sache jedoch vor Gericht behandelt wurde, wurden die anderen Mädchen mit Strafen, die zur Bewährung ausgesetzt wurden, bedacht, und es wurde ihnen auferlegt, alles der schmollenden Tracy zurückzugeben, die immer noch Pflaster auf ihren vielen Wunden trug.

Das geschah allerdings in der Mitte ihres Monatszyklus.

Es war ihr bis dahin größter Triumph. Zwischendurch, während sie ihre Eltern bearbeitete und zu der Einsicht bewog, daß sie unbedingt auf eine andere Schule überwechseln mußte — was ihr mühelos gelang —, genoß sie die Entdeckung, daß ihre ›Magie‹ auch bei Erwachsenen funktionierte.

Vorausgesetzt natürlich, der Zeitpunkt war richtig gewählt.

Hier ist der Sender TV-Plus. Zeit für die Nachrichten.

Urlauber und Hausbesitzer an der Französischen Riviera sind in Panik geraten. Nach der drastischen Preisanhebung, die das Kartell der uranproduzierenden Länder, UPC, beschlossen hat, haben die Franzosen, die in hohem Maße von der Kernenergie abhängig sind, angefangen, in den Hügeln der Provence nach eigenen Vorkommen des Minerals zu suchen. Jetzt führt der Wind aus Norden radioaktiven Staub mit sich und lädt ihn an einigen der beliebtesten Badeorte ab, einschließlich Cannes, Nizza und St. Tropez.

Hier in Großbritannien haben Anhänger von General Thrower heute in Leeds eine Massenveranstaltung abgehalten. Die Polizeikräfte, die zur Wahrung von Sicherheit und Ordnung verstreut in der Menge in Bereitschaft standen, seien angewiesen worden, so erklärte der Einsatzleiter, die Reihen aufzulockern und sich unter die Teilnehmer zu mischen, anstatt …

Fluchend griff Peter nach einer Taschenlampe — Stromausfälle waren heutzutage so häufig, daß er sie stets in Reichweite hatte —, und schaltete den Computer aus, um die Batterie nicht übermäßig zu strapazieren.

»Vielleicht ist es ganz gut so«, sagte Claudia und verzog das Gesicht zu einer grinsenden Grimasse. »Ich sollte Sie sowieso nicht gleich ins tiefe Wasser stoßen. Lassen Sie mich die Gelegenheit nutzen, Ihnen zunächst ein wenig Hintergrundinformation zu geben.«

»Wie Sie meinen«, brummte Peter. »Darf ich noch mal nachschenken?«

»Oh, warum nicht? Dies ist eine Angelegenheit, in die man entweder ohne Rückhalt einsteigt oder von der man die Finger läßt, und für jemanden, dem es eigentlich bestimmt war, eine traditionelle jiddische Momma zu werden … ach, noch mal: Verzeihung! Sie rauchen übrigens nicht zufällig, oder?«

»Nein!« Peter zuckte mit den Augenlidern. »Ich hatte es übrigens auch von Ihnen nicht angenommen.«

»Früher habe ich geraucht.« Wieder eine Grimasse, diesmal eine ziemlich düstere. »Vor fünf Jahren habe ich aufgehört. Doch hin und wieder, wenn ich im Stress bin — oh, verdammt, es ist eine abscheuliche Angewohnheit, und wenn ich nicht lerne, mit Stress fertigzuwerden … Wie war das mit dem Nachfüllen, von dem Sie gesprochen haben?«

»Sofort.«

Sie hatte es sich auf der Couch bequem gemacht, lehnte sich zurück, schlug die Beine übereinander und starrte ins Nichts.

»Erinnern Sie sich daran, daß ich Ihnen gesagt habe, ich hätte Angst vor dem Fall, daß meine ursprünglichen Argumente sich letzten Endes doch als falsch erweisen würden?«

»Ja.«

»Sind Sie der Sache nachgegangen?«

»Ich habe mich mit Jim Spurman in Verbindung gesetzt«, gab Peter zu.

»Das habe ich mir gedacht.« Sie lachte verbittert auf. »Sie müssen wissen, daß dieser aufgeblasene Typ von mir schrecklich enttäuscht ist! Er erhielt seine Professur aufgrund der Tatsache, daß er der engagierteste Vertreter meiner Thesen in Großbritannien war, und als er entdeckte, daß ich mein Mäntelchen gewendet hatte …«

»In welcher Hinsicht?« fragte Peter mit plötzlicher Ungeduld.

»Das werden wir gleich hören.« Mit einemmal heftete sie den Blick ihrer Augen mit der sonderbar gestreiften Iris eindringlich auf ihn, und ihr Ton und ihr Gesichtsausdruck waren gleichermaßen angespannt. »Ich konnte keine Ruhe geben, bis ich herausfand, daß es Fälle von Verfehlungen von Jugendlichen gibt — ach was, zum Teufel, nein! *Verbrechen,* begangen von Jugendlichen, denn manches geht weit über das hinaus, was man als Ungehorsam oder Übermut oder soziale Unangepaßtheit bezeichnen könnte — also, es gibt Fälle, die in meiner Theorie nicht vorgesehen sind, weil etwas, das der reinen Macht des Bösen gleicht, dabei im Spiel ist.«

Sie atmete schwer und starrte ihn durch das Halbdunkel an, als wollte sie ihn zu einem Widerspruch ermutigen.

Ach du liebe Güte! Dies trägt alle Merkmale einer echten Konversation!

»Wissen Sie, woran ich die ganze Zeit denken mußte, während ich meine Untersuchungen durchführte?« fuhr sie fort.

»Keine Ahnung.«

»Es ist ein weit hergeholter Vergleich, fürchte ich, aber ... Nun ja, ich kam mir vor wie die Leute, die Meldungen über angeblich gesichtete fliegende Untertassen nachgehen mußten. Sie erinnern sich doch sicher an den UFO-Wahn?«

»Ja, natürlich«, knurrte er. »Aber warum?«

»Warum ich mich daran erinnert fühlte? Nun, weil ich mich durch einen Berg von Indizien arbeitete, alle dazu angetan, das Ganze aufzulösen, und immer wieder stieß ich auf einen Bodensatz, der sich nicht auflösen ließ.«

Eine Flause nach der anderen im Kopf — was?

Während Peter mit Mühe den Blick von ihr abwandte und sich statt dessen zwang, das Eis, das in seinem Glas schmolz, zu beobachten, sagte er jedoch lediglich: »Na ja, es ist ja inzwischen bekannt, daß es eine chemische Basis für Schizophrenie gibt ...«

Sie wischte seine Worte mit einer ungeduldigen Geste beiseite. »Fliegende Untertasse ist gleich Wetterballon! Nehmen Sie es als gegeben an, daß ich alle herkömmlichen Formen geistiger Störung in Betracht gezogen habe und ausschließen konnte.«

»Dann handelt es sich vielleicht um Schädigungen aufgrund einer vergifteten Umwelt. Nehmen wir nur als Beispiel eine extreme Unverträglichkeit bezüglich der gesetzlich zugelassenen Farbstoffe in Nahrungsmitteln.«

»Es findet sich über derartige Reaktionen genügend in der vorhandenen Literatur, um es ebenfalls auszuschließen. Sie klammern sich an die gleichen Strohhalme, an die ich mich geklammert habe — Fliegende Untertasse ist gleich Venus oder Jupiter! Was ich, nebenbei bemerkt, niemals akzeptiert habe ... Nein, ich meine es vollkommen ernst, obwohl es mir anders lieber wäre. Und bevor Sie mich danach fragen: Ich habe auch die Parallele in Betracht gezogen, daß ich im Glauben an die einzigartige Schlechtigkeit der Nazis erzogen worden bin, aber später genug Einblick in die Geschichte bekam, um zu einer ausgewogeneren Ansicht zu gelangen. Noch weitere Ideen?«

Peter zögerte lange, bevor er wieder sprach. Schließlich sagte er gedehnt: »Also ... es gab da mal ein Buch mit dem Titel *Saat des Bösen* oder so — damals, wann war es ... in den fünfziger Jahren?«

»Sie kennen es!« Claudia wäre fast von der Couch aufgesprungen. »Ich hatte die Hoffnung mehr oder weniger aufgegeben, einen Menschen zu treffen, der es außer mir gelesen hat. Sie haben es gelesen? Und Sie erinnern sich daran?«

»Oh, das ist lange her. Es ging, glaube ich, um irgendwelche halbwüchsigen Mädchen, die die abscheulichsten Verbrechen begingen und so eine Art Tagebuch darüber führten, halb Wahrheit, halb Dichtung ... verfolgen Sie etwas in dieser Art?«

»Ungefähr.« Sie nippte an ihrem Drink, ohne ihn anzusehen. »Ich war vollkommen davon überzeugt, wissen Sie, daß ich auf die grundlegende Erklärung für diese Erscheinung gestoßen war — die Feindseligkeit der jüngeren Generation gegenüber der Gesellschaft. Die Kernfamilie ist ja nicht direkt eine Einrichtung aus dem Altertum, wissen Sie.«

»Darauf haben Sie in Ihrem Buch hingewiesen«, entgegnete Peter trocken. »Sie haben dargelegt, wie sie im Europa des sechzehnten und siebzehnten Jahrhunderts entstand und nach der Industriellen Revolution zur Norm erhoben wurde. Sie behaupteten, sie sei für die damalige Epoche die passende Übergangslösung gewesen, doch in der modernen Zeit brauchten wir eine Form, die mehr gemein hat mit dem System des Stammes, aus dem wir uns entwickelt haben und in dem jedes Kind zehn oder zwanzig Erwachsene als Bezugspersonen hat, Verwandte oder nicht, die genauso für es da sind wie seine Eltern. Sie sagten, in der Tradition der Patenschaft sei etwas davon überliefert.«

»Und was halten Sie von meiner Argumentation?«

»Ich habe gewisse Vorbehalte, aber Sie haben sie überzeugend dokumentiert.«

Claudia war damit zufrieden. Nachdem sie noch einmal einen Schluck genommen hatte, fuhr sie fort: »Wissen Sie, was mir die miesen Fundas vorwerfen? Sie behaupten, ich befürworte die Gruppenehe, das heißt Promiskuität, was dem Wort des Herrn widerspräche ... Sie sehen gar nicht überrascht aus!«

»Im Zusammenhang mit den Fundamentalisten überrascht mich nichts mehr«, antwortete Peter murrend, und endlich genehmigte auch er sich einen zweiten Drink. Seine Taktik bestand darin, Claudias Zunge zu lockern, während er vergleichsweise nüchtern bleiben wollte. Bis jetzt schien es zu funktionieren, doch er hoffte, sie würde endlich zum eigentlichen Punkt kommen.

»Wenn sie mal die Bibel *lesen* würden, anstatt sie nur zu zitieren — schon wieder: Verzeihung! Ich will mich nicht in der Theologie verlieren ... ich bin immer noch der Meinung, daß ich einen sehr wesentlichen Punkt getroffen habe, mißverstehen Sie mich bitte nicht. Doch ich war so naiv anzunehmen, daß das die ganze Wahrheit sei, die perfekte Lösung. Und andererseits bin ich Wissenschaftlerin genug, um zu wissen, daß eine einzige Ausnahme eine ganze Theorie in Frage stellt. Stimmt's?«

Wie es offenbar von ihm erwartet wurde, nickte Peter feierlich.

»Stimmt! Nun, eine Zeitlang erhielt mein Selbstbewußtsein Auftrieb durch die vielen Briefe verzweifelter Eltern, meistens Frauen, aber auch einer ganzen Anzahl von Männern, die besagten, daß sie jetzt Einblick bekommen hätten in die Gründe, warum Billy drogensüchtig war und Nelly auf den Strich ging und Sammy im Gefängnis saß und ... Sie können sich ein Bild machen, ja?

Und dann« — mit neuentfachter Aufgebrachtheit — »erhielt ich aus heiterem Himmel einen Brief ganz anderer Art. Zum einen stammte er nicht von einem Elternteil, sondern von einer ehemaligen Sozialarbeiterin, die mein Buch offenbar sehr aufmerksam gelesen hatte und mir einen Fall, der meiner Theorie widersprach, so vernünftig und fundiert schilderte, wie es noch nie vorgekommen war.« Ein kurzes Auflachen. »Manchmal wünschte ich, ich hätte den Brief nie erhalten, wissen Sie!«

»Was stand darin?«

»Abgesehen von einigen Gesichtspunkten, die andere Leute auch schon angesprochen hatten — nur nicht so eingängig —, berichtete sie, daß sie gerade am Ende ihrer vierzigjährigen Berufslaufbahn auf einen Fall gestoßen sei, der in keine der bestehenden Theorien paßte, auch in meine nicht, mit Ausnahme in die Vorstellung einer angeborenen Schlechtigkeit.«

»Das haben Sie ernst genommen?«

»Nun, ich hatte außer den zustimmenden Briefen auch eine ganze Menge gehässige Post bekommen, so daß ich im ersten Moment geneigt war, das Schreiben wegzuwerfen. Doch, wie gesagt, es steckte so viel Vernünftiges darin, daß ich es nicht einfach aus meinem Sinn verdrängen konnte.«

»Haben Sie mit der Schreiberin Kontakt aufgenommen?«

»Das habe ich versucht. Leider war sie inzwischen verstorben. Frühzeitig — sie war nur fünfundsechzig

Jahre alt geworden. Trotzdem, was sie gesagt hatte, nagte weiter an mir. Schließlich konnte ich es nicht mehr aushalten. Wenn es auch nur diese eine Ausnahme gab … Ich habe also angefangen, einige Dinge in Bewegung zu setzen.«

Sie nippte an ihrem Glas und ließ ein trauriges Lächeln folgen.

»Ach, ja! Wie gut es ist, wenn man Ansehen und Stellung genießt! Bevor mein Buch erschienen war, war ich nur eine von vielen Collegeprofessorinnen. Und schon nachdem es eine Woche lang in der Bestsellerliste geführt worden war, war ich berühmt und einflußreich! Ich erinnere mich, daß ich bei unserer ersten Begegnung für Publicity und Medien nur Verachtung übrighatte. Damals wußte ich noch nicht, wie ich sie mir zunutze machen konnte …

Na ja, egal. Entscheidend ist, daß ich Zugriff auf ein weites Feld von Daten hatte, von deren Existenz ich keine Ahnung gehabt hatte, bevor ich anfing, meine Nase hier und dort reinzustecken. Ich wußte zum Beispiel nicht, daß es bei uns Abteilungen der Polizei gibt — wie hier bei Ihnen übrigens genauso —, die nicht routinemäßig echte Fakten einspeichern, sondern auch Gerüchte, Klatsch und Verdächtigungen. Habe ich eigentlich erwähnt, daß der besagte Brief aus England stammte?«

»Nein.« Peter beugte sich jetzt vor und nahm jedes Wort aufmerksam in sich auf.

»So war es. Also, aus reiner Neugier und … wie heißt dieser anschauliche Ausdruck, wenn jemand eine Sache unbedingt verfolgen muß?«

»Man hat Blut geleckt?« schlug Peter nach kurzem Nachdenken vor.

»Genau! Na ja, jedenfalls aus einem so ähnlich gearteten Drang stöberte ich überall herum und entdeckte, daß ich einige überaus merkwürdige Informationen abrufen konnte. Später werde ich Ihnen erklären, wie das genau funktionierte, doch im Moment sage ich nur, daß es sich um Polizeidaten handelte. Sie sind ... nun, man könnte sagen ›im Hinterstübchen‹. Aber hin und wieder öffnen sie dieses Stübchen, um soziologische Forschungen zu unterstützen. Nach dem Erscheinen meines Buches war ich zur offiziell anerkannten Forscherin aufgerückt. Dank sei dem Gönner, der meinen Namen auf die Liste der Auserwählten gesetzt hatte!

Und auf diese Weise fand ich heraus, daß es mindestens zehn Fälle gab, die allem Anschein nach meine dogmatischen Behauptungen untergruben.«

Und wieder ein großzügiger Schluck Whiskey. Aus Angst, sie könnte die Sache übertreiben und irgendwann total voll sein, bevor sie ihm endlich ihr Geheimnis verraten hätte, sagte Peter: »Befinden sich Ihre Entdeckungen auf der Diskette, die Sie mitgebracht haben?«

Claudia war für eine Weile ins Grübeln verfallen. Jetzt zuckte sie zusammen und war wieder ganz da.

»Ja! Und noch vieles mehr. Sobald wieder Strom da ist ...«

Was genau in diesem Moment geschah, als ob sie an einer Wunderlampe gedreht hätte.

Sie ließ noch kurze Zeit verstreichen, um sicherzugehen, daß es kein falscher Alarm war, dann ging sie wieder an den Computer. Peter erhob sich rasch, um ihr zu folgen, da er befürchtete, ihre Bewegungen könnten unsicher geworden sein. Doch sie machte einen vollkommen beherrschten Eindruck, während sie die Diskette einschob und die Reihe der Befehle eintippte. Es gab einen Sicherheitscode, der viel Zeit in Anspruch nahm und bei dem mit äußerster Genauigkeit vorgegangen werden mußte; sie schaffte es auf Anhieb.

Und während der nächsten Stunde wußte Peter nicht, ob er in die unterste Etage zur wichtigsten Nachrichtensensation seines Lebens eingelassen oder in den Dunst des abartigen Traums einer Phantastin gelockt wurde.

In der ländlichen Kleinstadt Marshmere, wo es vielen Leuten immer noch möglich war, trotz Großbritanniens wirtschaftlichem Niedergang an der Illusion von Wohlstand festzuhalten, war Richard Gall, Niederlassungsleiter der Grafschaftlichen und Konsolidierten Baugenossenschaft, eine angesehene Persönlichkeit. Das gleiche traf für seine Frau Edna zu. Er war Mitglied einer Freimaurerloge und des Golfclubs; sie war im Elternbeirat der Schule und in Wohltätigkeitsvereinen aktiv. Sie wohnten in einem mittelgroßen modernen Haus am Rande der Stadt. Er fuhr einen Renault — gediegen, aber nicht übertrieben luxuriös — und sie einen Mini, den sie gebraucht gekauft hatten. In ihrem Bekanntenkreis wurden sie für das ideale Ehepaar gehalten.

Mary Gall wußte es besser. Sie stritten sich niemals in der Öffentlichkeit, doch sie war keine »Öffentlichkeit«. Auf diese Weise hatte sie herausgefunden, daß sie nicht die leibliche Tochter ihres Vaters war. Im Laufe einer der immer wiederkehrenden Zankereien hatte sie, als sie zwölf Jahre alt war, gehört, wie Edna Richard diese Tatsache ins Gesicht geschleudert hatte, um ihn an all die Demütigungen, die sie hatte erleiden müssen, zu erinnern — endlose ärztliche Untersuchungen, eine Inspektion all ihrer Organe, schließlich der kalte klinische Eingriff, auf dem er bestanden hatte — und ihm zuletzt mit einem Schwall von bissigen Bemerkungen seine unzulängliche Männlichkeit vorzuwerfen.

Als in diesem Augenblick die Türglocke schrillte, verwandelten sie sich auf der Stelle wieder in die liebenswürdigen Wesen, die sie üblicherweise zu sein pflegten.

Mary grübelte lange darüber nach. Schließlich verstand sie, warum ihre Mutter so oft schlecht gelaunt war, warum sie zuviel trank, warum sie rauchte, obwohl sie wußte, daß es ihrer Gesundheit schadete. Sie hatte keine klare Vorstellung von dem »Eingriff«, den Edna über sich hatte ergehen lassen müssen, doch nachdem sie beim Biologielehrer ihrer Schule — es war nicht die, bei der Edna im Elternbeirat war — diskret einige Erkundigungen eingezogen hatte, gelang es ihr, sich ein ziemlich genaues Bild zu machen.

Sie fing an, ihren Rachefeldzug zu planen.

Warum es so einfach war, wußte sie nicht genau. Sie wußte nur, daß sie seit neuestem die Gabe hatte, ihre Eltern so stark zu beeinflussen, daß sie sie mitten im schönsten Streit zum Aufhören veranlassen konnte; im allgemeinen setzten sie ihn allerdings fort, sobald sie im Bett lag, wo sie zitternd lauschte, während sie sich gegenseitig die übelsten Beleidigungen an den Kopf warfen.

Nach und nach festigte sich ein Entschluß in ihrem Geist. Doch es dauerte zwei Monate, bis sie ihren Plan in die Tat umsetzte, und länger als ein Jahr, bis er seinen lang ersehnten Höhepunkt erreichte. Sie war ein geduldiges Kind; sie überstürzte selten etwas.

Schon gar nicht in wirklich bedeutenden Angelegenheiten.

Sie wußte bereits einiges über Richards Arbeit. Ihr erster Schritt war, mehr darüber herauszufinden, bis sie sicher sein konnte, daß ihre Idee durchführbar war. Während der ersten Zeit nach ihrer Entdeckung, daß er nicht ihr Vater war, hatte sie sich ihm gegenüber kühl verhalten, doch bald merkte sie, daß das ihrem Plan nicht zuträglich war, und schmeichelte sich bei ihm ein. Tatsächlich ging sie eine Zeitlang so weit in die entgegengesetzte Richtung, daß Edna ihr vorwarf, Partei zu ergreifen. Nach einer weiteren Weile hatte sie jedoch die richtige Ausgewogenheit gefunden.

Irgendwann, kurz nachdem die Buchprüfer der Niederlassung der Baugenossenschaft ihren alljährlichen Besuch abgestattet hatten, fing sie an, ihren Vater zu bitten ...

Bitten?

Nein, das traf die Sache nicht ganz. Es war eher ein

Überreden, nur daß es nicht so schwierig war. Es geschah so, daß sie sich behutsam in einen bestimmten Seelenzustand versetzte, um die richtigen Worte und den passenden Klang der Stimme zu finden, und dann die Wirkung beobachtete. Sie hatte nicht immer Erfolg, doch sie fand bald heraus, wann es funktionierte, und ahnte, warum es manchmal nicht ging; also unterließ sie es an den Tagen, an denen sie ihrem Talent nicht traute.

Im richtigen Augenblick jedoch — *Wuff!*

Indem sie ihre Geduld bis zum äußersten strapazierte, wartete sie einen nervenpeinigenden Monat nach dem anderen, bevor sie die Falle auslegte, die sie sich für ihren Vater ausgedacht hatte. Die Versuchung, schnell zu handeln, war grausam, doch sie widerstand ihr bis drei Monate vor dem Zeitpunkt, an dem die Buchprüfer wieder ins Haus standen: so lang, wie eine Schwangerschaft dauerte.

Dann »überredete« sie Richard, daß die Familie unbedingt einen besseren Wagen haben müßte. Daraufhin stand prompt ein Jaguar vor der Tür. Als nächstes folgte der Umzug in ein größeres Haus, mit kurzer Kündigungsfrist und langer Abzahlung; es kostete doppelt soviel wie das alte und hatte einen Tennisplatz im Garten. (An diesem Punkt fing Edna an, sich Sorgen zu machen, doch Mary redete beruhigend auf sie ein.) Dann folgte die Buchung einer Weltreise für sie alle drei auf einem Luxuskreuzer. Mary bedauerte es ein winziges bißchen, daß sie nicht tatsächlich stattfinden würde … Später vielleicht. Im Moment war sie ganz und gar von ihrer Rache in Anspruch genommen.

Als nächstes folgten der teure Heimcomputer und die Videoanlage und der hochmoderne CD-Plattenspieler, komplett mit einer Sammlung Platten, die darauf abgespielt werden konnten, und ein funkelnagelneuer Citroen, der Ednas Mini ersetzte, und … und … und …

Zu dem Zeitpunkt, als die Buchprüfer erschienen,

fragte sich inzwischen bereits die halbe Stadt: »Wie macht er das bloß?« Nachdem sie weg waren, fragte sich die ganze Stadt: »Wie konnte er annehmen, damit nicht aufzukippen?«

Denn natürlich war er aufgekippt. Aufgrund von Manipulationen in der Buchhaltung der Baugenossenschaft, die er mit seinem Heimcomputer durchgeführt hatte und bei denen er törichterweise die Kontrolldaten, die im Computer des Hauptbüros gespeichert waren, außer acht ließ, fehlten eine Million Pfund vom Geld anderer Leute in seiner Zweigstelle; Hunderttausende davon waren in irgendwelchen Kanälen verschwunden, die nur der Himmel kannte.

Und Mary.

Bei der Vernehmung durch die Polizei und später bei der Gerichtsverhandlung bestand Richards einzige Verteidigung, die er vorbringen konnte, in einem Winseln um Vergebung.

»Meine Tochter hat mich dazu gebracht, es zu tun!«

Mary, die auf ihr eigenes Drängen hin im Gerichtssaal saß, während der meisten Zeit gefaßt und mit einem unglaublichen reifen Benehmen, ergriff den Arm ihrer Mutter, wandte sich zu ihr um und fragte erschüttert: »Wie kann er etwas so Schreckliches behaupten?«

Alle im Saal hörten es, einschließlich des Richters und der Jury, genau wie sie es beabsichtigt hatte. Obwohl der Richter sie rügte, weil sie so laut gesprochen hatte, war klar, daß er ihre Meinung teilte. Er verurteilte Richard zu fünf Jahren Gefängnis.

Als sie zu Hause ankamen, brach Edna in Tränen aus, während sie die Pracht ihres neuen Hauses betrachtete.

»All das wird uns jetzt genommen«, jammerte sie. »Gott allein mag wissen, wo wir landen werden. Wir werden *obdachlos* sein!«

»Nein, das werden wir nicht«, sagte Mary gelassen

und ließ sich in einen der edlen, brokatbezogenen Sessel des Salons fallen.

»Was meinst du damit?« Edna starrte sie an.

»Du hast Geld genug, um die Hypotheken zu bezahlen.«

»Was redest du da für einen Unsinn! Ich habe nur das wenige ...«

»Das wenige, das Tante Minnie dir hinterlassen hat«, unterbrach Mary sie. »Ich weiß es, du hast mir oft genug davon erzählt. So wenig ist es auch wieder nicht, wie? Wenn wir beschließen, daß wir hier wohnen bleiben, dann wird es reichen, um zu leben. Wir können ein Auto haben, wenn es auch wieder ein Mini sein muß und kein Jag ...«

»Mary! Du redest wirklich Unsinn! Allein die Zinsen für die Hypothek ...«

»Ich habe dir doch gesagt, wir können sie ablösen!« Mary warf den Kopf zurück und lachte freudlos. »Und endlich sind wir diesen schrecklichen Kerl los, der dich einer solchen Quälerei unterzogen hat, nur damit du mich bekommst, und der dauernd aufs abscheulichste mit dir streitet!«

Seit neuestem machte es ihr Spaß, hochgestochen daherzureden, und sie tat es bei jeder sich bietenden Gelegenheit.

»*Mary!*« Edna beugte sich über sie. »Ich kann unmöglich die Hypotheken abzahlen!«

»Doch, das kannst du!« seufzte Mary. »Du besitzt zweihunderttausend Pfund. Sie liegen bei einer Bank in London. Auf deinen Namen.«

»*Was?*«

»Genauer gesagt, bei einem jener fast-ehrenwerten zugelassenen Depotverwalter«, machte Mary deutlicher. »Aber ich habe mich vergewissert, daß es dort zuverlässig zugeht, wenn auch nicht ehrenwert, bevor ich einen ausgewählt habe.«

»Willst du damit sagen, dorthin ist das Geld ...?« Ednas Stimme verebbte zu einem Flüstern und dann zu einem Hauchen.

Mary sprang ungestüm auf und umarmte ihre Mutter. Ihre Macht der Überredung funktionierte besser auf kürzeste Entfernung. Sie hatte sich oft auf Richards Schoß setzen müssen, um zum Erfolg zu kommen.

»Na und? Er hat immer gesagt, daß man ihm nicht soviel bezahlt, wie er eigentlich wert ist. Wir können also hier wohnen bleiben, wenn du willst, oder wir können umziehen ... Bist du böse auf mich?«

Die Macht wirkte. Einen Augenblick später schmiegte sich Edna an sie und weinte; nicht aus Wut, sondern aus Freude.

Hier ist TV-Plus. Im Anschluß sehen Sie die Nachrichten.

Die Bauern, die sich auf einem Protestmarsch vom Staubloch Ostanglien nach London befinden und die Hauptstadt heute nachmittag erreicht haben, haben die Polizei eines politisch motivierten brutalen Vorgehens beschuldigt. Viele von ihnen behaupten, zusammengeschlagen worden zu sein, weil sie die rot-weiß-blauen Bänder nicht getragen hätten, die seit einiger Zeit zum Kennzeichen der Anhänger General Throwers geworden sind.

Die eigentlichen ›Throwers‹ …

»Zunächst will ich einmal erklären, wie ich an die Daten, die ich für meine Forschungen brauchte, gekommen bin«, sagte Claudia, als der Bildschirm des Computers einen Überblick über den Inhalt der Diskette gab. »Da dies nun schon mal der Abend der Offenbarungen ist … Ursprünglich hatte ich die Absicht, meine Analyse in den Staaten durchzuführen, doch dort drüben ist man entschieden strenger, was den Zugriff auf kriminologische Daten betrifft, und außerdem hat man es mit Hunderten von verschiedenen Polizeieinheiten zu tun. Ein Freund von mir im Kriminologischen Institut schlug vor, daß ich mich auf dem Umweg über die britische Polizei bei Interpol einschleiche. Ich rechnete nicht damit, daß es funktionieren würde, doch ich hatte eine Glückssträhne. In New York fand eine Konferenz statt zum Thema ›Einsatz von Computern bei der Polizei‹, also ging ich hin und plauderte mit einem der britischen Delegierten, einem Obersten Polizeichef, und zufällig war ihm gerade so ein Fall untergekommen, wie er mir vorschwebte.

Und außerdem hatte er mein Buch gelesen. Er war genau der Bulle, den ich brauchte: ernsthaft interessiert an seiner Arbeit. Ich weiß nicht, wie er den Handel zustande gebracht hat, doch ein paar Wochen später erhielt ich einen Brief, der besagte, daß er für mich den Zugriff auf Daten des hiesigen Nationalen Polizei-Computers arrangiert habe, allerdings mit einem bestimmten Filter, der automatisch die Identität einer Person, über die ich Erkundigungen einzog, verschleiern würde. In diesem Stadium war ich *hier.*«

Sie tippte einen Befehl ein, und das Display veränderte sich, um eine Tafel mit Verbrechen in alphabetischer Reihenfolge zu zeigen. Bei jedem stand eine Zahl. Die meisten waren dreistellig, manche erreichten jedoch eine vierstellige Größenordnung.

Um sein Interesse zu bekunden, sagte Peter: »Sind das die Gesamtsummen aller Fälle jedes Typs von Verbrechen?« Und als sie nickte: »Hmm. Sie haben sich allerhand vorgenommen, was? Wie viele sind es insgesamt?«

»Sechs- oder siebentausend. Aber ich brauche sie nicht alle der Reihe nach zu analysieren. So, wie die Datei unterteilt ist, konnte ich alle Fälle, die für mich nicht in Betracht kamen, außer acht lassen.«

»Welche Kriterien waren für einen Ausschluß entscheidend?«

»Oh, Drogenmißbrauch, Alkohol- oder Lösungsmittelmißbrauch, organisch bedingte Geistesgestörtheit — eben jene Dinge, die Sie bereits erwähnt haben. Und ich baute eine Schwelle ein für solche Fälle, in denen der häusliche Hintergrund an sich schon Gewalttätigkeit gedeihen ließ. Wollen Sie den ganzen Wust durchgehen?«

»Nur, wenn Sie es für unbedingt nötig halten.«

»Gut. Ich habe so oft auf dieses Display geschaut, daß ich manchmal das Gefühl habe, ich sehe es gar nicht mehr.« Sie gab einen neuen Befehl ein. Peter stellte fest, daß jede Wirkung, die der Whiskey gehabt haben mochte, vollkommen verflogen war.

»Eines müssen Sie dabei bitte noch verstehen: »Ich *wollte* nichts finden. Ich war felsenfest davon überzeugt, daß meine ursprüngliche Idee unanfechtbar war, und ich tat dies alles nur — nun, man könnte sagen, aus einem gewissen Pflichtbewußtsein heraus. Wie irgendein Wichtigtuer in einem Labor, der kein Experiment ausläßt, das ihm überhaupt nur einfällt, um seine Lieblingstheorie eventuell zu widerlegen.«

»Der Eindruck, den ich aus Ihrem Buch gewonnen habe«, sagte Peter langsam, »war der, daß Sie Ihre Erkenntnisse nicht nur für allgemein anwendbar halten, sondern für universell gültig. Ich hoffe, Sie nehmen es mir nicht übel, daß nach meinem Dafürhalten dieser Punkt der schwächste an dem Ganzen war.«

Sie lachte rauh. »Sie wissen ja gar nicht, wie recht Sie haben!« murmelte sie. »Doch in wenigen Minuten werden Sie es wissen ... Tatsache ist, daß die ersten Informationen, die mich fast umgeworfen hätten, gar nicht vom Nationalen Polizei-Computer kamen. Und es gibt noch ein paar mehr, bei denen das nicht der Fall war und auf die ich an passender Stelle noch zu sprechen kommen werde. Nehmen wir uns jetzt den ersten Fall vor. Können Sie gut sehen?«

Peter hatte hinter ihr gestanden. Jetzt zog er sich einen Stuhl heran und setzte sich, damit er aus einem günstigeren Blickwinkel schauen konnte.

»Ich habe diese Informationen von meinem Freund im Kriminologischen Institut, der sie wiederum von einem Kollegen aus Stanford erhalten hatte. Es gibt eine Schwemme von Designer-Drogen in Kalifornien. Sie haben wahrscheinlich schon davon gehört, daß die Fundas einen Softdrink auf den Markt gebracht haben, der mit einer davon versetzt ist?«

»CrusAde«, sagte Peter nickend. »Hat man nicht versucht, dem Ganzen den Anstrich von Legalität zu geben?«

»Genau. Weil es sich nicht um einen synthetischen Stoff handelt, sondern um etwas, das aus präparierter Hefe entsteht. Die FDA hat sich nicht darauf eingelassen. Einige Funda-Gläubige behaupten, daß Hefe etwas mit Brauen zu tun hat, und damit fiele das Getränk unter ›hochprozentige Alkoholika‹ und so weiter — egal. Der Rechtsstreit ist immer noch im Gange. Aber hier ist das, was mich an der Sache interessiert hat.« Sie deutete auf den Bildschirm.

»Das FBI ist sicher, daß der Drogen-Designer ein Jugendlicher ist. Man hat einen der Dealer geschnappt, der gestand, woher er die präparierte Hefe bekommen hatte, und man beschattete die betreffende Person. Der Beamte, der mit der Beschattung beauftragt war, kam zurück und schwur, der Junge sei der netteste Kerl, dem er je begegnet sei, und er könne unmöglich das getan haben, was ihm zur Last gelegt würde; ein paar Tage später quittierte er den Dienst beim FBI. Das gleiche passierte beim zweitenmal und beim dritten, und an diesem Punkt kam der örtliche Chef zu dem Schluß, daß er offenbar auf das falsche Pferd gesetzt hatte. Doch weiterhin tauchten die Drogen auf. Jemand muß dahinterstecken; weitere Dealer sind geschnappt worden, und immer mehr von ihnen behaupten zu wissen, daß der Designer ein minderjähriger Jugendlicher sei.«

Peters Herz pochte wie wild. Mit plötzlich ausgetrocknetem Mund sagte er: »Vielleicht hätte ich lieber fragen sollen, welche Kriterien Sie für die Auswahl zugrunde gelegt haben, anstatt für den Ausschluß.«

Claudia zählte mit jeweils einem ausgestreckten Finger auf. »Ein größeres Verbrechen — begangen von einem Kind —, das straffrei ausging. Das ist der wichtigste Gesichtspunkt: das straffreie Ausgehen.«

»Kind bedeutet ...?«

»Wie sich herausstellte: etwa zwölf oder dreizehn Jahre alt.«

Peter pfiff durch die Zähne. »Und Sie sprechen wirklich von größeren Verbrechen?«

Sie drehte sich ruckartig um und sah ihn eindringlich an. »Haben Sie eine Ahnung, wieviel Patienten in Amerika in psychiatrische Anstalten eingesperrt werden mußten wegen der Folgen von Designer-Drogen?«

»Ich will mich nicht über den Begriff streiten. Das ist nach der allgemeinen Beurteilung ohne Zweifel ein größeres Verbrechen. Aber ... Sind Sie auf viele ähnliche Fälle gestoßen?«

»Nein, nicht viele. Weniger als ein Dutzend. Jedoch genug, um den Schatten des Zweifels auf meine geliebte Theorie zu werfen! Ich möchte Ihnen noch die anderen zeigen. Zuerst die, die ich vom NPC, also vom Nationalen Polizei-Computer Großbritanniens bekommen habe.«

Wieder die Eingabe eines Befehls, und das Display änderte sich erneut. Wie zuvor, kommentierte sie wieder.

»Hier geht es wieder um einen Jungen — die Fälle verteilen sich übrigens gleichmäßig auf beide Geschlechter. Im Alter von dreizehn Jahren besuchte er eine teure Privatschule. Es stellte sich heraus, daß er ein schwunghaftes Geschäft mit sexuellen Diensten betrieb, gemeinsam mit der Tochter des Direktors. Sie bediente die Männer, die keinen Geschmack an Knaben fanden.«

»Wurde nichts dagegen unternommen?«

»Der Schuldige wurde an eine andere Schule versetzt und eine Klasse höher eingestuft. Ich würde mich nicht dafür verbürgen, daß das ein braves Kind aus ihm gemacht hat.«

»Aber haben die Lehrer denn nicht ...?«

»Etliche der Lehrer gehörten zu den Kunden.«

Peter versank für eine Weile in Nachdenken. Nach einer geraumen Zeit sagte er: »Machen Sie bitte weiter!«

»Der nächste Fall, auf den ich stieß, war der eines Mädchens. Sie war von einer Tante und einem Onkel ausgerissen, die sie nach dem Tod ihrer Eltern bei sich aufgenommen hatten. Sie waren nicht durch einen Unfall umgekommen, sondern durch Krankheit. Ich weiß nicht mit Sicherheit, welcher Art — ich sagte Ihnen ja, daß mein Zugriff auf die NPC-Daten nur mit einem bestimmten Filter möglich war, der alles unkenntlich machte, was Rückschlüsse auf die Identität zugelassen hätte. Doch ich konnte den Zeitpunkt ihres Todes annähernd bestimmen, und der traf mit einer Meningitis-Epidemie zusammen, die vor einigen Jahren großes Aufsehen erregte. Ich glaube, Sie haben auch einen Bericht für *Continuum* darüber gemacht, oder nicht?«

»Das habe ich tatsächlich. Doch wenn Sie gehofft haben, ihren Eltern durch mich auf die Spur zu kommen, dann muß ich Sie enttäuschen. Wir haben die Anonymität der Opfer respektiert.«

»Ich versichere Ihnen, daß ich nichts dergleichen gedacht habe.«

»Gut. Fahren Sie bitte fort mit dem Mädchen, das ausgerissen ist.«

»Sie machte sich auf in eine Großstadt, wie vielleicht London, aber das weiß ich nicht genau. Bevor sie zwölf Jahre alt war, arbeitete sie auf dem Straßenstrich — auf welche andere Art kann ein Mädchen in diesem Alter seinen Lebensunterhalt verdienen? Einer ihrer Kunden wurde bösartig und bedrohte sie mit einem Messer. Das Drama endete damit, daß er in Streifen geschnitten war.«

»Und auch dagegen hat niemand etwas unternommen?«

»Ich weiß, worauf Sie hinauswollen. Man hätte sie in ein Heim stecken sollen, mindestens, wenn nicht gar in eine Besserungsanstalt, stimmt's? Statt dessen wurde das Mädchen freigesprochen. Selbst der Staatsanwalt mußte zugeben, daß auf dem Griff des Messers keinerlei Fingerabdrücke von der Kleinen gefunden worden waren. Sie wollte dem Gericht weismachen, der Mann habe sich selbst umgebracht — und man glaubte ihr!«

Peter sah sie mit unverhohlenem Abscheu an. »Man glaubte ihr, daß er sich selbst in Streifen geschnitten hatte, wie Sie es ausdrückten?«

Ein verbissenes Nicken, ein grimmiges Zusammenkneifen der vollen Lippen.

»Sie wurde sofort aus der Untersuchungshaft entlassen und stand offenbar noch am selben Nachmittag wieder an ihrem Stammplatz.«

»Man ließ eine Zwölfjährige wieder zur Prostitution zurückkehren, nachdem so etwas geschehen war? Warum, zum Teufel, ist mir nie davon etwas zu Ohren gekommen?«

Claudia hob die Schultern. »Nun, die Verhandlung fand vor dem Jugendgericht statt, so daß ich annehme, daß der Presse keine Einzelheiten zugänglich waren. Sie können allerdings Gift darauf nehmen, daß sie alle im NPC gespeichert sind. Ich habe Sie gewarnt, meine Entdeckungen tragen nicht zu einem gesunden Schlaf bei ... Haben Sie vielleicht irgendeine Erklärung für das, was ich Ihnen bis jetzt erzählt habe? Nein, warten Sie! Ich möchte Ihnen erst noch den Rest zeigen, bevor Sie sich eine Meinung bilden.

Im nächsten Fall ging es wieder um einen Jungen, irgendwo im Norden Englands, soweit ich vermuten konnte. Jedenfalls in einem Landstrich mit Schafzucht, wo die Bäche alle Wildbäche sind. Es gab einen Streit zwischen seiner Familie und irgendwelchen Nachbarn. Ein preisgekrönter Hund wurde getötet. Dann wurde der Sohn der gegnerischen Familie ertrunken aufgefunden; sein Fuß hatte sich in einer Drahtschlinge verfangen, so daß er der Länge nach in den Fluß fiel, sich den Kopf anschlug und ertrank. Es sah nicht nach einem Unfall aus, eher nach einer absichtlich angelegten Falle.

Doch nach den Ermittlungen wurde es als Unfall zu den Akten gelegt, und — das wird Sie amüsieren — jetzt erzählt man sich in der Gegend, daß die Familie über magische Kräfte verfügt.«

»In diesem Land und in der heutigen Zeit?«

»So ist es. Ich habe mich deswegen an die theologische Fakultät gewandt — wo ich nicht gerade zu den regelmäßigen Besuchern gehöre — gehörte, muß ich jetzt wohl sagen. Ich mußte mich nach einigen der Worte erkundigen, die ich in dem Bericht fand, wie ›dunkle Herrin‹ und ›Gehörnter‹. Offenbar gehen sie zurück auf die Religion im vorchristlichen Britannien.«

»Hm-hm.« Peter nickte. »Der Gehörnte dürfte Cernunnos, der Wilde Mann der Berge sein, der den Kopf eines Ebers hat beziehungsweise ein Geweih an einem menschlichen Kopf. In Carnac in der Bretagne betet man ihn immer noch an, und zwar in der Verkleidung eines christlichen Heiligen namens Cornély.«

»Auch darüber haben Sie eine *Continuum*-Sendung gemacht, nicht wahr?«

»Was glauben Sie, warum ich mich so gut damit auskenne? Aber trotzdem wissen Sie eine ganze Menge Dinge, die ich noch nicht wußte ... bitte fahren Sie fort!«

»Ah ... ja. Als nächstes geht es wieder um ein Mädchen. Noch eine Mörderin. Sie hat einen Mann vor den Augen seiner Freunde ertränkt. Sie war noch ein Kind, und er ein ausgebildeter Einzelkämpfer einer Sondereinheit, einem Marine Ranger vergleichbar.«

Peter richtete sich mit einem Ruck auf seinem Stuhl auf. »Aber das ergibt doch keinen Sinn!«

»Verdammt wenig an dem Ganzen ergibt einen Sinn!« entgegnete Claudia in scharfem Ton. »Lesen Sie selbst!«

Peter beugte sich näher zum Bildschirm. Eines gar nicht mehr fernen Tages würde er eine Brille brauchen ...

Schließlich sagte er: »Aber wenn er die Absicht gehabt hatte, sie zu vergewaltigen ...«

»Sie persönlich behauptet das gar nicht. Natürlich hat niemand gehört, was die beiden miteinander gesprochen haben, dazu war die Entfernung zu groß. Dem Anschein nach tauchte er einfach den Kopf unter Wasser und kam nicht mehr hoch. Ich wünschte, ich könnte weitere Einzelheiten erfahren, doch dieser verdammte Filter ist so programmiert, daß er vollkommen auf

Nummer Sicher geht, und deshalb weiß ich nur, daß er in einem Fluß ertrunken ist und sein Leichnam gefunden wurde, wie er gegen eine Art von Zaun klatschte — vermutlich die Abgrenzung eines Bereichs, in dem das Baden sicher ist. Aber von dieser Sorte muß es Hunderte in Großbritannien geben.«

»Wissen Sie das jeweilige Datum, an dem sich die Vorfälle ereignet haben?« fragte Peter. Claudia schüttelte den Kopf, wobei ihr Haar auf und ab wippte wie die Linie eines Oszillographen.

»Andeutungen über die Jahreszeit sind das einzige, das der Filter durchläßt. Das hier muß sich offenbar im Sommer abgespielt haben. Doch alles hat sich in jüngster Zeit ereignet. Es gibt vage Anzeichen dafür, daß alle Vorfälle in den letzten paar Jahren stattgefunden haben.«

»Ich hätte mir Notizen machen sollen«, fiel Peter jetzt erst ein.

»Sie können sich die Diskette kopieren, wenn Sie wollen. Mir war bis heute abend nicht ganz klar, wie dringend ich eine zweite Meinung benötige. Sollen wir weitermachen?«

»Ja!«

»Okay. Hier haben wir es wieder mit einem Jungen zu tun, der offenbar in einer heruntergekommenen Stadt lebt, wahrscheinlich wiederum im Norden Englands. Laut eines Berichts im NPC, oder vielmehr eines der Gerüchte, die einzuspeichern man den örtlichen Beamten der Sicherheitspolizei nahelegt ...«

»Darüber brauchen Sie mich nicht aufzuklären!« unterbrach Peter sie in verbittertem Ton.

»Sie können selbst ein Lied davon singen, was?« Sie sah ihn stirnrunzelnd von der Seite her an. »Ja, ich erinnere mich, daß Sie es erwähnten. Ihre Regierung scheint den Verfolgungswahn bei ihren Bürgern zu fördern ... Also, aus dem Bericht geht hervor, wie Sie selbst sehen, daß er der Anführer einer Bande von älteren Jungen ist, die angeblich allerlei Dienstleistungen anbieten, in Wirklichkeit jedoch die Geschäftsinhaber der Gegend erpressen, so daß sie ihnen lächerlich hohe Summen für geringfügige Arbeiten bezahlen. Zum Beispiel bekommen sie zehn oder fünfzehn Pfund für das Wegschaffen unverkaufter Zeitungen oder das Transportieren von Mülleimern von der Hinterseite eines Geschäfts nach vorn.«

»Aber die Ladenbesitzer ...«

»Zeigen sie nicht an. Sagen nicht aus.«

»Das ergibt keinen Sinn!«

»Das sagten Sie bereits, und ich bin immer noch Ihrer Meinung.«

»Aber wie können sich die Leute von einer Handvoll Kinder so sehr einschüchtern lassen?«

»Das ist das Merkwürdigste an dem Ganzen! Sie sind *nicht* eingeschüchtert!«

»Wie bitte?«

»Sie sind nicht eingeschüchtert«, wiederholte Claudia geduldig. »Sie behaupten, die Jungen zu mögen und ihnen freiwillig soviel zu bezahlen! Das war übrigens der Fall, auf den mein Bekannter, der Oberste Polizeichef, gestoßen war und der ihn so sehr verärgerte. Deshalb kann ich hier so sicher sein. Aber er hat mich nicht etwa in diese Richtung gelenkt. Ich schreibe ihm gelegentlich, um ihm über den Fortgang meiner Untersuchung zu berichten, und als ich den Fall erwähnte, gab er zu, daß dies das Beispiel war, das er im Sinn gehabt hatte.«

»Ich brauche noch einen Drink«, sagte Peter und erhob sich. »Sie auch?«

»Ich hätte eigentlich lieber Kaffee.«

»Können Sie haben. Das heißt, wenn Sie mit löslichem zufrieden sind. Es ist schon einige Zeit her, daß ich mir das echte Zeug leisten konnte.«

Als er den dampfenden Becher neben sie hingestellt hatte, ergriff sie wieder das Wort.

»Jetzt begeben wir uns in Grenzbereiche. Hier kommen jetzt ein paar Fälle, die vielleicht ganz anders gelagert sind, doch gewisse Parallelen aufweisen.

Der erste betrifft eine Verhandlung vor dem Jugendrichter, in der einige Schülerinnen verurteilt wurden, weil sie eine Mitschülerin mißhandelt hatten — die jüngste der Klasse, falls das eine Bedeutung hat. Nach den einmütigen Aussagen der Mädchen hatte sie zum Zeitpunkt des Angriffs Schmuck getragen, der früher ihnen gehört hatte, den sie ihnen jedoch irgendwie abgeschwatzt hatte; sie versuchte in diesem Moment, das gleiche bei einem Mädchen zu erreichen, das von der Schule abgegangen und zurückgekommen war, um den anderen ihren Verlobungsring zu zeigen, den sie gerade geschenkt bekommen hatte. Sie wurde ziemlich schwer verletzt und mußte ins Krankenhaus gebracht werden. Doch als es zur Verhandlung kam, bestätigten alle lammfromm, was das verletzte Mädchen ausgesagt hatte: Sie hatten ihr ihre Besitztümer freiwillig geschenkt — wovon einige übrigens sehr wertvolle Stücke waren, die so viel Geld gekostet hatten, daß die früheren Eigentümerinnen ihren Eltern vorgelogen hatten, sie hätten sie ›verloren‹, und dafür ernsthafte Schelte bekamen.«

»Doch selbst wenn die Mädchen einen Rückzieher machten, wie verhielten sich die Eltern, die ja wahrscheinlich die Dinge bezahlt hatten, die sie den anderen weggenommen hatte?«

»Sofern sie im Gerichtssaal waren, ließen sie sich sofort von ihr gewinnen. Wenn sie sie zu Hause aufsuchten, ließen sie sich ebenfalls von ihr gewinnen. Jetzt begreifen Sie vielleicht, was mich an all dem so ... *besessen* macht?«

»Das tue ich, in der Tat«, murmelte Peter und nippte an seinem frischen Drink. »Sie sagten, Sie hätten noch mehr Fälle auf Lager.«

»Richtig. Alle sind, wie gesagt, im Grenzbereich angesiedelt; die einzige Verbindung besteht in einer sehr merkwürdigen — zufälligen? — Übereinstimmung, nämlich ... Aber ich greife zu weit vor. Ich möchte, daß Sie sich zunächst noch das andere Material ansehen.« Finger huschten über die Tastatur.

»Dieser Fall hier betrifft den Geschäftsführer einer — Baugenossenschaft. Ein merkwürdiges Wort.«

»Wieso?«

»Ich mußte mir seine Bedeutung von jemandem erklären lassen. Bei uns in den Staaten gibt es so etwas nicht. Soweit ich verstanden habe, handelt es sich dabei um etwas Ähnliches wie eine Bausparkasse, bei der durch Ansparen ein Wohnrecht erworben wird. Stimmt das?«

»Das kommt der Sache ziemlich nahe. Was war mit dem Mann?«

»Er bediente sich aus der Kasse, um sich einen neuen Wagen, ein neues Haus und jede Menge anderer netter Spielereien zu kaufen. Wie Sie sich denken können, wurde er geschnappt und wanderte ins Gefängnis. Er hat eine Tochter. Zu seiner Verteidigung konnte er nichts anderes vorbringen — und das immer wieder —, als daß sie ihn dazu gebracht habe.«

»Ich nehme an, das Gericht hat ihm nicht geglaubt?« vermutete Peter trocken.

»Natürlich nicht. Aber wissen Sie was? Ich glaube ihm.«

Nachdem er das verdaut hatte, sagte Peter: »Was haben Sie noch zu bieten?«

»Die beiden Dinge, die ich nicht vom britischen NPC bekommen habe. Trotzdem besteht die gleiche Verbindung wie bei den anderen.«

Da er glaubte, inzwischen erraten zu haben, worin die Verbindung bestand, nickte Peter als Aufforderung zum Weitermachen. Claudias Finger tanzten wieder über die Tasten.

»Hier haben wir ein Mädchen in einer Klosterschule in Irland. Jemand von dort drüben hat mich auf sie aufmerksam gemacht, der über meine Arbeit Bescheid weiß und mir geschrieben hat — anonym, so daß ich nicht weiß, wieviel Glauben man der Sache schenken darf. Übrigens war ihre Absicht dabei, meine Theorie zu widerlegen.«

Peter hakte ein: »Sie sagten anonym. Warum dann ›sie‹?«

»Grüne Tinte auf parfümiertem rosafarbenen Schreibpapier«, seufzte Claudia. »Ich glaube, in England hat man dafür den Ausdruck ›ein todsicheres Zeichen‹.«

»Akzeptiert. Entschuldigung!«

»Offenbar hatte sie eine fixe Idee hinsichtlich religiöser Erziehung, da sie sie, viel mehr als die Kernfamilie, für das Verbrechertum bei Jugendlichen verantwortlich machte. Hier ist der Fall, über den sie berichtete: Die Tochter eines Mannes, der sich das Leben genommen hatte, und einer Frau, die durch den Schock über dieses Ereignis den Verstand verlor, betrieb angeblich einen Pornohandel von ihrer Schule aus; das Material wurde ihr von einem Botenjungen und seinem älteren Bruder angeliefert, denen sie als Gegenleistung erlaubte, sie zu küssen und zu betatschen — offenbar in Irland eine Ungeheuerlichkeit! Die Tochter meiner Briefschreiberin wurde der Machenschaften des anderen Mädchens beschuldigt und von der Schule gewiesen!«

»Ich dachte«, sagte Peter langsam, »daß Sie sich nur auf größere Verbrechen konzentrierten.«

»Und Sie meinen, dies könnte man kaum so nennen? Einverstanden. Andererseits ... Nein, Sie müssen noch den letzten Fall abwarten. Dabei geht es wirklich um ein größeres Verbrechen. Er wurde mir von einem italienischen Bauern geschildert, der mein Buch gelesen hatte — das in seinem Land nicht sehr beliebt ist, wie Sie sich denken können; doch dieser Mann ist Atheist und Radikaler, so daß er es sich gleich unter allerlei Mühen besorgte, als er eine Besprechung darüber gelesen hatte. Wieder einmal geschah das Ganze jedoch anonym. Immerhin weiß ich, wo der Brief aufgegeben worden ist, und ich bin ziemlich sicher, daß ich dem wahren Fall auf die Spur kommen könnte. Tatsächlich ist das sogar die erste Aufgabe, die ich mir gestellt habe, solange ich hier in Europa bin. Es kann nicht allzuviele Orte in Italien geben, wo der Wachtposten im Ölvorratslager einer landwirtschaftlichen Kooperative im letzten Herbst erschossen wurde.«

»Und schon gar nicht von einem zwölfjährigen Kind.«

»In diesem Fall war es nicht der Junge, dem man nichts anhaben konnte, sondern sein vermeintlicher Vater.«

Da Peter einen Augenblick lang durch das Greifen nach seinem Glas abgelenkt war, entging ihm die Bedeutung des entscheidenden Wortes im letzten Satz. Er sagte: »Ich konnte nicht ganz folgen ...«

Da sie nun ihrerseits ihn mißverstand, sagte Claudia: »Durch seine Redegewandtheit brachte der Junge die Polizei dazu, den Mann nicht festzunehmen. Statt dessen wurde ein anderer beschuldigt, genau wie in dem irischen Fall: einer der Pächter des Vaters, der in derselben Nacht verschwand. Aber warum lese ich Ihnen das laut vor? Sehen Sie doch auf den Bildschirm, da steht alles!«

Sie nippte an ihrem Kaffee, der inzwischen so weit abgekühlt war, daß er trinkbar war.

Nach einer Weile sagte Peter langsam: »Halten Sie die Geschichte für glaubwürdig, oder ist sie nur aus Gerüchten entstanden? Für mich hört sich das so an, als ob jemand dem Großgrundbesitzer der Gegend eins auswischen wollte. Allerdings, warum sind dann in diesem Fall keine Namen erwähnt? Jemand, der einem anderen schaden will, würde ja wohl so eindeutige Hinweise wie nur möglich geben.«

Claudia stieß ein rauhes Lachen aus. »Darüber müßten Sie mal meinen Mann befragen!«

Peter blinzelte mehrmals. »Entschuldigen Sie«, brachte er schließlich hervor. »Jetzt bin ich dran zu sagen, daß ich keine Ahnung hatte, daß Sie verheiratet sind.«

»Ich bin es nicht. Nicht mehr. Es hat nicht geklappt. Vor allem deshalb nicht, weil er von mir erwartete, daß ich mich in eine Maschine zur Produktion von Babies verwandeln sollte ... Doch er war unwahrscheinlich gutaussehend und dramatisch, und während unserer Verlobungszeit war ich schrecklich stolz auf ihn. Erst später fand ich heraus, welche Bürde es bedeutet, in der Kultur des tiefsten Südens Italiens erzogen worden zu sein. Ach, Scheiße! Es ist vorbei und vergessen, und ich hoffe, ich werde diesem miesen Typen nie mehr begegnen! Der Punkt ist ...« — sie beugte sich mit ernstem Gesicht weit zu ihm hinüber, als ob die früheren Drinks jetzt erst ihre Wirkung zeigten —, »der arme Kerl hatte vielleicht Angst, daß ihm, wenn er in seinem Brief Namen preisgäbe, möglicherweise das gleiche widerfahren würde. Ich kann Ihnen versichern, er hatte seine Gründe dafür.«

»Langsam komme ich ein bißchen durcheinander«, gestand Peter nach einer Pause, in der er nachgedacht hatte. »Na gut, ich sehe ein, daß der Mann in Italien vielleicht Angst hatte, Namen preiszugeben. Doch warum bringen Sie den Fall in Verbindung mit den anderen?«

»Weil es der Junge war, der der Polizei ausredete, seinen Vater festzunehmen, obwohl die auf dem Totenbett gemachte Aussage des Opfers eindeutig gegen ihn sprach. Eine solche Aussage hat in den katholischen Ländern viel Gewicht.«

»Mir ist trotzdem nicht ganz klar«, beharrte Peter weiter. »Es könnte doch sein, daß der Junge ein außergewöhnlich entzückendes Kind ist! Oder vielleicht war sein Vater zur Tatzeit weit weg von jenem Ort. Das haben beide ausgesagt, nicht wahr?« — er tippte auf den

Bildschirm, um die entsprechende Passage zu markieren. »Warum, um alles in der Welt, bringen Sie diesen Fall in Verbindung mit den anderen?«

Claudia machte den Bildschirm frei, bevor sie antwortete; dann erhob sie sich und setzte sich wieder auf ihren vorherigen Platz auf der Couch, ohne die Diskette herausgeholt zu haben. Peter drehte seinen Stuhl herum, um sie anzusehen.

Endlich, nachdem sie ihren Kaffeebecher leergetrunken hatte, sagte sie: »Alle Fälle haben eine Sache gemeinsam. Bei denen aus dem NPC verstehe ich nicht ganz, warum der Filter diese Information hat durchschlüpfen lassen, denn zumindest theoretisch könnte sie einen Aufschluß über die Identität geben. Bei den Vorfällen in Irland und Italien kann ich mich nur auf Gerüchte verlassen, doch erscheint es mir unwahrscheinlich, daß der gleiche Umstand jedesmal in einem so ähnlich gelagerten Zusammenhang auftritt ...

Nicht eins der Kinder ist der leibliche Sproß seines oder ihres angeblichen Vaters. Sie alle wurden durch künstliche Befruchtung empfangen, beziehungsweise durch eine Methode, die als AID bekannt war, bevor diese drei Buchstaben durch eine allseits gefürchtete Krankheit in Verruf gerieten.«

Gefällig gekleidet, doch keinesfalls aufsehenerregend, sorgsam geschminkt und die Haare auf eine Art frisiert, die sie viel älter aussehen ließ, hielt Pepita Hallam ihren Einkaufswagen an und ließ den Blick über die Reihe betriebsamer Kassenausgänge schweifen. Sie wollte nicht gern in zwei Wochen hintereinander durch denselben Ausgang gehen. Nicht, daß sie jemals Schwierigkeiten bekommen hätte, aber sicher war sicher.

Auch wenn das längeres Warten bedeutete, entschied sie sich für eine Schlange, in der unter anderem zwei Frauen mit bis zum Zusammenbrechen vollbeladenen Einkaufswagen standen. Sie hätte, davon war sie überzeugt, sich auch einfach ganz vorn in die Reihe stellen können, denn ihre Aura — als solche betrachtete sie es — fühlte sich heute ganz besonders stark an; dennoch hatte sie den Verdacht, daß ihrer Wirkkraft Grenzen gesetzt waren. Wiederum zog sie es vor, kein Risiko einzugehen.

Außerdem wollte sie im Lauf des Vormittags noch verschiedene andere Einkäufe unter weniger vorteilhaften Voraussetzungen tätigen.

Das Mädchen an der Kasse war müde und gestreßt — genau richtig. Sie sah Pepita kaum an, während diese den Segeltuchbeutel ihres Tragekarrens belud, bevor sie die Rechnung überflog. Einschließlich der Beträge für zwei Flaschen Wodka und einer Stange King-Size-Zigaretten für ihre Mutter belief sich das Ganze auf eine Summe von etwas über sechsundvierzig Pfund. Pepita reichte dem Mädchen drei Zwanzigpfundnoten. Sie bekam ihr Wechselgeld heraus. Pepita blieb mit erwartender Miene stehen.

»Oh, Entschuldigung«, sagte das Mädchen nach einem Moment und reichte ihr die Zwanziger zurück. Pepita schenkte ihr ein strahlendes Lächeln und ging davon.

In diesem Supermarkt gab es einen ungewöhnlich häufigen Wechsel beim Personal. Pepita fragte sich manchmal, ob sie vielleicht irgend etwas damit zu tun hatte.

Ihre Rechnung an der Theke der Drogerie belief sich auf sieben Pfund und noch was. Sie gab einen Zwanziger und bekam denselben Schein plus einigem Wechselgeld wieder. Die Dinge liefen nicht ganz so glatt, als sie ihren wöchentlichen Bedarf an Strumpfhosen und etwas neue Unterwäsche kaufte, denn der Laden war ziemlich leer und die Verkäuferin nicht so leicht durcheinanderzubringen, doch immerhin bekam sie einen Zehner mehr heraus, als ihr zugestanden hätte. Da sie ihre Aura nicht überstrapazieren wollte, beschloß sie, nur noch einen weiteren Laden zu besuchen, um ein paar Kassetten von ihrer Lieblingsgruppe zu erstehen, und dann nach Hause zu gehen.

Und dort würde der Rest ihrer Aura aufgebracht werden, und zwar im Zusammenhang mit ihrer Mutter. Cynthia Hallam war heute in einem fürchterlichen Zustand ...

Aber das war sie eigentlich immer.

Sie und Pepita wohnten in einem Block mit Sozialwohnungen, wo der Aufzug andauernd kaputt war, umgeben von etwas, das als Grünanlagen und Spielplätze gedacht war und sich statt dessen in einen riesigen Müllplatz verwandelt hatte. Es war ein rauhes Viertel, in dem ständig unterdrückte Gewalt schwelte — nicht, daß das Pepita sehr gestört hätte, denn sie hatte einige Tricks raus, um damit fertigzuwerden. Zu diesem Zweck hatte sie sich einen großen, muskulösen Freund angeschafft, der so bedrohlich wirkte, daß sie unter keinerlei unerwünschter Aufmerksamkeit zu leiden hatte. Er hieß Kevin und war siebzehn Jahre alt. Sie empfand nichts als Verachtung für ihn, doch sie hatte ihn gut erzogen. Am Abend, wenn er sie in eine Disco ausführte, pflegte er sie wie ein Wachhund zu beaufsichtigen, und wenn er mit ihr bis an ihre Wohnungstür gehen durfte und einen Klaps auf die Backe bekam, war er zufrieden — obwohl er hinterher bestimmt verwirrt war, weil er nach allem, das er für sie getan hatte, so wenig als Gegenleistung dafür bekam.

Heute funktionierten die Aufzüge, was eine Wohltat war, denn sie hatte keine Ahnung, wo Kevin in diesem Moment war, und es hätte ihr nicht sehr behagt, ihre Einkäufe die Treppe hinaufzutragen. In der Wohnung herrschte natürlich totale Unordnung, abgesehen von ihrem persönlichen Zimmer, das sie peinlich sauber hielt, aber so war es nun mal. Auch ihre Mutter war in totaler Unordnung — sie saß mit hängendem Gesicht und einem fleckigen Morgenmantel herum, mit rotgeäderten Augen und mürrischer Miene. Sie sprach kein Wort, bevor sie sich die Zigaretten geschnappt, eine angezündet, einen Zahnputzbecher voll Wodka eingeschenkt und halb ausgetrunken hatte.

Schließlich sagte sie mit dumpfer Stimme: »Zeig mir, was du mitgebracht hast.«

Pepita gehorchte und verstaute ihre Errungenschaften nach und nach im Küchenschrank.

»Na ja, das muß reichen«, brummte ihre Mutter halbwegs zufrieden und wandte sich wieder ihrem Glas zu. Hinter ihrem Rücken schnitt Pepita eine Grimasse, die besagen sollte:

Du hättest es nicht ein Zehntel so gut gemacht!

Und das stimmte. Hätte es irgend jemand im entferntesten so gut gemacht?

Ein wenig später, als sie auf ihrem Bett ausgestreckt lag und ihre neuesten Kassetten anhörte — ihr Gerät war zwar eine Secondhand-Erwerbung, doch es war eine teure Marke, und sie sah sich sehr damit vor —, beschäftigte sie diese Frage unablässig, wie es schon so oft in der Vergangenheit der Fall gewesen war.

Konnte überhaupt irgend jemand das tun, was sie seit einigen Jahren machte? Nicht immer, nur zu den Zeiten, in denen die Aura am stärksten war... doch was sie an Tagen wie dem heutigen alles erreichte, erstaunte sie.

Zum wer weiß wievielten Mal dachte sie über das nach, was sie über ihre Herkunft wußte. Sie hatte sich dieses Wissen mühsam erworben, Bruchstück für Bruchstück, wenn ihre Mutter in einer besonders selbstmitleidigen Stimmung war.

Und natürlich betrunken, doch das bedurfte keiner Erwähnung.

Das Mosaik, das sie sich zusammengetragen hatte, sah folgendermaßen aus: Nach fünfjähriger Ehe war ihren Eltern immer noch kein Kind beschieden gewesen, und beide wollten mindestens eins. Laut Cynthia — aber wer hätte sagen können, ob diese Behauptung stimmte — war ihr Mann, dessen Name Victor war, überzeugt davon, daß die Schuld bei ihr lag, jedenfalls vertrat er diese Meinung mit aller Heftigkeit. Nachdem er einmal den Bogen überspannt hatte, beschloß sie, es herauszufinden. Und siehe da, es war nicht ihre Schuld.

Er mußte es in Wirklichkeit die ganze Zeit über gewußt haben, denn nachdem sie schwanger geworden war, beschimpfte er sie als läufige Hündin und Hure und marschierte davon, um nie wieder aufgestöbert zu werden — was im modernen computerverwalteten Großbritannien eine wahre Leistung war.

Daher also die heruntergekommene Sozialwohnung. Daher das Angewiesensein auf jämmerliche soziale Unterstützungen, Secondhand-Klamotten vom Trödler und — in zunehmendem Maße — die Abhängigkeit von der Flasche. Einmal, so hatte Pepita den Verdacht, hatte das Jugendamt gedroht, sie ihrer Mutter wegzunehmen, und während einer gewissen Zeit, die ausgereicht hatte, um die Behörde zufriedenzustellen, hatte ihre Mutter sich am Riemen gerissen. Jetzt scherte sich natürlich niemand mehr darum. Jede zweite Woche jammerten Regierungssprecher in den Zeitungen oder im Fernsehen darüber, was es kostete, Kinder in Heimen unterzubringen, wobei sie ihre wahre Einstellung hinter einer humanitären Fassade verbargen und scheinheilig von den ›Banden des Blutes‹ und die einzigartige Liebe und Zuneigung, die nur die leiblichen Eltern aufbringen konnten, predigten …

Diese Bande von miesen alten Drecksäcken!

Das Tonband war durchgelaufen und fing mit der ersten Seite wieder an. Sie streckte einen schlaffen Arm aus, um die Kassette gegen eine andere ihrer Neuerwerbungen auszuwechseln. Bevor sie den Knopf drückte, um sie laufen zu lassen, wurde sie von einem plötzlichen Schauder gepackt. Es würde noch so wahnsinnig lange dauern, bis sie nach dem Gesetz endlich ausziehen dürfte! Sie mußte dafür sechzehn Jahre alt sein und aus der Schule entlassen, die sie pflichtschuldig besuchte — und wo sie als erstklassige Schülerin angesehen war, denn sie hatte einen wachen Geist. Ein Ausdruck, der auf sie häufig angewendet wurde, lautete ›einfühlsam‹. Manchmal bekundeten ihre Lehrer ihre Überraschung darüber, wie gut sie damit zurechtkam, in fast allen Lebensbereichen als Stellvertreterin ihrer Mutter zu handeln.

Na ja, das war die leichteste Übung …

Doch manchmal, so wie jetzt, war sie in Versuchung, einfach wegzulaufen. Doch wie lange könnte sie überleben, wenn sie es wirklich täte? Sie faßte im stillen einen Entschluß. Sie mußte noch mehr mit ihrer Aura üben, mußte herausfinden, wann die Zeit war, zu der sie sie am wirkungsvollsten einsetzen konnte, und außerdem dahinterkommen, ob sie sie noch besser anwenden konnte bei Leuten, die nicht so zerstreut und überlastet wie Verkäuferinnen waren. Zum Beispiel könnte sie es mal mit einem Polizisten versuchen und jemandem vom Sozialamt — und wenn sie schon dabei war, warum nicht in einem Postamt oder sogar einer Bank?

Ein schwindelerregendes Bild von einer knackig-neuen Fünfzigpfundnote überwältigte sie einen Moment lang. Doch nach einer Weile ließ sie sich mit einem Seufzer aufs Bett zurücksinken.

Nein, besser nicht. Wenigstens hatte sie im jetzigen Zustand eine gewisse Beherrschung über ihr Leben. Dennoch empfand sie eine unterschwellige Scham über ihr Zögern, sich zu befreien.

»Weißt du was, Peppy?« sagte sie laut zu sich selbst. *»Genau betrachtet, bist du ein mieser Feigling, findest du nicht?«*

Und nachdem sie sich resigniert mit dieser Tatsache abgefunden hatte, ließ sie das neue Band laufen und schloß die Augen.

Hier ist der Sender TV-Plus. Zeit für die Nachrichten.

Der Ursprung der blauen Farbe, die dazu geführt hatte, daß in Yorkshire in der letzten Woche mehrere tausend Liter Milch vernichtet werden mußten, ist entdeckt worden. Ein Bauer hatte dem normalen Futter, das er seinen Kühen gab, einen Anteil mit Kartoffelchips mit abgelaufenem Verfallsdatum, die er von einem Supermarkt seines Ortes erstanden hatte, beigemengt, ohne die blauen Salztütchen zu entfernen. Ein Sprecher des Bezirksveterinäramtes sagte, daß die Kühe das Schlimmste überstanden hätten, erklärte jedoch, daß in Anbetracht der Kartoffelknappheit das Verfallsdatum der Chips hätte verlängert werden müssen.

Sechs Jugendliche wurden im nördlichen Teil Londons in Untersuchungshaft genommen, nachdem sie angeblich ein fünfzehnjähriges Mädchen unter Anwendung von Gewalt nackt ausgezogen und mit roten, weißen und blauen Streifen bemalt hatten. Um einen Kommentar dazu gebeten, sagte General Sir Hampton Thrower bei einer Pressekonferenz …

Peter blickte Claudia eine ganze Zeit lang an. Dann gab er ein kehliges Lachen von sich und nahm wieder einen Schluck von seinem Drink.

»Anscheinend wollen Sie damit andeuten«, sagte er schließlich, »daß Sie eine Gruppe von Kindern mit angeborener krimineller Veranlagung ausfindig gemacht haben. Mit einer natürlichen Berufung, könnte man sagen.«

Sie hielt seinem Blick stand und nickte.

»Doch warum kann diese Entdeckung nicht ebensogut zur Untermauerung Ihrer Theorie herhalten? Der Druck, dem Ideal der Kernfamilie zu entsprechen, die Ihrer Meinung nach überholt ist, wäre eine genauso plausible Erklärung …«

»O ja, natürlich!« fiel sie ihm ins Wort. »Glauben Sie nicht, daß mir das sehr willkommen gewesen wäre? Und wenn auch nur, um den widerlichen Fundas mit ihrem unaufhörlichen Geschwätz von der Ursünde die

Luft aus den Segeln zu nehmen! Dies sind die Ausnahmen, die letztendlich meine Regel im richtigen Sinn bestätigen, nicht wahr?«

»Ich verstehe«, brummte Peter. Und er verstand tatsächlich. Er war es nicht gewöhnt, Soziologen zu treffen, die streng wissenschaftliche Maßstäbe an ihre Arbeit anlegten, und diese Frau hier war eine erfrischende Abwechslung zu all den Leuten, die es vorzogen, in einem Vakuum herumzudröhnen. Er hatte nie damit gerechnet, Claudia zu mögen, aber er fing an, sie zu achten.

Sie fuhr fort:

»Ein Studienurlaub war bei mir fällig, und ich brauchte ein Thema für eine Arbeit. Hier schien sich die ideale Herausforderung zu bieten. Wenn ich beweisen könnte, daß meine Theorie selbst durch Fälle wie diese nicht zu widerlegen war, dann würde ich eine neue Basis für die ganze Auseinandersetzung schaffen. Ich hatte noch eine Reihe von anderen Themen in der Hinterhand, für den Fall, daß dieses nicht anerkannt werden würde, doch es wurde schließlich so ziemlich auf Anhieb genehmigt. Jetzt ahne ich natürlich den Grund dafür. Dieses Ekel von Dekan wollte mich einfach aus dem Weg haben, wenn er die Bestechungsgelder scheffelte, die ihm angeboten worden waren ... Ist Ihnen die Geschichte zu Ohren gekommen von dem Studenten, der einen Zuschuß in Rekordhöhe zu seiner Doktorarbeit erhielt? Sein Thema war die Auswirkung von Schmiergeldern auf Akademiker und Führungskräfte.«

Falls das als Witz gemeint war, dann zeigte sie es weder im Gesicht noch in der Stimme.

»Als nächstes wollte ich Sie eigentlich fragen, was Sie über künstliche Befruchtung wissen, aber ich glaube, ich kenne die Antwort bereits: Viel. Denn das war ein anderes Thema, das *Continuum* aufgegriffen hat.«

Peter lachte kurz auf. »Nein, merkwürdigerweise nicht. Trotzdem weiß ich eine ganze Menge darüber, aber aus eigener Erfahrung. Herrje, ich habe seit vielen Jahren nicht mehr darüber nachgedacht!«

Claudia war leicht zusammengezuckt. »Jetzt weiß ich, wie recht ich daran getan habe, meinen Sinn zu ändern und mit Ihnen zu sprechen! Erklären Sie! Erklären Sie!«

»Wissen Sie, das ist alles irgendwie lächerlich«, antwortete er langsam und starrte auf den Teppich hinunter. »Es war eine so unbedeutende Episode in meinem Leben, und lange dachte ich, Ellen sei mein einziges Kind. Doch das ist sie nicht. Es muß Kinder von mir über die halbe Welt verstreut geben. Du liebe Güte! Ich hoffe, sie kommen nicht alle nach Hause unter meine Fittiche!«

»Wie kam das?«

Er zuckte die Achseln und lehnte sich zurück. »Bevor ich beim Fernsehen arbeitete, habe ich Medizin studiert. Die Studienbeihilfen für Leute wie mich waren nicht gerade großzügig bemessen, obwohl es damals nicht so schlimm war wie heute, so daß ich, als ein Freund mir erzählte, er bekäme fünf Scheinchen für Samenspenden, anfragte, ob ich nicht auch ... nun, etwas beisteuern könnte.«

»Was Sie dann auch taten?«

»Warum nicht? Um ehrlich zu sein, mir ging es dabei gar nicht in erster Linie ums Geld. Ich hoffte viel mehr, nach dem Vortest Bescheid zu bekommen, daß ich unfruchtbar sei.«

»Eine ungewöhnliche Einstellung!«

»Zu jener Zeit nicht. Wir hatten die Wilden Sechziger hinter uns, aber wir waren noch nicht ins AIDS-Zeitalter eingetreten, und noch viele der Sechziger-Gepflogenheiten wurden praktiziert. Um diese Zeit herum wurden jedoch die ersten Bedenken gegen die Pille laut. Ein einigermaßen attraktiver Kerl mit einem Sterilitäts-Zeugnis wäre Hahn im Korb gewesen ... Claudia, hör mal — wollen wir vielleicht du sagen? — ich glaube, ich bin betrunken!« Er stellte sein Glas mit einer ärgerlichen Bewegung ab. »So offen habe ich noch nie mit jemandem über diese Dinge geredet.«

Sie weitete den letzten Punkt nicht aus, doch sie ging auf seinen Vorschlag ein. »Offenbar warst du es nicht«, entgegnete sie.

»Was? Ach so, unfruchtbar? Nein, natürlich nicht. Ich lag mit meinen Werten genau in der Mitte der üblichen Skala. Dazu kam, daß man in der Klinik zufällig jemanden von meiner physischen Bauart und Färbung brauchte. Also ging ich während der nächsten anderthalb oder fast zwei Jahre regelmäßig alle sechs oder acht Wochen hin und — äh … stellte mich zur Verfügung, wann immer ein Ehepaar, bei dem der Mann ungefähr mein Äußeres hatte, um Hilfe bat.«

»Es gibt eine Begrenzung, nicht wahr?«

Peter nickte. »Zehnmal. Ich habe also fünfzig Scheinchen verdient. Ich hoffe, heutzutage wird mehr dafür bezahlt — ein Fünfer ist nicht viel, wenn die Bus- oder U-Bahn-Fahrkarten bei einem Pfund anfangen!«

»Mußtest du irgendwelche Garantien leisten?«

»O mein Gott, ja! Abgesehen davon, daß ich mich verpflichten mußte, jede Krankheit, unter der ich eventuell leiden könnte, sofort zu melden, besonders die Geschlechtskrankheiten, die damals ziemlich verbreitet waren, und alle Medikamente, die ich einnahm — das war übrigens der Grund dafür, daß die meisten Spender Studenten der Medizin oder Zahnmedizin waren, da man von ihnen erwarten konnte, daß sie begriffen, wie wichtig es war, ihr Wort zu halten … also, abgesehen davon, mußte ich mich verpflichten, niemals den Versuch zu unternehmen, die Empfängerinnen ausfindig zu machen. Offen gestanden, kann ich mir allerdings auch nicht vorstellen, was einem daran gelegen sein könnte.«

»Aha, das ist ein Punkt, dem ich noch weiter nachgehen muß.« Claudia beugte sich aufmerksam vor. »Was kannst du mir darüber sagen, wie mit den Daten der Spender verfahren wurde?«

»Nun, ich kann nur von der einen Klinik sprechen, bei der ich mich auskannte«, erklärte Peter. »Nur wenig AID wurde im Rahmen des allgemeinen Gesundheitswesens durchgeführt. Ungefähr neunzig Prozent davon geschah in Privatkliniken.«

»Wegen der hohen Kosten?«

»Keineswegs. Zu meiner Zeit lag die Gebühr bei — na — zwanzig oder dreißig Pfund, natürlich zuzüglich der Vorgespräche und erforderlichen Untersuchungen. Selbst für damalige Verhältnisse kein allzu teurer Spaß für ein Ehepaar, das unbedingt ein Kind haben wollte.«

»Und gibt es, oder gab es viele Krankenhäuser, die so etwas machten?«

»›Gab‹ trifft die Sache eher. Die Leute bekamen so viel Angst vor AIDS, daß sie das Risiko mit einem unbekannten Spender nicht mehr eingehen wollten, so daß Transplantationen und eine Befruchtung *in vitro* diese Methode fast vollständig verdrängt haben ... Na ja, ich weiß nicht genau, was du mit ›viel‹ meinst. Aber ich habe einige Zahlen gesehen. Moment!« Er furchte die Stirn bei der Anstrengung, sich zu erinnern. »Ja, ich glaube, das stimmt. In jenen Tagen beliefen sich die Fälle künstlicher Befruchtung pro Jahr auf drei- bis viertausend.«

»Hmm!« Claudia hörte sich beeindruckt an. »Das bedeutet einen Durchschnitt von zehn pro Tag, jahraus, jahrein, und das über einen ziemlich langen Zeitraum — und allein in Großbritannien!«

»Leicht!«

»Ich muß zugeben, ich hatte keine Ahnung, daß die Zahl so hoch lag. Ich hatte damit gerechnet, meine Daten verhältnismäßig schnell zu vervollständigen, meinen ersten Entwurf zu verfassen, ein paar Monate Urlaub machen zu können, um Europa zu erforschen, und vor meiner Rückkehr nach Hause das Ganze noch einmal in aller Ruhe zu überarbeiten ... Aber du hast meine Frage nach den Daten der Spender nicht beantwortet. Ich nehme an, sie mußten aufbewahrt werden. Abgesehen davon, daß man nicht wollte, daß ... äh ... einer weißen Familie ein schwarzes Kind geboren wurde, nur als Beispiel — also, was geschah, wenn sich herausstellte, daß einer der Spender ein schädliches Gen in sich trug und gewarnt werden mußte? Damals konnte man so etwas ja nicht im voraus auf dem Bildschirm sehen, oder?«

Peter schüttelte den Kopf; sein Gesicht war immer noch vor Aufregung leicht gerötet.

»Weißt du, ich habe daran seit Jahren keinen Gedanken mehr verschwendet ... Warum interessierst du dich so sehr für die Daten? Hast du vor? ...« Er stutzte. »Du glaubst doch nicht im Ernst, daß du in allen Fällen einen gemeinsamen Vater finden wirst?«

»Ich hoffe ganz entschieden, daß nicht!« brauste Claudia entrüstet auf. »Kannst du dir etwas vorstellen, das meiner Theorie abträglicher wäre? Nein, mir geht es darum zu beweisen, daß die Vorstellung insgesamt ... dumm ist!«

»Na ja, wenn man weiß, daß einige psychische Krankheiten wie das Down-Syndrom oder die Alzheimer-Krankheit, die auf einer Fehlbildung von Chromosomen beruhen, vererbbar sind ...«

»Warum kann man dann nicht annehmen, daß das gleiche für eine abartige kriminelle Persönlichkeit zutrifft?« warf sie ein. »Glaub mir, all diese Argumente sind mir schon von anderer Seite an den Kopf geworfen worden. Die Antwort darauf ist, daß die Kinder, deren Daten ich habe, nicht abartig sind. Ganz im Gegenteil. Sie passen sich bei weitem besser an als fast alle anderen. Denk doch an das Material, das wir gesichtet haben. Habe ich nicht gesagt, die zweite Gemeinsamkeit besteht darin, daß sie alle für ihre Taten nicht büßen müssen?«

Entgegen seiner früheren Absicht nippte Peter noch einmal an seinem Whiskey. Er sagte: »Ich muß mir das mal durch den Kopf gehen lassen. Was jedoch die Daten der Samenspender angeht ... Nun, das war einer der Punkte, die ich angesprochen habe, als ich das erstemal in die Klinik ging.«

»Du sprichst von einer Klinik. War sie einem größeren Krankenhaus angeschlossen, gehörte sie zu einem umfassenden medizinischen Komplex?«

»Keineswegs. Sie bestand lediglich aus den Sprechzimmern von zwei Ärzten, die eine Gemeinschaftspraxis betrieben, einem Mann und einer Frau, einer Geburtshelferin und einem Gynäkologen. Sie saßen in einem Haus mit Nebengebäuden in der Wimpole Street. Das ist keine so berühmte Adresse wie Harley Street, aber es war für mich gleich um die Ecke. Die Frau habe ich überhaupt nicht kennengelernt — der Freund, der mich auf die ganze Sache gebracht hatte, hatte irgend etwas mit dem Mann zu tun, ich weiß aber nicht mehr, was —, und ich glaube, kurze Zeit später gab es Meinungsverschiedenheiten zwischen den beiden, und die Partnerschaft wurde aufgelöst. Aber das war, nachdem ich mein Soll erfüllt hatte.«

»Du kommst immer wieder auf deine eigenen Erfahrungen zu sprechen«, murrte Claudia. »Könntest du dich einen Moment lang vielleicht auf die allgemeinen Dinge konzentrieren? Ich möchte wissen, wie sie die Daten aufbewahrten!«

»Ach so, ja ... tut mir leid.« Peter fuhr sich mit der Zunge über die Lippen. »Sie standen auf ganz gewöhnlichen Karteikarten. Jeder Spender bekam einen Code, den nur der Arzt und die Schwester kannten. Ich erfuhr nicht einmal meinen eigenen Code. Ich habe auch nicht danach gefragt. Mir erschien das als gute Methode, um Daten vertraulich zu behandeln.«

»Was wäre geschehen, wenn — sagen wir mal — der Arzt und die Schwester bei einem Autounfall ums Leben gekommen wären? Wäre dann die andere Partnerin in der Lage gewesen, sich Zugriff auf die Daten zu verschaffen?«

»Ich habe keine Ahnung! Du liebe Güte!« — plötzlich unwirsch. »Dies alles spielte sich vor über einem Jahrzehnt ab. Und übrigens, es ist schon ganz schön spät. Erwartest du von mir, daß ich mich an solche Kleinigkeiten erinnere?«

»Jetzt bin ich an der Reihe zu sagen, daß es mir leid tut«, seufzte Claudia. »Habe ich nicht vorhin schon mal erwähnt, daß ich von dieser Sache ganz besessen bin? Ich hatte so sehr gehofft, die Daten wären in einem Computer gespeichert, denn Computer können von Hackern geknackt werden ... Na ja, du hast recht, es ist spät. Ich gehe jetzt besser. Möchtest du mein Diskette kopieren, bevor ich verschwinde?«

Doch Peter hörte ihr gar nicht zu. Er straffte sich und schnalzte mit den Fingern. »Einen Moment! Jetzt fällt es mir wieder ein ... Ja, darum ging es unter anderem bei der Auseinandersetzung, die dann zur Auflösung der Partnerschaft führte. Ein anderer meiner Studienkollegen hat mir später davon erzählt, einer, der sein Studium ordentlich beendete und niedergelassener Arzt wurde, wie ich es auch vorgehabt hatte. Er hatte sich als Samenspender betätigt. Es mußten insgesamt — oh — mindestens ein halbes Dutzend von meinem Krankenhaus gewesen sein. Wir alle wußten so ungefähr, wer noch auf der Liste stand, aber das war für uns kein Grund, daß wir miteinander befreundet waren, verstehst du?«

»Auflösung der Partnerschaft!« hakte Claudia ein.

»Äh ... ja. Nun, Dr. Chinn — der männliche Partner in der Gemeinschaftspraxis —, hatte das Gefühl, daß die ganze Organisation langsam zu einem Fließbandbetrieb wurde. Jedenfalls hat jemand es mir so erzählt. Als deshalb seine Partnerin vorschlug, zu einem Computerdatensystem überzugehen, erhob er dagegen Einwände, denn seiner Meinung nach war das einerseits zu unpersönlich, andererseits zu wenig sicher. Doch sie hatte mehr Durchsetzungsvermögen als er, oder vielleicht mehr Geld investiert, oder was weiß ich, jedenfalls schied er letztendlich aus der Sache aus.«

»Gibt es die Klinik noch?«

»Sie ist umgewandelt worden in eine allgemeine Klinik zur Behandlung von Unfruchtbarkeit und genießt einen ziemlich guten Ruf, soweit ich weiß. Aber, wie gesagt, ich kann nichts über die vielen anderen Unternehmungen dieser Art in Großbritannien sagen. Es muß Dutzende davon gegeben haben — ach, Hunderte!«

»Manche vielleicht nicht ganz so ... hm ... mit nicht ganz so hohen ethischen Grundsätzen wie andere?«

Claudia wartete lange auf eine Antwort. Es kam keine. Peters Gesicht hatte sich in eine Maske äußerster Konzentration verwandelt.

Nach einer geraumen Weile sagte er: »Ich glaube, ich kenne jemanden, der deine Forschung finanzieren wird. Ich weiß, daß du nicht viel von den Medien hältst, aber wenn du Strugman ein wenig entlasten willst ...«

»Ganz bestimmt möchte ich sein Großzügigkeit nicht mißbrauchen.«

»Gut. Kennst du eine Zeitung hier bei uns, die *Comet* heißt?«

»Du hast eine Sendung darüber gemacht«, sagte Claudia. »Eine deiner letzten. Angeblich besitzt die Redaktion die fortschrittlichsten technischen ... Moment mal! Ich glaube, ich verstehe, worauf du hinauswillst! Ich brauche unbedingt ohne Kostenaufwand eine wahnsinnig leistungsfähige Computerkapazität, nicht wahr? Können die mir vielleicht sowas zur Verfügung stellen?«

»Es ist den Versuch wert. Ich weiß sehr genau, daß Jake — der Chefredakteur — ganz versessen auf einen Exklusiv-Knüller ist.«

Während er auf eine Reaktion von ihrer Seite wartete,

leerte er sein Glas und spürte die letzten Brocken Eis kalt an den Lippen.

»Du hast recht«, sagte sie schließlich. »Ich mache mir nicht allzuviel aus den Medien. Aber wenn wir einen hieb- und stichfesten Vertrag aushandeln können, damit sie nicht mit einer unausgegorenen Story über meine noch nicht abgeschlossenen Untersuchungen herauskommen ... Also weißt du, ich hätte nie geglaubt, daß ich mich einmal ausgerechnet in diese Ecke treiben lassen würde! Hältst du diesen — Jake für vertrauenswürdig?«

»Ich traue ihm ungefähr so weit, wie ich ein Taxi werfen kann.« Peter setzte heftig sein Glas ab. »Aber wenigstens ist er ein ehrlicher Gauner. Was ich nicht leiden kann, sind die, die nicht einmal merken, was für Schweine sie sind. Zu dieser Sorte gehört er nicht. Soviel kann ich ihm nachsagen.«

»Hört sich an, als ob man in diesen Zeiten keinen besseren Mann finden könnte«, brummte Claudia, während sie nach ihrer Tasche griff und aufstand. »Möchtest du die Diskette kopieren oder nicht? Ich muß jetzt gehen.«

»Na klar!« — voller Eifer. »Einen Augenblick, ich muß eine freie finden.«

Und während die Kopie angefertigt wurde (er bemerkte, daß eine Sicherung gegen das Kopieren der Kopie eingebaut war, aber das war zu erwarten):

»Hast du es ernst gemeint, daß du in meine alte Wohnung ziehen willst?«

»Sicher.« Sie hob die Augenbrauen. »Das scheint doch die ideale Lösung für mein Problem zu sein.«

»In diesem Fall gebe ich dir am besten mal die Adresse und den Namen meiner Bank.« Er nahm einen Stift und ein Blatt Papier und kritzelte schnell etwas darauf. Als er ihr die Notiz reichte, fügte er hinzu: »Ich finde, das war heute ein sehr konstruktives Treffen. Ich danke dir, daß du deine Meinung über mich geändert hast.«

»Du hast immer noch Bewährungsfrist«, entgegnete sie, während sie ihre Diskette an sich nahm, nachdem der Kopiervorgang abgeschlossen war. »Aber einverstanden, ›konstruktiv‹ will ich mir gefallen lassen. Wenn ich gewußt hätte, daß du persönliche Erfahrungen mit künstlicher Befruchtung hast, hätte ich mich längst früher an dich gewandt.«

»Das waren keine persönlichen Erfahrungen. Genau das Gegenteil. Ich habe in meinem ganzen Leben noch keine so total unpersönliche Erfahrung gemacht. Daran liegt es auch — wie ich schon sagte —, daß ich buchstäblich seit zehn Jahren keinen Gedanken mehr daran verschwendet habe.«

»Waren alle Spender mit so wenig Begeisterung bei der Sache wie du?«

»Das hoffe ich. Das hoffe ich sehr. Stell dir mal vor, man würde sich auch noch in eine rein biologische Vaterschaft reinhängen!«

»Du verlangst von *mir*, ich soll mir das vorstellen?« Ihre Stimme klang seltsam sanft, nicht die Spur von spöttisch, während sie ihn mit dieser merkwürdig künstlich anmutenden Iris forschend ansah. »Ausgerechnet von mir, die ich mir nicht einmal vorstellen kann, mich in eine Mutterschaft reinzuhängen? Oder ist dir nichts aufgefallen?«

Einen Augenblick lang war er verwirrt; dann ging ihm ein Licht auf. Nachdem sie so viel Zeit allein in seiner Gesellschaft verbracht hatte, warnte sie ihn, daß er ja nicht versuchen sollte, ihr einen Gutenachtkuß zu geben oder auf andere Ideen zu kommen. Aber das war sicher nur ein Reflex. Er hatte nicht bemerkt, daß sie lesbisch war, obwohl er jetzt annehmen mußte, daß sie es war oder zumindest dafür gehalten werden wollte ...

Ach du liebe Güte! Irrungen und Wirrungen unserer Gesellschaft ...

»Soll ich dir ein Taxi rufen?« fragte er schließlich, nachdem er zu dem Schluß gekommen war, daß die ganze Angelegenheit zu unbedeutend war, um noch mehr Atem dafür zu verschwenden.

»Nein danke. Ich denke, ich werde selbst eins auftreiben.«

War das der Ton einer beleidigten Feministin? — Peter war zu müde und möglicherweise zu betrunken, um sich darauf einen Reim zu machen. Er sagte mit aller Herzlichkeit, die er noch aufbringen konnte: »Ich fühle mich sehr geschmeichelt, daß du mir deine Daten zugänglich gemacht hast. Ich werde so hilfreich sein wie möglich.«

»Prima. Und vergiß nicht, ich habe immer noch die Zusage, die du bei unserem gemeinsamen Abendessen unterschrieben hast.«

»Als ob ich das vergessen könnte!«

Als sie endlich gegangen war, schlich Peter in das Zimmer, das Ellens geworden war. Sie schlief fest, mit den Kopfhörern der Stereoanlage immer noch auf den Ohren, obwohl der Sender, den sie eingestellt hatte, längst nichts mehr brachte.

Während er sie ihr mit äußerster Sanftheit abnahm, blickte er sich um und sah etwas, das er niemals in irgendeiner seiner Wohnungen zu finden erwartet hätte: das Schlafzimmer eines Teenagers. Es war ein eigenartiges Gefühl, seine ehemaligen Besitztümer in diesem neuen Zusammenhang zu sehen. Besonders beeindruckt war er von der Art, wie sie den Computer, den er ihr überlassen hatte, sich zu eigen gemacht hatte. Er mußte zugeben, daß der Unterricht an ihrer früheren Schule außerordentlich gut gewesen sein mußte, denn sie hatte die Eigenarten seines eher etwas esoterischen Potentials bemerkenswert schnell erfaßt und konnte sich stundenlang mit wachsender Begeisterung mit ihm beschäftigen.

Er hoffte nur, daß sie seine Rechnung nicht gewaltig in die Höhe trieb, indem sie ferne Datenspeicher abrief.

Alle anderen Veränderungen waren jedoch ausschließlich von ihr ausgegangen: undefinierbare jugendlich-plus-weibliche Akzente, durch die sogar die Möbel anders aussahen ...

Es hatte keinen Sinn. Er konnte sie wirklich nicht definieren. Sie waren einfach *da*.

Und er sollte besser nicht länger herumstehen, nicht nach soviel Whiskey und einer so merkwürdigen Unterhaltung. Bildete sich Claudia wirklich ein, das Glück hätte ihr die genetische Komponente der Kriminalität zugespielt? Entgegen all ihren bisherigen Überzeugungen und die aller anderen Menschen?

Das war zuviel, um es auf einmal zu verdauen. Peter löschte alle Lichter und schlich sich so leise wie möglich zu seinem Bett.

Bis zum nächsten Morgen hatte er einen festen Entschluß gefaßt.

Er würde Claudias Spur folgen. Er mußte als nächstes soviel Geld sowohl bei Jake Lafarge als auch bei TV-Plus lockermachen, wie nur möglich war, um seine Nachforschungen zu finanzieren.

Es gab in der ganzen Szene einfach keinen anderen vielversprechenden Aspekt.

TEIL ZWEI

»Doch wenn Gott die Liebe ist, warum gibt es dann überhaupt das Böse? Ist die Welt wie ein Roman, in dem Schurken vorkommen, damit er spannender wird, und in dem die Tugend erst im dritten Band triumphiert? Es steht fest, daß die Gefühle der Kinder der Schöpfung in keiner Weise berücksichtigt wurden. Wenn es tatsächlich so etwas wie ein Jüngstes Gericht gäbe, dann stünde es dem Menschen an, nicht als Verbrecher vor seiner Schranke zu erscheinen, sondern als Ankläger.«

WINWOOD READE:
Das Martyrium des Menschen

Wie sich zeigte, bedurfte es geringer Überredungskunst, um Harry Shay davon zu überzeugen, seine Firma zu verkaufen und nach England zurückzukehren. Die Alternative wäre gewesen, zu bleiben und als Geschäftsführer einer aufgekauften Niederlassung weiterzuarbeiten, doch es entsprach nicht seinem Charakter, in einem Komitee oder gar nach Absprache mit anderen zu arbeiten, und schon gar nicht, seine Vorstellungen einer übergeordneten Stelle zur Genehmigung darlegen zu müssen. Alice fiel die Entscheidung bei weitem schwerer — sie hatte sich an das kalifornische Wetter so sehr gewöhnt —, doch David machte ihr die Sache geschickt schmackhaft, so daß sie schließlich klein beigab. Es bestand also keine Notwendigkeit, die geheimen Bankkonten auf den Bahamas zu erwähnen.

Die Firma erzielte einen ausgezeichneten Verkaufspreis, der wesentlich höher lag, als der düstere Goldfarb vorausgesagt hatte. Aber schließlich war dem potentiellen Käufer auch die Ehre zuteil geworden, zu einem Dinner im Hause der Shays eingeladen zu sein, und bei dieser Gelegenheit hatte David die Möglichkeit, seinen letzten Widerstand zu brechen. Kurz gesagt, alles lief außerordentlich gut — oder fast alles.

Die Ausnahme hatte ihren Grund in einem Mann namens Pedro Gui, einem der Dealer, der dank Davids glorreicher Entdeckung schöne Gewinne machte. Doch offenbar hatte er einen schwerwiegenden Fehler begangen: Er hatte das Produkt viel zu oft selbst probiert.

Dank bestimmter Vorkehrungen, die er nach dem Besuch des FBI getroffen hatte, hatte sich David eingebildet, daß seine Identität geschützt sei. Wie Gui ihn ausfindig gemacht hatte, war ihm ein Rätsel, doch an dem Samstag vor der Abreise der Familie, als er allein zu Hause war — abgesehen von Bethsaida, die sich in der Küche befand —, kam ein unbekannter Wagen vorgefahren, und ein schwarzhaariger Mann mit fahler Gesichtsfarbe, Ende Zwanzig, stieg aus. Nachdem er sich kurz einen Überblick über die Lage verschafft hatte, ging er geradewegs hinüber zu David, der im trockenen Gras lag und seine Aufmerksamkeit zur Hälfte einem Buch und zur anderen Hälfte einer Sendung von *Radio Pacifica* widmete.

Die Jacke des Angekommenen zeigte an einer Stelle eine deutliche Erhebung; das war das erste, was der Junge an ihm wahrnahm.

Eiseskälte breitete sich in seinem Gesicht aus, während er aufstand. Seinen Eltern seinen Willen aufzuzwingen, die er schon sein ganzes Leben lang kannte, oder der einfältigen und gutmütigen Bethsaida oder Geschäftsleuten, die sich aufgrund ihrer Habgier manipulieren ließen, oder selbst einem FBI-Beamten — all das war etwas anderes als bei einem unberechenbaren, bewaffneten Fremden, der, dem irren Blick seiner Augen nach zu urteilen, unter dem Einfluß einer oder mehrerer Sorten von Drogen stand.

Nachdem er David von Kopf bis Fuß gemustert hatte, sagte er ungläubig: »Du? Gottverdammt! Ich habe es nicht geglaubt, als mir jemand sagte, daß du noch ein Kind bist ... Du bist also wirklich David Shay?« fügte er in skeptischem Ton hinzu. »Der Typ, der sich all die genialen Arten von Hefepilzen ausgedacht hat?«

David, der eine Unverfrorenheit vortäuschte, von der er jedoch weit entfernt war, erwiderte: »Klar. Und wenn mich nicht alles täuscht, bist du Pedro Gui — habe ich recht?« Er hatte stets Wert darauf gelegt, die Personalien der Dealer festzustellen, mit aller Diskretion natürlich.

»Wieso, zum Teufel, weißt du ... ach, Scheiße! Du kennst also mich, und ich kenne dich. Damit steht es eins zu eins, schätze ich.«

Ein Klappstuhl mit Segeltuchbespannung stand in der Nähe. David machte eine Handbewegung in seine Richtung.

»Du hörst dich so an, als hättest du ein Geschäft zu besprechen. Normalerweise kommt so etwas für mich nicht in Frage, aber da du offenbar allerlei Mühe auf dich genommen hast, um mich zu finden, gehe ich davon aus, daß es dringend ist. Möchtest du dich setzen, bevor wir uns unterhalten?«

Gui schüttelte den Kopf, als ob er eine Falle witterte. »Ich muß dir bloß eins sagen: Steig ja nicht aus!«

»Ich verstehe nicht«, sagte David scheinheilig.

»Ich sagte, du sollst nicht aussteigen! Die Sache ist die: Du kannst das ganze Unternehmen platzen lassen. Das werde ich verhindern!«

Den letzten Satz äußerte er mit so viel Nachdruck, daß kleine Speicheltropfen von seinen Lippen spritzten und in der Sonne glitzerten.

David entspannte sich ein wenig. Gui hatte offenbar keine Beherrschung über sich selbst, und an diesem Punkt konnte er mit seinem Eröffnungszug ansetzen. Allerdings müßte er ihn rasch durchführen, denn Harry und Alice würden bald zurückkommen — er hatte, als der Wagen vorgefahren war, eigentlich damit gerechnet, daß es der ihre wäre.

Einen Moment lang erwog er, auf gegnerischen Kurs zu gehen: *Und wie willst du mich davon abhalten?* Aber er war sich zu sehr der Anwesenheit der Waffe bewußt. Statt dessen sagte er: »Warum nicht? Es gibt andere Designer ...«

»Keiner ist wie du!« Gui faltete die mageren Hände und drückte sie so fest zusammen, daß die Sehnen wulstartig hervortraten. »Mann, hast du eine Ahnung, wie *gut* das Scheißzeug ist, das du den kleinen Viechern zu machen beigebracht hast? Nein, ich glaube, du selbst nimmst gar nichts davon. Wie der Chef eines Feinschmecker-Restaurants, der sich auf dem Nachhauseweg einen mickrigen Cheeseburger kauft. Aber ... o Mann! Hör zu!« Er kam näher zu David heran und senkte die Stimme zu einem vertraulichen Flüstern.

»Hör zu, Mann! Du bist auf dem besten Weg zum Großen L, verstehst du? Kannst du mir folgen?«

Mit ausgetrocknetem Mund nickte David. Wie die Legende in die Welt gekommen war, vermochte wahrscheinlich keiner zu sagen, doch während der letzten Jahre war das schlichte Symbol eines L überall auf Wände geschmiert worden, von Baja bis Nantucket, von Taos bis Yellowknife und vielleicht auch noch anderswo. Im Fernsehen hatte es eine Sendung gegeben, die er sich rein aus beruflichem Interesse angeschaut hatte. Das Symbol stand für die Überzeugung, die unter Drogenkonsumenten verbreitet war, daß jetzt bald, sehr bald das Große L entdeckt oder vielmehr erfunden werden würde — die Droge aller Drogen, die die absolute Erleuchtung bescherte, das Begreifen des Sinns der Welt.

Vielleicht — so erinnerte er sich, während der Sendung gedacht zu haben — war das die Gegenkultur als Antwort auf die Lehre vom Eingehen ins Ewige Paradies. Wenn so viele Menschen an das baldige Nahen des Jüngsten Tags glaubten, war es schwierig, sich nicht davon anstecken zu lassen, und sei es nur durch die Überzeugungskraft einer ständigen Wiederholung. Die Droge der Drogen, die Über-Super-Droge, war ebenso ein Hirngespinst, doch für die Mehrheit der Armen und Enttäuschten ein entschieden glaubhafteres.

Aber Gui sprach immer noch. Um genau zu sein, er sagte gerade: »... ich laß dich nicht aussteigen! Nicht jetzt, da du so kurz vor dem Ziel bist!«

Davids innere Ruhe nahm zu. Dieser Mann machte sich lediglich selbst vor, daß er hierhergekommen sei, um ihm zu drohen; in Wirklichkeit war er gekommen, um zu betteln und zu flehen.

In diesem Fall ...

»Was glaubst du, warum ich aussteige? Laufen meine Geschäfte nicht glänzend? Meinst du nicht, daß ich bereits ein Vermögen damit verdient habe? Und wie du sagtest, ich bin noch ein Kind — das läßt sich nicht leugnen, weil's wahr ist. Was glaubst du also, warum ich im Begriff bin, den Laden aufzulösen, wenn nicht deshalb, weil ich an meinem Ziel angekommen bin?«

Er wartete, daß der andere den Köder schnappen würde. Guis durch die Drogen verlangsamter Denkprozeß war so deutlich an seinem Gesicht abzulesen wie auf dem Bildschirm eines Computers. Schließlich riß er die Augen vor Staunen weit auf und preßte heraus: »Du ... *hast* es?«

»Das L — für das Letzte«, bestätigte David feierlich. »Und weil du, wie gesagt, bisher der einzige Typ bist, der dahintergekommen ist, würde ich sagen, du hast es verdient, daß du's als erster ausprobierst!«

Inzwischen sabberte Gui förmlich vor Gier. Er streckte beide Hände aus, mit den Handflächen nach oben und fürchterlich zitternd, und flüsterte: »O Mann! Davon träume ich schon so lange ... wieviel?«

Rasch griff er zur Innentasche seiner Jacke, ohne sich darum zu scheren, daß bei dieser Bewegung die Waffe sichtbar wurde. Er zog einen ganzen Packen von Hundertdollarscheinen heraus, doch David winkte lässig ab.

»Der einzige Grund, warum ich Geld verdienen wollte, war, damit ich meine Forschungsarbeit durchführen konnte. Nun ist es vorbei ... Warte hier, ich bringe dir eine Probe. Ohne Bezahlung.«

Einen Moment lang hatte es den Anschein, als ob das Gespenst der Vernunft Guis verwirrten Geist heimsuchte und ihm die Möglichkeit, daß das Ganze ein Trick sein könnte, in den Sinn brachte. Aber sein Wille, zu glauben, war übermächtig.

»Yeah!« sagte er. »*Yeah!*«

Als David mit einem Reagenzgläschen, eingewickelt in zerknüllte Papiertaschentücher und gefüllt mit einem Viertel Teelöffelvoll eines grau-gelben, kristallinen Pulvers, so fein wie Tafelsalz, zurückkehrte, erwartete er halb, daß Gui inzwischen die Flucht ergriffen hätte. Da damit spätere Komplikationen unabdingbar gewesen wären, war er sehr zufrieden, als er ihn immer noch an der gleichen Stelle vorfand, zitternd vor freudiger Erwartung.

»Bitte sehr, rein damit!« sagte David ermutigend.

Während er das Glasröhrchen in alle Richtungen drehte, unfähig, den Blick davon abzuwenden, fragte Gui mit belegter Stimme: »Wie nimmt man es?«

»Du kannst es dir spritzen, durch die Nase reinziehen, in den Arsch stecken — das ist egal. Ich würde sagen, laß es dir am besten auf der Zunge zergehen. Auf die Art erreicht es das Gehirn schneller, also auf palatalem Wege. Aber hör zu!« Davids Ton war mit einemmal streng.

»Du mußt es in der richtigen Umgebung nehmen, verstehst du? Also sei nicht so ungeduldig und renn gleich in die nächste Herrentoilette! Geh nach Hause, mach's dir gemütlich — zum Beispiel im Bett oder in einem schönen tiefen Sessel, damit du nicht steif wirst, während du weggetreten bist. Und vielleicht schließt du die Tür ab, damit du nicht gestört wirst.«

»Hört sich nach 'nem langen Trip an«, vermutete Gui.

»Es wird der längste sein. Das absolute Nonplusultra. Danach wirst du nichts anderes mehr nehmen wollen.«

Einen Moment lang befürchtete er, daß Gui ihn umarmen und küssen würde. Statt dessen schob er das Röhrchen in seine Brusttasche und rannte zum Auto zurück. Verbranntes Reifengummi blieb auf dem Belag der Einfahrt zurück, als er sich auf den Heimweg machte.

Nun, zumindest eins war wahr, dachte David, während er sich wieder seinem Buch zuwandte. Gui würde nie mehr eine andere Droge brauchen. Nicht, nachdem er die fünf- oder sechsfache tödliche Dosis Rizin zu sich genommen haben würde. Vor etwa einem Jahr hatte er aus reiner Neugier eine brauchbare Menge davon aus einer Rizinuspflanze, die direkt neben dem Haus wuchs, gewonnen. Der Rest des Röhrcheninhalts bestand aus Zucker, gefärbt mit Tabakasche und Gelbwurz.

Sofern seinem Plan nichts in die Quere kam …

Hier ist TV-Plus. Es ist Zeit für die Nachrichten.

Sind Ihnen in der letzten Zeit Stare aufgefallen? Nach Aussage der Königlichen Gesellschaft zum Schutz der Vögel ist einer der häufigsten und beliebtesten Vögel Großbritanniens vom Aussterben bedroht. Eine Spendenaktion ›Rettet die Stare‹ läuft seit heute, und damit soll versucht werden, das Schlimmste zu verhindern. Mehr darüber in Kürze.

Beschuldigungen gegen Anhänger von General Thrower, die in Newcastle abgeblich unter Verletzung des Rassengleichheits-Gesetzes schwarze Mitglieder aus einem vielrassigen Club gewaltsam hinausgeworfen hatten, wurden heute vom Gericht abgewiesen. Eines der verletzten Opfer ...

Von der Küche, aus der ein eindeutiger Geruch nach verbranntem Öl drang, brachte Ellen ein beladenes Tablett ins Wohnzimmer. Während sie es neben ihrem Vater, der tief in eine Unterhaltung mit Claudia versunken war, auf dem Tisch absetzte, sagte sie beflissen: »Hier, bitte sehr — ich hoffe, es schmeckt.«

Peter unterdrückte einen Seufzer. Dies war nicht das erstemal, daß sie versucht hatte, eines der indischen Gerichte ihrer Mutter für ihn zuzubereiten, bis jetzt ohne nennenswerten Erfolg; er erkannte, was sie ihnen serviert hatte: Sojabällchen, gefüllt mit den gehackten Resten von gestern und bestreut mit einer Ladung Currypulver.

Aber sie bemüht sich doch so verzweifelt, es recht zu machen ... und außerdem, nach den heutigen Nachrichten, wenn diese Hafersorte mit den zurechtgebastelten Genen ein solcher Renner unserer Landwirtschaft wird, wie es die Experten voraussagen, dann werden wir bald noch viel schlechter essen ...!

»Ellen, du bist ein Schatz«, sagte Claudia, ohne auch nur aufzublicken. »Leg mir ein paar auf den Teller, ja? Und bring mir eine Gabel, ich esse nicht so gern mit den Fingern.«

Entzückt darüber, daß ihren Bemühungen Anerkennung beschieden war, beeilte sich Ellen, das Gewünschte zu tun, auch für Peter. Dann, nachdem sie ihre Gläser wieder vollgeschenkt hatte — heute gab es Bier —, nahm sie sich das letzte Sojabällchen und verzog sich in einen Sessel in der Ecke, um es zu verspeisen.

Wie sich herausstellte, hatte ihre Kochkunst diesmal alle bisherigen Ansätze übertroffen. Nach dem ersten Bissen hob Peter die Augenbrauen.

»Ellen, mein Schatz, das schmeckt gut.«

»Wirklich?« Sofort strahlten ihre Augen auf.

»Ja, wirklich! Mach nur so weiter, dann ...« Er hatte sagen wollen, dann würde sie eine so gute Köchin wie ihre Mutter, doch es bestand eine unausgesprochene Übereinkunft zwischen ihnen, nicht über Kamala zu reden, auch nicht indirekt. Er beendete den Satz mit einem Schlenker: »... dann schaffst du es, daß ich jeden Abend zu Hause esse!«

Danach nahm er das Gespräch mit Claudia wieder auf. Sie waren bei der Planung des Handels, den sie Jake Lafarge tags darauf vorschlagen wollten, wobei sie Dutzende von möglichen Vorstößen erwogen und wieder verwarfen. Jake war ihre letzte Hoffnung, nachdem TV-Plus entschieden hatte, daß die Story zu weitschweifig war, und sie waren entschlossen, sie ihm so schmackhaft wie möglich zu machen.

Aus diesem Grund merkte Peter nichts davon, als der Glanz in den Augen seiner Tochter überquoll und ihr über die Wangen kullerte.

Als sie gegessen hatten, räumte Ellen das Geschirr zum Abwaschen ab und kam anschließend entgegen ihrer Gewohnheit zu ihrem Platz in dem Sessel in der Ecke zurück, anstatt sich in ihr Zimmer zurückzuziehen. Zu diesem Zeitpunkt waren Peter und Claudia in ein so hitziges Gespräch vertieft, daß sie ihre Anwesenheit kaum wahrnahmen, und sie hörte ihnen zu, als ob sie ein Schatten wäre.

Peter sagte mit einem Beiklang von Verärgerung in der Stimme: »Hör mal, du kennst dich nicht so gut aus im Umgang mit solchen ...«

Und sie unterbrach ihn: »Ich mache keinen Kotau vor ihren verdammten kommerziellen Gesichtspunkten!«

»Aber wenn wir einen Sturm entfachen wollen ...«

»Mit Stürmen kennst du dich aus, was? Jedesmal, wenn du den Mund aufmachst, bläst es einem heiß ins Gesicht!«

»Immer noch besser, es herauszulassen, als Froschkönig zu spielen und vor lauter Selbstgerechtigkeit zu platzen!«

Einen Moment lang starrten sie einander über den haufenweise mit Papier beladenen Tisch hinweg an. Dann ertönte ein hell klingelndes Lachen aus Ellens Ecke. Die Spannung war gebrochen, sie drehten sich beide zu ihr um.

»Entschuldigung«, sagte sie, als sie sich wieder gefaßt hatte. »Ich hab' nur gerade gedacht ...«

»Was?« fragte Peter unwirsch.

»Ihr hört euch wie ein altes Ehepaar an. So, wie ihr miteinander rumkabbelt, meine ich.«

Im ersten Moment strafften sich beide entrüstet, doch dann ging ihnen auf, was sie meinte, und reumütig sackten sie zusammen, griffen in bester Eintracht zu ihrem jeweiligen Bierglas und nahmen einen Schluck, als ob sie die Gleichzeitigkeit dieser Handlung geprobt hätten.

Peter sagte nach einer Weile: »Also, ich muß zugeben, meine Arbeit bei *Continuum* kam mir manchmal so vor, als wäre unser Team so etwas wie eine große eheliche Gemeinschaft, in der jeder sich nach den anderen richten mußte, um nicht zu riskieren, das Projekt, an dem wir gerade arbeiteten, zunichte zu machen. Ich nehme an, jede Art von gemeinsamer Unternehmung ...«

»Ist so schwierig wie eine Ehe, ohne deren gesetzliche Bande«, warf Claudia ein. »Ellen hat recht. Es tut mir leid, Peter. Ich bin ein Hemmnis. Natürlich hast du die Erfahrung, wie man eine Story an die Medien verkauft. Ich habe bisher nur meinesgleichen und meinen Verlag von etwas zu überzeugen brauchen, und selbst darin bin ich nicht besonders gut. Was hältst du davon, Ellen als Schiedsrichterin einzusetzen?«

»Das kann doch nicht dein Ernst sein!« wollte Peter heftig einwenden — doch der Satz blieb ihm in der Kehle stecken. Er drehte sich um und starrte seine Tochter an, die voller Eifer zu ihnen herüberblickte; ihm war, als sähe er sie zum erstenmal. Sie war ein ganzes Stück gewachsen, seit sie zu ihm ins Haus gekommen war, bestimmt zwei Zentimeter; sie schoß mit einer solchen Geschwindigkeit in die Höhe, daß die Jeans, die er ihr damals gekauft hatte, jeden Tag mehr von ihrem Schienbein unbedeckt ließen. (Memo im Geiste: neue kaufen, und zwar bald!) Ihre glatte braune Haut, ihre anmutige Schlankheit, ihr langes, seidig glänzendes Haar — all das hatte bereits Jungen aus ihrer Schule und der Nachbarschaft angezogen, die mit ihr ausgehen wollten. Und aus irgendeinem unerklärlichen Grund hatte er sie mit ihnen gehen lassen, weil er auf einer Ebene, die tief unter seinem Bewußtsein lag, davon überzeugt war, daß sie nicht zu Schaden kommen könnte. In einem Anfall untypischer Unsicherheit hatte er Claudia nach ihrer Meinung dazu gefragt, und er erinnerte sich an ihre schroffe Antwort: »Wir müssen alle irgendwann erwachsen werden, und sie ist schneller erwachsen geworden als die meisten. Sie kann gut auf sich selbst aufpassen!«

Es war zugegebenermaßen ein Risiko, doch das ersparte ihm die Sorge um einen Babysitter. (*Baby?* Doch das behielt Peter für sich.)

Nachdem er kurz nachgedacht hatte, sagte er: »Weißt du, du könntest recht haben. Wenn etwas Wahres dran ist an dem, was die Marktforscher behaupten ...«

Im gleichen Moment hätte er sich die Zunge abbeißen

können, als er merkte, was er fast von sich gegeben hätte. Verlegen bis in die Haarwurzeln, griff er wieder nach seinem Bierglas.

Doch Ellen ließ wieder ihr klingelndes Lachen hören. Während sie mit ihrem Sessel näher heranrutschte — er lief auf Rollen —, um sich zum Mitglied ihres Kreises zu machen, sagte sie: »Ich weiß, ich weiß! Die Zeitungen und Zeitschriften zielen auf eine Leserschicht mit dem geistigen Horizont von Zwölfjährigen, stimmt's?«

»Äh ...«

»Ich bin zwar schon ein bißchen älter als zwölf, aber nicht viel, also könnte ich als Prüfstein herhalten, richtig?«

Nicht zum erstenmal hatte Peter den Eindruck, daß diese Tochter, die ihm zufällig ins Haus geschneit war, eine überaus wertvolle Bereicherung war. Doch wie würde ihr Zusammenleben in einigen Jahren aussehen? Wenn sie heute schon so scharfsinnig und geistig wach war, trotz der Dinge, die sie durchgemacht hatte, würde sie zwangsläufig ...

Eine ...

Doch er erweiterte den Gedanken zu der Bedeutung »und was für eine!« Jetzt war er in der Lage, zu Claudia zu sagen: »Wir müßten ihr zunächst unheimlich viel erklären, oder nicht?«

»Da bin ich gar nicht so sicher.« Claudia betrachtete Ellen mit einem forschenden Blick. »Ich glaube, sie hat mit großer Aufmerksamkeit zugehört, über was wir gesprochen haben, weil es deinen Job betrifft. Ebenso wie sie die Fernsehnachrichten verfolgt und alle Zeitungen liest, weil es etwas mit der Arbeit zu tun hat, mit der du deinen Lebensunterhalt verdienst.«

Peter zuckte innerlich zusammen; er hatte gar nicht gemerkt, daß sie so eifrig an seinem und Ellens Alltagsdasein Anteil nahm.

Aber andererseits gehörte das wohl zu ihrer normalen Veranlagung. Er hätte sich nicht vorstellen können, daß sie es unterlassen könnte, einen Kollegen zu erforschen ...

Er sagte mit mehr Grobheit, als er beabsichtigt hatte: »Na gut, von mir aus. Wir werden unsere Präsentation an ihr ausprobieren und sehen, ob sie bei Jake Lafarge zünden könnte. Ich nehme nicht an« — und jetzt klangen seine Worte unwillkürlich bissig —, »daß sein geistiger Horizont weiter als Ellens ist.«

Totenstille, abgesehen von den Geräuschen, die von der Straße hereindrangen (wieviel weniger das waren, ging es Peter nebenbei durch den Kopf, als in der Wohnung, in der er früher gewohnt hatte und in der Claudia jetzt wohnte: wieviel seltener die Sirene der Feuerwehr oder Polizei, der Krach von Aufruhr oder Tumult, zerbrechendes Glas ...)

Ellen war aufgesprungen, mit glühenden Wangen und schmollenden Lippen.

»Wenn du dich nur über mich lustig machen willst ...!«

Er streckte einen Arm aus und fing sie ab, als sie aus dem Raum stürzen und in ihrem Zimmer verschwinden wollte; dann zog er sie zu sich, bis sie auf seinen Schoß plumpste.

»Es tut mir leid, es tut mir wirklich leid! Ich habe mir nichts dabei gedacht. Ich meine, es war nicht gegen dich gerichtet, sondern gegen Jake! Er ... — ach was, lassen wir das! Du kannst dir einen Eindruck von ihm machen, wenn du das Blatt liest, dessen Chefredakteur er ist, okay?«

Mit einemmal lächelte Ellen wieder. Er legte einen Arm um sie, um sie an sich zu drücken, und legte eine Wange an ihre weichen Haare.

»Eigentlich ist es eine ganz tolle Idee. Das heißt, vorausgesetzt, du hast nichts dagegen, als Ein-Personen-Test-Zielgruppe mißbraucht zu werden ...?«

Sie schüttelte heftig den Kopf.

»Also los!« sagte er und warf Claudia mit einer hochgezogenen Augenbraue einen seitlichen Blick zu. »Wir wollen die Fahne mal aufziehen und sehen, ob Ellen den Hut davor zieht.«

»Manchmal« entgegnete Claudia spöttisch, während sie in den Bergen von Papier mit vorläufigen Notizen auf dem Tisch herumwühlte, »habe ich den Verdacht, daß du viel älter bist, als du behauptest ... Okay, also los!«

Eine Stunde später, als Ellen brav ins Bett gegangen war und Peter Claudia zur Tür brachte, sagte diese: »Weißt du was?«

»Was denn?«

»Daß du deine Tochter wiederbekommen hast, ist das Beste, das dir je passieren konnte. Sie macht aus dir einen Menschen!«

»Ich weiß nicht ...« Heftiges Blinzeln.

»Himmel Herrgott!« Wenn Claudia jünger gewesen wäre, hätte sie mit dem Fuß aufgestampft. »Auch wenn dir selbst nichts auffällt, mir fällt es auf! Vor ein paar Wochen warst du ein egoistischer Erfolgsjäger, der notfalls über Leichen ging und es nicht einmal merkte — und darauf auch noch *stolz* war! Seit die Kleine bei dir ist, bist du weicher geworden. Netter. Rücksichtsvoller. Muß ich den ganzen Wortschatz aufsagen?«

Die Tür zur Straße hin stand halb offen und ließ die Luft der wahrscheinlich letzten lauen Herbstnacht herein; der Flur lag im Dunkeln, weil er kein Licht eingeschaltet hatte — das machte er jetzt immer automatisch so, seit er gemerkt hatte, wie begrenzt sein Budget dadurch geworden war, daß er für ein Kind sorgen mußte. Doch von den Straßenlaternen fiel ein diffuser Schein herein. In diesem Viertel hier funktionierten die Lampen häufiger, als daß sie kaputt waren.

Im Halbdunkel konnte er Claudias Gesichtsausdruck erkennen, der eine Mischung aus Bewunderung und Traurigkeit widerspiegelte.

»Gottverdammt!« preßte sie zwischen den Lippen hervor. »Ich glaube, es kommt noch soweit, daß ich dich mag, Peter Levin! *Ich,* die ich nach der Trennung von meinem Mann geschworen habe, Männer für alle Zeit zu hassen!«

Und sie legte ihm einen kräftigen Arm um den Hals und zog seinen Kopf herunter, bis seine Lippen die ihren berührten.

Sie küßte hinreißend. Als ihre Zunge die seine berührte, wurde sein Glied sofort steif. Aber in dem Moment, als er mit der gewölbten Hand ihre Brust umfassen wollte, entzog sie sich ihm und verschwand hinter der zugeschlagenen Wagentür.

»Bis morgen um zehn in der Redaktion des *Comet!*« waren die letzten Worte, die er hörte. Und: »Denk an Ellen! Ich glaube, wir haben jetzt etwas gemeinsam!«

In seinem neuen persönlichen Reich sah David Shay seine morgendliche Post durch. Es war wenig von Bedeutung darunter, bis auf eine Nachricht. Soweit er es ihrem fast analphabetischen Gekritzel entnehmen konnte, war Bethsaida schwanger, und da die Frucht ihres Leibes während jener Zeit gezeugt worden sein mußte, in der ihr Mann sich auf dem Kreuzfahrtdampfer befand, drohte er ihr jetzt mit Scheidung. David veranlaßte die Überweisung von fünfzigtausend Pfund von seinem Konto auf den Bahamas, was sie beide für eine Weile zum Schweigen bringen würde, und übergab ihren Brief einem Reißwolf neben seinem Schreibtisch, zusammen mit dem größten Teil seiner anderen Post. Dann lehnte er sich zurück, gähnte, reckte sich und sah sich um.

Das Haus, das er als derzeitige Unterkunft für sich und seine Familie ausgewählt hatte, war ein großes viktorianisches Gebäude, in bequemer Reichweite von London, in Virginia Water, Surrey. Es lag ein gutes Stück von der Hauptstraße zurückgesetzt, zwischen Bäumen, die im Begriff waren, die Blätter abzuwerfen; dennoch bot es noch ausreichend Privatsphäre, da es am Ende einer kurvigen Auffahrt mit immergrünem Buschwerk lag. Es war fast ein Jahr lang unbewohnt gewesen, da es für die meisten Leute zu geräumig war mit seinen zwanzig Zimmern, den ausgedehnten Nebengebäuden und einem riesigen Garten. Um es angemessen zu unterhalten, so hatte der Immobilienmakler entschuldigend erklärt, bedurfte es mindestens dreier Bediensteter, die ständig im Haus lebten, und der Eigentümer war so geldgierig, daß er es anfangs keinem geringeren als einem arabischen Millionär überlassen wollte. Doch bei dem allgemeinen Rückgang des Welthandels hatte sich kein derartiger Interessent gemeldet, und die Shays hatten es für zwölf Monate zu überaus vorteilhaften Bedingungen gemietet.

Davids Mundwinkel zuckten. Die Höhe der Miete

hatte weniger mit dem Umstand zu tun, daß der Besitzer die Geduld verloren hatte, sondern vielmehr mit dem Dinner, zu dem er, Harry und Alice den Immobilienmakler in ein nobles Restaurant am Ort, das zur Zeit sehr in Mode war, eingeladen hatten und in dessen Verlauf er Gelegenheit gehabt hatte, seinen Charme vollendet zur Geltung zu bringen. Natürlich mußte er danach den gleichen Trick noch einmal bei dem Vermieter anwenden, aber der war keine harte Nuß …

Harte Nuß!

Dabei fiel ihm etwas ein, und er rieb sich zwischen den Beinen. Er mußte etwas unternehmen, und zwar bald, um Personal ins Haus zu holen; er wollte, daß es nur aus jungen weiblichen Bediensteten bestand. Er machte sich im Geiste eine Notiz, daß er am Abend mit Harry und Alice darüber sprechen müßte, sobald sie nach Hause kämen — zur Zeit waren sie in London. Er selbst war viel zu sehr damit beschäftigt, seine neue Computeranlage einzurichten, deren letztes Teil tags zuvor geliefert worden war. Er hätte gern seine gewohnten Gerätschaften aus Kalifornien mitgebracht, aber die unterschiedliche Voltzahl hätte möglicherweise zu Problemen geführt, und außerdem war das meiste davon ohnehin schon zwei oder sogar drei Jahre alt. Es war daher sicher besser gewesen, das Ganze abzustoßen und eine komplette nagelneue Anlage zu kaufen, obwohl er über die Fähigkeiten der Service-Ingenieure in Großbritannien nur negative Berichte gelesen hatte.

Negative Berichte …

Er blickte zum Fernsehgerät, wo die ersten Abendnachrichten liefen, und seufzte laut. *Mußte* es jeden Tag eine neue Katastrophe geben — oder neue Schreckensmeldungen über die länger andauernden Tragödien? Bestand denn die Menschheit wirklich aus lauter Idioten — zumindest wurde sie von solchen regiert? Die Ereignisse sprachen unbestreitbar dafür. In den Niederlanden war das Kriegsrecht verhängt worden, weil die Surinamer, die vom Geist des ›heroischen Widerstands‹ der Tamilen auf Sri Lanka beseelt waren, beschlossen hatten, eine ähnliche Kampagne von Sabotageakten durchzuführen. Die Sikhs in Indien hatten inzwischen den zehnten Abgeordneten der Kongreß-Partei umgebracht, zusammen mit seinem gesamten Gefolge, indem sie eine Straßenbrücke, über die er gerade fuhr, in die Luft gejagt hatten. Ein weiterer Versuch, einen SDI-›Verteidigungs‹-Satelliten in den Raum zu schicken — zum wer weiß wievielten Mal —, war so ausgegangen, daß die Trägerrakete kurz nach dem Abheben in den Atlantik krachte, und Stimmen wurden laut, die behaupteten, daß die Kommunisten mittels Hacker entweder direkt in den Computer, der den Start gesteuert hatte, eingedrungen seien oder aber in einen wichtigen Teil des Kontrollsystems. Zur Zeit fiel der Verdacht besonders auf einen speziellen Programmierer, der sich angewidert aus dem Staub gemacht hatte, nachdem er eine solche Masse an unverzichtbarer Software für das Verteidigungsministerium entwickelt hatte, daß nicht einmal die amerikanische Regierung — sprich der Steuerzahler — es sich leisten konnte, alles zu verschrotten und ganz neu anzufangen.

Doch das konnte natürlich eine Finte sein, ein bißchen ›Fehlinformation‹, in die Welt gesetzt, um die Tatsache zu verschleiern, daß die Sowjets in der Lage waren, das NORAD, das Pentagon und alle wichtigen Rüstungsfirmen anzuzapfen …

Was nach Davids Ansicht eine Selbstverständlichkeit war. Locker hatte er einen Code entschlüsselt, mit dem sich die Daten des Hauptcomputers an der Abschußrampe in Cape Canaveral abfragen ließen. Innerhalb von dreißig Sekunden hatte er eine Anzeige mit der Fehleranalyse der abgestürzten Rakete auf dem Bildschirm. Ohne sich die Mühe zu machen, sie zu lesen, gab er den Löschbefehl ein. Er hatte es nur gemacht, um die Bestätigung zu erhalten, daß seine neue Ausstattung auf dem höchsten Stand der Technik war.

Jetzt konnte er sich also an die wichtigste Aufgabe begeben, die vor ihm lag. Wer war sein echter — sein biologischer — Vater? Der erste Schritt war völlig klar: Er mußte im Nationalen Polizei-Computer nach Klatsch und Tratsch suchen, nach übler Nachrede, jeder böswilligen Unterstellung, die sich über seine Mutter darin befanden. Aus dieser Quelle, dessen war er absolut sicher, würde er die ersten Anhaltspunkte für weitere Rückschlüsse erhalten, durch die er letztendlich auf seinen leiblichen Vater stoßen würde.

Und falls nicht, dann gab es noch immer viele andere Wege für Nachforschungen.

Im Geiste hatte er bereits das erforderliche Programm entworfen, und zwar über dem Nordpol während des Fluges zurück nach England. Danach hatte er immer wieder ein paar Minuten Zeit gefunden, um alle eventuellen Fehler auszuschließen. Jetzt war er startklar. Sicher würde die Aktion Stunden dauern, vielleicht Tage, aber das Programm war fertig. Er aktivierte es, dann stand er auf und reckte sich wieder und gähnte.

Genau in diesem Moment drang das Geräusch eines Wagens, der sich auf der Auffahrt näherte, an sein Ohr. Er hielt an, der Motor wurde ausgeschaltet. Kurz darauf klingelte es an der Haustür.

Einen Augenblick lang erwog David, so zu tun, als ob das Haus leer sei, aber er verwarf diese Idee, sobald sie in seinem Denken Form angenommen hatte. Wenn wirklich niemand zu Hause gewesen wäre, dann hätten elektronische Geräte jeden Besucher einer Befragung unterzogen, die Antworten gespeichert und sein Abbild auf Videoband aufgenommen. Der Sicherheitsstandard hier war *hoch*. Er ärgerte sich über sich selbst, weil er die Anlage nicht eingeschaltet hatte, und ging zur Tür.

»Guten Tag!« sagte eine Frau in einem braunen Hosenanzug mit aufgesetztem Strahlen; ein tragbarer Computer, nicht größer als ein Fotoapparat, hing ihr an einem gelben Riemen über der Schulter. »Ich bin Gladys Winter! Sind deine Eltern zu Hause?«

Sie war allein mit dem Wagen gekommen — oder zumindest saß jetzt niemand mehr darin. Natürlich bestand die Möglichkeit, daß ein oder mehrere Mitfahrer ausgeschwärmt waren, um das Terrain zu sondieren ...

David merkte, daß er langsam unter einer Art Verfolgungswahn litt. Warum sollte sie nicht allein hergekommen sein? Er sagte in dem normalsten Tonfall, den er zustande brachte: »Es tut mir leid, sie sind für den ganzen Tag in die Stadt gefahren. Kann ich etwas für Sie tun?«

»Nun ja, vielleicht kannst du das.« Gladys befragte ihren Computer. »Soweit ich weiß, seid ihr nach einer Abwesenheit von mehreren Jahren aus den Vereinigten Staaten zurückgekehrt, und ... nun, aus irgendeinem Grund scheinen sich deine Eltern nicht darum gekümmert zu haben, dich für dieses Jahr in der Schule anzumelden. Wie dem auch sei, nach unseren Unterlagen ...«

Sie leierte noch ein paar Sätze herunter, während David sich selbst noch einmal verfluchte, weil er einen wichtigen Punkt übersehen hatte. Doch er behielt die Fassung.

»Also, ich bin überzeugt, daß sie sich sehr gern über dieses Thema unterhalten würden, wenn sie hier wären«, sagte er, als er Gelegenheit bekam, zu Wort zu kommen. »Möchten Sie nicht für einen Moment hereinkommen? Und — entschuldigen Sie bitte, aber sind Sie allein?«

Gladys blinzelte verlegen. »Warum fragst du? Siehst du noch jemanden hier irgendwo?«

»Na ja, ich dachte nur so, falls Sie noch jemanden dabei hätten und derjenige sich vielleicht ... äh ... in die Büsche geschlagen haben könnte ...« Dazu ein gewinnendes Lächeln.

Als Antwort ein Grinsen. »Ich verstehe. Ja, Männer

sind nicht ganz so gut im Wasserhalten, nicht wahr? … Darf ich hineinkommen?«

Habe ich das nicht gerade gesagt?

David trat höflich zur Seite und schloß die Tür hinter ihr.

Er führte sie in den nagelneu — und überaus verschwenderisch — möblierten Salon, bat sie, Platz zu nehmen, und bot ihr einen Drink an, den sie ablehnte. Er bestand nicht darauf; seinen überzeugenden Charme hob er sich für wichtigere Dinge auf.

»Also, was kann ich für Sie tun?« fragte er mit verhaltener Stimme, während er sich neben ihr auf einem chintzbezogenen Sofa niederließ; dabei setzte er eine so ernste und erwachsene Miene auf, wie er konnte, nutzte jedoch jede Chance, seinen Atem über ihr Gesicht zu hauchen und sie mit dem Arm oder der Hand zu streifen.

Sie erzählte ihm etwas über einen Parlamentserlaß, über örtliche Bestimmungen, jede Menge Statuten sowie über die gesetzausübenden Instanzen, autorisiert vom Kultusministerium … und wurde dabei immer erregter, je häufiger er eine Gelegenheit fand, sie zu berühren: zuerst ihre Wange, dann ihre Brust, ihre Taille, ihre Hüften …

»Du siehst also …« Sie setzte zu dem Versuch eines Schlußwortes an, doch er unterbrach sie, indem er ihre Hand ergriff und sie küßte.

»*Du* siehst also, daß du dir um mich keine Sorgen zu machen brauchst. Egal, was das englische Gesetz bestimmt, ich brauche keine Schule mehr, was meinst du?«

»Ich … nein, ich glaube nicht.« Gladys fuhr sich mit der Hand in den Halsausschnitt, als ob dieser plötzlich unangenehm eng geworden wäre, unternahm jedoch keinerlei Anstrengung, die andere Hand freizubekommen.

»Ist das nicht der Teil deiner Arbeit, der dir am meisten zuwider ist?«

»Ehrlich gesagt ...« Plötzlich entspannte sie sich und lächelte. Ihr Gesicht, das ziemlich eckig und flach war, machte eine merkwürdige Verwandlung durch. »Ja, es ist mir zuwider, Leute anzuzeigen, weil sie ihre Kinder vernachlässigen. Wie bist du darauf gekommen?«

David umging eine Antwort. Statt dessen entgegnete er: »Und hast du den Eindruck, daß ich vernachlässigt werde?«

»Ach du liebe Güte! Wie du redest, die ganze Umgebung hier ...« Eine hilflose Geste, die aussah, als wollte sie eine Handvoll Luft packen und eine Bedeutung daraus formen. »Natürlich nicht! Es war einfach so, daß der Name deiner Familie in unserem Hauptcomputer auftauchte, und deshalb ...«

»Was ist das übrigens für ein Computer?« hakte David ein. Inzwischen war er vom Streicheln ihrer Hand und des Handgelenks dazu übergegangen, ihren Nakken zu liebkosen.

»Der des Kultusministeriums.«

Aha! Wie lautet doch der altbekannte Spruch der Jesuiten? Überlaß mir ein Kind, bevor es sieben Jahre alt ist, und danach kannst du mit ihm machen, was du willst.

Nach dieser Maxime handelte die gegenwärtige britische Regierung ebenso eigennützig wie das Franco-Regime während seines Gastspiels in Spanien, als auch diese ehemals große Nation dem Verlust seines Kolonialreiches nachtrauerte. In den nächsten Tagen, wenn er einmal Zeit dazu fände, so hatte David vor, würde er diese Parallele einmal genauer analysieren, um zu sehen, ob sie so stichhaltig war, wie er dachte.

Heute jedoch nicht.

Gladys stand auf, wenn auch sichtlich zögernd, nachdem sie ihrem Computer eine Information eingegeben hatte, und sagte: »Nun möchte ich dich aber nicht länger aufhalten. Offensichtlich handelt es sich hier um einen Irrtum. Deine Eltern haben bestimmt die Absicht, dich auf eine Privatschule zu schicken, nicht wahr?

Manchmal dauert es ziemlich lange, bis solche Daten den Weg in unsere Speicher finden.«

Das haut ja mal wieder hin. Klar! Je reicher du bist, desto besser kannst du Big Brother austricksen!

Aber da sie nun schon mal da war, konnte sie etwas für ihn tun. David sah auf die Uhr und stellte fest, daß er Harry und Alice in frühestens einer Stunde von London zurückerwarten mußte.

»Was hältst du davon, mir einen zu blasen, bevor du gehst?« fragte er mit seinem süßesten Lächeln und in einem überaus einschmeichelnden Ton.

»Na ja, normalerweise gehört das nicht ...«

»Du magst mich doch, oder?«

»Ja. Ja, das tue ich wirklich. Auch wenn ich nicht weiß, warum.« Sie schwitzte und zitterte, ein Beweis dafür, daß sein Zauber auf sie ebenso gewirkt hatte wie auf Bethsaida.

»Und du tust es. Ich verlange doch nicht allzuviel, oder?«

»Nein, oh ... in Ordnung.« Schwungvoll schob sie sich den Computer auf den Rücken und ließ sich auf die Knie nieder, während er seinen Reißverschluß aufzog, und dann sagte sie mit einem entschuldigenden Blick: »Ich ... hm ... ich habe kein AIDS-Zertifikat, weißt du.«

»Ich habe eins.«

»In deinem Alter?«

»Ich habe in Kalifornien gelebt, wenn du dich erinnerst.«

»Ach so, ja.«

Sie war nicht sehr geschickt. Er ertappte sich dabei, wie er sich überlegte, ob Alice wohl gut darin war; als nächstes ging ihm der Gedanke durch den Kopf, ob es ratsam sei, die Leute, die er finden wollte, per Anzeige zu suchen; und dann ...

Endlich kam er, und er dankte ihr. Es war durchaus vorstellbar, daß sie sich eines Tages als nützlich erweisen könnte.

Hier ist der Sender TV-Plus. Es folgen die Nachrichten.

Bei einer außerplanmäßig einberufenen Dringlichkeitskonferenz des Europaparlaments, bei der es um die Beratung über eine rasche Abhilfe gegen das katastrophale Baumsterben in Nordeuropa ging, legte Großbritannien erneut ein Veto gegen den Versuch ein, die Belastung der Atmosphäre zu verringern: als Begründung wurden die damit verbundenen Kosten genannt. Ein Sprecher der Grünen aus der Bundesrepublik Deutschland schlug vor, daß bei jedem Fernsehwetterbericht auch die Oxydbelastung durchgegeben werden sollte; diese Anregung wurde trotz massiver Unterstützung von wissenschaftlicher Seite abgelehnt.

Die Anhänger von General Thrower wurden heute von einem oppositionellen Mitglied des Parlaments beschuldigt, den Rassenhaß an den Schulen zu schüren. Um einen Kommentar dazu gebeten, sagte der General: »Die Reinheit unseres Erbes ist für alle rechtdenkenden Menschen ein kostbares Gut. Ich persönlich ...«

»Peter, wie schön, Sie zu sehen! Und Sie müssen Frau Dr. Morris sein! Bitte, nehmen Sie doch Platz. Machen Sie es sich bequem! Laura, meine Liebe, bring uns Kaffee, ja? Oder wäre Ihnen etwas Stärkeres lieber? Lassen Sie mich Ihnen einen ersten Eindruck davon vermitteln, was wir auf die Beine gestellt haben. Das wird die Konkurrenz erschüttern!«

Sie befanden sich in einem geräumigen, niedrigen Raum, der das Redaktionsbüro des *Comet* war. Er glich mehr der Kulisse eines billig gemachten Science Fiction-Films der sechziger Jahre als irgendeinem Ort, an dem normale Leute arbeiten. Acht Redakteure waren an Bildschirmen mit Tastaturen darunter und Mikrofonen seitlich davon beschäftigt, denn sie experimentierten zur Zeit mit Maschinen, die gleich vom gesprochenen Wort einen umbrochenen Zeitungssatz herstellten. Bis jetzt funktionierte die Technik nur in Finnisch, der Sprache des Landes, in dem sie entwickelt worden war, denn sie war phonetisch ausgeprägt und unzweideutig.

Hin und wieder sprach einer der Redakteure, der heute mit einem Routinetest beauftragt war, einige Worte laut und klar ins Mikrofon, überprüfte, was auf dem Bildschirm erschien, fluchte und gab die Art des Fehlers ein, bevor er ihn auf die konventionelle Weise korrigierte.

Jake Lafarge war ein Mann Mitte Vierzig, mit rötlicher Gesichtsfarbe, einem Schnauzbart, der in Form und Farbe einer braunen Zahnbürste glich, und einem vorstehenden Faßbauch, ein Zeugnis seiner Schwäche fürs Trinken. Doch er hielt den *Comet* nun schon ein Jahr länger über Wasser, als Pessimisten vorausgesagt hatten, und die Sponsoren der Zeitung rückten immer mehr Geld und noch mehr Geld heraus, je mehr neue Ideen er vorlegte, die die ultramoderne technische Ausstattung ausnützten. Jede einzelne, die vielleicht auf lange Sicht nicht viel brachte, ließ das Interesse der Öffentlichkeit wieder höher aufflackern und bewirkte einen steilen Anstieg der Verkaufskurve. Sein neuester Coup war die Entdeckung, daß er mit den unglaublich teuren Computern, die sein Vorgänger angeschafft hatte, Zeitungsfotos fälschen konnte, die bereits in den öffentlichen Archiven abgelegt waren, und dieses Verfahren wollte er jetzt Claudia und Peter demonstrieren.

»Der *Guardian* von heute brachte die Verhaftung eines Opium-Bosses in Nord-Burma.«

Er ließ sich auf einen Drehstuhl fallen und bearbeitete fieberhaft die Tasten vor sich (tippte daneben und fluchte).

»Was sie nicht bekamen, weil ihr Fotograf in die Nieren geschossen wurde und auf dem Transport verstarb, war … *dies!*«

Triumphierend deutete er auf den Bildschirm. In voller Farbenpracht zeigte er den besagten Opium-Boß, umgeben von burmesischen Armeeangehörigen, die die Waffen auf ihn gerichtet hielten. Eine weitere Berührung der Tastatur, und da war er in Handschellen, und noch eine, und er wurde an Bord eines Hubschraubers gezwungen, mit einem Sack über dem Kopf.

»Das mit dem Sack ist schade«, seufzte Jack. »Aber die Geräte waren nicht für eine Profilaufnahme von links hinten eingestellt ... Der Rest ist total scharf, sogar der Hubschrauber. Ist das nicht toll?«

Er löschte den Bildschirm und drehte seinen Stuhl um neunzig Grad herum, um ihnen wieder ins Gesicht zu sehen; er strahlte fröhlich.

Zum Glück gab es eine Unterbrechung. Das Mädchen, das er mit Laura angesprochen hatte, erschien mit Tassen voll Kaffee — wenigstens echtem, nicht aus dem Automaten. Nachdem Jake ihn wie Feldrationen verteilt und Portionsdöschen mit Milch und Beutelchen mit Zucker angeboten hatte, wollte er von Claudia wissen: »Nun, was meinen Sie? Haben wir den Durchbruch nicht so gut wie geschafft?«

»Es ist widerlich«, entgegnete sie mürrisch. »Und nicht originell.«

Peter zuckte so heftig zusammen, daß er sich fast die heiße Flüssigkeit über die Hose gegossen hätte. Wußte sie denn nicht, was auf dem Spiel stand ...?

Doch sie fuhr fort.

»Das erstemal, daß eine Meldung derartig getürkt worden ist, war, soweit ich mich erinnere, während des spanisch-amerikanischen Kriegs. Ich glaube, sie könnte von der Vitagraph-Gesellschaft gestammt haben — für die O. Henry Manuskripte verfaßte —, aber ich bin nicht sicher. Jedenfalls war es um diese Zeit herum. Man fälschte Nachrichten im Studio, indem man Silhouetten und Ausschnitte benutzte, und das Publikum in den Vereinigten Staaten und sogar außerhalb wurde so lange zum Narren gehalten, bis es klatschte und jubelte. Später, während des Ersten Weltkriegs ...«

Jakes Gesicht verfinsterte sich. Peter legte sich hastig eine Entschuldigung zurecht und überlegte sich gleichzeitig, was er Claudia sagen würde, sobald sie hier hinausgeworfen worden wären, als er plötzlich merkte, daß er mit seiner automatischen Einschätzung der Lage falsch lag. Jake glühte nicht vor Zorn. Er war ... Ja! Unglaublich, er errötete, weil ihm jemand auf die Schliche gekommen war!

»Der Untergang der *Lusitania!* Sie ... Sie ... Sie ... Oh, verdammte Scheiße! Entschuldigen Sie. Es kommt nur so selten vor, daß man jemanden trifft, der sich an mehr erinnert als an das, was in der Morgenzeitung stand und am Abend zuvor in den Nachrichten gebracht wurde, und selbst danach muß man heute suchen.«

Claudia lehnte sich zurück und schlug die Beine übereinander, dezent gekleidet wie immer mit einem ihrer klassischen Hosenanzüge; sie besaß fünf davon, soweit Peter bis jetzt mitgezählt hatte, alle in Herbsttönen gehalten: Gold, Rostbraun, Olivgrün, Weinrot und Pflaumenblau. Heute trug sie Pflaumenblau.

Sie sagte ungerührt: »All das bedeutet doch nur, daß Sie ...«

Die Nadel im Heuhaufen suchen? Peter dachte daran, was sie bei einer ihrer ersten Begegnungen in London gesagt hatte, und fragte sich, wie er sich so sehr hatte täuschen können.

Doch sie fuhr fort:

»... versuchen, einen alten Trick wieder aufzuwärmen, den man schon früher mit einer weniger raffinierten Technik angewandt hat. Damit brachte man in alten Zeiten das Fußvolk zum Jubeln, als es noch nichts anderes gab. Glauben Sie im Ernst, Sie könnten damit noch jemandem einen roten Heller aus der Tasche locken, nachdem alle Farbfernsehgeräte, Videorecorder, Hifi- und CD-Anlagen und weiß der Himmel was noch alles besitzen?«

Es entstand eine erschreckend lange Pause — zumindest für Peter, der ihren von Ellen getesteten Handel bereits platzen sah. (Warum dachte er ausgerechnet in diesem Moment an sie?)

Dann ließ Jake die flache Hand auf den Schreibtisch knallen und sprang auf. Während er innerhalb der schulterhohen Wände, die seinen Bereich markierten — nicht größer als Ellens Zimmer zu Hause (schon wieder!) —, auf und ab wanderte, sagte er:

»Wie, zum Teufel, haben Sie mich nur so schnell durchschaut? — Entschuldigen Sie mich bitte einen Moment. Laura!«

»Ja?« — erklang es wie aus der Luft.

»Während der nächsten Minuten bitte absolut keine Störung! Es ist mir egal, wenn es seine Ultrahocherhitzte Allmächtigkeit persönlich ist!«

»Klar, Jake, wird gemacht!«

Keine Störung? In einem Großraumbüro?

Dann geschah etwas in der Luft; Peter bekam davon einen Druck auf die Ohren, und er mußte gähnen, um den Druck in seinen Gehörgängen zu lindern. Voller Entsetzen erkannte er, daß dies die Auswirkung der Technik war, über die er schon gelesen und von der er gehört, die er jedoch noch nie erlebt hatte: eine Schallbarriere.

Unbeeindruckt, als ob das nicht aufregender wäre als das Gefühl, das man im Flugzeug beim steilen Aufsteigen hat, heftete Claudia den Blick mit der implantierten Iris starr auf Jake. Er reagierte wie ein Kaninchen, das von einer Schlange fixiert wird und mitten im Lauf innehält, um sich ihr zu stellen.

»Verflucht — *Frau!*« Das letzte Wort war befrachtet mit Gehässigkeit. »Sie haben meinen schwächsten Punkt ins Visier genommen!«

Es war noch zu früh, als daß Jake schon betrunken sein konnte, dachte Peter. Und doch …

»All diese sagenhafte Technik! Und ich verhalte mich hier wie König Wenzels Page!«

»Merk dir meine Schritte wohl, mein guter Page! Tritt in meine Spuren kühn! Auf daß du findest ...«

So weit kam Claudia, bevor Jake sich mit der Faust in die andere Hand schlug und mit dem Fuß auf den Boden stampfte.

»Ja! Ja! Ja! Ich brühe die Stories von anderen wieder auf, weil mein stinkender Boss nicht annähernd soviel für ordentliche Auslandskorrespondenten ausspuckt, wie er für diese Scheißmaschinen auszugeben bereit ist. Und Sie haben verdammt recht! Das Aufmöbeln von Second-hand-Material hält diese Zeitung nicht auf den Beinen! Ich brauche etwas Exklusives — ein Riesending —, etwas, an das niemand vor mir herankommen kann! Peter hat mir am Telefon versprochen, daß er so etwas an der Hand hat. Sagen Sie mir, was es ist!«

Er ließ sich schweratmend auf seinen Stuhl fallen. »Ich kann nur hoffen, daß es gut ist — auch für Sie!« schloß er. »Doch wenn es das ist — nun, dann können Sie mit jeder Unterstützung rechnen, die Sie brauchen.«

Als Peter nach Hause zurückkam, war er wie benebelt. Die Welt draußen erschien ihm weit entfernt und unwirklich. Claudia hatte trotz all seiner Bedenken die Story glänzend verkauft. Jake war ganz aus dem Häuschen deswegen, ungeachtet der langen Durststrecke bis zu ihrer Vollendung. Vorausgesetzt, er hatte sie bis Weihnachten, hatte er gesagt ...

Was wahrscheinlich die letzte Galgenfrist war, die ihm der Verleger eingeräumt hatte, bevor er die Zeitschrift einstellte.

Mit verstohlenen Bewegungen, als ob ein lautes Geräusch seine Stimmung zerstören würde, schlich er sich in die Wohnung und hängte den Mantel auf, den er gegen die zunehmende Kälte des Herbstes angezogen hatte — und nahm plötzlich ein Summen aus dem Wohnzimmer wahr.

Aber es dürfte doch eigentlich niemand zu Hause sein! Heute war ein ganz normaler Schultag, und Ellen müßte bei der hilfreichen Hausaufgabenaufsicht sein …

Eindringlinge?

Im Flur stand ein Ständer mit zwei Schirmen und einem schweren Spazierstock. Er nahm den letzteren und huschte zur Tür, bereit, ihn wie eine Keule zu schwingen. Doch es war Ellen, die sich zu ihm umwandte, mit weit aufgerissenen Augen, zutiefst erschrocken. Sie saß an seinem Schreibtisch; ihre Umrisse hoben sich gegen den grün leuchtenden Bildschirm des Computers ab.

»O Dad! Du bist es! Du hast mich erschreckt!«

»Du solltest eigentlich nicht hier sein«, war seine törichte Antwort. »Warum bist du nicht bei Jeannette?«

Anstatt ihm zu antworten, löschte sie mit sicherer Bewegung ihrer schlanken Finger die Anzeige, ohne auf die Tastatur zu blicken. Dann stand sie auf, um ihn zu umarmen.

Zum erstenmal schob er sie von sich und hielt sie auf Armeslänge von sich, um ihr forschend und skeptisch ins Gesicht zu blicken.

»Was treibst du da? Ich habe dir nicht erlaubt, meine Anlage zu benutzen!«

»Ich weiß! Aber ich habe keinen Schaden angerichtet, das schwöre ich dir! Es ist nur so, daß …« Ihre Augen füllten sich langsam mit Tränen. »Ich wollte es dir ja sagen, ich schwör's, bloß …«

»Komm zur Sache! Bitte!«

Sie wandte sich mit finsterem Gesicht ab und setzte sich. Seinem strengen Blick ausweichend sagte sie: »Ich konnte es nicht mehr ertragen, wie mich die anderen Kinder behandeln, nur weil ich nicht weiß bin.«

»Was? Aber ich dachte …?«

»Oh, Jeannette ist in Ordnung, sie tut ihr Bestes, um die anderen zum Schweigen zu bringen, aber jetzt tragen alle anderen Eltern diese Thrower-Bänder …

Also habe ich Jeannette angelogen. Ich hab' ihr erzählt, du würdest in Zukunft früher nach Hause kommen, und es wäre in Ordnung, wenn ich von der Schule aus gleich hierherkäme.«

»Und sie hat nicht bei mir nachgefragt?«

»Sie hat auf deinen Anrufbeantworter gesprochen.«

»Ich habe nichts darauf gefunden.«

»Nein. Ich ... ah ...« Schrecklich verlegen fuhr sich Ellen mit der Zunge über die Lippen. »Ich habe zurückgerufen und gesagt, daß alles okay ist, und dann habe ich das Band gelöscht. Ich weiß, daß ich das nicht hätte tun sollen, aber ich konnte es einfach nicht mehr ertragen. Ehrlich, ich konnte es nicht.«

Sie drehte sich mit einem Ruck um und sah ihm trotzig ins Gesicht. »Und ich bin nicht einfach nur schnurstracks nach Hause gegangen und habe dich ein Vermögen an Computergebühren gekostet! Ich habe mir einen Job gesucht. Wenn ich dich also etwas koste, kann ich es dir zurückzahlen!«

»Einen Job?«

»Ja!« — jetzt ziemlich keck. »Drei Nachmittage in der Woche, jeweils eine Stunde. Ich putze einer alten Dame das Haus. Sie zahlt mir zehn Pfund dafür. Das ist nicht besonders viel, aber immerhin ein Taschengeld.«

Taschengeld!

Peter erstarrte wie gefroren. Strenge Worte erstarben auf seiner Zungenspitze. Elternschaft war für ihn etwas so Ungewohntes, daß er überhaupt nicht an Taschengeld gedacht hatte. Hier war dieser Teenager, seine Tochter, die zwei- oder dreimal in der Woche abends mit Jungens ausging, und er gab ihr nicht einmal das Geld, damit sie mit dem Taxi oder Bus nach Hause fahren konnte, wenn etwas schiefging!

Und hier stand er, eine lächerliche Gestalt mit einem Stock in der Hand, als müßte er einen Einbrecher in die Flucht schlagen ...

Er schluckte schwer und stellte ihn wieder in den Flur. Als er ins Wohnzimmer zurückkam, sagte er: »Ellen, mein Schatz, ich bin es, der sich entschuldigen muß. Das mit dem Taschengeld tut mir leid. Hier!« Er griff nach seinem Geldbeutel. »Würde ein Zehner in der Woche für den Anfang reichen? Ich sehe zu, daß ich es erhöhe, sobald es irgendwie geht.«

Anstatt einfach das Geld zu nehmen, ergriff sie seine ganze Hand und küßte sie. Ihr langes, seidiges Haar streifte seine Haut, als sie sich wieder aufrichtete; alle Tränen war jetzt vergessen.

Wärme durchflutete sein ganzes Wesen, als er ihr Lächeln erwiderte.

»Und das ist vielleicht schon ganz bald«, sagte er nach einer Pause.

»Hat es was gebracht, daß ihr eure Ideen an mir ausprobiert habt?«

»Was gebracht? Das kann man wohl sagen! Wir müssen morgen wieder zum *Comet*. Ein hochkarätiger Jurist wird mit einem Vertragsentwurf hinkommen. Das ist morgens. Am Nachmittag, vorausgesetzt, alles läuft gut, haben wir einen Termin, um einen Ultra-Super-Hacker zu treffen, von dem Jake schwört, daß er an praktisch alle Daten herankommt, sofern das Gerät angeschlossen ist ... Übrigens, ich nehme an, du hast meine Bildschirmpost durchgesehen.«

Sofort verließ Ellen wieder jede Keckheit; sie biß sich auf die Lippe und nickte.

»Entschuldige. Ich dachte, auf die Art könnte ich leichter hinter dein System kommen.«

Hoffentlich, hoffentlich waren nicht wieder Nachrichten von Frauen dabei, die erneut Interface-Kontakt mit mir suchen ...

Nicht daß er, wenn er darüber nachdachte, sich vorstellen konnte, daß Ellen darüber traurig wäre ...

»Und, war irgendwas dabei?« fragte er nach einer Pause.

»Irgendwelche Leute namens Shay, die du angeblich in Kalifornien zu erreichen versucht hast.«

»Oh!« Sein Interesse erwachte. »Was ...?«

»Sie sind umgezogen. Ich glaube, sie sind jetzt wieder in England. Aber sie wollen nicht, daß ihre neue Adresse bekannt wird.« In diesem Moment war sie ganz das kleine Mädchen, er konnte sie sich mit sechs Jahren vorstellen, mit einem flaumigen Heiligenschein aus Haaren um den Kopf. »Ich ... ah ... ich hoffe, du hast nichts dagegen, aber ich habe trotzdem versucht, sie herauszufinden. Ich dachte, du wärest froh, wenn ich sie ausfindig machen würde.«

Das, dachte Peter, hätte ihn eigentlich wütend machen müssen. Doch er brachte nicht einmal den Sinn für Wut auf. Statt dessen mußte er Strenge mimen, als er sagte: »Du mußt lernen, junge Dame, daß so etwas gefährlich sein kann! Harry Shay ist sehr, sehr reich. Wenn er dahinterkommt, daß jemand versucht, in seine Privatsphäre einzudringen, dann kann er mit Leichtigkeit ein paar Polizisten bestechen, damit sie mich wegen Verletzung des Datenschutzgesetzes verhaften!«

»Gott im Himmel!« Ihre Augen wurden noch größer als sonst. »Dad, es tut mir leid. Ich hatte keine Ahnung!«

»Schon gut, vergiß es! Denk nur daran, daß bis in absehbare Zukunft alle unsere ... hm ... nicht ganz astreinen Unternehmungen über die Computer der *Comet*-Redaktion laufen müssen.«

Unsere? Warum hatte er das gesagt? Das Gefühl der Unwirklichkeit, das er während des Heimwegs gehabt hatte, wurde unerklärlicherweise immer stärker ...

»Dad! Setz dich!« sagte Ellen drängend und führte ihn zu einem Sessel. »Ich hole dir was zu trinken. Was möchtest du? Ich glaube, es ist noch Whiskey da. Das Abendessen kann in einer halben Stunde fertig sein, wenn du möchtest.«

Na ja, es war ein anstrengender Tag gewesen. Ein bißchen ausruhen, einen behaglichen Sessel, einen ordentlichen steifen Drink, ein Essen, speziell für ihn gekocht und aufgetragen ... ja, das hörte sich nach einer angenehmen Entschädigung an.

Als sie den Drink brachte, genau in der Mischung, wie er ihn liebte, und dazu ein Glas Orangensaft für sich selbst, setzte sie sich auf die Lehne seines Sessels, und einen Moment später beugte sie sich völlig unerwarteterweise vor und küßte ihn oben auf den Kopf, wo — wie ihm die Berührung ihrer Lippen zu Bewußtsein brachte — er langsam eine Glatze bekam.

»Dad!« flüsterte sie.

»Was ist?« Er streckte die Hand aus, um ihr den Nakken zu streicheln. »Möchtest du, daß ich dir noch einmal sage, wie nützlich du gestern abend warst? Das warst du wirklich, weißt du? Während wir in Jakes Büro waren, hätte ich die Augen schließen und schwören können, daß es nicht Claudia war, sondern du, die dieses geniale Verkaufsgespräch geführt hat.«

»Nein«, flüsterte sie, und ihr Mund war immer noch dicht an seiner Kopfhaut. »Nein, ich wollte nur sagen ... Dad, ich liebe dich. Nachdem diese schreckliche Sache passiert war, habe ich unheimliche Angst gehabt, was mit mir wohl geschehen würde. Aber du warst wahnsinnig nett.«

»Ich liebe dich auch«, sagte Peter ernst. Und erst später fiel ihm auf, daß er das zum erstenmal wieder gesagt hatte — außer zu verschiedenen halbvergessenen Geliebten —, seit er es im Alter von acht Jahren zu seiner Mutter gesagt hatte.

Er zog sie herunter auf seinen Schoß und hielt sie eine Weile fest an sich gedrückt, innerlich glühend; er wollte nicht der erste sein, der diese Stimmung durchbrach. Gegenüber dem Sessel, auf dem sie saßen, lief der Fernsehapparat, doch der Ton war abgedreht, und ohne Kommentar kamen ihm die Bilder auf der Mattscheibe sinnlos vor.

Schließlich sprang Ellen auf.

»Abendessen!« rief sie. »Gutsherrenschmaus! Gefrorene Hähnchenteile, muß ich leider sagen, aber ich habe mein Bestes getan. Ich hoffe, es schmeckt.«

Ich auch. Aber wenigstens weiß ich jetzt eins gewiß. Claudia hatte recht, nicht wahr? Und ich dachte, sie sei eine verknöcherte Feministin, die Männer haßt. Bis letzte Nacht …

Die Erinnerung an den Geschmack ihres Mundes vermischte sich auf seiner Zunge mit dem scharfen Biß des Whiskeys. Zum erstenmal seit Jahren vollkommen entspannt, wartete Peter auf Ellens Ruf, sich mit ihr an den Tisch zu setzen und ihr kulinarisches Werk zu kosten.

Innerhalb kurzer Zeit nach der Rückkehr seiner Familie nach England hatte David Shay dank des Computer-Suchprogramms, das er Tag und Nacht laufen hatte, zwei Tatsachen zweifelsfrei herausgefunden.

Bei Harry war tatsächlich eine Vasektomie vorgenommen worden. Das ging aus seinen medizinischen Daten hervor. Und zwar war sie durchgeführt worden, als er noch mit seiner früheren Frau zusammenlebte, sehr wahrscheinlich auf ihr Betreiben hin. Bis zu der Zeit, als er nach Kalifornien übersiedelte, war nichts davon erwähnt, daß die Operation rückgängig gemacht worden sei.

Wie konnte Alice also schwanger werden? Vorübergehend zog er die Möglichkeit in Betracht, daß sie ein Verhältnis mit einem Freund gehabt haben könnte, doch nach kurzer Zeit verwarf er sie, da sie nicht mit Harrys Einstellung zu ihr in Einklang zu bringen war. Er mochte stolz sein auf die Figur seiner Frau und sie gern zur Schau stellen, doch trotzdem war er besitzergreifend, manchmal sogar ausgesprochen eifersüchtig.

So blieb im wesentlichen also nur eine Alternative: künstliche Befruchtung. Nach Davids Ansicht hätte es Harry allenfalls toleriert, wenn sie ein Baby von einem anonymen Fremden empfangen hätte, besonders seit die Methode hinreichend unpersönlich gehandhabt wurde, und vor vierzehn oder fünfzehn Jahren war sie noch recht weit verbreitet.

Leider bedeutete das natürlich, daß seine Suche nach seinem biologischen Vater sich noch langwieriger und schwieriger gestalten würde, als er es sich anfangs vorgestellt hatte. Doch er wurde immer geschickter im Ausgraben von Daten, die sehr privater Natur waren; so gelangte er zum Beispiel mühelos an Harrys medizinische Daten, wozu er keineswegs berechtigt war.

Und die zweite Entdeckung, die er machte, war fast ebenso wichtig. Seine Bedeutung, die er als seinen ›Charme‹ bezeichnete, hatte aller Wahrscheinlichkeit nach etwas mit Vererbung zu tun. Vielleicht war es sogar eine Art Mutation. In der offiziellen Literatur fand sich kaum etwas über derartige Fälle, doch weitreichende — und teure — Nachforschungen brachten da und dort Nachrichtenmeldungen zu Tage, die eine aufregende Ähnlichkeit mit seinem eigenen Fall aufwiesen: Berichte über junge Leute, alle ungefähr im gleichen Alter, die einen besonderen Dreh heraus hatten, ihren eigenen Weg zu gehen ...

Zunächst erschien ihm die Aussicht, andere Jugendliche, die ihm ähnlich waren, kennenzulernen, äußerst verlockend. Als er jedoch eingehender darüber nachdachte, kam er zu der Ansicht, daß es auch riskant sein könnte. Er hatte keine Ahnung, ob die Wirkung ihres ›Charmes‹ vielleicht stärker war als seine. Er hatte sich vollkommen darauf eingestellt, Macht über andere Menschen zu haben; die Vorstellung, daß andererseits jemand über ihn Macht haben könnte, gefiel ihm gar nicht. Trotzdem, wenn er so etwas wie Geschwister hätte ...

Letzten Endes beschloß er, den Vorstoß zu wagen, allerdings mit größter Behutsamkeit, und vor allem wollte er die Idee, Suchanzeigen aufzugeben, die ihm ein Geistesblitz eingegeben hatte, schnellstens in die Tat umsetzen.

Auf diese Weise kam er zu einer dritten Entdeckung und damit zu seinem ersten Durchbruch.

Er hatte eine Agentur ausfindig gemacht, die eine maximale Reichweite bei minimalen Unkosten anbot — nicht, daß Geld eine Rolle gespielt hätte, natürlich nicht, und er zahlte den gesamten Betrag im voraus —, indem sie Anzeigen in allen englischsprachigen Zeitungen von Irland bis Griechenland schaltete. Und zu seiner großen Überraschung erhielt er ausgerechnet aus Irland die erste Antwort auf seinen mit Bedacht formulierten Aufruf.

Verwitwet, ihres einzigen Kindes beraubt, das den Pfad des Bösen eingeschlagen hatte, weil sich die Nonnen der Klosterschule geweigert hatten, die Wurzeln der Schlechtigkeit, die sich unter den Schülerinnen verzweigten, auszurotten, und statt des jüngeren Mädchens, das eindeutig trotz ihres liebenswerten Wesens ein Ungeheuer sein mußte, ihre Tochter von der Schule gewiesen hatten, war Caitlins Mutter ständig darauf aus, jemanden zu finden, der ihre Geschichte glauben und Mitgefühl für sie aufbringen würde — und vielleicht irgend etwas unternähme. Irgend etwas ...

Zum dutzendsten Mal begann sie, die Einzelheiten darzulegen.

Mit grüner Tinte auf rosafarbenem, parfümiertem Papier und ohne Unterschrift.

Warum David den Brief ernst nahm, war ihm selbst nicht ganz klar. Schließlich kam er zu den Ansicht, daß er einfach einem Instinkt folgte, was er früher immer, manchmal sogar im Beisein anderer, geringschätzig abgelehnt hatte. Wie auch immer ...

»Wir reisen morgen nach Irland«, informierte er seine Eltern beim Mittagessen, noch am selben Tag, an dem er den Brief erhalten hatte.

»Wie bitte?« — Harry und Alice in erstauntem Chor.

»Ihr habt doch gehört, was ich gesagt habe!« Er traute seiner Macht, die er seinen »Charme« nannte, immer mehr zu, und entsprechend barscher wurde sein Benehmen. »Ich möchte dort jemanden treffen. Ein Mädchen.«

Sie entspannten sich und lächelten sich gegenseitig an — wie vorauszusehen gewesen war. Er hatte herausgefunden, daß es immer besser war, einen Grund zu nennen, der nachvollziehbar war. In einem oder zwei Tagen wären sie überzeugt davon, daß das Ganze von Anfang an ihre eigene Idee gewesen sei.

Alles lief so glatt, wie er es vernünftigerweise hoffen konnte. Nachdem er Dymphna kennengelernt und von ihr erfahren hatte, daß sie Waise war und nicht die Tochter des Ehemanns ihrer Mutter — das gab sie gleich in den ersten Minuten zu, obwohl sie leider keine Ahnung hatte, wer ihr wirklicher Vater war, und es niemanden mehr gab, den sie hätte fragen können —, ging sie sofort auf seinen Vorschlag ein, mit ihm zu kommen, um bei ihm zu leben.

Doch die Spuren eines letzten Rests von Widerstand waren nicht beseitigt.

Harry und Alice erhoben keine offen geäußerten Einwände dagegen. Dymphna Clancy von ihrer Schule zu nehmen, genausowenig wie die Nonnen — obwohl einige ihrer Mitschüler in Tränen ausbrachen und darauf bestanden, mit ihr in Briefkontakt zu bleiben. Sein Charme reichte nicht ganz für so viele liebestolle Mädchen gleichzeitig, doch einen Moment lang wünschte er sich, er könnte sie alle mit nach England nehmen. Das wäre viel angenehmer, als Dienstboten einzustellen ...

Er war überzeugt davon, daß es eine richtige Entscheidung von ihm gewesen war, hierherzukommen. Er brauchte Dymphna nur anzusehen, um zu wissen, daß er und sie mehr gemeinsam hatten als das bloße Äußere: die gleichen dunklen Haare, die gleichen dunklen Augen, die gleiche etwas fahle, gelblich-braune Haut ... Endlich war er auf dem richtigen Weg!

Und sein Charme wirkte weiterhin, zumindest was Harry und Alice betraf. Das ging so weit, daß sie — obwohl sichtlich verstört durch die Tatsache, daß ihr (ihr!) Sohn auf dieser Reise nach Irland bestanden hatte, und hin und wieder darüber grübelnd, wie er sie mit seinem *Charme* so bezaubert hatte, daß sie Papiere unterschrieben, von deren Inhalt sie nur eine unklare Vorstellung hatten, von dem jedoch sowohl die Mutter Oberin des Klosters als auch der Rechtsanwalt, den sie als Berater hinzugezogen hatte (wie hieß er doch gleich?), angetan waren — es trotz allem freimütig hinnahmen, als Dymphna mit in Davids Zimmer zog. Der Rest des Hauses war weiträumig und widerhallend; unmöbliert mit Ausnahme von einzelnen Stücken hier und da: sie hätte also zwischen einem halben Dutzend Räumen wählen können.

Doch trotz der Verschiebung der Moralvorstellung, die AIDS ausgelöst hatte, war es für sie eine unanfechtbare Tatsache, daß sie und er miteinander schlafen würden …

In der ersten Nacht weinte sich Dymphna an Davids Schulter in den Schlaf; nicht aus Traurigkeit, sondern vor Wohlbehagen, gemischt mit Erleichterung. David indessen, dem Tränenvergießen weniger lag, erschauderte immer wieder vor Freude bis fast zum Morgengrauen.

Ihre Haut hatte einen Duft, von dem er geträumt hatte, ohne es zu wissen, von dem er nicht geahnt hatte, daß es ihn wirklich gab, der jedoch eine beängstigende Verheißung in sich barg …

Eine Spur von Widerstand:

»Verdammt, Junge!« brauste Harry auf, als er erfuhr, daß die ›Familie‹ noch weitere Zugänge bekommen sollte. »Du hast doch gekriegt, was du wolltest, oder etwa nicht? Dymphna ist hübsch! Ich wollte, ich hätte in deinem Alter ein Mädchen wie sie gehabt!«

Unter den Fenstern tanzte sie aus reiner Lust, obwohl es regnete — tanzte auf dem Rasen in Unterhemd und Slip, mit nackten Füßen, nackten Beinen, voller Entzükken über die Welt.

»Einen Teil davon«, seufzte David und lehnte sich vom Frühstückstisch zurück. »Bei weitem nicht alles. Und es gibt so viele leere Räume in diesem riesigen Haus …«

»Möchtest du sie mit Waisenkindern vollstopfen?« schrie Alice.

Davids Charme war noch nicht ausgeschöpft. Er konzentrierte sich, um ihn auf die Spitze zu treiben. (Worin bestand diese Macht? Wie funktionierte sie? Das war die nächste Frage, die er erforschen mußte ...)

In seinem ernstesten Tonfall sprach er: »Ist es nicht nur recht und moralisch, daß die, denen es gutgeht, jenen helfen, denen es ohne ihre eigene Schuld weniger gutgeht?«

Darauf wußten Harry und Alice keine Antwort. Jedenfalls nicht, bevor für ihn das Thema erledigt war; er beugte sich vor, stützte die Ellbogen auf den Tisch und ließ einen flammenden Blick zwischen ihnen hin und her huschen.

»Ihr wißt, daß ich seit unserer Ankunft hier Nachforschungs-Programme auf dem Computer laufen habe?«

»Nun ja« — aus der Fassung gebracht — »natürlich. Du hast es uns gesagt.«

»Unter anderem habe ich herausgefunden, daß ihr siebenundachtzig Millionen Dollar wert seid. Nach den derzeitigen Zinssätzen würde das daraus resultierende Einkommen reichen, um ein Dutzend Kinder zu unterhalten, mindestens, euch beide selbst und mich nicht mitgerechnet, und zwar mit einem sehr hohen Lebensstandard.«

»David!« setzte Alice an, doch er schnitt ihr das Wort ab.

»Welches Gefühl hast du, wenn du weißt, daß in einer Welt des Überflusses Kinder verhungern?«

»Na ja ... äh ...«

»Wird dir unbehaglich?«

»Ja, ja. So könnte man sagen.« Sie griff hastig nach ihrer Kaffeetasse und nahm einen Schluck.

»Und wie ist es bei dir, Harry?«

Es war das erstemal, daß er seinen angeblichen Vater so direkt mit dem Namen ansprach; bis dahin hatte er den höflichen Schein gewahrt und ihn ›Dad‹ genannt.

»Genauso, glaube ich« — mit unsicherer Stimme.

»Aber hast du allen Ernstes die Absicht, das Haus vollzustopfen mit ...?«

»Abschaum? Dreck? Kehrricht? — Du lieber Himmel, nein!« David warf den Kopf zurück und stieß ein gesundes Lachen aus. »Ich möchte mein Zuhause mit hochintelligenten Kindern teilen, unterprivilegiert, doch fähig zu lernen — schnell zu lernen. Sagt mir geradeheraus: Welcher bessere Verwendungszweck für euer Vermögen fällt euch ein?«

Plötzlich war er vollkommen ernst; er blickte Harry eindringlich in die Augen und griff nach seiner Hand.

»Nun ... hm ...«

»Nichts Besseres?«

»Im moralischen Sinn, im absoluten Sinn ... ich glaube nicht.«

»So ist es richtig!« jauchzte David. »Damit ist das Thema erledigt. Entschuldigt mich. Ich glaube, es ist Zeit, daß mein Programm weitere Erkenntnisse ausspuckt.«

Etwas später sagte Alice zu Harry: »Bist du sicher ...?«

Und er erwiderte: »Nein! Aber mir fällt nichts ein, was ich dagegen sagen könnte! Dir vielleicht?«

Nach einer Pause. »Hm ... nein.«

Es war also alles so, wie es sein sollte. David, der ihnen zuhörte, denn er hatte im ganzen Haus Wanzen angebracht, gestattete sich ein Schmunzeln und machte sich wieder an die Auswertung der Daten, die das Nachforschungsprogramm seines Computers zum Vorschein gebracht hatte. Es gab, so ließ ihn das Gerät wissen, einen sehr interessanten Weg, sich Zugriff auf den Nationalen Polizei-Computer zu verschaffen, und zwar dank eines Polizeibeamten, der für eine amerikanische Soziologin etwas in höchstem Maße Inoffizielles getan hatte. Der Zugriff war mit einem Filter versehen, aber englische Filter waren nichts im Vergleich zu denen, mit denen er sich in den Vereinigten Staaten auseinandersetzen mußte, um die Bestätigung zu bekommen, daß die FBI-Beamten davon abgesehen hatten, ihn wegen Drogen-Designing zu verfolgen.

Bis auf die Haut durchnäßt kam Dymphna im Laufschritt in sein — nein, jetzt war es ihr — Zimmer gestürmt, und zwar genau in dem Moment, als er neue Daten erhielt, die sein Programm ausgehoben hatte.

»Laß uns noch mal miteinander schlafen!« flüsterte sie ihm ins Ohr, mit all der Leidenschaft eines Mädchens, das oft davon geträumt hatte, mit Jungen ins Bett zu gehen, und dem das viel zu lang verwehrt gewesen war.

»Gleich«, seufzte David und tippte Befehle ein. »Ich habe endlich den Durchbruch in den NPC geschafft, den ich mir so lange schon gewünscht habe ... Ja! Sieh nur!«

Die Anzeige auf dem Bildschirm bedeutete Dymphna jedoch nichts, deshalb gab er es auf und ging auf ihr Drängen ein. Während er sie auszog und mit ihr aufs Bett stürzte, fragte sich David, wie lang er die Gesellschaft von seinesgleichen wohl durchhalten konnte.

Sie war eine davon. Daran bestand kein Zweifel. Obwohl sie andere Mittel anwandte, hatte er gesehen, wie ihre Macht bei Harry und Alice und bei den Nonnen gewirkt hatte. Möglicherweise hatte er auch eine geringe Dosis davon selbst zu spüren bekommen ... Ohne diese Macht hätte es einer der Beteiligten oder alle bestimmt vereitelt, daß sie von Irland hierhergebracht wurde. Zum erstenmal bekam David echte Angst vor dem Phänomen, das er im Begriff war auszulösen, als ob er einen Tiger aus dem Käfig befreit hätte.

Aber es war bereits zu spät, sich darüber Sorgen zu machen.

Hier ist der Sender TV-Plus. Wir bringen Nachrichten.

Die japanische Regierung hat die neuerdings sich häufenden Fälle von Brandstiftung in Tokio und anderen großen Städten der unzufriedenen koreanischen Minderheit angelastet, obwohl Parlamentsmitglieder vom linken Flügel dies als den Versuch bezeichnen, einen Sündenbock zu finden. Die wirkliche Ursache, so behaupten sie, seien die hohen Kosten für Wohnraum, die bereits zu Tumulten unter den Studenten geführt haben; die Proteste richten sich dagegen, daß die zukünftige Einkommenskapazität der jungen Leute bereits heute schon von ihren Eltern und sogar Großeltern als Darlehenssicherheit beim Erwerb von viel zu teuer bezahlten Wohnungen verwendet werde.

General Thrower jedoch, der sich zur Zeit in Japan aufhält, und zwar im Rahmen einer ›Goodwill-Reise zu einer anderen Inselnation‹, hat mit Nachdruck die Haltung der Regierung unterstützt. Zitat. »Jede Gruppierung unzufriedener fremdländischer ...«

Weil Claudia darauf bestanden hatte, wurde eine Kopie des Vertrages, den Jake Lafarge aufgesetzt hatte, nach New York geschickt zur Überprüfung durch ihren Freund, den Rechtsanwalt, den Peter zufällig kennengelernt hatte. Wie sich herausstellte, war sein Name Walter Stine.

Er schlug verhältnismäßig wenige Änderungen vor, und die Anwälte des *Comet* akzeptierten sie, nachdem sie zunächst zum Schein einige Einwände erhoben hatten. Sehr zufrieden mit dem Erfolg ihrer Verhandlung, überließ Jake für kurze Zeit seinem Stellvertreter die Geschäfte und führte sie zu einem schnellen Mittagessen aus. Alle drei waren daran interessiert, rasch wieder in die Redaktion zu kommen, wenn auch aus unterschiedlichen Gründen: Jake, weil eine vielversprechende Story hereinkommen sollte — Peter erfuhr zu seinem Mißfallen, daß wieder einmal die Festnahme eines schwarzen Drogenschiebers Unruhen entfacht hatte —, und die anderen beiden, weil ihnen daran gelegen war, den Hacker kennenzulernen.

Als sie zurückkamen, wartete er bereits auf sie: ein blonder, ungepflegter junger Mann, bekleidet mit Anorak, Jeans und Stiefeln, bei dem sowohl eine Rasur als auch ein Haarschnitt überfällig waren, mit einer dicken Hornbrille — fast eine Karikatur der gängigen Vorstellung, die man sich von seiner Sorte machte — und zu sehr mit Computern beschäftigt, um sich um die äußere Erscheinung zu kümmern. Jake hatte gerade noch Zeit, ihn als Bernie vorzustellen, bevor er gerufen wurde, um zu entscheiden, welche von zwei Stories die Titelgeschichte werden sollte.

Bernie war in einer Nische der Redaktion eine Ecke zur Verfügung gestellt worden, ausgestattet mit einem Computerterminal. Mehrere Bildschirme für Parallelanzeigen waren daran angeschlossen. Sobald er Platz genommen hatte, errichtete er erneut die künstliche Schallbarriere. Innerhalb des abgegrenzten Bereichs war kaum Platz für drei Stühle.

»So«, sagte er. »Um was geht es genau? Was wollen Sie von mir wissen?«

Peter überließ Claudia die Erklärung. Sie hatte eine Kopie der Diskette mitgebracht, die sie ihm zuvor gezeigt hatte. Sie legte sie ein und ging ungefähr die gleichen Schritte wie beim letztenmal durch. Bernie hörte ihr aufmerksam zu und stellte zwischendurch Fragen. Als sie fertig war, verharrte er eine Weile in grübelndem Schweigen versunken, dann nickte er kurz.

»Müßte möglich sein«, sagte er. »Das erste, was Sie brauchen, wenn ich es richtig sehe, ist der Name der Klinik, in die diese Frauen gegangen sind ... vorausgesetzt, es war in jedem Fall dieselbe. Tatsache ist, es überrascht mich ein wenig, daß Sie das nicht schon längst wissen.«

»Ich habe Ihnen ja gesagt«, setzte Claudia an, »es gibt da diesen Filter ...«

Eine wegwerfende Handbewegung; seine Fingernägel waren von schwarzen Rändern gesäumt.

»Kein Problem. Wie's der Zufall will, weiß ich genau, von was für einem Filter Sie sprechen. Ich gehörte zu dem Team, das ihn ausgearbeitet hat. Meine Kumpel und ich, wir haben ein paar Schlupflöcher gelassen, weil wir dachten, das könnte vielleicht eines Tages praktisch sein. Sieht so aus, als wäre dieser Tag gekommen ... Ich kann Ihnen vielleicht auch einige Personennamen beschaffen; wahrscheinlich nicht alle, aber die meisten, wenn ich sie mit Zeitungsmeldungen querverbinden kann. Und das nächste wird die Identität des Spenders sein. Allerdings kann ich das noch nicht fest versprechen.«

»Das liegt auf der Hand«, sagte Peter. »Nämlich dann nicht, wenn sie ihre Kartei immer noch per Hand führen.«

»Genau. Ich werde jedoch mein Bestes versuchen. Den Namen der Klinik müßte ich eigentlich ziemlich schnell herausfinden können — oder der Kliniken. Darüber hinaus, wie gesagt, keine festen Versprechungen. Kann ich diese Diskette behalten?«

»Ja, natürlich.«

»Also gut, mehr können wir im Moment nicht tun.« Er schlug mit der flachen Hand auf das Terminal und erhob sich, während er gleichzeitig die künstliche Schallbarriere aufhob. »Ich werde mich in einigen Tagen bei Ihnen melden.«

Als sie die Redaktion verließen, fragte Claudia begierig: »Nun, was hältst du davon?«

Peter zuckte die Achseln. »Es ist noch zu früh, um sich ein genaues Bild zu machen. Aber jedenfalls hat er sofort begriffen, was du ihm erklärt hast.«

»Hm-hm ... wie wirst du die Zeit totschlagen, bis er mit etwas Brauchbarem kommt?«

»Ich? Ich bin einer sehr eigenartigen Geschichte auf

der Spur — der denkbar eigenartigsten. Hast du davon gehört, daß AIDS bei Schweinen festgestellt wurde?«

»Ich dachte, das sei ein albernes Gerücht.«

»Ich befürchte, es ist etwas dran. Man hat auch schon einen Verdacht, wo der Ursprung liegen könnte: bei einem abartig veranlagten Arbeiter auf einem Bauernhof in Essex ... Und du?«

»Ich werde mir ein Wochenende frei nehmen. Ich fühle mich von dieser verdammten Idee wie besessen. Ich muß eine Zeitlang an etwas anderes denken. Ein Ausflug nach Paris scheint mir das Richtige zu sein.«

»Amüsier dich gut!«

»Ich werde es versuchen. Grüß Ellen von mir. Vergiß nicht, was ich dir gesagt habe über den positiven Einfluß, den sie auf dich ausübt. Behandle sie gut!«

»Das werde ich tun.«

Roger Gray Wilson hatte die wundervollsten Sommerferien verbracht, die man sich vorstellen kann. Während des vergangenen Schuljahrs hatte er erfahren, daß für den ganzen August und die erste Hälfte des Septembers das viktorianisch-gotische Schulgebäude an eine Filmgesellschaft vermietet werden sollte. Sofort war ihm eine Idee gekommen ... und, so verrückt wie sie war, er hatte sie verwirklicht. Er brauchte seine bescheuerten Eltern kaum zu sehen ...

Na ja, während der ersten paar Tage nach dem Ende des Sommerschuljahres, gerade so lange, um sie davon zu überzeugen, daß er nach Hopstanton zurückkehren mußte. Er konnte seine Überredungskraft nicht durchs Telefon wirken lassen; er mußte körperlich zugegen sein. Eines baldigen Tages, so beabsichtigte er, wollte er versuchen herauszufinden, wie diese Kraft funktionierte, doch da er faul und träge war, hatte er den Plan bis jetzt noch nicht in die Tat umgesetzt.

Warum sollte er sich Gedanken machen, da er doch jeden Menschen — Jungen, Mädchen oder Erwachsene — um den sprichwörtlichen kleinen Finger wickeln konnte? (Oder, wie er oft dachte und manchmal sagte, um ein anderes Glied?)

Er hatte diese Tatsache recht eindringlich bewiesen.

In einer terrassenförmig gestalteten Anlage von kleineren Häusern, die an das Schlafgebäude des Internats anschloß, hatte er Mildred getroffen, eine hübsche junge Witwe, deren Mann bei einem Unfall in der Firma, bei der er gearbeitet hatte, ums Leben bekommen war und sie mit einer Tochter von sechzehn Jahren, noch hübscher als sie selbst und mit dem Namen June, zurückgelassen hatte. Sein Mitleid mit ihrem schweren Los war der Anfang einer engen — na ja, vielleicht nicht gerade Freundschaft, denn Mildred war, um offen zu sein, nicht die Hellste, und June war auch nicht viel pfiffiger. Man könnte also sagen, einer praktischen und ergiebigen Verbindung.

Es hatte nicht die geringsten Schwierigkeiten bereitet, ihnen vorzuschlagen, daß sie alle drei gemeinsam den Leuten, die bei dem Film mitarbeiteten, einen attraktiven Dienst bieten sollten. Zugegeben, am Anfang hatten sie Bedenken gehabt, doch als sie merkten, wieviel Geld sie damit machen konnten, auch nach Abzug von Rogers Provision ...

Natürlich war er streng darauf bedacht, sich davon zu überzeugen, daß jeder Kunde ein AIDS-Zertifikat besaß.

Als Folge davon hatte er Leute kennengelernt, die internationalen Ruhm genossen: einen der großen Regisseure, seinen Produzenten, vier seiner Stars und jede Menge Schauspieler mit kleineren Rollen. Roger selbst hatte in verschiedenen Massenszenen als Statist mitgewirkt, und es wurde ihm sogar eine Sprechrolle angeboten, als das Mitglied der Truppe, das den Part hätte sprechen sollen, an einer Halsentzündung litt. Doch er hatte Verstand genug, um abzulehnen. Er war sich der Notwendigkeit bewußt, nicht allzusehr in Erscheinung zu treten.

Bereits am ersten Tag des neuen Schuljahrs verbreitete sich die Kunde von seinem großen Wurf. Das war zwar absolut nicht nach dem Geschmack seines Hausaufsehers, doch das war das kleinere Problem: er brauchte nur Mrs. Brock ein paar Minuten lang schönzutun, und schon war sie, wie immer, auf seiner Seite. Wenn er nur nicht weiterhin an diesem widerlichen Ort bleiben müßte ...!

Es wäre jedoch verfrüht gewesen, um auszubrechen und die wertvollen Kontakte, die er in der Filmwelt geschlossen hatte, wahrzunehmen. Es war nicht etwa so, daß er es vorgezogen hätte hierzubleiben und die Langeweile des täglichen Unterrichts über sich ergehen zu lassen, die obligatorischen Gottesdienste, die kleinen Machtbefugnisse der Vertrauensschüler; es war vielmehr so, daß er sich noch nicht in der Lage fühlte, den

Schlag ganz allein durchzuführen. Die Anwendung seiner Überredungskraft war schließlich in manchen Fällen ziemlich schwere Arbeit — bei Mr. Brock zum Beispiel, und vor allem beim Direktor, der zwar ein gewisses Interesse an ihm hegte, jedoch kaum dazu gebracht werden konnte, sich dem »Effekt« auszusetzen.

Der Geistliche hatte sich zum Glück vom ersten Augenblick an als gefügig erwiesen und Roger schon mehr als einmal die Stange gehalten. Er hatte seine Zweifel, was den Spaß betraf, den er aus ihren Intimitäten gewinnen konnte, doch bis jetzt hatte er sein Gefühl für die Sünde erfolgreich zurückgedrängt. O ja! Die Dinge liefen nicht schlecht!

Es überraschte ihn nicht sonderlich, als er am ersten Abend des Winterhalbjahrs zum Hausaufseher gerufen wurde. Er pfiff sogar vor sich hin, während er sich zu dessen Büro begab — bis er durch ein offenstehendes Fenster einen schwarzen Wagen bemerkte.

Es war der Rover seiner Eltern. Und daneben stand ein Rolls-Royce, den er nicht kannte, den er auch noch nie zuvor hier in der Gegend gesehen hatte.

Mit einemmal war er besorgt; er sammelte seine ganze Kraft und konzentrierte sie an einem Punkt. Dann betrat er, auf alles gefaßt, Mr. Brooks Allerheiligstes.

Seine Eltern waren tatsächlich da, und er begrüßte sie mit überzeugender Begeisterung, indem er sogar so weit ging, seiner Mutter einen Kuß auf die Wange zu geben — was ihr normalerweise gefiel, obwohl er es haßte, denn ihr Gesicht war dick mit Make-up verkrustet.

Diesmal zuckte sie jedoch vor ihm zurück. Und er hatte das Gesicht seines Vaters noch nie so streng gesehen ...

Dazu kam, daß sie nicht die einzigen hier mit Mr. Brock waren (übrigens keine Spur von Mrs., als ob er seine Frau verdächtigte, der Schwachpunkt in seiner Trutzburg zu sein).

Nein, es waren noch zwei weitere Erwachsene anwesend, die beide Spuren einer tiefen Sonnenbräune zeigten, die langsam verblaßte, außerdem ein Mädchen und ein Junge, etwa in seinem Alter, die ihm so ähnlich sahen, daß sie seine — nun, nicht gerade Geschwister, aber seine Cousine und sein Vetter hätten sein können.

Seine Aufmerksamkeit konzentrierte sich sofort auf diese beiden. Es dauerte keinen Herzschlag lang, bis er begriff, daß es nur auf diese beiden ankam. Er spürte es an ihrer gelassenen, selbstsicheren Haltung, den Blikken, mit denen sie ihn musterten, ja sogar an der Luft ...

Es war lange her, daß er so vollkommen ins Schwimmen geraten war. Jetzt stolperte er auf Mr. Brocks Aufforderung hin blindlings auf einen Stuhl zu, als ob er wieder zehn Jahre alt wäre, zurückgeworfen in die Hilflosigkeit und Abhängigkeit der Kindheit, bevor das Einsetzen der Pubertät ihm ein neues Gefühl selbstbewußter Macht beschert hatte.

Er bemühte sich, seiner Regungen Herr zu werden, doch es gelang ihm nicht. Er empfand eine entsetzliche Schwäche und bereitete sich voller Unbehagen auf die schlimmste Nachricht vor, die er je gehört hatte.

Zum Glück war sie nicht ganz so schlimm ...

»Nun, Cray Wilson!« schnauzte Mr. Brock, dem entschieden mehr als sein übliches Maß an Selbstvertrauen gegeben zu sein schien — ohne Zweifel durch die beiden jungen Fremden. »Ich nehme an, du weißt, warum ich dich habe rufen lassen!«

»Nein, Sir.« Die Worte kamen als Genuschel heraus. »Meine Leute hatten mir nicht gesagt, daß sie kommen würden ...«

Der Hausaufseher ging nicht auf ihn ein. »Einige besorgniserregende Berichte über deine Aktivitäten während der Ferien sind mir zu Ohren gekommen! Ich bin bereit anzunehmen, daß ihre Ursache in deiner ... ah ... unglückseligen Verbindung zu einer Frau von lockerem

Lebenswandel liegt, sowie zu deren Tochter, die sie offenbar in der gleichen Tradition erzieht, doch ich hätte nicht gedacht, daß ein Junge unter meiner Obhut das Opfer solcher Ausschweifungen werden könnte!«

Seine Eltern sahen bedrückt aus; sein Vater scharrte hörbar mit den Füßen unter seinem harten, stocksteifen Stuhl.

»Ich war überrascht«, fuhr Mr. Brock fort und heftete den Blick unter seinen struppigen Augenbrauen hervor eindringlich auf sie, »daß Sie es Ihrem Sohn erlaubt hatten, die Ferien hier zu verbringen, da man doch davon ausgehen kann, daß die Moral der Leute in ... ah ... in der Unterhaltungsbranche schon immer etwas fragwürdig war. Als Folge dessen, was bekannt geworden ist, als Folge der Ereignisse, die einen beträchtlichen Skandal ausgelöst haben, die tatsächlich um ein Haar die Polizei auf den Plan gerufen hätten, bin ich überaus bestürzt, wie deine Eltern auch!«

Was meint er mit ›um ein Haar‹? Ich könnte ihm die Namen von vier schwulen Polizisten nennen, mit denen er selbst ...!

Doch die Zeit reichte nicht aus, um den Gedanken zu beenden.

»Glücklicherweise«, polterte Mr. Brock weiter, »sieht es so aus, als ob ein Ausweg gefunden worden wäre, der sowohl deiner Familie als auch der Schule ein öffentliches Aufsehen ersparen wird. Mr. und Mrs. Shay, so habe ich es verstanden, sind im Begriff, eine Zufluchtsstätte für Kinder wie dich ins Leben zu rufen, für die Gestrauchelten, die unglücklicherwiese der leichtlebigen Seite des Erwachsenendaseins verfallen sind. Mr. Shay?«

Doch es war der Junge, der sich vorbeugte und mit klarer und fester Stimme sprach, die Roger der seinen verblüffend ähnlich erschien.

»Ich glaube, daß ich vielleicht leichter zu Roger vordringen kann, als es meinem Vater möglich wäre —

Sir.« Das letzte Wort klang wie ein Nachgedanke. »Darf ich …?«

»Nur zu!« Mr. Brock lehnte sich zurück und wischte sich die Stirn mit einem nicht allzu sauberen Taschentuch. »Gott weiß, daß ich mir nichts mehr wünsche, als daß diese peinliche Geschichte aus der Welt geschafft wird! Ich kann nicht einmal die Hälfte dessen glauben, was ich gehört habe, und doch muß ich es wohl!«

Kein Wunder, daß du deine Frau hier nicht dabei haben wolltest! sagte Roger höhnisch zu sich selbst. Aber wenigstens hörte sich das, was ihn erwartete, gar nicht so schlecht an, wie er einen Moment lang befürchtet hatte. Er sagte vorsichtig: »Darf ich mehr erfahren?«

Hinterher konnte er sich nicht mehr genau erinnern, was im einzelnen besprochen worden war. Als einziges war in ihm der Eindruck verblieben, daß er zum ersten Mal jemandem begegnet war, der die gleiche Begabung besaß wie er selbst, jedoch unendlich weiter entwickelt. Er erinnerte sich, mit welcher Geschliffenheit der andere Junge — dessen Name übrigens, wie er erfahren hatte, David war — nicht nur seine nackte Macht entfaltet, sondern auch noch vernünftige Argumente dargelegt hatte, vorgebracht mit einer Stimme, deren Ton und Timbre schon gar nichts anderes als Zustimmung erlaubten. Nach einer Weile glaubte er, einen Traum zu durchleben, und er konnte nur widerstandslos alles sagen und tun, was von ihm erwartet wurde.

Zu guter Letzt saß er mit der Familie Shay in dem Rolls-Royce, zusammen mit dem Mädchen, das — so hatte er am Rande mitbekommen — genau wie er selbst in die Familie aufgenommen worden war, und all seinen Habseligkeiten in einem alten Koffer, den ihm seine Eltern in die Schule mitgegeben hatten; seine Eltern waren weg. Verschwunden. Ihr Wagen war auf der Straße davongebraust … und sie hatten nicht einmal Lebewohl gesagt!

Die einzige Person, die das vor seiner Abreise noch tat, war Mrs. Brock, die mit tränenüberströmtem Gesicht auftauchte und ihn wortlos in die Arme schloß, bevor sie sich umwandte und die Tür hinter sich zuschlug — eine Geste, die deutlicher als Worte sagte: »Du wirst mir fehlen! Aber in Anbetracht der Dinge, die du getan hast ...«

Auf dem breiten, weichen Rücksitz des schnurrenden Wagens brach Roger zusammen und weinte. David und das Mädchen legten die Arme um ihn, bis er seinen Kummer überwunden hatte; dann bemühten sie sich beide in einer Weise um ihn, bei der er sich noch viel besser fühlte.

Vorn taten Harry und Alice so, als ob sie nicht merkten, was sich abspielte.

Und dabei hatte er das allerbeste Gefühl.

Hier ist der Sender TV-Plus. Zeit für die Nachrichten.

Nicht nur in Europa erreicht das Waldsterben ein katastrophales Ausmaß, so geht aus einem Bericht hervor, den die Vereinten Nationen heute vorgelegt haben. In Landstrichen wie zum Beispiel den Randzonen der Sahara entstehen neue Wüstengebiete, um mit den Worten der Verfasser des Berichtes zu sprechen, wie Epidemien. Mehr darüber in Kürze.

Während seiner Rückreise aus Japan hat General Thrower die Pamyat-Bewegung gepriesen als Modell einer patriotischen Begeisterung, die — Zitat: »nachzuvollziehen Großbritannien sehr wohl anstehen würde« …

Die Tage vergingen, ohne daß Neuigkeiten von Bernie eintrafen. Ab und zu rief Peter Claudia an oder sie ihn, und sie wechselten mürrische Worte der Enttäuschung, doch für sie war die Situation unangenehmer. Er hatte wenigstens ausreichend andere Arbeit, so daß ihm die Zeit nicht lang wurde. Die Story über die Schweine mit AIDS schlug bestens ein und führte zu dem üblichen Aufschrei religiöser Extremisten über das Gericht Gottes sowie zum praktisch weltweiten Boykott von Schweinefleisch und Schinken. Wenn es stimmte, daß die gegenwärtige Knappheit an Kartoffelchips und gefrorenen Pommes frites ihre Ursache in einem eingeschleppten Virus hatte, der trotz seiner Abstammung aus dem Mittelmeerraum das englische Klima außerordentlich gedeihlich gefunden hatte, so mußte sich Peter mißmutig fragen, während er über sein mickeriges Honorar für das Erstveröffentlichungsrecht an seiner Story nachdachte:

Hatte Gottes Gericht auch bei der unschuldigen Knolle zugeschlagen?

Endlich kam das Signal für ein Treffen mit Claudia in der Redaktion des *Comet* — Jake hatte darauf bestanden, daß keine Einzelheiten der Story am Telefon besprochen werden sollten. Nachdem er durch eine tumultartige

Auseinandersetzung zwischen Pro- und Anti-Hund-Verfechtern aufgehalten worden war — Fälle von Tollwut waren in der Tat in Kent bestätigt und ein Maulkorb-Gesetz war erlassen worden — und somit zu spät kam, traf Peter die berühmte Frau Dr. Morris in der Eingangshalle, wo sie mit bedrückter Miene auf den Lift wartete.

Törichterweise versuchte er, sie mit ein paar albernen Sprüchen aufzuheitern. Sie brachte ihn mit einem funkelnden Blick zum Schweigen.

»Das ist das letzte, was ich jetzt brauchen kann!« fuhr sie ihn an.

»Entschuldigung«, sagte er in einem Ton, der so nahe an Zerknirschung herankam, wie es ihm möglich war. »Aber ich dachte, du wärest froh, daß Bernie endlich ...«

Sie hörte ihm nicht zu. Statt dessen sagte sie: »Erinnerst du dich an den Polizeibeamten, der mir den Zugriff auf Daten des NPC ermöglicht hat?«

»Natürlich.«

»Er ist tot.«

»*Was?*« Peter machte einen halben Schritt auf sie zu.

Ein grimmiges Nicken. »Er ist gestern gestorben. Er lag im Krankenhaus, seit dort oben im Norden die Unruhen ausgebrochen sind. Wie heißt die Stadt doch noch?«

»Du meinst dort, wo man versucht hat, den Drogenschieber aus dem Polizeigewahrsam zu befreien?«

»Hm-hm.« Sie machte eine Handbewegung in der Luft. »Nach dem, was ich darüber gelesen habe, ist die Hälfte seiner Haut bei der Explosion einer Gasbombe weggeschmolzen, und er hat die Flammen eingeatmet ... So, ich glaube es ist besser, wir sehen zu, daß wir nach oben kommen, um zu hören, was Bernie herausgefunden hat.«

Der Lift kam. Sie trat hinein. Peter, der ihr folgte, ballte die Hände zu Fäusten und stieß murmelnd Flüche aus, die zwar unhörbar, aber äußerst heftig waren.

Hinter der inzwischen bekannten Schallbarriere war Bernie bereits in ein Gespräch — oder vielmehr einen Streit — mit Jake vertieft. Als Peter und Claudia näher kamen, drehte sich der Chefredakteur mit Schwung auf seinem Stuhl herum und schimpfte: »Ich weiß nicht, warum ich mir die Mühe gemacht habe, Sie herzubitten. Dieser Mistkerl läßt uns im Stich!«

Mit zornrotem Kopf schlug Bernie auf Jakes Schreibtisch. »Jetzt halten Sie mal den Mund, verstanden! Ich habe Ihnen gesagt, daß ich mein Bestes getan habe, aber irgend jemand hat die Schlupflöcher gefunden, die ich und meine Kumpel in diesem Filter gelassen hatten, und ...« Er hielt inne, holte tief Luft und sprach statt dessen an Claudia gewandt weiter.

»Sehen Sie, vielleicht kann ich Sie dazu bringen, zuzuhören. Jake kapiert es nicht! Ich habe auf der Grundlage des Materials, das Sie mir überlassen haben, angefangen, den NPC zu befragen, und bin dabei ein beträchtliches Stück weitergekommen, zumindest weiter, als es Ihnen gelungen ist. Ich ...«

»Wieviel weiter?« hakte Claudia ein.

»Die erste Erkenntnis ist, daß tatsächlich alle Kinder auf Ihrer Liste von Patientinnen ein und derselben Klinik zur Welt gebracht worden sind.«

Bernie lehnte sich mit einem siegessicheren Grinsen zurück. Doch die Reaktion, auf die er gehofft hatte, trat nicht ein. Schließlich sagte Peter: »Nach so langer Zeit haben Sie nichts weiter herausgefunden als diese ›erste Erkenntnis‹?«

Claudia fuhr dazwischen: »Also, wie heißt sie?«

Das Grinsen verwandelte sich in eine mürrisch verzerrte Miene. »Ich habe es doch bereits erklärt ... ich arbeite unter erschwerten Bedingungen! Jemand hat sich an den Schlupflöchern zu schaffen gemacht! Das ist nicht überraschend, würde ich sagen, denn das Programm ist fünf oder sechs Jahre alt. Aber was geschehen ist, kann rückgängig gemacht werden. Ich brauche nur ein bißchen mehr Zeit ...«

»Und ohne Zweifel eine Menge mehr Geld!« brauste Jake auf. »Was ist mit den Namen, die Sie vorhatten ausfindig zu machen, indem Sie Claudias Daten mit Zeitungsmeldungen vergleichen wollten?«

»Herrje! Das kann ich doch nicht in ein paar Tagen schaffen! Ich gebe zu, diese Anlage hier ist die fortschrittlichste, mit der ich je gearbeitet habe, aber das Sichten von buchstäblich Tausenden von ...«

»Das ist doch alles nur ein Hinhaltemanöver!« unterbrach ihn Jake. »Ich arbeite mit unserer Anlage, seit sie im Einsatz ist. Ich weiß, wie schnell sie Querverbindungen und Zusammenhänge aufspüren kann. Vielleicht hätte ich lieber jemanden von meinen eigenen Leuten beauftragen sollen, anstatt Ihre Kotze zu lecken!«

Peter stöhnte auf. Die Vorstellung, daß jemand das Erbrochene eines anderen zu sich nahm, verursachte ihm immer wieder Übelkeit, obwohl er diesen gängigen Spruch nun schon wer weiß wie oft gehört hatte.

»Ich will die Wahrheit hören!« brüllte Jake weiter. »Sie stecken mit einem Problem fest, das Sie nicht lösen können ... stimmt doch, oder?«

Einen Augenblick lang machte Bernie den Eindruck, als ob er zurückbrüllen wollte. Doch dann verließ ihn die Kraft der Wut, und er sackte auf seinem Stuhl zurück.

»Ich habe es *noch* nicht gelöst«, sagte er mit einem letzten Aufbäumen von Trotz und fügte mit zögernder Offenheit hinzu: »Aber Sie haben recht. Ich stecke fest.«

»Warum?« — von Claudia.

Ein hilfloses Achselzucken. »Es ist so, als ob jemand an derselben Sache arbeitete und mir immer ein wenig voraus wäre, so daß er jeweils meinen nächsten Schritt erraten und abblocken kann. Wie gesagt, das ist nicht allzu überraschend. Sobald jemand mal die Schwachstellen des Filters entdeckt hat, ergibt sich der Rest von selbst. Ich versuche es natürlich weiter, aber ...« Er spreizte die Finger.

»Für mich hört sich das an«, sagte Jake spöttisch, »als ob wir wieder mal die Wunder der modernen Technik vergessen und zu bewährten und zuverlässigen Methoden zurückkehren müßten.«

»Und die wären?« Bernie funkelte ihn an.

Jake kräuselte die Lippen. »Bestechung und Erpressung, wenn alles andere nicht hilft! Vergessen Sie nicht, Sie sprechen mit einem Veteranen der Schlammschlachten! Damals habe ich meine Ehre und meine Selbstachtung für ein dickes Honorar verkauft, und meine Moral erlitt einen Schlag, von dem sie sich nie wieder erholt hat. Ich zitiere einen miesen Typen, der mich sehr haßt ... Ach was, zum Teufel! Das Entscheidende ist folgendes.«

Er umklammerte mit den Fingern der linken Hand die zur Faust geballte rechte und blickte darauf hinab wie in eine Kristallkugel.

»All diese Kinder — mit ein paar Ausnahmen, von denen Sie mir erzählt haben — stammen also aus ein und derselben Klinik. Soviel haben Sie ja immerhin herausgefunden. Der Umstand, daß es Ihnen bis jetzt noch nicht gelungen ist, irgendwelche Zeitungsmeldungen in Korrelation zu den Einzelheiten, die Claudia Ihnen geliefert hat, zu bringen, mag darauf beruhen, daß es sich ausschließlich um Jugendliche handelt, so daß niemand ihre Namen veröffentlichen darf. Daraus folgt ...«

»Halten Sie mich für einen Idioten?« unterbrach ihn Bernie. »Ich habe mein Suchprogramm auf der Basis von Ereignissen und Hintergründen, zu denen irgendein Bezug besteht, angelegt. Ich habe ja keine Namen, nach denen ich suchen könnte, oder?«

»Sie sagten, daß Sie damit rechneten, wenigstens einige herauszufinden ...«, setzte Peter an.

»Und ich habe erklärt, warum es nicht geht!« schnauzte Bernie zurück.

Es schien, als ob die Schallbarriere zumindest die lautesten Spitzen durchdringen ließe, denn einige der Redakteure, die in dem weitläufigen Großraumbüro bei der Arbeit saßen, blickten beunruhigt in ihre Richtung, bevor sie sich wieder ihren Aufgaben zuwandten. Jake zwang sich, etwas ruhiger zu werden.

»Ich wollte sagen«, knirschte er zwischen den Zähnen hervor, »daß es möglicherweise sehr lange dauert, bis man eine Nachforschung auf dieser Basis zu Ende bringt, so daß es sinnvoll wäre, Ihre Tätigkeit auf andere Weise zu ergänzen.«

»Wie?« — von Claudia.

»Auf die gute, alte Art und Weise.« Jake lehnte sich zurück und griff nach einem Papiertuch, um sich die Stirn abzuwischen; Schweißperlen standen darauf. »Ich schätze, ich hätte das von Anfang an vorschlagen sollen, beides parallel zu betreiben ... Peter, haben Sie im Moment viel zu tun? Ich meine, mit anderen Stories?«

»Ja, es gibt drei oder vier heiße Spuren, denen ich in dieser Minute nachgehen sollte.«

»Bedeutet das, daß du das Interesse an dieser Sache verloren hast?« raunte Claudia ihm zu.

»Schluß damit, bevor es ausartet!« befahl Jake. »Ich arbeite mit Peter lange genug zusammen, um zu wissen, daß er niemals eine vielversprechende Story fallenläßt, solang es noch einen Funken Hoffnung gibt. Ohne Zweifel wird er soviel Zeit dafür aufbringen, wie er eben kann ... In der Zwischenzeit müssen Sie das Kind schaukeln, Claudia!«

Einen Moment lang hatte es den Anschein, als wollte sie explodieren, weil er diese Redewendung, die sie als Macho-Metapher hätte deuten können, gebraucht hatte. Mit großer Mühe zwang sie diese Regung nieder.

»Was schlagen Sie also genau vor?« seufzte sie.

»Ein bißchen Klinkenputzerei. Gute, alte Klinkenputzerei. Angefangen bei Ihrem Freund bei der Polizei, diesem Obersten Polizeichef ...«

»Das können Sie streichen!« Sie wiederholte, was sie Peter in der Eingangshalle erzählt hatte. Zum Schluß: »Was haben Sie noch für geniale Ideen?«

Vorübergehend etwas aus der Fassung geraten, stammelte Jake: »Ahm ... ah ...« Dann fand er den Faden wieder.

»Nun, schade. Gehen wir also weiter zur nächsten Möglichkeit. Rein statistisch gesehen, wäre die größte und bekannteste der damaligen AID-Kliniken die wahrscheinlichste. Es muß also eine Liste erstellt werden mit all jenen, die noch in Betrieb sind; dann muß man dort anrufen und sehen, mit wem man ins Gespräch kommen kann, und herausfinden, ob noch jemand vom alten Personal da ist, der vielleicht nicht allzugut dran ist und Bargeld für Informationen annimmt. Wie gesagt, die bewährten altmodischen Wege. Sie könnten mit der Klinik anfangen, zu der Peter damals gegangen ist.«

Einen Moment lang straffte sich Peter. Er hatte Jake gegenüber niemals seine Vergangenheit als Samenspender erwähnt, wie konnte er also ...?

Dann fiel es ihm ein: Im Anschluß an ihre erste Aussprache von Herz zu Herz hatte Claudia die Informationen auf ihrer Hauptdiskette ergänzt, mit Bezug auf einen »Bekannten in London«, der zu einer nicht spezifizierten Zeit in der Vergangenheit ... und so weiter. Es konnte für Jake nicht allzu schwer gewesen sein, sich zu denken, wer dieser Bekannte sein könnte.

Er schluckte seine Wut hinunter und brummte: »Es gibt sie nicht mehr.«

»Was?«

»Ich habe im Telefonbuch nachgesehen.« Mit einem Blick zu Claudia: »Du hast doch wohl nicht angenommen, daß ich einfach nur auf meinem Hintern gesessen habe, was? Es gibt sie nicht mehr dort, wo sie einmal war, und es gibt sie auch sonst nirgends. Dr. Chinn ist tot. Seine Partnerin, Dr. Wilson — Verzeihung, nicht Wilson, ihr Name war Wilkinson. Wie auch immer, sie ist im Ruhestand. Ich habe versucht, bei der Ärztekammer in Erfahrung zu bringen, ob irgend jemand das Unternehmen weitergeführt hatte, denn es mußte damals bei seiner Auflösung eine ganze Menge Potential gehabt haben, doch man verweigerte mir die Auskunft aus Gründen der Vertraulichkeit.«

»Das könnte etwas sein, wo ich mal nachhaken könnte«, wagte Bernie zu sagen. Er war die ganze Zeit über vernichtet und schweigend dabeigesessen, hatte den Verlauf des Gesprächs jedoch aufmerksam verfolgt.

»Nur zu, warum nicht? Wir brauchen alle Hilfe, die wir bekommen können. Aber ...« Er hielt inne.

»Aber was?« bedrängte ihn Jake.

Peter schüttelte den Kopf, als ob er kurz eingeschlafen sei. »Nichts, nur so ein Gefühl ... eine Gedankenkette: die Klinik, die Ärzte, die sie leiteten, die Spender, die Ankündigung, daß sie ihre Kartei im Computer speichern wollten ...«

Sie lauschten erwartungsvoll, doch er enttäuschte sie.

»Tut mir leid, ich kann es nicht auf den Punkt bringen. Ich muß es mir noch einmal durch den Kopf gehen lassen. Jake, ich glaube, Sie wollten noch etwas anderes sagen, oder nicht?«

Inzwischen ruhiger geworden, zuckte Jake die Achseln. »Ich glaube, ich habe mein Pulver für den Augenblick verschossen. Was ist mit Ihnen, Claudia? Strenggenommen ist das Ihr Bier, wissen Sie.«

Sie zögerte. Er fuhr fort. »Ich kann Ihre Gedanken lesen! Sie denken, daß Sie vielleicht ein kleines bißchen ... sagen wir, berüchtigt sind?«

Erleichtert nickte sie.

»Aber Ihr Gesicht ist ja nicht ständig im Fernsehen erschienen. Ich kann Ihnen einen falschen Ausweis besorgen, entweder im Namen des *Comet* oder der Agentur, die Ihre Sachen in den Staaten vertreibt, damit Ihr Akzent plausibel ist. Nun?«

»Ich sehe keine andere Möglichkeit. Okay. Ich kann mir nicht vorstellen, daß ich meine Sache besonders gut machen werde, aber es stimmt — es ist mein Bier. Die merkwürdigste Forschungsarbeit, die ich je durchgeführt habe.«

»Es geht auch um die merkwürdigste Sache«, sagte Peter, und er meinte es nicht witzig, »in der eine Wissenschaftlerin jemals geforscht hat.«

»Damit ist das also klar«, sagte Jake und erhob sich. Die anderen taten es ihm gleich. »Bernie, es tut mir leid, daß ich Sie so angeschnauzt habe ...«

»Vergessen Sie es! Glauben Sie mir einfach, wenn ich Ihnen sage, daß die Daten, die ich dachte für Claudia herauszufinden, sich als bis zum Gehtnichtmehr verkapselt erwiesen haben. Wie eine Schildkröte im Panzer in einer Dose ... Trotzdem, ich werde weitermachen.«

»Machen Sie das!« sagte Jake. »Machen auch Sie weiter!«

Während sie auf den Lift warteten — Bernie war noch geblieben —, sagte Claudia aufgeregt zu Peter: »Du scheinst irgendeine Eingebung gehabt zu haben, eine Inspiration. Bist du dir schon klar darüber geworden, was es damit auf sich hatte?«

Er schüttelte den Kopf. »Nein, verdammt! Es lag mir auf der Zunge und kam nicht heraus. Es kommt immer noch nicht. Es ist, wie wenn man versucht, sich an einen Traum zu erinnern; kennst du das? Aber wenigstens weiß ich, wodurch es ausgelöst wurde: Dr. Wilkinson, die Leute, die an der Klinik Samen spendeten, die Verbindung zu Computern, die Auseinandersetzung, die zur Auflösung der Partnerschaft zwischen ihr und Dr. Chinn führte ... Früher oder später werde ich dahinterkommen. Ich werde vielleicht dem Computer die Aufgabe stellen. Oder Ellen.«

»Ellen?«

»Habe ich es dir nicht erzählt? Nein, ich glaube nicht. Wir haben uns in letzter Zeit nicht so oft unterhalten ... Also, sie entwickelt sich zu einem absoluten Intelligenzfreak. Sie hat bereits Bildschirmpost-Freunde auf der ganzen Welt. Ich mußte sie allerdings etwas bremsen, als ich herausfand, daß sie sogar Tafeln aus Australien abruft. Und das, obwohl sie — du wirst es kaum glauben — anstatt zu der Hausaufgabenbetreuung, die von der Schule empfohlen worden ist, zu gehen, nach dem Unterricht einen Teilzeitjob macht, indem sie einer alten Dame das Haus putzt! Und zwar, um für die Benutzung meiner Anlage selbst zahlen zu können!«

»Ich habe dir doch gesagt, daß sie eine ganz Helle ist, oder nicht?« meinte Claudia.

»Ja sicher. Ohne Zweifel! Ich habe ihr deshalb auch gesagt, daß sie, wenn sie sich auf Europa beschränkt und bereit ist, zur Seite zu rutschen, wenn ich arbeiten muß, damit herumspielen darf, soviel sie will.«

»Du läßt aber hoffentlich nicht zu, daß sie — nun, eine Agoraphobie entwickelt, oder?«

»Im Gegenteil.« Peter schüttelte heftig den Kopf. »Ihre Lehrer sagen, die Tatsache, daß sie so viel so schnell lernt, bewirke Wunder hinsichtlich ihres Selbstvertrauens. Der Wechsel zu einer neuen Schule, wo verhältnismäßig wenig ... ah ... gemischtrassige Kinder sind, hatte ihr eine oder zwei Wochen lang Schwierigkeiten bereitet. Tatsächlich war das sogar der Grund, warum sie nicht mehr zur Hausaufgabenbetreuung ging. Jetzt hat es den Anschein, als ob die anderen Kinder zu ihr kämen, um sie um Rat und Hilfe zu bitten. Du hast recht: sie ist sehr intelligent.«

»Und außerdem sehr nett«, bestätigte Claudia. »Grüße sie von mir!«

Der Lift kam. Sie sprachen beide kein Wort mehr, bis sie in der Eingangshalle angekommen waren. Dann sagte Claudia versonnen: »Ich hätte es mir nie träumen lassen, daß ich einmal recherchierende Journalistin werden würde. Ich glaube nicht, daß ich als solche besonders gut sein werde — vielleicht kann ich mir mal bei dir den einen oder anderen Rat holen?«

»Stehe jederzeit zur Verfügung, meine Dame. Jederzeit. Es kann allerdings sein, daß Ellen deine Gesprächspartnerin sein wird.«

»Keine Angst. Ich werde höflich sein ...« Sie waren am Eingang angekommen; das Pflaster davor war mit hysterischen Flugblättern übersät, die sich gegen jegliche Haustierhaltung richteten und auf denen Tollwutopfer abgebildet waren. Auf gut Glück sagte sie: »Du bist bestimmt froh, daß du keinen Hund hast.«

»Ehrlich gesagt, ich habe schon daran gedacht, einen anzuschaffen. Dann hätte Ellen Gesellschaft, wenn ich nicht zu Hause bin. Aber wenn man bedenkt, was zur Zeit so läuft ...«

»Das wird sich totlaufen. Wir haben auch Tollwut in den Vereinigten Staaten. Wir leben damit.«

»Ich weiß, ich weiß. Wenn ich jedoch an die Hysterie denke, zu der man sich hier hinreißen läßt, dann kann ich mir vorstellen, wie das arme Kind eines Tages von der Schule nach Hause kommt und ihn gekreuzigt an der Haustür vorfindet. Sie hat schon genug durchmachen müssen. Ich möchte nicht, daß so etwas auch noch dazukommt.«

»Wie sind deine Prognosen hinsichtlich der Schweine?« entgegnete sie mit jüdischer Ironie, und ohne eine Antwort abzuwarten, drehte sie sich auf dem Absatz um und eilte zur nächsten Bushaltestelle davon.

Gute Frage! Die Organisation ›Freiheit für Tiere‹ ...

Peter schnalzte mit den Fingern. Das war ein neuer Gesichtspunkt, den er für seine Schweine-AIDS-Story brauchte. Während der nächsten beiden Tage hatte er keinen Gedanken für Claudias Sache übrig.

Leider verkaufte sich der zweite Schweine-Artikel nicht.

Genausowenig wie die anderen, auf die er so große Hoffnungen gesetzt hatte.

Während seine Stimmung immer trüber wurde, tauchte in ihm die Frage auf, ob er vielleicht auf der Schwarzen Liste stand. Natürlich hatte er keine Beweise dafür, aber nachdem so viele heiße Geschichten abgeschmettert worden waren …

Vielleicht war es ganz gut, daß er sich keine harten Getränke mehr leisten konnte.

Während sie die Hand nach einem Aufnahmeformular ausstreckte, ohne aufzublicken, fragte die Nachtschwester in der Aufnahmestation des Krankenhauses mit müder Stimme: »Barzahler oder Sozialfall?«

Soweit war das einst vorbildliche System des Staatlichen Gesundheitswesens heruntergekommen.

Von der Eingangshalle gingen die Flure in Form eines T ab. Der nach links war erheblich sauberer als der nach rechts und längst nicht so schäbig, mit Teppichen am Boden anstatt Vinyl, das von den Schritten unzähliger Füße matt geworden war. Der mittlere war kaum beleuchtet; es gab ein paar Neonröhren, doch die meisten davon waren dunkel.

Dann, durch ein Schluchzen aufgeweckt, hob die Aufnahmeschwester den Kopf und bemerkte, daß Crystal zwischen zwei weiblichen Uniformen stand, die Hände auf dem Rücken mit Handschellen gefesselt.

»Ach so«, sagte sie und streckte den Daumen aus, um mit einer Bewegung die Richtung anzudeuten: hinter mir. »Kriminelle dort!«

Der schummerige dritte Flur war voller Schreien und Stöhnen.

Als ihr Tränenstrom versiegt war, empfand Crystal nur noch Wut auf sich selbst. *Ich hätte mehr Verstand haben müssen! Ich hätte mehr Verstand haben müssen!*

Doch wie hätte sie voraussehen können, daß ein Freier sie beschuldigen würde, sie angesteckt zu haben, und zwar nicht etwa mit AIDS, sondern mit Syphilis? Und, obwohl keiner den Namen des anderen kannte (sie benutzte im Umgang mit ihren Kunden erfundene Namen und wechselte diese täglich), daß er der Polizei ermöglichen würde, sie aufzuspüren, weil er Computer-Grafiker war und mit einem fast makellosen Abbild von ihr auf der Wache erschien?

Und — dabei wurde sie von einem erneuten Schluchzen geschüttelt — daß die Bullen sie ausgerechnet während der Zeit aufgreifen würden, in der sie vorübergehend der Macht, »die Seelen der Menschen zu benebeln« beraubt war?

Ihr gefiel dieser Ausdruck; sie verdankte ihn einem Kunden, der sie sechs- oder achtmal aufgesucht hatte und mit ihr ebenso gern über die Launen und Vorlieben seiner Teenagerjahre reden wollte, wie ihm an der anderen Sache lag. Er hatte ihr die Schmuckstücke seiner wertvollen Sammlung alter Comic-Hefte gezeigt, und in einem davon ...

Aber das war Vergangenheit, und jetzt war sie hier, mürrisch jede Antwort verweigernd und zuhörend, wie sie statt von ihr selbst von der derben Polizistin gegeben wurden, und mit haßerfüllten Augen ihre Umgebung betrachtend: gesprungene Fliesen am Boden und an den Wänden, eine Reihe schmuddeliger Stühle, eine Tür mit einem vergitterten Fenster, dessen Scheibe mit überkreuzten Klebebändern zusammengehalten wurde ... Außer mit Schreien war dieser Bereich angefüllt mit Gestank.

»... und er ist bereit zu schwören, daß er seit über drei Monaten mit niemand anderem Verkehr gehabt hat, außer mit ihr, so daß nur sie es sein kann, die ihn angesteckt hat.«

»Gut« — in gelangweiltem Ton. »Ich werde gleich mal eine Blutprobe nehmen. Unsere automatische Wassermann funktioniert ausnahmsweise. Sie haben den Beweis, bevor sie vor Gericht kommt.«

»Vors Jugendgericht.«

»Ach herrje! Das ist heutzutage so schwer zu erkennen. Als ich jung war, sahen die Kinder wie Kinder aus ... hat sie einen geschickten Anwalt an der Hand, der sie freibekommt?«

Die Polizistinnen tauschten erst Blicke, dann ein Grinsen aus. Die ältere der beiden sagte: »Damit fangen wir gar nicht erst an — hm?«

»Ganz meine Meinung. Wann ist sie eigentlich dran im Verhandlungssaal?«

Eine der Polizistinnen drückte die Tasten eines am Gürtel getragenen Computers und übertrug das Ergebnis in ihren Sender. Nach wenigen Sekunden ertönte die Antwort in einer unangenehmen synthetischen Stimme. Sie war im Plan des Jugendrichters für morgen früh gegen zehn eingetragen.

»Dann holen Sie sie also gegen neun ab.« Crystal hatte nicht einmal hingesehen, wer jetzt sprach; sie wußte nur, daß die Stimme streng und männlich war, die eines Gefängniswärters. »Bis dahin haben wir auch den Beweis für Sie.«

Bißchen voreilig, diese Entscheidung, was?

Doch sie war klug genug, das nicht laut auszusprechen. Sie war auf dem Weg hierher geschlagen worden, und ihr tat jetzt schon alles weh; sie hatte keine Lust, es noch schlimmer zu machen.

Und danach war da die Zelle. Kahle Wände. Nichts zu essen, nichts zu trinken, nicht einmal eine Liegemöglichkeit oder etwas, mit dem sie sich hätte einwickeln können: lediglich eine Toilettenschüssel aus Porzellan in der Ecke, ohne Brille darauf. Das widersprach den AIDS-Bestimmungen, doch seit wann befolgte diese beschissene Regierung die Gesetze, die sie erließ? Außerdem gab es sowieso jede Menge Lücken darin. Da sie noch minderjährig war, hätte sie Anspruch darauf gehabt, in dieser schwierigen Lage eine für sie zuständige erwachsene Person zur Seite zu haben, doch als sie versuchte, darauf zu beharren …

Irgendwie gelang es ihr zu schlafen; sie trank einen Becher mit fadem Tee, der ihr Frühstück darstellte, erschien anderthalb Stunden später, als die *wundervollen* Computer von New Scotland Yard verkündet hatten, vor Gericht, wurde zu einer Strafe von zehntausend Pfund verurteilt, die sie nicht bezahlen konnte, ersatzweise zu einer Haftstrafe, weil sie einen ›biologischen Anschlag‹ auf einen Freier verübt hatte (das war ein Relikt aus den angsterfüllten Tagen, als AIDS-Opfer manchmal absichtlich die Krankheit weitergaben und entsprechende Bekenntnisse mit Lippenstift auf dem Badezimmerspiegel hinterließen); und um drei Uhr nachmittags war sie in der Krankenstation einer Jugendhaftanstalt zur Zwangsbehandlung einer der Meldepflicht unterliegenden Krankheit.

Kaltblütig überlegte sie, was von den Dingen um sie herum sie am besten als Waffe benutzen könnte — zerbrochenes Glas zum Beispiel, oder gebrauchte Spritzen. Dann beruhigte sie sich etwas, da ihr einfiel, daß es ihr in wenigen Tagen möglich wäre, sich ohne Gewalt, nur durch Überredungskraft, sich den Weg hier heraus zu bahnen.

Das Warten würde nicht leicht werden. Doch sie würde es hinter sich bringen. In der Zwischenzeit: kleine Brötchen backen.

Ganz kleine.

Selbst als ein widerlicher Geistlicher mit einer hohen, weinerlichen Stimme aufkreuzte und ihr erklärte, daß sie ein Instrument des Satans sei und ihre Bestrafung verdiente.

»Knight!«

Sie zuckte zusammen und drehte sich blitzartig um.

»Geh ins Büro des Gefängnisgeistlichen! Du hast Besuch!«

Ihr Herz sackte herab. *O nein! Ausgerechnet jetzt, da ich merke, wie die Kraft wiederkommt! Morgen wäre ich in der Lage, sie wirkungsvoll einzusetzen! Ich möchte wetten, er hat Missionare angeheuert, die meine Seele retten sollen!*

Doch sie gehorchte lammfromm. Selbst während ihrer Periode glaubte sie noch genügend von ihrer Begabung übrigbehalten zu haben, um das Schlimmste abzuwenden, das andere sich für sie ausgedacht haben könnten, wenn sie auch keine direkten Befehle erteilen konnte.

Was ihr dann allerdings widerfuhr, war etwas ganz anderes, als sie erwartet hatte. Sicher, der Geistliche war in dem Raum anwesend, dünn und mit gebeugten Schultern an seinem Schreibtisch sitzend. Doch Crystal würdigte ihn kaum eines Blickes. Ebenfalls zugegen waren zwei erwachsene Unbekannte ... und ein Junge, etwa in ihrem Alter.

Er besaß die MACHT.

Sie hätte nie gedacht, daß sie so stark sein könnte.

Und auch nicht, daß außer ihr noch jemand sie besitzen könnte.

Während der Dauer von fünf beschleunigten Herzschlägen war sie gleichzeitig entsetzt und enttäuscht: das erstere, weil sie das Gefühl hatte, etwas ganz Intimes von ihr selbst sei wie zu einer Versteigerung öffentlich zu Markte getragen worden, um von gierigen, aufdringlichen Händen begrapscht zu werden; das letztere, weil sie sich gewünscht hätte, wenn eine derartige Begegnung schon stattfinden mußte, daß sie selbst dann wenigstens in Bestform gewesen wäre, damit es zu einem gerechten Wettstreit zwischen Gleichen kommen könnte.

Und dann merkte sie, daß das sowieso immer unmöglich gewesen wäre.

Nein, mehr als unmöglich. Unnötig.

Denn er stand auf ihrer Seite ...

Sie rang nach Luft und schwankte nach vorn; dann wurde sie ohnmächtig.

Obwohl sie rasch wieder zur Besinnung gebracht wurde, blieben ihr nur Fragmente dessen, was danach in sie einsickerte, in Erinnerung. Sie entsann sich einiger Worte, die der Geistliche in seiner widerwärtigen Stimme gesprochen hatte, und es wäre ihr lieber gewesen, wenn sie nicht an die Houyhnhnms* gedacht hätte ... doch in ihrem Leben hatte es schon so viele Yahoos**

---

* Edle und **niederträchtige Gestalten aus Swift: *Gullivers Reisen.*

gegeben, daß sie es nicht verhindern konnte. Demzufolge: Fragmente

»... scheint es, daß Mr. Shay eine Zufluchtsstätte für solche bedauernswerten Geschöpfe wie dich ... leider ist es keine religiöse Stiftung ... dessen ungeachtet, bei den gegenwärtigen Verhältnissen mit überfüllten Gefängnissen ... hat die Strafe bezahlt und sich dafür verbürgt, dich behandeln zu lassen ... unterschreibe hier, dann können wir damit zum Anstaltsleiter gehen ...«

(Später war sie nicht in der Lage zu unterscheiden, was der Geistliche und was David Shay gesagt hatte, und was der Anstaltsleiter, falls er überhaupt etwas von sich gegeben hatte, und was ihr eigener, drogenverwirrter Geist ihr vorgaukelte, um die Lücken zu füllen. Um die Syphilis zu heilen, die sich als sehr hartnäckig erwies, waren ihr von Fremden jede Menge Spritzen verpaßt worden, und manche von ihnen genossen den Schmerz, den sie ihr mit der Nadel zufügten. Dabei war sie erst seit zwei Tagen hier. Also wie ...? Also warum ...?)

Sie brabbelte diese Fragen immer noch vor sich hin, als sie auf dem Rücksitz des Rolls-Royce saß, eine Tasche mit ihren wenigen Habseligkeiten auf dem Schoß. David, der neben ihr saß, wies seine vorn sitzenden Eltern an, die Fenster zu öffnen, was sie taten, obwohl es kalt war und Regen drohte. Er erklärte, damit verhindern zu wollen, daß Crystal wieder ohnmächtig würde. Seine Stimme klang mitfühlend, und sie fühlte sich geborgen.

Doch als sie ihn aus Dankbarkeit umarmen wollte, schob er sie mit mürrischem Gesicht weg.

»Du«, stellte er erbarmungslos fest, »bist eine Fotze!«

Und mit einer angewiderten Handbewegung löste er ihren Griff von sich.

»Was ...? *Was ...?*« Crystal war wieder kurz davor, in Tränen auszubrechen.

»Eine Fotze! Die minderwertigste Version einer Frau! Ich hatte mir etwas Besseres erhofft, als ich mich auf die Jagd machte — egal! Aber da du nun mal diese Begabung hast, die wir gemeinsam besitzen, solltest du sie nicht in der *Prostitution* verschwenden!«

Sie hatte das Gefühl, als sei alle Luft aus ihrer Lunge gewichen — als befände sie sich in einem Raumschiff, das von einem Meteor getroffen war. Sie versuchte mit einem Aufstöhnen sich über Davids Schoß zu werfen; er schob sie grob weg.

»Berühre mich nicht!« befahl er. »Und auch sonst keinen von uns! Nicht, bevor du von allen Geschlechtskrankheiten geheilt bist!«

Und er wich in die andere Ecke des Rücksitzes zurück, um sich anderen, wichtigeren Geschäften zuzuwenden. Zusammengekauert in ihrer Ecke, versuchte Crystal, einen Sinn in dem zu erkennen, was er tat. Der Rolls war nicht nur mit einem Telefon ausgestattet, sondern auch mit einer Einrichtung, um über Fernverbindung Zugang zu einem Computer zu haben, und das nutzte David in diesem Moment aus. Sie vertrieb die Tränen durch mehrmaliges Blinzeln und litt unter den wiederkehrenden Erinnerungen. Der letzte Wagen, den sie mit einer so verschwenderischen Ausstattung gesehen hatte, war der Jaguar von Winston Farmer gewesen — und selbst daran hatte sie nicht erkannt, wie reich er war, sondern erst, als er vor Gericht erschien.

Wo sie zum Glück nicht hatte aussagen müssen. Die Tatsache, daß er mit zwei Kilo Crack geschnappt worden war, reichte aus ...

Einen Moment lang wurde sie von Panik gepackt, Gefühl überwog Vernunft. Waren diese merkwürdigen Menschen vielleicht frühere Kunden, darauf bedacht, sein Geschäft zu übernehmen?

Als ob David ihre Reaktion gespürt hätte, schnauzte er sie an: »Halt den Mund!«

Aber sie hatte doch gar nichts gesagt! Vielleicht sollte

sie zur Abwechslung einmal zuhören. Sie gab sich große Mühe, sich zu konzentrieren, und hörte:

»Wie lautet der Name? … Ja, ich habe den Nachnamen mitbekommen. Aber der Vorname? Aha, verstanden. Garth!«

Daraufhin brachte er einen Taschenmerker zum Vorschein und gab eine Erinnerungsstütze für sich selbst ein, und schließlich übertrug er per Fernbedienung die Information in einen Computer.

Erschöpft lehnte sich Crystal zurück in die weichen, sie wohlig umfangenden Polster des Wagens, ohne auf die Strecke zu achten, der er folgte, doch den Unterschied zwischen dieser Umgebung und dem frostig-kahlen Gebäude, das sie verlassen hatte, genießend. Sie wartete, bis David fertig war, dann wagte sie die schüchterne Frage: »Wie hast du mich gefunden?«

»Über den NPC natürlich«, seufzte er. Und fügte grausamerweise hinzu: »In Anbetracht der Tatsache, daß du wegen Verbreitung von Syphilis im Gefängnis warst, vielleicht keine ganz so gute Idee.«

Sofort brach sie wieder in Tränen aus. Niemand hatte seit dem Tod ihrer Eltern mit solcher Autorität mit ihr gesprochen. Ihre Tante und ihr Onkel waren schroffer gewesen, doch sie hatte ihnen keinen Respekt entgegengebracht. Dieser Junge jedoch, gleich von Anfang an …

Sie brachte mühsam hervor: »Das war meine einzige Hoffnung!«

»Die alten Böcke fertigzumachen?« — mit beißender Ironie.

»Nein, zu überleben!«

Es entstand eine Pause.

Unterdessen war vorn Mr. Shay weiterhin mit dem Fahren beschäftigt, und Mrs. Shay tat nach wie vor so, als wäre ihr alles, was geschah, vollkommen gleichgültig. Es war eine Tatsache. Crystal wußte es, sie war nicht auf Vermutungen angewiesen. Ihre Periode neigte sich dem Ende zu, und ihre Begabung — ihre Macht — stellte sich nach und nach wieder ein.

Obwohl sie nicht erwarten durfte, daß sie Davids Niveau jemals erreichen würde.

Endlich streckte David den Arm zu ihr herüber und tätschelte ihr unter Seufzen die Hand, wenn auch nur ganz kurz.

»Willkommen, Schwester«, sagte er kaum hörbar.

»Was sagst du da?« Sie richtete sich kerzengerade auf.

»Du hast wohl gedacht, du bist die einzige?«

»Ich verstehe nicht!«

Anscheinend ignorierte er ihre Worte und fuhr fort: »Das habe ich lange Zeit auch gedacht, und genauso war es bei … vergiß es! Du wirst sie bald kennenlernen. Ich wünschte nur, du hättest den Scheißern nicht den biologischen Krieg erklärt und dich selbst in Gefahr gebracht …«

»Das hab' ich *nicht!*« Crystal schrie es beinah.

Er sah ihr mit dunklen, eindringlichen Augen forschend ins Gesicht, während sie sich mit aller Kraft bemühte, ihn glauben zu machen, was sie gesagt hatte.

Und sie siegte. Vielleicht war ihre Magie schon soweit zurückgekehrt. Denn er entspannte das Gesicht zu einem Lächeln.

Doch was er dann sagte, war nicht das, was sie erwartet hatte …

»Ach was, zum Teufel. Wir konnten ja nicht alle Glück haben, nehme ich an. Statistisch gesehen mußte mindestens eine darunter sein, die auf den Strich ging und sich nicht um Krankheiten scherte …«

»Aber so ist es doch nicht!« fuhr sie auf. »Ich habe mein AIDS-Zertifikat! Und ich habe eine Stange Geld für Schutzimpfungen ausgegeben!«

Er sah sie mit einem strengen, düsteren Blick an.

»Und in deinem Denken war nur Platz für eine einzige Krankheit? Hast du vergessen, daß es Syphilis gibt und Gonorrhoe und Weicher Schanker und allerlei Viren und Pilze, die du hättest übertragen können und sehr wahrscheinlich auch hast?«

Crystal weinte. Sie wußte nicht genau, warum, aber vielleicht lag es daran, daß dieser fremde Junge sich viel mehr wie ihr Vater anhörte als ihr Onkel, der sie widerwillig bei sich aufgenommen hatte. Mit großer Anstrengung brachte sie heraus: »Was, zum Teufel, hätte ich denn sonst tun sollen, um am Leben zu bleiben?«

»Zum ersten Mal«, sagte David Shay und hörte sich merkwürdig erwachsen an — es hätte einem der Begriff patriarchalisch dazu einfallen können —, als er die Worte aussprach: »Hast du wirklich die Chance zu *leben*. Und das gleiche gilt für ... Nein, das hat Zeit. Du wirst es in Kürze erfahren.«

Der Wagen glitt über eine vielspurige Autobahn und fegte kleinere Fahrzeuge zur Seite wie ein Schnellboot, das Ruderboote verscheucht.

»Wir werden uns vollends miteinander bekannt machen, wenn du geheilt bist«, fuhr David schließlich fort. »In der Zwischenzeit scheint mein Suchprogramm noch jemanden von unseren Geschwistern ausfindig gemacht zu haben.«

Was?

Doch sie bat ihn nicht um eine in Einzelheiten gehende Erklärung. Seine Macht ... O Gott! Sie hätte nie vermutet, daß die Magie so stark sein könnte! Überzeugend, ja — überredend, ja! Aber nicht *stark*.

Und doch ...

Zum ersten Mal seit Monaten setzte sie sich mit der Tatsache, die sie so lange Zeit und so oft in die hinterste Ecke ihres Denkens verbannt hatte, auseinander, daß zwischen ihr und den anderen Menschen ein Unterschied bestand. Manchmal hatte ihr ihre Begabung Angst gemacht, selbst wenn sie sie zu ihrem eigenen Vorteil anwandte. Doch im Grunde fürchtete sie sich davor, *einzigartig* zu sein — ein Ausnahmefall, ein Mutant, ein Monster.

Wenigstens war sie das nicht. Hier war David als Beweis. Und er hatte die Möglichkeit angedeutet, daß es noch weitere …

Nach und nach, während der Wagen dahinbrummte, entspannte sie sich immer mehr, und als sie an ihrem Ziel angekommen waren, war sie in der Lage, zu lachen und vor unverhohlener Begeisterung in die Hände zu klatschen.

Hier ist der Sender TV-Plus. Es ist Zeit für die Nachrichten.

Viele tausend Morgen Weizenfelder im Talbecken des Colorado River in Amerika sind bedroht, nachdem aus einem natürlichen unterirdischen Reservoir Salzwasser in den Boden eingesickert ist. Hydrogeologen waren der Ansicht, daß es sich um Süßwasser handelte. Das mag vor zehn Jahren noch gestimmt haben, als zum letzten Mal Probebohrungen vorgenommen wurden, doch in der Folgezeit ist offenbar Salzwasser durch durchlässige Gesteinsschichten eingedrungen. Weitere Einzelheiten dazu folgen später.

In einer Ansprache bei einer Versammlung in Westdeutschland, veranstaltet von den Nachfahren der Soldaten, die im Zweiten Weltkrieg umgekommen sind, würdigte General Sir Hampton Thrower die Tapferkeit der Gefallenen …

»Miss Morris? Vom *Comet?* Bitte, kommen Sie doch herein, nehmen Sie Platz!«

Geklappt!

Im Geiste konnte Claudia immer noch Peters aufgeregte Stimme am Telefon hören, als seine vage Erinnerung nach zwei Tagen angestrengten Bemühens nicht mehr vage war. Und das war nun die Person, zu der sie sie geführt hatte: Dr. Ada Grant, die bei Chinn-Wilkinson gearbeitet hatte, jedoch zu der Zeit, als Peter Samenspender war, noch nicht als Partnerin, und die jetzt als Direktorin die wahrscheinlich bekannteste Klinik zur Behandlung von Unfruchtbarkeit in London leitete. Hager, mit länglichem Gesicht, kurzgeschnittenem dunklen Haar, bekleidet mit einem strengen, halblangen weißen Kittel und einem engen schwarzen Rock. Ein rot-weiß-blaues Band war an den Brustteil des Kittels gesteckt — aber man begegnete diesem Emblem heutzutage überall. (Sogar Peter …)

Jetzt wartete sie neugierig darauf, daß Claudia den Grund ihres Kommens erklären würde.

Sie war aufgeregt, natürlich, doch Jake Lafarge hatte ihr ausgiebige und außerordentlich nützliche Hinweise gegeben, und sie merkte, wie ihre Nervosität nachließ, als sie sich setzte, ihren Taschenrecorder zum Vorschein brachte und zunächst die Umgebung in Augenschein nahm, bevor sie das vorgesehene Interview durchführte. Ein unpassendes High-tech-Büro war hinter der georgianischen Fassade des Hauses eingerichtet worden — in Marylebone, ungefähr eine halbe Meile von dem traditionellen ›Ärzte-Viertel‹ zwischen Harley Street und Wimpole Street entfernt, wo Peter seine zehn anonymen Kinder gezeugt hatte; das lag daran, so war ihr erklärt worden, daß die Mieten dort inzwischen die Praxisbetreibung für jeden Arzt, dessen Patienten keine Millionäre waren, ausschloß.

Zugegebenermaßen war es heutzutage, bei dem ständig fallenden Wert des Geldes, entschieden leichter, Millionär zu sein ...

Sie zwang sich, ihre Konzentration wieder auf wichtigere Dinge zu richten.

»Zunächst möchte ich Ihnen danken, daß Sie mir Ihre wertvolle Zeit opfern«, sagte sie, während sie den Recorder einschaltete und auf den Schreibtisch der Ärztin stellte. »Oh — haben Sie etwas dagegen?«

Ein kurzes Kopfschütteln und: »Nein, überhaupt nichts.«

»Vielen Dank. Nun, ich bin sicher, daß Sie sehr beschäftigt sind, ich werde also nicht mehr Zeit als nötig mit meiner Vorrede vergeuden, doch ich fürchte, ich muß Ihnen etwas an Hintergrundinformationen geben, bevor ich anfange, Fragen zu stellen.«

Die Lügen, unter Jakes erfahrener Anleitung geschliffen und gefeilt, kamen ihr mühelos über die Lippen.

»Sehen Sie, mein Chefredakteur hat vor kurzem einen Brief von einer Frau erhalten, die ein Kind durch künstliche Befruchtung empfangen hatte — durch AID natürlich, bevor der Zufall diesen Buchstaben eine andere Bedeutung gab. Offen gesagt, ich meine, sie hätte sich besser an die Kummertante einer Frauenzeitschrift wenden sollen, doch sie ist *Comet*-Leserin, also ...

Ich kenne natürlich nicht alle Einzelheiten, doch anscheinend geht es im wesentlichen um folgendes: Ihr Sohn ist jetzt einiges über zehn Jahre alt. Sie und ihr Ehemann hatten eigentlich vorgehabt, ihm ungefähr in diesem Alter die Wahrheit zu sagen, aber offenbar hatten sich die Dinge nicht allzu günstig entwickelt, und sie hatte Angst, daß er, wenn sie es täten, besessen wäre von dem Drang herauszufinden, wer sein ... ah ... biologischer Vater ist. Da man heutzutage nicht mehr allzuviel über künstliche Befruchtung weiß — Entschuldigen Sie, ich bin absoluter Laie auf diesem Gebiet, doch ich habe den Eindruck, daß sie buchstäblich über Nacht aus der Mode kam, als AIDS die Szene bestimmte. Ist das so?«

Dr. Grant lehnte sich zurück, mit nachdenklicher Miene und aneinandergelegten Fingerspitzen.

»Es ist sicher wahr, daß AIDS eine spürbare Auswirkung hatte. Vor allem dank der Medien, wenn Sie diese Bemerkung entschuldigen wollen, entstand viel Panik, und zukünftige Eltern zögerten immer mehr, den Samen eines anonymen Spenders zu akzeptieren. Andererseits kamen noch etliche andere Faktoren hinzu. In erster Linie natürlich die Entwicklung der In-vitro-Befruchtung. Sofern der Ehemann nicht gerade überhaupt keine lebensfähige Spermata hat, können wir heute ein Ei der Frau nehmen und buchstäblich einen Embryo herstellen, der der natürliche Sprößling beider Elternteile ist. Dann wird er wieder implantiert, und mit etwas Glück entwickelt er sich normal.«

»Aber das sind alles verhältnismäßig neue Methoden?«

»Wie neu ist ›neu‹ in diesen Zeiten?« entgegnete Dr. Grant mit einem dünnen Lächeln. »Es ist gut ein Jahrzehnt oder so her, seit wir ein Stadium erreichten, in dem offenkundig wurde, daß die künstliche Befruchtung zwangsweise bald überholt sein würde. Damals zum Beispiel, als ich anfing, mich auf diesem Gebiet zu betätigen und in der ehemals berühmten Klinik Chinn-Wilkinson arbeitete, leistete AID zweifellos einen wertvollen Dienst an der Gemeinschaft. Weit über dreitausend Schwangerschaften wurden jedes Jahr erfolgreich in die Wege geleitet, allein in Großbritannien. Nur in der Chinn-Wilkinson-Klinik führten wir im Durchschnitt jährlich schon vier- oder fünfhundert durch. Das bedeutete fast tausend zufriedene neue Eltern.«

»Und das nur in einer Klinik? Das ist sehr eindrucksvoll.« Claudia hoffte, daß ihr Ton von Überzeugungskraft getragen war. »Bitte, sagen Sie mir doch — nur interessehalber —, hatten Sie so etwas wie eine typische Klientel? Es liegt auf der Hand, daß sich die einzelnen Fälle voneinander unterschieden, aber kann man verallgemeinernd Parallelen feststellen?«

»Ja!« antwortete Dr. Grant unverzüglich mit Nachdruck. »Die Leute, die in die Chinn-Wilkinson-Klinik kamen, waren genau von der gleichen Sorte wie die, die uns jetzt hier aufsuchen: Ehepaare in geordneten Verhältnissen, mindestens seit fünf Jahren verheiratet, oft sogar seit zehn. Sie haben auf die herkömmliche Weise versucht, ein Kind zu bekommen; sie haben sich an Beratungsstellen für Unfruchtbare gewandt, neigen aber dazu, Hormonpräparaten wegen der Gefahr der Mehrlingsgeburten zu mißtrauen — wir wenden sie manchmal an, aber nur selten, und zwar aus genau dem gleichen Grund —, und sie haben es mit Alternativen versucht, zum Beispiel mineralischen Substanzen. Recht häufig haben sie das ganze Spektrum alternativer Methoden abgegrast — von Akupunktur und sogar Handauflegen — ich bitte Sie! — bis zu Naturkräutern und Homöopathie. Sie sind fest entschlossen, so kann man sagen. Sie wollen ein Kind! Ich kann mich an einige Fälle erinnern ... Nun, ich denke, ich sollte nicht so über Menschen reden, denen es sicher sehr ernst ist, aber es ist eine traurige Tatsache, daß viele von ihnen nicht wissen, auf was sie sich einlassen. Um es deutlich zu sagen, einige der Leute, die sich schließlich an uns wenden, haben bereits doppelt soviel Geld für Techniken ausgegeben, die nicht halfen, als es gekostet hätte, wenn sie von Anfang an zu uns gekommen wären.«

»Wollen Sie damit sagen, daß das ein Bereich ist, in dem die Moral einiger Praktiker — nun, sagen wir, nicht die höchste ist?«

»So etwas würde ich niemals sagen«, erwiderte Dr. Grant lächelnd. »Ich ziehe es vor, es dabei zu belassen. Aber kommen wir nicht ziemlich weit vom Thema ab?«

»Ja, natürlich. Verzeihen Sie.« Claudia zwang ihre Gedanken wieder zurück zu der erfundenen Mutter, die sich wegen ihres künstlich empfangenen Sohnes Sorgen machte. »Was ich also vor allem herausfinden muß, ist, wie die Kartei der Spender geführt wurde. Wie wurde das zum Beispiel damals in der Chinn-Wilkinson-Klinik gehandhabt? Waren die Daten im Computer gespeichert?«

Dr. Grant blickte ihre Besucherin lange Zeit forschend an, wobei ihre dünnen Finger immer noch dachförmig aneinandergelegt waren. Schließlich sagte sie: »Darf ich eine Vermutung aussprechen? Sie, oder Ihr Chefredakteur, sind nicht so ganz durch den Brief dieser Frau überzeugt worden. Sie haben den Verdacht, daß sie ein schillerndes Seemannsgarn gesponnen hat. Viel wahrscheinlicher ist der Grund für ihre Besorgnis, daß sie befürchtet, der biologische Vater ihres Sohnes könnte von der fixen Idee besessen sein, daß er einen Sprößling hat, den er noch nie gesehen hat, und den Versuch unternehmen, die Empfängerin seiner Gene zu finden. Habe ich recht?«

»Allerdings, genau in diese Richtung gingen unsere Gedanken«, murmelte Claudia und versuchte, ihr Entzücken zu verbergen. Eine Reaktion, die sie erst nach längerer Vorarbeit erwartet hatte, setzte bereits nach dem ersten kleinen Anstoß ein. »Natürlich respektieren wir vollkommen die Schweigepflicht ihres Berufsstandes, doch nachdem inzwischen die Leben von so vielen Menschen in Computern gespeichert sind und es andauernd Meldungen darüber gibt, wie Geheimnisse durch Hacker gelüftet und häufig mißbraucht werden, sogar für Erpressungen — und da die Daten zweifelsfrei in Computern gespeichert waren ...« Sie ließ den Satz verebben.

»Nun ja, es mußten bestimmte Daten festgehalten werden, das versteht sich«, sagte Dr. Grant nach einer Weile. »Zum Beispiel durfte es ja nicht passieren, daß ein schwarzes Baby in einer weißen Familie auftauchte, oder umgekehrt. Und in der Tat haben wir sie während der letzten paar Jahre im Computer gespeichert. Doch sie waren für keinen Außenstehenden abrufbar. Sie waren ausschließlich für den Gebrauch innerhalb der Klinik bestimmt.« Dr. Grant ließ die Arme sinken und blickte herausfordernd über den Schreibtisch.

»Das heißt also, wenn in der Klinik ein Brand ausgebrochen oder — na — sagen wir mal ein Bombenanschlag auf sie verübt worden wäre, zum Beispiel von einer extremistischen religiösen Gruppierung — dann hätte es keine weiteren Kopien gegeben?«

Claudia wartete gespannt auf die Antwort.

»Ah ...« Die Ärztin schien sich plötzlich unbehaglich zu fühlen. »Na ja, um offen zu sein, wir pflegten damals eine Kopie unserer Daten in ein kommerzielles Speicherzentrum einzugeben, eines, das sich auf den medizinischen Bereich spezialisiert hatte, und dort werden sie immer noch aufbewahrt für den Fall, daß ich jemals darauf zurückgreifen muß. Aber ...«

Claudia verspürte ein Kribbeln im Nacken. Sie beugte sich vor. »Entschuldigen Sie, wenn ich Sie unterbreche. Doch dem, was Sie soeben sagten, entnehme ich, daß Sie den Betrieb der Chinn-Wilkinson-Klinik sozusagen als Erbin weiterführen?«

»Ich ... ah ... ja, in der Tat übernahm ich die Geschäfte, als sich die Partnerschaft auflöste. Das ist öffentlich bekannt. Es war eine Frage der neuen Spezialisierung, mehr als alles andere ... Darf ich zu Ende sprechen?«

»Bitte!«

»Wie gesagt, das Datenenter — mit dem wir immer noch zusammenarbeiten — genießt einen hervorragenden Ruf. Die meisten der Befruchtungs-Kliniken in diesem Land — und übrigens auch ein Großteil der ausländischen — haben ihm ihr Vertrauen geschenkt, weil es außergewöhnlich gut gesichert ist und es keinen Weg gibt, daß irgendein Hacker eindringen könnte, so kompliziert ist sein Paßwortsystem. Nehmen Sie zum Beispiel meinen eigenen Fall. Jemand müßte bei mir zu Hause einbrechen oder bei meiner Oberschwester, und die Paßwortliste stehlen, dann müßte er sie dechiffrieren — wir beide haben sie in einer Geheimschrift niedergelegt, die wir jeweils selbst erfunden haben, und jede von uns kann die der anderen nicht lesen —, und anschließend müßte er oder sie die Datenbank davon überzeugen, daß er oder sie tatsächlich ich oder meine Oberschwester ist. Was nicht leicht sein dürfte. Außerdem geht der Fluß ganz streng nur in eine Richtung. Nicht einmal bei der Datenbank gibt es einen einzigen Menschen, der sich von außen Zugriff auf unsere Dateien verschaffen kann ... Hm! Da fällt mir gerade etwas ein. Ich frage mich, ob ich drankomme. Es wurde früher in diesem Aktenschrank dort drüben aufbewahrt.«

Sie erhob sich und zog die untere Schublade des Schrankes auf. Claudia wartete gespannt. Einen Augenblick später gab die Ärztin einen zufriedenen Ausruf von sich und präsentierte eine längliche Schachtel.

»Das sieht sehr interessant aus!« hauchte Claudia.

»Und falls Ihre Briefschreiberin noch weitere Beweise für die Sicherheit unserer Daten braucht«, fuhr die Ärztin fort, während sie sich einem Regalbrett zuwandte, auf dem zwei Tastaturen mit einem gemeinsamen Monitor standen, »dann werden Sie jetzt eine Vorstellung von dem hohen Standard bekommen, dem wir uns verpflichtet haben.« Sie gab einen kurzen Befehl ein, und der Monitor leuchtete auf. »Das ist der Moralcodex der Internationalen Vereinigung der Befruchtungs-Institute oder IVBI, wie wir sie nennen. Jede angesehene Klinik in diesem Bereich, nicht nur in Europa, sondern auch in Nord- und Südamerika, Australien, Neuseeland, jede angesehene Klinik hält sich daran, und schon beim bloßen Hinsehen erkennen Sie, wie streng er ist.«

Tatsächlich war er ausführlich und detailliert, und Claudia hätte nicht gewagt, seine Integrität in Frage zu stellen. Nachdem sie zugesehen hatte, wie drei Bildschirmlängen davon abgelaufen waren, murmelte sie: »Ich muß noch einmal sagen: außerordentlich eindrucksvoll. Und überdies beruhigend. Kann ich einen Ausdruck davon bekommen, oder ist er vertraulich?«

»Oh, den vertraulichen Teil bekommen Sie von mir nicht zu sehen«, sagte Dr. Grant mit einem leichten Schmunzeln. »Das sind die eigentlichen Anweisungen an die Mitglieds-Kliniken, in denen erklärt wird, wie sie ihre Daten am besten schützen können. Selbstverständlich können Sie eine Kopie des übrigen Teils bekommen.«

»Gibt es ein Verzeichnis der Mitglieds-Kliniken?«

»Natürlich. Möchten Sie das auch haben? Ich bin sicher, Sie werden sich mit Ihren Erkundungen nicht auf eine einzige Klinik beschränken, andererseits bin ich ausreichend stolz auf unser Haus, um mir vorstellen zu können, daß Sie lieber über uns berichten als über unsere Konkurrenten. Ich vermute jedoch, daß Sie noch ein oder zwei Einrichtungen besuchen möchten, die nicht zur IVBI gehören und bei denen es nicht so — na ja — professionell zugeht.«

»Das Verzeichnis wäre von unschätzbarem Wert«, sagte Claudia. »Und wenn ich von einer Klinik höre, die nicht auf der Liste steht, werde ich sie mit der nötigen Skepsis behandeln.«

»Genau. Ist genug Papier vorhanden?« fragte sie mit einem Blick auf den Drucker, der auf einem Stahlrohr-Beistelltisch zu ihrer Rechten stand. »O ja, das dürfte reichen. Es wird nur einen Moment dauern.«

Der Drucker sprang geräuschlos an, und die Ausdrucke waren innerhalb von Sekunden fertig. Dr. Grant reichte sie ihr mit einem Lächeln.

»Und wenn Sie mich jetzt bitte entschuldigen würden? Ich habe Dringendes zu tun. Aber sehen Sie sich diese Aufzeichnungen an, bevor Sie gehen. Im Wartezimmer ist ein Videorecorder — links neben der Eingangstür —, und im Augenblick befindet sich niemand darin. Falls Sie noch irgendwelche Fragen haben, scheuen Sie sich nicht, mich jederzeit anzurufen.«

Während sie die Kassette ein Empfang nahm, fragte Claudia nicht ohne eine Spur von Boshaftigkeit: »Darf ich fragen, Frau Dr. Grant, haben Sie eigentlich selbst Kinder?«

»Meine Gene tragen die Erbanlage der zystischen Fibrose«, lautete die Antwort.

»Oh! — Das tut mir leid.«

»Das sollte es nicht. Ich habe mich im Lauf der Jahre damit abgefunden. Und ich habe jede Menge Patenkinder. Mehr als hundert Ehepaare schicken mir jedes Jahr zu Weihnachten Fotos ihrer Kinder. Mein halbes Wohnzimmer ist vollgepflastert damit ... Wenn die Kassette durchgelaufen ist, wird Sie meine Empfangsdame hinausgeleiten. Guten Tag!«

Später erhielt Claudias Stolz einen herben Dämpfer, als Bernie die Auswertung des IVBI-Verzeichnisses verächtlich als etwas abtat, an das er so ziemlich als erstes gedacht hatte. Zu guter Letzt war er jedoch zufrieden, als er von der medizinischen Datenbank erfuhr, der so viele englische Befruchtungs-Kliniken angeschlossen waren, und er versprach, seine Hackerqualitäten sofort in dieser Richtung einzusetzen.

Ohne Vorwarnung hatten die Opfergaben an der Pforte aufgehört …

Voller Verzweiflung kaufte Roy Crowder ein paar Ferkel und ernährte sie mit dem kläglichen Futter, das seine Felder hervorbrachten, und dazu mit den im Haus abfallenden Küchenresten, die normalerweise auf dem Komposthaufen gelandet wären. Der Traum von der Selbstversorgung, den er einst gehabt und den er Tilly beschwörend nahegebracht hatte, war durch die Unmäßigkeit von Garths unaufhörlichen Ansprüchen zunichte gemacht worden. Der Junge schien einfach nicht begreifen zu wollen, wieviel bloße *Zeit* es erforderte, diesem unwirtlichen Land einen Lebensunterhalt abzuringen. Tag und Nacht war er auf der Jagd nach Informationen, Geräten, Material — und nochmals Informationen! Eine zweite Hypothek hatte ihm die Anschaffung eines Computers und eines Telefonanschlusses als Verbindung zur Außenwelt ermöglicht; jetzt sah es so aus, als bedurfte es einer dritten — unmöglich! —, um die Kosten für den regen Gebrauch, den er davon machte, zu decken …

Doch seine Eltern wagten nicht, es ihm zu verweigern, denn wenn er wütend wurde …! Seit einer Woche humpelte Tilly mit einem Bein in einem Verband von der Hüfte bis zum Knie herum, weil Garth ihr aus Unzufriedenheit mit dem Abendessen befohlen hatte, sich einen Tellervoll kochendheißer Suppe in den Schoß zu schütten.

Nein. Nicht »befohlen«. Es war etwas, das Roy in den Zwischenphasen kurzen Durchblickens, die er durch Fahrten in den nahen Marktflecken erreichte, so schrecklich vorkam. Sein Sohn ließ sich jetzt kaum noch zu offenen Befehlen herab. Er schlug nur noch vor, und zwar in einem so bezwingenden Ton, daß es plötzlich vollkommen in Ordnung zu sein schien, seinen Wünschen nachzukommen; obligatorisch, unentrinnbar.

Wie heute. Die Ferkel waren noch nicht annähernd fett genug, um den Preis zu erzielen, den Roy sich vorgestellt hatte, doch Garth hatte erklärt, daß er mehr Geld brauche, und zwar sofort. Wenn er mit in den Ort gefahren wäre und seine unbegreifliche Macht der Überredung bei den Kaufinteressenten angewendet hätte, wäre es etwas anderes gewesen.

Doch wie sich herausstellte ...

Auf dem Heimweg merkte Roy, daß er weinte. Sein Blick war so verhangen von Tränen, daß er mit dem uralten Citroen in einer scharfen Kurve von der Straße abkam, und weil es in der Nacht zuvor geregnet und weil er schwer geladen hatte, versanken die Räder im tiefen Schlamm. Hektisch versuchte er, sie auszugraben, doch es gelang ihm nicht, und schließlich erkannte er, daß er die letzten paar hundert Meter des Weges zu Fuß zurücklegen und den Schrecknissen entgegensehen mußte, die sich sein Sohn als Bestrafung für ihn ausdenken würde.

»Lieber wäre ich tot«, sprach er in die Luft. »Lieber würde ich mir die Kehle durchschneiden und mich zu meinen Schweinen gesellen.«

Aber er tat es nicht. Obwohl er ein Taschenmesser dabei hatte. Er konnte den Gedanken nicht ertragen, was Garth danach mit Tilly anstellen würde.

»Wieviel hast du für die Schweine bekommen«, fragte der Junge, ohne vom Bildschirm seines Computers aufzublicken.

»Sie sind hinten im Auto.«

»Ich habe dir gesagt, du sollst sie *verkaufen!*« Jetzt drehte sich Garth mit einem Ruck um, und sein Gesicht glich einer wutverzerrten Maske. »Warum, zum Teufel, hast du das nicht getan?«

»Niemand wagt sich an sie heran. Niemand will mehr Schweinefleisch essen, seit man AIDS bei ...«

»Du hirnverbrannter Idiot! Wer kann sich vorstellen,

daß du sie bumst? Ich glaube, du kriegst sowieso keinen mehr hoch, nicht einmal für ein Schwein!«

»Nicht ich«, sagte Roy und ließ sich in einen hölzernen Sitz fallen. Mit einemmal schien er frische innere Kraftreserven mobilisiert zu haben. Vielleicht war das ein Zeichen höchster Verzweiflung. »Du!«

»*Was?*« Garth erhob sich von seinem Stuhl und ging drohend auf ihn zu.

Die Wangen immer noch feucht von Tränen, hob Roy Crowder den Kopf und blickte seinem Sohn fest in die Augen. »Du hast gehört, was ich gesagt habe«, preßte er zwischen den Lippen hervor. »Als ich merkte, daß niemand sie kaufen wollte, war ich im Begriff, sie wieder ins Auto zu laden, so daß wir, wenn es auch eine Abkehr von unseren Prinzipien bedeutete, wenigstens etwas Fleisch zum Essen hätten und vielleicht die Haut noch verwerten könnten. Es wird behauptet, man kann vom Schwein alles gebrauchen mit Ausnahme des Quiekens ...«

»Und ...?« Garth beugte sich mit gefletschten Zähnen über ihn.

»Ein halbes Dutzend Männer verfolgte mich. Ich habe keinen von ihnen erkannt. Sie hatten sich Nylonstrümpfe über den Kopf gezogen und alte Säcke übergeworfen, um ihre Kleidung zu verbergen. Sie haben ihnen die Kehlen durchgeschnitten. Die Straße war blutüberströmt. Sie haben mich gewarnt, mich ja nie wieder auf dem Markt blicken zu lassen. Behaupteten, sie wüßten jetzt, woher du deine Macht beziehst — indem du die Tiere fickst! Das gehört zu den Dingen, die Hexen und Zauberer tun, nach den alten Riten!«

Ohne es zu beabsichtigen, hatte er sich erhoben; sein Gesicht war weißer als Papier und glänzte vor Schweiß. In diesem Moment hätte er seinen Sohn mit Vergnügen umbringen können.

»Roy?« rief Tilly ängstlich; sie war im Gemüsegarten gewesen und hatte versucht, genügend Kartoffeln für ihr Abendessen auszubuddeln. Mit dem Korb am Arm humpelte sie durch die Hintertür herein und blieb voller Entsetzen auf der Schwelle stehen.

Es entstand ein quälendes Schweigen. Doch dann unternahm sie den tapferen Versuch, wie üblich so zu tun, als sei alles normal, und sagte: »Ich habe dich gar nicht herfahren hören.«

»Ich bin nicht hergefahren. Das Auto steckt im Matsch, ein Stück die Straße runter.«

»Du hirnverbrannter Scheißkerl, du hast nicht nur unsere Schweine eingebüßt, sondern auch noch unser Auto!« Garth war jetzt außer sich vor Zorn. »Ich müßte dich eigentlich ...«

»Hallo?«

Die Stimme war die vertraute von Mr. Youngman. Mit einem Fluch auf den Lippen drehte sich der Junge um und blickte zur Tür.

Ich dachte, ich hätte es diesem Widerling ausgetrieben, uns einfach ohne Ankündigung und ohne unsere Erlaubnis zu besuchen!

Seit einiger Zeit war es ihm überflüssig vorgekommen, die Behörden davon zu überzeugen, daß er eine ordentliche Schulbildung bekam. Außerdem beanspruchte das viel Zeit und Anstrengung.

Jetzt war er jedoch hier, auf dem Weg in die Küche. Sein Gesicht war kreidebleich, und er hielt die Hände fest ineinander verklammert vor sich, als wollte er sie damit am Zittern hindern. Seine Gebärden verkündeten deutlicher als Worte: *Ich weiß, daß es dir nicht paßt, daß ich hereinkomme, aber es muß sein.*

Garth spürte, wie sich in seinem Brustkorb etwas schmerzhaft zusammenzog. Woher nahm dieser schlaffe, mit sich selbst und der Welt unzufriedene Lehrer soviel Mut? Nach so langer Zeit mußte er doch wissen, auf welche Gefahr er sich einließ. Vielleicht gestand er es sich selbst gegenüber auch nicht ein, doch er mußte erkannt haben, welche Macht Garth über Erwachsene besaß ...

Und dann erschien ein anderer Junge in der Türöffnung.

Nicht so groß wie Garth, doch mit einer Aura des Selbstbewußtseins. Teuer angezogen; seine modischen — amerikanischen — Schuhe mit Schlamm bespritzt, aber ansonsten picobello, als wäre er über Großstadtpflaster gewandert und nicht etwa über eine matschige Landstraße.

Das Gefühl des Zusammengeschnürtseins in Garths Brust wurde zur Todesqual. Er mußte sich zum Stuhl tasten und sich setzen. Aus einem Augenwinkel beobachtete er, wie seine Eltern Blicke der verstiegensten Hoffnung wechselten.

»Hallo, Garth«, hörte er. »Ich heiße David. Wir sind gekommen, um dich abzuholen.«

»Ich will nicht ...«

»Doch, Garth, du willst.« David kam näher an ihn heran, die Augen wachsam auf ihn gerichtet. Ein Brotmesser lag auf dem derben Holztisch in der Mitte der Küche; eine Sekunde, bevor Garth daran dachte, es zu packen, hatte der Neuankömmling es in die gegenüberliegende Ecke und damit außer Reichweite gestoßen.

»Komm mir nicht näher!«

Doch genau das tat er. Lächelnd streckte er einen Arm aus und strich Garth übers Handgelenk.

»Erspar dir Ärger!« riet er ihm. »Ich weiß, wer wir sind, und du nicht — noch nicht.«

Dieser Satz drang in Garths widerspenstiges Gehirn. Nach einer Weile sagte er: »Wir?«

»Ja, Garth. Auf dem Weg hierher habe ich mich mit Mr. Youngman unterhalten. Er wollte gar nicht mehr herkommen — sagte, das letztemal sei fürchterlich gewesen —, doch letzten Endes willigte er ein. Ich bin ihm also zu Dank verpflichtet; und du natürlich auch.«

Mr. Youngman schien den Sinn der Worte nicht zu begreifen. Er hatte sich in eine Ecke zurückgezogen und zitterte jetzt sichtbar. Aber wenigstens etwas war bis zu

Roy durchgedrungen, denn er fragte gepreßt: »Hast du gesagt, du bist gekommen, um Garth mitzunehmen?«

»Ja.« Ohne einen Blick zu ihm. »Ob er mitkommen will oder nicht.«

»Gott sei Dank«, sagte Roy. Und einen Augenblick später lag Tilly in seinen Armen und schüttete ihr Herz aus in Tränen der Erleichterung.

»Also los!« befahl David schroff. »Beweg dich! Du brauchst nichts mitzunehmen. Ich habe alles, was du brauchst. Und mehr!«

Ein letztes Aufbäumen. »Was bildest du dir eigentlich ein, zum Teufel? Wer bist du, um mich so herumzukommandieren?«

»Ich bilde mir nichts ein. Ich *weiß* es.«

Es entstand ein elektrisch geladenes Schweigen. Schließlich ergab sich Garth und stand leicht schwankend auf den Beinen.

»Na gut. Was immer du dir für mich ausgedacht haben magst, mieser als das Leben hier kann es nicht sein. Ich komme mit!«

Hier ist der Sender TV-Plus. Es folgen die Nachrichten.

Radioaktiver Müll aus Großbritannien, auf dem Weg zur Entsorgung in die Wüste Gobi, wurde angeblich von tibetischen Aufständischen geraubt. Hunderte von Flüchtlingen verlassen die Gegend aus Angst vor einer atomaren Verseuchung. Sowohl die britische als auch die chinesische Regierung bestreiten übereinstimmend, daß irgendeine Gefahr besteht, doch heute wurde in London ein Spezialist der Terroristenbekämpfung zitiert, der sagte: »Das ist etwas, das wir seit langem befürchtet haben. Wenn man das Zeug auf einen Berg mit der Windrichtung auf eine große Stadt zu deponiert und in die Luft jagt, dann hat man eine Katastrophe, im Vergleich zu der Tschernobyl und Three Mile Island nichts waren. Mehr darüber in wenigen Minuten.

Der erste Thrower-Kandidat, der sich für die Britische Patriotische Partei für die in der nächsten Woche stattfindenden Kommunalwahlen aufstellen ließ ...

Müde saß Peter neben Ellen und verfolgte die zweiten Abendnachrichten im Fernsehen. Wie immer, betraf das meiste irgendwelche Katastrophen oder die Aktivitäten der Königlichen Familie oder von Kabinettsmitgliedern. Seit neuestem war die obrigkeitshörige BBC dazu übergegangen, als Vor- und Nachspann ihrer Nachrichten Ausschnitte aus der Nationalhymne zu bringen. Heute hatte die Premierministerin diese Tatsache im Parlament lobend erwähnt, was zu allerlei Kommentaren Anlaß gab.

Ihn interessierte jedoch mehr eine Story mit einem medizinischen Hintergrund. Im Umkreis von Manchester hatten etliche Leute nach dem Verzehr von tiefgefrorenen Hähnchen eine Fleischvergiftung erlitten; bisher waren zwanzig Todesopfer zu beklagen, und mehr als hundert Menschen schwebten in Lebensgefahr. Jetzt hatte sich eine Gruppe radikaler Vegetarier dazu bekannt, die Hähnchen vergiftet zu haben, und drohte mit einer Wiederholung.

Der Name, den sie sich gegeben hatten, lautete »Hitlerjugend«.

»Hitler war Vegetarier, oder nicht?« sagte Ellen.

Verblüfft darüber, daß sie über etwas so Merkwürdiges Bescheid wußte, tat er sein möglichstes, um ihr im gleichen ruhigen Ton zu antworten.

»Ja, und außerdem Abstinenzler. Aber er war deswegen keineswegs gegen Sucht gefeit. Abgesehen von den Medikamenten, mit denen sein Arzt ihn und die meisten Menschen in seiner Umgebung versorgte, war er Schokoholiker. Er ...«

Das Telefon klingelte, und mit einem ärgerlichen Brummen stand er auf, um dranzugehen. In dem Moment, als er den Hörer abnahm, läutete die Türglocke.

»Ich gehe hin«, seufzte Ellen und drehte den Ton des Fernsehers ab.

»Sieh zuerst in den Monitor!« rief Peter ihr nach, doch sie tat seine Warnung mit einer Handbewegung ab.

»Ist schon in Ordnung — ich habe bereits durchs Fenster gesehen, daß es nur Claudia ist.«

Und so war es. Er hörte, wie sie Ellen im Flur begrüßte, während er ins Telefon sprach: »Levin!«

»Hier ist Bernie.«

Sofort war er ganz Ohr. Er entrang sich kaum ein Lächeln, als Claudia eintrat und sich setzte.

»Ja? Was haben Sie für uns?«

»Ein paar gute Neuigkeiten, ein paar schlechte. Können wir uns treffen?«

Peter zögerte. »Wissen Sie, meine Partnerin ist in diesem Moment gekommen.«

»Dann komme ich zu Ihnen. So schnell ich kann.«

»Okay.«

Obwohl er das nicht für eine allzu gute Idee hielt ...

Ellen, in ihrer Rolle als Gastgeberin, brachte Claudia ihren üblichen Whiskey on the Rocks mit einem Spritzer

Wasser. Während sie den Drink mit einem knappen Danke entgegennahm, fragte sie, wer angerufen habe.

»Bernie. Er kommt her.«

Sofort war ihre Aufmerksamkeit voll erweckt. »Hat er etwas Neues für uns?«

»Etwas Gutes und etwas Schlechtes, sagt er. Was gibt es bei dir Neues?«

Claudia zögerte einen Moment lang, bevor sie antwortete. Als ob sie einen Hinweis bekommen hätte, erhob sich Ellen und murmelte: »Entschuldigt mich.«

»Ich wollte dich nicht vertreiben!« rief Claudia ihr nach.

»Das hast du nicht«, sagte Ellen mit fester Stimme. »Aber ich habe eine Menge Hausaufgaben zu machen.«

Und doch ließ sie eine Atmosphäre von Eindeutigkeit zurück ...

Mit betroffener Miene setzte Claudia ihr Glas ab, ohne einen Schluck genommen zu haben. Sie sagte: »Habt ihr Probleme? Ich dachte, nachdem wir — wie lautete noch die starke altmodische Formulierung, die du gebraucht hast — unser Projekt am Fahnenmast hochgezogen und sie zum Salutieren gebracht hatten, lief alles glatt.«

»Ich glaube, ihr steht im Moment der Sinn nicht nach Gesellschaft. Sie ist traurig, weil sie den heutigen Abend eigentlich mit einer Schulfreundin hätte verbringen sollen. Doch der Vater des anderen Mädchens wollte nicht, daß seine Kinder Umgang mit Niggern haben!«

»O *nein!*«

»O ja!« Mit grimmigem Gesicht ließ Peter Eiswürfel — klack! klack! — für sich selbst in ein Glas plumpsen. »Ich sage dir, ich weiß nicht, was aus diesem Land noch werden soll!« Er goß sich eine großzügige Doppelportion Whiskey über das Eis. Danach waren nur noch ein paar Tropfen in der Flasche, die er in Claudias Glas schüttete, bevor er sie leer in den Abfalleimer warf. *Sehr wahrscheinlich war das die letzte für lange Zeit ...*

Während er sich setzte, schloß er in verbittertem Ton: »Eins steht jedoch fest. Wenn die Kraftwerksarbeiter im nächsten Winter versuchen zu streiken, werden sie von der Armee an die Arbeit getrieben.«

»Wer sagt das?«

Er machte eine Handbewegung in Richtung Computer. »Ellen geriet gestern zufällig an diese Information. Sie ist inzwischen besser als ich im Aufspüren der Stellen, wo die Maulwürfe ihren Dreck abladen. Das hat sie von einer Tafel erfahren, von deren Existenz ich nicht einmal wußte — ganz zu schweigen davon, wie ich mir kostenlosen Zugriff darauf verschaffen könnte.«

»Und du glaubst solche Gerüchte?«

»Immer mehr Staatsbedienstete sind von der Regierung so sehr angewidert, daß sie ihren Job aufs Spiel setzen und sogar Gefängnisstrafen riskieren, um die Pläne ihrer Oberen zu durchkreuzen. Dies ist nur der letzte von vielen ähnlich gelagerten Fällen. Man kann an der Heftigkeit der Dementi, die solchen Verlautbarungen folgen, ermessen, wie ernst man sie nehmen muß. Diese hier wurde bereits mit einem fast hysterischen Aufschrei dementiert, so daß ... ja, ich glaube es.«

Er kippte sich einen Riesenschluck Whiskey in den Rachen, an dem er fast erstickte.

»Bis jetzt ist es jedoch noch nicht passiert«, fuhr er fort, als er wieder sprechen konnte. »Wie kommst du voran?«

»Na ja, ich habe die Grant-Klinik besucht, wie du weißt, und noch eine andere, die auf der Liste steht, sowie ein paar, die nicht darauf stehen und kein bißchen weniger leistungsfähig zu sein scheinen, obwohl sie billiger sind. Und in *keinem* Fall sieht es so aus, als ob es irgendeine Möglichkeit des Zugriffs auf die Daten von außen gäbe. Sie sorgen einfach dafür, daß sie nicht ans allgemeine Netz kommen, mit Ausnahme eines blitzartigen Transfers in eine kommerzielle Datenbank. Ich hatte damit gerechnet, in einen knietiefen Sumpf von übelster Gewissenlosigkeit zu geraten — du weißt schon, skrupellose Scharlatane nutzen die Verletzbarkeit der Menschen aus —, doch in Wirklichkeit machen sie alle den Eindruck von einigermaßen ehrenwerten Leuten, die wertvolle Dienste leisten.«

»Hm!« Peter sah sie nachdenklich an. »Und ich hatte mir vorgestellt, du wärst über einen PR-Job erhaben.«

»Das kannst du weglassen!« seufzte sie und nippte an ihrem Drink. »Worauf ich hinauswill, ist, daß Jake recht hat. Es wird uns nichts anderes übrigbleiben, als zu den herkömmlichen Methoden zurückzukehren.«

»Bestechung und Erpressung meinst du.«

»Das hat er gesagt, nicht ich. Und er hat eine menschenverachtende Einstellung, dieser Typ. Nein, ich denke, der richtige Weg wäre, jemanden ausfindig zu machen — sagen wir mal, einen früheren Angestellten —, und solche Leute nach ihren Erinnerungen zu fragen. Ältere Menschen, die zurückgezogen leben, geben oft bereitwilliger Auskunft als solche, die noch im Beruf stehen. Schließlich hat das letzte Jahrzehnt mit seiner gespenstischen Ausweitung computerisierter Daten bei jüngeren Leuten zunehmend eine Paranoia ausgelöst — Bist du anderer Meinung?« — in einem eisigen Ton, denn er winkte mit seiner freien Hand ab.

»Nein, nein, nein! Ich finde nur, daß du zu vieles einfach voraussetzt.«

»Zum Beispiel?«

»Du sagtest ›einen‹ früheren Angestellten? Von jeder einzelnen Befruchtungs-Klinik in diesem Land? — Und glaubst du, sie alle würden sich als zugänglich erweisen, wenn wir sie erst ausfindig gemacht haben? Was ist, wenn sie es nicht sind?«

Es entstand ratloses Schweigen. Claudia fuhr sich mit der Hand durchs Haar, das dringend eines neuen Schnitts bedurft hätte. Sie hatte in letzter Zeit ihr Äußeres ziemlich vernachlässigt, und manchmal — wie in diesem Moment — sah ihr Gesicht wie das einer viel älteren Frau aus.

»Du hast recht«, sagte sie entmutigt. »Der Wunsch ist der Vater des Gedankens ... ich glaube, ich habe den Verlust meines hilfreichen Freundes bei der Polizei noch immer nicht ganz verschmerzt. Besonders seit der Zugriff auf Daten des NPC, den er ermöglicht hatte, auf raffinierte Weise gesperrt wurde. Hast du eine Ahnung, worüber Bernie mit uns reden will?«

Automatisch wanderte Peters Blick zum Monitor, der den Eingang überwachte. Er setzte sein Glas ab und stand auf.

»Wir werden es gleich wissen. Er kommt gerade den Weg entlang gelaufen.«

Es war weniger ein Laufen als ein Schwanken; mit einem blauen Auge, aufgeplatzter und geschwollener Lippe und dreckverschmierter Kleidung. Sie alle, einschließlich der aufgeschreckten Ellen, liefen zur Hilfe herbei; sie wischten ihm das Gesicht ab, bürsteten seine Hose ab, nahmen ihm die Jacke ab, um sie mit einem feuchten Schwamm zu säubern, dann halfen sie ihm beim Hinsetzen und gaben ihm einen ordentlich steifen Drink.

Peters und Claudias, weil sonst nichts mehr da war.

»Wer hat Sie angegriffen?« fragte Claudia.

»Wer weiß! Ich habe nur gesehen, daß sie Thrower-Bändchen trugen, aber ... Oh, sehr wahrscheinlich waren es die Prügelbubis der Special Branch. Jedenfalls haben sie ihre Arbeit sehr gründlich gemacht, und schnell.« Er stöhnte auf, als der Whiskey seine verletzte Lippe berührte.

»Aber warum?«

»Sie mögen den *Comet* nicht, damit fängt's an. Weil er es gewagt hat, die Regierung zu kritisieren, möchten sie, daß er eingeht. Und Sie mögen sie auch nicht« — er warf Peter einen Blick zu — »wegen des Aufhebens, das Sie von der Heathrow-Katastrophe gemacht haben.«

Eigenartigerweise dachte niemand bei dieser Erwähnung daran, Ellen vorzuschlagen, sich wieder in ihr Zimmer zurückzuziehen.

»Sie denken, die wußten, daß Sie auf dem Weg hierher waren?«

»Peter, Sie sind doch nicht von gestern, oder?«

Ohne eine Antwort abzuwarten, blickte sich Bernie um. »Meine Jacke?«

»Ich habe sie in die Küche mitgenommen, um den Dreck abzuwaschen«, erklärte Ellen. »Ich hole sie, aber sie ist noch ziemlich naß ...«

»Nicht nötig! Bring mir nur das Päckchen in der rechten Tasche; es ist in einen weißen Plastikbeutel eingewickelt.«

Einen Moment später: »Hier!«

»Danke. Peter, wissen Sie, was das ist?« Bernie öffnete den Beutel und brachte ein handtellergroßes, batteriebetriebenes Gerät zum Vorschein, auf dem rote und grüne Lämpchen angebracht waren.

»Ein Wanzen-Jäger«, sagte Peter mit einem Nicken.

»Noch besser. Ein Vertilger. Soll ich mal damit durch die Wohnung gehen?«

»Nein, das mache ich.« Plötzlich fühlte sich Peter — genau wie Claudia — entschieden älter, als er tatsächlich war; er stand mühsam auf. »Ich kann nur sagen, hoffentlich findet er nichts.«

»Sauber. Was mich einigermaßen überrascht.« Er schaltete das Gerät aus und warf es Bernie in den Schoß.

»Mich auch.« Der Hacker runzelte die Stirn. »Ich hoffe, es funktioniert richtig. Ich hätte zumindest erwartet, daß ihr Telefon abgehört wird ...«

»Oh, ich habe einen Auftragsdienst, der das verhindert. Und mein Modem ist ebenfalls geschützt. Mein Gott, zu welchen Maßnahmen man heutzutage gezwungen ist, wenn man sich seine eigenen Gedanken im privaten Bereich machen will!«

»Von den Kosten ganz zu schweigen«, fügte Claudia hinzu. »Weißt du, daß es eine ganze Monatsmiete verschlungen hat, deine alte Wohnung durchsuchen und säubern zu lassen? Dort hat es wirklich Wanzen gegeben. Vier Stück.«

Peter zuckte zusammen. »Neue?«

»Dem Aussehen nach müssen sie angebracht worden sein, nachdem du ausgezogen bist. Eine der üblichen bürokratischen Meisterleistungen, nehme ich an.«

»Oder du warst gemeint«, gab Peter zu bedenken.

Sie wurde blaß. »Daran habe ich überhaupt nicht gedacht! Du hast natürlich recht. Ich werde die Kammerjäger gleich morgen noch einmal bestellen. Es widerstrebt mir, Strugmans Geld so zum Fenster hinauszuwerfen, aber was sein muß, muß ... Also, Bernie?« Sie straffte sich und drehte sich zu ihm um. »Was haben Sie herausgefunden?«

»Also gut, ich glaube, ich erzähle Ihnen am besten erst mal die schlechte Neuigkeit.« Er nippte an seinem Drink und verzog wieder das Gesicht. »Es sieht jetzt doch nicht so aus, als hätten die Bullen der Geheimpolizei die Schlupflöcher in unserem Filter gefunden.«

Sie sahen ihn verständnislos an. Schließlich wagte Claudia einen Einwurf. »Wieso ist das eine schlechte Neuigkeit?«

»Wenn es die Bullen nicht sind, wer kann es sonst sein?«

»Sie haben es schon einmal angedeutet«, murmelte Peter mit gerunzelter Stirn, »obwohl ich es nicht so ganz ernst genommen habe, daß Ihnen jemand bei allen Schritten zuvorgekommen sein könnte.«

Bernie nickte feierlich. »Genau! Und er versperrt alle Wege hinter sich!«

»Das hört sich in der Tat nicht gut an«, sah Claudia ein.

»So schlimm, wie Sie denken, aber auch wieder nicht«, erwiderte Bernie. »Ich finde Umgehungswege! Das ist langwierig und kompliziert, aber langsam fängt es an, sich zu lohnen. Und deshalb habe ich auch ein paar gute Neuigkeiten. Vielleicht sind es nicht so viele, wie Sie sich erhofft hatten, aber … Na ja, Schluß mit der falschen Bescheidenheit! Ich vermute, Sie haben keine allzu hohe Meinung von mir, aber ich schwöre, ich habe mehr ausgegraben, als jeder andere geschafft hätte!«

Claudia lächelte ihn beschwichtigend an. »Ich bin sicher, Sie haben Wunder bewirkt. Jetzt wüßten wir nur noch gern, was es für welche sind.«

Versöhnt lehnte sich Bernie zurück und blickte zur Wand gegenüber.

»Als ich mich auf die Suche nach alternativen Schritten machte, konzentrierte ich mich auf die Befruchtungs-Klinik. Es gibt keine Möglichkeit mehr, ihren Namen direkt herauszufinden, aber ich hatte ja bereits festgestellt, daß alle Kinder aus derselben Klinik stammten, nicht? Ich versuchte es also mit Assoziationen der untersten Stufe. Das hat sich bewährt.«

Claudias Haltung wurde gespannt. »Welche ist es?«

»Mit einer Wahrscheinlichkeit von neunzig Prozent lag sie in der Gegend Harley/Wimpole Street.«

Bernie machte ein Gesicht, als ob er rasenden Beifall erwartete. Er wurde enttäuscht. Claudia und Peter wechselten Blicke. Schließlich sagte Peter: »Aber Bernie, zu jener Zeit gab es in dieser Gegend fünf solcher Kliniken innerhalb einer Quadratmeile, und weitere drei oder vier ein bißchen weiter weg. Was hat Sie zu dieser weltbewegenden Schlußfolgerung gebracht?«

»Wenn Sie sich über meine mühevolle Arbeit lustig machen wollen …«

»Beruhigen Sie sich! Beruhigen Sie sich!« fuhr Claudia dazwischen. »Peter, das war taktlos! Es ist ein Anfang, ein Anhaltspunkt, immerhin. Und wahrscheinlich kommt noch etwas, nicht wahr? Ich meine, Sie haben sich doch bestimmt nicht der Gefahr ausgesetzt, zusammengeschlagen zu werden, nur um uns das zu sagen.«

»Verdammt richtig«, brummte Bernie. Er leerte sein Glas mit einem Zug und hielt es ausgestreckt hin, in der Hoffnung auf einen Nachschlag. Als Ellen die leere Flasche hervorholte, seufzte er und fand sich damit ab. »Ja, es kommt noch mehr. Die Zuverlässigkeitsrate ist niedrig, aber in Anbetracht der unzulänglichen Daten, die Sie mir gegeben haben, können Sie nicht mehr erwarten. Ich wünschte nur, ich könnte Ihnen vorführen, welche Stadien ich alle durchlaufen habe, damit Sie wüßten, wie sorgfältig ich gearbeitet habe, aber ... Nun, Sie sagten, Sie wollten es nirgends ausgedruckt haben, bevor es hieb- und stichfest ist. Deshalb bin ich gekommen, um ihnen persönlich Bericht zu erstatten.«

»Wenn Sie dann mal mit dem eigentlichen Bericht anfangen könnten ...«, schlug Peter vor.

»Oh, so was Bescheuertes! Was glauben Sie, was ich die ganze Zeit mache?« fauchte Bernie.

Mit gerunzelter Stirn gab Claudia ein warnendes Zeichen. Peter gab klein bei. Sie hatte recht. Der arme Kerl litt wahrscheinlich nachträglich unter seinem Schock. Kein Wunder, daß er so lange brauchte, um sich verständlich zu machen.

»Was sich ergab, ist nämlich«, fuhr der Hacker schließlich fort, »ein Punkt, an den Ihre üblichen Plattfußspezialisten gar nicht gedacht hätten. In diesem Stadium, verstehen Sie, ging ich immer noch davon aus, daß es die Bullen sind, die mir immer wieder eins auswischen. Also beschloß ich, mich aus der Richtung der medizinischen Statistik anzupirschen.«

Mit einemmal beugten sich Peter und Claudia gespannt in ihren Sesseln vor.

»Ich suchte nach Kindern, die durch künstliche Befruchtung empfangen und während der in Frage kommenden Zeit geboren wurden; die einheitlich die charakteristischen Merkmale aufwiesen, wie Sie sie beschrieben haben; die als Folge davon als Jugendliche vor Gericht standen. Und von da aus verfolgte ich die Spur zurück, um zu sehen, ob es irgendeine Verbindung zwischen ihnen gibt, die darauf schließen ließe, aus welcher Klinik sie stammen.

Und es gab eine Verbindung. Darüber hinaus genügte die Beschreibung ihrer körperlichen Merkmale, wenn sie auch nur oberflächlich und wenig zuverlässig war, als Hinweis darauf, daß für sie alle ein und derselbe Samenspender in Frage kommt.«

»Das ist ja phantastisch ...«, setzte Claudia an. Doch Bernie unterbrach sie mit erhobener Hand.

»Die Sache hat nur einen Haken. Es gibt zu viele von ihnen.«

Nach längerer Pause sagte Claudia: »Ich kann Ihnen nicht folgen.«

»Okay, okay! Ich werde deutlicher. Die Klinik, auf die die Indizien hinwiesen, ist die Chinn-Wilkinson-Klinik. Doch gehörte sie nicht zu den angesehensten von allen?«

»Unbedingt!«

»Ist sie nicht eine von den Kliniken, deren Berufsehrencodex später zu den Richtlinien wurde, die heute international anerkannt werden?«

»Ich glaube, Dr. Chinn hat sie mit entworfen.«

»In diesem Fall ist es so, wie ich sagte: Es gibt zu viele von den Kindern. Wenn sie alle von einem Spender abstammen, dann dürften es höchstens zehn sein. Doch wir wissen bereits jetzt von dieser Anzahl. Und ich kann mir einfach nicht vorstellen, daß wir in diesem frühen Stadium schon alle ausfindig gemacht haben! Können Sie sich das vorstellen?«

Blaß geworden sagte Claudia: »Ich habe in den Vereinigten Staaten ein laufendes Programm zurückgelassen, um das sich jetzt andere kümmern. Ich habe es in letzter Zeit nicht abgefragt, aber es ist so angelegt, daß ich ein

Zeichen bekommen müßte, wenn sich irgend etwas herausstellt. Also, vielleicht ...«

»Vielleicht haben Sie sie alle gefunden? Für mich hat das den Anschein eines Negativindizes. Was ist, wenn der Spender sich bei mehreren Kliniken verdingt hat? Ich kann mir vorstellen, daß die großzügige Bezahlung für einen Gratis-Prickel einen so was wie süchtig machen kann ... Hallo!« Bernie beugte sich angespannt in seinem Sessel nach vorn. »Peter, fehlt Ihnen etwas?«

Er hatte die Augen geschlossen und schwankte. Beunruhigt ließ sich Ellen neben ihm auf die Knie fallen und griff nach seiner Hand.

Aber er schob sie beiseite. »Nein. Mir geht es ganz gut«, sagte er mit brüchiger Stimme. »Es ist nur so, daß mir plötzlich aufgegangen ist, von wem wir sprechen!«

Und mit plötzlich erwachter Kraft schlug er sich mit der Faust in die andere Handfläche und blickte sich im Zimmer um, als hätte er es und die Menschen um ihn herum noch nie zuvor gesehen. »Ja, natürlich. Es ist der Typ, an den ich versucht habe mich zu erinnern. *Louis Parker!*«

Während einer langen, unangenehmen Weile herrschte Schweigen. Genau in dem Moment jedoch, als Claudia im Begriff war, etwas zu sagen, entspannte sich Peter und stieß ein kurzes Lachen aus.

»Tut mir leid. Aber ... na ja, ihr könnt euch doch erinnern, daß ich neulich in der Redaktion des *Comet* den Anflug eines lichten Moments hatte? Etwas lag mir auf der Zunge und wollte nicht herauskommen?«

Claudia nickte zaghaft.

»Die Erinnerung an Dr. Grant war nur die Hälfte dessen, was ich im Kopf hatte. Bernie hat soeben den letzten Teil des Puzzles geliefert.«

»Hab' ich das?« — der Hacker. »Was denn? *Ich* weiß nichts davon.«

»Zu viele Kinder!« Jetzt überschlug sich Peters Stimme fast vor Aufregung. »Versteht ihr ... Nein, ich fange am besten von vorn an.«

»Tu das!« empfahl ihm Claudia, und er holte tief Luft, bevor er fortfuhr.

»Es war folgendermaßen: Die meisten Spender an der Klinik waren Studenten der Medizin oder Zahnmedizin, wie ich bereits erklärt habe. Doch es war einer darunter, der eine Ausnahme bildete. Zum einen war er älter als wir anderen — er mußte mindestens schon Mitte Dreißig sein —, und er war sehr unenglisch: groß, schlank, elegant, dunkelhaarig, mit einem olivfarbenen Teint und einem gepflegten schwarzen Schnauzbart, zu einer Zeit, als sie vollkommen aus der Mode waren ... ich nehme an, wenn mich jemand gefragt hätte, hätte ich gesagt, er sei Türke, tatsächlich war er jedoch Armenier. Parker war nicht sein richtiger Name, aber ich habe vergessen, wie ... Nein, ich habe es nicht vergessen, denn jemand hat ihn später wieder mal erwähnt. Sein richtiger Name lautete *Parikian!* Mein Gott, jetzt kommt alles wieder, als ob es erst letzte Woche gewesen wäre, dabei kann ich schwören, daß ich seit Jahren nicht mehr an den Mann gedacht habe.«

»Zum Punkt!« mahnte Bernie streng.

»Zum Punkt? O ja! Ich befürchte, ich mache mich nicht allzu klar verständlich, oder? Nun ja, wißt ihr, als die Partnerschaft zwischen Dr. Chinn und Dr. Wilkinson zerbrach, ging das Gerücht, daß einer der Gründe die Tatsache gewesen sei, daß Dr. Wilkinson diesem Mann gestattet hatte, mehr als zehnmal zu spenden. Man erzählte sich, daß Louis ständig pleite war, obwohl er immer sehr gut angezogen war, oder vielleicht gerade deshalb, und angeblich hatte er Dr. Wilkinson mit seinem Charme dazu gebracht, häufiger als die offiziell genehmigte Anzahl von zehnmal zu zeugen, pro Mal für fünf Pfund oder möglicherweise mehr. Es wurden auch Andeutungen darüber gemacht, daß die beiden ein Verhältnis miteinander hatten.«

Er lehnte sich in seinem Sessel zurück und machte ein selbstzufriedenes Gesicht. »So, jetzt wißt ihr es!«

»Ein Verdacht«, sagte Claudia nach einer Weile.

»Ja, aber ... du liebe Güte, paßt das nicht wunderbar? Bernie, du hast von einheitlichen physischen Merkmalen gesprochen, stimmt's? Bei den Kindern, meine ich. Dunkle Haare?«

»Ja, und dunkle Haut, oder jedenfalls gelblich-olivfarben. Das hört sich alles ziemlich vielversprechend an.«

»Also, da haben wir es doch!« — triumphierend. »Begreift ihr nicht, das das bedeutet? Wenn ich recht habe mit meiner Annahme, dann läuft irgendwo ein Mann herum, der der Vater all dieser Kinder sein könnte, die so schreckliche Dinge tun, ohne dafür bestraft zu werden, und jetzt habe ich ihm einen Namen gegeben.«

Claudia erlaubte sich nüchtern zu sagen: »Peter, das versteht sich von selbst. Aber andererseits klammerst du dich vielleicht auch nur an einen Strohhalm, und vielleicht ...«

»Ein Strohhalm ist besser als nichts, oder?« unterbrach sie Peter. Doch mit großer Anstrengung wurde er seines Ärgers Herr und fügte hinzu: »Tut mir leid. Sag, was du sagen wolltest!«

»Nun ... nun, was erwartest du eigentlich genau?«

»Du liebe Güte! Ist das nicht klar!«

»Peter. *Hör auf!*« Mit einem Satz war sie aufgesprungen. »Nun gut, soviel will ich dir zugestehen — ich habe so gesprochen, als könnte es einen gemeinsamen Vater all dieser Kinder geben, über die ich meine Nachforschungen anstelle, und du glaubst, du hast den idealen Kandidaten ausgemacht.

Und jetzt zwingst du mich, deine Schlußfolgerung stillschweigend nachzuvollziehen. Also zunächst einmal: Angenommen, deine Vermutung über Louis Parker trifft zu, was sollen wir tun, wenn wir ihn aufspüren? Sollen wir ihn zwingen, sich einem Gentest zu unterziehen? Sollen wir ihn darüber verhören, wie oft er Samen gespendet hat? Wenn er es in der Chinn-Wilkinson-Klinik gemacht hat, dann hat er vermutlich keine Ahnung, wer die Empfängerinnen waren. Wir haben uns davon überzeugt, daß ihre Daten unzugänglich sind.«

»Natürlich, natürlich, aber …« Peter holte tief Luft. »Sieh doch, der Punkt ist …«

»Der Punkt«, warf Bernie unerwarteterweise ein, »ist der, daß dies die erste konkrete Information ist, die wir außer über den NPC bis jetzt bekommen konnten.«

»Genau!«

»Okay. Ich werde die Sache morgen früh weiter verfolgen. Heute abend bin ich zu müde. Wie kann ich diesem Typen auf die Spur kommen? Können Sie mir sonst noch etwas über ihn sagen?«

»Er war irgendwie in der Computerbranche tätig«, sagte Peter zögernd. »Nach und nach fällt es mir wieder ein. Ich glaube sogar, daß er auf diese Weise Dr. Wilkinson kennengelernt hat. Es war seine Firma, bei der sie sich ein Angebot für die Umstellung der Klinik auf Computer einholte, und Dr. Chinn nahm eine so strikt ablehnende Haltung gegenüber dieser Idee ein, daß …« Er brach ab.

»Daß jedermann vermutete, er habe nur den Verdacht, daß sie ihrem Geliebten einen Auftrag zukommen lassen wollte?« Claudias Ton war unwirsch.

»Mehr oder weniger.«

»Ich verstehe. Nun, es gibt einen Schritt, den wir unverzüglich unternehmen können. Wir wollen herausfinden, ob er im Telefonbuch steht.«

»Was? Und ihn dann anrufen?«

»Ich kann mir nicht vorstellen, daß er gegenüber Fremden offen über seine düstere Vergangenheit sprechen würde, falls sie düster ist.« Ihr Ton verwandelte sich von unwirsch zu beißend. »Aber es wäre ein Anfang.«

»Laßt mich das machen!« erbot sich Ellen und tippte den Code fürs Telefonverzeichnis auf der Tastatur von

Peters Computer ein, noch bevor sie sich gesetzt hatte. Ein paar Sekunden später verkündete sie: »Nein, es gibt viele Parker, L., aber keine Eintragung ›Parker, Louis‹.«

»Das macht nichts«, brummte Bernie. »Es gibt wirkungsvollere Methoden, ihn aufzuspüren — die ich empfehlen würde, denn wenn er im Computergeschäft ist, dann könnte er gut der Typ sein, der mir bei jedem Schritt voraus ist.«

»Wenn das der Fall ist«, sagte Claudia langsam, »dann bedeutet das, daß er weiß, wer er ist. Dann weiß er Bescheid über seine ... nun — seine Einzigartigkeit.«

Sie bedachten diese unerfreuliche Möglichkeit einige Sekunden lang. Schließlich erhob sich Bernie mühsam mit einem Achselzucken und sagte: »Das heben wir für morgen auf. Ich kann nicht mehr.«

»Noch einen Moment!« rief Peter aus.

»Ja?«

»Wollten Sie uns nicht sonst noch etwas sagen?«

»Ach ja, das wollte ich. Fast hätte ich es vergessen. Angenommen, dieser Junge in Italien ist tatsächlich einer von den Fällen, die wir ... ah ... untersuchen ...«

Endlich schien ihm zu dämmern, daß Ellen den ganzen letzten Teil der vorangegangenen Unterhaltung mit angehört hatte, und vielleicht hätte sie das nicht sollen. Aus seinen Gesichtszügen sprach deutlich Besorgnis.

Doch feinfühlig rief das Mädchen sofort aus: »Vergiß deine Jacke nicht! Inzwischen müßte sie trocken sein.« Und verschwand.

»Ich mag Ihre Tochter«, murmelte Bernie und ließ sich wieder in den Sessel sinken. »Sehr klug!«

»Lassen Sie sie jetzt aus dem Spiel«, sagte Peter ungeduldig. »Wir wollen den Rest hören!«

»Wo war ich stehengeblieben? Ach so, ja, natürlich. Ja, also angenommen, der Junge in Italien ist einer Ihrer ... Fälle, dann ist die Verbindung zur Chinn-Wilkinson-Klinik so gut wie sicher.«

»Wieso?«

»Während der in Frage kommenden Zeit war in der Klinik genau eine italienische Patientin, und das paßt alles ausgezeichnet.«

Claudia blinzelte. »Wie können Sie dessen so sicher sein?«

»Weil ...« Bernie brach ab und machte ein Gesicht, als ob er sich über sich selbst wunderte. »Du liebe Güte, ich denke dauernd, ich hätte es Ihnen schon erzählt, dabei habe ich das gar nicht, oder? Vielleicht hat der Schlag auf den Kopf meinen Verstand etwas verwirrt.« Er faßte sich vorsichtig an den Hinterkopf. »Ich habe die medizinische Datenbank ausfindig gemacht, die die Chinn-Wilkinson-Leute benutzt haben — die Sicherheitsvorkehrungen waren nicht ganz so undurchlässig, als sie noch zu ihren Kunden gehörten —, und ein Programm ausgearbeitet, um darin etwas herumzuschnüffeln, ausgehend von der Annahme, daß es dieselbe ist, von der Dr. Grant Ihnen erzählt hat. Und tatsächlich ist sie es.«

»Warum haben Sie das nicht früher gesagt?« rief Peter.

»Peter, um alles in der Welt!« wies ihn Claudia zurecht. »Der arme Junge steht immer noch unter Schock! Bist du jemals auf der Straße zusammengeschlagen worden?«

»Na ja, ein- oder zweimal«, gab Peter zu und mäßigte sich mit einer Geste, die man als Entschuldigung hätte auffassen können.

»Was mich betrifft«, erklärte Claudia, »so ist das die beste Neuigkeit, die wir bis jetzt gehört haben, und Bernie verdient unsere Glückwünsche. Rechnen Sie noch mit weiteren Enthüllungen?«

»Ich werde mein Bestes tun«, seufzte der Hacker. »Ellen hat etwas von meiner Jacke gesagt ...?«

Sie kam aus der Küche herbeigeeilt, die Jacke — immer noch etwas feucht, aber ansonsten makellos — über dem Arm. Er dankte ihr, während er aufstand, um sie anzuziehen, und sie wandte sich an Peter.

»Dad, ich muß morgen sehr früh aufstehen und in die Schule gehen. Brauchst du mich noch für irgend etwas?«

Vorhin war sie bestrebt gewesen, möglichst von der Bildfläche zu verschwinden ... Werde ich die weibliche Seele jemals begreifen? Oh ... männliche Einfalt!

»Aber nein, natürlich nicht!« rief er und nahm sie in die Arme. Sie wandte sich höflich an Bernie, reichte ihm die Hand und sagte, daß sie sich freue, ihn kennengelernt zu haben, gab Claudia einen Klaps auf die Wange und verschwand.

Als sich die Tür hinter ihr geschlossen hatte, sagte Claudia: »Bernie, sollen wir gemeinsam ein Taxi nehmen?«

»Nein danke. Es regnet nicht. Ich kann zu Fuß gehen.«

»Und Gefahr laufen, noch einmal zusammengeschlagen zu werden?«

»Ich rechne nicht damit, daß sie mich ein zweitesmal angreifen. Das ist nicht nach Art der Special Branch.«

»Und wenn es nicht die Special Branch war, die dahintersteckt ...? Kommen Sie mit! Ich zahle. Gute Nacht, Peter.«

»Gute Nacht.«

Es dauerte lange, bis Peter einschlafen konnte. Als er endlich wegschlummerte, wurde er heimgesucht von einem großen, höflichen Armenier, aufdringlich gut angezogen und nach teurem Aftershave duftend.

Hallo! Ich bin David Shay. Und du bist Sheila Hubbard, nicht wahr?

Oh, stark! Du kennst meinen Namen! Aber du weißt nicht, wer ich bin.

Immerhin weiß ich, was du getan hast, und ich kann mir ungefähr denken, wie du dich fühlst.

Das wird ja immer stärker! Na gut, mach's kurz!

Von Geistern besessen?

Du ... du fieser ... Wie, zum Teufel ...? Das kannst du gleich wieder streichen! Ich glaube nicht an Geister, ich glaube nicht an Besessenheit, ich glaube nicht an ein Leben übers Grab hinaus. Ich bin brave Atheistin, so wie ich erzogen worden bin.

Warum reagierst du dann so heftig?

Das geht dich einen Scheißdreck an!

Nichtsdestoweniger vermute ich folgendes: Dein Opfer war schließlich ein gut ausgebildeter professioneller Killer, Einzelkämpfer eines Sonderkommandos. Du hast ihn mühelos fertiggemacht. Und seither ist es so, als wäre ein Teil seines Wesens in dein Unterbewußtsein geschlüpft — nicht im physikalischen Sinn, sondern vielmehr so, daß nach deiner Tat die Verlockung, deine Leistung zu wiederholen, manchmal stärker ist, als du ertragen kannst ...

Hör auf! HÖR AUF! Oder ich ... ich ...

Versuche nicht, vor der Wahrheit wegzulaufen. Das geht nicht. Früher oder später mußt du ihr ins Gesicht sehen! Wie oft hast du nachgegeben?

Wie bitte?

Ich sagte: Wie oft hast du nachgegeben? Der Verlockung nicht widerstanden? Ich weiß, daß du es getan hast.

Wenn du es genau weißt, warum fragst du denn dann?

Wie gesagt, du mußt der Wahrheit ins Gesicht sehen, anstatt vor ihr wegzulaufen. Du hast geglaubt, ein Geheimnis daraus zu machen, würde genügen. Aber es ist kein Geheimnis.

Doch, es ist eins!

Wie kannst du das jetzt behaupten, da ich hier so mit dir rede?

Ich ... ich weiß nicht. Aber wie, zum Teufel, hast du mich gefunden?

Wie man seinesgleichen findet, auf die eine oder andere Weise. Ich werde es später erklären — das heißt, wenn du dich dazu entschließen kannst, ehrlich zu sein.

Und wenn nicht?

Suche die Antwort in dir selbst. Du weißt, was mit denen geschieht, die sich gegen uns stellen.

... Uns?

Genau. So, wirst du es mir jetzt erzählen?

Na ... na gut. Nach dem ersten, von dem alle gehört hatten, hatte ich Angst. Ich meine, ich konnte niemandem etwas davon sagen, denn dann hätte bestimmt jeder gedacht, ich sei verrückt, aber ich wußte, was ich getan hatte, und ... und ich konnte es einfach nicht glauben. Also kam in mir selbst der Verdacht auf, daß ich verrückt bin. Und schließlich ...

Und schließlich gab es nur einen Weg, das Gegenteil zu beweisen, indem du nämlich die Macht erneut gebrauchtest.

Ja, ja. Genau.

Bei ...?

Er war Reporter. Ein ekelhafter, gieriger, stinkmäuliger Fiesling von einem Reporter, der für eine Lokalzeitung arbeitete und davon träumte, einmal etwas ganz Großes zu machen, beim Fernsehen vielleicht. Er hatte sich in den Kopf gesetzt, daß ich den einen ermordet habe — den, von dem alle wußten. Ich glaube, er war mit der Cousine des Typen verheiratet — irgendwie so was. Jedenfalls bildete er sich ein, einen persönlichen Anteil an der Geschichte zu haben. Und außerdem haßte er meine Schule und alles, wofür sie eintrat. Er hätte gern gesehen, daß sie abgebrannt wäre und alle Schüler und Lehrer mit ihr.

Hatte er ein Band am Jackett?

O ja! Genau wie alle anderen inzwischen eins tragen.

Und dann ...?

Am Schluß wurde mir die Sache zu bunt. Ich klaute eine Flasche Gin und übersandte ihm eine Botschaft, daß er mich treffen könnte — ließ ihn in dem Glauben, daß er endlich die Hintergrundgeschichte bekommen würde, die Abgründe skandalöser Umtriebe in der Schule — und ...

Überredet?

Gutes Wort. Ich überredete ihn, die Flasche auszutrinken und dann so schnell wie möglich nach Hause zu fahren.

Auf was ist er geprallt?

Auf gar nichts. In einer Kurve wurde sein Wagen von der Straße, die an einem Fluß entlangführte, getragen und landete in drei Meter hohem Wasser.

Wie hast du dich hinterher gefühlt?

Ich müßte lügen, wenn ich sagen würde »besser«!

Wie lange hat es gedauert bis zum nächstenmal?

Was macht dich so sicher, daß es ein Nächstesmal gab?

Du hattest immer noch niemanden, dem du es hättest erklären können.

Nein, das stimmt ... Also gut. Als nächstes war jemand dran, der mich bekehren wollte. Eine weibliche Missionarin sozusagen. Sie war überzeugt davon, daß ich ein Vehikel des Teufels sein müßte. Und weißt du was? Inzwischen war ich zu dem gleichen Schluß gekommen. Entweder verhielt es sich so, oder ich war geisteskrank oder ...

Oder ...?

Oder gar nichts. Das wollte ich nicht sagen. Ich wollte sagen, daß ich am Anfang ihr Auftauchen in meinem Leben begrüßte. Falls ich irgendwie — nun ja — Zuflucht finden könnte vor meinen Ängsten um mich selbst, indem ich zu einer Religion übertrat, ein Glaubensmuster übernahm, das dem, was ich war und was ich getan hatte, einen Sinn verlieh, würde es mir wieder besser gehen, so dachte ich; ich wäre wieder fähig, mir selbst ins Gesicht zu sehen, mich damit abzufinden ... Verstehst du?

Sehr gut. Und ich bin der einzige Mensch, dem du je begegnet bist, der dazu in der Lage sein könnte. Sie war es nicht — diese Missionarin.

Das soll wohl keine Frage sein.

Nein.

Jedenfalls hast du recht. Ich habe nicht viele religiöse Menschen kennengelernt, weißt du. Oh, um den Schein zu wahren, gibt es einen Geistlichen an der Schule, doch er kommt nur auf Anforderung, um den Kindern, deren Familien darauf bestehen, zu Diensten zu sein — wie wir sagen. Viele gibt es nicht davon ... Aber diese eine war total beschränkt, wenn du weißt, was ich meine. Sie kannte die Antwort — sie hatte sich entschieden — und ihr einziges Lebensziel war, mich dazu zu bringen, ihre Predigten zu schlucken.

Das hast du nicht gemacht.

Wie konnte ich sie ernst nehmen, nachdem ich herausgefunden hatte, daß sie der festen Überzeugung war, die Bibel sei auf englisch geschrieben?

Hm-hm.

Überrascht dich das denn nicht?

Überhaupt nicht. Mir sind viele ähnliche Fälle untergekommen, besonders in den Vereinigten Staaten.

Tu nicht so widerlich neunmalklug!

Ich werde mich nicht dafür entschuldigen, daß ich bis jetzt ein abwechslungsreicheres und interessanteres Leben geführt habe. Was hast du mit der — Missionarin gemacht?

Oh ... letzten Endes habe ich sie — dazu überredet, die Liebe Gottes auf die Probe zu stellen. Das war nicht schwer.

Und ...?

Man hat sie danach in dem alten Stall hinter der Schule erhängt aufgefunden.

Und danach ging es dir wieder besser?

Nein.

Erkläre, warum nicht!

Ich weiß nicht, warum ich dir das alles erzähle. Ich meine, ich kenne dich überhaupt nicht.

Du weißt genau, warum. Du wußtest es gleich im ersten Augenblick, als ich den Raum betrat.

Ja, ja. Ich glaube, das tat ich wirklich. Ich wollte einfach nicht, wie du sagtest, der Wahrheit ins Gesicht sehen. Ich will es immer noch nicht.

Aber du wirst es tun.

... Ja.

Also erkläre, warum es dir diesmal hinterher auch nicht besser ging.

Wegen ... wegen der Verantwortung.

Was für eine Verantwortung?

Wenn *du* das nicht weißt, wer sollte es sonst wissen? Hast du die heutigen Nachrichten im Fernsehen nicht gesehen? Von dem verrückten Jungen, der den Erzbischof erschossen hat? Man konnte nicht hören, was er rief, aber es war leicht an seinen Lippen abzulesen. *»Ich bin Christ, verdammt noch mal, oder etwa nicht? Und es geht mir auf den Wecker, daß ihr so tut, als wären die Reisfresser und Nigger genausogut wie ich!«*

Du hast es also gesehen.

Natürlich.

Und waren die gestrigen Nachrichten vielleicht besser, oder die vorgestrigen? Erwartest du für morgen etwas Besseres?

Das ist es also, was du meinst, wenn du von Verantwortung sprichst?

Was denn sonst?

»Die Zeit ist aus den Fugen; Schmach und Gram ...

... daß ich zur Welt, sie einzurichten, kam!« Ja. Natürlich ist das eine völlig verrückte Idee. Und doch kann ich mich ihr nicht entziehen. Ich scheine irgendwie — Macht zu besitzen, und alle sagen, ich sei überdurchschnittlich intelligent, und ... na ja, zum Teufel, was soll ich sonst mit meinem Leben anfangen? Jetzt kannst du mir erklären, daß ich nicht alle Tassen im Schrank habe, mir erklären, daß ich vom Größenwahn befallen bin!

Keineswegs!

Hör jetzt auf mit dem Quatsch! Ich kann die Welt nicht ganz allein wieder einrichten.

Stimmt. Aber du bist nicht allein. Nicht mehr. Kommst du?

Wart mal einen Moment! Was ist mit Ingrid — meiner Mutter? Was wird Joe dazu sagen? Er zahlt für mich hier. Und nicht zu vergessen Douglas; wenn er davon erfährt, wird er Himmel und Hölle in Bewegung setzen!

Das ist bereits geregelt.

Nein, das glaube ich nicht. Dir kann unmöglich daran gelegen sein, dich mit mir zu belasten! Ich meine, wie ich dir erklärt habe — der Himmel mag wissen warum, aber ich schätze, du hast den Trick bei mir angewandt, mit dem ich andere Leute beeinflussen kann, und du kennst dich gut genug aus, um mich während meiner Periode zu überrumpeln, wenn es nicht so richtig funktioniert — ich habe dir erzählt, was ich getan habe. Ich habe drei Menschen umgebracht, begreifst du das nicht?

Ich habe auch getötet. Und ich glaube nicht, daß es bei dem einen Mal bleiben wird. Komm jetzt! Ein Wagen wartet.

Wohin bringst du mich?

An den einzigen Ort auf dieser Welt, an dem du dich nicht mehr zu verstellen brauchst.

Hier ist der Sender TV-Plus. Zeit für die Nachrichten.

Erneut hat ein computergesteuerter Zusammenbruch bei den wichtigsten Börsenmärkten der Welt zu einer Rekordzahl von Bankrotten geführt. Bis vor kurzem war die häufigste Ursache dafür, daß nach einer vorangegangenen Hochkonjunktur Zahlungsverpflichtungen nicht erfüllt werden konnten; im letzten Monat jedoch wurde die Zahl der privaten Offenbarungseide von Firmenbankrotten übertroffen, von denen es an jedem Arbeitstag im Durchschnitt vierzehn gab.

Bei seiner Rückkehr von einer triumphalen Weltreise erklärte General Sir Hampton Thrower einer jubelnden Menge in Heathrow — Zitat: »Da für einen Engländer sein Heim seine Burg ist, braucht er ein Heim, und jedes System, das ihm ein solches nicht garantiert, sondern preiswerten Wohnraum arbeitsscheuen, verantwortungslosen Ausländern ...«

Die Nahrungsknappheit, ganz besonders im Hinblick auf die Kartoffelseuche, würde mit Sicherheit noch schlimmer werden als im letzten Jahr, doch die im Sinne der Regierung verbreiteten Nachrichten im Radio sowie den Fernsehsendern BBC und ITV verschleierten die Wahrheit, wie befohlen. Nur TV-Plus gab sich noch den Anschein von Objektivität. Die ersten Todesfälle wegen Verhungerns waren auf einen für die Jahreszeit untypischen Kälteeinbruch gefolgt, doch während der *Comet* es wagte, sie als das darzustellen, was sie waren, hielten sich die anderen Medien beharrlich an das Abspeisen des Publikums mit Beschönigungen. Nach Peters Ansicht tat Jake sein Bestes, obwohl er immer häufiger Zuflucht bei der Flasche suchte, während seine Geldgeber zu den wenigen Leuten gehörten, denen immer noch sehr an der einst vielgerühmten Pressefreiheit lag und die bereit waren, sich die Verteidigung ihrer Korrespondenten in von der Regierung angestrengten Gerichtsverfahren einiges kosten ließen. Wie lange konnten sie jedoch noch durchhalten? Es war ein strafbares Vergehen geworden, zum Beispiel über eine Parlamentssitzung »antipatriotische« Nachrichten zu verbreiten. Als Peter bei TV-Plus anrief, um sich zu erkundigen, warum er keine Aufträge mehr bekam, wurde ihm entschuldigend erklärt, daß man nicht mehr wage, ihn zu beschäftigen. Wenn er jedoch irgendwelche heiße Spuren hätte, die die eigenen Mitarbeiter des Senders verfolgen könnten, wäre ihm ein Honorar für den Hinweis sicher, sofern es ihm nichts ausmachte, bar auf die Hand bezahlt zu werden.

Ein Trostpflaster. Aber er mußte es in Anspruch nehmen.

Trotz ihrer scheinbaren politischen Neutralität schien Jake die Geschichte über die kriminellen Kinder aufgegeben zu haben. Ohne es in Worte zu kleiden, hatte er offenbar beschlossen, daß eine weitere Verfolgung des Projekts reine Zeitverschwendung wäre. Wenn die Kriminellen an der Macht waren, welchen Sinn hatte es dann, sich wegen eines Haufens ungeratener Kinder den Kopf zu zerbrechen?

»Und kann man es ihm verübeln?« fragte Peter verbittert Claudia und Bernie bei ihrer nächsten Zusammenkunft. Ellen hatte sie alle zum Abendessen eingeladen, sie entwickelte sich zu einer ausgezeichneten und ehrgeizigen Köchin, die in der Lage war, aus nicht sehr vielversprechenden Zutaten köstliche Gerichte zu zaubern. Gott sei Dank, wie Bernie es ausdrückte, gab es noch Menschen, die sich daran erinnerten, was man mit Sachen machen konnte, weil sie die Tradition bäuerlicher Armut ererbt hatten und nicht darauf bestanden, sich aus Konservendosen und Tiefkühlpackungen zu ernähren.

Die Preise derartiger Produkte schnellten in schmerzliche Höhen, denn das Öl aus der Nordsee versiegte schneller, als laut Plan angenommen worden war.

»Sprichst du von Jake?« Claudia seufzte und griff nach ihrem Glas. Es enthielt Bier, selbstgemachtes. Alles Teurere überstieg jetzt Peters Mittel. Letzte Woche hatte er TV-Plus einen saftigen Skandal angeboten, in dem es um Würste ging, die aus AIDS-infiziertem Schweinefleisch hergestellt und von einem prominenten Anhänger der Regierung an öffentliche Krankenhäuser geliefert worden waren, doch die Geschichte fiel unter das Staatsgeheimnis-Gesetz. Infolgedessen hatte man ihm auch kein Honorar gezahlt.

Manchmal hatte er schon erwogen, das rot-weiß-blaue Band, das er immer noch trug, abzulegen, doch inzwischen war es zu gefährlich geworden, ohne ein solches herumzulaufen — zumindest, wenn man Weißer war. Während er Ellen beobachtete, die das Geschirr abräumte und dabei vor sich hinsummte, fragte er sich, wie lange sie ihres wohl noch in der Schule würde tragen können, bevor es ihr mit der Begründung, sie sei nicht britisch, abgerissen würde.

Berichtigung: englisch. Hier in London waren Gangs von Schülern, die sich selbst zu ›Cockneys‹ stilisiert hatten, dazu übergegangen, Schotten, Waliser und Iren anzugreifen, ebenso wie die — wie hatte sie der Fanatiker, der den Erzbischof erschossen hatte, genannt? — Reisfresser und Nigger, die weit unter einem *weißen* Christen standen ...

Er erwachte aus seinen Gedanken, als er merkte, daß jemand gesprochen hatte. Bernie? Ja.

»Jedenfalls scheint Jake entschlossen zu sein, mit fliegenden Fahnen unterzugehen. Habt ihr von dem Benzinbombenanschlag gehört?«

»Was?«

»Heute nachmittag. Der *Comet* hat seine Fenster ebenerdig zur Straße hin, nicht? Irgendwelche Schlägertypen warfen aus einem gestohlenen Auto eine Brandbombe hinein. Zum Glück entstand kein nennenswerter Schaden. Aber es ist dennoch eine — wie könnte man sagen — alles andere als gesunde Entwicklung.«

Mit einem zufriedenen Lächeln wegen des Erfolgs ihres Essens kam Ellen aus der Küche zurück und setzte sich auf das Sofa neben Peter. Sie gehörte jetzt fest zu der inzwischen sehr vertraut miteinander umgehenden Gruppe, und es war überhaupt kein Thema mehr, daß sie sich vielleicht in ihr Zimmer hätte zurückziehen sollen.

»Manchmal bin ich in Versuchung, auszuwandern«, fuhr Bernie fort. »Aber an welchen Ort auf der Welt könnte ich gehen? Der Fremdenhaß in den USA erlebt einen neuen Höhepunkt, und das Land steht sowieso kurz vor dem Zusammenbruch, genau wie Großbritannien — Canada befindet sich kurz vor den Wehen eines neuen Anfalls von Frankophilie — Australien versucht, sich zu einem antijapanischen Bollwerk zu entwickeln — und im Innern ist eine Generation für einen Rassismus verantwortlich, der dem in Südafrika in nichts nachsteht ... Und was das übrige Europa betrifft, dort ist man auf einem so ausgeprägten Antiamerika-Trip, daß man mit Leuten, die nur englisch sprechen, nichts zu tun haben will. Selbst die Niederländer und Dänen führen Deutsch wieder als maßgebliche Fremdsprache ein.«

»Nur weiter«, sagte Claudia mit saurer Miene. »Du hast noch gar nicht von der arabischen Welt gesprochen ...«

»Und Asien!« fiel Ellen ein. »Wer möchte schon in Indien leben, wo praktisch ein Bürgerkrieg im Gange ist?«

Peter zuckte zusammen. Das war das erstemal, soweit er sich erinnerte, daß sie von sich aus das Ursprungsland ihrer Mutter erwähnt hatte. Doch die einzige Regung, die in ihrem hübschen Gesicht zu erkennen war, war schlichte Traurigkeit, als ob sie in einem viel zu frühen Alter gegenüber der Launenhaftigkeit der Menschlichkeit resigniert hätte.

Was für ein Erbe für einen Teenager!

Danach schien eine ganze Weile lang keiner mehr etwas zu sagen zu haben. Erst als Ellen ihre Rolle als Gastgeberin wieder aufgenommen und ihre Gläser nachgefüllt hatte, kehrten sie zu dem Thema zurück, über das sie eigentlich sprechen wollten. Typischerweise, und in ihrem typischen schneidenden Ton, war es Claudia, die die Kugel ins Rollen brachte.

»Was mir einfach nicht in den Kopf will«, sagte sie an Bernie gewandt, »ist, warum du, nachdem du so weit gekommen bist, jetzt nicht weiterkommst, besonders was das Auffinden von Louis Parker betrifft. Wenn du verstehst, was ich meine.«

Mißgelaunt antwortete er: »Natürlich verstehe ich, und ich wollte, ich hätte eine Erklärung dafür. Du mußt mit meinem Wort vorlieb nehmen, befürchte ich. Ich kann auch nur vermuten, daß dieser Typ, von dem du gesprochen hast, Wind von der Sache bekommen hat.«

Peter beugte sich vor. »Du bist also auch der Auffassung, daß er der wahrscheinlichste Kandidat ist?«

»Gibt es denn noch andere? Aber ... okay, ich muß zugeben, daß er auf der Basis dessen, was ich von euch erfahren habe, als der Hauptverdächtige erscheint. Die äußere Erscheinung — die Tatsache, daß er in der Computerbranche arbeitet — und die Tatsache, daß er sich verbirgt, falls er nicht tot ist — ja, das reimt sich plausibel zusammen.«

»Sich verbirgt?« hakte Claudia ein.

»Oder, was ich eher vermute, sich im Ausland aufhält. Aber ich habe ein Programm durchlaufen lassen, um jedes erreichbare Telefonverzeichnis durchzuforsten, und jetzt lasse ich eins folgen, das alle postalischen Daten auswertet. Und ich meine *alle.* Das Ganze kostet einen Arm, ein Bein und einen Schwanz, und als nächstes die Eier! Jake wird alles andere als glücklich sein, wenn er die Endabrechnung sieht ... Oh, entschuldige, Ellen.«

Sie stieß ein glucksendes Lachen aus, lehnte sich zurück und schlug die Beine übereinander. Seit neuestem war sie dazu übergegangen, wenn auch aus reinem Trotz, traditionelle indische Tracht zu tragen, und der Sari, den sie anhatte und den sie second-hand auf einem samstäglichen Trödelmarkt erstanden hatte, war aus einem glänzenden fliederfarbenen Stoff, der den Schein der Wandleuchten zurückwarf.

»Macht nichts! Ich höre Schlimmeres als das in der Schule!«

Peter legte den Arm um sie und zog sie an sich. Er fühlte sich seiner unerwünschten Tochter immer mehr verbunden.

»Trotz all dieser Bemühungen«, sagte er, an Bernie gerichtet, »gibt es noch keine Spur?«

»Louis Parker hätte ebensogut ein Loch graben, hineinklettern und es über sich zuschütten können.«

»Damit sind also alle Schritte in diese Richtung blokkiert. Claudia, was tut sich bei dir? Du hattest vorgeschlagen, frühere Mitarbeiter der Befruchtungs-Kliniken aufzusuchen. Bist du weitergekommen?«

Sie sah ihm fest in die Augen.

»Du sagtest damals, daß es ein hoffnungsloses Unterfangen sei. Erinnerst du dich? Du sagtest, es wären zu viele und man könnte nicht erwarten ...«

»Du liebe Güte«, platzte Peter dazwischen. »Ich habe doch nur auf die Schwierigkeiten hingewiesen ...«

»*Diesen* Eindruck hast du nicht auf mich gemacht«, unterbrach ihn Claudia kühl.

Bernie ließ einen lauten Seufzer vernehmen, während er seinen leeren Bierkrug absetzte. »Manchmal«, brummte er, »frage ich mich, was ihr eigentlich wollt. Wenn euch eine Idee kommt, warum, zum Teufel, probiert ihr sie dann nicht einfach aus? *Ich* mache es so!«

Peinlich berührt, sahen ihn Peter und Claudia fragend an.

»Sind nicht die früheren Mitarbeiter der Chinn-Wilkinson-Klinik die ersten, mit denen man hätte sprechen sollen? Ehrlich gesagt, ich bin fest davon ausgegangen, daß das geschehen ist.«

Peter sagte zu seiner Verteidigung: »Es ist sehr lang her, und ich kann mich kaum noch an Namen erinnern ...«

»O Scheiße«, knurrte Bernie. »Darüber gibt es Unterlagen. Zum Beispiel, wer war Dr. Chinns Oberschwester?«

»Ah ...« Peter zögerte einen Moment lang. Plötzlich schnippte er mit den Fingern. »Schwester Higgins! Danke, daß du mich daran erinnert hast. Mist, warum habe ich nicht früher daran gedacht? Sie war zwar nicht mehr die jüngste, aber sie könnte durchaus noch am Leben sein.«

»Und du hast mir nichts davon gesagt«, fauchte Claudia ihn an. »Da sitze ich rum und kaue an den Nägeln, dabei hätte ich ...«

»Erinnerst du dich an Schwester Higgins Vornamen«, warf Ellen gerade noch rechtzeitig ein, um einen ausgewachsenen Streit zu verhindern. Sie hatte sich erhoben und stand mit einer Hand in der Schwebe vor der Tastatur des Computers.

Peter beruhigte sich mit großer Anstrengung und sagte: »Oh ... ja! Marian. Ich bin nicht ganz sicher, ob es Mari*a*n oder Mari*o*n war, aber ich erinnere mich, daß Dr. Chinn sie so genannt hat.«

Ellen ließ sich auf den Stuhl vor der Anlage fallen und rief das Telefonverzeichnis ab. Alle warteten schweigend, bis sie sagte: »Tut mir leid. Keine Higgins, Marian. Weder in der einen noch der anderen Schreibweise.«

»Kein Grund zur Sorge!« fiel Bernie ein. »Wenn du ...«

»Ich weiß!« — mit plötzlich aufwallendem Ärger drehte sie sich zu ihm um.

»Was?«

»Was du sagen wolltest!«

»Und das wäre?«

»Daß man sich den Zugriff auf überholte Verzeichnisse verschaffen kann. Wenn sie jemals im Gebiet von London ein Telefon auf ihren Namen angemeldet hatte, auch wenn sie nur als Higgins, M. eingetragen war, würde die Zentrale trotzdem wissen, daß sie Marian heißt. Wenn sie irgendwohin verzogen ist, dann gibt es immer noch die Einrichtung für eine Kontaktaufnahme im Notfall, zum Beispiel wenn beim Verdacht einer schweren Erkrankung Verwandte mit ihr Verbindung aufnehmen möchten. War es das nicht, was du erklären wolltest?«

Bernie erstarrte für einen Moment voller Unbehagen, halb sitzend, halb stehend. Schließlich gab er sich mit einem Brummen geschlagen.

»Weiter so, Lady! Du hast das Zeug zum Hacker. Hast du das Suchprogramm selbst zusammengestellt?«

»Nein, das habe ich mir nicht angetan. Ich habe mich Schritt für Schritt hingearbeitet. Ich habe zur Zeit abends nicht viel zu tun.«

Was stimmte, wie Peter betrübt bestätigen mußte. Selbst jene jugendlichen Verehrer, die noch vor ein paar Wochen einen überaus begeisterten Eindruck gemacht hatten, hatten sich von ihr abgewandt. Die — Infektion? Ja! Die *Infektion* mit dem, was neuerdings Throwerismus genannt wurde, hatte so tiefgreifend und schnell zugeschlagen wie das Skalpell eines Chirurgen, das beim Entfernen eines Geschwürs einen Strom vom Eiter auslöst. Selbst die »netten« Kinder, die nach der Schule bei Jeannette zum Hausaufgabenmachen zusammenkamen, hatten die verhärtete Intoleranz ihrer Eltern übernommen. Wenn Ellen nicht dreimal in der Woche den Job als Reinemachfrau gehabt hätte ...

Überwältigt von unguten Gefühlen, war er kurz davor, sich öffentlich anzuprangern, weil er seine Tochter vernachlässigt hatte, da rief sie aus: »Ich hab's!«

Gerade noch rechtzeitig ...

Sie alle drängten sich um das Gerät und starrten darauf. Da stand es:

> Higgins, Marian Martha, weiblich, britische Staatsbürgerin, wohnberechtigt. Familienstand: ledig. Geburtsort: Huyton, Lancs. Eltern: Higgins, William Brian; Higgins, Karen, geb. Thwaites. Alter: 73 Jahre. Beruf: Krankenschwester (i. R.) NPC-Vermerk: ...

»*Sie* hatte einen NPC-Vermerk?« rief Peter aus. »Das kann ich nicht glauben!«

Claudia stieß ihn an, während die Schrift auf dem Bildschirm weiterlief.

> ... Verdacht der Beteiligung an ungenehmigter/n Abtreibung/en. Unbestätigt. Letzter bekannter Wohnsitz ...«

»Den brauchen wir!« knirschte Peter, doch Ellen war längst weiter und hatte die Daten bereits in den Direktspeicher übertragen, den Bildschirm gelöscht und befohlen, daß die Adresse ausgedruckt wurde.

»Du hast wirklich das Zeug zum Hacker!« bemerkte Bernie anerkennend. »Peter, hört sich das alles so an, als könnte es sich um die richtige Person handeln?«

»Absolut«, brummte Peter, als er den Ausdruck überflog. »Es gibt nur ein Problem.«

»Welches?

»Zufällig erkenne ich diese Adresse. Es ist eine von denen ...«

»Sag nichts!« — von Claudia. »Eine von denen, die du während deiner Arbeit für *Continuum* besucht hast?«

»Ja, verdammt!«

»Na und?«

»Es ist ein Heim für Leute, die an der Alzheimer Krankheit leiden. Wenn es so um sie steht, haben wir wenig Aussicht, irgendwelche Informationen von Schwester Higgins zu erfahren.«

»Vielleicht gehört sie zur Belegschaft ...«

»Mit dreiundsiebzig?«

»Okay. ›Sechs unmögliche Dinge vor dem Frühstück ...‹ Aber ich werde der Sache trotzdem nachgehen. Ich wünschte nur, das wäre dir früher eingefallen!«

Peter bäumte sich auf, bereit, ihr die Schuld an seinem Versäumnis in die Schuhe zu schieben. Und wieder mal intervenierte Ellen gerade noch im richtigen Augenblick, indem sie den Rest des selbstgemachten Biers anbot, worauf sich die Atmosphäre entspannte.

Nachdem die anderen gegangen waren, hatte Peter seine Fassung so weit wiedergefunden, daß er an Ellens Tür klopfte und auf ihre Aufforderung hin eintrat. Sie erhob sich schläfrig von ihrem Kopfkissen und blickte ihn fragend an.

»Es tut mir leid«, flüsterte er und strich ihr mit den Fingern über die Wange. »Ich bin zur Zeit in einer schlechten Phase.«

»Oh, das weiß ich«, lautete die Antwort. »Aber ich tue alles, um es dir ein bißchen leichter zu machen, oder nicht?«

»Doch.«

»Dann ist ja alles gut. Gute Nacht ... He, einen Moment mal!«

Er hatte sich bereits der Tür zugewandt. Fragend blickte er sich um.

»Hast du gehört, was Bernie gesagt hat? Ich hab' das Zeug zum Hacker!«

»Ja, natürlich.«

»Was hältst du davon?«

Peter zögerte. War es gut oder schlecht, in dieser seltsamen und sich ständig verändernden Welt Hacker zu sein? Er beschloß, daß gut überwog.

»Ich bin sicher, daß er es als Kompliment gemeint hat. Und außerdem glaube ich, daß er vollkommen recht hat.«

»Ich hatte gehofft, daß du das sagen würdest. Gute Nacht ...«

Ihre Worte verebbten in einem Seufzen, und bevor er die Tür geschlossen hatte, war sie wieder eingeschlafen.

Mit dem Hereinbrechen des Herbstes wurde der Nebel jede Nacht dichter, wenn er vom stehenden, verdreckten Fluß aufstieg. Die älteren Leute, die zu Hause eingeschlossen waren und nur ihr Fernsehgerät als Gesellschaft hatten, überließen die ansonsten verlassene Stadt Jugendlichen wie Terry Owens und seinen Kameraden — von denen allerdings keiner an Terry heranreichte —, die ihre Thrower-Bänder stolz zur Schau trugen. Einige von ihnen hatten sich in einem Anflug von patriotischem Wahn die Stirn mit dem Union Jack tätowieren lassen. Rio hatte erwogen, das ebenfalls zu tun, doch Terry hatte es ihm ausgeredet.

Folglich verbarrikadierten sich farbige Familien am Abend aus Angst vor Pflastersteinen und Brandbomben, die ihnen ins Wohnzimmer geschleudert werden könnten; indische und pakistanische Ladenbesitzer ersetzten ihre Schaufenster durch Panzerglas — falls sie sich das leisten konnten und falls sie jemanden fanden, der ihnen so etwas verkaufte; sonst vernieteten sie sie mit Wellblech; und die Betreiber von chinesischen Schnellimbißbuden installierten Videokameras mit Selbstauslösern, die alle zehn Sekunden Bilder auf einem Recorder hinter einer dicken Mauer wiedergaben.

Nicht, daß die Polizei ein Gramm Hundescheiße für solche Beweismittel gegeben hätte. Doch es gab jetzt eine Bruderschaft, die gelernt hatte, die Europäer auseinanderzuhalten, und gelegentlich traute sich sogar die feige BBC zu erwähnen — oder zumindest einen vagen Hinweis darauf zu geben —, daß die chinesische Gemeinde neuerdings ihre Verwandten auf dem Festland bewunderte und nicht mehr so sehr ihre Familien in oder aus Hongkong. Und was ihr Urteil über ihre früheren Hoheitsherren betraf, die ihre Heimat so billig verkauft hatten ...!

Darüber hinaus verschafften sich die brodelnden Kleinkriege des Subkontinents in den meisten englischen Städten ein Ventil. Sikhs und Tamilen und Bengalen und Pakistanis und Mitglieder anderer Gruppierungen, die bisher nur Eingeweihten bekannt gewesen waren, trugen erbitterte Feindseligkeiten in dieses fremde Land und brachten Leid über jeden, der ihnen zufällig in den Weg geriet.

Was die Zyprioten betraf, ob griechisch oder türkisch, so verging kaum ein Tag ohne einen weiteren Mord, es sei denn, sie verbündeten sich vorübergehend gegen die Briten, wenn diese einzuschreiten versuchten. Die Polizei hatte sie inzwischen als verloren aufgegeben, da sie sich in den schwarzen Vierteln der meisten postindustriellen Städte eingenistet hatten.

Dies also war der Hintergrund, vor dem sich die Ankunft des grauen Rolls-Royce in Terrys Hoheitsgebiet abspielte.

Als er vom Auftauchen der leisen Luxuskarosse, so grau und schwebend wie der Nebel, durch den sie glitt, hörte, war seine Reaktion zunächst voller Geringschätzung.

»Was meinste, Wichser? Warum fährt einer mit 'nem Roller durch die Straßen hier?«

Rio stellte eine Vermutung an. »Is' vielleicht hinter 'ner Möse her?«

»Scheiße! Wer sich 'nen Roller leisten kann, der kann sich auch was anderes zum Bumsen leisten!«

»Manche sagen«, warf Taff ein, »daß es Großkotze gibt, die bloß von richtig dreckigen Ludern aufgegeilt werden.«

»Ha!« rief Terry. »Wußte gar nicht, daß du 'n Psychologe bist!«

Daraufhin wurde Taff rot und wandte sich ab. Kurze Zeit sonnte sich Terry in der Macht, mit der er diese älteren, kräftigeren Jungen beherrschte.

Dann sagte Barney hartnäckig: »Es gefällt mir nicht, Terry!«

»Wer sagt, daß es dir gefallen muß?«

»Es gefällt mir nicht!« wiederholte er stur. »Niemand weiß, wer da drin sitzt, verstehst du? Der Wagen strotzt vor dicken, undurchsichtigen Scheiben, wie sie die Mafia in Amerika hat. Wie im Fernsehen.«

»Ich guck nicht so oft in die Glotze. Das weißt du doch!«

»Ja, ich weiß. Aber« — mit wachsendem Selbstvertrauen — »Vielleicht solltest du das. Jedenfalls manchmal.«

»Hör mal zu«, sagte Terry mit erzwungener Geduld, »wenn die Scheiben so dick und undurchsichtig sind, wie kann der Fahrer dann im Dunkeln was sehen?«

»Da gibt es so infrarote Lampen«, erklärte Taff. »Man setzt 'ne Spezialbrille auf ...«

»Aber die getönten Scheiben bei einem Roller sollen doch infrarotes und ultraviolettes Licht abhalten«, unterbrach ihn Terry.

Seine Partner sahen ihn eine ganze Weile lang zweifelnd an. Schließlich sagte Rio. »Hast dich damit beschäftigt, was, Terry? Wolltest wohl einen kaufen?«

Taff spielte mit. »Und einen von uns zum Chauffeur machen?«

Terry war erschüttert. Entzogen sich diese drei seinem Griff? Und wenn ja, woran lag das? Warum? Er sagte großspurig: »Hört mal, ich habe doch nur gesagt, ein Roller kommt bestimmt nicht ein zweitesmal hierher.«

»Na, da ist er schon«, brummte Rio und deutete zur nächsten Straßenecke. Und als Terry sich ruckartig umdrehte, fügte er hinzu: »Ich bin dafür, daß wir nach Hause verduften!«

»Ich auch!«

»Ich auch!«

Und weg waren sie, während Terry allein inmitten der Nebelschwaden zurückblieb, um dem Wagen entgegenzusehen.

Es geschah gar nichts, außer daß er im Schrittempo

an ihm vorbeifuhr. Und wieder ohne besondere Vorkommnisse im Dunst verschwand.

Und doch hinterließ er in ihm ein Gefühl schrecklicher Angst.

Während der halben Nacht lag er wach und überlegte, wer ihn geschickt haben könnte. Offensichtlich stand einzig und allein die Absicht dahinter, ihm Angst einzujagen — inzwischen drehte sich sein ganzes Universum so sehr um ihn selbst, daß er sich keine andere Möglichkeit hätte vorstellen können.

Aber warum ein Roller? — Nein, diese Frage beantwortete sich von selbst, und zwar sofort. Klimatisiert. Abgeschottet gegen die Außenwelt, waren seine Insassen auch gegen seinen persönlichen Magnetismus immun. (Das war die neueste von verschiedenen Bezeichnungen, die ihm zutreffend erschien und die er allen anderen vorzog, insofern, als sie sich ernsthaft, physikalisch und handfest anhörte.)

Und hinter den dicken Scheiben — wer? Agenten eines Geheimbundes, die von einem des Leidens überdrüssigen Mr. Lee, Besitzer eines chinesischen Imbißladens, durch Flüsterpropaganda herbeigerufen worden waren — oder, was wahrscheinlicher war, von seiner Frau? Oder entfernte Verwandte des Zeitungshändlers Mr. Lal, Killerspezialisten, die seiner Familie eine vendettaartige Loyalität schuldeten? Oder jemand aus der Gegend, der sauer war, weil Terry unbewußt in das Gebiet einer Erwachsenen-Gang eingedrungen war, die bereits einen ›Schutzdienst‹ in diesem Viertel betrieb?

Im großen und ganzen war es die letztere aller Möglichkeiten, die ihm am meisten Angst einjagte. Er hatte nur eine vage Vorstellung davon, was ein Geheimbund jenen antun mochte, die einem ihrer Mitglieder zu nahe traten, und einen tiefverwurzelten, wenn auch inzwischen etwas verblaßten Glauben, den er sich in der Schule erworben hatte, daß braunhäutige Menschen wie Inder und Pakistanis und Bangladeschis nicht soffen und demzufolge sanftmütig waren. Aber was seine eigene Rasse anging …

Nun, es war bekannt, daß sie in dieser Stadt mit Rasiermessern Kehlen durchgeschnitten hatten, und zwar sehr geschickt.

Die Dinge wurden nach dem Verschwinden von Rio noch schlimmer.

»Wo ist der beschissene Typ?«

»Das letzte, was ich gehört habe«, sagte Taff und blickte dabei nervös von ihrem üblichen Treffpunkt aus die Straße auf und ab, »ist, daß er … hm … gesehen worden ist, wie er mit dem Typen in dem Roller gesprochen hat.«

»Erzähl keinen Scheiß!«

»So wahr ich hier stehe!« schwor Taff. »Gestern abend, als du nicht mehr mit uns in die Kneipe gehen wolltest. Barney wurde in einen Streit verwickelt, und Rio rutschte aus, als jemand eine Flasche am Boden zerspringen ließ. Später sagte die Nutte, die an der nächsten Ecke auf Kunden wartete, daß sie ihn gesehen hat.«

»Bei was?« Die Spannung in Terrys Eingeweiden war unerträglich.

»Der Roller hielt an, und einer von denen da drin sprach mit ihm. Hab' ich dir doch gesagt!«

»*Und …*«

»Heute ist er nicht da.«

»Wir sehen uns am besten mal bei ihm um.«

Rios Zuhause lag in einem sanierten, doch immer noch ekelhaft vergammelten Hochhausblock. Nachdem seine Mutter vor einem oder zwei Jahren weggelaufen war, lebte sein Vater mit einer jüngeren Frau zusammen, hübsch, aber dumm. Trotz Terrys äußerster Bemühungen blieb das Paar unzugänglich. Das einzige, das sie zu sagen bereit waren, war, daß der Junge nach Süden gegangen war — vielleicht nach London.

Während sie auf den Lift warteten, nachdem sie die Wohnung verlassen hatten, wurde Terry bewußt, daß ihn seine ›Kumpels‹ auf eine neue Art ansahen. Noch nie zuvor hatten sie so offenes Mißtrauen gezeigt.

Sein Selbstvertrauen schien sich zu verflüchtigen, und sie merkten es.

»Ich glaube, Rio hat es richtig gemacht«, sagte Taff, als der Lift kam. Während sie hineintraten, versuchte Terry mit einem erzwungenen Lachen eine Entgegnung.

»Glaubst du, er ist per Anhalter mit dem Roller gefahren? Glaubst du, er läßt sich jetzt in der Park Lane aushalten?«

Normalerweise würde unter Jugendlichen, die Rot-Weiß-Blau zur Schau stellten, allein die Erwähnung des Ausgehaltenwerdens durch einen Homosexuellen sofortiges Aufbrausen zur Folge haben. Terry hatte sich auf diese Reaktion verlassen. Diesmal funktionierte es zu seinem Mißfallen aber nicht. Taff und Barney wechselten lediglich Blicke und zuckten gleichzeitig die Achseln. Terrys Herz sank in seine nostalgischen Schnürstiefel.

Der Lift setzte sich in Bewegung, und er entspannte sich ein wenig. In einem begrenzten und von der Luft abgeschnittenen Raum — er wußte nicht warum — schien sein Magnetismus im allgemeinen am besten zu wirken. In einschmeichelndem Ton sagte er: »Ich hab' das nicht so gemeint, was ich vorhin über Rio gesagt habe. Ich weiß genausogut wie ihr, daß er niemals in London auf den Strich gehen würde.«

Und er machte den Fehler, nach Taffs Hand zu greifen.

»Nein, das würde er niemals! Aber du würdest es schon, was?« fuhr Taff auf und stieß ihn mit dem Fuß gegen das rechte Schienbein; in diesem Moment kam der Lift unten an. Barney, der dankbar jede Gelegenheit zu einer Rauferei wahrnahm, fügte noch einen Tritt seinerseits hinzu, genau unter die Kniescheibe gezielt, und dann rannten die beiden zusammen in die neblige Düsternis davon.

»Wartet! Wartet! ...«

Aber es hatte keinen Sinn. Sie waren außer Hörweite, und niemand war in der Nähe außer einer müden Frau mittleren Alters, die eine halbvolle Einkaufstasche umklammert hielt und Angst hatte, in den Lift einzusteigen, wenn sie ihn nicht für sich allein hatte.

Fluchend humpelte Terry an ihr vorbei in den schmutziggrauen Abend. Der Himmel war wolkenverhangen, die meisten Straßenlaternen waren wie üblich kaputt, und die einzige Reaktion auf sein Rufen von Taffs und Barneys Namen war Beunruhigung bei den Anwohnern, die mutig genug waren, noch nach Einbruch der Dunkelheit im Freien zu sein.

Nein, nicht die einzige Reaktion.

Denn als er zum Ende der Straße humpelte und nach rechts und links spähte, um ein Zeichen von seinen Kameraden zu entdecken, auf die er sich so lange Zeit verlassen hatte, rauschte ein riesiger grauer Wagen lautlos aus dem Nebel heran und hielt an.

Eine der hinteren Türen wurde geöffnet. Eine Stimme sprach zu ihm — nur ein paar Silben: »Steig ein! Wir nehmen dich mit nach Hause.«

Doch das reichte, um ihm eine Menge alarmierender Dinge zu verraten. Erstens waren die Worte mit amerikanischem Akzent gesprochen worden. Unter den Schreckgespenstern, die Terry heimgesucht hatten, seit er das erstemal von dem geheimnisvollen Rolls-Royce gehört hatte, war die Sache mit der Verfolgung durch die USA-Mafia das harmloseste gewesen — doch in diesem Moment, dank jahrelanger Vorbereitung durch amerikanische Filme im Fernsehen, die er angeblich so sehr verachtete, war er mürbe genug, daran zu glauben, und sich machtlos zu fühlen. Zweitens war die Stimme die eines Jungen, der nicht viel älter als er selbst sein konnte, aber sie versprach, ein autoritärer Bariton zu werden, wenn er erst erwachsen wäre, während Terrys — wie ihm bewußt geworden war, nachdem er Tonbandaufnahmen seiner eigenen Stimme gehört hatte, die seine ›Freunde‹ gemacht hatten — immer ein leichter Tenor bleiben würde.

Ein Satz, der ihm aus einer Nachrichtensendung hängengeblieben war, machte sich beherrschend in seinem Denken breit: *Die amerikanischen Besatzungstruppen in Lybien ...* Es deutete alles darauf hin, daß dies hier etwas mit dem Kriegsgeschehen zu tun hatte!

Terry war nahe daran zu schreien, als ihn jemand an der Hand packte und in den mutterleibartigen Wagen zog.

»Sie sehen also, Mr. Owens — Mrs. Owens —, daß es keine echte Alternative gibt, nicht wahr?«

Wo bin ich? Was geht hier vor? Benommen, als ob er sich in dem Flußnebel, der die Straßen draußen einhüllte, verirrt hätte, bemühte sich Terry, seine Geistesgegenwart wiederzuerlangen. Er befand sich im Wohnzimmer seiner Eltern; der erste Anhaltspunkt, der ihm Aufschluß gab, bevor es ihm gelang, die Augen zu öffnen, war der Geruch nach zu lange durchgezogenem Tee, den seine Mutter stets automatisch anbot. Als er sich umsah, bemerkte er, daß diese wertvolle Flüssigkeit in mehreren Tassen kalt wurde und an der Oberfläche Haut ansetzte. Was für eine schändliche Verschwendung, da Tee doch so viel kostete, ein ausgesprochener Luxusartikel war und demnächst — so hörte man sagen — rationiert werden sollte, gleichzeitig mit anderen Gütern aus dem Orient, wie zum Beispiel Reis.

Doch das war in einer anderen Welt, in einer anderen Zeit. Terry ging im Hier und Jetzt vor Anker, und er fand einen Jungen vor, ungefähr in seinem Alter, der sich mit seinen Eltern unterhielt und dabei von einem unglaublich gutgekleideten Ehepaar (auf dem zweisitzigen Sofa in der Nähe des Fensters) unterstützt wurde, beide in einem Maße sonnengebräunt, wie es selbst Rio niemals erreichen würde, auch wenn er die besten Selbstbräunungscremes verwendete ... Plötzlich dämmerte es ihm: Das mußten die Besitzer des Rollers sein!

Ich sitze in der Falle. Ich weiß nicht, wie das geschehen konnte. Ich kann nur denjenigen bewundern, der das geschafft hat!

Er hörte wieder zu. Der Junge sagte gerade:

»Eines steht fest: Wenn bekannt würde, daß ein Junge im Alter Ihres Terry das geistige Oberhaupt einer Erpresserbande ist, dann wären die Folgen fürchterlich. Ihre Kompetenz als Eltern würde in Frage gestellt, das wäre das erste. Unsere gegenwärtige Regierung, wie Sie selbst sehr gut wissen« — wie unbewußt strich er über das rot-weiß-blaue Band, das er am Revers trug — »legt großen Wert auf elterliche Verantwortlichkeit, wenn sie auch weniger privilegierten Bürgern mit gewisser Nachsicht entgegenkommt ...«

Seine Eltern nickten, und doch — nein! Denn sie verstanden die polizeiartige Verschlüsselung: *Es ist vollkommen in Ordnung, daß Leute wie wir Fenster einschlagen, Scheiße durch Briefkastenschlitze schieben und Kinder im Bett verbrennen, aber sobald die Schweine von Niggern und Reisfressern zurückschlagen, dann kommen die Bullen wie ein Erdrutsch — und dann gnade ihnen Gott!*

Das war Terrys Sprache, mit der er aufgewachsen war. Er nickte in heftiger Zustimmung.

Doch ihm war gleichzeitig bewußt, daß irgend etwas total falsch war. Die Luft in diesem Raum — und es war nicht der Geruch nach zu stark durchgezogenem Tee ...

Irgendwie nicht gut. Er konnte nicht dahinterkommen. Er konnte sich nur zurücklehnen und weiterhin nicken.

»Also, zum Nutzen Ihrer Nachbarn, Ladenbesitzer wie Sie selbst, wie zum Beispiel der Zeitungshändler

Zwischendurch: [redacted] Terry kommt aus einer düsteren Welt: Selbst Tee ist schon ein ausgesprochener Luxusartikel, der rationiert werden soll… [redacted] Gott sei Dank leben wir noch in glücklicheren Zeiten. Nahrung ist für uns so reichlich vorhanden, daß wir darauf achten müssen, bei einer kleinen Mahlzeit für zwischendurch leicht zu genießen. Und was ist hier besser als der… [redacted]

Mr. Lal und Mr. Lee in der Imbißbude, die der Gemeinschaft einen so wertvollen Dienst erweisen ...«

Moment mal!

Das waren doch genau die Leute, die Terry mit Hilfe von Barney und Taff und Rio mit so großer Anstrengung zur richtigen Denkungsart hatte zwingen wollen! Er verspürte den Drang, aufzuspringen und zu brüllen.

Und merkte, daß er es nicht konnte.

Mit dem süßesten Lächeln nahm der fremde Junge (zu irgendeinem Zeitpunkt hatte Terry zur Kenntnis genommen, daß man ihn David nannte) seinen Arm. Er sagte: »Oh, hab' doch nicht soviel Angst! Komm mit — der Wagen wartet draußen!«

Ich? Angst haben? Die ausgeflipptesten Typen aus meinem Viertel fressen mir seit dem Jahre Null aus der Hand!

Und doch hatte er Angst. Er zitterte von Kopf bis Fuß. Er weinte und fürchtete, er könnte sich vielleicht — ja — in die Hose machen!

Wie? Warum?

Aber was das Weinen anging, so sah er, als er einen letzten Blick über die Schulter zurückwarf, daß seine beiden Eltern ebenfalls in Tränen aufgelöst waren.

Und doch lachten sie gleichzeitig. Lachten vor purer Erleichterung!

Zum ersten Mal kam ihm die Frage in den Sinn:

Wer bin ich? Was bin ich für eine Art Mensch?

Auf dem unglaublich bequemen Rücksitz des Rollers, so bequem wie die dreiteiligen Sitzgruppen in den Möbelgeschäften, die er schon mal erwogen hatte für zu Hause zu klauen, nur daß ihr Wohnzimmer dafür zu klein war, versuchte er, diese Frage zu umreißen.

Er konnte es nicht. Er konnte nur sagen: »Was ist mit Rio und meinen anderen Freunden geschehen?«

Der Junge neben ihm, derjenige, den man David nannte, sagte: »Das waren nicht deine Freunde. Das waren deine Werkzeuge.«

Terry konnte ein Kichern nicht unterdrücken; es wurde jedoch von David mit einem starren Blick zum Einfrieren gebracht.

»Du hast deinen Spaß gehabt«, sagte er. »Jetzt mußt du deine Pflicht tun.«

»Was?« — wieder vom Versuch eines Lachens begleitet.

»Halt den Mund! Wir haben noch genügend Zeit!«

Hier ist der Sender TV-Plus. Es folgen die Nachrichten.

Autobomben detonierten heute morgen vor den Botschaften Malaysias in verschiedenen westeuropäischen Großstädten, darunter London; sie richteten großen Sachschaden an und forderten eine noch unbekannte Zahl von Todesopfern. In Anrufen, die bei Zeitungen, Fernseh- und Radiosendern eingingen, bekannte sich eine Gruppe mit dem Namen Freie Armee Singapurs zu den Anschlägen. Mehr darüber in Kürze.

In einem Radiointerview sagte General Thrower — Zitat: »Es kann nicht hingenommen werden, daß irgendein bedeutungsloses Gezänk am anderen Ende der Welt als Vorwand dient, um englische Menschenleben und englisches Eigentum zu zerstören.« Auf die Frage, welche Gegenmaßnahmen er vorschlage …

Die Uhren waren an diesem Wochenende eine Stunde zurückgestellt worden, so daß es am Abend schon dunkel war, als Ellen von ihrem Reinemachejob zurückkam, scharf beobachtet von den Augen derer, die noch immer der Nachbarschafts-Garde angehörten. In letzter Zeit waren derartige Organisationen erneut heftig von der Regierung kritisiert worden, und zwar als Verschwörerbanden, die die Polizei bei der Ausübung ihrer Pflicht behinderten, und ihre Symbole waren inzwischen von fast allen Fenstern, mit nur ganz wenigen Ausnahmen, entfernt worden. (Vor ein paar Tagen hatte Peter gestanden, daß er sich schämte, weil er der Garde seiner Straße nicht beigetreten war, wie er es bei seinem Einzug hier eigentlich vorgehabt hatte, aber jetzt würde er es auch nicht mehr tun.)

Außerdem hatte ein Nieselregen eingesetzt. Sie hatte es eilig, ins Haus zu kommen. Während sie nach ihrem Türschlüssel suchte, hörte sie ein schwaches Miauen. Als sie sich umsah, entdeckte sie eine kleine getigerte Katze, sehr mager, die unter einem Busch neben dem Weg Schutz gesucht hatte.

»Armes Ding!« sagte sie, schob sich die Umhängetasche auf den Rücken und ging in die Hocke. »Komm, Miezi! Komm, mein Kätzchen!«

Es wäre gern geflohen, aber es war zu schwach. Schicksalsergeben ließ es sich von ihr ins Haus tragen.

Peter kam kochend vor Wut nach Hause, nachdem er wieder mal einen fruchtlosen Tag mit dem Versuch verbracht hatte, jemanden für eine weitere Katastrophen-Story zu interessieren — die einzige Art von Themen, so schien es, die sich ihm heutzutage noch bot. In diesem Fall ging es um ein Schmerzmittel, das in den Vereinigten Staaten und in verschiedenen westeuropäischen Ländern verboten war, in Großbritannien und der Dritten Welt jedoch frei verkauft wurde. (Neuerdings war er oft versucht zu sagen »die übrige Dritte Welt« ...) Der Skandal, daß Frauen, die das Präparat während der Schwangerschaft eingenommen hatten, mißgestaltete Kinder zur Welt brachten, hatte fast das Ausmaß wie damals im Fall von Thalidomid, doch niemand war bereit, seine Recherchen finanziell zu unterstützen. Selbst Jake hatte nur die Achseln gezuckt und gesagt, daß das überhaupt nicht in Frage käme.

Außerdem hatte er auf dem Heimweg fünf Fisch-und-Chips-Buden gesehen, die hoffnungsvoll das Schild ›Zu verkaufen‹ ins Schaufenster gehängt hatten. Natürlich wegen der Kartoffelknappheit aus dem Geschäft gedrängt. So war eins zum anderen gekommen und hatte dazu geführt, daß er jetzt ziemlich üble Laune hatte.

»Was ist das denn?« knirschte er, als er in die Küche trat und das schäbige Kätzchen auf einem alten Stück Teppich vor dem Herd liegen sah.

»Eine Katze natürlich«, antwortete Ellen, ohne von ihren Fütterungsbemühungen aufzusehen. Heute abend stand Leber und Zwiebeln auf dem Speiseplan, da Innereien immer noch verhältnismäßig billig waren. Sie hatte von der Leber ein paar Streifen abgeschnitten und hielt sie in der Hand. Außerdem hatte sie ein Schälchen mit Milch auf den Boden gestellt.

»Ich glaube, sie ist verletzt«, fügte sie hinzu.

»Eher krank«, knurrte Peter und holte sich einen Krug mit selbstgemachtem Bier aus dem Kühlschrank. »Und wahrscheinlich voller Ungeziefer. Mußtest du sie unbedingt mit ins Haus bringen?«

Einen Moment lang machte sie den Eindruck, kurz vor dem Explodieren zu sein. Dann überlegte sie es sich anders, während die Katze einen Mundvoll Leber annahm und ein schwaches Schnurren zum Dank zustande brachte.

Ellen erhob sich, wischte sich die Hände ab und wandte sich an ihren Vater. »Dad, bitte sei nicht so!« flehte sie ihn an. »Laß mich versuchen, das arme Ding zu retten! Falls es mir gelingt, dann habe ich Gesellschaft, wenn ich allein zu Hause bin.«

Du brauchst doch nicht ...

Doch die Worte erstarben vor dem Aussprechen. Brauchte sie nicht? Das war nicht wahr. Immer weniger ihrer Freunde von der Schule, Jungen wie Mädchen, waren willens, sich in ihrer Gesellschaft sehen zu lassen, aus Angst vor Vergeltungsmaßnahmen durch die Throwers ...

Gewaltsamer Druck, sicherlich. Doch von oben unterstützt.

Und da er gerade an gewaltsamen Druck dachte ...

»Na gut«, seufzte er, »du kannst sie über Nacht behalten, aber morgen gehst du mit ihr zum Tierarzt, um sie gründlich untersuchen zu lassen, okay?«

Wenn sie ihn mit ihren wehmütig-sanften Augen ansah, war es ihm irgendwie unmöglich, ihr etwas abzuschlagen. Was nicht allzu verwunderlich war. Sein ganzes Leben lang hatte er eine Schwäche für schöne, wehmütig-sanfte Mädchen gehabt. Deshalb hatte auch Kamala seine Aufmerksamkeit auf sich gezogen, nachdem sie gerade von ihrem vorherigen Geliebten sitzengelassen worden war. Es sah so aus, als ob Ellen zumindest einen Wesenszug von ihrer Mutter geerbt hätte …

Sie küßte ihn schmatzend auf die Wange. »Vielen, vielen Dank!« rief sie. »Das Abendessen ist in einer halben Stunde fertig! Und stell dir vor, ich habe ein paar Kartoffeln aufgetrieben! Möchtest du lieber Pommes oder Püree?«

»Was gibt's dazu?«

»Das habe ich dir heute morgen doch gesagt! Leber und Zwiebeln.«

»Stimmt, das hast du … okay, Püree.«

»Gut. Man soll nicht so viel Gebratenes zu sich nehmen, hm? Gesünder essen, länger leben …« Und ihr Gesicht verwandelte sich auf wundersame Weise in eine Maske des Elends. »Ich wüßte allerdings nicht, warum.«

»Ellen, mein Schatz, was, um alles in der Welt …?«

Plötzlich strömten Tränen über ihre Wangen.

»Eben, die *Welt*, das ist es«, quetschte sie heraus, wobei sie sich umdrehte und nach einem Papiertaschentuch griff. »All die schrecklichen Dinge, die jeden Tag in den Nachrichten gebracht werden, schlimmer als meine schlimmsten Alpträume! Hast du von dem Zugunglück gehört?«

»Was für ein Zugunglück?«

»Heute nachmittag in Manchester. Es kam im Radio — ich habe gleich die erste Meldung darüber gehört. Nein, schalte den Fernseher nicht ein« — als er automatisch Anstalten machte, genau das zu tun. »Ich möchte die Bilder nicht sehen. Menschen wurden bei lebendigem Leibe zu Brei zermalmt. Es wird behauptet, die Computer, die die Signale stellen, hätten versagt …«

Sie erholte sich wieder etwas. Nach einem letzten Abtupfen der Augen legte sie das Taschentuch beiseite.

»Tut mir leid«, murmelte sie schließlich. »Mir ist dabei nun mal in den Sinn gekommen, was damals passiert sein muß, bei dem Flugzeugunglück, bei dem … bei dem mein früheres Zuhause verbrannte.«

Es war das erstemal seit vielen Wochen, das sie das Unglück, bei dem ihre Mutter ums Leben gekommen war, direkt erwähnte. Peter legte den Arm tröstend um sie, da ihm nichts zu sagen einfiel.

»Und es gibt eine Nachricht von Claudia«, fuhr Ellen nach einer Pause fort. »Sie liegt krank im Krankenhaus.«

»O nein! Was fehlt ihr denn?« Er erinnerte sich, daß sie in letzter Zeit über Unwohlsein geklagt hatte, doch da die Story, die sich zu Beginn so vielversprechend angelassen hatte, überhaupt nicht weiterging, hatte er sich erlaubt, einige Tage lang keine Verbindung zu ihr aufzunehmen.

»Heringswurm.«

»Was? Oh! Nein, sag nichts darüber!« Peter spürte, wie sich sein Mund zu einem grimmigen Lächeln verzerrte. »Ich weiß über den Heringswurm Bescheid. Und es handelt sich dabei um etwas sehr Ekelhaftes.«

»Ja, hört sich schrecklich an. Ich habe nachgeschlagen. Der medizinische Name dafür ist Anisakiasis, und man bekommt es vom Verzehr von rohem Fleisch.«

»Oder minderwertigem Fisch, der nicht richtig zubereitet wurde.«

»Das stand da auch.«

»Muß sie operiert werden?«

»Ich glaube nicht. Man hat ihr Vermifuga verabreicht — ist das richtig?«

»Ja, ganz richtig. Wurmtreibende Mittel. Aber muß sie lang im Krankenhaus bleiben?«

»Mindestens eine Woche, hat sie gesagt. Ich meine, nicht direkt gesagt. Sie hat nicht angerufen, sondern nur eine Nachricht per Bildschirmpost hinterlassen.«

»Dann schicke ich ihr morgen früh am besten eine Genesungskarte. Ich kann mir nicht vorstellen, daß sie ein Bildschirmpost-Terminal neben dem Bett hat.«

Ein schwaches Wimmern kam von der Katze, als sie sich zu ihr umdrehten, sahen sie, wie sie versuchte, aufzustehen und in Richtung Tür zu gehen.

»Vermutlich sollte ich sie hinaus lassen«, sagte Ellen nach einem Moment. »Ich hoffe, sie läuft nicht weg ...«

Das tat sie nicht, sondern kam dankbar zurück ins Warme und Trockene. Und genau in der Sekunde, als sie wieder ins Haus kam, klingelte das Telefon.

»Bernie hier. Kann ich mal vorbeikommen? Ich hab' was zu besprechen.«

Wie könnte ich nein sagen?

Doch was Peter eigentlich hauptsächlich hätte sagen wollen — doch er fand nicht die passenden Worte —, war folgendes, und zwar zu Ellen: *Ja, meine arme Kleine! Wir haben dir eine ziemlich kaputte Welt beschert, das kann man wohl sagen. Ich selbst habe noch die Generation vor mir beneidet, die alle Freuden einer aufgeschlossenen Gesellschaft genießen konnte; damals war es noch möglich, sich den Tripper zu fangen und ihn wieder loszuwerden, oder sogar die Syphilis, und fröhlich weiterzubumsen. Dann kam AIDS ... und jetzt dieses Weltuntergangsgefühl. Falls nun diese tibetischen Terroristen tatsächlich eine Ladung Atommüll geklaut haben? Es ist zwar dementiert worden, doch wer glaubt schon noch einer Regierung? Wenn irgendein verrückter Diktator in der Dritten Welt Atomwaffen in die Hand bekommt — man spricht ständig von Indien und Pakistan und den Malaysiern, ganz zu schweigen von den Südamerikanern; wenn es wahr ist, daß die Ozonschicht immer mehr zerstört wird, und ich habe den Verdacht, daß es wahr ist; oder wenn das Sterben der Regenwälder im Amazonasgebiet wirklich bedeutet, daß der Sauerstoff knapp wird; oder wenn das Gift, das wir mit der Nahrung aufnehmen, wirklich unsere Lebenserwartung reduziert; oder wenn die gezüchteten Bakterien, die wir auf die Umwelt loslassen, so fragwürdig wie unsere Computerprogramme sind, von denen gerade wieder mal eins zusammengebrochen ist und eine der größten Banken Japans in den Ruin getrieben hat; oder wenn unsere Verschwendung fossilen Rohöls tatsächlich die Gletscher zum Schmelzen bringt ... dann können wir zu unseren Kindern nur noch sagen: »Tut uns schrecklich leid!«*

Und das wird ihnen dann sehr helfen!

Während Ellen sich emsig am Herd zu schaffen machte, sagte er nachdenklich: »Weißt du, einmal habe ich eine Geschichte gelesen über eine Mutter, die ihre Tochter davon heilte, ständig Unordnung zu machen. Das Mädchen war ungeschickt und stieß dauernd alles mögliche um, und dann dachte sie, es genügte, wenn sie sagte: ›Tut mir leid!‹«

Ellen drehte sich um und sah ihn mit großen, fragenden Augen an. Plötzlich erschien es Peter sehr wichtig, die Geschichte zu Ende zu erzählen und ihre Botschaft zu vermitteln.

»Eines Tages nun, als sie eine Kanne Milch umgekippt und alles über den Tisch und auf den Boden vergossen hatte, reichte ihr ihre Mutter ein Küchenhandtuch — das sie ihr wie einen Turban um den Kopf band — und einen Stab. Dann sagte sie zu ihr: ›Jetzt bist du eine Zauberin und hältst einen Zauberstab in der Hand. Schwenke ihn über der Milch hin und her und sprich die magischen Worte. ›Tut mir leid!‹ Und natürlich ...«

»Natürlich war die Sauerei immer noch da«, sagte Ellen ungerührt. »Na und?«

»Diese Lehre würde ich gern allen Politikern und Ökonomen und Industriellen und ... *allen* großkotzigen Wichsern erteilen! Denn es reicht nicht, daß wir zu unseren Kindern sagen ›tut uns leid‹ und ihnen dann die Sauerei zum Wegräumen hinterlassen.«

»Mach dir keine Sorgen«, entgegnete sie, während sie üppige Berge duftender gebratener Zwiebeln auf die Teller häufte, die gegrillte Leber zufügte, das wertvolle Kartoffelpüree bis zum letzten Klecks aus dem Topf schabte und Senf als Extrabeilage sowie Besteck zu Tisch brachte.

Er blinzelte sie an. »Was, um alles in der Welt, meinst du damit. Wie kann ich aufhören, mir Sorgen zu machen?«

»Es könnte sein, daß die Kinder nicht ganz so bereitwillig sind, wie man sich das vorstellt«, antwortete sie hintergründig. »Ich meine, um anderer Leute Sauerei wegzuräumen ... Wollen wir essen? Wenn Bernie gleich kommt, bleibt uns nicht mehr viel Zeit.«

Diesmal erschien der Hacker wenigstens ohne blaues Auge und ohne Matsch an der Kleidung, obwohl sich das Nieseln zum echten Regen entwickelt hatte und der Regen wie immer schmutzig war. Nachdem er ein Bier genommen hatte, ließ er sich in den Sessel nieder, der inzwischen sozusagen zu seinem Stammplatz geworden war.

»Habt ihr das von Claudia gehört?« fragte er.

»Ja.«

»Der Verkauf von Fisch, der lebende Anisakis-Larven enthält, ist in allen EG-Ländern gesetzwidrig.«

»Vielleicht hat sie sich bereits in Amerika infiziert ...«

»Die Symptome, einschließlich des Erbrechens — unter anderem — von Blut, treten innerhalb weniger Stunden auf. Ich habe mich informiert.«

»Dann muß sie in einem Sushi-Lokal mit miesen hygienischen Verhältnissen gegessen haben! Herrje, muß ich noch darauf hinweisen, wie sehr die Regierung bei den Nahrungsmittel-Prüfern einspart? Wenn es die Sendung *Continuum* weiterhin gegeben hätte, dann wäre das eins der Themen gewesen, die wir aufgegriffen hätten!«

»Dann brauchte ich nicht zu wiederholen, was ich eben gesagt habe. Es ist *gesetzwidrig,* Fisch mit lebenden Anisakis-Larven zu verkaufen!«

Peter erstarrte für einen Moment wie versteinert. Dann pfiff er durch die Zähne.

»Du hast kapiert, was ich meine, ja?« brummte Bernie. »Selbst wenn sie sich die Krankheit in einem japanischen Restaurant geholt hätte — natürlich wagen wir es nicht, die Japaner zu beleidigen, solang wir noch darum buhlen, wieder zu ihrer Wirtschaftssphäre zugelassen zu werden —, dann hätte der Besitzer auf jeden Fall einen Besuch von den Bullen erhalten und nachweisen müssen, daß sein Betrieb nicht die Quelle der Infektion war. Das Krankenhaus hätte den Fall sofort melden müssen.«

»Und das ist nicht geschehen?«

Bernie schüttelte den Kopf. »Die Sicherung der Polizeiberichte über Vorkommnisse in Krankenhäusern ist so lasch, daß sie praktisch Allgemeingut sind. Es ist nichts gemeldet worden.«

»Nun ja, sie sind schrecklich überlastet«, murmelte Peter. »Vielleicht hat es jemand vergessen.«

»Oder vielleicht leidet Claudia gar nicht unter dem Heringswurm.«

Es herrschte eine Zeitlang Schweigen. Schließlich sagte Peter mit kalter, dünner Stimme: »Los, weiter! Sprich es aus! Ich glaube nicht, daß es mir gefallen wird, aber ... los, sprich es aus!«

Aus der Innentasche seiner Jacke brachte der Hacker ein Stück Papier zum Vorschein, einen Computerausdruck. »Hier! Seht euch das an! Ich darf das natürlich eigentlich nicht haben, aber ... He, ist Claudia übrigens zu Schwester Higgins gegangen?«

Während Peter den Ausdruck in Augenschein nahm und damit näher zur Lampe rutschen mußte, wobei ihm einfiel, daß er sich geschworen hatte, sich jetzt dann bald eine Brille anzuschaffen — aber solang er keine neuen Aufträge bekam, konnte er sich keine leisten, denn das Staatliche Gesundheitswesen kam nicht mehr dafür auf —, brummte er: »Ja. Und sie ist Patientin in einem Pflegeheim und gehört nicht etwa zum Personal. Außerdem ist die völlig plemplem und hat nur noch ein paar Monate zu leben ... Du liebe Güte! Ist das hier wahr?«

Vor lauter Aufregung zerknüllte er das Papier und starrte Bernie an.

»Soweit ich weiß, schon«, seufzte der Hacker. »Jedenfalls habe ich es aus einer zuverlässigen Quelle erfahren.«

»Sie hat keineswegs den Heringswurm!«

Ellen war in der Küche mit Abwaschen beschäftigt gewesen. Da sie gerade noch rechtzeitig hereinkam, um die letzten Worte aufzuschnappen, verlangte sie eine Erklärung.

Peter gab ihr einen kurzen Einblick, dann fuhr er hastig fort: »Aber warum? Und wie?«

Bernie spreizte die Finger. »Das ist eine gängige Methode, um unliebsame Nachforscher für eine Weile aus dem Weg zu räumen. Die Gruppen Fünf und Sechs des Militärischen Geheimdienstes wenden sie mit Vorliebe an, die CIA und das KGB benutzen ähnliche Verfahren ... Der Grundgedanke ist, jemandem ein vorübergehendes Magengeschwür zu verschaffen -- es gibt alle möglichen natürlichen Auslöser dafür, die man demjenigen ins Essen schmuggeln kann, und zwar in einer Kapsel, die sich im richtigen Moment im Verdauungstrakt auflöst —, und dann für eine falsche Diagnose und damit eine falsche Behandlung zu sorgen, durch die sich im Idealfall der Zustand des Kranken noch verschlimmert. Nach einer oder zwei Wochen ...«

Peter war aufgesprungen. »Herr im Himmel! Wir müssen sie unbedingt darüber aufklären!«

»Hast du vergessen, daß sie Ausländerin ist, die in einem Krankenhaus des Staatlichen Gesundheitswesens behandelt wird, ein seltenes Privileg für jemanden aus einem Nicht-EG-Land, und ...?«

»Und sie ist krank und leidet!«

»Du willst also dort hineinspazieren und dem Arzt erklären, daß er entweder blöd oder gekauft ist?«

»Aber wie kann ein Arzt ...?«

»Menschen lassen sich hinbiegen«, sagte Bernie knapp und leerte seinen Bierkrug.

»Du meinst im Ernst ...«

»O Mann, werd endlich erwachsen, ja? Ich bin ein

paar Jahre jünger als du, aber ich komme mir wesentlich älter vor, das kann ich dir sagen. *Du* solltest doch am besten wissen, wohin dieses Land steuert!«

Peter sackte wieder in seinen Sessel zurück, wobei er seinen Bierkrug fest umklammert hielt.

»Ja, ich glaube, ich weiß es«, murmelte er und blickte Ellen an. »Ich habe ... na ja, vor dem Essen habe ich mir so ähnliche Gedanken gemacht. Was tun wir jetzt?«

»Du mußt Claudia morgen früh besuchen«, sagte Ellen in bestimmendem Ton. »Und bestehe darauf, mit ihrem Arzt zu sprechen.«

»Ellen, meine Liebe«, sagte Bernie, während er aufstand, um seinen Krug neu zu füllen, »es ist wundervoll, jung und idealistisch zu sein. Aber ich befürchte, wenn unsere selbstgestrickte Abart der Gestapo diesen Typen bereits in den Klauen hat ...«

»*Warum?*« brach es aus Peter heraus.

»Das weiß ich nicht. Aber das ist genau der Punkt, über den ich in erster Linie reden wollte, deshalb bin ich gekommen.« Nachdem er seinen Krug randvoll gegossen und einen ausgiebigen Schluck genommen hatte, sah ihm Bernie fest in die Augen.

»Ich steige aus der Sache aus.«

»Aber ...«

»Sag nicht, das kann ich nicht! Ich kann, so sicher wie das Amen in der Kirche, und du hast jetzt den letzten Fetzen mit Daten bekommen, den ich liefere. Nenn mich einen Feigling, wenn du willst, aber ich sage es dir ehrlich: Die Tatsache, daß sie so schwere Geschütze auffahren, um Claudia davon abzuhalten weiterzugraben, läßt mich um meine eigene Sicherheit bangen. Tut mir leid. Morgen früh werde ich es Jake sagen ... es hat keinen Sinn, ihm Kummer zu bereiten, wenn er gerade versucht, mit einer neuen Ausgabe zu Potte zu kommen.«

Nach einem weiteren Schluck Bier fügte er etwas kleinlauter hinzu: »Außerdem habe ich das Gefühl, gegen eine Mauer anzurennen. Louis Parker ist zu clever für mich.«

»Ich wollte dich gerade fragen ...«

»Ich wollte dir gerade noch etwas sagen. Entschuldige, das Papier, das du vorhin bekommen hast, ist doch noch nicht das letzte bißchen an Information, das ich dir schulde.«

»Herrje, dann gib mir doch endlich den Rest auch noch!« schrie Peter ihn an. »Du suchst Louis Parker jetzt schon seit scheißvielen Wochen und hast noch nicht einmal eine Spur von ihm gefunden!«

»Ich habe tatsächlich immer noch keine gefunden. Aber ich bin zu einem Schluß gekommen.«

Peter spürte, wie sich seine Fingernägel schmerzhaft in die Handfläche bohrten. »Heraus damit!« knirschte er.

»Ich bin zu der felsenfesten Ansicht gelangt«, sagte Bernie und wich dabei dem Blick des anderen aus, »daß du recht hast in bezug auf Parker. Und er weiß es, und er weiß, daß du hinter ihm her bist, und er hat ... nun ... die entsprechenden Vorkehrungen getroffen.«

»Du meinst, der Schweinehund hat Special Branch in die Tasche gesteckt, ganz zu schweigen von den Ärzten des Staatlichen Gesundheitswesens?«

»Es sieht ganz danach aus. Hör zu!« Er beugte sich in seinem Sessel weit nach vorn. »Ich habe dieses äußerst aufwendige Suchprogramm laufen lassen, von dem ich dir erzählt habe — habe es mit so großer Reichweite und so lange laufen lassen, wie es das Geld erlaubt. Ich finde nicht *die geringste Spur* von Louis Parker. Du hast mir ein wenig über seinen Hintergrund erzählt, daß seine Familie aus Armenien stammt und so weiter, und du sagtest, er hat Samen gespendet und in der Computerbranche gearbeitet — und so fort. Ich habe *jeden* Hinweis verfolgt und gegengecheckt; es war einfach nichts da. Du hast gesehen, wie Ellen Schwester Higgins ausfindig gemacht hat, indem sie frühere Telefonverzeichnisse durchsuchte. Wenn du das im Fall von Louis Parker machst, wirst du ihn nicht finden. Andererseits sagtest du, er war ein lebenslustiger Hans Dampf in allen Gassen; kannst du dir vorstellen, daß so jemand kein Telefon besitzt?«

Kalter Schweiß perlte auf Peters Stirn. Er setzte zum Sprechen an, doch bevor er die richtigen Worte gefunden hatte, preschte Bernie weiter vor.

»Und erzähl mir nichts über Geheimnummern! Wenn du weißt, wie man's macht, kannst du die Nummer eines *jeden* herausfinden, ob er lebt oder tot ist. Oder zumindest von jedem, der nach der Einführung des Computersystems hier gelebt hat. Auch beim Einwohnermeldeamt ist nichts über ihn bekannt. Bei der Sozialversicherungsanstalt ist er nicht eingetragen. Keine der wichtigsten Banken hat je ein Konto auf seinen Namen geführt. Wie ich schon mal gesagt habe, er hat sich ein Loch gegraben, ist hineingestiegen und hat es hinter sich zugeschüttet. Und das deutet auf Schwierigkeiten derartiger Größenordnung hin, daß ich nicht hineingezogen werden möchte.«

Er leerte seinen Bierkrug erneut und erhob sich, um zu gehen. Auf dem Weg zur Tür zögerte er jedoch. Ihm war bewußt geworden, daß Ellen ihn anstarrte.

»Ist irgendwas nicht in Ordnung?« fragte er.

»Ja, du.« Das Mädchen erhob sich von der Couch und stand sehr aufrecht da.

»Was meinst du damit?«

»Du hast Geld vom *Comet* angenommen, damit du in dieser Story, die Claudia aufgebracht hat, recherchierst. Am Anfang hast du die Sache nicht mit dem angemessenen Ernst behandelt. Jetzt stellt sich heraus, daß es ein ganz großer Fisch ist. Du müßtest eigentlich aufgeregt sein, begierig, das Ganze unbedingt bis zu Ende zu verfolgen. Statt dessen stiehlst du dich davon!«

Das zarte Gesichtchen zeigte einen vielsagenden Ausdruck von Abscheu, als sie zurück in die Küche stolzierte und sich mit einigem Getue der Katze zuwandte.

An der Tür sagte Peter: »Ellen hat recht, weißt du.«

»Vielleicht. Aber ich werde ... meinen Arsch aus der Schußlinie bringen, wie die Amerikaner sagen würden.«

»Und ich werde meinen hinhalten!« fuhr Peter ihn zornig an. »Morgen werde ich genau das tun, was Ellen vorgeschlagen hat.«

»Was? Willst du versuchen, Claudias Arzt zu einem Eingeständnis zu bringen, daß er ...?«

»Genau!«

»Na, dann kann ich dir nur wünschen, daß du überlebst. Nacht!«

Am nächsten Morgen mußte Peter einige Schwierigkeiten überwinden, bevor er in Claudias Krankenzimmer vorgelassen wurde. Blaß, an einen Haufen schäbiger Kissen gelehnt, lächelte sie aus Freude über seinen Besuch — und hörte sofort auf zu lächeln, als er ihr verstohlen den Computerausdruck zeigte, den Bernie vergessen hatte zurückzufordern.

»O mein Gott!« flüsterte sie, als ihr seine Bedeutung vollends klar wurde. »Ich bin in etwas noch viel Größeres hineingestolpert, als ich es mir anfangs vorgestellt hatte!«

»Etwas sehr Großes!« murmelte Peter und blickte über die Schulter, um sich zu vergewissern, daß niemand so nah war, um sie zu hören — doch ein Hilfspfleger schob eine elektrische Poliermaschine über den Boden, und dieser Krach machte es eventuellen Lauschern bestimmt sehr schwer. »Ich habe die halbe Nacht darüber nachgedacht, nachdem mir Bernie einiges in bezug auf Louis Parker erzählt hatte.« Er faßte es rasch in einigen Worten zusammen.

»Und wenn er der Vater all dieser Kinder ist«, sagte Claudia langsam, »dann ...«

»Dann ist nichts wahrscheinlicher, daß er zumindest zum Teil mit diesem ›Talent‹ ausgestattet ist. Kein Wunder, daß er sich ein Loch graben und darin verschwinden kann, wie Bernie es ausgedrückt hat, und dann immer noch Leute wie deinen zuständigen Arzt beeinflußt!«

»Ich kann es immer noch kaum glauben«, seufzte Claudia. »Ich hätte schwören mögen, daß eine ehrliche Diagnose gestellt worden ist ...«

»Laut diesem Papier hier ist es nicht so — ich sollte es übrigens besser wieder an mich nehmen.« Peter ließ den Worten die Tat folgen. »Ich denke, du solltest dich in eine Privatklinik verlegen lassen, gleichgültig, wieviel von Strugmans Geld das verschlingt. Und du tätest gut daran, deinen Freund, den Rechtsanwalt Mr. Stine anzurufen, und ... Also, ihr habt doch bestimmt einen Code, oder nicht?«

Claudia nickte benommen. »Ich weiß nicht, wie ich ihn sichern kann, aber wir wechseln ihn ziemlich häufig.«

»Ich kann mir vorstellen, welchen Kommentar Bernie dazu abgeben würde ... na ja, macht nichts. Nimm Verbindung zu ihm auf. Die Strugger-Clique hat doch bestimmt einige gute Beziehungen.«

»Ja, natürlich.«

»Es ist Zeit, Gebrauch davon zu machen.« Peter zögerte, bevor er hinzufügte: »Claudia, ich hoffe, du verzeihst mir, aber ...«

»Ach, Scheiße! Weshalb diesmal?«

»Na ja« — voller Unbehagen —, »weil ich deiner Theorie nicht den angemessenen Ernst entgegengebracht habe, den sie verdient, wie ich jetzt erkenne.«

»Und ich glaube, ich sollte dir dafür dankbar sein. Denn schließlich wirst du die Story ja nicht gerade in die internationalen Schlagzeilen bringen, oder?«

»Nicht, bevor sie völlig ausgegoren und hieb- und stichfest ist.«

»Und nachdem du jetzt weißt, auf was wir uns da eingelassen haben, scheint das nicht sehr bald der Fall zu sein ... Oh, oh!«

Eine robuste Krankenschwester näherte sich wie ein Schiff unter vollen Segeln, mit strengem Gesichtsausdruck.

»Mr. Levin! Sie haben die Besuchszeit bereits um einiges überzogen. Sie dürfen die Patientin nicht ermüden!«

»Ich gehe ja schon, ich gehe ja schon ...« Peter schob das Papier wieder in eine Tasche und hoffte, daß es nicht bemerkt würde. Doch dies war eine »soziale« Station — das heißt, eine des Staatlichen Gesundheitswesens —, und nur in den Stationen, die privaten, zahlenden Patienten vorbehalten waren, gab es den kostspieligen Luxus von Fernsehkameras, um den Krankheitsverlauf auf Monitoren überwachen zu können. Er beugte sich hinunter, um Claudia auf die Stirn zu küssen.

Sie legte ihm die Arme um den Hals und flüsterte dicht an seinem Ohr: »Wenn Bernie recht hat, weißt du, dann bedeutet das, daß Louis Parker über seine Kinder Bescheid weiß — wer sie sind, und wo.«

»O mein Gott!« Peter wich entsetzt zurück.

»Also, Mr. Levin, Sie dürfen die Patientin nicht beunruhigen!«

»Sie hat soeben mich beunruhigt«, fauchte Peter. »Daran hatte ich gar nicht gedacht ... Ich weiß aber, wer daran gedacht hat!«

»Wer?«

»Ellen! Sie entwickelt die Art von Wahnvorstellungen, die ich selbst auch gern kultiviert hätte, weil sie einem Reporter sehr zugute kommen!«

»Dann sprich mit ihr, wenn sie von der Schule nach Hause kommt«, sagte Claudia gefaßt. »Und ... Schwester?«

»Ja?«

»Bringen Sie mir ein Telefon. Sofort! Ich glaube, mein

Zustand wurde falsch diagnostiziert, und ich möchte eine zweite Meinung dazu hören. Danach beabsichtige ich, meinen Anwalt in New York anzurufen und mich mit ihm über eine Anzeige wegen ärztlichen Fehlverhaltens zu beraten.«

Die Schwester machte ein verständnisloses Gesicht. Peter schenkte ihr ein falsches Lächeln.

»Tun Sie, was sie gesagt hat!« riet er ihr. »Falls nicht, werden Sie für die Schäden haftbar gemacht, da ich Zeuge dieser traurigen Angelegenheit geworden bin.«

Sie kämpfte einen Moment lang mit sich, ob sie den Gehorsam verweigern sollte. Dann kuschte sie. Doch als sie sich entfernte, war an der Bewegung ihrer Lippen deutlich abzulesen:

Widerliche Amerikaner!

»Krebs«, sagte der Tierarzt, zu dem Peter und Ellen am Abend mit der Katze gegangen waren.

»Aber sie ist doch noch so jung!« rief Ellen aus.

»Ja, ungefähr neun Monate, würde ich sagen. Aber letzte Woche habe ich einen Wurf von Kätzchen auf die Welt befördert, die bereits im Mutterleib mit Tumoren durchwuchert waren. Manchmal überlege ich, wenn wir das schon unseren vierbeinigen Lieblingen antun, was tun wir dann erst uns selbst und uns gegenseitig an ...«

Er besann sich. Er trug ein rot-weiß-blaues Band am Kittel, und seine Hand huschte jetzt dorthin wie zu einem Talisman, einem Kruzifix.

»Nun, ich bin sicher, die Regierung tut alles in ihrer Macht Stehende!« schloß er voller Inbrunst. »Aber es wäre das gnädigste, wenn Sie Ihre Katze einschläfern lassen würden. Man möchte ihr Leiden ja nicht verlängern. Bitte, unterschreiben Sie dieses Formular ... Vielen Dank. Das macht fünfundzwanzig Pfund. Wir nehmen alle einschlägigen Kreditkarten; bitte sagen Sie der Sekretärin, welche Sie bevorzugen. Der nächste!«

So tief im Süden war es immer noch warm, obwohl die Arbeiten des Sommers bereits abgeschlossen waren. Die Trauben und Oliven waren geerntet und gepreßt; der Tabak — der hier immer noch angebaut wurde — war verkauft, genauso wie der Mais, entweder für *Polenta* oder für Öl. So ziemlich die einzigen Farbtupfer in der sandiggrauen Landschaft waren dort zu finden, wo Familien Tomaten zurückbehalten hatten, um sie zu Paste zu trocknen oder zu kochen.

Es war etwas Altes und Verstaubtes an der Aussicht, die sich David auf dem Beifahrersitz des Alfas, den Harry am Flughafen gemietet hatte, darbot. Es war, als ob er in eins der Gemälde eingetreten wäre, die zu bewundern man ihm in der Schule beigebracht hatte. Als er noch verpflichtet gewesen war, eine zu besuchen.

Zum ersten Mal seit ihrer kurzen Begegnung erinnerte er sich an die Schulinspektorin, die er verführt hatte (im großen und ganzen in der Art von Garth und Roger, wie ihm jetzt auffiel), nachdem er sichergestellt hatte, daß er niemals mehr von stumpfsinnigen Lehrern belästigt würde.

Doch jetzt wurde er von entschieden schlimmeren Problemen belästigt. Eins davon war schlicht physikalischer Natur: Das Essen, das er im Flugzeug gewagt hatte zu sich zu nehmen, hatte bei ihm ein Bauchgrimmen verursacht, und es war ihm äußerst peinlich, daß er Harry zweimal hatte bitten müssen anzuhalten, damit er sich hinter einen der vertrockneten Herbstbüsche hocken und seinen Darm entleeren konnte.

David behagte es nicht, wenn er an seine niederen menschlichen Bedürfnisse erinnert wurde.

Ausgelöst durch den Gedanken an Garth, machte er sich jetzt noch über ein zweites Problem Sorgen. Er war davon ausgegangen, daß seine Geschwister auf seiner Seite standen, so daß es sicher wäre, Alice ihrer Obhut und dem Schutz des Hauses anzuvertrauen, während er und Harry sich auf dieser Reise nach Italien befanden —

aufgrund eines bloßen Verdachts, doch eines, der eine Saite in seiner Phantasie anklingen ließ ...

Nein, es hat sich bestimmt gelohnt. Nach meinem Programm ...

Mißtrauen, plötzlich aufkeimendes Mißtrauen kämpfte in seinem Denken gegen eine angeschlagene Hoffnung. Er bemühte sich, die Daten, die er hervorbrachte, zu sortieren ... (wie lange würde es noch dauern, bis er selbst wie ein Computer dachte?)

Erstens ...!

Er zwang sich, sich mit der Tatsache auseinanderzusetzen, daß seine Geschwister nicht automatisch seine Verbündeten waren. Die schlimmsten seiner ursprünglichen Befürchtungen waren eingetreten. Sie hatten, so mußte er erfahren, zu lange für sich allein gelebt, ohne einen Sinn für Partnerschaft und Kooperation.

Vielleicht hätte ich nicht das Risiko eingehen dürfen, sie sich selbst zu überlassen ...

Der Bauch tat ihm weh, seine Augen brannten, er fühlte sich hundeelend. Der Wagen trödelte dahin, über Straßen voller Schlaglöcher; hinter ihnen wirbelten Wolken von Staub auf und manchmal auch vor ihnen, wenn ein Traktor oder Lastwagen vor ihnen herfuhr. Der Alfa hatte keine Klimaanlage, und es war zu heiß, um die Fenster geschlossen zu halten. Als er sich mit der Zunge über die Lippen fuhr, schmeckte er knirschenden Sand.

Langsam wurde ihm klar, daß er, als er diese Reise geplant und Harry und Alice *überredet* hatte, sie zu arrangieren, sich diesen Mietwagen als ein gleichwertiges Gegenstück zu dem Rolls-Royce vorgestellt hatte, an den er gewöhnt war. Seine Hand fuhr andauernd zu der Tastatur und dem Modem, der es ihm ermöglichte, die Programme abzufragen, die er vor seiner Abreise in Gang gesetzt hatte.

Er war ganz begierig, die Ergebnisse zu erfahren. Mußte sie unbedingt erfahren. Wenn dieser geheimnisvolle Louis Parker tatsächlich sein natürlicher Vater war ...!

»Links oder rechts?« fragte Harry mit schnarrender Stimme. Sie waren eben an eine T-Kreuzung gekommen.

»Wie bitte?«

»Verdammt, es ist deine Aufgabe, mir den Weg zu weisen!«

Wie wagst du mit mir zu reden!

Doch Davids Zorn flammte auf und verzischte wie Öl in einem Pizzaofen. Er hatte nicht mit Bauchweh gerechnet oder mit der Demütigung durch anhaltenden Durchfall ...

Mit großer Anstrengung erlangte er die Selbstbeherrschung wieder und sah sich um. Zur Rechten, in Richtung des Sonnenuntergangs, bemerkte er steinerne Säulen als Umrahmung des Eingangs zu einem Weg, der von Olivenbäumen gesäumt war. Er deutete dorthin und murmelte: »Das da sieht richtig aus.«

»Ich hoffe sehr, daß es das ist! Ich schwöre, ich habe keine Ahnung, warum ich mich darauf eingelassen habe, dich hierherzubringen! O Gott, seit Jahren habe ich mich nicht mehr so elend gefühlt!«

O nein! Wenn ich die Macht über meinen »Vater« verliere, welche Aussichten habe ich dann noch ...?

Doch David nahm all seine Kraft zusammen und legte eine Hand beschwichtigend auf Harrys rechtes Handgelenk, allerdings nicht so fest, daß es ihn beim Lenken behindert hätte. Wenn Worte und Ausstrahlung nicht mehr wirkten, dann schaffte es seiner Erfahrung nach meistens die körperliche Berührung.

»Bitte, mir zuliebe, fahr zu dem Haus dort. Eines Tages wirst du es verstehen, das verspreche ich dir.«

Wenn Louis Parker wirklich existiert. Wenn er noch am Leben ist. Wenn ich ihn ausfindig machen kann. Wenn ich ihn dazu bewegen kann, die Dinge für mich zu erklären, bevor ich selbst eine Erklärung abgeben muß ...

Doch wenn er tot ist und sich gar nicht versteckt? Oder gar…?

Die anderen Möglichkeiten waren zu schrecklich, als daß er auch nur daran hätte denken mögen. David sagte laut, um seinen aufgewühlten Geist zu beruhigen: »Hübsches altes Anwesen, nicht wahr? Eine Schande, daß es so heruntergekommen ist… Sieh mal, da ist jemand den wir fragen können.«

»Auf italienisch?« knurrte Harry, doch er brachte den Wagen zum Stehen.

Ein dicklicher Mann mittleren Alters knipste abgestorbene Blüten von Pflanzen, in einer Umgebung, die einst ein herrlicher, kunstvoll angelegter Garten gewesen sein mußte, mit Springbrunnen, Treppen und Marmorvasen. An mehreren Stellen waren die Treppenstufen und Vasen gesprungen, und keiner der Brunnen war in Betrieb.

»Buon giorno!« rief David, dem noch rechtzeitig eingefallen war, daß er an einer Kurbel drehen mußte, um das Fenster zu öffnen. (Beim Rolls-Royce ging das natürlich per Knopfdruck.)

»Il Signor Tessolari?«

Ein heftiges Kopfschütteln.

»Per favor, dov'é il Signore?«

Damit war David ungefähr an dem Punkt angekommen, wo seine Italienischkenntnisse erschöpft waren. Vor seiner Abreise hatte er sich noch einmal einen sogenannten »Schnellkurs« auf Videoplatte angesehen, doch obwohl er erst vor wenigen Stunden in diesem Land angekommen war, hatte er seinen begrenzten Nutzen bereits erkannt.

Es folgte jedoch eine kleine Glückssträhne.

Auf englisch fragte der stämmige Mann. »Sind Sie Amerikaner?«

»Nein, Engländer.«

»Hm! In welcher Angelegenheit wollen Sie Renato sprechen?«

Das, so erinnerte sich David, war der Name von GianMarcos ›Vater‹. Er beriet sich einen Moment lang mit sich selbst, dann entschied er sich für eine nichtssagende Floskel.

»Wir haben etwas Persönliches mit ihm zu besprechen.«

Es entstand eine Pause. Schließlich seufzte der Mann.

»Sehr wohl, aber Sie müssen sich gedulden. Ich bin Fabio Bonni, GianMarcos Onkel und gleichzeitig sein Hauslehrer.« Er zögerte, dann ließ er ein plötzliches, ziemlich unangenehmes Lachen vernehmen. »Das heißt, ich sollte eigentlich sein Hauslehrer sein. Ich habe ihn jedoch noch nicht dazu gebracht, auch nur einen einzigen Satz auf französisch oder englisch zu sprechen. Er ist keineswegs dumm. Schon jetzt, in seinen jungen Jahren, hat er die Fäden der Familiengeschäfte besser in der Hand als Renato ... Oh, stellen Sie doch den Wagen ab, und steigen Sie aus! Ich weiß nicht, wie lang es noch dauert, bis er zurückkommt, aber wir können auf der Terrasse ein paar kleine Erfrischungen zu uns nehmen. Sie sind Engländer, also werden Sie wahrscheinlich Tee wünschen. Nun, Tee können wir uns immer noch leisten.«

Spott lag in seiner Stimme und seinem Gesichtsausdruck. David spürte ein Prickeln in den Nackenhaaren, und er wünschte sich tausend Meilen weit weg.

Leute wie er sind mir schon öfter begegnet. Aber so waren sie erst, wenn ich mit ihnen fertig war.

Die Möglichkeit, daß GianMarco ein Rivale für ihn sein könnte, wie er noch keinen erlebt hatte, machte ihm langsam Angst. Doch letzten Endes — anders konnte es gar nicht sein — mußte er mit seinen in Kalifornien gesammelten Erfahrungen einfach besser informiert sein, besser in der Lage, sich auf Situationen einzustellen, *stärker* als jemand, der in einer mehr oder weniger bäuerlichen Umgebung im *Mezzogiorno* lebte ...

Der Mann, der sich als Fabio Bonni vorgestellt hatte,

rief nach einem Dienstboten, während er sie ums Haus herum zu der versprochenen Terrasse führte, von wo man einen Ausblick auf ausgetrocknete Wasserbecken und wild wucherndes Gestrüpp hatte. Eine Bedienstete erschien, eine ältere, kurzsichtige Frau, die beim Anblick der Besucher artig knickste.

»Tee!« befahl Fabio. »Englisch zubereitet!«

Und als er kam, war er ein durchschlagender Erfolg …

Ich hätte das nicht tun sollen! Warum bin ich hier? Ich habe eine Grube gegraben und bin selbst hineingefallen!

Sie mußten fast eine Stunde lang krampfhafte Konversation betreiben. Fabio erwies sich als mustergültiger Meckerer. Er beklagte sich endlos über den Zustand des Staates Italien, über die Anmaßung der Bauern, den Geistlichen der Gegend, der sich auf ihre Seite stellte, als wäre er Kommunist und nicht Christ, und die schrumpfenden Vermögen der alten landbesitzenden Familien, einschließlich seiner eigenen.

David hatte den Eindruck, daß er mit Wonne bis Mitternacht so weitergemacht hätte, doch das Geräusch eines herannahenden Wagens unterbrach ihn. Er versuchte, sich zu entspannen, seine Nervosität abzulegen … aber es war schwer.

Der erste Blick, den er auf GianMarco erhaschte, überzeugte ihn allein aufgrund der äußeren Erscheinung davon, daß er es hier mit einem weiteren seiner Geschwister zu tun hatte, und nachdem die ersten Höflichkeiten ausgetauscht worden waren, wurde er auf einer anderen, ziemlich seltsamen Ebene zufriedengestellt. Er war sicher, daß Renato Tessolari glaubte, der Junge sei sein eigenes Kind, während seine Mutter und sein Onkel diesem Irrtum nicht erlegen waren.

Sehr merkwürdig! Aber vielleicht, falls es nötig sein sollte, kann ich diese Karte ausspielen …

Er verwarf diesen Gedanken sofort, als düstere Visionen in seinem Kopf auftauchten: das langsame Aufbauen einer engeren Bekanntschaft, der Austausch vieler Briefe — es war unwahrscheinlich, daß die Tessolaris über die nötige Einrichtung für Bildschirmpost verfügten —, kurz gesagt, ein langwieriges und aufwendiges Unterfangen ...

Aber die Zeit ist zu knapp für soviel Hin und Her ...

Doch es stand bereits eindeutig fest, daß GianMarco — ob er nun einen Verdacht hatte, welchem Umstand er es verdankte, oder nicht — seine Begabung voll einsetzte und seine frühentwickelte Macht zu sehr genoß, um sie nur auf das Gerede eines Fremden hin aufzugeben. Er sprach kein Englisch, wie sein Onkel angekündigt hatte, doch der letztere fungierte als Dolmetscher, während er in lebhaften Farben schilderte, wie er und seine Eltern soeben mit einem unbotmäßigen Pachtbauern fertiggeworden waren; der Mann hatte zu seiner eigenen Verwunderung heute nachmittag eingewilligt, das Land mitsamt seiner Familie zu verlassen und sein Glück im Norden zu versuchen.

»Jetzt können wir also jemanden dort hinsetzen, der nicht von diesen linksradikalen Ideen infiziert ist, sondern seinen Herren den angemessenen Respekt entgegenbringt!« schloß Fabio. Davids Kenntnisse des Italienischen war zu begrenzt, als daß er mit Sicherheit hätte beurteilen können, ob diese Äußerung von GianMarco selbst stammte oder von Renato, oder ob es nur eine Anmerkung war, die Fabios persönliche Meinung zum Ausdruck brachte.

Dann war natürlich irgendwann mal eine Erklärung für den Besuch der Fremden gefordert, so unangekündigt, wie er war. Und an dieser Stelle machte David seinen schlimmsten Fehler. Er war so sicher gewesen, daß er gleich nach seiner Ankunft den anderen Jungen dazu überreden können würde, mit nach England zu kommen, und seine Familie, ihn ziehen zu lassen — weil das in den bisherigen Fällen so leicht gewesen war und er sich daran gewöhnt hatte, daß sich Harry und Alice jeder seiner Launen beugten —, daß er sich keine glaubhafte Geschichte zurechtgelegt hatte.

Und Harry erwies sich nicht als Hilfe. Schrecklich müde und vielleicht unter den gleichen Verdauungsbeschwerden wie David leidend, murmelte er nur: »Mein Sohn wollte herkommen, also habe ich ihn hergebracht.«

Bei diesen Worten straffte sich GianMarco in seinem Sessel und nickte.

Er blickt durch, erkannte David mit einem flauen Gefühl. *Und er ist gesund und spricht seine Muttersprache, und ich bin krank und muß mich auf einen Dolmetscher verlassen. Meine miese Lage verschlechtert sich von Minute zu Minute.*

Und genauso flugs, wie ihm dieser Gedanke durch den Kopf geschossen war, wirkte das Grimmen in seinem Bauch. Er stand auf und überlegte, wie er sich nach der Toilette erkundigen könnte; und da war es auch schon nicht mehr nötig. Als ob er über alle Sprachbarrieren hinweg in seinem Geist lesen könnte, rief GianMarco nach dem Dienstmädchen.

Er blieb eine lange Zeit, die wie eine Ewigkeit anmutete, verschwunden und bemühte sich krampfhaft, sich eine glaubhafte Begründung für ihren Besuch einfallen zu lassen; ohne Erfolg. Als er schließlich nicht mehr wagte, sich noch länger zu verbergen, begab er sich düsteren Gemüts zurück zu der Gesellschaft — und entdeckte, daß die geforderte Geschichte während seiner Abwesenheit bereits erfunden worden war. Er wußte es in dem Moment, als sich GianMarco erhob, seine Hand ergriff und in der langsamen und wohlartikulierten Sprechweise eines Menschen, der glaubt, es mit einem Einfaltspinsel zu tun zu haben, seiner Hoffnung Ausdruck gab, daß seine *malattia* nicht allzu schlimm sein möge.

Was war geschehen? Warum lächelten alle — Renato und seine Frau, Fabio, ja sogar Harry?

Er war ausgetrickst worden. Zum ersten Mal war er auf einen Ebenbürtigen gestoßen, nein, er hatte seinen Meister gefunden. GianMarco war tatsächlich einer von seinem Schlag, und aus welchem Grund auch immer beherrschte oder begriff er seine Macht besser.

»So, jetzt müssen wir uns aber auf den Weg machen!« sagte Harry herzlich. »Sofern es dir wieder besser geht, mein Sohn!«

Mein Gott, wie ich ihn hasse, wenn er mich ›Sohn‹ nennt!

Doch David zwang sich zu einem Lächeln und stammelte in seinem dürftigen Italienisch ein paar Worte des Dankes. Sie waren so wirkungsvoll, daß GianMarcos Mutter Constanza ihn umarmte und auf beide Wangen küßte.

Und bevor er richtig wußte, wie ihm geschah, saßen sie beide wieder im Alfa und er hielt auf dem Schoß einen Beutel mit Flaschen voller Wein, der auf den Tessolarischen Gut erzeugt worden war.

»Ein bemerkenswerter Junge, dieser GianMarco«, sagte Harry, während er geschickt die Buckel und Schlaglöcher auf dem Weg zur *autostrada* umfuhr, die sie dann nach Foggia und zum Flughafen führen würde. »Dabei muß ich sagen, daß du ebenfalls äußerst bemerkenswert bist.«

Was? Mit einemmal war David voller Aufmerksamkeit. Und Harry fuhr fort:

»Ich wäre nie auf die Idee gekommen, Wein aus garantiert chemikalienfreiem Anbau zu importieren! Aber das wird ganz bestimmt ein Renner, was? Ich wünschte nur, du hättest mich zuvor in deine Pläne eingeweiht. Ich hatte buchstäblich keine Ahnung, was in deinem Kopf vorging, bis GianMarco es aussprach. Nächstesmal tu mir bitte den Gefallen und denke daran, daß dein alter Herr nicht deine Gedanken lesen kann!«

Er deutete mit einer Armbewegung über die Weingärten und Olivenhaine ringsum.

»Das ist zwar nicht ganz meine übliche Branche, aber

bei den Beziehungen, die ich habe, ganz zu schweigen von dem anzulegenden Kapital, gebe ich der Sache die besten Chancen. Ja, ich verspreche mir wirklich ein großes Geschäft davon ... Geht es dir besser?«

»Offengestanden, nein«, preßte David zwischen den Zähnen hervor.

»Dann werde ich jetzt nicht mehr so rasen. Wir brauchen ja nicht unbedingt heute abend noch nach Haus zu fliegen. Ich rufe die Fluggesellschaft an und buche unseren Flug auf morgen früh um. Sieh mal, da ist ein Schild *Albergo*. Ich schätze, daß es keine Luxusunterkunft sein wird, aber wenn wenigstens die Betten sauber sind und man das Essen verträgt ...«

David gab ein Stöhnen von sich, bei dem Harry ein besorgtes Gesicht machte.

»Vielleicht sollte ich die Leute bitten, einen Arzt zu rufen ...«

»Nein, nein!« Der Junge zwang sich zur Ruhe. »Morgen früh bin ich wieder okay. Aber ... verdammter widerlicher Flugzeugfraß!«

»Es tut mir leid.« Harry hörte sich bekümmert an. »Früher war es in der ersten Klasse ganz gut. Heutzutage jedoch, bei all den vielen Chemikalien, die große landwirtschaftliche Flächen verseucht haben ... Nächstesmal nehmen wir uns ein Lunchpaket mit, was?«

Er versetzte seinem ›Sohn‹ einen Klaps auf die Schulter und bog von der Straße ab, um unter einer roten Neonschrift anzuhalten.

Mit einem väterlichen Gehabe wie noch nie zuvor, soweit David sich erinnern konnte, führte Harry ihn ins Hotel und sicherte ihnen mit einem Mischmasch aus verballhorntem Spanisch, dunkel erinnerten französischen Brocken und wilden Gesten ein Doppelzimmer mit Bad und Toilette. Er bestand darauf, daß David sofort ins Bett ging, und bestellte ein schlichtes, leicht verdauliches Essen: gekochte Nudeln mit Rührei anstatt

Sauce. Als David es sah, war er überzeugt, daß es ihn zum Speien bringen würde, doch für dieses eine Mal ließ er sich Harrys Meinung gefallen, und tatsächlich brachte er fast die Hälfte davon hinunter.

Sehr erleichtert ging Harry nach unten, um selbst zu essen. Als er zurückkam, war David eingeschlummert, doch Harry weckte ihn und hielt ihm ein Glas mit einer sirupartigen grünen Flüssigkeit darin hin.

»Die Leute hier haben gesagt, daß es genau das ist, was du brauchst. Ein Schnaps mit dem Namen *Centerba* — ›tausend Kräuter‹. Ich habe einen kleinen Schluck probiert. Paß auf — er ist ziemlich stark. Aber er scheint zu helfen. Wenn er sonst nichts bewirkt, dann verschafft er dir wenigstens einen guten Schlaf.«

Zu schwach und erschöpft, um Widerstand zu leisten, schluckte David das Zeug wie bittere Medizin hinunter. Es explodierte in seinen Eingeweiden wie ein Feuerball, doch nach kurzer Zeit durchflutete ihn ein Gefühl von Wärme und Behaglichkeit. Er legte sich zurück und schloß die Augen. Harry, der gespannt auf dem anderen Bett gesessen hatte, lächelte und erhob sich.

»Sieht so aus, als ob du okay wärst. Ich werde dein Essentablett hinuntertragen. Falls du einschlafen solltest, bevor ich zurückkomme — angenehme Ruhe!«

Und David schlief ein, doch zuvor kam ihm noch ein Gedanke in den Sinn und beherrschte seinen Geist:

Mein lieber Schwan, was für eine Macht dieser GianMarco hat! Nicht nur, daß er sich auf Anhieb eine Erklärung für unseren Besuch hat einfallen lassen — auch noch eine solche Veränderung bei Harry zu bewirken!

Gegen diesen GianMarco muß etwas unternommen werden …

Blackout.

Die Gelegenheit, gegen GianMarco etwas zu *unternehmen*, ergab sich zufällig gleich am nächsten Morgen.

David, dem es nach neun Stunden Schlaf erheblich

besser ging, frühstückte gerade mit Harry an der Bar — ausgezeichneten Kaffee und eher enttäuschendes Brot und Marmelade —, als ein Polizeiauto herangefahren kam. In irgendeinem Zusammenhang war bei der gestrigen Unterhaltung mit den Tessolaris erwähnt worden, daß sie freundschaftlichen Umgang mit dem örtlichen *maresciallo* pflegten, und Davids Magen krampfte sich vor Beunruhigung zusammen. Doch das erwies sich als unbegründet: Der Fahrer und sein Kollege bestellten lediglich Espressi und stellten sich an die Bar, um sie zu trinken.

Harry, der immer noch unbeirrt von der Idee besessen war, Wein zu importieren (ein weiterer Beweis für GianMarcos Macht!), legte voller Begeisterung dar, wie er dabei vorgehen wollte. Der jüngere Polizist, der ihnen zugehört hatte und der einen Karabiner an einem Lederriemen trug, kam zu ihnen herüber und erkundigte sich, ob sie Engländer oder Amerikaner seien und was sie in diese Gegend verschlagen habe. Wieder hatte David ein unbehagliches Gefühl, doch der Mann schien einfach nur neugierig zu sein und froh, sein Englisch anwenden zu können.

Harry sagte mit einem Achselzucken: »Wir haben Signor Tessolari besucht. Wir hatten etwas Geschäftliches miteinander zu besprechen.«

Bei der Erwähnung dieses Namens verdüsterte sich die Miene des Polizisten. Er sah sich um, um sich zu vergewissern, daß sein Vorgesetzter nicht zuhörte — was dieser nicht tat, da er in ein Schwätzchen mit der Frau des Besitzers vertieft war —, darauf beugte er sich vor und sagte mit gedämpfter und vertraulicher Stimme: »Trauen Sie ihm nicht, Sir. Er ist schlechter Mann. Er ist *Mörder!*«

»Was?« Harry blinzelte vor Erstaunen.

»Ja, Sir. Ich schwöre es! Er hat meinen Vater getötet mit ein ... ein ...« Da ihm das Wort fehlte, berührte er seinen Karabiner, und David, der plötzlich ganz Ohr war, ergänzte: »Mit einem Gewehr.«

»Gewehr, ja! Aber er ist reich und mächtig, und er war unser Bürgermeister. Er hat gelogen und gesagt, es war einer der Männer, die leben auf sein Land, und hat ihm Geld gezahlt, damit er geht nach Norden und sich versteckt in eine große Stadt mit eine andere Name.«

Wunder gibt es immer wieder!

David ergriff die Gelegenheit beim Schopfe. Er spürte, daß seine Begabung wieder normal funktionierte. Er hoffte wider einige Zweifel, daß er Zeit genug haben würde, um sie voll und ganz ausnützen zu können; also beugte er sich vor und nahm die Hand des Polizisten.

»Das ist ja entsetzlich! Wurde er denn nicht eingesperrt? Nein? Aber das ist ein Skandal, daß solche Leute ungestraft davonkommen, während andere, die viel weniger schwerwiegende Verbrechen begehen, ins Gefängnis gesteckt werden! Solche Schurken dürfen doch nicht frei herumlaufen — meinen Sie nicht auch?«

Noch zwei oder drei Minuten lang fuhr er in diesem einhämmernden Ton fort. Als der ältere Polizist seinen Untergebenen rief, um wieder zum Wagen zu gehen, war er vollkommen sicher, daß er im Kopf des jungen Mannes die Saat zum Handeln gelegt hatte. Als Harry sich erkundigte, was das alles zu bedeuten habe, wischte er die Sache mit einer Handbewegung beiseite und bat mit Erfolg darum, das Ganze nicht mehr zu erwähnen.

Das allermindeste, dachte er grimmig, *was ich erreicht habe, ist, daß GianMarco sich gehörig den Kopf zerbrechen muß — was ihn wenigstens davon abhalten wird, in meinen Angelegenheiten herumzupfuschen, bis ich Zeit genug hatte, mir meine Pläne zurechtzulegen. Und wenn ich mit einem abgebrühten Typen wie Gui fertiggeworden bin, dann sollte ich das erst recht mit einem Jungen meines Alters schaffen!*

Aufgrund eines Computerfehlers im Kontrollturm des Flughafens von Rom hatte ihre Maschine zehn Stunden Verspätung. Zornentbrannt versuchte Harry, eine Privatmaschine zu chartern, doch es gelang ihm nicht: alle außerplanmäßigen Flüge waren gestrichen, bis der Computer repariert war. Er versuchte auf die Alitalia, die einzige Fluglinie, die Starterlaubnis bekam, auszuweichen, doch sie war restlos ausgebucht. Außer sich vor Wut verlangte er von David zu wissen, warum er so tat, als ob ihn das alles nichts anginge.

Doch der Junge lächelte nur.

Nach ihrer Heimkehr forderte David eine der Weinflaschen für sich; nicht zum Trinken, sondern zum Analysieren. Unterdessen richtete er einen seiner Computer so ein, daß er alle Nachrichtenmeldungen aus Süditalien aufzeichnete, mit dem Schlüsselwort Tessolari. Am nächsten Morgen trug seine Nachforschung Früchte. Selbst seine spärlichen Sprachkenntnisse reichten aus, um die Meldung zu verstehen, daß Signor Renato Tessolari gemeinsam mit seiner Ehefrau Constanza, seinem Schwager Fabio Bonni, seinem Sohn GianMarco und einer nicht namentlich genannten Person aus der Reihe der Dienstboten in einem Feuer, das in den frühen Morgenstunden in ihrem Haus ausgebrochen war, umgekommen waren.

Er ließ die Information ausdrucken, riß das Papier aus dem Gerät und brachte es ins Eßzimmer, wo Harry, Alice und die anderen Kinder sich gerade zum Frühstück versammelten.

»Das mit dem Weinimport kannst du vergessen«, knurrte er, während er sich auf seinen Stuhl fallen ließ und sich mit Cornflakes bediente.

Harry las den Ausdruck voller Mißmut und fluchte leise vor sich hin.

»Mach dir keine Sorgen«, seufzte David. »Von wegen ›chemikalienfreier Wein‹! Er enthielt den höchsten Anteil, der nach der EG-Verordnung gerade noch zulässig ist, und zwar von jedem Zusatz, den es überhaupt gibt. Ein Haufen widerlicher Lügner, diese Tessolaris. Und wenn man dem Polizisten glauben kann, dann haben sie nur bekommen, was sie verdienten ... würdet ihr verfressene Schweine nicht immer Milch und Zucker an euch reißen! Alice, wo ist mein Tee?«

Doch während er ihn umrührte, zitterte er bei dem Gedanken, wie dicht sein Unternehmen am Rand einer Katastrophe entlanggeschrammt war.

Hier ist der Sender TV-Plus. Wir bringen die Nachrichten.

Behauptungen, nach denen die katastrophale Überflutung der Norfolk Broads in der vergangenen Woche möglicherweise auf ein Absinken des Nordseebeckens infolge der Förderung riesiger Mengen von Öl und Gas zurückzuführen ist, wurden heute morgen von offizieller Seite als ›unbegründet‹ zurückgewiesen. Polizeikräfte wurden eingesetzt, um zu verhindern, daß sich Flüchtlinge in den Zug der Bauern einreihen, die das sogenannte ›Dreckloch‹ East Anglia in Massen verlassen, nachdem dort nach schweren Regenfällen ein Meer aus Matsch entstanden ist. Mehr darüber in Kürze.

Eine Gruppe von selbsternannten ›Throwers‹ hat heute gedroht, TV-Plus zu schließen, wenn nötig mit Gewalt. General Thrower, der in seinem privaten Heim um eine Stellungnahme dazu gebeten wurde, distanzierte sich von ›derartigen voreiligen Aktionen‹, fügte jedoch hinzu, daß ein Verbot jeglicher ›antipatriotischer‹ Berichterstattung seine volle Unterstützung fände ...

Endlich kam Peter einen entscheidenden Schritt weiter, und das verdankte er Ellen. Die Enthüllung, daß ihre geliebten Katzen und Hunde in Massen im frühesten Alter an Krebs starben, hatte die normalerweise feige und brave britische Öffentlichkeit aufgerüttelt, wie es nichts anderes vermocht hätte. Als ihm der Beweis gelang, daß auch einige Rennpferde aus dem Königlichen Stall das gleiche Los ereilt hatte, erinnerte sich nicht nur der *Comet,* sondern auch TV-Plus an ihn, und sie erteilten ihm gemeinsam einen Recherche-Auftrag.

Die Tatsache, daß Bernie die Suche nach Louis Parker aufgegeben hatte, hatte wie ein Stopzeichen gewirkt, und da Claudia sich immer noch nicht ganz von ihrer Krankheit erholt hatte (die übrigens, wie Bernie vorausgesagt hatte, nichts mit dem Heringswurm zu tun hatte; vielmehr waren die Röntgenaufnahmen, die angeblich die ihren waren, ›versehentlich‹ mit denen einer anderen Person vertauscht worden), hatte auch sie sich in letzter Zeit nicht sehr in die Story über die kriminellen Kinder vertieft.

Trotzdem dachte er daran, sie zu erwähnen, als Jake anrief, um den anderen Auftrag zu bestätigen, doch war er keineswegs überrascht über die ernüchternde Antwort: »Was Sie mir bis jetzt geliefert haben, reicht nicht einmal für die Seite zehn, von der Seite eins gar nicht zu reden!«

Seltsamerweise ließ Ellen die Sache jedoch noch immer keine Ruhe. Peter hatte sich von ihr nach einem Besuch bei Claudia im Krankenhaus auf der Rückfahrt dazu überreden lassen, ihr noch die wenigen Einzelheiten zu erklären, die sie bis jetzt noch nicht kannte, und seither hatte sie es übernommen, mit der Anlage bei ihnen zu Hause alle möglichen Erkundigungen einzuziehen. Bis jetzt hatte sie keine oder wenige Fortschritte zu verzeichnen gehabt (war das ein Wunder, wenn Bernie, der erfahrene Hacker, in eine Sackgasse geraten war?), aber wenigstens war sie auf diese Weise beschäftigt. Die Stimmung im Land verdüsterte sich mit dem Einbruch des Herbstes, es war regnerisch und neblig und kalt, und die Nachrichten, die nicht in den Zeitungen oder im Fernsehen erschienen — Nachrichten, auf die Peter als Journalist Zugriff hatte —, strotzten vor rassistischen Übergriffen, ungeklärten Fällen von Brandstiftung und willkürlichen Gewalttaten auf der Straße. Selbst wenn ein paar der Familien ihrer Schulkameraden, die sich nicht von der immer unerträglicher werdenden Atmosphäre hatten mitreißen lassen, Ellen zum Tee oder zu einer Geburtstagsparty einluden, lehnte sie ab, und seit vielen Wochen schon hatte sie keiner ihrer früheren Jungenbekanntschaften mehr ausgeführt.

Was für ein Leben ist das für einen Teenager? Ich wünschte, ich wüßte, was ich tun soll ... aber man kann sie doch nicht zu ›ihresgleichen‹ abschieben, wie es mir so viele Schlauberger empfehlen. Wer sind ihresgleichen? Ist sie nicht ebenso britisch wie ich?

Eine Zeitlang versuchte er sie dadurch etwas zu entschädigen, daß er ihr Taschengeld erhöhte und ihr Geschenke kaufte, die er sich kaum leisten konnte. Nach einer oder zwei Wochen merkt er jedoch, daß sie sie einfach in irgendeinen Schrank packte; das war also nicht die richtige Methode. Das einzige positive Verhalten, durch das er etwas erreichen konnte, war, mehr Zeit mit ihr zu verbringen. Doch wenn er seinen Zahlungsverpflichtungen für ihr neues Zuhause nachkommen wollte, dann mußte er jeden Job annehmen, der sich ihm bot, gleichgültig, wieviel Zeit er in Anspruch nahm und wie oft er dadurch gezwungen war, sein Gelöbnis, das er sich selbst gegenüber abgelegt hatte, sie niemals mehr über Nacht allein zu lassen, zu brechen.

Es war ein Dilemma. Und es zermürbte ihn. Doch Ellen selbst schien sich damit abgefunden zu haben und machte keinen unglücklichen Eindruck. Er schob eine Lösung hinaus, immer wieder und wieder.

Und wieder.

Er stürzte sich schonungslos in die Rennpferd-Story, auch wenn sie fast soviel an Bestechungsgeldern verschlang, wie er als Honorar dafür bekam. Aber so war das heutzutage nun mal. Alle Zeitungsverlage und kommerziellen Fernsehsender unterhielten sogenannte Bereitschaftskonten in ausländischen Steueroasen, von denen sie solche ›Werbegelder‹ abheben konnten ... Einer der Hauptgründe, warum die finanzschwache BBC immer mehr zum Sprachrohr der offiziellen Propaganda wurde, war der, daß sie nicht über derartige Extra-Quellen verfügte und der Regierung die Stiefel lecken mußte, um zu überleben.

In dem Bewußtsein, daß er genug verdient hatte, um sich und seine Tochter mindestens drei Monate lang über Wasser halten zu können, wenn er sich etwas einschränkte (und da es immer weniger zu kaufen gab, würde das nicht allzu schwerfallen, obwohl er seinen momentanen Wohlstand ausgenutzt hatte und eine große Tüte voller Lebensmittel nach Hause schleppte), summte Peter auf dem Heimweg vor sich hin. Wenigstens waren die Fenster noch in Ordnung — in letzter Zeit waren Gangs von Jugendlichen dazu übergegangen, die Scheiben von Häusern und Wohnungen einzuwerfen, wo ›Farbige‹ wohnten —, und als er den Schlüssel ins Schloß steckte, ließ er sich leicht umdrehen, so daß also kein Superklebstoff hineingesprüht worden war.

Ellen, der er sein Nachhausekommen telefonisch angekündigt hatte, eilte ihm aus der Küche entgegen und gab ihm einen Kuß. Während sie ihm die Bürde seiner Einkäufe abnahm, erkundigte er sich: »Gibt's was Neues?«

»Mm-hm.« Sie warf das lange schwarze Haar zurück. »Sie haben einen Ausschnitt aus deiner Pferdekrebs-Story heute in den Abendnachrichten gebracht. Ich hoffe nur, daß sich dadurch nicht irgendwer veranlaßt sieht nachzuforschen, wo du wohnst, um das mit dir zu machen, was man mit Bernie gemacht hat ... Oh! Bei Bernie fällt mir ein, es gibt eine Nachricht von Claudia. Sie möchte, daß wir heute abend zu ihr kommen!«

Er hatte sich auf einen ruhigen Abend zu Hause gefreut; sein Auftrag, der ihm zwar einiges an Geld eingebracht hatte, war andererseits sehr anstrengend gewesen.

»Aus einem besonderen Grund?« fragte er schließlich.

»Das wollte sie nicht sagen. Aber es hörte sich dringend an.«

»Hmm! Versuch mal, mich zu überzeugen!«

»Na ja, sie sagte, es hätte sich etwas Neues ergeben.« Ellen nahm seine Hand in die ihre und setzte ihren samtigen Schmachtblick auf. »Geht es nicht? Ich würde ja allein gehen, aber ...«

Aber dunkelhäutige Menschen wie ich können sich nicht mehr allein auf Großbritanniens Straßen wagen.

Sie brauchte den Satz nicht zu Ende zu sprechen.

»Okay«, seufzte er. »Aber erst, nachdem ich mir einen Drink genehmigt und etwas Anständiges zu essen bekommen habe ... Weißt du was? Ich werde direkt süchtig nach indischer Küche. Ich habe die ganze Zeit, während ich weg war, nichts anderes gegessen, abgesehen vom Frühstück.«

Sie strahlte ihn an. Als er eine Whiskeyflasche aus der Tüte zog, die er mitgebracht hatte, nahm sie sie ihm ab und sagte, er solle sich hinsetzen; dann brachte sie ihm einen Drink, der genau nach seinem Geschmack gemischt war.

Es war ein sonderbares Gefühl, wieder in seine alte Wohnung zu kommen ... Peter merkte, wie er Ellens Hand umklammerte, als sie von der Bushaltestelle aus zu Fuß weitergingen. Sie trafen viel später ein, als er Claudia am Telefon angekündigt hatte; der Bus war eine andere Strecke gefahren aufgrund einer gewalttätigen Auseinandersetzung zwischen einer weißen Gang und einem pakistanischen Wachkommando, die die Polizei mit Tränengas beendet hatte.

Es sind noch mehr Straßenlaternen ausgefallen als zu der Zeit, als ich noch hier wohnte ... Mehr Fenster sind mit Brettern vernagelt, und nicht mehr nur Geschäfte, sondern auch Wohnungen im Erdgeschoß sind betroffen ... Du liebe Zeit, wohin steuert dieses Land?

Auch waren sämtliche Symbole der Nachbarschafts-Garde verschwunden. Es sah so aus, als ob die Fenster, an denen sie angebracht gewesen waren, die ersten Zielscheiben gewesen wären.

Sie waren nicht mehr weit vom Hauseingang entfernt, als zwei junge Männer aus der Dunkelheit auf sie zukamen; sie trugen Thrower-Armbinden und Wollmützen, die sie sich wie Masken über die Gesichter gezogen hatten. Während sie sie mit einer Taschenlampe blendeten, fragte der größere der beiden, was sie hier zu suchen hätten.

Als er spürte, wie sich Ellen hinter ihm klein machte, und ihm gleichzeitig einfiel, was mit Bernie geschehen war, mußte Peter krampfhaft einen in seinem Magen aufsteigenden Kloß niederkämpfen und sich anstrengen, um in einem angemessen ruppigen Ton zurückzuklotzen.

»Ich habe hier mal gewohnt! Im obersten Stock. Ich will die Person besuchen, die meine alte Wohnung übernommen hat!«

»Sieht mehr so aus, als suchtest du ein stilles Plätzchen, wo du dieses schwarze Flittchen vögeln kannst«, sagte der zweite Mann.

»Nenn meine Tochter nicht Flittchen!« fauchte Peter, bevor er sich bremsen konnte.

»Aha! Wieder so ein Niggerficker! Wir werden dir zeigen, was wir von deiner Sorte halten! Okay, Ted?«

»Okay!« sagte der größere, knipste die Lampe aus und steckt sie in die Tasche.

O nein! Bitte laß dies alles nicht wahr sein!

Doch als Peter sich darauf vorbereitete, so gut er konnte Widerstand zu leisten, schoß Ellen hinter ihm vor und die Stufen zur Eingangstür des Hauses hinauf. Es war in acht Wohnungen unterteilt, und für jede gab es eine Klingel mit Sprechanlage. Sie legte die Hand auf alle Knöpfe gleichzeitig und hielt sie gedrückt.

»He, was macht die miese Niggerfotze da!« schrie der kleinere Jugendliche.

Überrascht und unglaublich erleichtert wegen ihrer Geistesgegenwart, rief Peter ihr zu: »Sag ihnen, sie sollen die Polizei rufen!«

»Ach Scheiße!« brummte Ted. »Na gut, ich denke, wir hauen besser ab. Aber« — mit einem letzten Aufflakkern von Trotz — »wenn wir dich je wieder erwischen, dann kriegst du unseren Stempel verpaßt, einverstanden?«

Und weg waren sie.

Nachdem sie den anderen Mietern den Sachverhalt erklärt und sich entschuldigt hatten — die Leute erinnerten sich an ihn und waren bereit, ihm zu glauben, wenn auch einige derer, die in die Eingangshalle oder auf die Treppe gerannt waren, Ellen verstohlen mit mißbilligenden Blicken musterten —, war es ihnen endlich möglich, zu der Wohnung, die jetzt Claudias war, hinaufzusteigen. Blaß, offensichtlich noch immer geschwächt, doch auf dem Weg der Besserung, bot sie ihnen sofort Platz an. Sie trank einen Gibson aus einem chrombeschichteten Cocktailschwenker, der in einen Schleier von Kondenswasser gekleidet war, und bestand darauf, ihnen beiden ebenfalls das gleiche einzuschenken.

»Soll ich?« fragte Ellen aufgeregt.

»Ich glaube nicht, daß einer dir schaden wird«, antwortete Peter. »Claudia, weißt du, daß ich ein Genie als Tochter habe? Ich habe noch nie jemanden erlebt, der so schnell und so pfiffig reagiert.« Und er berichtete in aller Ausführlichkeit, wie Ellen ihrer beider Haut gerettet hatte, während diese nervös an ihrem Drink nippte — ein einziges Mal — und dann ihre Zwiebel aß, indem sie Schicht um Schicht von dem Stäbchen abknabberte und sich dabei umsah.

Als Peter geendet hatte, sagte sie, als wollte sie weiterer Lobhudelei vorbeugen: »Hier hättest du mich nicht unterbringen können.«

Im Moment etwas verwirrt, da sie dachte, Ellen habe sie angesprochen, sagte Claudia: »Brauchst du einen Platz, wo du eine Zeitlang bleiben kannst? Ich kann leicht ...«

»Nein, nein! Ich meine, wenn mich die Polizei bei Dad abgeliefert hätte, als er noch hier wohnte; das wäre zu eng gewesen.«

»Das hätten wir schon irgendwie geschafft«, sagte Peter. »Während meiner Reise, von der ich gerade zurückgekommen bin, habe ich Menschen gesehen, die dichter zusammengedrängt leben als zu zweit in drei

Zimmern. Wißt ihr, daß es in England Häuser gibt, die buchstäblich zusammenfallen, weil sich die Besitzer keine Reparaturen leisten können? In manchen Straßen findet man ganze Familien, die gezwungen sind, in einem einzigen Raum im Erdgeschoß zu leben, weil der Rest des Hauses unbewohnbar geworden ist. Ich hätte dich schon irgendwie reingequetscht, keine Bange!«

Ellen nahm seine Hand und schenkte ihm ein strahlendes Lächeln.

Nach einer kurzen Pause sagte Claudia nüchtern. »Ich muß zugeben, junge Dame, es hätte mich überrascht, wenn du in einer Gegend hättest bleiben wollen, in der du so unfreundlich empfangen worden bist. Übrigens, ich glaube, ich weiß, wer die Schlägertypen waren, die euch bedroht haben. Allerdings wundert es mich, daß die Erwähnung der Polizei sie in die Flucht geschlagen hat. Sie hatten das mit euch vor, was der Abschaum hier im allgemeinen tut, wenn er einem gemischtrassigen Paar begegnet.«

»Haben sich die Zustände so sehr verschlimmert, seit ich weggezogen bin?« fragte Peter. »Oder liegt es einfach daran, daß ich damals, als ich noch hier wohnte, diese Art von Aufmerksamkeit nicht auf mich gezogen habe?«

»Ich habe den Verdacht, das letztere ist der Fall«, seufzte Claudia. »Aber für diesmal ist es gutgegangen, und ihr seid beide in Ordnung; wenn ihr geht, ruft ihr euch besser ein Taxi und wartet, bis es vor der Tür steht ... wollt ihr eigentlich überhaupt nicht wissen, warum ich um euren Besuch gebeten habe?«

Der starke Drink hatte Peters Nerven etwas beruhigt. Er lehnte sich in seinem Sessel zurück und bedeutete ihr, loszulegen.

»Bernie hat etwas Neues herausgefunden!«

»Aber er hat doch gesagt, er macht nicht mehr weiter!«

»Er hat es sich anders überlegt. Er hat mich nach meiner Entlassung aus dem Krankenhaus besucht — mit einem Blumengebinde, das ihn ein Vermögen gekostet haben muß —, und nachdem ich mich eine Weile mit ihm unterhalten hatte, versprach er mir, daß er wenigstens noch ein Programm durchlaufen lassen würde. Und heute tauchte das hier auf.«

Sie warf ihm einen Bogen mit einem Bildschirmpost-Ausdruck zu. Damit es auch Ellen mitbekam, las er laut vor.

»›LP — Fehlanzeige‹ — befaßt er sich plötzlich mit Musik?«

»Wenn das ein Scherzchen sein soll, ist es kein besonders gutes«, sagte Claudia unwirsch. »Louis Parker natürlich!«

»Ich weiß, ich weiß! Entschuldigung. ›Aber evtl. noch ein Kind entdeckt. Prüfe Jugendgericht-Protokolle aus Nordengland vom letzten Donnerstag.‹«

»Was ich tat.« Claudia hielt ihm ein zweites Blatt Papier hin. »Ich glaube, das ist genau der Fall, den er meint.«

»Hmm!« Plötzlich war Peters Interesse an der Sache wieder angestachelt. »Hier steht, daß ein Mädchen — im entsprechenden Alter — geschnappt wurde, als Supermarkt-Detektive Ermittlungen über Diebstähle aus den Kassen anstellten und dabei entdeckten, daß die Kleine die Kassiererinnen dazu brachte, ihr nicht nur das Wechselgeld, sondern auch das, mit dem sie ursprünglich gezahlt hatte, wieder herauszugeben. Trotz dieser erwiesenen Tatsache wurde sie für nicht schuldig befunden und kam unbestraft davon.«

»Bernie hat versprochen, daß er sie ausfindig machen will«, sagte Claudia. »Aber er glaubt, daß es nicht einfach sein wird, weil die Daten der Jugendgerichte eine Art Schutzpanzer haben.«

»Gut zu wissen, daß wenigstens irgend etwas geschützt ist«, brummte Peter, bevor er sein Glas leerte. Als ob sie zu Hause wäre, beeilte sich Ellen, es nachzufüllen, und ebenso Claudias. Ihr eigenes war kaum angerührt.

Während sie damit beschäftigt war, fuhr er mit etwas verlegenem Gesichtsausdruck fort: »Ich muß gestehen, ich habe in letzter Zeit nicht sehr intensiv an der Story gearbeitet. Und ich befürchte, ich werde auch in der nächsten Zukunft nicht dazu kommen. Während ich unterwegs war, bin ich auf etwas Neues gestoßen. Ich weiß nicht, ob du davon gehört hast, aber im letzten Sommer gingen unheimlich viele Pflanzen hier bei uns zugrunde oder entwickelten keine Samen. Wurde in den Staaten darüber berichtet?«

»Ich glaube nicht«, antwortete Claudia. »Ach doch — warte mal! Mir ist so, als hätte ich gleich nach meiner Ankunft etwas darüber gehört. Handelte es sich nicht um irgendeine Krankheit, wie bei den Kartoffeln?«

»Das wollte man den Leuten einreden. Ich habe jetzt herausgefunden, daß es nichts in dieser Art war. Der Grund war ein neues Insektizid mit dem Namen Thantataph, ein Verkaufsschlager, weil es angeblich nach nur einer einzigen Anwendung den ganzen Sommer über gegen Blattlausbefall schützt.«

»Und — tut es das?«

»Ja. Leider bringt es auch die Bienen um. Mir war der Zusammenhang nicht aufgefallen, aber es gibt keinen britischen Honig mehr zu kaufen. Ich dachte, daß es dafür irgendwelche wirtschaftlichen Gründe gäbe — besonders griechischer Honig überschwemmt in letzter Zeit den Markt, weil er immer noch verhältnismäßig billig ist. Ich hatte mich getäuscht. Bienen sind zu Abermillionen gestorben. Man versuchte zu erklären, daß eine Krankheit die Ursache dafür sei, aber ich habe Beweise, daß es nicht so ist.«

»Glaubst du, das gibt was für die Seite eins her?« fragte Claudia ironisch. Peter, dem noch Jakes Bemerkung von neulich deutlich in den Ohren klang, antwortete:

»Vielleicht nicht. Aber für die Seite zehn könnte es reichen.«

Ein bedrücktes Schweigen folgte. Jetzt erst fiel Peter auf, daß es nicht einmal ein Radio im Zimmer gab, ganz zu schweigen von einem Fernsehgerät oder einer Stereoanlage. Er legte sich gerade eine vorsichtige Frage nach Claudias Finanzen zurecht, als sie sich in ihrem Sessel verlagerte und einen Seufzer ausstieß.

»Manchmal wünschte ich, ich hätte dieses Projekt nie aufgegriffen, wißt ihr. Die halbe Zeit über kann ich meinen eigenen Beweisen nicht glauben. Die ganze Zeit über kann ich sie nicht in Form kneten. Ich kann mich nicht konzentrieren. Ich frage mich wirklich, ob das Mittel, das mir verpaßt worden ist, vielleicht auch Auswirkungen auf meinen Geist hat.«

Peter lieferte einen schwachen Trost, doch sie tat ihn ab. Sie wußten beide, daß Regierungen auf der ganzen Welt inzwischen routinemäßig Drogen anwandten, um Widersacher geistig zu verwirren oder zu verunsichern. Sie fuhr fort:

»Auch zu Hause sind die Zustände ganz schön schlimm. Die Strugger sind massiven Angriffen von der Rechten ausgesetzt. Cecil ist vielleicht nicht einmal in der Lage, die Kosten für meinen Rechtsstreit zu übernehmen — ja, vielleicht nicht einmal, meine Forschungsarbeit weiter zu finanzieren.«

»In dieser Richtung wollte ich gerade eine Frage stellen«, murmelte Peter, der sich mit jedem Augenblick schuldiger fühlte.

Mit einem Achselzucken: »Nun, er hat noch andere — wie heißt das — Löcher zu stopfen. Es sieht so aus, als ob Walter endlich das Material für eine Anklage gegen die Fundas beisammen hätte, das selbst für den Obersten Gerichtshof ausreichen müßte, aber das Ganze wird nicht billig sein, obwohl die Anwälte, die die Sache durchfechten wollen, ihre Dienste als Spende zur Verfügung stellen. Um die Dinge noch zu erschweren, gibt es

Bestrebungen innerhalb verschiedener Juristenvereinigungen, wonach jeder Gratis-Rechtsbeistand als berufswidriges Verhalten geächtet werden soll.«

Peter pfiff durch die Zähne. »Wir leben in einem Zeitalter, in dem Gott Mammon angebetet wird!«

Ein verbittertes Lachen. »Ist dir das auch schon aufgefallen? Erstaunlich!«

Schüchtern ergriff Ellen das Wort, nachdem sie noch einmal an ihrem Drink genippt hatte, um sich Mut zu machen.

»Claudia, ich weiß nicht, ob Dad dir davon erzählt hat, aber ich führe weiterhin Nachforschungen durch, parallel zu Bernie. Ich ... ah ... ich hoffe, du hast nichts dagegen.«

»Dagegen?« wiederholte Claudia wie ein Echo und streckte die Hand aus, um ihr auf die Schulter zu klopfen. »*Dagegen?* — Meine Güte, das ist die beste Nachricht, die ich seit Wochen bekommen habe!«

»Ehrlich?« Mit einemmal war Ellen voller Beflissenheit. »Ich hatte Angst, du hättest das Gefühl, daß ich mich einfach einmische.«

»Ganz im Gegenteil! So, wie ich mich jetzt im Moment fühle, würde ich mich sogar über die Hilfe des Teufels persönlich freuen — Entschuldigung, das war keine sehr geschickt gewählte Formulierung.«

Ellen lächelte mechanisch.

»Ich möchte natürlich nicht, daß du von mir erwartest, eine große Hilfe zu sein, das bin ich nämlich nicht. Aber wenn ...« Sie brach ab und biß sich auf die Lippe.

»Wenn was?«

»Na ja ...« Ermutigt rutschte sie in ihrem Sessel nach vorn. »Wenn ich ein paar Sachen erfragen dürfte, die mir noch nicht ganz klar sind, vielleicht käme ich dann weiter.«

»Frage nur munter drauflos!«

»Wirklich?«

»Wirklich wirklich wirklich. Was willst du als erstes wissen?«

Es war fast Mitternacht, als sie endlich ein Taxi riefen. Auf dem Heimweg ertappte sich Peter dabei, wie er Ellen immer wieder aufs neue bewunderte, diesmal wegen des Plans, wie sie das Problem, an dem Claudia und er selbst und sogar Bernie verzweifelten, in den Griff zu bekommen trachtete. Als sie im Schlafanzug zu ihm kam, um ihm einen Gutenachtkuß zu geben, zog er sie fest an sich.

»Ich habe recht gehabt«, sagte er. »Ich habe ein Genie als Tochter. Es tut mir leid, daß ich das nicht früher gemerkt habe.«

»Mir auch«, murmelte sie, wobei ihr Kopf auf seine Schulter sank. »Ich wünschte ... Aber es hat keinen Sinn, sich etwas für die Vergangenheit zu wünschen, nicht wahr? Man kann sich nur etwas für die Zukunft wünschen.«

»Du bist weise«, sagte er. »Sehr weise.«

»Aber bin ich auch clever?« Sie wich ein wenig zurück und zog eine Grimasse. »Wenn ich Louis Parker finden kann, glaubst du dann, daß ich es bin?«

»Wenn du das schaffst, dann glaube ich, daß du Wunder bewirken kannst.«

»Das erste Wunder passiert bald. Gute Nacht!«

Das große Haus in Surrey, das einen so leeren Eindruck gemacht hatte, war jetzt voller Leben. Jede Woche, so schien es jedenfalls, ergänzte David seine Bewohnerschaft um ein neues Mitglied. Als die Last des Kochens, Putzens und Waschens für Harry und Alice zu schwer wurde, ging er einfach eines Morgens los und kehrte mit zwei Frauen mittleren Alters aus einem nahegelegenen Dorf zurück; die beiden verfügten, nachdem ihre Kinder aus dem Haus waren, über viel freie Zeit und waren bereit, viele Stunden Arbeit für ein Taschengeld zu leisten. Ähnlich lief es ab, als das Dach dringend einiger Ausbesserungsarbeiten bedurfte, indem er sich bei dem Vermieter einen Stein im Brett dadurch erwarb, daß er eine ortsansässige Baufirma fand, die ein Angebot mit lächerlich niedrigen Preisen unterbreitete — »um dem jungen Gentleman ein Entgegenkommen zu erweisen« — und die Arbeiten ordentlich und schnell erledigte.

Inzwischen sprach Harry davon, daß er das Anwesen eventuell kaufen wollte, wenn der auf zwölf Monate befristete Mietvertrag auslief.

Und die ganze Atmosphäre des Hauses schien sich von Grund auf geändert zu haben. Zu der Zeit, als die ersten neuen Bewohner eingezogen waren, hatte eine Spannung geherrscht, gegenseitiges Mißtrauen in der Luft gelegen, und Harry und Alice hatten seinem Vorhaben immer noch einen gewissen Widerstand entgegengesetzt. Jetzt waren sie jedoch entspannt, ja sogar zufrieden. Das gleiche galt für Sheila, die anfangs verschlossen und widerspenstig gewesen war; das gleiche galt auch für Terry, der am Anfang Angst davor gehabt hatte, in der Abgeschiedenheit zu leben, weg von seinen vertrauten Großstadtstraßen.

Eines kalten, nebligen Abends nach dem Essen, als sich die Kinder — wie es Brauch geworden war — in einen der größten Salons zurückgezogen hatten, um so etwas wie einen Rat oder eine Konferenz abzuhalten, hörte Harry, wie Alice vor sich hinsummte, während sie das Geschirr in die Spülmaschine packte.

»Du hörst dich vergnügt an«, stellte er fest.

»Ach ja?« erwiderte sie überrascht und fügte dann nach kurzem Nachdenken hinzu: »Ja, das könnte schon sein. Ich habe das Gefühl, wir tun etwas — nun, etwas Wertvolles. Geht es dir nicht auch so?«

»Tatsächlich«, sagte Harry langsam, »ja, mir geht es auch so. Am Anfang hatte ich erhebliche Zweifel, genau wie du. Aber — na ja, das letztemal, daß ich die Geduld mit David verloren habe, war in Italien, und das lag nur daran, daß ich mich elend fühlte. Und er konnte schließlich nichts dafür, daß der Typ, den wir besucht haben, sich als Betrüger entpuppte.«

Nachdem der letzte Teller ordentlich eingeräumt war, schloß Alice die Maschine und setzte sie in Gang. Während sie sich die Hände abwischte, sagte sie: »Laß uns ein bißchen zusammensitzen und etwas trinken, ja? Es war ein langer Tag.«

»Die Tage sind in letzter Zeit immer sehr lang«, seufzte Harry. »Du liebe Güte! Ich hätte nie erwartet, daß ich einmal für einen so wirren Haufen wirrer Kinder als Vaterersatz dienen würde. Aber ich kann nicht!«

»Was kannst du nicht?«

»Mir die Zeit für einen Drink nehmen, meine ich. Ich habe noch jede Menge Papierkram zu erledigen. Offenbar ist hier irgendwann mal eine staatliche Schulinspektorin aufgekreuzt, als wir nicht da waren ...«

»Ich kann mich gar nicht erinnern, daß David etwas darüber erwähnt hat!« rief Alice aus.

»Er hat auch mir nichts davon erzählt. Aber er scheint eine hervorragende PR-Leistung geliefert zu haben. Wir können den Antrag stellen, daß dieses Haus als anerkannte Alternative zu einer normalen Schule anerkannt wird. Die einzige Schwierigkeit besteht in diesem Stapel von bescheuerten Formularen. Die Inspektorin wird an einem der nächsten Tage vorbeikommen und sie abholen. In letzter Zeit werden diese Dinge entschieden strenger gehandhabt. Es sind so viele Fälle von Kindesmißhandlung in nichtanerkannten Wohnheimen vorgekommen.«

»Du machst dir zu viele Sorgen«, sagte Alice und nahm seinen Arm. »Du brauchst die Formulare doch nicht in diesen Minuten auszufüllen.«

»Vermutlich hast du recht, aber es ist eine Frage, guten Willen zu zeigen, meinst du nicht?«

»Das hat Zeit bis morgen«, beharrte seine Frau. »Komm!«

Und einen Augenblick später, als sie an der geschlossenen Tür des Raumes vorbeikamen, wo sich die Kinder in Klausur zurückgezogen hatten, murmelte sie: »Ich möchte bloß wissen, was die da drin treiben.«

»Was Kinder in diesem Alter nun mal so treiben, wenn man es ihnen gestattet; so ungefähr kann ich es mir vorstellen.«

»Wenn du meinst, was ich glaube, daß du meinst ...«, setzte sie plötzlich beunruhigt an. Er unterbrach sie, bevor sie ihre Bedenken aussprechen konnte.

»Ich bin sicher, daß es keinen Grund zur Sorge gibt. David ist ein vernünftiger Junge. Ich muß sogar sagen, damals, als wir Crystal hierherbrachten« — er zögerte eine Sekunde lang — »hat er vermutlich geahnt, was mich beunruhigte, denn er ließ ganz bewußt einmal einfließen, daß sie ein gültiges AIDS-Zertifikat besitzt. Und du erinnerst dich doch, wie heftig er ihr ehemaliges Verhalten kritisierte.«

»Ja, und ich finde, das war nicht ganz fair. Denn schließlich, welche Alternative hatte die arme Kleine?«

»Bis sie hierhergeholt wurde.«

»Ja, natürlich. Wir leisten wirklich etwas Wertvolles, oder nicht?«

»Ohne Zweifel. Obwohl ich eigentlich nicht einmal weiß, wie oder warum wir in diese Sache hineingeraten sind.«

»Ich glaube, das lag wahrscheinlich daran ...« Sie stockte.

»Sprich weiter!«

Mit einem trotzigen Klang in der Stimme, als ob sie Widerspruch erwartete oder Hohn, sagte sie: »Ich denke, es geschah aus Liebe.«

Er runzelte die Stirn. »Hmm! Aber wenn du es so ausdrücken willst ...«

»Ich weiß, es klingt etwas sentimental, aber ...«

»Warum aber? Ich finde, du hast recht. Ich war bis jetzt noch nicht darauf gekommen, aber — ja! Ich habe David immer geliebt, natürlich, obwohl er nicht mein richtiger Sohn ist. Und langsam erwächst in mir das gleiche Gefühl für sie alle. Und ...« Er zögerte, dann fuhr er fort. »Und ich bin froh, daß ich aus dem rücksichtslosen Kampf des Geschäftslebens ausgestiegen bin. Ich bin zu meiner Zeit auch nicht gerade zimperlich vorgegangen, das muß ich zugeben, aber die Leute, die heutzutage für die Wirtschaftslage der Welt verantwortlich sind, scheinen ihr Handwerk in der Drogen-Branche gelernt zu haben.«

»Vielleicht haben sie das wirklich.«

»Eben. Ich habe es nicht unbedingt als Witz gemeint ... Nein, ich habe das Gefühl, wir können glücklich sein, daß wir ausgestiegen sind.«

»Was für einen besseren Grund gibt es, einen Schluck zu trinken?«

Nach dem zweiten Glas Brandy fingen sie an, miteinander zu schmusen — zum ersten Mal wieder seit mehreren Wochen —, als ein lautes Fußgetrappel auf dem Parkettboden des Flurs das Ende der Kinder-Konferenz anzeigte und David hereinspaziert kam. Wie stets war seine Miene neutral, weder glücklich noch niedergeschlagen, nur zielstrebig.

»Wir müssen morgen wieder mal eine Reise unternehmen«, verkündete er.

»Und wenn nun die Schulinspektorin kommt?« hielt Harry dagegen.

»Ach, die!« sagte David verächtlich. »Mit der kann man leicht fertigwerden. Vorausgesetzt die Formulare sind alle ausgefüllt, kann Alice die Sache erledigen.«

Ihr Gesicht drückte Widerwillen aus. »Ganz ehrlich, ich glaube nicht ...«

»Oder die anderen Kinder können es.« Er wischte den Einwand mit einer ungeduldigen Handbewegung beiseite. »Ich werde ihnen Anweisungen geben, was sie zu sagen haben. Aber ich habe einen weiteren möglichen Neuzugang ins Auge gefaßt.«

Sie wußten, wie das vor sich ging, verstanden es jedoch nicht. Es mußte irgendwie mit der Leistungsfähigkeit seiner Computeranlage zusammenhängen, zu der eins der fortschrittlichsten Modelle der ganzen Welt gehörte. Verglichen mit den Anlagen, die in Großbritannien benutzt wurden — selbst von der britischen Regierung —, war sie um fünf Jahre voraus, und er machte sich den Umstand zunutze, daß er Daten aus angeblich mehrfach geschützten Quellen heraushacken konnte. Sie hatten jedoch ein klares Gespür dafür, daß es nicht angebracht wäre, sich allzu eingehend über diesen Teil von Davids Machenschaften zu informieren.

Er schloß, ohne weitere Einwände zu erwarten: »Ich möchte gleich nach dem Frühstück losfahren.«

Und weg war er.

Tracy Coward hatte einen grausamen Augenblick lang ihren Triumph im Gerichtssaal ausgekostet, als die Mädchen, die sie angegriffen hatten, bestraft wurden, während sie ihrerseits all die Schätze, die sie zurückverlangt hatten, wieder zugesprochen bekam.

Aber das war das letztemal gewesen, daß sie sich annähernd glücklich oder zufrieden gefühlt hatte.

Es war der Anfang ihres Niedergangs, als sie erfuhr, daß die Narben, die sie von der Schlägerei zurückbehalten hatte, nicht ohne aufwendige und kostspielige chirurgische Eingriffe verschwinden würden. Jetzt mußte sie sich stets dick mit Make-up vollschmieren, zurückgezogen in ihrem Zimmer, bevor sie sich selbst ihren Eltern zeigte, und auch dadurch wurden die Male nicht vollkommen verdeckt — besonders, wenn ihr beim Anblick ihres Gesichts Tränen kamen und ihre Wangen fleckig machten. Außerdem mußte sie ihr Haar auf bestimmte Weise kämmen und fest besprühen, damit es die Stelle verbarg, wo ihr ein Stück Kopfhaut herausgerissen worden war.

Zornig und voller Rachegedanken pflegte sie neuerdings Abend für Abend und an den Wochenenden allein vor sich hinzugrübeln und ihre Juwelen anzustarren wie ein Geizhals, der seine Münzen zählt. In der Schule verweigerte sie die Mitarbeit und machte sich statt dessen einen Spaß daraus, Streit zwischen den anderen Mädchen anzuzetteln — ihr Talent in dieser Richtung hatte sie nicht eingebüßt —, immer in der Hoffnung, daß auch von den anderen jemand bei einem Kampf so schlimme Narben davontrüge, daß er fürs Leben entstellt wäre. Das Lehrpersonal war außerstande, sie zu zügeln.

Bis eine Lehrerin, die etwas mehr durchblickte als der Rest, sich ihren monatlichen ›verwundbaren Punkt‹ zunutze machte.

Dank dieses Umstands wurde sie von der Schule verwiesen und erwartete eine zwangsweise Einweisung in eine Sonderschule für gestörte Kinder.

Ich — ein Fall für die Klapsmühle! Der Hexe werde ich es zeigen! Ich schwöre, ich werde all diese Wichser vom Arsch aufwärts verfaulen sehen, bevor ich mit ihnen fertig bin!

Es war unvermeidbar, daß ihre Eltern die Hauptwucht ihres Zorns zu spüren bekamen. Sie zwang sie, sich wie ihre Schulkameraden zu benehmen, auf jede Laune von ihr einzugehen: kauft mir das, fahrt mich dorthin …

Nachts lag sie oft wach und lauschte auf das Weinen ihrer Mutter im Nebenzimmer, und dann dachte sie:

Sie hat es nicht besser verdient. Sie alle haben es nicht besser verdient, die mich in diese beschissene Lage gebracht haben!

»Ach — Hallo!«

Tracy hatte es sich zur Gewohnheit gemacht, jeden Tag zur Zeit der Mittagspause von zu Hause aufzubrechen und am Schulhof vorbeizuspazieren, wobei sie ihre modischste Kleidung trug und ihre edelsten Klunker angelegt hatte. Ihre Absicht dabei war, daß die anderen Mädchen sie sehen und beneiden würden, weil sie nach Lust und Laune frei herumlaufen konnte und nicht stundenlang in einem miesen Klassenzimmer eingesperrt war und bescheuerten Lehrern zuhören mußte.

Doch diese Begegnung, sozusagen direkt vor ihrer Tür, hatte sie nicht erwartet.

Er war ein gutaussehender Junge, dunkelhaarig, mit einem olivfarbenen Teint, ähnlich wie ihr eigener (sie erinnerte sich noch gut daran, wie sie in der Grundschule verspottet wurde und man sie ›Blackie‹ oder ›Mohrchen‹ nannte), und sehr gut, wirklich extrem gut gekleidet; tatsächlich war seine Aufmachung derart, wie sie es bisher nur in amerikanischen Modezeitschriften gesehen hatte.

Und er musterte sie wohlwollend von oben bis unten und nickte.

»Hmm! Was für ein strahlender Anblick an einem düsteren Tag! Ich bin David — wer bist du?«

Mit einemmal wirbelten in ihrem Denken alle möglichen Phantasien durcheinander, sie wurde mitgerissen von einem Strom der hoffnungsvollsten Visionen.

Angenommen, ich gehe auf sein Spiel ein — nehme vielleicht seinen Arm — spaziere mit ihm an der Schule vorbei ...

Als ob er ihre Gedanken gelesen hätte, lächelte er.

»Hast du ein besonderes Ziel?«

»Ich wollte nur ... wollte nur ein wenig spazierengehen.«

»Ich habe auch nichts Bestimmtes vor. Sollen wir gemeinsam gehen? Und du hast mir deinen Namen immer noch nicht genannt.«

Sie hatte das Gefühl, einen Traum zu erleben, und flüsterte: »Tracy ...« Sie hatte ihren Nachnamen noch nie leiden können, Coward*. Auch daher resultierte ihr Geltungsbedürfnis.

»Das ist ein hübscher Name. Passend zu einem hübschen Mädchen.«

Sieht er wirklich nicht, was unter dem Make-up ist. Oder ...

Der Traum verdichtete sich.

Oder macht es ihm einfach nichts aus? Schließlich habe ich eine ganz annehmbare Figur ...

Inzwischen waren die chaotischen Bilder im Hinterstübchen ihres Geistes so weit gediehen, daß sie am liebsten ihren Körper zur Schau gestellt hätte, um von ihrem Gesicht abzulenken, die makellos glatte Haut unter der hinderlichen Kleidung, die der kühle Herbst verlangte. Sie konzentrierten sich auf dem Höhepunkt zu einem Satz:

Ich habe mal was von Liebe auf den ersten Blick gehört. Meinst du ...?

Aber er hatte bereits einen Arm unter ihren geschoben, sehr kameradschaftlich, und fragte gerade: »Also, in welche Richtung. Oh, nur noch einen Augenblick!«

Und er winkte zur nächsten Straßenecke hin.

Als sie dorthin blickte, um zu sehen, warum er das tat, sah sie einen unglaublichen Rolls-Royce, die Art von Wagen, die sich normalerweise nicht in Viertel wie dieses hier verirrten.

»Entschuldige mich bitte«, sagte er. »Ich muß nur schnell meinem Fahrer sagen, daß alles in Ordnung ist.«

---

* Feigling

»Dein ...« — schwach — »Fahrer?«

»Mh-hm. Es langweilt mich, auf den bescheuerten weichen Polstern zu sitzen. So was Ödes! Das Fahren in einem Roller schneidet einen völlig von der realen Welt ab, weißt du? Ich mußte mir einfach mal wieder die Beine vertreten. Er wird natürlich hinter uns herfahren, aber laß dich dadurch nicht stören.«

Mit diesem David zur Schule zu spazieren — den Mädchen, die ich früher mal meine Freundinnen nannte, zuzuwinken — und sie dann beobachten lassen, wie ich in den Roller einsteige ...!

Eine Sekunde später stand ihr Plan fest, bis auf ein paar kleinere Details, zum Beispiel, ob sie ihn vielleicht auch noch küssen sollte, und zwar so, daß sie es alle sehen und sie hassen konnten. Zaghaft ließ sie es zu, daß ein Lächeln sich auf ihrem Gesicht ausbreitete.

»In diese Richtung«, sagte sie.

Alles verlief genauso, wie sie es geplant hatte — zunächst. Sie kamen im richtigen Moment an, gerade als ihre früheren Mitschülerinnen noch ein paar Minuten Pause hatten, bevor der Nachmittagsunterricht begann. Sie winkte ihnen zu, ohne David auch nur einen Augenblick lang loszulassen, sah den Neid in ihren Gesichtern — jedenfalls deutete sie es so, obwohl es ebensogut Haß hätte sein können — und, als sie hineingerufen wurden, rauschte der Roller heran. Sie waren zu weit entfernt, um sie flüstern zu hören: »Ich bin noch nie in einem Roller gefahren. Darf ich ...?«

»Hinein mit dir!«

Er hielt ihr die Tür auf.

Und dann, fast im selben Moment, liefen die Dinge auf schreckliche und beängstigende Weise schief.

Warum fuhr der Wagen sofort in Richtung zu ihr nach Hause? Warum wurde sie hineingebracht, wobei sie sich immer noch an Davids Hand klammerte wie an einen Rettungsring in tobender See? Wer war dieser fremde, ernste Erwachsene, der mit ihren Eltern über ihre Zukunft sprach?

Ich bin unter Drogen gesetzt worden! Ich soll gekidnappt werden!

Doch derartige wilde Vermutungen, die vom Fernsehen gespeist waren, verblaßten wieder. Sie wurde ruhiger und schnappte einige markante Worte der Unterredung auf: »Sonderschule« — »viele ähnliche Kinder« ...

Und erkannte mit einer blitzartigen Erleuchtung: *Er lügt! Er ist mir nicht zufällig auf der Straße begegnet! Weil ...!*

Und jetzt kam ihr die aufregendste Erkenntnis überhaupt:

Weil er ebenfalls die Macht hat. Ich bin nicht allein!

Sie vergrub ihr Gesicht in den Händen und brach in Weinen aus.

Während der langen Fahrt nach Virginia Water kuschelte sie sich in eine Ecke des luxuriösen Rücksitzes und genoß den gesündesten Schlaf seit Monaten.

Sie sehen TV-Plus. Es folgen die Nachrichten.

Dreihundert Menschen wurden heute in Staffordshire obdachlos, als Methangas, das aus einer vergessenen Mülldeponie strömte, entflammte. Fahrzeuge der Feuerwehr und Notarztwagen wurden von Jugendlichen, die Pro-Thrower-Armbinden trugen, mit Steinen beworfen. Einer von ihnen, der sich einer Identifizierung entzog, behauptete, daß das Gas absichtlich in Brand gesteckt worden sei, weil die Gegend zum überwiegenden Teil von Schwarzen bewohnt wird. Mehr darüber in Kürze.

General Thrower selbst sagte heute nachmittag als Sprecher bei einer Kundgebung in West-London — Zitat: »Die Abschaffung der atomaren Mittelstreckenraketen war der größte Verrat seit Menschengedenken. Uns Briten steht die Handhabung der modernsten Waffen zu, um Freiheit und Demokratie zu verteidigen ...«

Peter wandte sich von seinem Computer ab und fluchte leise vor sich hin. Ellen saß auf der Couch vor dem Fernsehgerät, bei dem sie für die Dauer einer Werbespot-Unterbrechung den Ton abgeschaltet hatte, und erkundigte sich, was los sei. Die Luft war angefüllt von dem würzigen Duft eines Gemüsecurrys, das sie gerade kochte. Später, hatte sie gesagt, würde sie noch Chapattis machen; der Preis für Reis war in den vergangenen paar Wochen von astronomischen Höhen zur Unerschwinglichkeit angestiegen.

Peter ließ sich neben sie plumpsen und rieb sich mit dem Handrücken über die Stirn.

»Es ist tatsächlich so, daß eine Person an höchster Stelle Anteile an der Firma besitzt, die Thanataph herstellt — das Zeug, das die Bienen umgebracht hat. Jake wagt sich nicht an die Story heran, genausowenig wie die Fernsehleute. Und ich dachte, ich hätte wieder mal ein ganz heißes Eisen im Feuer. Wir werden uns wohl in voraussehbarer Zukunft von Gemüse ernähren müssen.«

»Macht nichts«, sagte sie tröstend und drückte seine Hand. »Es wird sich irgend etwas anderes ergeben. Ich habe wieder Bier gemacht, und es müßte jetzt eigentlich fertig sein. Soll ich dir welches bringen?«

»Ja, bitte — du liebe Güte, ich habe gar nicht gemerkt, wie spät es inzwischen geworden ist!« Er streckte die Hand nach der Fernbedienung des Fernsehgeräts aus, um den Ton wieder lauter zu stellen. »Ich bin gespannt, *welche* Nachrichten in diesen Tagen den Weg auf den Bildschirm schaffen.«

Die Antwort war, mit einem Wort, unerfreulich. Gleich beim ersten Thema richtete er sich mit einem Ruck auf. Während eines Sturms in der Nordsee war ein holländischer Frachter gegen eine Bohrinsel getrieben worden und hatte sie aus ihrer Verankerung gerissen. Der dadurch entstandene Ölteppich war bereits zehn Meilen lang und breitete sich weiter aus, und es bestand nicht die geringste Hoffnung, — sagte ein betroffen dreinblickender Sprecher der Gesellschaft —, das lecke Rohr abzudichten, bevor sich das Wetter besserte... was nach den düsteren Voraussagen des Wetterberichts nicht vor einer Woche der Fall sein dürfte.

»Ach, mein Kind«, sagte Peter mit brüchiger Stimme. »Was für eine Welt hinterlassen wir dir! Wenn ich mir vorstelle, was man mit dem Öl alles Nützliches hätte tun können — mit all dem vielen Öl! Es gibt inzwischen fünf Millionen Arbeitslose, weißt du das?«

»Darüber habe ich im Fernsehen nichts gehört!« sagte sie und reichte ihm sein Bier.

»Das konntest du auch nicht. Offiziell sind es weniger als vier, aber langsam fällt ihnen nichts mehr ein, um die Gesamtzahl herunterzuspielen. Und das bedeutet, das ist klar, daß die Gewinne aus dem Nordseeöl dafür verpulvert wurden, daß die Leute nichts taten, anstatt für die Verbesserung der Infrastruktur verwendet zu werden... Tut mir leid, ich glaube, das habe ich dir schon mal erzählt, oder nicht?«

Sie nickte und runzelte die Stirn. »Aber wie können sie nur so blöd sein? Ich meine, selbst Kabinettsminister und Industriebosse brauchen sauberes Wasser, ein funktionierendes Abwassersystem, sichere Brücken und all solche Sachen.«

»Ich glaube, es liegt nicht so sehr daran, daß sie blöd sind. Ich glaube, sie können einfach nur den Hals nicht vollbekommen. Ihre Raffgier ist grenzenlos, und über so etwas wie Gewissen verfügen sie nicht. Ich erinnere mich, daß ich vor vielen Jahren etwas gelesen habe — wahrscheinlich war ich damals so alt wie du heute — über einen reichen Amerikaner, der für seine Dreckschleudern von Fabriken berüchtigt war. Auf die kritische Frage eines besorgten Umweltschützers, in was für einer Welt seine Kinder wohl leben müßten, sagte er, das sei für ihn kein Problem, denn er habe in Kanada Land für sie gekauft, weit weg von all dem Dreck.«

»Das ist Blödheit«, sagte Ellen bestimmt, während sie den Blick immer noch auf den Bildschirm gerichtet hielt. Er zeigte jetzt eine Karte der Nordsee mit den vorherrschenden Winden und Strömungen. »O je, das sieht schlecht aus, was meinst du?«

Peter zwang seinen Geist, sich wieder mit der Gegenwart zu beschäftigen. Nach einer Weile sagte er: »Sehr schlecht. Ich wäre jetzt äußerst ungern Fischer auf einem Kutter im Nordosten, das ist mal das erste. Und wenn dann Skandinavien seine Rechnung präsentiert ...«

»Warum rufst du nicht Jake an und bietest ihm eine Reportage über die Folgekosten an?«

»Mein Schatz, du *bist* ein Genie! Ich weiß nicht, was in der letzten Zeit mit mir los ist!« Er stürzte sein Bier in einem Zug hinunter und ging zum Telefon. Über die Schulter fügte er hinzu: »Ruf die Wetterkarte für die Nordsee ab, sei so lieb!«

»Klar!« Im gleichen Moment saß sie auch schon vor dem Computer. »Welchen Schlüssel muß ich eingeben?«

»021-METEORO. Mein Benutzercode lautet PETREL.« Er schlug bereits auf die Tasten, um die Nummer des *Comet* zu wählen.

»Hmm? Dad, du hast doch ›Petrol‹ gesagt, oder nicht? Ich komme damit nicht durch.«

»Was ...? Ach, Entschuldigung, Petrel, zweimal mit e. Wie der Sturmvogel.«

»Ach so! ... Okay, ich hab's. Nordsee ... Welche speziellen Angaben willst du?«

»Das gleiche, was sie im Fernsehen gezeigt haben — Windrichtung und -stärke, Strömungen —, und außerdem alle Daten über Industrie und Gewerbe im Küstengebiet, wie die Werte von Wirtschaftsanlagen, Einkünfte aus dem Tourismus ... fällt dir sonst noch was ein?«

»Was ist zum Beispiel mit dem Wert des ausgeflossenen Öls?«

»Gute Idee!«

Die Telefonleitungen des *Comet* waren natürlich belegt. Peter programmierte den Apparat auf automatische Wählwiederholung — obwohl viele andere Leute wahrscheinlich genau dasselbe getan hatten, was dazu führen würde, daß die Leitungen bis in alle Ewigkeit blockiert wären — und kam dann herüber, um sich die Karte anzusehen, nachdem sie vollständig war.

»Das sieht wirklich schlecht aus«, murmelte er. »Speicher das jetzt erst mal für den Augenblick und versuch etwas anderes, das mir gerade eingefallen ist. Du hast doch die Gerüchte gehört, nach denen die Überflutung der Norfolk Broads auf das Absinken des Nordseebekkens zurückzuführen sein soll? Sie wurden dementiert, und das vielleicht zu Recht — schließlich gab es auch schon früher häufig Überschwemmungen in diesem Gebiet —, doch diesmal strömt außer dem Öl auch noch eine Menge Gas aus. Normalerweise pumpt man zur Stabilisierung des Meeresbodens Wasser hinein, während Öl und Gas herausgeholt werden, doch diesmal werden sie dazu keine Gelegenheit haben, oder? Probier mal, ob du eine geologische Darstellung des Gebiets hereinbekommen kannst — es gibt eine Datenbank in Oslo mit dem Namen SEADRILL, bei der man vielleicht eine abrufen kann — und finde heraus, was passieren könnte, falls das Nordseebecken plötzlich zusammenbricht.«

Ellens Hände, die graziös über die Tastatur getanzt waren, erstarrten mit einemmal.

»Eine Flutwelle?« sagte sie mit zitternder Stimme.

»Oh, ich bezweifle, daß es wirklich zu einer Springflut kommen wird. Ich dachte mehr daran, was den Leuten beim Versuch, die Rohrleitung dicht zu bekommen, zustoßen könnte.«

Das Telefon läutete. Er griff nach dem Hörer und überließ sie sich selbst, um mit ihren Nachforschungen fortzufahren.

Was sie mit so viel Erfolg tat, daß die erforderlichen Daten bereits auf dem Bildschirm erschienen, noch ehe Jake einwilligte, seine üblichen achthundert Worte abzunehmen. Peter hatte vorgehabt, gleich durchs Telefon zu diktieren, doch als er das Diagramm sah, das Ellen hergestellt hatte, besann er sich anders und versprach, den Text innerhalb einer Stunde per Modem durchzugeben. Er fügte hinzu, daß er eventuell tausend Worte lang sein könnte. Jake seufzte, doch da diese Story der Renner des Tages zu werden versprach, ging er darauf ein, unter dem Vorbehalt der Überarbeitung durch die Redaktion.

Und während ihr Vater wieder vor dem Computer Platz nahm, huschte Ellen in die Küche, um den Herd mit dem Essen auszuschalten. Sie kamen nicht vor zehn Uhr zum Essen.

Jedenfalls lief jetzt etwas.

Strenggenommen hätte Ellen gleich nach dem Essen zu Bett gehen müssen, da für sie die Zeit zum Schlafengehen bereits überschritten war, doch in letzter Zeit hatten sie sich angewöhnt, den Abend mit einer gemütlichen Plauderei abzurunden, bei der sie kameradschaftlich nebeneinander auf dem Sofa zu sitzen pflegten. Eine Redakteurin des *Comet* hatte zurückgerufen, um zu sagen, daß sie ein paar Zeilen aus der Story streichen müsse, doch immerhin war sie anständig genug, zuerst zu fragen, bevor sie den Rotstift ansetzte, was tröstlich war. Voller Genugtuung über diese unerwartete Stilwende lächelte Peter seine Tochter von der Seite her an.

»Auf die Gefahr hin, daß ich mich wiederhole«, murmelte er, »muß ich sagen, ich bedaure mehr und mehr, daß es zwischen Kamala und mir nicht geklappt hat. Sonst hätte ich seit vielen Jahren schon so gute Gerichte wie deine essen können!«

Sie versetzte ihm einen spielerischen Stoß in die Rippen.

Und wurde dann ernst.

»Dad«, fragte sie nach einer Weile zaghaft, »warum seid ihr, du und Mum, denn auseinandergegangen? Ich würde es gern wissen. Und bevor du antwortest« — sie legte ihm einen schlanken braunen Finger auf die Lippen, um eine vorschnelle Reaktion zu verhindern — »denke bitte daran, daß ich inzwischen schon ganz schön erwachsen bin. Das Ganze hat sich vor vielen Jahren zugetragen, und es kann nach so langer Zeit keinen Schaden mehr anrichten, wenn du die Wahrheit sagst. Denn die will ich hören.«

Er versank für eine ganze Weile in Grübelei. Schließlich brachten ihn ihre flehenden Augen zu einer Entscheidung. Er seufzte, lehnte sich zurück und starrte ins Nichts, und dann erklärte er es ihr.

»Es war wegen eines Mädchens namens Sindy ... ich nehme an, ich sollte vielmehr Frau sagen. Ich lernte sie auf einer Party kennen, als ich noch Medizin studierte. Sie war älter als ich, seit mehreren Jahren verheiratet, zankte sich jedoch ständig mit ihrem Mann, denn sie beide wollten Kinder, und sie wurde einfach nicht schwanger. Doch er weigerte sich, sich daraufhin untersuchen zu lassen, ob die Ursache vielleicht bei ihm lag — sondern bestand darauf, daß sie schuld sein müsse.«

Er hatte sich zum Essen noch einmal Bier eingeschenkt, und jetzt nippte er an dem Rest, der davon noch übrig war.

»Also ... Na ja, ich war wohl inzwischen ein bißchen betrunken, sonst hätte ich nicht so freimütig gesprochen. Ich erwähnte die Chinn-Wilkinson-Klinik und empfahl ihr, während ihres Aufenthaltes in London dorthin zu gehen — sie stammte aus irgendeinem Ort in der Provinz, sagte jedoch nicht genau, woher —, und sie entgegnete, daß sie schon mal an eine künstliche Befruchtung gedacht habe, daß ihr die Vorstellung aber nicht so behagte, weil das Ganze so unpersönlich ablieefe. Also ...«

Ein verlegenes Achselzucken.

»Du mußt verstehen, daß ich damals bereits seit mehreren Monaten Samenspender war, und ich wurde mir plötzlich klar darüber, daß ich sehr wahrscheinlich schon irgendwo ein Kind hatte und weitere folgen würden. Ich hatte gedacht, das könnte mir nichts anhaben und ich könnte mit Ironie darüber hinweggehen — wie Louis Parker, wenn ich schon ganz offen sein soll. Er machte nicht den Eindruck, als ob er sich einen Deut darum scherte. Vermutlich gab es bereits in einem halben Dutzend Ländern Abkömmlinge von ihm. Ich glaube, ich habe dir schon mal erzählt, daß er umwerfend gutaussehend war?«

Ellen setzte ein verächtliches Grinsen auf. »Du hast etwas davon erwähnt, daß ihn die Frauen umschwärmten wie Fliegen einen verwesenden Kadaver.«

»Da muß ich in einer besonders düsteren Stimmung gewesen sein ... Aber wie dem auch sei: Ich erkannte, daß ich bei weitem nicht so kühl damit umgehen konnte wie er, und deshalb kam mir der Gedanke, daß ich eigentlich wissen müßte, was zumindest aus einem meiner ... ah ... Sprößlinge wurde. Ich vermute, den Rest kannst du dir denken.«

»Du hast sie verführt?« rief Ellen.

»Ich weiß nicht, wer von uns beiden wen verführte. Aber ... ja, wir hatten ein kurzes Verhältnis miteinander. Es dauerte zwei Wochen.«

»Und, lag es an ihrem Mann?«

Peter nickte. »Sehr wahrscheinlich. Aber ich habe sie nie mehr wiedergesehen. Soviel zu meiner überaus originellen Idee! Sobald sie wußte, daß sie schwanger war, rief sie mich an und verabschiedete sich. Ich habe ihren Nachnamen nie erfahren, ganz zu schweigen von ihrer Adresse.«

»Wirklich?« — vor Ungläubigkeit weit aufgerissene Augen.

»Wirklich! Sie war finanziell entschieden besser dran als ich; sie pflegte mich mit einem Taxi von der Klinik abzuholen, mich zum Essen auszuführen, mit mir nach Hause zu gehen und mich nach ein paar Stunden zu verlassen. Sie und ich, wir haben niemals eine ganze Nacht zusammen verbracht ... Ich hoffe, es macht dir nichts aus, daß ich so offen rede.«

»Nein, genau das wollte ich ja.« Ellen zögerte. Schließlich fuhr sie fort: »Du wußtest nicht, daß ich unterwegs war?«

»Natürlich nicht. Ich bin nicht einmal sicher, ob es deine Mutter schon wußte. Jedenfalls hat sie es mir erst gesagt, als meine Affäre mit Sindy längst vorbei war.«

»Wie ist sie denn dahintergekommen? Das war doch der Grund, warum ihr euch getrennt habt, nicht wahr?«

Peter dachte gründlich nach, bevor er antwortete. Doch jetzt, nachdem er soweit gegangen war, kam er nicht darum herum, auch noch den Rest einzugestehen.

»Das Bewußtsein, ein Kind gezeugt zu haben, das von einem Ehepaar aufgenommen, wie ihr eigenes behandelt werden würde, war eine Sache. Und ich glaubte fest, daß es so geschehen würde, da Sindy immer wieder betont hatte, ihre Ehe sei glücklich mit Ausnahme des Umstandes, daß sie keine Kinder bekamen. Doch es war etwas ganz anderes, selbst die Verantwortung für mein eigenes Kind zu übernehmen, da ich doch während meiner Studienzeit so arm war, daß ich zum Samenspenden gezwungen war, um über die Runden zu kommen. Ich ...«

»Du hast versucht, sie zu einer Abtreibung zu überreden«, mutmaßte Ellen erneut.

Ihre Stimme verriet keinerlei Gefühlsregung. Er versuchte, Aufschluß darüber aus ihrem Gesichtsausdruck zu bekommen, doch darin zeigte sich nichts als offenkundig beiläufiges Interesse.

Na ja, sie hatte ja gesagt, es ist alles schon vor so langer Zeit geschehen ...

Zerknirscht bekannte er sich zur Wahrheit.

»Und darüber war sie aufgebracht?«

»Ja.«

»Und deshalb hast du Schluß gemacht?«

»Ich glaube, sie wäre irgendwann zur Besinnung gekommen und wir hätten neu miteinander anfangen können, wenn nicht ein paar Wochen später noch etwas anderes passiert wäre.« Peter fuhr sich mit der Zunge über die Lippen. Plötzlich spürte er einen Druck im Bauch. Er haßte die Erinnerung an das, was er jetzt berichten mußte, und bisher hatte er es noch nie jemandem erzählt.

»Sprich weiter!«

Klangen diese Worte kalt und vorwurfsvoll, oder einfach nur neugierig? Er hoffte das letztere und wagte den Sprung weiter.

»Ich habe vorhin gesagt, daß Sindys Unfähigkeit, schwanger zu werden, ›wahrscheinlich‹ die Ursache bei ihrem Mann hatte. In Wirklichkeit lag es eindeutig an ihm, und er wußte es seit langem. Er war zeugungsunfähig, und er konnte sich mit dieser Tatsache nicht abfinden. Als Sindy schwanger war, wußte er, daß sie das

Kind von einem anderen Mann empfangen haben mußte, und er warf sie hinaus. Sie kannte meine Telefonnummer, und eines Abends rief sie mich in einem Anfall von Hysterie an, um mir zu sagen, was er getan hatte.

Doch ich war nicht zu Hause.«

»Aber Kamala war zu Hause?«

»Kamala war zu Hause. Allerdings nicht mehr lange. Ich habe nie erfahren, was Sindy genau gesagt hat, aber ich kann es mir vorstellen. Danach war es zwischen uns vollkommen aus. Wir haben kaum noch miteinander geredet. Ein- oder zweimal haben wir uns noch getroffen, nachdem sich die Wogen etwas geglättet hatten, aber — nun ja, das war's dann. So, jetzt weißt du es.«

Er kippte sein Bier mit einem einzigen zornigen Schluck vollends hinunter.

Während er sich immer noch fragte, wie die unverblümte Wahrheit auf Ellen wohl wirken mochte, ertönte ein schrilles Piepen von ihrem Computer aus dem Zimmer nebenan. Sie sprang auf, um zu sehen, wodurch es ausgelöst worden war; gleich darauf kam sie zurück und brachte mit niedergeschlagener Miene einen Ausdruck herein.

»Stimmt was nicht?« wollte Peter wissen.

»Oh, ich habe gerade einen weiteren Louis Parker ausfindig gemacht.«

Er hätte sich fast verschluckt. »Was heißt das — *›einen weiteren‹*?« fuhr er unbeherrscht auf.

»Das ist jetzt der vierte. Keiner von ihnen nützt uns etwas.« Sie warf ihm das Blatt Papier in die Hand und ließ sich entmutigt wieder auf die Couch plumpsen. Er las den Ausdruck schnell durch. Es stimmte, sie hatte vier Leute mit diesem Namen gefunden. Doch einer davon war über sechzig Jahre alt und lebte als Rentner in der Gegend von Harrogate, und außerdem war sein voller Name sowieso Christopher Louis Parker-Haines; ein zweiter war Louis X. Parker, ein amerikanischer Staatsbürger, der in der Botschaft am Grosvenor Square arbeitete; und der dritte war ein Schauspieler, der sich Louis als Künstlername zugelegt hatte, denn sein Taufname war Lewis, und es gab bereits einen Lewis Parker in der Schauspielerriege des Equity. Was den vierten betraf, so war dieser vor drei Minuten als Sohn einer Französin namens Suzette Legrand in Sydenham zur Welt gekommen, und ein gewisser Alan Raymond Parker, Brite, hatte die Vaterschaft anerkannt.

Dennoch war das eine erstaunliche Leistung. Voller Bewunderung fragte Peter: »Wie, um alles in der Welt, hast du so viele herausbekommen? Bernie hat bis jetzt noch nicht einen einzigen Kandidaten geliefert?«

Mit einem unterdrückten Gähnen wand Ellen ihren schlanken Körper aus dem Knick des Sofas und stützte sich mit Füßen und Schultern ab, bis sie sich ausreichend gereckt hatte.

»Betriebsgeheimnis«, sagte sie mit einem spöttischen Grinsen, sobald es ihr Gähnen zuließ. »Aber wenigstens ist es ein Schritt in die richtige Richtung, hm? So, jetzt sollte ich vielleicht besser ins Bett gehen. Morgen habe ich Schule, vergiß das nicht!«

»Ja, ja. Natürlich. Gute Nacht. Und noch mal vielen Dank für das hervorragende Essen, wie schon so oft.«

»Jederzeit gern geschehen«, sagte sie. »Jederzeit.«

Peter war zu aufgedreht, um zu schlafen. Während er im Zimmer auf und ab schritt, überlegte er, ob er die Spätnachrichten im Fernsehen einschalten sollte; plötzlich überkam ihn eine Eingebung. Vielleicht hatte Louis Parker seinen ursprünglichen Familiennamen wieder angenommen. Falls er tatsächlich Parikian lautete ...

Aber obwohl es fast neunzig Teilnehmer mit diesem Namen im nationalen Telefonverzeichnis gab, hatte keiner davon das Initial L.

Was, zum Teufel, war wohl aus ihm geworden?

Und führe uns nicht in Versuchung ...

Diese Worte hallten wieder und wieder in Davids Geist nach, während der Rolls-Royce in wirbelndem Regen durch die öden Hopfenfelder Kents schnurrte. Hin und wieder tauchte das kegelförmige Dach eines Trokkenhauses auf und verschwand wieder hinter einer Biegung, wenn die Straße in einer Kurve verlief. Mit der nächsten Person seiner Geschwister, die er hoffte, abholen zu können, hatte es etwas sehr Merkwürdiges auf sich. Nach allen verfügbaren Auskünften hatte sie ihre Macht nur ein einziges Mal eingesetzt und nur auf eine einzige Person gerichtet ...

Doch wenn man einmal erkannt hat, daß man die Begabung besitzt ...

Nach der heilsamen Lektion, die ihm die Begegnung mit GianMarco erteilt hatte, war er ständig verunsichert, was seine gefährdete Rolle als Oberhaupt der Gruppe betraf. Entweder hatte diese Mary Gall nicht begriffen, zu was sie fähig war, und die Art, wie sie sich ihres Vaters entledigt hatte, war lediglich das Ergebnis einer instinktiven Reaktion, niemals wiederholt weil nicht durchschaut, oder (und David hatte das Gefühl, daß das wahrscheinlicher war) sie besaß eine bemerkenswerte Einfühlsamkeit und Selbstbeherrschung — oder, um es anders auszudrücken, die Fähigkeit, der Versuchung zu widerstehen, die mit dem Besitz der absoluten Macht über andere Menschen einherging.

David Shay besaß nicht nur diese Fähigkeit nicht, er wollte es auch gar nicht. Die Zeit reichte nicht für den Luxus, ein Gewissen zu haben ...

Das war der Grund dafür, daß er Crystal mit auf diese Reise genommen hatte. Trotz seiner anfänglichen Verachtung mochte er sie inzwischen fast am liebsten von all seinen Halbgeschwistern. Ihre Erfahrungen auf dem Straßenstrich von London hatten in ihr einen gewissen Zynismus wachsen lassen, zugegeben, doch unter ihrem dicken Panzer schien sie sich — genau wie er —

nach einem Ideal zu verzehren. Tatsächlich barg sie die Vision einer besseren Welt in sich.

Sie war es, die im Laufe der endlosen Auseinandersetzungen innerhalb der Gruppe am schnellsten und klarsten das Bedeutende an seinen Vorschlägen auffaßte, und mehr als einmal war es dem Umstand, daß sie zu ihm hielt, zu verdanken, daß die Stimmung bei einer Zusammenkunft umschlug und sich gegen Sheilas Grämlichkeit, Terrys kaltblütiges Verlangen nach materiellem Besitz und Garths verbitterte Verachtung für alle Erwachsenen wandte.

Er hoffte, daß sich Mary Gall als weitere Verbündete erweisen würde. Das Austricksen der anderen, sie umzukrempeln und von seinen Ansichten zu überzeugen, zehrte an seinen Kräften. Er *wußte,* was getan werden mußte und wie wenig Zeit noch blieb. Doch in der Reihe der anderen war es offenbar nur Crystal, die ein Empfinden dafür hatte, wie sehr alles drängte ...

Wenn sich herausstellen sollte, daß Mary Gall eine weitere Widersacherin war ...

Doch er wollte über diese Möglichkeit nicht nachdenken. Gedankenverloren hob er die Armstütze an, in der die Computertastatur des Wagens eingebettet war, und tippte den Code ein, mit dem er sich in das Suchprogramm, das nach Louis Parker fahndete, einschalten konnte. Der Bildschirm, der in die Rückenlehne des Fahrersitzes eingebaut war, informierte ihn, daß es noch immer keinen Grund zur Freude gab. Mit einem Seufzer schaltete er um zu einer Landkarte, auf der ihr Vorankommen zu verfolgen war.

»Bei der nächsten Abzweigung nach links«, wies er Harry an. »In fünf oder sechs Minuten müßten wir da sein.«

Seine beiden Vermutungen hinsichtlich Mary, so stellte sich heraus, waren gleichermaßen falsch.

Sie und ihre Mutter hatte letzten Endes Marshmere

verlassen, da sie den allgemeinen Klatsch nicht mehr ertragen konnten. Das Haus war mit einem hübschen Gewinn verkauft worden, und ihr neues Heim im Poppy Cottage war nicht weniger luxuriös, wenn auch nicht ganz so groß, und hatte einen herrlichen Garten. Keine von beiden wollte den Jaguar behalten, also hatte man sich von ihm und von dem Citroen getrennt; dafür stand jetzt ein mittelgroßer Volvo in der Garage. Es blieb noch eine beträchtliche Zeit, bis Richard seine Haftstrafe verbüßt hätte; trotzdem hatte Mary darauf bestanden, daß Edna eine gerichtliche Verfügung erwirkt hatte, um zu verhindern, daß er nach seiner Entlassung mit ihnen Kontakt aufnehmen würde. Alles hätte also in bester Ordnung sein können.

Doch es war nicht so.

Trotz der Vorwürfe ihrer Tochter, die durch den Einsatz ihres magischen Hauchs unterstützt wurden, war Edna immer mehr in Trübsinn verfallen. Sie hatte angefangen, übermäßig zu trinken, und mied die Gesellschaft anderer Menschen. Oftmals blieb sie tagelang ohne Unterbrechung zu Hause. Wenn sie einkaufen gehen mußte, kaufte sie wahllos allerlei Zeug und stopfte die Tiefkühltruhe paketweise mit Essen voll, das später unberührt weggeworfen werden mußte. Mary, die jetzt eine so nahegelegene Schule besuchte, daß sie sie mit dem Fahrrad erreichen konnte, schwänzte häufig den Unterricht aus dem einzigen Grund, weil sie ihre Mutter nicht aus den Augen lassen wollte. Wenn Lehrer kamen, um nachzusehen, was los war, hatte sie natürlich keine Mühe, sie beschwichtigt wieder wegzuschicken, doch diese Aufgabe kostete sie Kräfte, und manchmal merkte sie, wie erschöpft sie durch die Anwendung ihrer Macht war.

Darüber hinaus machte sie sich allmählich darüber Sorgen, was sie eigentlich getan hatte. Hatte Richard sein Schicksal wirklich verdient? Schließlich war sie nur von den Aussagen ihrer Mutter ausgegangen. Zugegeben, er hatte seine Frau einigen sehr unerfreulichen Erfahrungen ausgesetzt, doch wenn er das nicht getan hätte, dann gäbe es Mary heute überhaupt nicht …

Voller Schuldgefühl schrieb sie ihm Briefe, in denen sie ihn anflehte, ihr den Seelenfrieden wiederzugeben, ihr zu beteuern, daß er ihr vergeben habe — und dann zerriß sie sie und spülte sie in den Toilettenabfluß hinunter aus Angst, Edna könnte die Schnipsel aus dem Papierkorb herauskramen und zusammensetzen. Von Zeit zu Zeit wehrte sie sich auf dem Schulweg gegen Schmähungen von Mitschülerinnen, die erfahren hatten (böse Zungen waren lang, ach so lang), daß ihr Vater im Gefängnis saß, und focht unsinnige und fruchtlose Streitereien aus. Warum, so fragte sie sich, fiel ihr niemals ein, statt dessen ihre Magie einzusetzen?

Wenn sie jedoch in ruhiger, ausgeglichener Stimmung war, kam ihr dieser Gedanke niemals in den Sinn. Und wenn sie bis zur Weißglut gereizt war, dann war sie nicht in der Lage, ihre Vorzüge auszunutzen. Manchmal, mitten in der Nacht, lag sie da und starrte die Decke ihres Schlafzimmers an, und dann heckte sie Racheakte aus, mit denen sie es denen, die sie am meisten quälten, heimzahlen würde, bis sie mit einem zufriedenen Schmunzeln einschlief. Aber am nächsten Morgen war sie stets so sehr von anderen Dingen in Anspruch genommen, daß sie sich nicht mehr an ihre Pläne erinnern konnte, und sie verblaßten so unwiederbringlich wie Träume.

Jetzt stand der Winter vor der Tür, und die Einsamkeit des Hauses lastete auf ihrem Gemüt. Sie war seit einer ganzen Woche nicht mehr in der Schule gewesen; ja, tatsächlich war es genauso lange her, seit sie sich gezwungen hatte, weiter als bis zur Gartentür nach draußen zu gehen. Edna hatte schon seit mindestens genauso langer Zeit kein Bad mehr genommen und verbrachte den größten Teil des Tages in ihrem Morgenmantel, der längst fällig für die Wäsche war. Früher hatte sie sehr wenig geraucht, wenn überhaupt, doch jetzt qualmte sie bis zu vierzig Zigaretten am Tag, und die Luft roch ständig nach Schweiß und Kippen. Um die Schwierigkeiten noch zu vervollkommnen, hatte Marys Periode eingesetzt. Wieder mal hatte sie ihre Magie eingebüßt.

Jedesmal weinte sie viel in den Tagen, solange sie andauerte. Hin und wieder verwünschte sie sich selbst.

Es klingelte an der Tür.

»Ich bin nicht zu Hause«, fauchte Edna und griff erneut nach einer Zigarette. Der Regen trommelte in einem eintönigen Rhythmus gegen die bleiverglasten Fenster, die dem Landhaus einen ›nostalgischen Charme‹ verleihen sollten, in Wirklichkeit jedoch hauptsächlich den Einfall des Tageslichts einschränkten. Sie tat so, als ob sie in einem Buch lesen würde, doch ihr Blick schweifte immer wieder ab, um der Wiederholung einer Spielsendung im Fernsehen zuzuschauen. Mary konnte sich nicht vorstellen, warum; der Ton war abgestellt.

Es klingelte ein zweites Mal, länger und drängender.

»Na schön«, seufzte Mary und erhob sich mühsam, als ob sie mit einemmal das Doppelte ihres Gewichts zu schleppen hätte. Nervös verfolgten sie Ednas Augen aus dem Zimmer.

Im schmalen Eingangsflur des Hauses, längs zu einem Fenster neben der Tür, hing ein Spiegel, der dazu gedacht war, daß man seine äußere Erscheinung einem prüfenden Blick unterzog, bevor man sich weiterwagte. Wenn man im richtigen Winkel in ihn hineinblickte, konnte man jeden darin sehen, der auf der anderen Seite des Fensters stand. Mary blieb genau an der richtigen Stelle stehen und wurde mit der Ansicht eines Mädchens belohnt, das etwa im gleichen Alter wie sie selbst war und — nach dem, was das Fenster zeigte, also Kopf und Schultern — ihr äußerlich ziemlich ähnlich sah.

Es läutete ein drittes Mal, voller Ungeduld.

Sie hatte in einer dumpfen Ahnung wieder mal jemanden von der Schule erwartet, der sich über ihre Schwänzerei beschweren wollte, und als zweitwahrscheinlichste Möglichkeit eine von ihren Mitschülerinnen — nicht daß sie sich mit einer von ihnen angefreundet hätte, und kaum jemand hatte Lust, sie mehr als einmal zu Hause zu besuchen, was ein Hauptgrund für ihre Niedergeschlagenheit in letzter Zeit war. Die Vorstellung, daß eine Fremde sie besuchen kam, entfachte in ihr eine unerklärliche Erregung. Sie beeilte sich, die Tür zu öffnen.

Und sah nicht das Mädchen vor sich, dessen Anblick sie erhascht hatte, sondern einen Jungen. Der sagte: »Du bist Mary Gall. Das erkenne ich gleich. Ich bin David Shay. Das ist Crystal Knight.«

Crystal trat in den Schutz des überdachten Eingangs. Ihre Haare waren kurz geschnitten, und sie trug eine aufreizend geschnittene Jacke, auf deren Vorderseite ein kreuzweise geschnürtes rotes Elastikband ihre Brüste einrahmte und hervorhob, und dazu eine enganliegende schwarze Hose mit verstreuten gelben Kullern: modischer Firlefanz, auf den Mary immer neidisch gewesen war, den sie jedoch nie zu tragen gewagt hatte, da man ihr in der Schule das Leben auch so schon ausreichend schwer machte. Sie sagte, und zwar nicht zu Mary, sondern zu David: »Kein Problem. Keine Macht.«

Was?

Schwindelig und völlig verdutzt über diese knallharte Feststellung, spürte Mary, wie ihr Kinn heruntersackte, und sie hätte in einem unwillkürlichen Reflex die Tür zugeschlagen, wenn David nicht ihre Hand ergriffen und sanft gesagt hätte: »Willst du uns bei diesem Regen nicht hereinbitten?«

Regen?

Plötzlich war die Welt zu einem anderen Ort geworden, und Regen war etwas viel zu Gewöhnliches, um Wirklichkeit zu sein.

»Wer immer das ist, sag dem Gesindel, es soll abhauen!« schrie Edna aus dem Wohnzimmer. Die Worte wurden von einem vertrauten platschenden und blubbernden Geräusch begleitet: Eiswürfel, die in ein Glas plumpsten und mit Gin und nicht annähernd genug Tonic bedeckt wurden. (Tonicwasser war sehr teuer geworden. Bis jetzt hatte noch niemand einen synthetischen Chininersatz auf den Markt gebracht, der billig genug gewesen wäre, um den Weg in den Leib der Getränke-Mixer zu machen, und der echte Stoff verschwand mit den Regenwäldern.)

»Wir werden mit ihr fertig«, sagte Crystal überzeugt und spazierte an Mary vorbei. David legte den Arm um sie und zog sie mit sich.

Als sie sich umblickte — sie hatten sich nicht die Mühe gemacht, die Tür zu schließen —, sah Mary den Wagen am Ende des Weges und einen Mann, der mit besorgter Miene unverwandt zum Haus starrte.

Doch sie hatte keine Zeit, sich darüber Gedanken zu machen.

Tatsächlich schien sie während der folgenden Minuten überhaupt keine Zeit zu haben, um sich über irgend etwas Gedanken zu machen.

Der Regen hatte nachgelassen, als David und Crystal Mary zum Auto führten, wobei jeder einen Koffer voll mit ihren Habseligkeiten trug. Der Mann am Steuer stieg aus, um die hintere Tür für sie zu öffnen. David sagte: »Mary, das ist Harry.«

Harry nickte knapp zur Begrüßung. »Papiere?« raunte er nervös.

»Alles unterschrieben. Hier.« David warf ihm ein Bündel Dokumente in die Hand, und er schob sie in seine Jackentasche.

»Was ist mit ... ah ... Mrs. Gall?«

»Zur Hölle soll sie fahren! Sie wird sich zu Tode saufen. Oder das Haus in Brand stecken, wenn sie beduselt ist. Sie qualmt wie ein Schlot.«

»David, meinst du nicht, du solltest …?«

»Es geht nicht ums ›Sollen‹«, blitzte der Junge zurück. »Das habe ich dir schon mal gesagt. Du hattest Gelegenheit, dir übers ›Sollen‹ Gedanken zu machen — und hast sie verstreichen lassen. Jetzt bleibt also nur noch das *Müssen!* Steig ein und fahr uns nach Hause!«

Sie sehen TV-Plus. Es folgen die Nachrichten.

Eine halbe Million Menschen in den Midlands wurden gewarnt, kein Leitungswasser mehr zu trinken, ohne es abzukochen. Letzte Woche wurden durch ein Versehen gezüchtete Bakterien aus einem biologischen Versuchslabor in den Abfluß gespült und überlebten angeblich das normale Verfahren in einer Kläranlage.

General Thrower erklärte heute auf einer Versammlung seiner Anhänger in Surrey, daß England wieder einen Krieg brauche — Zitat: »um das moralische Gerüst einer rückgratlosen Generation zu stärken«, und erntete von seinen Zuhörern jubelnden Beifall, als er Rupert Brookes Gedicht zum Ausbruch des Krieges von 1914 zitierte: »Now God be thanked Who has matched us with His hour ...«

Was stand für heute auf dem Plan?

Trübsinnig richtete sich Peter vor seinem Computer ein, wie er es jeden Morgen tat, nachdem Ellen zur Schule gegangen war, und nahm hin und wieder einen Schluck aus einem Becher mit dem neuesten abscheulichen Kaffee-Ersatz. Das echte Zeug überstieg inzwischen längst seine Mittel — wie übrigens die aller anderen Leute mit Ausnahme der Superreichen. Mit Tee würde es in Kürze nicht anders sein, so lauteten Gerüchte, deren Verbreitung im Rundfunk oder Fernsehen die Regierung nicht gestattete.

Wenn man nur die Warnungen hinsichtlich der Vernichtung des Waldes in Nordindien ernst genommen hätte ...

Roch die Luft hier im Raum schlecht? Er schnupperte und kam zu dem Schluß: nicht schlechter als sonst. Er hatte Kopfweh, aber das kam höchstwahrscheinlich davon, daß er gestern abend Ellens selbstgemachtem alkoholischen Getränk zu heftig zugesprochen hatte — diesmal handelte es sich um Rotwein. Also ...

Zuerst mal die Bildschirmpost abrufen, in der schwachen Hoffnung, daß jemand Bedarf an seinem Talent haben und eine Story mit medizinischem Hintergrund anfordern könnte, trotz des Unmuts, den seine Reportage über die königlichen Pferde in offiziellen Kreisen ausgelöst hatte.

Seine Gemütsverfassung war so stark von der seit Wochen andauernden Langeweile und Enttäuschung geprägt, daß er zunächst den ganzen Kram als nicht der Aufmerksamkeit wert abtat. Gerade noch rechtzeitig konnte er seine Finger bremsen, bevor sie die Botschaft löschten, von der er die ganze Zeit geträumt hatte. Sie kam vom *Comet* und stach in fettgedruckten, unterstrichenen Großbuchstaben hervor:

KOMMEN SIE SOFORT!

Wann war diese Aufforderung losgeschickt worden ...? Benebelt, denn der Kaffee-Ersatz hatte nicht die wachmachende Wirkung, wie er es von früher gewohnt war (wie lang war das her? Als Großbritannien es sich noch leisten konnte, die Ernte der bedeutendsten Erzeuger aufzukaufen!), ließ er die Anzeige auf dem Bildschirm zurücklaufen, um die Zeile mit der Zeitangabe zu suchen. Sie erschreckte ihn.

0535? Jake, um diese Zeit bei der Arbeit? Das konnte doch nicht wahr sein — es mußte sich um einen üblen Streich handeln! Er packt sich um eins oder halb zwei die überregionalen Ausgaben und geht dann nach Hause zum Schlafen ...

In diesem Moment klingelte das Telefon. Hastig nahm er den Hörer ab.

»Jake«, sagte eine weit entfernte Stimme. »Gott sei Dank sind Sie endlich aufgewacht! Schon seit Stunden versuche ich, Sie zu erwischen. Bewegen Sie Ihren Arsch hierher, verdammt!«

Peter biß sich auf die Zunge, um sich davon abzuhalten, einen Schwall von Bemerkungen loszulassen, die ihn um einen Verdienst gebracht hätten. Als er sich wieder gefangen hatte, sagte er: »Jake, ich bitte Sie — warum denn?«

»Auch wenn ich die ganze Nacht wach war, auch wenn ich zur Frühstückszeit immer noch saufe, so hirnverbrannt bin ich noch lange nicht, daß ich eine derart blöde Frage am Telefon beantworte!«

Oh! Das hört sich nach was Großem an. Es widerstrebt mir zwar, nach seiner Pfeife zu tanzen, aber ich glaube, ich sollte besser ...

Merkwürdigerweise wünschte er sich, Ellen wäre hier gewesen, um ihm einen Rat zu geben; Peter stieß einen tiefen Seufzer aus.

»Okay. Ich bin schon unterwegs ... Oh, noch eine Sekunde!«

»Was denn?« — in einem Ton an der Grenze zum Explodieren.

»Wenn ich mir ein Taxi nehme, werden Sie ...?«

»Nehmen Sie sich einen Scheißhubschrauber, wenn es sein muß! Aber kommen Sie — und zwar verdammt *schnell!*«

Peter forderte sofort telefonisch ein Taxi an, doch es dauerte eine halbe Stunde, bis es kam, und dann wurde es von der Polizei umgeleitet, weil ein Demonstrationszug von Fischern aus dem Nordosten, die durch den sich immer weiter ausbreitenden Ölteppich auf der Nordsee ihrer Einnahmequellen beraubt waren, auf Whitehall zumarschierte, um eine Protestnote zu überreichen.

Natürlich würde es ihnen nicht gestattet werden, dorthin zu gelangen. Niemand, der nicht im Besitz eines Regierungsausweises war, hatte seit achtzehn Monaten den Bezirk um Parliament Square und Downing Street betreten.

Als er an dem Gebäude ankam, in dem die Redaktion des *Comet* untergebracht war, mußte er vom Erdgeschoß zu Fuß hinaufgehen. Wieder einmal hatte ein Stromausfall die Aufzüge außer Betrieb gesetzt. Ein batteriebetriebenes Radio, das er hörte, als er erschöpft und außer Atem an einer gefährlich offenstehenden Tür im Stockwerk darunter vorbeikam, informierte London mit vergnügter Stimme, daß die verantwortlichen Saboteure der Polizei bekannt seien und daß in Kürze »jemand Scotland Yard bei den Ermittlungen unterstützen« würde.

Warum habe ich nur das Gefühl, daß ich das schon mal gehört habe?

Die Arbeit in den Redaktionsräumen ging zum großen Teil normal vonstatten — schließlich mußte die morgige Ausgabe vorbereitet werden —, doch es lag eine Spannung in der Luft, die Peter gleich beim Eintreten spürte. Er bemerkte mit Überraschung, daß Bernie an seinem Platz in der üblichen Ecke saß; während ihrer inzwischen schon ganz schön langen Bekanntschaft hatte ihn die Erfahrung gelehrt, daß der Hacker es vorzog, erst so gegen Mittag aufzustehen. War auch er, wie Jake, die ganze Nacht über hier gewesen?

Die Augen des Chefredakteurs waren gerötet, er war unrasiert, seine Jacke hing über der Rückenlehne seines Stuhls, die Manschetten seines Hemdes hatten Schmutzränder, und der Krawattenknoten hing ihm fast am Bauchnabel; er unterbrach eine heftige Unterhaltung mit einer Frau, die Peter nicht kannte, und stieß einen Schrei aus, in dem sich Wut und Erleichterung mischten.

»Endlich sind Sie da! Ersparen Sie sich eine Erklärung — ich habe alle Entschuldigungen bereits gehört, und das Schlimme ist, daß sie fast alle wahr sind. Kommen Sie her! Übrigens, das ist Sally Gough, unsere für Verbrechen zuständige Berichterstatterin.«

Eine Frau mit länglichem Gesicht und dicken Brillengläsern entbot ihm einen festen Händedruck.

»Setzen Sie sich, setzen Sie sich!« forderte ihn Jake unter Gähnen auf. Auf seinem Schreibtisch schmolzen Eiswürfel in einem Glas, und er nahm geistesabwesend einen Schluck. Dann beugte er sich mit eindringlicher Miene vor.

»Peter, Sie müssen das hier unbedingt für sich behalten, denn ich habe endlich den Riesenknüller, von dem ich immer geträumt habe. Doch ich wage noch keine Veröffentlichung, bevor die Sache nicht absolut wasserdicht ist. Ich habe alle meine Spitzenleute damit beschäftigt, aber Bernie meint, ich brauche Sie auch dazu. Und Claudia.«

Peter erstarrte. »Sagen Sie nicht, Sie haben Louis Parker gefunden!«

»Wen? — Ach, den! Nein, nein, nein! Doch das, was jetzt geschehen ist, könnte der falschen Spur, die Sie mit einem so großen Aufwand an Redaktionsgeld verfolgt haben, die richtige Wende geben ... General Thrower ist offensichtlich gekidnappt worden. Betonung auf *Kid!*«

»Das kann ich nicht glauben! Wie, Wann?«

Während er in eine seiner Schreibtischschubladen griff, um die Flasche zu suchen, aus der er trank, bedeutete Jake Sally Gough mit einem Kopfnicken, das Wort zu übernehmen. Mit wenigen straffen Sätzen erklärte sie, was sich ihrer Vermutung nach ereignet hatte.

»Er sprach gestern abend bei einer öffentlichen Versammlung in Sandhurst — Sandhurst in Surrey, in der Nähe der bekannten Kadettenschule. Die ganze Gegend dort ist von Militärs geprägt, streng regierungstreu mit einer gehörigen Prise Throwerismus. Unter den Zuhörern befand sich eine Gruppe von Jugendlichen, einiges über zehn Jahre alt. Nach der Versammlung kamen sie zu ihm und baten um Autogramme. Durch irgend etwas war die Aufmerksamkeit der Organisatoren abgelenkt, und als sie sich wieder dem General zuwenden wollten, war er nirgends mehr zu finden. Die Polizei vertritt die Auffassung, daß er von einer linksgerichteten Gruppe entführt worden ist, die sich der Kinder als Deckung bediente.«

Peter pfiff lautlos. »Das ist ja unglaublich!« murmelte er.

»Genauso habe ich reagiert«, nahm Jake das Wort wieder auf, nachdem er einen großen Schluck seines neueingegossenen Drinks genommen hatte. Er ließ erste Anzeichen einer besonders sorgfältigen Aussprache und bedachter Bewegungen erkennen, wie sie typisch waren für jemanden, der wußte, daß ihn nicht mehr viel von einem Vollrausch trennte. »Er macht niemals einen Schritt ohne Leibwächter. Wohin er auch geht, er kann sich auf eine Anzahl von hoffnungslos enttäuschten Arbeitslosen als Freiwillige verlassen.«

»In diesem Fall — vielleicht nicht echte Freiwillige?«

»Hmm!« Jake hob die Augenbrauen. »Guter Gedanke. Sally, haben Sie jemanden an der Hand, der die Leute, die bei der Versammlung als Ordner tätig waren, überprüfen könnte?«

Bernie, der mitgehört hatte, sagte, ohne sich umzudrehen: »Die Polizei hat sie bereits vernommen. Bis jetzt hat sich jeder einzelne von ihnen als langjähriges Mitglied der Britischen Bewegung, der Nationalen Front oder ähnlichem erwiesen. Alles waschechte, von der Sache durchdrungene Typen.«

»Tut mir leid, Peter«, sagte Jake mit einem Achselzukken. »Falls die Linken die Sache nicht schon vor Jahren eingefädelt haben, was meiner Meinung nach undenkbar ist, macht das Ihre Vermutung zunichte.«

»Na ja, es war nur so ein Gedanke ... Aber was genau sollen eigentlich Claudia und ich für Sie tun?«

»Du liebe Güte, Mann! Liegt das nicht klar auf der Hand?« Jake befand sich mit einemmal gefährlich nah am Rand eines durch Alkohol geförderten Tobsuchtsanfalls. »Eine Bande von Kindern! Die sich mit einer gefeierten nationalen Größe unter den Augen ihrer Privatarmee auf und davon macht!«

»Heißt das, sie halten es für möglich, daß die Kinder sich das selbst ausgedacht haben könnten?«

»Jede Spur ist wert, daß man sie verfolgt«, sagte Sally. »Bis jetzt, verstehen Sie, sind wir anscheinend die einzige überregionale Zeitung, die die Story aufgegriffen hat. Es waren noch drei weitere Beobachter bei der Versammlung, alle von rechten Blättern, und nach dem, was wir vom Hörensagen erfahren haben, gaben sie sich mit der offiziellen Darstellung zufrieden, daß General Thrower nach seiner Rede zu müde gewesen sei, um noch Fragen zu beantworten, und sich frühzeitig zurückgezogen habe. Unser Mann war der einzige, der sich die Mühe machte, sich durch die Hintertür in sein Hotel zu schleichen und den Portier zu bestechen. General Thrower hat heute nacht nicht in seinem Bett geschlafen.«

»Dafür hat er eine Extrazulage verdient«, nuschelte Jake undeutlich. »Vorausgesetzt, wir sind die ersten, die die Story knacken.«

»Bitte weiter«, sagte Peter verwirrt. »Mir ist immer noch nicht ganz klar, was Sie von mir wollen.«

»Oh, mein Gott!« Jake stützte die Ellbogen auf den Schreibtisch und bettete den Kopf in die Hände. Mit gequälter Stimme, als ob seine Geduld die äußerste Grenze erreicht hätte, sagte er: »Hören Sie, ich will achthundert Worte über Fälle, in denen Kinder das Gesetz gebrochen haben und unbestraft davongekommen sind, trotz aller Bemühungen Erwachsener, sie von ihrem Tun abzubringen. Okay? Ich will nichts Marktschreierisches und keine billigen Sensationen. Ich möchte etwas Nüchternes, vernünftig Begründetes und Überzeugendes. Es muß nicht stimmen, aber es muß *überzeugend* sein.«

»Und Sie wollen es bis heute abend um neun.«

»Sechs wäre mir lieber.«

»Okay. Kann ich mal von hier aus telefonieren?«

Jake riß den Kopf hoch. »Um Claudia anzurufen? Kommt überhaupt nicht in Frage! Gehen Sie in eine Telefonzelle, oder fahren Sie besser gleich zu ihr hin! Es besteht die Möglichkeit, daß irgendein Polizeispitzel unseren Reporter bei der Versammlung gesehen hat, oder jemanden von den Leuten, die ich seit heute morgen mit der Story beschäftige, und daß wir wieder abgehört werden.«

»Wieder? Ich wußte gar nicht, daß es aufgehört hatte?«

»Nicht sehr komisch«, sagte Jake müde. »Letzten Monat entschied die Sicherheitspolizei, daß wir keine Bedrohung mehr darstellten, weil wir bis Weihnachten sowieso pleite sein würden. Es ist kein Geheimnis, daß unsere Auflage in den Keller gesunken ist. Aber, bei Gott, wenn ich schon untergehen muß, dann soll es mit Pauken und Trompeten geschehen!«

Die Überzeugungskraft seiner letzten Worte wurde durch ein erneutes unbeherrschtes Gähnen untergraben.

»Okay«, brummte Peter und erhob sich. »Claudia hat eine interessante Theorie über dieses Phänomen — diese Macht über andere Menschen —, die bis in neolithische Zeiten zurückreicht. Sie behauptet, auch Stonehenge könnte so entstanden sein. Wie wäre es mit einem kleinen Vorschuß für Spesen?«

»Hm? Ach so, na gut.« Jake tastete nach dem Knopf einer Gegensprechanlage und gab die nötigen Anweisungen.

»Holen Sie sich beim Hinausgehen das Geld ab. Es liegt für Sie bereit. Und leisten Sie gute Arbeit, ja? Bitte!«

Die öffentlichen Fernsprecher, an denen Peter auf seinem Weg zu der einzigen Buslinie, die seines Wissens noch in die Richtung seiner ehemaligen Wohnung fuhr, vorbeikam, waren von Vandalen zerstört worden; ihrem Zustand nach zu urteilen, war das bei einigen von ihnen bereits vor mehreren Wochen oder Monaten geschehen. Als er einen Bus kommen sah — etwas viel zu Wertvolles, als daß er ihn hätte verpassen dürfen —, verwarf er die Absicht, Claudia anzurufen und sein Erscheinen anzukündigen; er hoffte nur, daß sie zu Hause sein würde.

Sie war es. Doch der Anblick der Wohnung legte die Vermutung nahe, daß das nicht mehr lange so wäre. Sie hatte sie nur mit wenigen persönlichen Dingen ausgestattet, vor allem mit Büchern, Postern und einigen Bildern. Jetzt nahm sie sie gerade ab und verpackte sie in Pappkartons.

»Was geht denn hier vor?« fragte Peter verdutzt.

»Ich muß nach Hause zurückkehren«, antwortete sie mit einem Achselzucken, während sie die Tür hinter ihm schloß und dreimal verriegelte.

»Wann?«

»Noch vor Weihnachten. Komm, setz dich! Möchtest du etwas zu trinken?«

»Nicht schon so früh am Tag!« wehrte er entschieden ab und dachte an den Zustand von Jakes Leber. »Aber warum?«

»Ach, die Fundas haben gewonnen. Ich besitze keinen Titel mehr, ich kann nicht länger mit Bezügen rechnen, und Cecil Strugman ist von ausgefuchsten Finanzgeschäftemachern, die sich selbst ›Nadelöhr‹ nennen, an den Rand des Ruins getrieben worden. Es gibt Hinweise, daß ihr Einfluß bis in die Bundes-Reserve-Kammer reicht. Sie halten nichts von Cecils politischen Ansichten, also haben sie beschlossen, den Wert seiner Investments gewaltsam nach unten zu drücken. Es geht das Gerücht, daß sie den Börsenmakler, der für ihn tätig ist, bestochen haben. Cecil selbst schwebt so ziemlich über den Dingen, weißt du.«

»Das ist ja entsetzlich«, sagte Peter und ließ sich tief in einen Sessel sinken. »Kann dein Freund nichts unternehmen, der Rechtsanwalt — Walter?«

»Walter ist tot.«

»*Was?*«

»Gestern.« Claudias Hand fuhr mit einer erschöpften Bewegung durch die Luft. »Bei einem Autounfall. Vorzeitiger Schneefall — leichtes Tauwetter — strenger Frost am nächsten Tag ... Ich schätze, man muß es glauben. Besonders da er angefangen hatte zu trinken. Trotzdem, es ist komisch ...«

»Weiter!«

»Ich habe niemals erlebt, daß er noch gefahren ist, wenn er etwas getrunken hatte. Er ließ seinen Wagen in solchen Fällen stets auf der Straße stehen und riskierte lieber, daß er gestohlen wurde, als daß er selbst gefahren wäre. Tatsächlich sind ihm eben aus diesem Grund zwei Autos gestohlen worden. Eins davon tauchte in Mexiko wieder auf.«

»Du hast also deine Forschung aufgegeben«, sagte Peter nach einer Weile.

»Ich sehe keinen Sinn darin weiterzumachen.« Sie blickte voller Verzweiflung zu einem Stapel von Ausdrucken auf einem Tisch in ihrer Nähe: er erkannte sie als den Entwurf ihrer Arbeit.

»Und was willst du jetzt machen? Könntest du nicht — na ja, wenn du die Miete für die Wohnung nicht mehr aufbringen kannst, könntest du nicht wieder bei deiner Freundin unterkommen, wo du vorher gewohnt hast?«

»Nein. Sie ist im Krankenhaus. Hepatitis. Kann tödlich sein.«

Peter ballte die Hände zu Fäusten. »Es kann wohl nicht wahr sein, aber langsam bekomme ich das Gefühl, daß alle um uns sterben!«

»Die Lebenserwartung ist während der vergangenen drei Jahre in Westeuropa und Nordafrika jedes Jahr weiter gesunken. Du kannst jeden Versicherungsstatistiker fragen. Das betrifft natürlich nicht die sehr Reichen — sondern vor allem die Menschen am Rand der Armut oder die, die ihren Lebensunterhalt mit körperlicher Arbeit verdienen, wie Landarbeiter, Straßenreiniger, diese Leute. Und die lassen sich selten versichern, also ... Wußtest du das nicht?«

Peter schüttelte den Kopf und fuhr sich mit der Zunge über die trockenen Lippen. »Wenn doch nur *Continuum* ...«

»Dann würdest du eine Sendung darüber machen«, unterbrach ihn Claudia. »Das können wir streichen, meinst du nicht? Was führt dich her, und wird es lange dauern?«

Er besann sich mit großer Anstrengung seiner Pflicht und berichtete in groben Umrissen, was Jake und Sally Gough ihm erzählt hatten. Ihr dumpfer Gesichtsausdruck wich beim Zuhören.

»Herr im Himmel! Wir sollten uns vor allzugroßen Hoffnungen hüten, aber immerhin ist es ein bemerkenswerter Zufall, findest du nicht? Ich kann zwar natürlich nicht hier bleiben und die Sache weiter verfolgen. Aber — also, erklär mir noch mal genau, was Jake eigentlich von uns will.«

Er wiederholte die Ausführungen des Chefredakteurs und schloß mit der Bemerkung: »Ich dachte im besonderen an deine Theorie in bezug auf die Steinzeit. Leider kann ich mich jedoch nicht mehr an die genauen Einzelheiten erinnern.«

»Steinzeit? Ach ja, jetzt weiß ich, was du meinst. Meine Vermutung, daß diese Art von Macht über andere Menschen vielleicht gar nicht so neu ist.«

»Ich glaube, du sagtest« — ein Stirnrunzeln bei der Anstrengung, sich zu erinnern — »Stonehenge könnte etwas damit zu tun haben.«

»Mm-hm. Da es dazu eines gewaltigen gemeinsamen Kräfteaufwands bedurfte, bevor es Könige oder Armeen gab, ganz zu schweigen von Polizeitruppen, und das in einer Kultur, in der es nicht einmal eine Hierokratie der Art gab, die zum Bau der Pyramiden führte.«

»Eine was?«

»Eine herrschende Klasse von Priestern, die ihre Macht über die Menschen mittels der Religion ausübten. Obwohl es keine offenkundigen Möglichkeiten gab, sie zu zwingen, arbeiteten Tausende von Leuten jahrelang daran, diese gigantischen Gebilde zu schaffen. Irgend jemand muß sie mit silberner Zunge — mindestens — dazu überredet haben.«

»Das gibt genug her für einige Spekulationen«, sagte Peter voller Zufriedenheit. »Hast du soviel Zeit, um mir bei der Ausarbeitung eines Rohentwurfs zu helfen? Ich werde dafür sorgen, daß du einen angemessenen Anteil vom Honorar bekommst.«

Er stand auf und bewegte sich in Richtung Computer.

»Kein Strom«, sagte sie.

Er blinzelte verdutzt. Er hatte bemerkt, daß trotz des düsteren Tageslichts keine Lampe brannte, trotz der feuchten Kälte offenbar keine Heizung eingeschaltet war, hatte sich jedoch eine Bemerkung dazu verkniffen, da er angenommen hatte, daß sie aus Geldknappheit sparen würde.

»Kein Strom!« wiederholte sie und stand mißmutig auf. »Er setzte so gegen neun aus, als alle anderen Hausbewohner zur Arbeit weggegangen waren — oder um sich eine zu suchen. Tagsüber bin ich ganz allein hier im Haus, wußtest du das?«

»Hast du die Stadtwerke angerufen?«

»Man hat behauptet, es würde daran gearbeitet, den Ausfall zu beheben.«

»Wenn das so ist, dann sollten wir wohl besser zu mir gehen. Jake hat mir einen großzügigen Spesenvorschuß gegeben, wir können uns also ein Taxi leisten ... Kannst du die Zeit opfern?«

Sie war bereits im Flur und zog einen Mantel über. Sie drehte sich zu ihm um und sagte: »Wem soll ich was vormachen? Mein bißchen Zeug kann ich in wenigen Stunden zusammenpacken. Ich muß die Qual ja nicht unbedingt verlängern. Außerdem friere ich.«

In stillschweigender Übereinkunft machten sie ihren Entwurf für die Story zur endgültigen Grabrede für

Claudias ursprüngliches Projekt. Der schwierigste Teil war natürlich, das ganze Material auf den vorgegebenen Umfang einzukürzen. Mehr als einmal setzten sie dazu an, einander anzukeifen, wenn Claudia darauf bestand, daß ein bestimmter Punkt unverzichtbar sei, und Peter entgegnete, daß diesmal Jakes Beschränkung auf achthundert Worte unbedingt eingehalten werden müßte. Nachdem sie ihre Arbeit nur einmal unterbrochen hatten, um ein paar Sandwiches zuzubereiten und zu essen — sie bestanden aus altbackenem Brot und Käse, von dem sie zuerst den Schimmel abschaben mußten —, saßen sie immer noch darüber, als Ellen von der Schule nach Hause kam. Sie machte einen niedergeschlagenen Eindruck, weigerte sich aber zu sprechen und bestand darauf, daß sie mit ihrer Arbeit fortfahren müßten; dann verschwand sie in ihrem Zimmer. Kurz darauf hörten sie das Piepsen ihres Computers.

Schließlich erreichten sie einen Kompromiß, und als Peter die Wortzahl abrief, belief sie sich auf genau 799. Er lehnte sich zurück, reckte sich und gähnte.

»Genauer kann er es wirklich nicht verlangen«, knurrte er. »Und — stell dir vor, es ist noch nicht einmal sechs Uhr! Also, das muß nun wirklich einen guten Eindruck auf Jake machen. Wirf mal den Modem an, ja?«

Und wenige Augenblicke später war der Text unterwegs.

Er erhob sich, beugte sich vor und zurück, um die Steifheit aus seinen Gliedern zu vertreiben, und fuhr fort: »Herrje, ich wünschte, wir hätten etwas Besseres zu trinken als Ellens selbstgemachtes Gesöff! Zwar wird es immer besser ...«

»Was gibt es an meinem selbstgemachten Wein auszusetzen?« verlangte Ellen von der Tür her zu wissen.

»Entschuldigung! Entschuldigung! Ich habe ja gesagt, daß er immer besser wird, oder nicht? Sag mal, du siehst irgendwie ziemlich aufgeregt aus.«

»Das bin ich auch.« Mit gerötetem Gesicht und funkelnden Augen kam sie weiter ins Zimmer. »Du möchtest wissen, wo Louis Parker ist? Irgendwo in Surrey!«

»Surrey!« rief Peter aus. Dabei sah er Claudia an, und seine Miene sagte deutlicher als Worte: *Das ist zuviel des Zufalls!*

Visionen einer phantastischen Verschwörung zuckten auf und verglühten wie Blitze.

Doch Ellen fuhr bereits in einem um Entschuldigung bittenden Tonfall fort: »Es tut mir leid, aber ich kann es nicht enger eingrenzen, noch nicht. Ich weiß nur, daß das Alter stimmt, ebenso wie die körperlichen Merkmale. Das Programm, das ich gerade laufen lasse, dürfte jedoch einige Aufschlüsse über seine derzeitige Adresse liefern, oder zumindest eine Telefonnummer, die er benutzt. Mit etwas Glück erfahren wir es irgendwann heute abend ... Claudia, entschuldige, aber du siehst nicht sehr zufrieden aus.«

Claudia hob die Schultern, lehnte sich zurück und streckte sich, so wie Peter es getan hatte, und erklärte ihr die neueste Entwicklung.

»Das ist ja entsetzlich!« rief Ellen. »Aber — meine Güte! Nachdem wir der Sache jetzt schon so nahe gekommen sind, möchtest du nicht vollends herausfinden, ob es wirklich Louis Parker war, der ... der diese Kinder gezeugt hat? Du sagtest, vor Weihnachten brauchst du nicht zu Hause zu sein, und bis dahin bleibt noch eine ganze Menge Zeit.

»Zwei Wochen, um genau zu sein«, murmelte Claudia. »Obwohl man gar nicht annehmen möchte, daß es noch so lange hin ist, wenn man sieht, wie dieses Jahr alle verrückt spielen. Den Geschäftsleuten muß verzweifelt daran gelegen sein, daß sich die Leute von ihrem Geld trennen ... Ach, übrigens, Peter, ein Teil von Cecils Kapital steckte in einer Ladenkette, die biologisch erzeugte und zusatzstofffreie Nahrungsmittel verkaufte und die jetzt in Konkurs gegangen ist.«

»Aber ich dachte ...«

»Du dachtest, so was hätte zur Zeit Hochkonjunktur? So war es auch. Bis zum großen Rutsch.«

»Sagt man heute wirklich Rutsch dazu?« warf Ellen ein. »Nicht mehr Rezession?«

»Die, die dabei abgesahnt haben, sagen so.«

Dann sprang Claudia mit einer plötzlichen Anwandlung von wilder Entschlossenheit auf.

»Ellen, meine Liebe, bitte verzeih mir, aber ich habe immer noch gewisse Schwierigkeiten zu glauben, daß es dir gelungen ist, diesem Louis Parker auf die Spur zu kommen, während Bernie erfolglos war. Macht es dir was aus, mir zu zeigen, was für eine Art von Programm du laufen läßt?«

Ellen wurde wieder rot. Sie sagte ausweichend: »Na ja, ich dürfte es eigentlich nicht laufen lassen, strenggenommen. Ich bin irgendwie auf inoffiziellem Wege daran geraten. Ich hatte ehrlich vor, Bernie davon zu erzählen, aber ... nun, er schien kein Interesse mehr daran zu haben. Ich hoffe, es war nicht falsch von mir, daß ich auf eigene Faust weitergemacht habe?«

»Falsch?« nahm Peter das Wort auf. »Ganz im Gegenteil! Du bist ein Wunder! Aber ich würde es auch gern sehen.«

»Nun ...« Sie zögerte. »Das Problem ist, daß ich das Programm unterbrechen muß, wenn ich euch zeigen soll, wie es funktioniert, nicht wahr?«

»Hast du denn keine Kopie?« wollte Claudia wissen. »Eine, die du uns hier zeigen kannst?« Sie deutete auf Peters Computer.

Ellen schüttelte den Kopf. Heute trug sie das Haar ordentlich geflochten und um den zierlichen, wohlgeformten Kopf geschlungen. »Ich fürchte, nein. Es gehört zu der Sorte, bei der dem Benutzer nur eine einzige Kopie vom Original zugestanden wird. Bei dem Versuch, die Kopie zu kopieren, zerstört es sich selbst. Ich habe es nicht ausprobiert, aber es enthält eine Warnung.«

»Das hört sich nach einer Sache aus dem Hochsicherheitsbereich an«, sagte Peter langsam. »Wie, zum Teufel, bist du darauf gestoßen?«

Ellen hob die Hand zum Mund und biß sich kichernd auf die Fingerknöchel. Plötzlich schien sie wieder ganz Kind zu sein.

»Bei dem Versuch, etwas über mich selbst zu erfahren. Ich habe mich in den NPC eingeschlichen und Daten gesucht, die sie über braune und schwarze Menschen gespeichert haben, nicht, weil sie irgend etwas verbrochen hätten, sondern nur aufgrund ihrer Hautfarbe — ich wollte herausfinden, was sie über meine eigene Familie drin haben, verstehst du? Plötzlich stellte ich fest, daß ich in ein nationales Suchprogramm geraten war, mit dem buchstäblich jeder ausfindig gemacht werden kann, der je in irgendeiner Datenbank erwähnt wurde, und ich wurde irrtümlich als befugter Teilnehmer akzeptiert, weil vor mir noch nie jemandem der Zugang geglückt war.«

Claudia machte ein besorgtes Gesicht. Nach einer Weile sagte sie: »Aber werden sie dir nicht auf die Schliche kommen? Ich meine, wenn jemand, der kein berechtigter Teilnehmer ist, so lange in ein Programm eingeschaltet bleibt ...?«

»Oh, in der Hinsicht habe ich vorgesorgt. Dank Dad.«

Peter blinzelte, und sie wurde deutlicher.

»Erinnerst du dich an all die vielen Unterlagen, die du von der Computersicherheits-Konferenz mitgebracht hast, ein paar Tage bevor ... ah ... bevor ich hier auftauchte? Also, du machtest offenbar keinen Gebrauch davon, deshalb habe ich sie mir ausgeliehen, und da ich zwischen den Zeilen gelesen habe, fand ich den Trick heraus, wie ich den NPC überlisten konnte!«

Sie kicherte, doch das Kichern verwandelte sich in ein hysterisches Lachen und schließlich in einen Tränenausbruch. Claudia eilte zu ihr, nahm sie in die Arme und flüsterte tröstende Worte, bis sie sich beruhigte.

Als sie sich mit einem flauen Lächeln — aber immerhin einem Lächeln — von ihr löste, blickte Claudia Peter an.

»Weißt du was? Du hast ein Genie als Tochter!«

Bevor Peter etwas erwidern konnte, klingelte das Telefon schrill. Er hob ab.

»Jake hier«, sagte die vertraute Stimme. Er hörte sich an, als ob er den Schlaf während des Tages nachgeholt hätte. »Ordentliches Material, genau wie ich es wollte. Ihr Honorar ist auf Ihr Konto überwiesen worden.«

»Wunderbar«, sagte Peter. »Irgendwelche ... ah ... Fortschritte?«

Jake zögerte, während er offenbar darüber nachdachte, was er ohne Sicherheitsrisiko preisgeben könnte. Schließlich: »Bis jetzt keine Spur. Wir werden es wagen.«

»Viel Glück!«

Als er den Hörer aufgelegt hatte, wandte er sich an die anderen. »Es hat ihm gefallen, und das Geld ist unterwegs. Und es gibt noch immer keine Spur von Thrower. Ich schlage vor, das feiern wir. Wir wollen zum Abendessen ausgehen!«

»Nein«, sagte Ellen entschieden.

»Warum nicht? Wir können es uns vom Geld des *Comet* ruhig ein bißchen nett machen.«

»Ich will hier bleiben, um das Piepen zu hören«, sagte Ellen unnachgiebig. »Ich möchte nicht spät nach Hause kommen und dann feststellen müssen, daß die Daten lang genug auf dem Bildschirm waren, daß sie jemand aufspüren und löschen konnte.«

»Das ist ein Gesichtspunkt«, warf Claudia ein. »Und bei der Art, wie ein solches Programm durch die Datenspeicher saust, möchte man nicht so viel Papier zum Ausdrucken verschwenden.«

»Na ja, da ist wohl was dran«, seufzte Peter.

»Mach kein so trauriges Gesicht, Dad«, lenkte Ellen ein und tätschelte seinen Arm. »Ich mache gefüllte Pfannkuchen, die magst du doch immer so gern. Aber wenn du meinen selbstgemachten Wein wirklich nicht ausstehen kannst ...«

»Okay, machen wir einen Kompromiß. Ich gehe raus und kaufe eine anständige Flasche — bin gleich wieder da. Rot oder weiß?« fügte er an Claudia gewandt hinzu.

»Mir egal. Ich persönlich kann mir weder den einen noch den anderen leisten.«

Während des Essens verfolgten sie die zweiten Abendnachrichten. Es fiel noch immer kein Wort über Throwers Verschwinden, was von ihrem und Jake Lafarges Standpunkt aus betrachtet vorteilhaft war, doch dieser Aspekt wurde durch eine Reihe von anderen, bedrükkenden Themen überschattet, vor allem durch einen Bericht aus Bonn, nach dem eine Einigung mit Ostdeutschland, der Tschechoslowakei und Österreich erzielt worden war, täglich im Fernsehen den sinkenden Sauerstoffanteil der Luft in jenen Gebieten, die seit Menschengedenken bewaldet gewesen waren, bildlich und in Zahlen darzustellen. Darüber hinaus ertönte immer noch kein Piepen von dem Suchprogramm, obwohl Ellen ihnen versicherte, daß es noch lief. »Ist doch klar, daß es auf meinem Gerät viel langsamer durchläuft, oder nicht?« fügte sie irgendwann hinzu, als ob sie sich langsam Sorgen machte. Und sie mußten ihr beipflichten. Peter fragte sich im stillen sowieso, wie sie es überhaupt zum Laufen gebracht hatte.

Aber einem geschenkten Gaul schaut man nicht ins Maul ... Wenn selbst die königlichen Rennpferde an Krebs starben, wie lang würde es dann noch dauern, bis die Menschen vergessen hätten, wie Pferde aussehen?

Langsam erstarb die Unterhaltung. Um zehn sollte noch mal eine Nachrichtensendung kommen, und da morgen Samstag war und Ellen nicht zur Schule mußte, war Peter bereit, ihr zu erlauben, noch so lange aufzubleiben, doch ein paar Minuten vor zehn erhob sie sich betrübt und verkündete, daß sie schlafengehen wolle.

Vielleicht, so murmelte sie, arbeite das Programm nicht richtig. Nachdem Louis Parkers Aufenthaltsort bereits schon vor längerer Zeit auf einen bestimmten Bezirk eingegrenzt worden war, hätte es längst genauere Daten liefern müssen.

Claudia sprach den Verdacht aus, der sie alle beschlichen hatte.

»Sofern nicht er selbst oder jemand, der ihn deckt, seine Spur verwischt hat. Schließlich hatte Bernie auch kein Glück, nicht wahr? Und du hast uns ja erzählt, Peter, daß dieser Parker Computerspezialist war.«

»Ich würde ihn nicht direkt für einen Spezialisten halten«, brummte er. »Aber es stimmt, er arbeitete für eine Computerfirma.«

»Nun ja, es war ein tapferer Versuch«, tröstete Claudia Ellen und nahm sie noch mal in die Arme, um sich von ihr für die Nacht zu verabschieden. Nachdem sie ihrem Vater einen Gutenachtkuß gegeben hatte, ging Ellen niedergeschlagen in ihr Zimmer.

Von wo in der nächsten Sekunde das Prasseln des Druckers zu ihnen herüberdrang.

»Ich hab's!« schrie sie. »Das bescheuerte Ding hat bloß nicht gepiepst! Kommt und seht euch das an!«

Peter und Claudia warfen sich ungläubige Blicke zu und eilten ihr nach.

»Da!« sagte sie stolz und streckte ihnen ein Blatt Papier entgegen. »Es hat funktioniert! Es muß einen Weg zu einer Telefonleitung gefunden haben, über die der Name Louis Parker ausgesprochen worden ist, und dann scheint es eine Ewigkeit gebraucht zu haben, bis es die richtige Adresse ausfindig gemacht hat. Aber es hat es geschafft.« Sie zitterte förmlich vor Aufregung über ihren Erfolg.

Peter nahm das Papier und las die Adresse. »Das ist höchstens eine Meile von Sandhurst entfernt«, murmelte er.

»Peter...« Claudia holte tief Luft. »Ich glaube, ich

weiß, was in deinem Kopf vorgeht. Du hattest so etwas schon vermutet.

Louis Parker hat herausgefunden, daß die Kinder, die er gezeugt hat, mit einer besonderen Gabe ausgestattet sind — einer übernatürlichen Überredungskraft. Er beschloß, sich ihre Macht zunutze zu machen. Er hat einen ganzen Stall voll solcher Kinder selbst herangezogen, ihnen bedingungslosen Gehorsam beigebracht, und plant jetzt — was? Plant, General Thrower bis zur Zahlung eines Lösegelds gefangenzuhalten, herrje?«

»Du hast diesen Gedanken als erste aufgebracht«, entgegnete Peter mißmutig.

»Nichts dergleichen habe ich getan! Ich neige nicht zu solchen intuitiven Hochsprüngen! Vergiß mal die Sache mit Throwers Verschwinden. Die Tatsache, daß Parker offenbar in seiner Nachbarschaft wohnt, steht nicht notwendigerweise im Zusammenhang mit dem, was gestern abend nach seiner Versammlung geschehen ist. Die Kinder können von überall her gekommen sein, zum Beispiel von einer Privatschule der Gegend. Je mehr ich über Jakes und deine Theorien nachdenke, desto weniger kann ich sie ernst nehmen.«

»Meine Theorien? Du legst mir doch die Worte in den Mund! Ich ...«

Plötzlich merkte er, daß sich Ellen mit gesenktem Kopf abwandte.

»Mein Schatz, was ist los?«

Mit einem unterdrückten Schluchzen murmelte sie: »Ich dachte, ihr würdet euch freuen. Es hat viel Zeit gekostet und viel aufreibende Arbeit, und wahrscheinlich habe ich mich dadurch strafbar gemacht ... ich dachte, ihr würdet euch freuen.«

»Natürlich freuen wir uns!«

»Ihr hört euch aber verdammt nicht so an!« brauste sie auf. Dann wandte sie hastig den Kopf ab, um zu verbergen, daß ihre Wangen naß waren.

Als er ihre Tränen sah, durchzuckte Peter ein übermächtiges Schuldgefühl. Claudias Gesichtsausdruck nach zu urteilen empfand sie das gleiche. Indem er, so gut er konnte, nach den passenden Worten suchte, sagte er: »Mein Schatz! Es tut mir leid! Aber wir sind beide sehr müde, und … und überhaupt, was können wir denn jetzt gleich unternehmen?«

»Nicht viel«, seufzte sie. »Wir können aber morgen früh hingehen, oder nicht? Ich meine, es ist doch Samstag, und ich habe keine Schule.«

»Ja, natürlich. Und ich bin sicher, Claudia möchte gern herausfinden, ob ihre Theorie stimmt. Wir müssen in Erfahrung bringen, wie wir am besten dorthin kommen. Wir können mit dem Bus fahren, nehme ich an, oder sogar mit dem Zug — ich glaube, dorthin gehen immer noch Züge. Und dann nehmen wir uns ein Taxi oder leihen uns einen Wagen, obwohl das am Samstag ein bißchen schwierig sein könnte, denn es ist eine wohlhabende Gegend und sie sind wahrscheinlich alle reserviert … Ellen, Liebes, ich werde alles tun, um es herauszufinden.«

»Gut«, sagte sie nach einer Weile. »Claudia, du kommst doch auch mit, oder?«

»Ja, natürlich. Um wieviel Uhr soll ich hier sein?«

»Du willst noch nach Hause gehen! Um diese Zeit? Sei nicht albern!« Ihr Ton hatte etwas Gebieterisches.

Peter zögerte. »Ja, ich glaube, es wäre einfacher, du bliebest gleich hier. Ich kann mir auf der Couch ein Nachtlager herrichten — ich habe einen Schlafsack.«

»Sei nicht *albern!*« sagte Ellen erneut, mit noch mehr Nachdruck.

Claudia zuckte die Achseln und wandte sich der Tür zu. »Okay«, sagte sie. »Gute Nacht.«

»Gute Nacht! Und — Dad!« Ellen hatte den Abstand zwischen ihnen mit einem langen Schritt überwunden und warf ihm die Arme um den Hals. »Dad, tut mir leid, daß ich dich so angefahren habe. Ich liebe dich nämlich, weißt du.«

»Und ich liebe dich«, sagte er ernst und drückte sie fest an sich.

Die unerwarteten Einzelheiten einer unerwarteten Begegnung ...

Claudia mußte sich mit Zahnpasta auf dem Zeigefinger die Zähne putzen. Er besaß keine zusätzliche Bürste, und seit dem Auftauchen von AIDS war das gemeinsame Benutzen einer Zahnbürste verpönt. Sie zogen sich beim Licht einer abgeblendeten Lampe aus, ohne sich gegenseitig zu beobachten. Nachdem sie Jacke und Hose abgelegt hatte, zögerte sie einen Moment, dann zog sie auch Büstenhalter und Slip aus. Er hatte die Absicht gehabt, den Schlafanzug anzuziehen, den er sich erst vor kurzem für den Fall, daß auch er mal ins Krankenhaus müßte — wie er voller Galgenhumor sagte —, gekauft hatte, anzuziehen, doch als er sah, daß sie nackt war, überlegte er es sich anders. Als er zu ihr ins Bett schlüpfte, umfing sie ihn und nahm ihn ohne ein Wort auf.

Zu seiner Überraschung verstanden sie sich in der Liebe ausgezeichnet.

Danach, als er an ihre Schulter gekuschelt dalag, sagte sie nachdenklich: »Weißt du, ich habe das merkwürdige Gefühl, irgendwie gesteuert worden zu sein.«

Doch Peter war bereits fest eingeschlafen.

Harry Shay war unbehaglich zumute, während er den Rolls auf die erlaubte Höchstgeschwindigkeit abbremste, die in der heruntergekommenen Stadt im Norden galt, in die David ihn dirigiert hatte.

Dirigiert im Sinne von vorgegebenen Befehlen ...

Während der langen Fahrt von Surrey, der längsten Zeit — wie ihm jetzt auffiel —, die er seit ihrer Rückkehr nach Großbritannien von David getrennt gewesen war, hatte er angefangen, über den Weg, den er und Alice eingeschlagen hatten, nachzudenken. Natürlich, in Anbetracht des Zusammenbruchs der amerikanischen Wirtschaft, hatten sie in gewisser Weise Glück gehabt; sie hatten sich rechtzeitig abgesetzt, um ein beträchtliches Vermögen mitzunehmen.

Andererseits jedoch, wenn es irgend jemandem zu Ohren kommt, welchen Lebenswandel wir diesen minderjährigen Kindern gestatten ...!

Eins dieser Kinder saß neben ihm, und er warf ständig besorgte Blicke zu ihr hinüber. Sie sah ungeheuer brav aus in dem dunklen Blazer, dem Rock, der ihr bis halb über die Waden reichte, ordentlichen flachen Schuhen und unberührt von jeglichem Make-up oder Schmuck, abgesehen von einer silbernen Uhr. Doch sie war Prostituierte gewesen, seit sie im Alter von zwölf Jahren von zu Hause weggelaufen war — irgendwie hatte sie einen ihrer Kunden dazu gebracht, sich selbst die Kehle durchzuschneiden — sie hatte eine Latte im Polizeicomputer, die länger war als seine eigene, obwohl er finanziell hart am Wind gesegelt war, bevor er jenes Land verließ, das das der unbegrenzten Möglichkeiten gewesen war und sich jetzt zum Katastrophengebiet entwickelte ...

Du liebe Güte! Wer hätte gedacht, daß ein paar Tonnen Chemikalien, die sich über ein so großes Gebiet verteilten, eine solche Krise heraufbeschwören könnten? Aber darauf läuft es hinaus. Es wird genauso sein wie in Texas nach dem Platzen der Ölblase. Zum ersten Mal seit Menschengedenken weist

Kalifornien einen effektiven jährlichen Bevölkerungsrückgang auf ...

Das hatte er am Telefon von Goldfarb erfahren, den er in der vergangenen Woche angerufen hatte. Er hatte nichts davon in den Zeitungen gelesen und auch nichts durch die Bildschirmdienste erfahren, an die er mit seinem Computer angeschlossen war.

Wohin waren sie verschwunden? Sie konnten doch wohl nicht gestorben sein!

Als ob sie seine Stimmung spürte, legte Crystal eine Hand auf seine und lächelte.

»Du machst dir Sorgen, nicht wahr? Warum?«

Er fühlte sich gezwungen zu antworten, auch wenn er es nicht wollte.

»Nun, einmal deshalb, weil David normalerweise bei diesen Fahrten dabei ist und ich nicht weiß, warum er diesmal nicht mitkommen wollte.«

Sie, in beruhigendem Ton: »Etwas anderes ist dazwischengekommen — etwas sehr Wichtiges. Doch bis jetzt war er noch nicht ganz davon überzeugt gewesen, daß er den Job an jemanden delegieren könnte. Ich fühle mich geschmeichelt, daß er mir zutraut, diesen hier zu erledigen ... Wie dem auch sei, es ist bis jetzt die am unergiebigsten erscheinende Spur von allen.«

»Spur?«

»Zu ... noch jemandem von uns«, antwortete Crystal geheimnisvoll.

»Ja, genau das macht mir Sorgen.« Harry brachte den Wagen zum Halten. »Wie wählt er sie aus — unsere Neuzugänge?«

»Mit Hilfe seiner Computer, wie sonst? Mit den gleichen, die diese Karte ausgearbeitet haben.« Es war ein vierfarbiger Ausdruck, der die gesamte Stadt einschließlich der einzelnen Hausnummern zeigte. Sie beugte sich trotz des straffen Sicherheitsgurtes zu ihm hinüber und breitete sie vor ihm auf dem Lenkrad aus; dann legte sie ihm den Arm um den Hals, so daß sie dicht neben seiner Wange sprach — so dicht, daß er ihren Atem auf seiner Haut spürte. »Die Hallams wohnen dort, wo du den roten Stern siehst. Wir müssen die zweite rechts abbiegen, die dritte links und die erste wieder rechts. Okay?«

»Okay!«

Sie streichelte ihn zärtlich und nahm ihren Platz wieder ein. Danach vergaß er alle Zweifel, die ihn gepeinigt hatten.

Pepita Hallam blickte sich nervös um, während sie ihre Einkaufstasche auf Rädern hinter sich herzog zum Eingang des Hochhausblocks, in dem sie wohnte. Es würde Scherereien geben, wenn Cynthia feststellte, wieviel weniger als sonst sie diesmal nach Hause gebracht hatte: eine Stange Zigaretten anstatt zwei, keinen Wodka, kaum ausreichend Nahrungsmittel, damit sie das Wochenende überleben konnten …

Doch seit sie von den Detektiven eines Supermarktes geschnappt worden war, seit sie tatsächlich vor Gericht gekommen war — auch wenn sie natürlich für nicht schuldig befunden wurde —, war sie schrecklich unsicher hinsichtlich ihrer Begabung geworden. Sie hatte immer Lücken gehabt, naturgemäß, und sie hatte sich darauf eingestellt. Was sie nicht ins Kalkül gezogen hatte, war der Umstand, daß Menschen außerhalb ihres Einflußbereiches — plus, unvermeidbarerweise, deren Computer — in der Lage waren, ihr Treiben zu durchschauen und zuzuschlagen.

Ich muß unbedingt weg von hier. Warum soll ich meinen Kopf in die Schlinge halten, nur für meine übergeschnappte, widerliche Mutter?

Das Geräusch eines Wagens veranlaßte sie anzuhalten und sich umzudrehen. In dieser Gegend waren Autos überwiegend verlassene Wracks, entweder weil ihre Motoren wegen Ölmangels den Geist aufgegeben hatten oder weil ihre Besitzer die Straßenbenutzungslizenz oder die jährlich vorgeschriebene Verkehrssicherheitsprüfung nicht mehr bezahlen konnten, oder einfach aufgrund der Benzinpreise. Was immer die Ursache sein mochte, sie dienten vor allem als Unterschlupf für das immer größer werdende Heer der obdachlosen Arbeitslosen.

Aber in diesem Fall handelte es sich um einen Rolls-Royce.

Und er hielt neben ihr an.

Und ein Mädchen, etwa im gleichen Alter wie sie selbst, sah sie zuerst an und stieg dann aus.

Ein Mädchen, das ihr so ähnlich sah, daß es, wenn nicht ihre Schwester, doch zumindest ihre Cousine hätte sein können.

Pepitas Mund war ausgetrocknet, ihre Glieder steif. Sie konnte sie nur anstarren.

»Du mußt Pepita sein«, sagte die Fremde mit absoluter Selbstsicherheit. Hinter ihr lehnte sich ein Mann mit ernstem Gesicht herüber zur Beifahrertür und blickte ebenfalls in ihre Richtung.

Mühsam brachte sie heraus zu sagen, wer sie war. Sie hatte natürlich befürchtet, es wäre die Polizei, und schaffte es nicht sogleich, diese Vermutung als unzutreffend zu begreifen.

»War deine Mutter früher mal unter dem Namen Sindy bekannt?«

»Was?«

Geduldig wiederholte das Mädchen aus dem Wagen die Frage.

»Nun — ja! Aber woher weißt du das? Wieso kennst du mich?«

»Eins nach dem anderen. Ich bin Crystal. Das hier ist Harry.«

Ein Murmeln: »Angenehm.«

Jetzt stieg auch Harry aus dem Auto und stellte sich neben seine — Tochter? Nicht sehr wahrscheinlich; es bestand eine gewisse Ähnlichkeit, aber im Benehmen und in der Haltung des Mädchens …

»Harry«, sagte sie, und ihr Ton war voller Autorität.
»Ja?«
»Ruf David an, und sag ihm, daß er recht hatte. Dann werden wir Pepita helfen, ihre Sachen nach oben zu schaffen.«
»Schaffen ist das richtige Wort. Es sei denn, sie hätten inzwischen die Aufzüge repariert. Ganz gut, daß ich heute nicht soviel habe, was?«
Warum sage ich das? Ich kenne diese Leute doch gar nicht! Ich spreche mit Fremden niemals über meine Probleme!
Crystal ging auf sie zu und griff lächelnd nach ihrer Hand. Während der kurzen Zeit, die Harry brauchte, um per Autotelefon einen Anruf zu tätigen, durchflutete sie ein Gefühl des Vertrauens. Tatsächlich war es eigentlich kein Anruf, jedenfalls keiner mit gesprochenen Worten. Er funktionierte lediglich die Tasten des Telefons zu einer Computertastatur um und tippte einen kurzen Code ein. Pepita hatte über solche Dinge schon mal etwas gelesen, doch natürlich hatte niemand in ihrer persönlichen Umgebung …
»So«, sagte Crystal ermutigend, »laßt uns hinaufgehen!«

Das passiert nicht wirklich. Es kann nicht sein.
Wo blieben die Schreie, das Gegreine, die betrunkenen Tobsuchtsanfälle? Was hatte Cynthia veranlaßt, sich an die Person zu erinnern, die sie einmal gewesen sein mußte, und sich in sie zurückzuverwandeln, in das höfliche und anmutige junge Mädchen, das Besucher mit Tee und Gebäck empfing? Was hatte sie dazu gebracht, zu verschwinden und ein Kleid anzuziehen anstatt ihres Morgenrocks, ihr Gesicht zu waschen, sich zu frisieren, Lippenstift aufzutragen? Die Verwandlung war unglaublich!
Nach und nach dämmerte Pepita die Wahrheit.
Diese Crystal kann das gleiche, was ich kann. — Nur besser.

Pepita begann vor Aufregung zu zittern. Keine Stunde nach Ankunft der Besucher packte sie ihre Sachen in Papiertüten und Plastikbeutel. Cynthia seufzte, als ob sie das Gefühl hätte, es würde von ihr erwartet, doch ihre Augen strahlten, so sehr freute sie sich für ihre Tochter, die sich ihre Zukunft im wohlhabenden Süden in den lebhaftesten Farben ausmalte.

Niemand hatte sie allerdings tatsächlich in lebhaften Farben mit Worten geschildert!

Das machte nichts. Es war Wirklichkeit. Ihre Träume waren Wirklichkeit geworden.

Als sie ihre Mutter an der Tür umarmte, wußte sie, daß es — sofern sie es wollte — das letztemal sein würde.

Benommen saß sie neben Crystal auf dem Rücksitz des Rolls und flüsterte: »Wie habt ihr mich gefunden?«

»Frag David!« antwortete Crystal. Harry, der mitgehört hatte, sprach über die Schulter nach hinten.

»Ja, frag David! Er ist ein Phänomen, mein Sohn! Die meiste Zeit begreife ich nicht, was er tut, doch jedesmal stellt es sich als richtig heraus!«

Eine Weile herrschte Totenstille, während der sie auf das Brummen des Motors und das Rauschen der Reifen auf dem Straßenbelag und den Wind, der sie mit hoher Geschwindigkeit streifte, lauschten.

Sohn?

Die unausgesprochene Frage war Pepita am Gesicht abzulesen. Da sie spürte, was sie meinte, setzte Crystal ein sanftes Lächeln auf und drückte ihre Hand. Sie formte mit den Lippen Worte zu einem Nicht-mal-Flüstern, setzte sich zurück, damit Harry sie im Rückspiegel nicht sehen konnte, und ließ sie wissen:

Er wird es schon noch erfahren. Alles zu seiner Zeit. Alles zu seiner Zeit ...

Sie sehen TV-Plus. Zeit für die Nachrichten.

In Südkorea haben die Luftstreitkräfte eine pharmazeutische Fabrik und ihre Umgebung mit Napalm bombardiert. Nach Angaben des Gesundheitsministeriums war diese Sofortmaßnahme notwendig, weil Organismen mit tumorerzeugenden Geneigenschaften entwichen waren. Berichten zufolge kamen zweihundert Menschen ums Leben und viele Hunderte mußten in Krankenhäuser eingeliefert werden. In verschiedenen angrenzenden Städten sind Tumulte ausgebrochen. Mehr darüber in Kürze.

Hier im Lande nimmt die Sorge über das Verschwinden von General Sir Hampton Thrower …

»Dad! Claudia!« Ellen kam im Schlafanzug ins Wohnzimmer gestürmt, ungeachtet der Tatsache, daß die beiden noch im Bett lagen, und schaltete den Fernsehapparat ein. »Jake hat seinen Knüller!«

Während er sich mühsam aufrichtete und sich auf einen Ellbogen stützte, sagte Peter mit trübem Blick: »Was soll denn …? Verdammt, Mädchen, es ist noch keine sieben Uhr!«

»Wollt ihr denn nicht sehen, was *los* ist?« entgegnete sie und trat vom Bildschirm zurück. Die Frühnachrichten hatten gerade angefangen, und die Hauptstory war die Thrower-Entführung, exklusiv vom *Comet* aufgedeckt. Es wurde erwähnt, daß Jake auf gut Glück zusätzlich eine halbe Million Exemplare hatte drucken lassen und daß sie bereits ausverkauft seien.

Während er seine Beine aus dem Bett schwang, ohne zu bedenken, daß er nackt war, sagte Peter mürrisch: »Wie lang wird es dauern, bis Spezial Branch die Zeitung einstellt?«

»Ach, Dad!« Ellen hätte mit dem Fuß aufgestampft, wenn sie nicht barfuß gewesen wäre. »Sieh doch mal einfach hin, ja?«

»Ja, natürlich, ich will es gern tun«, sagte Claudia, die sich aufrichtete und sich mit einem Arm über seiner

Schulter an seinen Rücken drückte, da ihr keine andere Verhüllung ihrer Nacktheit zur Verfügung stand. Und tatsächlich war es die Neuigkeit wert, daß man hinsah. Fast die halbe Zeit der zehnminütigen Sendung war diesem Bericht gewidmet, und es war das Hauptthema der Diskussion, die sich daran anschloß. Als sie anfing, sagte Peter nüchtern: »Ich nehme alles zurück. Sie würden es nicht wagen. Nicht bei dem öffentlichen Interesse, das die Zeitung jetzt auf sich gezogen hat.«

»Ich wette, es kommt auf allen Kanälen!« rief Ellen und drückte auf die Knöpfe der Fernbedienung. Und wirklich, so war es.

»Ich glaube, ich kümmere mich besser mal darum, ob sie von mir was wollen«, murmelte Peter. »Sei ein Schatz und wirf mir meinen Bademantel her.«

Während sie mit automatischen Bewegungen seiner Bitte nachkam, breitete sich auf ihrem Gesicht Enttäuschung aus.

»Aber wir müssen doch Louis Parker aufsuchen!«

Peter wollte gerade sagen: »Das müssen wir verschieben!« —, als sie neben das Bett geschossen kam, auf die Knie fiel und ernst zu ihm aufblickte.

»Bitte!« flüsterte sie. »Ich habe doch so schwer daran gearbeitet, ihn zu finden. Und du hast es versprochen.«

Hin und her gerissen zögerte er. Schließlich bat er Claudia um Rat, die lange nachdachte, doch zuletzt sagte: »Weißt du, ich glaube, sie hat recht. Du könntest jetzt sicher auf die schnelle eine Stange Geld machen, weil der Beitrag im *Comet* von dir stammt und ihn Tausende von Leuten in dieser Minute lesen. Andererseits, wenn wir Jake, solang er gut gelaunt ist, die ersten stichhaltigen Beweise bezüglich der Kinder, über die du geschrieben hast, liefern ... könnte sich das auf lange Sicht mehr bezahlt machen.«

Ellen sprang auf und nahm sie und ihren Vater gleichzeitig in die Arme. »Ich hatte gehofft, daß du genau das sagen würdest!« sagte sie. »Also gut! Ich mache das Frühstück. Ihr könnt zuerst ins Bad.«

Da in dieser Gegend viele wohlhabende Pendler wohnten, verkehrten immer noch in kurzen Zeitabständen Züge nach Camberley. Trotz der Kosten — nachdem die British Rail die Anzahl ihrer Passagiere seit Ende der achtziger Jahre durch steigende Fahrpreise ›rationiert‹ hatte, anstatt zusätzliche Züge einzusetzen — entschieden sich Peter und Claudia für die Eisenbahn. Sie wollten Ellen einen besonderen Genuß bieten. Sie war noch niemals mit einem Zug gefahren, abgesehen von der Londoner U-Bahn.

Da es Samstag war, war der Zug gestopft voll, und da sie sich nur die zweite Klasse leisten konnten, mußte Ellen, die noch zum halben Preis fuhr, abwechselnd auf ihren Knien sitzen. Während Claudia beobachtete, wie sie sich an Peter schmiegte und beiläufig der Unterhaltung der anderen Fahrgäste lauschte — die sich unweigerlich vor allem um General Throwers Verschwinden drehte und die ganze Bandbreite der bereits kursierenden Spekulationen wiedergab —, machte sie sich Gedanken über die Zuneigung der beiden zueinander. Soweit sie ihn kannte oder einschätzen konnte, war sie überzeugt davon, daß Peter wutentbrannt gewesen sein mußte, als seine Tochter, um die er sich so lange nicht gekümmert hatte, plötzlich in sein Leben gedrängt wurde. Außerdem hätte man annehmen können, da er ihre Mutter während der Schwangerschaft verlassen und nicht das geringste Interesse an seinem Kind gezeigt hatte, bis sie zwangsweise vereint wurden, daß Ellen ihren leiblichen Vater ablehnen würde. Doch jetzt schienen sie bestens miteinander auszukommen. Es hatte fast den Anschein, als hätte sie ihn dazu verführt, sie anzunehmen. Bestimmt hatte sie ihn bezaubert ...

Würde eine solche Beziehung auf lange Sicht nicht vielleicht ... ungesund werden?

Alle derartigen Gedanken verflüchtigten sich jedoch, als Ellen, die ihrem Vater eine Erholungspause gönnen wollte, herüberrutschte und sich statt dessen auf Claudias Schoß setzte. Nein, sie war nichts anderes als ein normales, wenn auch ungewöhnliches intelligentes Mädchen, das das beste aus einer schlechten Situation machte und dabei eine reife Leistung vollbrachte.

Du, schalt Claudia sich selbst, *hast dich zu sehr von zu vielen Skandalgeschichten beeindrucken lassen. Nicht jeder alleinerziehende männliche Elternteil hegt abgründige Begierden hinsichtlich seines mannbaren Sprößlings ...*

Mit einem verstohlenen, seichten Lächeln über ihren Verdacht drehte sie sich um und blickte aus dem Fenster. Die Scheibe war streifig vom Regen, der von Minute zu Minute heftiger wurde.

Ihr Blick fiel auf eine fast ununterbrochene Reihe von ›Zu-verkaufen‹-Schildern, hauptsächlich an verlassenen Fabriken. Der wirtschaftliche Zusammenbruch, der in den Vereinigten Staaten begonnen hatte, forderte nun auch hier seinen Tribut — er und die Konkurrenz der anderen, leistungsfähigeren EG-Länder. Sie erkannte den Namen einer Firma; kürzlich war in den Nachrichten gemeldet worden, daß sie mit Sack und Pack nach Spanien übersiedelte. Eine Gruppe von ausgemergelt aussehenden ehemaligen Beschäftigten, vom strömenden Regen völlig durchnäßt, hielten Spruchbänder hoch, damit sie die Zugpassagiere lesen sollten, doch die Fensterscheiben waren zu verschmiert, als daß man die Schrift darauf hätte entziffern können.

Jedesmal, wenn der Zug anhielt, kamen Rudel von hoffnungsvollen Bettlern auf die aussteigenden Passagiere zugestürzt und winselten um Almosen. Bewaffnete Polizisten zerrten sie weg, versetzten ihnen Schläge gegen den Kopf, stießen sie an die Wand und salutierten vor den verschonten Opfern der Belästigung. In Camberley jedoch war nicht mehr die Polizei auf Patrouille, sondern die Armee.

»Meinst du, das hängt mit Thrower zusammen?« raunte Claudia Peter zu, während sie sich zum Aussteigen bereit machten. Mit angespanntem Gesicht nickte er.

»Ist was faul?«

»Ja.« Er biß sich auf die Unterlippe und warf von der Seite her einen Blick auf Ellen.

»Wir werden uns frech darüber hinwegsetzen. Komm!«

Sie griff nach seiner Hand — und erstarrte im selben Moment. Sein entgegenkommender Druck erinnerte sie daran, wie geschickt diese Hand letzte Nacht gewesen war, und auch daran, daß sie ohne Schutz mit ihm geschlafen hatte.

Bin ich denn wahnsinnig?

Jetzt war er an der Reihe zu fragen, ob etwas nicht stimmte. Doch bevor sie antworten konnte — bevor sie überhaupt Zeit hatte, sich mit dem Verstand klarzumachen, wodurch sie aufgeschreckt worden war —, drängte Ellen sie zum Weitergehen, auf die khakifarben gekleideten Männer und Frauen zu, die den Ausgang des Bahnsteigs bewachten und von denen bereits einige die Lippen kräuselten, als sie einer Person mit dunkler Hautfarbe ansichtig wurden. Mit einer bösen Vorahnung bemerkte sie, daß sie alle rot-weiß-blaue Bänder trugen.

Dann geschah das Wunder. Eine klare Stimme rief: »Peter! Peter Levin!«

Peter hielt inne und drehte sich blitzartig um. Ein hochgewachsener, auffallend gut gekleideter Mann kam auf ihn zu; er war gerade aus einem der Erste-Klasse-Abteile ausgestiegen.

»Peter, erinnerst du dich nicht an mich?« fragte er.

»Mein Gott, natürlich!« Peter nahm die Hand des anderen und schüttelte sie herzlich. »Harry Shay! Seit einer Ewigkeit versuche ich, mit dir Verbindung aufzunehmen. Was hat dich veranlaßt, Kalifornien zu verlassen? — Oh, übrigens, dies ist eine gute Freundin von mir, Dr. Morris, Claudia Morris, und dies ist meine Tochter Ellen. Harry Shay, ehemals von Shaytronix Inc.! Was machst du wieder hier in Großbritannien?«

Seine Jahresfahrkarte schwingend, führte sie Harry zum Ausgang und fegte dabei die Militärs mit solcher Autorität beiseite, daß sie einfach ihre Aufmerksamkeit in eine andere Richtung wandten. Es dauerte nicht lange, da waren sie draußen, durch eine Markise gegen den Regen geschützt. Aus einem grauen Rolls-Royce, der verbotenerweise am Straßenrand wartete, winkte eine Hand, und der Motor wurde angelassen.

»Ich habe mich im goldrichtigen Moment abgesetzt, könnte man sagen«, antwortete Harry nach einer Weile. »Aber zur Gegenwart: was treibt dich hierher? — Ach ja, sag nichts! Laß mich raten. Ich habe einen Artikel von dir im *Comet* gesehen — ein abscheuliches Schmierblatt, normalerweise werfe ich mein Geld nicht dafür hinaus, doch als sie mit dieser unglaublichen Schlagzeile herauskamen ... Hat dich dein Chefredakteur hergeschickt, damit du die Sache weiterverfolgst?«

»Nein, nicht direkt«, gab Peter zu. »Wir sind einer anderen Sache auf der Spur ...«

Ellen platzte unerwartet dazwischen. »Mr. Shay, kennen Sie irgend jemanden hier in der Gegend namens Louis Parker?«

Er wiederholte den Namen und runzelte die Stirn. »Nein, ich glaube nicht. Wo wohnt er?«

Bevor die Erwachsenen antworten konnten, zog sie einen Zettel aus der Tasche ihrer Jeans.

»Oh, ich weiß, wo das ist. Ich fahre zufällig sogar direkt dorthin.« Der Rolls zog auf ihre Höhe vor, und ein strahlendes, hübsches Gesicht lächelte durch das Fenster auf der Fahrerseite. »Du erinnerst dich sicher an Alice. Alice, sieh nur, auf wen ich hier gestoßen bin! Sie sind unterwegs, um jemanden zu besuchen, der ganz in unserer Nähe wohnt — wir wollen sie im Wagen mitnehmen! Wir können nicht zulassen, daß sie zu Fuß gehen, und an einem Tag wie heute werden sie niemals ein Taxi bekommen!«

»Toll!« rief Ellen aus und klatschte in die Hände.

Claudia murmelte etwas vor sich hin. Peter sah sie an.

»Ich habe nicht verstanden?«

»Ich sagte: Wenn sich all unsere Probleme so leicht lösen … tausend Dank, Mr. Shay!«

Die Fahrt in diesem luxuriösen Wagen war unendlich entspannend, wohl geborgen gegen Kälte und Feuchtigkeit. Selbst die leeren Geschäfte mit halb abgerissenen Plakaten, die Gruppen von arbeitslosen Jugendlichen, die in ihren Eingängen zitterten, die Polizisten in gelben Plastikregencapes, die verlassene Autos mit Ketten versahen, um sie zum Schrottplatz abtransportieren zu lassen, konnten ihre plötzlich aufkommende gemeinsame optimistische Laune nicht vertreiben. Es war, als ob sie spürten, daß sie ihr Ziel fast erreicht hätten. Claudia versuchte sich auszudenken, was sie erwarten würde — was sie zu diesem geheimnisvollen Louis Parker sagen würden, wenn sie ihm nun endlich gegenüberstünden —, doch eine Trägheit wie durch die Wirkung von gutem Marihuana durchflutete ihren Geist, und sie war zufrieden, sich zu entspannen und den Dingen ihren Lauf zu lassen.

Die Stadt wurde abgelöst durch Vororte, mit Straßen, die von dürren, kahlen Bäumen gesäumt wurden. Die Blätter, die sie abgeworfen und um sich verstreut hatten, waren regengetränkt und bewegten sich kaum im böigen Wind. Hier und da sahen sie hoffnungsvolle Jugendliche, die sie in Schubkarren sammelten; sie würden den Winter über Kompost daraus machen und das Ergebnis im nächsten Frühjahr verkaufen, um die Gärten der reichen Anwohner der Gegend zu düngen. Das gehörte zu einem der Beschäftigungsprogramme, die von der Regierung gefördert wurden. Natürlich ließ sich mit dem Verdienst nicht der Lebensunterhalt bestreiten, aber die Betroffenen sollten dadurch von der schiefen Bahn abgehalten werden, und es besänftigte die Grünen in ihren Forderungen ...

Plötzlich bogen sie von der Straße ab und folgten einer kurvenreichen Auffahrt. Mit einemmal war Peter wieder voller Wachsamkeit. Angespannt sah er von einer Seite zur anderen.

»Dies ist die Adresse, die mir deine Tochter gezeigt hat«, sagte Harry in beruhigendem Ton.

»Aber sollten wir einfach so dort hineinplatzen, ohne uns anzukündigen?«

Es war offenkundig, was ihm Sorge bereitete. Während der letzten drei Meilen war jede Abzweigung zu einer Auffahrt mit Schildern versehen gewesen, auf denen vor Sicherheitspatrouillen gewarnt wurde. Die Stärke der Wachmannschaften war seit der Thrower-Entführung doch bestimmt verdoppelt worden?

»Hab keine Angst, Dad«, sagte Ellen und legte eine Hand auf seine. Und wunderbarerweise hatte er auch keine.

Der Wagen hielt vor einem großen viktorianischen Haus an: nicht gerade ein herrschaftlicher Landsitz, aber immerhin eine beachtliche Villa. Peter stieß einen leisen Pfiff aus.

»Er hat es ganz schön weit gebracht, was — der alte Louis? Nun, mir bleibt nur noch zu sagen: vielen Dank, Harry. Hoffentlich ist der Knabe zu Hause. Sonst haben wir eine Fahrt ins Blaue gemacht.«

Ein störender Gedanke huschte Claudia durch den Sinn:

Warum haben wir nicht angerufen und gesagt, daß wir kommen?

Eine Sekunde später jedoch waren ihr vernünftige Gründe eingefallen, warum sie es nicht getan hatten —

wir dürfen ihn nicht aufschrecken, denn wenn er gewarnt ist, macht er sich vielleicht aus dem Staub ...

Dann wurde sie abgelenkt, denn sowohl Harry als Alice stiegen aus.

Während er ihnen unsicher folgte, sagte Peter: »Aber ...«

»Nur zu!« sagte Harry lächelnd. »Betätige die Klingel!«

Das erwies sich jedoch als überflüssig. Die Eingangstür schwang weit auf, und heraus kam ein Junge, der einen großen aufgespannten Schirm trug. Er eilte mit einem breiten Grinsen auf den Wagen zu.

»Mr. Levin! Erinnern Sie sich an mich? Wahrscheinlich nicht — ich war erst etwa acht oder neun Jahre alt, als wir uns das letztemal gesehen haben. Ich bin David. Und du bist Ellen, nicht wahr. Riesig, dich kennenzulernen!«

Zu Peters und Claudias grenzenlosem Staunen umarmten sich die beiden Kinder wie alte Freunde, die sich seit langem aus den Augen verloren hatten.

»Schnell! Ins Haus!« rief Alice. »Es gießt in Strömen!«

Und bevor sie irgendwelche Einwände stammeln konnten, wurden sie in die Eingangshalle gedrängt. Hier drin war es trocken und warm, und ein angenehmer, verführerischer Duft nach gebratenem Fleisch erfüllte die Luft: wurde so früh schon das Mittagessen vorbereitet?

Das war der erste Eindruck, den Peter und Claudia aufnahmen. Als zweites bemerkten sie eine Reihe von Anzeichen dafür, daß das Haus voller Kinder sein mußte: Fahrräder waren am Fuß einer Treppe ans Geländer gelehnt, ein Dutzend Paar kleiner Gummistiefel tummelten sich kreuz und quer vor einer Wand, achtlos hingeworfene Anoraks warteten darauf, aufgehängt zu werden ...

Keine Spielzeuge. Aber eindeutig die Sachen von Kindern.

Peter erkundigte sich ungeduldig: »Wohnt hier Louis Parker?«

Harry schüttelte den Kopf.

»Warum hast du uns dann hierhergebracht?«

»Dies ist die Adresse, zu der ihr gebracht werden wolltet. Zufällig ist es die unsere.«

»Ich begreife nicht!« Mit geballten Fäusten ging Peter auf seine unerwarteten — und plötzlich unerwünschten — Gastgeber zu.

»Machen Sie ihm keine Vorwürfe, Mr. Levin«, sagte David sanft und legte ihm die Hand auf den Arm. »Es war nicht seine Idee, Sie hierherzubringen. Ich habe es so gewollt. Wissen Sie, ich muß Ihnen etwas zeigen. Und auch Ihnen, Dr. Morris. Wenn Sie mir bitte in diese Richtung folgen würden ...«

Während sie sich wie im Traum bewegten, ließen sich Peter und Claudia durch die weiträumige, geflieste Halle zu einer Tür am anderen Ende führen. Als sie geöffnet wurde, wurde ein hoher Raum mit gewaltigen Fenstern sichtbar, die auf einen ungepflegten Garten hinausgingen, Kinder, alle etwa in Davids und Ellens Alter, alle mit dem gleichen dunklen Haar, dem gleichen leicht olivfarbenen Teint und dem ungefähr gleichen Körperbau standen rings um einen langen Eichentisch. Plötzlich war der Geruch nach gebratenem Fleisch aufdringlich stark geworden.

Als ob ihre Bewegungen einstudiert wären, traten sie auseinander, um den Blick freizugeben auf das, was auf dem Tisch lag: eine nackte menschliche Gestalt, angesengt, mit Brandblasen und blinden Augen, die Haare verbrannt, die Glieder vor Schmerzen zuckend, doch von Elastikbändern festgehalten. Von der Decke hing das unpersönliche Auge einer Fernsehkamera, dessen Blickfeld die Kinder sorgsam auswichen und das den Todeskampf des Opfers aufzeichnete.

»Mr. Levin, Sie sind Reporter«, sagte David. »Unter anderem. Darf ich Ihnen General Sir Hampton Thrower vorstellen. Er wurde haargenau dem Hitzegrad ausgesetzt — wir konnten den Druckeffekt nicht simulieren, aber mit der Hitze war es kein Problem —, den jemand zu erleiden hätte, der sich an einem klaren Tag ungeschützt fünf Meilen vom Bodennullpunkt entfernt befindet, wenn eine Wasserstoffbombe von einer Megatonne in einer Höhe von zehntausend Fuß explodiert. Mit anderen Worten, das ist genau die Auswirkung einer der Waffen, die unvermeidlich in einem Krieg zum Einsatz kämen, von dem er behauptet, daß er dem Volk Britanniens so gut täte.«

Claudia taumelte und hatte Mühe, sich nicht übergeben zu müssen.

»Aber ...«

Peter brachte immerhin dieses eine Wort heraus, trotz seines heftigen Schwindelgefühls.

»Sie möchten wissen, wieso wir so sicher sein konnten?« murmelte David. »Nun, die Daten standen uns zur Verfügung ... Aber um ganz sicher zu gehen, haben wir unsere Berechnungen von jemandem überprüfen lassen, den Sie kennen.«

Bis dahin unbeachtet, trat eine Gestalt aus einer Nische hervor — ungepflegt, schäbig gekleidet ...

»Bernie!« platzte Peter heraus.

»Ich konnte nicht anders«, murmelte der Hacker, während er die Augen in alle Richtungen verdrehte, nur nicht dahin, wo die geschundene Gestalt auf dem Tisch lag. Und dann, mit einem Anflug von Trotz: »Ich finde, es geschieht ihm verdammt recht, trotz allem!«

»Nun hat er einen Geschmack der Medizin, die er anderen verschreiben wollte«, bestätigte David. »Übrigens, er wird überleben. Lang genug, damit er im Fernsehen gezeigt werden kann, damit man seine Beschreibung der Qualen, die er erlitten hat, hören kann, damit er sich mit der Begründung der Unwissenheit entschuldigen kann ... Natürlich, wie die alte Regel lautet, Unwissenheit schützt vor Strafe nicht — zu behaupten, man habe nicht gewußt, daß etwas gegen das Gesetz verstößt, dient nicht der Verteidigung. Wir vertrauen darauf, daß du das für uns organisierst — *Dad!*«

Harry, der an der Tür zurückgeblieben war, sagte unsicher: »Nun ja, ich werde tun, was ich kann. Natürlich. Aber ...«

Die Kinder brachen plötzlich in Gelächter aus, mit Ausnahme von David, obwohl es ihn sichtlich Mühe kostete, sich zu beherrschen. Seine Stimme hatte dennoch eine belustigte Klangnuance, als er sagte: »Nein, Harry, nicht du. Auch nicht Louis Parker, obwohl, das muß ich zugeben, auch ich lange Zeit ihn für die Person hielt, nach der wir suchten. Falls es jemanden interessiert, er hatte kein Verhältnis mit dieser Dr. Soundso. Sie war vielleicht eine Art Tuntenbraut, wie man das damals nannte, denn er war homosexuell. Wir haben seine Spur bis zu einer Villa in Malaga verfolgt. Er hat ein Vermögen damit verdient, daß er Amylin-Nitrit an eine Schwulengemeinschaft in London verscherbelte; so viel, daß er sich zur Ruhe setzen konnte, bevor er vierzig war. Bleibt also nur noch ...« Und er hob eine Augenbraue.

»O mein Gott!« jammerte Peter mit schwacher Stimme und ballte die Hände zu Fäusten.

David blickte ihn unverwandt an. Ebenso die anderen Kinder. Und ebenso — und das war das schlimmste — Ellen.

»Ich glaube, endlich hat es bei dir gefunkt«, murmelte David.

Doch anstatt zu antworten, stöhnte Peter auf.

»Komm jetzt«, sagte David liebevoll und nahm seinen Arm. »Wir wollen uns in ein anderes Zimmer begeben und uns ein bißchen zusammensetzen; Alice wird dir etwas zu trinken bringen, und wir können alle miteinander darüber reden. Dann wirst du es verstehen.«

Ich begreife nicht, ich begreife nicht …

Langsam fand Peter seine Fassung wieder. Er befand sich in einem Salon, groß, geschmackvoll möbliert mit Sesseln und zierlichen Couches, die mit geblümtem Chintz bezogen waren, die Fenster halb verdeckt durch passende Vorhänge, die im oberen Teil zugezogen waren und im unteren durch geflochtene Kordeln auseinandergehalten wurden. Es ging auf Mittag zu, doch das Licht draußen war grau und trübe.

Und doch fühle ich mich nicht so schrecklich, wie ich es eigentlich sollte.

Und das konnte nicht nur an der Tatsache liegen, daß der Sessel, der ihm angeboten worden war, so gemütlich war, nicht einmal daran, daß das Glas Brandy eine so angenehm wärmende Wirkung hatte … ein traditionelles Stärkungsmittel, das Alice ihm gegeben hatte und dessen Duft seinem kräftigen Geschmack vorausging. Er blickte zu Claudia hinüber. Sie war kreidebleich und zitterte.

So sollte ich auch reagieren. Ich habe soeben ein menschliches Wesen gesehen, das reduziert war auf etwas Schlimmeres als … Ich weiß nicht, was noch schlimmer sein könnte. Gibt es irgend etwas Schlimmeres? Außer vielleicht, wenn Maden sich an deinem Fleisch gütlich tun?

Und dann die ungewünschte Weiterführung des Gedankens: *Wenn jemand diese Bomben zündet, werden die Opfer zur Nahrung für Maden, nicht wahr, lange bevor sie tot sind.*

All das, das seinem Willen widerstrebte, schien weit entfernt und wie hinter einem Schleier.

Es ist so, als ob seit dem Moment, da ich die Schwelle dieses Hauses überschritten habe, alles, über das ich mir in letzter Zeit Sorgen gemacht habe, alles, vor dem ich Angst gehabt habe, irgendwie — nun ja — zurückgewichen wäre.

»Das ist es auch«, versicherte ihm David Shay, der neben ihm auf einem Kissen kniete. Bis zu diesem Augenblick war sich Peter nicht bewußt gewesen, daß er laut gesprochen hatte. Doch so mußte es wohl gewesen sein — entweder so, oder diese Kinder konnten seine Gedanken lesen ...

Leicht verwirrt blickte er sie der Reihe nach an und hoffte, einen Anhaltspunkt zu finden. Offenbar waren das die Kinder, die Claudia gesucht hatte und derentwegen sie nach Europa gekommen war, diejenigen, die Bernie nicht hatte aufspüren können, trotz seiner meisterlichen Eigenschaften als Hacker ...

Moment mal!

Wie üblich, hielt sich Bernie im Hintergrund. Peter hätte seine Anwesenheit in der Dämmerung fast übersehen, wenn nicht Alice ihm ebenfalls ein Glas Brandy angeboten und er eifrig angenommen hätte. Er starrte in dessen Richtung.

»Bernie, du hast uns angelogen!« sagte er.

Der Hacker hob die Schultern. »Versuch mal, was anderes zu tun, wenn du von diesem Haufen hier umgeben bist«, seufzte er und kippte die Hälfte seines Brandys in einem einzigen Schluck hinunter. Und dann, als ob er einlenken wollte, als ob er geneigt sei, sich zu entschuldigen, fügte er hinzu: »Es war mein Fehler, schätze ich. Ich dachte, wenn ich sie vor Claudia und dir ausfindig machen könnte, dann könnte ich das Honorar vom *Comet* kassieren. Ich bin pleite, ja! Genau wie so ziemlich jeder in diesem armen, kranken Land! Und ich habe selber Kinder.«

Peter richtete sich kerzengerade auf, doch bevor er etwas sagen konnte, flüsterte Claudia: »Das wußten wir nicht.«

»Wie solltet ihr auch?« — verächtlich. »Diese Schlampe, die meine Frau ist, hat sie mir weggenommen. Jetzt darf ich nur noch für sie zahlen ...«

Er trank seinen Brandy aus und hielt das Glas für einen Nachschlag ausgestreckt. Schweigend brachte einer der Jungen die Karaffe. Peter fragte sich, um welchen von ihnen es sich handelte und welcher Untat er sich wohl schuldig gemacht hatte. Je länger er diese Kinder betrachtete, desto mehr schienen sie einander zu gleichen. Bis jetzt war ihm das nicht so aufgefallen, aber sie trugen alle dieselbe Art von Kleidung; die Mädchen wie die Jungen hatten Jeans und Pullover an. Es hatte fast den Anschein, als wäre die Uhr der Mode irgendwo in seinen eigenen Teenagerjahren stehengeblieben. Er hatte fast das gleiche Zeug getragen ...

Ich bin ganz verwirrt!

Benebelt, wahrscheinlich mehr denn zuvor aufgrund des Brandys, versuchte Peter angestrengt, sich einen Reim auf die Ereignisse zu machen. Er quetschte heraus: »Irgendwas liegt in der Luft! Ist es eine Droge?«

Bei diesen Worten blickte Claudia auf, und auf ihren Wangen breitete sich wieder ein Hauch von Farbe aus. Vielleicht war das etwas, an das sie auch gedacht hatte, das sie aber nicht in Worten ausgedrückt hatte.

Harry antwortete mit strenger Zurechtweisung: »Peter! Glaubst du wirklich, Alice und ich würden zulassen, daß diese Kinder Drogen benutzen, während sie für dich verantwortlich sind?«

Sie — verantwortlich ...?

Erneut überkam Peter ein Gefühl völliger Fassungslosigkeit. Doch David berührte mit sanfter Hand sein Knie.

»Mach dir nicht die Mühe des Versuchs, dahinterzukommen. Wir haben dich zum Zweck der Aufklärung hierhergebracht, und sobald du bereit bist ...«

»Bereit?« brauste Peter auf. »Ich giere förmlich danach, verdammt!«

»Nun gut.« David lehnte sich gemächlich in sein Polster zurück und verschränkte die Hände im Schoß. »Du hast recht: es liegt etwas in der Luft. Aber keine Droge. Bernie?«

Zunächst zögerte der Hacker zu antworten. Doch ein einheitlich unnachsichtiger Blick von den Kindern zwang ihn offenbar dazu. Als Claudia das bemerkte, unternahm sie den schwachen Versuch, ihren Sessel näher zu Peters zu schieben, doch obwohl er auf Rollen lief, schaffte sie es wegen des dickflorigen Teppichs nicht. Auf ein Zeichen von David hin beeilte sich Harry jedoch, ihr zu Hilfe zu kommen, und sie und Peter konnten schließlich über die Armlehnen der aneinandergestellten Sessel hinweg ihre Finger ineinander verhaken.

Inzwischen hatte Bernie die Sprache wiedergefunden.

»Ich hatte von Anfang an diesen Verdacht«, brummte er. »Ich bin sogar ziemlich erstaunt, daß Claudia nicht vor mir darauf gekommen ist.«

Gereizt hielt sie ihm entgegen: »Du hast meine Analyse gesehen!«

»Ja, aber du hast die falschen Fragen gestellt ... Ach, zum Teufel damit! *Ich* habe keine Lust, darüber zu reden. Soll David das doch machen!«

Und er versank in seinen privaten Trübsinn.

Peter nahm seine ganze Konzentration zusammen und erhob sich. Er sagte: »Jetzt hört mir mal alle zu! Offenbar habt ihr uns hierhergebracht — hergelockt —, weil ihr denkt, ich solle der Welt berichten, daß das, was ihr General Thrower angetan habt, in Ordnung und gerechtfertigt ist! Wenn das der Fall ist, dann sage ich euch hier und jetzt, daß ihr, verdammt noch mal, aufs falsche Pferd gesetzt habt!«

»Das ist nur zweitrangig«, sagte David mit einer Spur von Erschöpfung in der Stimme. »Was viel wichtiger ist: Wir wollten unseren Vater kennenlernen!«

»Aber es gibt zu viele von euch!« fauchte Peter.

Eine Sekunde lang bildete er sich ein, er hätte einen meisterhaften Zug vollführt. David schüttelte jedoch geduldig den Kopf.

»Clever von dir, daß du das anführst, aber du irrst dich. In Wirklichkeit sind wir nicht zu viele. In Wirklichkeit sind wir einer zu wenig. Jetzt verrate uns mal: Wie hieß die Frau, die du geschwängert hast, während du mit Ellens Mutter zusammen warst?«

»Ich habe ihren Namen nie erfahren!«

»Du sagtest, sie hieß Sindy, nicht wahr?«

»J-ja.« Unsicher fuhr er sich mit der Zunge über die Lippen.

»Mit vollem Namen hieß sie Cynthia Hallam«, sagte eines der austauschbaren Mädchen. »Ich bin Pepita Hallam, ihre Tochter. Und deine.«

Einen entsetzlichen Augenblick lang stellte sich Peter vor, sie sei Ellen. Der Rest dessen, was er hatte sagen wollen, erstarb ihm in der Kehle.

Ein anderes Mädchen, das an die Wand gelehnt dagestanden hatte, trat vor. Sie sagte: »Du hattest recht, Dave. Es läuft genauso, wie du gesagt hast ... Übrigens, hallo Dad! Ich bin Crystal, Crystal Knight.«

»Ich verstehe nicht ...«

»Das sagst du andauernd. Spar dir den verdammten Atem dafür, ja? David hat behauptet, daß wir mit Hilfe unserer Begabung die Leute davon abhalten können, die falschen Fragen zu stellen, bevor sie einverstanden sind, das zu tun, was wir wollen. Die meisten von uns hatten erhebliche Zweifel, obwohl wir gesehen hatten, was wir mit Harry und Alice machen konnten, ganz zu schweigen von den Leuten, die hier ins Haus kommen, um sauberzumachen und sonstige Arbeiten zu verrichten. Aber er hat dich bereits Dad genannt, und du machtest nicht den Eindruck, als ob du dich dagegen wehren wolltest, also glaube ich, daß er Beweise für seinen Standpunkt hat. Oder du bist so dick gepanzert, daß dein Geheimnis für Computerexperten interessant sein könnte ... Aha! Es sieht so aus, als wäre bei Dr. Morris endlich der Groschen gefallen!«

Klack! Das war das Geräusch von Claudias Brandyglas, das zwischen ihren Fingern zerbarst. Blut floß. Es entstand eine Unterbrechung, in der es aufgewischt und nach einem Verbandspflaster gesucht wurde. Während dieser ganzen Zeit stand Peter steif wie eine Statue da. Ihm kam es nicht so vor, als sei er zu Stein geworden; es kam ihm nicht so vor, als sei ihm befohlen worden, stocksteif dazustehen. Es lag einfach daran, daß so viele Andeutungen und Anhaltspunkte und zusammenpassende Bruchstücke von Daten zusammengeprallt waren, wenn auch mit großer Verzögerung, daß er keine Energie mehr aufbringen konnte, um auch nur einen Finger zu bewegen. Er bewahrte sich so eben noch die Fähigkeit zu atmen.

Und dachte immer wieder: *Was atme ich da eigentlich?*

Nachdem die Schnittwunden an Claudias Finger verbunden waren, warf David, als ob er Peters Gedanken gelesen hätte, über die Schulter zurück: »Keine Drogen — ich spreche in dieser Hinsicht als erfahrene Kapazität, das darf ich wohl behaupten —, sondern Pheromone. Ich hatte gehofft, Bernie hätte den Nerv, dir das zu sagen. Aber wie üblich, hat er mal wieder gekniffen. Also mußt du es direkt von mir hören. Alice — Harry — es tut mir leid. Auch für euch wird es kein reines Vergnügen sein. Aber so sicher wie das Amen in der Kirche wird es für euch nicht so schlimm werden, wie es für die meisten von uns Kindern war. Ich habe Glück gehabt, und ich danke euch dafür. Die anderen ...« Er zuckte die Achseln und nahm wieder auf seinem Kissen Platz. »Nun, wir verlangen nicht von euch, daß ihr ein Urteil fällt. Das haben wir bereits getan, besonders über General Sir *Haßklotz* Thrower. Eure Aufgabe — die einzige Aufgabe, die ihr noch zu erfüllen habt — ist es, den Mund zu halten und das zu tun, was von euch verlangt wird.«

Wo ist Ellen?

Diese Frage drängte sich ungebetenerweise in Peters Denken, während er langsam in seinen Sessel zurücksank. Er brauchte in diesem Moment die Liebe und Zuneigung seiner Tochter als Beistand im Kampf gegen die entsetzliche Beschuldigung, der er sich nicht allein zu stellen wagte: die Anklage, daß dies *seine* Kinder waren und nicht die von Louis Parker …

Doch das Mittagslicht, das in diesem Raum fiel, war so düster, daß er Ellen nicht von den anderen Kindern unterscheiden konnte. Auch sie, so erinnerte er sich, hatte sich heute morgen Jeans und einen Pullover angezogen, und dazu einen Anorak, der jetzt schlampig hingeworfen in der Eingangshalle lag …

Ich kann nicht einmal mehr meine eigene Tochter erkennen!

Der Geschmack der Niederlage war bitter in seinem Mund. Er versuchte, ihn mit einem weiteren Schluck Brandy hinunterzuspülen, aber das brachte nichts. Schließlich krächzte er heiser: »Verdammte Bande! Fahr fort!«

»Genau wie ich vorausgesagt habe«, bemerkte David Shay. »Deine Reaktion bei der ersten Begegnung mit deiner Familie sind die Worte: *verdammte Bande!*«

Und plötzlich war die Luft angefüllt von einer Bedrohung. Dahin war das Gefühl der verschwommenen Ruhe, der Entspannung, des Geschütztseins gegen den Anblick Throwers, der halb zu Tode verbrannt war. Jetzt starrten Augen aus dem Zwielicht wie die Augen von Wölfen, auf der Lauer und in Erwartung des richtigen Zeitpunkts zum Sprung. …

Peter wollte schreien, doch selbst diese Erleichterung war ihm verwehrt.

»Es ist Zeit«, sagte David, und seine Stimme schien tiefer und volltönender geworden zu sein, wie das Läuten einer Totenglocke, »daß du deine Kinder kennenlernst und erfährst, was sie erlitten haben, nur weil du ein paar Pfund mehr zum Ausgeben haben wolltest.«

So war es nicht! Peter konnte die Worte nicht bilden. Das Zimmer hatte sich in einen Gerichtssaal verwandelt, und es gab anscheinend keine Geschworenen, nur Richter. Sogar Harry, sogar Alice … Sogar Ellen! Welches von den Kindern *war sie?*

»Ich werde mit mir selbst beginnen«, sagte David.

»Mein angeblicher Vater Harry hatte sich einer Vasektomie unterzogen, denn er hatte nichts für seine erste Familie übrig und war nur allzu froh, sich von ihr zu verabschieden, als er sich eine jüngere und schönere neue Frau nahm. Doch er hielt immer noch an der Macho-Vorstellung fest, daß ein Mann, der ein richtiger Mann ist, einen Sprößling vorweisen muß, und in dieser Hinsicht war Alice von ganzem Herzen seiner Auffassung. Sie wollte MUTTER sein, großgeschrieben, ebenso wie Gefährtin eines erfolgreichen Geschäftsmannes, der ihr jenen Lebensstil bieten konnte, an den sich zu gewöhnen sie stets gehofft hatte. Da Harry nicht zu dem Risiko bereit war, seine Operation rückgängig machen zu lassen, blieb als Lösung die Chinn-Wilkinson-Klinik.

Zu deren Sperma-Lieferanten du, Peter Levin, gehörtest. Das Herbeibeschwören von Louis Parker war ein geschickter Versuch, der Verantwortung zu entgehen, aber — nun, über ihn geht das Gerücht, daß man ihn mit schärfster Pornografie auf Trab bringen mußte, bevor er spenden konnte. Was Dr. Wilkinson angeht, so wird vermutet, daß sie Angst hatte vor ihrer eigenen Weiblichkeit und unter dem Zwang stand, sie im Rahmen der Befruchtungsklinik zu sublimieren ...«

Er schnippte mit den Fingern. »Ach ja. Auf etwas wollte ich noch eingehen. Nach Ellens Aussage erklärst du den Leuten, Levin bedeute soviel wie ›love-friend‹! Aber weißt du auch, daß es außerdem Donnerkeil heißt? Also sind wir die Kinder des Donners, nicht wahr? Die Donnerkinder aus der Bibel, in unsere Zeit versetzt! Und der Sturm wird gestillt werden ...«

In der düsteren Beleuchtung schienen seine Augen zu glühen, als ob sie weit ins Jenseits hinter dem Hier und Jetzt blickten. Peter bemühte sich, etwas zu sagen, brachte jedoch nichts heraus. Als er verzweifelt zu Claudia aufblickte, sah er, daß es ihr auch nicht besser ging; sie war im gleichen jämmerlichen Zustand wie er selbst.

Und David setzte wieder zum Sprechen an.

»Jetzt möchte ich dir noch den Rest der Kinder vorstellen, die du soeben verdammt hast — und dir erklären, warum wir bereits alle ohne Ausnahme verdammt waren, mich eingeschlossen. War es mein Wunsch, ein notwendiges Statussymbol zu sein, anstatt eines richtigen Sohnes? Ich glaube, ich weiß, was das bedeutet. Harry weiß es nicht.«

Aus dem Augenwinkel sah Peter, wie Harry zusammenzuckte. Er fragte sich, ob dies wohl das erstemal war, daß ihm diese Anschuldigung so schonungslos vor allen anderen, so unverblümt vorgehalten wurde … und hatte keine Zeit, den Gedanken zu Ende zu denken, denn die unerbittlichen Worte strömten weiter wie ein Fluß, der nicht aufzuhalten war.

Ich stehe vor einem Tribunal. Mir wird der Prozeß gemacht für etwas, von dem ich keine Ahnung hatte, es verbrochen zu haben …

Wieder einmal war es, als ob David seine innersten Gedanken gelesen hätte. Er sagte: »Bevor ich fortfahre, sollte ich vielleicht noch ein weiteres juristisches Prinzip anführen. Ich bin ein Bewunderer des Gesetzes, und ich wünschte, mehr Menschen würden es beachten … Von etwas nichts gewußt zu haben, kann nicht zur Verteidigung vorgebracht werden, wie ich schon sagte. Doch seit Jahrhunderten gilt der Grundsatz, daß ein vernunftbegabter Mensch für die vorhersehbaren Folgen seiner Handlungen zur Verantwortung gezogen werden kann.«

»Vorhersehbar!« gelang es Peter aufbrausend einzuwerfen.

»Der Mensch ist zur Voraussicht verpflichtet«, entgegnete David mit Grabesstimme. »Wie oft hast du, Peter Levin, über die Folgen deines Tuns nachgedacht, wenn du Samen gespendet hast?«

»Ich … ich hoffte, ich würde kinderlose Ehepaare glücklich machen!«

»Sehr gut!« — in überraschtem Tonfall. »Du hast also ein Plädoyer für ›nicht schuldig‹ vorgebracht. Aber die hier Versammelten sind deine Kinder. Ihrem Urteilsspruch mußt du dich beugen.«

»Kinder, die ich nie zuvor gesehen habe!«

»Darauf werden wir noch zu sprechen kommen. In diesem Moment beschäftigen wir uns nicht mit deinen Absichten, sondern mit dem, was daraus entstanden ist.«

»Soll ich dafür verurteilt werden, daß ein Haufen Kinder, von denen ich nichts wußte, schlecht behandelt wurden von ihren ...?«

»Nein! Nein! *Nein!*« David war mit einer einzigen behenden Bewegung auf den Beinen. »Du begreifst immer noch nicht!

Wir sind die einzige Hoffnung der Menschheit auf Erlösung!«

Plötzlich wurde Peter durch eine unbeschreibliche verzweifelte Eingebung klar:

Er ist größenwahnsinnig, und er hat die anderen mit seinen Wahnideen angesteckt. Und da sie mit dieser besonderen Macht ausgestattet sind ...!

Er vergrub den Kopf in den Händen.

Plötzlich merkte Peter, daß jemand seine Wange streichelte, und innerhalb von Sekunden erschien ihm die Zukunft weniger schrecklich. Natürlich konnte er sich nicht einfach mit der Tatsache abfinden, daß er sich beruhigte, ja sogar entspannte, während er in der Macht — MACHT? Ja, anders konnte man es nicht nennen — *in der Macht* dieser Kinder war, die ihre Entschlossenheit demonstriert hatten, ein anderes menschliches Wesen unvorstellbaren Qualen auszusetzen ...

Ein anderes menschliches Wesen? Selbst wenn sie seine Abkömmlinge waren, waren sie denn menschlich?

Solche Gedanken verflüchtigten sich sofort, als eine Hand nach seiner tastete. Es war Ellens (ja, wirklich, diesmal war wirklich Ellen neben ihm), und er griff dankbar danach. Claudia klammerte sich an seine andere Hand, mit fest zusammengepreßtem Kiefer, um ihre Zähne am Klappern vor Entsetzen zu hindern.

»Jetzt möchte ich dir den Rest von uns vorstellen und dir erzählen, wie ihr Leben bis jetzt verlaufen ist«, sagte David gerade mit schulmeisterhafter Stimme, etwa wie ein Dozent, der sich bewußt ist, daß er ein unbeliebtes Fach lehrt. Unwillkürlich fühlte sich Peter an Jim Spurman erinnert. »Dann werde ich dir erläutern, wie wir zueinandergefunden haben, und dir alle Fragen beantworten, die du möglicherweise hast. Das Ganze dürfte nicht länger als eine Stunde oder so dauern, und danach können wir essen. Nebenbei bemerkt, Dr. Morris, lassen Sie mich Ihnen gratulieren, daß Sie uns allen auf die Spur gekommen sind, auch wenn ich natürlich, sobald ich merkte, wie dicht sie uns auf den Fersen waren, Schritte unternahm, um zu verhindern, daß Sie auch nur mit einem von uns direkten Kontakt aufnehmen konnten. Den Umstand, daß Sie dem Irrglauben anhingen, es sei Louis Parker, der in der Sache immer einen Sprung voraus war, verdanke ich Bernie, der schon von vornherein so veranlagt war, daß er immer jemand anderem die Schuld zuschob, auch bevor ihm Peter einen

Sündenbock bot — und natürlich Ellen, die sich als ungeheuer hilfreich erwiesen hat.«

Claudia löste ihre Hand aus Peters und biß sich auf die Fingerknöchel, um ein hysterisches Kichern zu unterdrücken. David schenkte ihr ein leutseliges Lächeln und sprach weiter.

»Ich hatte vorgehabt, uns dem Alter nach vorzustellen, aber ich glaube, es ist leichter, es in der Reihenfolge zu tun, wie wir zusammenkamen. Zufällig bin ich der älteste, aber naturgemäß liegen wir, was das Alter betrifft, alle ziemlich dicht beieinander.«

Naturgemäß? Ein übler Scherz lag Peter auf der Zunge, doch er blieb unausgesprochen und hinterließ lediglich einen bitteren Geschmack.

»Ich hab meine eigenen Lebensumstände dargelegt. Wir können also mit Dymphna weitermachen — Dymphna Clancy, aus Irland. Ihre Mutter, die in einem System lebte, das Scheidung nicht zuließ, war mit einem Mann verheiratet, der sie niederträchtig behandelte, weil sie keine Kinder produzierte. Schließlich verlor sie darüber den Verstand. Das erste Anzeichen für ihren bevorstehenden Zusammenbruch war ohne Zweifel, daß sie nach London fuhr, wo eine derartige Behandlung legal war, und sich unter Vorlage einer gefälschten Vollmacht, mit der sich ihr Ehemann angeblich einverstanden erklärte, in der Chinn-Wilkinson-Klinik befruchten ließ. Diese Einrichtung wurde nicht ganz nach den makellosen Grundsätzen geleitet, zu denen sich ihre Betreiber bekannten ... Dymphna landete schließlich in einem katholisch geführten Waisenhaus, wo sie nach Erreichen des Pubertätsalters mit Wonne sogenannte Sünden wider die Moral beging und nicht dafür bestraft wurde.«

Peter konnte Dymphna an ihrem breiten Grinsen erkennen. Obwohl sie blasser war und Sommersprossen hatte und ihr Haar einen rötlichen Schimmer aufwies, war sie unfehlbar Ellens Halbschwester ...

»Die Schuld liegt jedoch nicht bei ihr — noch bei irgendeinem von uns. Eine kranke Gesellschaft, die dazu geführt hatte, daß der Ehemann ihrer Mutter seine Frau so grausam behandelte, das ist die Ursache ... Und nun zu Roger, dessen Vergehen nicht unähnlich waren.

Als Kind einer Mutter, die mit ihrem Gatten darin übereinstimmte, daß sie zwar die Pflicht hatten, ein Kind hervorzubringen, daß dieses Kind jedoch sobald wie möglich für mindestens drei Viertel des Jahres in ein Internat geschickt werden mußte, erkannte Roger beim Eintritt in die Pubertät, daß er gewisse Vorlieben und gewisse Talente hatte. Im reifen Alter von dreizehn Jahren betrieb er einen erfolgreichen Vermittlerdienst für Päderasten, an denen er übrigens ein hübsches Sümmchen Geld verdiente. Bei weitem nicht soviel, wie ich durch den Verkauf meiner Designer-Drogen hereinbekam, natürlich nicht, aber ...«

Trotz Ellens zur Zurückhaltung mahnenden Händedrucks konnte sich Peter nicht mehr beherrschen. Er platzte heraus: »Du hast Drogen verkauft? Du hast mit Rauschmitteln gehandelt?«

David warf ihm einen kühlen Blick zu. »Nein. Ich habe sie konstruiert. Andere haben sie hergestellt und vertrieben. Ich habe lediglich Provision kassiert. Warum nicht? Von *uns* wäre nie jemand so töricht, sie zu nehmen.«

Zum erstenmal ließ er ungeniert durchblicken, daß er und die anderen Kinder sich für etwas Besonderes hielten.

Wie besonders? Eine besondere Spezies? Halten sie sich für den »Menschen nach dem Menschen«, den »Homo superior«?

Ellen befreite ihre Finger und begann, ihm sanft den Nacken zu massieren, wobei sie bei jedem Strich seine Verspannung weiter lockerte. Peter hatte vorgehabt, noch eingehender nachzuhaken, war jetzt aber davon abgekommen. Claudia, die zumindest zum Teil die Fassung wiedererlangt hatte, beugte sich vor.

»Du erwähnst immer wieder die Pubertät«, flüsterte sie.

David nickte.

»Wie die meisten menschlichen Pheromone, hängt das unsere mit den Hormonen zusammen, und zwar mehr noch bei den Mädchen. Bei ihnen setzt die Sekretion für eine kurze Zeit im Monat aus. Zum Ausgleich dafür ist es auf dem Höhepunkt des Ausstoßes mächtiger und wirkungsvoller, gleichermaßen gegen Männer wie Frauen.«

Gegen? Die abscheulichen Möglichkeiten, die dieses einzige Wort in sich barg, ließen Peter erschaudern — doch wieder einmal hatte er keine Chance, zu Wort zu kommen, denn David hatte seine Ausführungen wieder aufgenommen. Abgesehen von dem gelegentlichen Geräusch eines Wagens, der auf der weit entfernten Straße vorbeifuhr, herrschte buchstäblich vollkommene Stille, als ob die Kinder gespannt darauf lauschten, was er über sie sagen würde, und sich darauf vorbereiteten, anschließend über sich selbst den Urteilsspruch zu fällen.

Oder — und dieser Gedanke bescherte ihm eine Gänsehaut — *sind sie durch diese Pheromone zu einem Superorganismus verflochten, so daß sie unweigerlich der gleichen Meinung wie ihr Anführer sein müssen, weil sie gar nicht anders können ...?*

Die Vorstellung, was das bedeutete, hätte fast verhindert, daß er Davids nächste Worte hörte.

»Nach Roger habe ich Verbindung mit Crystal aufgenommen. Sie hat nun wirklich eine sehr schlimme Zeit hinter sich. Ihre gesetzlichen Eltern kamen bei einer Meningitis-Epidemie ums Leben. Es wurde zwar ein Heilmittel gefunden, doch zu spät. Wenn nur ein Bruchteil des Geldes, das in diesem Land täglich für Waffen ausgegeben wird, für die Entwicklung eines Impfstoffes aufgewendet worden wäre, wären sie aller Wahrscheinlichkeit nach davongekommen. Crystal wäre dann nicht der Obhut einem Paar religiöser Eiferer anvertraut worden — wäre nicht wegen nichtiger ›sündiger‹ Vergehen geprügelt worden, bis sie schließlich dazu getrieben wurde, wegzulaufen und sich ihren Lebensunterhalt als Prostituierte zu verdienen, und gezwungen war, ihren Körper das erstemal dem Arzt zur Verfügung zu stellen, der sie gegen AIDS impfte.«

Peter, der blaß geworden war, wußte, welches der Mädchen Crystal war. Sie nickte langsam, wippte langsam vor und zurück, im gleichmäßigen Rhythmus einer chinesischen Nickpuppe.

»Im Vergleich zu ihr — auch wenn er dem nicht zustimmen mag — hatte es Garth leicht. Er saß in der Falle auf einem einsamen Bauernhof; eingebrockt hatten ihm das Ganze seine Eltern, deren Überzeugung von der Rückkehr zu einem ›Leben auf dem Land‹ ihn der schlichtesten Erfahrungen beraubt hatte, auf die sich ein junger Mensch normalerweise freuen durfte. Doch er war immerhin in der Lage, den Spieß umzudrehen, so daß sie schließlich nach seiner Pfeife tanzten und nicht umgekehrt. Richtig, Garth?«

Es war das erstemal, daß er bei einem der anderen Kinder um Zustimmung nachsuchte. Peter straffte sich, da er auf einen Widerspruch hoffte. Doch im Gegenteil. Garth ließ ein böses Kichern vernehmen.

»Sie waren leicht zu erschrecken. Als ich den preisgekrönten Schäferhund unserer bescheuerten Nachbarn umgebracht, und besonders als ich deren Sohn in unserem Bach ertränkt hatte, waren sie erstaunlich gefügig.«

Ein Mädchen ergriff das Wort; es saß in der dunkelsten Ecke, wo Peter sein Gesicht nicht sehen konnte. Die Stimme klang jedoch sehr nach Ellen ...! Wenn sie nicht einen geringfügig anderen Tonfall gehabt hätte, hätte es die Stimme seiner Tochter ...

Es ist die Stimme meiner Tochter.

Langsam, begleitet von Übelkeit, durchdrang die Erkenntnis der Wahrheit seinen Geist.

Was sagte sie? Er zwang sich, sich ihre ersten Worte, die er fast verpaßt hätte, ins Bewußtsein zu rufen.

»Ich habe meinen ersten Mord noch früher als du begangen, Garth. Ich bin Sheila Hubbard, Dad ... David, ich möchte gern für mich selbst sprechen.«

»Nur zu«, ermunterte sie David mit einer ausholenden Handbewegung und fügte quasi als Randbemerkung hinzu: »Seit du bei uns bist, hat Sheila einen Sinneswandel durchgemacht, was ihre Einschätzung ihrer Lage angeht.«

»So ist es«, bestätigte das Mädchen und kauerte sich vor, wobei sie die Ellbogen auf die Knie aufstützte. »Ich dachte immer, ich sei schuld, daß der Soldat ums Leben kam ...«

»Der, der im Fluß ertrunken ist?« fragte Claudia.

»Ja, der.« Sheilas Stimme war so tot wie der Soldat. »Aber ich war lediglich diejenige, die ihn umgebracht hat. Schuld war meine Mutter, weil sie unbedingt gegen den Willen ihres ersten Mannes ein Kind wollte und es rücksichtslos durchsetzte ...«

»Wie?« brachte Peter mühsam heraus.

»Laß sie ausreden!« wies ihn David scharf zurecht. »Ich habe dir doch erklärt, daß die Chinn-Wilkinson-Klinik keine annähernd so hohe Moral hatte, wie ihre Besitzer behaupteten, besonders wenn Tausende von Pfund auf dem Spiel standen ... Sprich weiter, Sheila!«

Sie zuckte die Achseln und spreizte die Hände. Immer noch mit der gleichen eintönigen Stimme murmelte sie: »Nun, sie hat ihn verlassen und wieder geheiratet, diesmal einen reichen alten Großkotz mit einem Haufen Geld. Lange Zeit wußte ich nicht, daß ich nicht das Kind meines offiziellen Vaters war. Man hat mir etwas vorgelogen. Ich glaube, es war die Erkenntnis, daß mich meine Mutter angelogen hatte, die mich dazu gebracht hat, zu ... nun, das zu tun, was ich getan habe.«

»Das«, ergänzte David, »und die Entdeckung, daß du die Macht besitzt!«

»Scheiße, wir sind alle diesen Weg gegangen, oder nicht?« seufzte Sheila und lehnte sich in die Dunkelheit zurück.

»Ja«, sagte David. »Es ist eine Versuchung. Ein Glück, daß wir alle zueinandergefunden haben, bevor einer von uns sich in großem Ausmaß darin verwickelt hätte, hmm?«

Es entstand eine Pause, als ob einige der Kinder noch immer nicht ganz überzeugt wären, doch schließlich erklang gemurmelte Zustimmung. Peters Beurteilung der Dinge, die sich um ihn herum abspielten, veränderte sich ständig; er war nicht mehr sicher, daß alle Kinder unter Davids Einfluß standen, auch wenn das bei Harry und Alice offensichtlich der Fall war. Es gab also vielleicht eine gewisse Hoffnung auf ein Entkommen ...

Bis jetzt war ihm nicht klar gewesen, daß ein Entkommen nötig war.

»Als nächstes nahm ich Verbindung zu Terry auf«, setzte David seine Erzählung fort. »Sein Name wird dir nichts sagen, so wenig wie die der anderen, aber wenn ich dir verrate, daß er eine hübsche kleine Erpresserbande leitete, zusammen mit einer Handvoll älterer Jungen ...?«

Ein unterdrücktes Kichern. Es wurde noch dunkler im Zimmer, doch ein Blick auf seine Armbanduhr bestätigte Peter, daß nicht mehr Zeit verstrichen war, als er seinem Gefühl nach vermutet hatte. Der Regen wurde zwangsläufig noch stärker, da sich die Wolken verdichtet hatten — und das Klatschen der Tropfen gegen die Fensterscheiben klang hart wie das Einschlagen von Geschossen. David hob die Stimme, um das Geräusch zu übertönen, und sagte: »Nun ja, was hätte man anderes erwarten dürfen? Ein Kind, das in einer Familie von treuen Regierungsanhängern heranwächst, dem eingeredet wird, daß es ein Betrug an Großbritannien als traditioneller Nation von Ladenbesitzern wäre, wenn man nicht sein Glück mit dem eigenen kleinen Geschäft an der Ecke machte ... Kein Wunder, daß ihr Sohn — Entschuldigung, ihr Junge — etwas vorzog, das üblicherweise als krimineller Lebenswandel bezeichnet wird.«

Terry bewegte sich. Bis jetzt hatte er sich ebenso reglos wie schweigsam verhalten. Nun sagte er: »Manche Leute nennen es Risikobereitschaft, privaten Unternehmergeist und so, weißt du.«

Allgemeines Kichern wurde hörbar. Da er sich an jeden Strohhalm klammerte, dachte Peter: *Na ja, wenigstens haben sie Sinn für Humor.*

Seine Kenntnisse im medizinischen, biologischen und publizistischen Bereich untermauerten bereits seinen Verdacht, daß sich diese Kinder möglicherweise als Übermenschen erachteten ...

»Die nächste von uns, die ich kennenlernte, war Tracy Coward, die den törichten Fehler beging, einer ihrer früheren Schulkameradinnen den Verlobungsring wegnehmen zu wollen, und ...«

»Nein, sie war nicht die nächste!«

Alle wandten den Kopf, um zu sehen, wer da mit so rauher, schroffer Stimme gesprochen hatte. Es war Bernie, erkühnt durch den Brandy. Er hatte Schwierigkeiten, sich aus dem Sessel zu hieven, den man ihm zugewiesen hatte, als ob er gewaltig an Gewicht zugenommen hätte.

»Nein, sie war nicht die nächste!« blökte er noch einmal und versuchte, sein Glas auf einem Tisch in der Nähe abzustellen. Eine Hand entriß es ihm, gerade noch rechtzeitig, bevor es auf den Boden geknallt wäre.

Während er mit großer Anstrengung um sein Gleichgewicht rang, lallte er weiter.

»Der nächste war der in Italien — der, dessen Mutter ihn unbedingt wollte, weil wenn sie nicht *expresso bongo* ein Kind gekriegt hätte, dann hätten sie und ihr ge-liebter Bruder auf das Familienvermögen ihres Mannes verzichten müssen! Der, von dem sich herausstellte, daß er besser war als ihr alle zusammen! Der, der bei lebendigem Leibe verbrennen mußte, weil er sich als dein Rivale entpuppt hätte!«

Eiseskälte verbreitete sich im Raum, und sie hatte nichts mit dem winterlichen Wetter draußen zu tun.

Dann stand David auf. »Bernie«, sagte er leise, »du segelst gefährlich hart am Wind.«

Ein Chor der Zustimmung hob an, während die Kinder bedrohlich auf ihren Sesseln und Kissen hin und her rutschten.

»Ich hatte die Absicht, die Geschichte von GianMarco zu gegebener Zeit zu erzählen. Du meinst, jetzt sei die Zeit? Nun gut. Was hast du über ihn zu sagen?«

Trotzig: »Daß du ihn und seine Familie aus dem Weg geräumt hast, für den Fall, daß er sich als zu gut erweisen würde, als daß du mit ihm fertigwerden könntest! Peter — Claudia —, er hat dafür gesorgt, daß der Landsitz der Familie niederbrannte!« Bernie kam näher und redete eindringlich auf sie ein. »Und das war ein Kind, ein halbwüchsiger Junge, und noch dazu sein Halbbruder! Kein ekelhaftes altes Schwein wie Thrower. Ein Kind, so alt wie mein ältester Sohn!«

Er zitterte vor Erregung, die Hände wie Klauen vor der Brust verkrampft.

»Crystal«, sagte David leise, aber nicht so leise, daß es nicht zu hören gewesen wäre, »mach eine Notiz. Alkohol kann die Wirkung beeinträchtigen.«

»Nach länger anhaltender Anwendung«, schlug Crystal als Zusatz vor.

»Guter Gesichtspunkt. Etwas, das wir uns merken müssen. Ich frage mich, ob die Erfindung des Destillierkolbens etwas mit dem historischen Schema zu tun hat. Notier das, damit wir der Sache weiter nachgehen.«

»Wird gemacht.«

Zum ersten Mal bemerkte Peter, der noch immer von dem Konflikt zwischen dem, was er hörte, und dem, was er fühlte, in Anspruch genommen war, daß Crystal eine Computer-Fernbedienung am linken Handgelenk trug, wie eine Taschenrechner-Uhr. Sie drückte schnell nacheinander eine Reihe von Tasten, und es ertönte ein Klicken von einem Ding, das bis zu diesem Moment wie ein Louis-XVI-Sekretär ausgesehen hatte.

Illusionen, Scheinwelt! Laß diese Situation un-unwirklich sein!

»Tatsächlich war es jedoch so« — David wandte sich in gebieterischem Ton an Bernie —, »GianMarco mußte sterben, denn er saß hoffnungslos in der Falle der Vergangenheit fest. Ein geborener Ewiggestriger, könnte man sagen. Er war der unerschütterlichen Überzeugung, daß das Land, das seine Familie *besaß,* auch seiner Familie *gehörte.* So ist es nicht! Wir — alle von uns — gehören diesem Planeten, nicht umgekehrt!«

Zum ersten Mal dämmerte Peter etwas von der — der Ideologie? Vielleicht wäre ›Glaube‹ der passendere Ausdruck? —, von der dieser furchterregende Junge durchdrungen war. Wenn es ihm darum ging, die Schätze dieser Erde zu bewahren, so war das zumindest vernünftig ...

Vernünftig? Oder das Mäntelchen der Vernunft, das einer anderen Sache umgehängt wurde?

Die Frage drängte sich auf, denn er erinnerte sich an einen Fernsehbericht: eine Familie in Italien, die in ihrem brennenden Haus eingeschlossen war, und der Name ihres einzigen Sohnes war GianMarco ...

Aber er mußte sich zusammennehmen und weiter zuhören. Ellens liebkosende Hand in seinem Nacken vermittelte ihm das.

»Ich weiß, daß es Tracy nicht mag, wenn ich über sie rede«, sagte David. Seine Stimme war plötzlich hell und klar geworden, eher wie die jedes anderen, gewöhnlichen halbwüchsigen Knaben. »Aber, Tracy, wir alle müssen uns mit den Folgen unseres Handelns auseinandersetzen! Sheila schafft es ...«

Zum ersten Mal wagte es eins der anderen Kinder,

ihn zu unterbrechen. Wieder einmal, wenn er nicht gewußt hätte, daß Ellen auf der Armlehne seines Sessels hockte, hätte sich Peter einbilden können, daß es ihre Stimme sei.

»Ich bin die einzige, die einen so bescheuerten Mist gemacht hat. Und muß ich jetzt nicht zum Zeichen dafür mein ganzes Leben lang mit diesen Narben herumlaufen?«

»Verlobungsring«, warf Claudia leise ein. Unerwarteterweise schien sie ihre Fassung entschieden mehr zurückerlangt zu haben als Peter. Aber schließlich war ihr auch nicht eine solche Ladung unerwünschter Verantwortung aufgebrummt worden ... Während der nächsten paar Sekunden haßte Peter sie.

Das Gefühl hielt aber nicht an. Es wurde nicht gestattet.

»Ich glaube, ich brauche nicht in Einzelheiten zu gehen«, brummte David. »Um Tracys willen sollte ich jedoch erwähnen, daß die Ursache war, daß Tracy von einem Paar aufgezogen wurde, das einen so ungeheuer großen Wert auf triviale Besitztümer legte, ja, das sogar die Tochter als eine Art Besitz betrachtete ...«

»David, du bringst sie zum Weinen! Hör auf!«

Peter konnte nicht erkennen, von wem dieser Ausruf gekommen war, doch es war auf jeden Fall ein Junge, nicht etwa ein Mädchen, der sich neben Tracy auf die Knie sinken ließ und ihr tröstend den Arm um die Schulter legte. David zögerte.

Aha! Er besaß also nicht die totale Herrschaft über alle anderen. Es bestand also noch Hoffnung!

Es war jedoch eine schwache Hoffnung, und sie wurde immer schwächer ...

David sagte: »Die Verantwortlichen werden zur Rechenschaft gezogen werden. Das ist ein Versprechen, Tracy. Und es wird keine weiteren Narben mehr geben!«

»Abgesehen von denen, die die widerlichen alten

Knacker an Stellen hinterlassen haben, wo sie niemand sieht!«

Die anderen Kinder, sogar David, nickten in bedingungsloser Übereinstimmung. Peter konnte ihre Augen nicht mehr sehen, so dunkel war es in dem Raum geworden, während der Regen gegen die Fenster peitschte, doch er wußte, daß sie starr auf ihn gerichtet waren — und auf Claudia — und auf Harry — und auf Alice ...? Nein, von Alice keine Spur. Offenbar war sie aus dem Zimmer gegangen, zweifellos, um das Essen vorzubereiten, dessen Erwähnung Claudia so sehr belustigt hatte.

»Wie dem auch sei«, versprach David mit heiserer Stimme, »sie werden zur Rechenschaft gezogen werden. Wenn das nicht geschieht, werden wir nicht überleben!«

Bevor Peter Zeit hatte, sich mehr als beiläufig Sorgen über diese hintergründige Bemerkung zu machen, sprach David weiter.

»Als nächstes spürte ich Mary auf, die immer noch von zwiespältigen Gefühlen beherrscht wird, was ihr Tun betrifft — sie hatte ihren Vater ins Gefängnis gebracht. Nach und nach schließt sie sich jedoch der allgemeinen Auffassung darüber an.«

»Und die ist . . .?« wollte Claudia wissen. Peter beneidete sie um ihre verhältnismäßig gefaßte Haltung, die sie ohne die Unterstützung durch Ellens Streicheleinheiten, die sie seinem Nacken angedeihen ließ, erlangt hatte.

»Wir können uns den Luxus, der üblicherweise Gewissen genannt wird, nicht leisten. Der Feind, mit dem wir es zu tun haben, besitzt keines, deshalb sind wir gezwungen, streng rational vorzugehen. Grausam, wenn man so will. Menschen mit guten Absichten, tolerante, liberale Menschen — welcher Bezeichnung immer man den Vorzug geben mag — befanden sich von jeher im Nachteil und mußten kuschen. Diejenigen an der Macht, die um jeden Preis an der Macht bleiben wollen, haben stets einen letzten Trumpf. Wenn alle Stricke reißen, sind sie bereit zu töten. Das ist den Pazifisten verwehrt. Mary, wolltest du noch etwas dazu sagen?«

Das Mädchen nickte. »Dad hat es sich selbst zuzuschreiben. So dachte ich anfangs; dann war ich auf einmal nicht mehr so sicher; dann erkannte ich, daß ich anfangs doch recht gehabt hatte. Vielleicht war es eine brutale Gerechtigkeit, aber es war Gerechtigkeit. Dieser widerliche, scheinheilige Heuchler!«

»Damit kommen wir zu Pepita«, fuhr David fort. »Unser neuester Zugang. Tochter, wie bereits erwähnt, von Cynthia Hallam, die dir nur als Sindy bekannt war, deren Ehemann sofort wußte, daß ihr Kind nicht von ihm sein konnte ... auch er ein Heuchler — und sie hinauswarf. Sie wurde Alkoholikerin. Es ist eine sehr kranke Gesellschaft, in die du uns hineingeworfen hast, was?«

Peter ging nicht auf den Vorwurf ein. In seinem benebelten Geist versuchte er, ein verzwicktes Problem zu lösen, das ihm soeben aufgegangen war.

Wenn Pepita der neueste Zugang ist … ich dachte, das wäre Ellen! Sie kann doch noch nie zuvor hier gewesen sein! Heißt das, daß sie nicht eigentlich eine … eine von ihnen ist? Wenn sie es jedoch ist, dann würde das tausend Dinge erklären, bis hin zu und einschließlich der Sache mit Claudia und mir vergangene Nacht …

»Er fragt sich, warum du mich bis jetzt noch nicht erwähnt hast«, sagte Ellen.

Herrje! Vielleicht kann sie wirklich meine Gedanken lesen!

»Dafür gibt es einen Grund«, sagte David mit einem leichten Lächeln. »All die anderen habe ich gefunden. Ellen ist die einzige, die ihrerseits mich gefunden hat. Obwohl wir uns vor dem heutigen Tag noch nie von Angesicht zu Angesicht begegnet sind. Ist die Bildschirmpost nicht eine wundervolle Einrichtung?«

Peter setzte sich mit einem Ruck in seinen Sessel nach vorn und wandte den Kopf, um Ellen vorwurfsvoll anzusehen.

»Bedeutet das, du wußtest, daß die hier« — er mußte die Worte mit großer Anstrengung herauspressen; seine eigene Stimme, die sie bildete, hallte in ihm wider — »alle meine Kinder sind? Was sollte dann dieses ganze Theater um Louis Parker? Warum hast du mir nicht die Wahrheit gesagt? Wenn du …«

»Wenn ich sie dir gesagt hätte«, unterbrach sie ihn, »dann hättest du uns zu einer Zeitungsstory oder einem Fernsehbericht verarbeitet, nicht wahr? Und vielleicht hätten wir uns in dem einen oder anderen Artikel in einem wissenschaftlichen Organ wiedergefunden« — mit einem Nicken in Richtung Claudia. »Das durfte nicht geschehen. Übrigens sind wir dir zu Dank verpflichtet, daß du dich an Louis Parker erinnert hast, auch wenn du damit mich und selbst David eine Weile irregeführt hast. Er entpuppte sich als falsche Fährte von unschätzbarem Wert.«

Die Erkenntnis über die Bürde, mit denen seine Gene beladen waren, entsetzte Peter so sehr, wie es vielleicht die Nachricht, daß er an Krebs litt, getan hätte. Er rang die Hände.

»Aber, Ellen, ich dachte — du liebst mich. Du hast gesagt, daß du das tust, sehr oft sogar.«

Sie erhob sich, entfernte sich einen Schritt von ihm und blickte auf ihn hinab. Als er die Eiseskälte in ihrem Gesichtsausdruck bemerkte, spürte er einen Knacks, als ob etwas in seiner Brust auseinandergerissen worden wäre.

»Dich lieben?« sagte sie. »Nachdem du meine Mutter auf diese Art behandelt hast — nach den vielen Jahren, in denen du dir nicht die Mühe gemacht hast, mit mir Verbindung aufzunehmen, mir nicht einmal so etwas wie eine Geburtstagskarte geschickt hast? Daß ich nicht lache! Aber was zählt, ist, daß du mich liebst. Das weiß ich. Du kannst es nicht ändern.«

»Ich ...«

Peter war plötzlich wieder fassungslos, überwältigt von der Wucht der neuen Enthüllungen. David, der ihn aufmerksam beobachtete, nickte.

»Ich war gespannt, wie lange du brauchen würdest, um die wahre Natur deiner Gabe zu erkennen. Sie ist sehr alt. Möglicherweise war sie einmal recht weit verbreitet — Dr. Morris, Sie haben sich einige Gedanken in dieser Hinsicht gemacht, soviel ich weiß, und zwar im Zusammenhang mit der Art und Weise, wie die Menschen in der Vorzeit zum gemeinsamen Arbeiten an so kolossalen Projekten wie Stonehenge gebracht werden konnten, bevor es Könige und Armeen und Polizei gab. Es ist ein interessanter Aspekt, der durchaus wert ist, genauer unter die Lupe genommen zu werden.

Aber natürlich wucherte sie bei einzelnen Individuen stets besonders stark, und heutzutage nennt man so etwas im allgemeinen Charisma. Ihren alltäglichen Niederschlag findet sie jedoch, wenn sich ein Mensch in einen anderen verliebt und sich der Anziehungskraft nicht widersetzen kann, auch wenn der- oder diejenige als Partner vollkommen ungeeignet ist.

Um es auf einen einfachen Nenner zu bringen: Wir haben die Macht, die Menschen dazu zu bringen, uns zu lieben. Sie können nichts dagegen tun. Sie büßen alle Vernunft und jegliches Urteilsvermögen ein, sie sind jeder Möglichkeit beraubt, sich vorzustellen, daß wir zu irgendeinem Verbrechen fähig sind — wenigstens, solange wir uns in ihrer Nähe aufhalten und vorzugsweise Gelegenheit haben, sie hin und wieder zu berühren. Das Pheromon wird offenbar sehr wirkungsvoll durch die Haut aufgenommen, ebenso wie über die Atemwege.

Und naturgemäß, da wir diese Macht nun schon mal besitzen, beabsichtigen wir auch, sie einzusetzen. Weil wir leben wollen. Begreifst du? Wir wollen nicht in einem Atomkrieg verbrennen — wir wollen nicht durch die Nahrung, die wir aufnehmen, vergiftet werden, auch nicht durch das Wasser, das wir trinken, oder die Luft, die wir atmen!«

Seine Stimme hob sich zu einem schrillen Gipfel leidenschaftlicher Erregung.

»Wir wollen überleben! Und wir werden nicht zulassen, *daß uns irgend jemand daran hindert!*«

Sie sehen TV-Plus. Wir bringen Nachrichten.

Dr. Wallace Custer, der behauptete, Beweise dafür zu haben, daß das Plastikmaterial, aus dem die meisten Flaschen für Erfrischungsgetränke hergestellt sind, einen chemischen Bestandteil enthält, der die Intelligenz und die Gesundheit von Kindern beeinträchtigt, wurde heute morgen in seinem Haus in Berkshire erschossen aufgefunden. Berichte, nach denen er Selbstmord begangen haben soll, wurden von seiner Frau und seiner Familie als unzutreffend bezeichnet. Die Polizei jedoch ...

(Alle Geräte, die diesen Kanal eingeschaltet hatten, wurden dunkel. Später sickerte durch, daß die Throwers ganze Arbeit geleistet hatten, die Sendung einzustellen. Mit einer Bombe.)

Es folgte eine Pause, die schrecklicher war als jede zuvor. Peters Zunge fühlte sich im Mund wie eine Wolldecke an, aber irgendwie schaffte er es zu sprechen.

»Eure Macht wollt ihr einsetzen? Für solche Dinge, wie ihr sie mit General Thrower gemacht habt?«

David zuckte die Achseln. »So was wird nicht allzuoft nötig sein — obwohl es dafür, daß es der erste Versuch war, ganz gut gelaufen ist, was?«

»Aber ...«

Plötzlich wurde der Ton des Jungen streng. »Erzähl uns jetzt nicht, wir hätten gnädiger sein sollen! Er hat sein ganzes Leben danach getrachtet, die Menschen dieser Art von Hölle auszusetzen. Er trat als Befehlshabender NATO-Beauftragter zurück, weil es ihm nicht paßte, daß seine wertvollen Atomspielzeuge abgeschafft werden sollten. *Du* weißt das. Wenn es ihm gestattet gewesen wäre weiterzumachen, dann wäre er aller Wahrscheinlichkeit nach ein Diktator geworden, im Stil von Hitler. Ich habe das Szenario durchgespielt. Es hätte lediglich eines fünfzigprozentigen Anwachsens der Zahl der Verbrechen, der Arbeitslosen und der Bankrotte bedurft. Und die Trends gehen in diese Richtung.«

»Aber welche weiteren Aktionen plant ihr?« wimmerte Peter. »Du sagtest etwas von Erlösung ...«

»Ich bin froh, daß dir das nicht entgangen ist.« In Davids Ton schwang Ironie mit.

»Ich sehe keine ...«

Mit einem Satz sprang der Junge auf und ging quer durch den Raum, um durch eins der Fenster mit den halbaufgezogenen Vorhängen hinaus in den strömenden Regen zu blicken.

Er sprach über die Schulter. »Sagen Sie mir, Mr. Levin, wann haben Sie das letztemal eine Zeitung aufgeschlagen oder Nachrichten im Fernsehen verfolgt, ohne über politische Krisen, wirtschaftliche Zusammenbrüche oder Umweltkatastrophen unterrichtet zu werden? Oder über einen Krieg, oder darüber, daß Menschen ihr Land und ihr Zuhause verloren?«

»Nun ja, natürlich sind die Nachrichten ...«

»Die Nachrichten sind schon seit viel zu langer Zeit zu schlecht!« David drehte sich blitzartig auf dem Absatz um und schlug sich mit der Faust in die andere Hand. »Wir werden etwas dagegen unternehmen! Niemand sonst schafft es, also müssen wir es tun! Ich habe dir gesagt: wir haben die Macht, und wir sind entschlossen, sie einzusetzen! Es wird eine Weile dauern, bis wir sie ganz bewußt und gezielt einsetzen können, aber einige von uns sind schon ganz geschickt darin, so daß kein Zweifel daran besteht, daß es uns gelingen wird.«

»Ihr Kinder ganz allein?« fragte Claudia ungläubig. »Gerade mal ein Dutzend Kinder wie ihr?«

»Unterschätzen Sie uns nicht. Als Gruppe sind wir unwiderstehlich. Das haben wir bewiesen. General Thrower brauchte etwa fünf Minuten, um zu dem Schluß zu kommen, daß er nichts dringender wollte, und zwar sofort, als seine Leibwächter wegzuschicken und mit uns zu kommen.«

Er zögerte, dann fügte er hinzu, wobei er sein leichtes

Lächeln wieder aufsetzte: »Übrigens wird es nicht bei ›gerade mal einem Dutzend‹ bleiben. Peter hat Sie letzte Nacht geschwängert.«

»*Was?*« Claudia sprang auf. »Wie, in drei Teufels Namen, kannst du das wissen?«

»Ich habe jeweils das Datum festgehalten, wenn du uns während deiner Periode besucht hast«, sagte Ellen ungerührt. »Der Zeitpunkt war haargenau richtig. Und Peter hat zweimal mit dir geschlafen, ich habe es mitgekriegt.«

»Ich werde eine Abtreibung machen lassen. Oder mir ›die Pille danach‹ besorgen!«

»O nein, das werden Sie nicht«, sagte David. »Sie lieben Ihr Kind bereits. So sehr, wie Sie uns lieben. Denn es wird eins von uns sein.«

Plötzlich verstärkte sich der Duft, der sich mit dem Geruch nach gebratenem Fleisch gleich bei ihrer Ankunft in dem Haus gemischt hatte und den sie aufgrund der starken Beanspruchung durch andere Dinge nicht mehr wahrgenommen hatten, zur doppelten Eindringlichkeit. Peter fing wieder an zu zittern und mußte feststellen, daß er diesmal nicht aufhören konnte. Er zitterte und *zitterte*.

»Ich ...« Claudia schloß die Augen, drückte die Hände gegen die Schläfen und taumelte. Einer der Jungen half ihr, sich wieder hinzusetzen.

»Hegst du immer noch irgendwelche Zweifel, Dad?« murmelte David. »Oh, vorhin habe ich dich wieder mit ›Mr. Levin‹ angesprochen, nicht wahr? Nun, ich denke, das sollten wir jetzt vergessen, und auch die Bezeichnung ›Dad‹. Denn schließlich wird die Hälfte von uns in Kürze einen sehr intimen Umgang mit dir pflegen.«

Peters Geist war Alleen von Phantasiebildern entlangspaziert, an deren gegabelten Enden jeweils ein kleiner, aber bedrohlicher Haufen von Kindern stand, seine Kinder, die wie Wegelagerer darauf lauerten, die VIPs, die er und andere Reporter begleiteten, zu überfallen: einen

Minister, einen Botschafter, den Aufsichtsratsvorsitzenden einer Bank, den Geschäftsführer eines großen Waffenherstellers, den Sprecher einer Exilregierung ... Nein. Nicht wie Wegelagerer. Wie ein Empfangskomitee. Bereit, und fähig, ihren Sinn zu ändern ...

... oder sie bei lebendigem Leibe zu verbrennen!

Es muß doch sicher einige Leute geben, die unantastbar sind ...?

»Hast du nicht gehört, was ich gesagt habe?« fuhr ihn David an.

Habe ich etwas verpaßt? Etwas über ›intimen Umgang‹? Oh, mein Gott, das kann er doch nicht meinen! Wie, um alles in der Welt, kann er das meinen?

Eine aufschäumende Flut von Gegenargumenten schwappte ihm durch den Kopf — *Inzucht, Geisteskrankheiten, warum ich und nicht die Jungen?* —, doch er war nicht in der Lage, eins davon zu äußern. Davids Worte waren unerbittlich.

»Für den Anfang mußt du es sein. Es ist mir noch nicht gelungen, das betreffende Gen oder die Gene zu bestimmen, obwohl ich daran arbeite, das versteht sich. Die Macht ist bei uns voll ausgeprägt, während du nicht mehr als eine geringe Spur davon zu besitzen scheinst, eine gängige Spielart persönlichen Charmes, so daß man einen Zusammenhang mit deinem Erbe mütterlicherseits nur vermuten kann. Ich habe die Absicht, in dieser Richtung weiterzuforschen. Doch da von uns ausnahmslos jeder die Macht besitzt und wir unsere Zahl so schnell wie möglich vergrößern müssen, müssen wir mit dir anfangen. In der Zwischenzeit werden wir Jungen natürlich auch unseren Teil beitragen. Es besteht kein Mangel an willigen Frauen, wie ich persönlich bezeugen kann ... Da wir schon davon sprechen«, fügte er mit einem hinterhältigen Grinsen hinzu, »macht es dich nicht an, wenn du dir vorstellst, mit so vielen minderjährigen Mädchen zu schlafen? Sie sind alle hübsch, sie sind alle gesund, sie sind alle gut gebaut ...«

»Halt den Mund!« brüllte Peter. »Ich will nichts damit zu tun haben!«

»In diesem Punkt irrst du dich«, sagte Ellen und erhob sich neben ihm. Sie trat mit der geschmeidigen Anmut einer berufsmäßigen Stripperin in die Mitte des Raums, schlängelte sich mit dem Oberkörper aus ihrem Pullover, zog ihn sich über die üppigen Haare und warf ihn zur Seite. Sie umfaßte mit gewölbten Händen ihre kleinen, wohlgeformten Brüste, rieb die Knospen zwischen Zeigefinger und Daumen, bis sie sich aufrichteten, und schob zuerst die eine und dann die andere vor den mit einemmal gierig lechzenden Mund ihres Vaters. In Haaresbreite vor seinen Lippen zuckte sie außer Reichweite zurück.

Peters Glied war sofort steif geworden. Es machte ihn verlegen, wie rasch dieser Umstand sichtbar geworden war. Die anderen Kinder brachen in ein grausames Gelächter aus.

Doch gleichzeitig hatte er das Gefühl, als ob er endlich der Frau seiner jugendlichen Träume begegnet wäre, derjenigen, deren Namen er als Schlüssel zu seinen Computercodes benutzt hatte ...

Während er in die allgemeine Belustigung zumindest bis zum Grad eines breiten Grinsen mit einfiel, sagte David: »Das habe ich mir doch gedacht ... Nun, in Wirklichkeit wirst du natürlich keine Gelegenheit bekommen, tatsächlich mit deinen Töchtern zu bumsen. Sie sind nicht geneigt, sich mit jemandem einzulassen, der sich so wenig wie du um das Schicksal seiner Abkömmlinge kümmert. Doch in gewisser Weise wird es sein wie in alten Zeiten, nicht wahr? Ich weiß nicht, mit welchen Mitteln man dich in der Chinn-Wilkinson-Klinik auf Touren gebracht hat, aber in Anbetracht der Wirkung, die Ellen gerade erzielt hat, dürfte es für die Mädchen nicht allzu schwierig sein, dich zum — wie heißt es in der Bibel über Onan? Ach ja — Vergießen deines Samens zu bringen, so oft wir es für nötig erachten!«

Und tatsächlich, obwohl sich Peter schämte und ihm fast übel vor Abscheu war, pochte sein Penis gegen seinen Willen wie wild in der Hose ...

Mit unbeschreiblichem Entsetzen blickte er von einem zum anderen seiner Kinder.

Und spürte eine Woge von unwiderstehlicher, unerträglicher *Liebe.*

In einem letzten verzweifelten Appell um Hilfe blickte er sich zu Claudia um. Tränen rollten ihr über die Wangen. Trotzdem brachte sie es fertig, ein paar trotzige Worte hervorzustoßen.

»Hast du die Mädchen gefragt, wie ihnen die Vorstellung, in ihrem Alter zu Kindeshüterinnen gemacht zu werden, gefällt?«

»Das greift nicht«, seufzte er. »Dank Bernie haben wir eine Expertin gefunden, die willens ist, die Fötusse zu transplantieren, sobald sie lebensfähig sind — einschließlich des Ihren, versteht sich; Sie brauchen ihn nicht auszutragen. Auf diese Weise können die Mädchen alle acht Wochen wieder von vorn anfangen, was ihnen sehr recht ist, denn es bedeutet, daß ihre Macht nicht durch die Periode geschwächt wird. Ich glaube, Sie haben die Person, von der ich spreche, kennengelernt: Dr. Ada Grant! Sie sagt, daß es eine ausreichende Zahl von aufnahmewilligen Frauen gibt, da so viele Männer heutzutage infolge der Umweltgifte unfruchtbar sind ... Sie können uns vorwerfen, daß wir die Absicht haben, uns nach Kuckucksart zu vermehren, wenn auch schneller. Ich hoffe nur, daß es schnell *genug* sein wird!«

Aus irgendeinem Grund erschien Peter der Vergleich mit dem Kuckuck unglaublich komisch. Er bemühte sich, seine Reaktion zu unterdrücken, und schaffte es genausowenig wie die Unterdrückung seiner — inzwischen kalten, inzwischen klebrig-feuchten — Ejakulation.

Die Tür des Salons schwang weit auf. Alice trat ein.

»So, wenn ihr Süßen fertig seid«, sagte sie strahlend, »das Essen ist ebenfalls soweit. — He, was ist denn hier los?«

Und da stand sie, völlig verdutzt, unfähig zu verstehen, warum der eine Teil ihrer Gäste lautlos weinte und der andere von einem hysterischen Lachanfall nach dem anderen geschüttelt wurde.

South Petherton
Februar—Juni 1987

NACHWORT

TÖTEN IST EINFACH, LEBEN NICHT

Die Welten des John Brunner
von

ERNST PETZ

»Ich wünschte«, erklärte John Brunner einmal, »ich würde nicht so viele Menschen kennen, die nicht begreifen wollen, wie wichtig es ist, an der Zukunft interessiert zu sein. Schließlich werden wir dort doch den Rest unseres Lebens verbringen!«

Wackelnde Regierungen versprechen ihrer unzufriedenen Bevölkerung eine ›Optimierung mittels Gentechnik‹, psychedelische Drogen machen die Menschen leichter regierbar, für unfehlbar gehaltene Computerprogramme bestimmen das Leben bis ins kleinste Detail.

Immer wieder flippen ›Mokker‹ aus und feuern blindwütig in die Menge, kleine Gruppen von Stadtguerillas versuchen durch Anschläge auf öffentliche Einrichtungen etwas gegen das ihrer Meinung nach unmenschliche System zu unternehmen ... die Zukunft, die hier angeblich beschrieben wird, ist trotz aller Beteuerungen, es handle sich um einen Zustandsbericht aus dem frühen 21. Jahrhundert, das Gestern, das Heute, das ahnbare, vorhersehbare Morgen, wenn sich die Menschheit weiterhin so treiben läßt von Geschäftemachern, korrupten Führern, einer feilen Presse, mittelalterlich-restaurativer Borniertheit, hochbezahltem, nicht mehr abwählbarem Großgaunertum. Diese Zukunft ist Hier und Jetzt, sie lauert bei John Brunner nur im Hinterhalt, hat ihre Wurzeln, vorläufig unausrottbar, in der Gegenwart.

Keine Aussicht also, sich beruhigt zurücklehnen zu können: Internationale Konzerne haben und nützen die Gelegenheit, sich ganze Entwicklungsländer zu kaufen, mit Mensch und Maus, Mord ist legitimes Mittel der Politik — das ist leider mehr als bloße Zukunftsvision »einer Welt, in der einst unsere Kinder leben werden«, wir alle leben schon in dieser Welt ... (Während des Lesens dieser paar Zeilen sind schon in der Dritten Welt sechs Kinder gestorben — verhungert. O ja. Wir leben in dieser Welt.)

Für den Roman ›Morgenwelt‹ (dt. 1980, orig. ›Stand on Zanzibar«, 1968) erhielt der 1934 in Preston, Crowmarsh, Oxfordshire geborene John Kilian Houston Brunner mit dem Hugo Gernsback Award, dem British Science Fiction Award, dem British Fantasy Award und dem Prix Apollo so ziemlich alle wesentlichen Preise, die es in diesem Genre einzuheimsen gibt. Das monumentale Werk ist aber dennoch mehr als ›nur‹ ein Glanzstück besonders intelligenter Science Fiction — es stellt ein bedeutendes Stück Gegenwartsliteratur dar, nicht nur durch die gekonnte und konsequente Verschleierung der tatsächlich beschriebenen heutigen Zustände unter dem dünnen Mäntelchen ›Nahe Zukunft‹, nicht nur wegen der großartig beobachtet und beschriebenen ›ewigen‹ Typengalerie (Politiker, Manager, Heilslehrer, Regierende und Regierte, Opfer und Denkende), sondern auch wegen des besonderen Erzählstils:

Durch ›Zitate‹ aus Nachrichtensendungen, Zeitungsmeldungen, aus Werbespots und Büchern, Schriften der Zeit, entsteht eine ungemein dichte Atmosphäre, in der sich die Handelnden bewegen, vielmehr bewegt werden.

Der Vielschichtigkeit des Lebens, der Zeit, trägt der Autor Rechnung durch Verschachtelung der Ereignisse, durch Zerlegung des Handlungsablaufs; immer wieder konterkariert er ›seine‹ Geschichte mit der unbeeinflußbaren objektiven Welt ... und zeigt dabei, daß diese Welt so unbeeinflußbar, so objektiv und unabhängig von den Vorhaben der Mächtigen gar nicht ist.

Der Roman verläuft gleichzeitig entlang vier Strängen, zugleich Programme: Kontext, Happening-Welt, Schlaglichter und Roter Faden sind ineinander verwoben und schildern die Oberfläche der Ereignisse, die Mechanismen dahinter, die vordergründigen Ergebnisse, die Entwicklung ›Bis Dahin‹ und mögliche Gegenstrategien; verwirrend zunächst wie ein Besuch in einer völlig fremden, überquellenden Stadt/Welt schälen sich allmählich Muster heraus, die innere Logik, nach der diese Welt vor die Hunde gegangen ist, gehen mußte.

»Gehen mußte«, weil die Geschichte sich ständig wiederholte und wiederholt:

Aus ›Bücklingsregierungen‹ werden solche ›Revolutionärer Parteien‹, aus diesen die Regierungsform, die nur dank ›öffentlicher Apathie‹ überlebt — wem dies vertraut vorkommt, der irrt sich nicht.

Im ersten Stadium ist ein Arbeitsplatz Glückssache, im zweiten staatlich gelenkt, im dritten gibt es individuelle Arbeitsverträge — der Mensch ist endlich freier als frei: vogelfrei.

Informiert wird die Bevölkerung im ersten Stadium auf Amateurbasis, im zweiten durch Nachrichtenagenturen der Regierung und schließlich zuletzt vermittels »durch Vetternwirtschaft und politische Trägheit verkommene Sprachrohre« der Führung. Psychodelika sind zuerst unerschwinglich, dann nachdrücklich bekämpft — und schließlich toleriert: es wird wünschenswert, daß sich die Untertanen zufrieden aus der Wirklichkeit des Big Business wegträumen, daß sie ihr zutiefst deprimierendes Sein nicht mehr empfinden.

»Die Menschheit ist«, läßt Brunner seinen Philosophen in der ›Morgenwelt‹ lakonisch feststellen, »nicht völlig blödsinnig, aber wir weisen einen furchtbar starken Hang dazu auf.«

Beispiel: sämtliche Ressourcen werden knapp, es läßt sich vorausberechnen, wann das Öl ausgeht, wann der Sauerstoff, wann Nahrungsmittel ... Alternativenergie findet nicht statt, der Regenwald wird abgeholzt, straflos darf gegen Geburtenkontrolle gepredigt werden.

In Brunners Welt ist die, weil die Menschen sinnvolle Maßnahmen verschlafen haben, zu rigorosem Zwang verkommen, wie jede noch so private Lebensäußerung durch Vorschriften und Strafandrohungen strengstens reglementiert werden muß ... notwendige, späte, harte Strafe für diese immerhin fast völlig blödsinnige Art?

Für diese einzige Spezies auf der Erde, die sich aussuchen kann, was sie lernen will — leider aber auch, was sie nicht lernen, wahrhaben will ... und die von diesem letzteren Recht weit öfters Gebrauch zu machen scheint, als ihr, auch für ihr Überleben, frommt.

John Brunner beweist diese betrübliche Tatsache in seinen Werken immer wieder, ›Stand on Zanzibar‹, dieser ›Gigant von einem Buch‹ (New York Times), nicht zufällig 1968 erschienen, provoziert Seite für Seite die Frage, warum so viele, zu viele Menschen in aller Welt sich so viel, zu viel einfach gefallen lassen. Vielleicht ist es der Fluch aller Zeiten, »daß Tolle Blinde führen«? — aber Shakespeare kannte noch nicht die Massenmedien, heute müßte doch jeder wissen, was auf ihn, jedenfalls aber auf seine Kinder zukommt — und aufzurütteln sein ... welche Antwort kann es denn nur geben auf Brunners kleine Frage — »hat ein Mensch nicht auch die Verpflichtung, was er liebt vor der Dummheit anderer zu schützen?«

Hoch an der Zeit, wenn es nicht schon zu spät ist, wäre es: John Brunner sieht eine Welt heraufdämmern, in der »Das Schwimmen in diesem Gewässer aus Gesundheitsgründen verboten« ist, in der aus den Hähnen ›Kein Trinkwasser‹ mehr kommt, in der ›Haustiere verboten‹ sind und ›Filtermaskenspender‹ eine Alltäglichkeit in unbewohnbaren Großstädten. Die Menschheit hat sich damit abgefunden, daß die ›Schale nicht zum Verzehr geeignet‹ ist, die Luft nicht zum Atmen.

Die Meere sind tot, die Küsten ölverseucht; Epidemien, Wahnsinn, völlig neue Krankheiten durch Lecks in Gifttanks und -fabriken peinigen die hoffnungslosen, verzweifelten Überlebenden, dazu steigende Arbeitslosigkeit, steigende Gereiztheit und Gewalttätigkeit, permanente Unruhen in den Entwicklungsländern, geschürt durch die Geheimdienste der Großmächte, der Konzerne und Weltzerstörer:

Dieses beängstigend wahrscheinliche Horrorgemälde

schließt nahtlos und logisch an die beängstigend-wahrscheinliche ›Morgenwelt‹ an, auch stilistisch: ›Schafe blicken auf‹ (dt. 1978, orig. ›The Sheep Look up‹ 1972) ist eine einzige Anklage gegen die, die die Welt in den Abgrund geführt haben, in rasanter Schnittechnik, in kurzen, hektischen Schlaglichtern wird ein multiperspektivisches Gesamtbild umrissen, das keinerlei Hoffnung mehr läßt — außer der Hauptverantwortliche, das größ-

Die Politiker sind nur noch Marionetten des Internationalen Großgaunertums

te Verschwenderland, geht in Flammen auf und gibt dem Rest der Welt durch sein Verschwinden noch eine letzte Chance.

Die traditionelle Romanhandlung findet in den Köpfen der Leser statt — jeder wird in diese Welt gesogen, ist Teil von ihr und letztlich voll verantwortlicher Teil.

Die Politiker sind nur noch vordergründig mächtig, bloße Herzeig-Marionetten. In Wahrheit — im Buch wie in der Wirklichkeit — werden sie von den Lobbies mächtiger Multis am Gängelband geführt, liefern die vorgefertigten Ausreden für ihr Versagen, werden von den skrupellosen Schuldigen dem wehrlosen Volk gegenüber als Sedativ eingesetzt.

Gegen diese Zustände steht die Bewegung der ›Trainisten‹ — letztlich auf verlorenem Posten, vor allem, weil sie in den Augen der auf gefilterte Nachrichten angewiesenen ›Masse‹ oft übers Ziel hinausschießt ... aber ist dies angesichts der Zustände überhaupt möglich?

Der Gründer der Bewegung, zum Tode verurteilt in dem Augenblick, in dem die Mächtigen seiner habhaft werden, distanziert sich zwar von seinen gewalttätigen Jüngern, »für die Aktionen der Trainisten bin ich nicht verantwortlicher als Jesus für die Taten der Christen, denen Paulus von Tarsus seine persönlichen Neurosen aufdrängte«, ganz und absolut abzulehnen ist aber auch ihm »Gewalt als chirurgischer Eingriff« gegen eine total auf profitgeilen Wachstumsfetischismus ausgerichtete, dreiste, zynische Gesellschaft nicht: »Jene Leute, die die Gewalt heraufbeschwören, besitzen zu ihrer Verurteilung nicht mehr Recht als ein langjähriger Raucher dazu, sich über Bronchitis und Krebs zu beschweren.«

Trotz der düsteren Zeichnung seiner Gegenwart, der Zukunft der Welt, vermittelt Brunner einen Hauch von Optimismus, nährt er die »Überzeugung: Es kann etwas getan werden!«, läßt er vor allem Ausreden nicht gelten:

Es ist schon fast zu spät für die Welt und die Menschen, es ist so spät jedenfalls, Mißbrauch und Verbrechen sind so offenkundig, daß niemand mehr sagen kann, er hätte nichts gewußt, hätte nichts geahnt.

Und wenn, stellt sich durch Austin Train die Frage: »Aber glauben Sie nicht, daß Sie es hätten wissen sollen?«

Und da gibt es ja nur noch durch verquere Heilslehren diktierte Ausflüchte, also Unsinn.

Brunner läßt Train die Frage ›nachsichtig‹ stellen, die Welt wird keine Nachsicht kennen, wenn weiter so mit ihr verfahren wird, unsere Nachwelt wird uns dafür richten, unsere Kinder werden uns fragen, was wir mit ihrer Welt gemacht haben, was wir mit ihr geschehen ließen.

Die Fragen sind heute schon zu stellen, warum etwa Menschen »einer Regierung die Macht zugestanden lassen, die sie belogen und betrogen und die eigenen Bürger umgebracht hatte«.

Wo aber ist das nicht schon passiert, wo passiert das nicht ständig, hier, heute, jetzt? Wo und wann wurde, wird dieser Teufelskreis je unterbrochen?

Brunner ist notwendig und wohltuend provozierend, ungeheuer wohltuend wahr, ist ein schonungsloser Ankläger — nicht zuletzt, weil er die Geschichte dieses Planeten kennt und aus dem, was Menschen bisher an

Menschen verbrachen, für die Zukunft die richtigen, weil logischen, Schlüsse zieht.

Sie machten soviele Arbeitslose wie möglich und damit genug Freiwillige für die Armee — Kriege im Innern gab es immer, dazu drohende Kriege nach außen ... die eigene Armee gegen Streikende im eigenen Land, die Greuel getragen, eskalierend weitergespült von der üblichen wertkonservativen Gewaltwelle: Glaubensstreiter mit meterhohen Plastikkreuzen auf Beutezug, Almosenfang — und wie gut und praktisch und sinnreich, daß so ein Kreuz so wunderbar auch als Keule eingesetzt werden kann, wenn einer nicht rasch und hoch genug spendet (in der Menschheitsgeschichte oft genug auch: wenn einer nicht überzeugend genug das Gleiche glaubte).

Es war nie einfach, sich nicht anzuschließen: den Wunsch, zu überleben, verspüren auch Ungläubige ... wenn schon Paris eine Messe wert gewesen sein sollte — um wieviel mehr dann erst ein, ein einziges Menschenleben.

Nie war es einfach, sich nicht zu ergeben in Schicksal und Dummheit — die hatten stets die Macht und den unerschütterlichen Willen, sie erbarmungslos einzusetzen.

Welche moderne Waffe ist nicht in christlichen Hirnen ausgebrütet worden? Von der Handgranate bis zur Wasserstoffbombe ... fragt ein Spendungsunwilliger die schwer bewaffnete Sammlerhorde — sogar die chinesi-

---

Hitler war ein getaufter Katholik und wurde niemals exkommuniziert

---

sche Erfindung des Schießpulvers haben sie einem abendländischen Mönch requiriert, weil sie es nicht ertragen konnten, daß einmal! ein! todbringendes Instrument nicht! von ihnen stammt.

›Die dunklen Jahre‹ — so der Titel des (1977 dt., orig.

1973 ›The Stone That Never Came down‹) Romans — liegen nicht nur in der Finsternis des Mittelalters, nicht nur in der Gegenwart, für John Brunner zwangsläufig und — nachgewiesenermaßen beinahe — auch in der Zukunft.

»Erst jetzt erkenne ich, wie gefährlich und destruktiv die christliche Zivilisation geworden ist. Wenn es jemals Liebe in ihr gegeben hat, so ist sie längst ausgeblutet. Drei von den großen Religionen der Erde kennen den Begriff des Heiligen Krieges: Der Schintoismus, der Islam und das Christentum ...«, aber!: »Das Christentum allein ist heuchlerisch genug, um seine Gläubigen zugleich aufzufordern, die andere Wange hinzuhalten, mit Freuden Unrecht zu erdulden und dergleichen. Sehen wir uns die Geschichte an. Deutschland war seit zwölfhundert Jahren christlich, als die Nazis an die Macht kamen. Hatten die etwa in zwölf Jahren alles abgeschafft, was die Kirche in zwölf Jahrhunderten eingeführt hatte? Nein, im Gegenteil, sie bauten darauf auf. Hitler war ein getaufter Katholik und wurde niemals exkommuniziert.« Brunner meint nicht nur Hitler, wenn er »weiß, daß wir von Dummköpfen und Gaunern geführt worden sind«, und er irrt — optimistisch-absichtsvoll — wenn er es in seine Zukunft verlegt, daß dies »das erste Mal« wäre, »daß ein Verbrecher ganz nach oben gekommen ist.«: Hätte so etwas wirklich so lange gedauert — es wäre wahrlich eine Heile Welt zu nennen ... dies ist aber auch die der »Dunklen Jahre« nicht, ist keine, je böser vielmehr, desto deutlicher ist es die unsere:

»Es ist kein Spaß zu entdecken, daß man sein Leben lang andere Leute für sich hat denken lassen, nicht wahr? Ich stützte mich immer auf diese Krücke und überließ das Denken den anderen: in der Schule und an der Universität, dann beim Militär, dann bei den Agenten und Produzenten ... sogar noch als Prediger ...« — ein überaus gefährlicher, so vertrauter Zustand:

»Die Verfügbarkeit von Daten und die Macht, Schaden anzurichten, sind untrennbar miteinander verbunden; die Menschen in den am besten informierten Ländern sind zugleich jene, die am meisten Unheil anrichten können. Die Wilden in Neu-Guinea können die Menschheit nicht ausrotten, und sehr wahrscheinlich wären sie unfähig, sich so etwas vorzustellen. Die Bürger der Nuklearmächte hingegen ...«

Die Synonyme für den tödlichen Idiotismus sind ›Patriotismus‹, ›Freiheitsliebe‹ und ›nationale Ehre‹, inhaltsleer und traditionell eingesetzt nach den ungeschriebenen, ehernen Gesetzen der Politik:

»... daß die wirklichen Geschäfte hinter den Kulissen abgewickelt werden, so daß der Bevölkerung schließlich unter der Maske des demokratisch-parlamentarischen Prozesses ein fait accompli vorgesetzt werden konnte ...«

Nur in Brunners Utopia kann es ein Happy-end geben, tatsächlich ein Mittel, das, heimlich verabreicht von Idealisten, gegen diese verbrecherischen Zustände — in denen wir! heute! leben — wirkt; tröstlich wie Satire: auch da gefällt die am besten, die dem eigenen Wunschdenken entgegenkommt, den eigenen Ansichten entspricht, die eigene Meinung unterstreicht.

Merkt heute tatsächlich keine Bevölkerung, wie die da oben wirklich sind?

Seit Mitte/Ende 1989 darf ein wenig Hoffnung keimen: Polen, Ungarn, DDR, dann die Tschechoslowakei, zuletzt in diesem Jahr der Meilensteine sogar Rumänien ... ein Funken des Brunnerschen Optimismus in der Realität der wirklichen Dunklen Jahre? ... der Pessimist sieht zu und fürchtet, daß er wieder einmal recht behalten wird; ihm sieht es in einem Teil der Welt nur so aus, als würde sich Entscheidendes ändern — und wenn ... nur vorübergehend.

Die Menschen, die ein totalitäres Joch abgeschüttelt haben, freuen sich natürlich, daß jetzt ›Demokratie‹ einkehrt, sie durften bisher über offensichtliche Mißstände nicht einmal reden. Geht alles seinen optimismusschwangeren Gang, werden sie bald reden und krakeelen dürfen, wie die Hausbesetzer im Westen und die Gegner der Startbahn West. Wie Atomgegner und Demonstranten gegen Rechtsdiktaturen und gegen Konsumterror — und werden schmerzlich erfahren müssen, daß Demokratie erst Sinn hätte, wenn man — als Volk — tatsächlich etwas verändern könnte. Wen von denen da oben kümmern Tausende auf der Straße, dagegen wurden schalldichte Türen und gut isolierte Gewissen erfunden. Die Kassa muß stimmen — nicht die Moral. Jeweils systemimmanent: die Ohnmacht der Bevölkerung gegenüber den Regierenden, sie merkt es (traditionell) nicht, »wie unfähig sie sind, völlig außerstande, jedem Menschen in diesem Land, das zu den reichsten Ländern der Erde gehört, ein anständiges Leben zu sichern. Was tun sie? Sie versuchen die Leute zu zwingen, sich so zu verhalten, wie sie wollen! Mit vorgehaltener Waffe!« Diese vorgehaltene Waffe muß nicht einen feuerspeienden Lauf haben: leichte Kreditmöglichkeiten, eine aggressive Werbung, die Erpreßbarkeit über Haben oder Nichthaben eines Arbeitsplatzes, die Konstruktion also von gesellschaftlichen Bedingungen an sich, schon in Kindergarten und Schule ... sie implantieren ihre ›vorgehaltenen Waffen‹ schon in die Gehirne.

Sie erfinden Marktmechanismen, die gebären Sachzwänge, folgen Arbeitslose, s.o., Freiwillige, die diese realen Waffen halten, der Kreis schließt sich immer wieder und immer wieder, solange es Soldateskas gibt: »Was (aber) ist die (jede) Armee anderes als ein Haufen von legalen Terroristen ... bloß kriegen sie dort dafür bezahlt, daß sie die Leute zusammenschießen und ihnen die Schädel einschlagen ...«

Diese Welt John Brunners wird beherrscht von täglichen Krawallen, Kontinente brennen, Städte zerfallen, die Welt bricht auseinander ... Hochsaison für die Manipulatoren: »Kürzlich sah ich einen idiotischen Pfaffen im Fernsehen, der allen Ernstes tat, als ob er seine Gemeinde … zum Choralsingen auf die Straße schickte —« …

»Um genau den Ton zu finden, der Glas zerspringen läßt?«

Zukunft ist hier schon passiert: wenn sie könnten, wie sie wollen … die Reichskristallnacht wäre unvermeidbar aktuellste Gegenwart. Bei Brunner ziehen die Glaubensstreiter bloß aus, um in blutigen Straßenschlachten die Armen vor dem Abgleiten in die Kriminalität zu bewahren, und wenn sich einer nicht und nicht erlösen läßt, erschlagen sie ihn eben — besser für ihn, er ist tot als er lebte in dem, was sie Sünde nennen — ein schauriger, tödlicher Kampf für ihre perversen Regeln, Vorstellungen, und wieder einmal dient das ›Gott mit uns‹ als Schild.

Brunners märchenhafte Zauberlösung gibt es nicht, nicht das Mittel, »die Menschheit zum Gebrauch ihres geistigen Potentials anzuleiten«, wenn es das gäbe, landete es, wie auch schon gehabt, auf den Scheiterhaufen. Wie jedesmal, wenn diese Menschheit die Gelegenheit hatte — gehabt hätte, es sich wenigstens einbildete, einen Versuch unternahm — »jener vorsätzlichen Ermutigung zur Selektiven Unaufmerksamkeit« entgegenzuwirken, »mit welcher die Schuldigen unter uns arbeiten, um zu verhindern, daß sie zur Rechenschaft gezogen werden«. Weiter wird der »natürliche Instinkt (sich zu wehren) durch Manipulationen gigantischen Ausmaßes« von den eigentlichen Feinden abgewendet, ins Gegenteil verkehrt, gerade »zur Aufopferung des Lebens für politische Führer mißbraucht, die sich selbst niemals in die Kampfzone begeben würden, weil sie dafür viel zu vernünftig (sind)«. »… vernünftig?«: fast stolpert man zunächst über dieses Brunnersche Wort, aber natürlich stimmt es, steht es richtig: gleichgültig, was der Beweggrund ist und wie groß die Verbrechen derer, die danach handeln — es ist nun einmal ›vernünftig‹, sein Leben nicht zu ›opfern‹, für nichts, für niemanden ... es vielmehr ... zu leben.

Auch wenn das nicht immer ganz einfach ist ... Gene und Stacy sind z. B. dazu verdammt, an jedem Morgen in einer anderen Welt aufzuwachen, in einer anderen Zeit, andere Menschen kennenzulernen und unter anderen Erinnerungen zu leiden — sie treffen während ihrer seltsamen Verbannung auf Seeleute der venezianischen Epoche, auf dünkelhafte altrömische ›Welteroberer für Cäsar‹ und auf durchaus vergleichbares Gelichter aus dem 20. Jahrhundert, sie müssen sich mit den zeitlosen, durchs Meer von der Welt isolierten Inselbewohnern herumschlagen und natürlich tauchen — man vegetiert im Mittelmeer — auch die unvermeidlichen Kreuzritter auf, die Pest zweier Jahrhunderte.

Der Roman heißt dt. holprig (1987) ›Die Gezeiten der Zeit‹, (orig. 1984 ›The Tides of Time‹) und zeigt u. a., daß, wer hundert Kinder hat, wohl nicht erwarten darf, daß alle hundert Genies werden. Immerhin aber enthält auch dieses ... ›Normalkind‹ Brunners genug der typischen Kriterien dieses Autors: klar transportierte wichtigste Anliegen, Werben um Menschlichkeit, Engagement für Mut & Vernunft ... und natürlich gegen Dummheit, vor allem in ihrer irrwitzigsten Gestalt: Als Hedwig ist Stacy Missionarin, »das sagt alles«: — »Wenn jemand davon träumt, das ganze Universum zu verändern, um es einer Reihe örtlich begrenzter Vorurteile anzupassen ... ach, es ist lächerlich.«

»Lächerlich«?? — Dieses Possenspiel war tödlich, für 22 Millionen Menschen allein während der sieben geschichtlich festgemachten Kreuzzüge, dazu kommt jeder! Krieg, denn in jedem! Krieg haben die Religionen mitgespielt, bis in die Gegenwart, bis in den Wahnsinn des Iran, bis Aserbeidschan vs. Armenien ...

»Eine Missionarin«, kann daher Gene mit feierlichem Nicken nur bestätigen, »ist per definitionem eine Person, die, ohne es zu wollen, mehr Schaden als Nutzen bewirkt.«

Zu hinterfragen wäre das »Ohne es zu wollen« …

Patronenhülsen auf der Insel erinnern an Kriege, Ikonen an ihre Ursachen, Einmachgläser an die damit verbundene Not … Und dabei alles aus so viel Sinnlosigkeit: Wo gibt es außerhalb des Universums einen Geist? … wäre eine gute Frage, gäb's nicht innerhalb schon genug Schwierigkeiten; ein Gleichnis aus der Welt der Menschen: ein König tut alles, mehr Land zu bewässern, um mehr Menschen ernähren zu können (mehr Soldaten wird er gebraucht haben! Pack.), sprunghaft steigt die Zahl der Moskitos — Malaria-Seuchen raffen Leute und Land dahin. Als würden irdische Schwierigkeiten nicht schon genügen …

Ein Schwertgriff … »Denken Sie an den Haß und Wahnsinn, die damit verbunden sind! Denken Sie an die falschen Überzeugungen, die den beseelen, der es, seines Glaubens ganz sicher, schwang … Und doch ist dieser Wahnsinn wahres Wissen …«

… Denen!, … und den wenigen, die überleben, durchkommen: nur wissen die dann das Gegenteil (wenn auch nicht immer), Brunners Plädoyer: Öffnen Sie Ihren Geist und lassen Sie die Wahrheit einströmen! Wir hatten uns schließlich zu Begriffen wie Besiedlung und Besetzung vorgearbeitet — nicht Eroberung! — nur anderswo leben! … und noch ein Merksatz Brunners, noch einmal aus den ›Dunklen Jahren‹: Töten ist einfach, leben nicht!

War es immer, ist es nie — und oft, so oft sind dieselben daran schuld: In ›Geheimagentin der Erde‹ (dt. 1972; orig. ›Secret Agent of Terra‹, auch: ›The Avengers of Carrig‹, 1969) ist ein ferner Planet von Karawanen, Schwertern, Pfeil und Bogen, von primitiver Feudalherrschaft, Totemismus und unbedingtem Götterglauben überzogen. Gerade letzteres macht es einer Handvoll skrupelloser Gauner leicht, die Herrschaft über

Stadt und Erzlager zu erringen: Man durchschaue ein überkommenes, inhaltsleeres Ritual, halte sich an die Buchstaben des Gesetzes und verschaffe sich überlegene Waffen: sogar Priesterinnen und Priester mit noch so heiligen Spezialkenntnissen sind da spielend übertölpelbar, bald beherrschen 102 Personen eine Stadt von 17000. Dabei hatten sich die Usurpatoren ohnehin rechtzeitig verdächtig gemacht, hatten sie doch das Recht der Götter in Frage gestellt, nach Gutdünken über das Leben von Menschen zu entscheiden ... wie so oft in realer Vergangenheit (und Gegenwart) machen die Eroberer sofort genau das: sie ersetzen die Priester, setzen sich selber als Götter über die Menschen, und John Brunner zeigt einmal mehr stichhaltig und trotz aller Ironie mit gebotener Deutlichkeit, wes ›Geistes‹ Kind ›Götter‹ (auch in der Einzahl, soll sein sogar Der! Eine!) tatsächlich sind und zu welchem Behufe sie ersonnen wurden, zeigt, was der Trödel war und ist: eine großartige Erfindung machtbesessener Menschen, skrupelloser Verbrecher. Diese aber sind wohltuend Brunners ständige Gegner, wie Gegner jedes Vernünftigen.

Auch in ›Das öde Land‹, der Originaltitel ›To Conquer Chaos‹ trifft dieses Werk um die Definition des Lernens besser. »Menschen ertragen viel« heißt es zum Beginn — viel, aber sehr viel müssen sie unnötigerweise ertragen, weil ihnen ein paar Idioten — hier ›Weise‹ genannt — stets den logischen Weg zum Licht verstellen.

Müssen sie ja auch, weil Religionen wie Glühwürmchen sind, und daher, versuchte schon Schopenhauer öffentlich zu machen, der Dunkelheit bedürfen, um zu leuchten.

»Wodurch etwas entstanden ist« zu untersuchen scheint ihnen sündhaft: »Es ist einfach da, wie alles in der Natur. Und darüber zu spekulieren, wodurch die Dinge so sind, wie sie sind, ist ein müßiger Zeitvertreib.« Selbstverständlich ist diesen das Alleinseligmachende Geistiger Armut predigenden ›Weisen‹ ein ›zugereister‹, denkender Fremder der leibhaftige Teufel, selbstverständlich sind Ähnlichkeiten mit unserer Wirklichkeit kein Zufall in diesem Plädoyer für das Streben nach Erkenntnis, nach dem Trachten, auch Visionen und Träume zu verwirklichen — allerdings nur — und nur und Nur! — auf der Basis von Wissen, Forschen, von Fakten, nicht — und nicht und Nie! — über Aberglaube, Vorurteil, mystische Drohungen und irrationale Ängste.

Diese Welt und diese Zeit aber kann auch John Brunner nirgendwo und nirgendwann finden — am wenigsten in einem seiner Meisterwerke, in ›Träumende Erde‹ (dt. 1983, orig. 1963 ›The Dreaming Earth‹), einem Roman aus einer Zukunft, in der »die ganze Menschheit verrückt geworden sein mußte« — wieder ein heutiges, gültiges Bild also.

Von allem, allem! gibt es zuwenig — nur Menschen gibt es zuviele. In der Zeit des Romans glauben doch tatsächlich viele und immer mehr Menschen, daß man ihnen das Nötigste wegnimmt, um es einem Häufchen Schmarotzer Ganz Oben zu geben, es ist die Zeit der traditionellen Verbindung von Autorität und Uniform ... was für Brunner wenigstens den Vorteil bietet, daß die Menschen ganz leicht erkennen, wen sie beschimpfen müssen. Eine Zeit ist beschrieben, in der Menschen verhungern, vergeblich nach Bildung schreien oder auch nur sinnvoller Unterhaltung ... es gibt zuviele Menschen, die Väter-Generation vertraut blind der Obrigkeit, den Kindern bringt man in der Schule bei, sich selber Spritzen zu setzen ... sehr, sehr bald denken sie es sich als »absolut wunderbar, aus dieser beschissenen Welt katapultiert zu werden«.

Die Manipulation ist in einer so überfüllten, medial durchsetzten Welt noch einfacher geworden, das Rezept ist bewährt: »Man erfindet einen unreputierlichen Kult« (oder nimmt einen schon vorhandenen) »und diskreditiert die Wahrheit, indem man sie mit ihm assoziiert« ...

und lacht sich auch noch halbtot über die Dummheit der Menschen, die in blinden Glauben verfallen, die Glückliche Träumer werden in einer Welt ohne jeden Zusammenhang mit der Realität, sich vom Boden der Tatsachen wegträumen: ein Wehren, ein Kampf gegen diesen Irren-Kult mit Millionen und Abermillionen von Mitgliedern ist von vornherein aussichtslos, dazu kommen noch all die Unzählbaren, die schon an der Schwelle der Gläubigkeit stehen, die auch schon zu den Verlorenen gerechnet werden müssen ...: »Was würde passieren ... wenn nichts mehr getan wird, weil alle sich in hübsche Visionen zurückziehen ...?«, wenn noch mehr als ohnehin, wenn zu viele Menschen hilflose Beute der Heilslehrer, dieser ›Bande gemeiner Betrüger‹ ...

... und es hatte natürlich keinen Sinn mehr, mit denen auch nur zu diskutieren, zu versuchen zu diskutieren, sie waren ›festgelegt‹, in geistiger Blindheit einbetoniert.

Überaus beklemmend, so angstmachend nahe, sind die Allgemeinzustände in dieser Welt Brunners — daneben besticht dieser Autor hier unvergleichlich als Menschenbeobachter und -kenner. Gerade auf einer ›Träumenden Erde‹ mögen ansonsten vernachlässigbare Defekte sich besonders übel auswirken, in einer präzisen, erschütternden Charakterstudie etwa illustriert Brunner die verworrene Persönlichkeitsstruktur einer dieser Sucht Verfallenden im Anfangsstadium des Verlassens der wirklichen Welt: Die schwache, bisher und später erst recht unzuverlässige, unsichere Frau des Agenten wendet sich von der Realität ab und Glücklichen Träumen zu — der Mann kann nicht einmal mehr enttäuscht, eifersüchtig sein:

»Ich wäre vielleicht eifersüchtig auf etwas, das meine Frau getan hat. Aber ich habe keinen Glücklichen Träumer geheiratet ... Ich kenne dich nicht. Du bist eine Fremde für mich ... Du hattest deine Chance, das Erwachsensein zu lernen, Leda. Du warst zu faul und zu selbstsüchtig, sie zu nutzen. Jetzt hast du dich einmal zu oft wie ein Kind benommen und mußt dich von nun an selbst um dich kümmern.«

Die nur logische und selbstverständliche Konsequenz des Mannes muß die nur noch ihrer Monomanie lebenden Frau natürlich empören, sie verdammt ihn für ihre Fehler, für das, was er an ihrem Verhalten, ihrer freiwilligen Verabschiedung aus der Welt der Denkenden und Fakten nicht akzeptieren kann: Nur wegen ihres Körpers habe er, in ihren nur noch nach Selbstentschuldigungen suchenden Augen »ein dummes, herzloses, selbstsüchtiges Tier«, sie geheiratet, nie habe er an jemand anderen gedacht als an sich, immer schon wäre das seine Art gewesen …

und alles, weil er arbeiten muß. Weil er täglich hinaus muß in die Welt — in die reale, in die, die Löhne und Gehälter zahlt — während sie sich freiwillig! zu Hause langweilt … Zu spät, erst, als sie schon abgehoben hat, keinen Fuß mehr auf den Boden bringt, verlangt sie von ihm, ihr zu helfen, krallt sie nach ihm, … »Greville hatte einen Augenblick lang das Gefühl, aus der Wirklichkeit gerissen zu werden, als ob die Erde sich plötzlich aus ihrer Achse der Logik und des klaren Verstandes gelöst hätte …«, sie sieht auch nicht, als alles schon zu spät ist, daß es ihre Schuld war, daß er ja nichts dafür

kann, daß er als Agent des Rauschgiftdezernats der UN ständig unterwegs sein muß … wenn das sie halb verrückt macht, gehört sie in psychiatrische Behandlung — aber das schafft er nicht:

»… ich war sechs Jahre mit dir verheiratet und weiß, daß du nicht bösartig bist. Dumm und selbstsüchtig, ja, und nie erwachsen geworden … du bist krank. Und da der ganze verdammte Planet um uns herum krank ist, gibt es nicht genug Platz, sich um alle kümmern zu können. Also kannst du nicht nach einem anderen suchen, der dich heilt, Leda. Wenn du willst, mußt du es allein tun.«

»Totenbleich, plötzlich alt geworden, irgendwie zerfallend« muß sie das Ende erkennen ... und vergeht in »schrillem Jammern vor Selbstmitleid«. Seit Monaten hatte der Mann wehrlos zusehen müssen, Worte sinnlos, Argumente vergeblich, hatte sich »auf diese endgültige Detonation ihrer Ehe gestählt, so daß er nicht den vollen Schmerz ertragen mußte, sondern nur eine Art dumpfes Bohren spürte, das von der dämpfenden Wirkung der Resignation überlagert wurde ... Wird sie denn nie erwachsen? ... Zu Anfang war das nicht schlimm gewesen — es hatte sogar dazu beigetragen, das Leben amüsanter zu machen. Doch das Amüsante war Stück für Stück zerbrochen. Und schließlich ...«

Bei allem, was sie ihm angetan, hatte »sie wahrscheinlich über ihre Schläue fröhlich gekichert«, dabei mußte sie ja eigentlich die Konsequenzen kennen, die fürs Abheben in Glückliche Träume drohten ... aber »trotz dieses Wissens hatte sie versucht, ihr Leben zu ruinieren, und auch das seine ...« Es war ihm sogar klar geworden, daß sie erwartet hatte, ihn in Panik versetzen zu können ... sie wollte sich den Spaß machen, ihn leiden zu sehen ...

doch sie besaß nicht mehr die Macht, ihn leiden zu lassen: — Aus, sagte Greville leise: wirklich weh tun kann einem nur ein Mensch, den man liebt, nicht einmal einer, den man einmal geliebt hat.

»Typischer Affektmangel ...«, las er in einem Akt, »fast völlige Lösung von der Realität ... sorgfältige Beobachtung körperlicher Hygiene ... doch Verweigerung jeder Kommunikation, die über grundsätzliche Fragen und Antworten hinausgeht ... anscheinend völlige Konzentration auf individuelle Phantasien.«

»Glückliche Träume« spendet eine tödliche Droge, sie geben geradezu manische Sicherheit — diesen Kranken ist nicht mehr zu helfen: sie wollen verletzen, eifersüchtig machen und wütend, wollen zwingen, sie zu lieben. Sie verlassen ihr Heim, ihre Familie, geben jede Verantwortung auf, sind für ihre »ganze Umgebung ein lebendiger Akt von Grausamkeit«, jenseits jeglichen Rettungsversuches in »ihrem krankhaften Glauben an astrale Projektion und die Herrschaft des Geistes über die Materie«.

Der logische Schluß aus all dem, das Brunner ungemein treffend, durchdacht, beißend und höhnend den Jenseitsianern, EgoTrippern, Murphyanern, NewAgern, müslihaft-verzopft-pendelnd Verkommenen wenigstens ins Stammbuch schreiben konnte — wenn schon nicht ins verblendete, ausgeschaltete, vertrocknete Hirn: »Ich sage Ihnen, ... ich glaube nicht, daß die Menschen reif genug sind, um ihnen die Erde anvertrauen zu können ...«

Sie haben sie aber nun einmal — und deshalb ist alles so, wie es ist, und es ist fürchterlich (Hans Henny Jahnn) und noch fürchterlicher, wenn Brunner in ›Das Menschenspiel‹ (1984) einfach heute schon allerorten verbreitete geistige Wahnsinnstaten räumlich und zeitlich zusammenlegt, wenn heute schon Alltägliches einfach einmal massiert auftritt. Der Originaltitel ›Players at The Game of People‹ (1980) schält die wahrhaft Schuldigen deutlicher heraus, mit Carl Christian Bry sollte man nicht die Gläubigen verurteilen — schonungslos aber die Verdummer, die Scharlatane und Großbetrüger aller Schattierungen.

Die Welt des ›Menschenspiels‹ ist ein Paradies für egomanische Narzißten, in ihr wimmelt es nur so von Astrologen, Numerologen, esoterisch wirkenden Experten für Berufswahl & Karriere, für Nomenklatur. Arbeiten braucht da niemand mehr, über — ... nein: hinterirdisch wird über — ... nein: hinternatürlich jeder

Wunsch erfüllt. Analysatoren helfen, hemmende Barrieren abzubauen, ›Vernunft‹ etwa —, achten auf die Einhaltung von Ritualen, die ernsthaftes Bemühen, ›Leben‹ ersetzt haben.

Heere von Schleppern rekrutieren potentielle Opfer, und solche gibt es genug, es gibt genug Menschen, die sich einbilden, etwas zu können, wovon sie keine Ahnung haben und wofür sie auch nie auch nur der Funken eines Talentes je gestreift — Einbildung genügt, der Wunsch ersetzt das Ziel ... eine sehr vertraute Welt, hier und heute verkaufen Betrüger Tonbandgeräte, die das Lernen einer Fremdsprache im Schlaf ermöglichen sollen ... Devise: Alles erreichen — nichts dafür leisten. Wer das richtige Amulett hat, gewinnt bei Pferdewetten, Zaubersprüche, Glücksbringer gibt's zuhauf und diese Neuen Scharlatane, die das Leben auf einer Astralebene predigen und die Führung des Menschen aus einer Geisterwelt, natürlich vermittels ihrer reibungslosen und zu bezahlenden Kommunikation mit der Unendlichkeit.

Es ist sehr leicht, jemanden zu betrügen, der betrogen werden will ... der sich selbst belügen, betrügen will:

»Fast alle von uns haben zum Beispiel das Erlebnis gehabt, in die Pubertät einzutreten oder Eltern zu werden oder mit einem Rivalen konfrontiert zu sein oder Hunger zu leiden ...« und so weiter zitiert Brunner den Wasserfall der Platitüden, wer noch nicht nickt, entkommt dem nächsten schlagenden Argument der Menschenfischer nicht, denn »... natürlich haben wir alle das Geburtserlebnis gehabt ... Sie haben sicher davon gehört, daß es im menschlichen Gehirn mehr mögliche Neutronenverbindungen gibt als Partikel, wenn man das ganze sichtbare Universum fest mit ihnen vollpakken würde?« Es ist nicht einmal nötig, »davon gehört zu haben«, »nötig« ist zum Verfall nur, sich von diesem und ähnlichem Gewäsch Vernunft und Hirn verblasen zu lassen ... unauffällig ... denn selbstverständlich ist eine der ersten zu lernenden Lektionen, daß nur höchst intelligente Menschen überhaupt den Zugang finden ... Es ist furchtbar, daß Brunner recht hat mit seiner Schilderung, daß es stimmt, daß es wirklich so einfach ist, Menschen in jegliche Idiotie hineinzubetören:

»... manchmal verleiht die poetische Imagination, die uns durch den Aberglauben gewährt wird, der nacktwissenschaftlichen Landschaft unserer Existenz ein wenig Farbe ...«, und wer sehnt nicht nach ›ein wenig Farbe‹, schon ist die Schlinge gelegt, in die schon Leda in der ›Träumenden Erde‹ freiwillig und aus Dummheit fiel — und wenn am Ende auch die Selbstzerstörung steht (lt. Bry: Wahnsinn oder Selbstmord), was tut's: Schuld tragen ohnehin die anderen ... die, die den Wahnsinn (den Kranken nur aus reiner Bosheit) nicht mitmachen.

Sie glauben, daß Sie Talent für etwas haben? (auch wenn Sie nicht einmal wirklich wissen, wovon Sie sprechen, wenn Sie dies behaupten) ... Sie haben das Gefühl, daß Ihr lobenswerter Ehrgeiz durch lästige Einmischung von Außen abgewürgt wird? (auch wenn Sie in Wahrheit immer wieder nur an Ihrer eigenen Unzulänglichkeit scheitern ... diese ›Wahrheit‹ treiben wir Ihnen schon aus, sie ist ja nur objektiv und hat daher nichts mit Ihren Problemen zu tun, ist Teil des Programms) ... Sie fühlen sich rundherum mies und überflüssig? (und sind es tatsächlich und beides auch wirklich) ...

Lesen Sie das Buch ›Der Goldene Arsch‹! ... Entzückt werden Sie sein, entzückt und begeistert (Tausende Briefe dankbarer Leser ... entsetzlich, wie real und heute!):

»Oh, mein ganzes Leben lang habe ich auf Führung von Oben gewartet!«, oder: »Ist es nicht phantastisch, wenn man bedenkt, daß jemand einen wirklich versteht und die Astralkräfte, die uns umgeben, wirklich zu nutzen weiß?«, oder der vielleicht ärgste Mist, auch der aber geschäftsträchtig, wie man weiß: »Beweist das nicht, daß das Wunder, welches das menschliche Gehirn ist, richtig ausgerichtet in der Lage ist, alles zu konkretisieren, das unsere Phantasie sich jemals erträumt hat?«

Jesus-People, Hanussen et. Comp., Murphy und seine Kraft des Unterbewußten, die ›Manipulieren — aber richtig‹-Leute ... alle sind in dieser Brunnerschen Welt vertreten, in diesem so wichtigen Buch, in dieser deutlichen, entrüsteten Warnung. Die katholischen (christlichen) Ketten sind in dieser Zukunft zwar abgeschüttelt, Neue Kapazitäten für Selbsttäuschung haben übernommen, als könnte Selbstbetrug tatsächlich ein Ausweg sein aus der — ja nun tatsächlich beschissenen — realen Welt der »Steuern, ... ärztlichen Untersuchungen, der Eingabe persönlicher Daten in Computer, der Paßanträge, Kfz-Zulassungen und mehr und mehr miteinander verwobenen Informationsnetze ...«

Was die Neuen (und alten) Religionsstifter, die Messiasse der Weltflucht und der Selbstbefriedigung tatsächlich wollen, ist seit Jahrhunderten klar, bissig und überdeutlich hat es in jüngster Zeit Pestalozzi ausgesprochen: Sie wollen, daß sich nichts ändert, wollen die tatsächliche Lösung von Problemen verhindern, ihr Jagdrevier erhalten, ihre Netze weiterhin ungestört auswerfen — und verdienen, verdienen, verdienen. Heilslehrer sagen dir, wer du bist — du aber glaubst, du weißt es selber. Sie erklären dir, wer du sein solltest, du merkst nicht, daß sie dir nur sagen was du hören willst, und glaubst, du selber habest ›deinen‹ Weg gefunden. Sie sagen dir, daß du recht hast und was du zu tun hast, um glücklich zu sein ... und sie machen es so geschickt, daß du dir immer einbildest, du besäßest so etwas wie deinen Freien Willen: So schaurig-grotesk können zum Beispiel die Exploitationen des ›kollektiven Unterbewußtseins‹ (weil es die seit Jahrhunderten schon ungebrochen gibt, dasselbe gilt aber auch für alle anderen, auch neueren Hohlformeln, die so neu meist gar nicht sind, die nur variieren) gar nicht sein, daß es nicht Bedauernswerte gäbe, die darauf reinfallen.

Die Neuen Menschen dieses New Age (und anderer Utopien) werden geschaffen aus Hohlen Phrasen, in Brunners üppiger Generalversammlung gängiger Idiotien auf Wolken Weihrauchs, getreu geformt nach den Befehlen des Kosmos, gar nicht zu überschätzen ist die Bedeutung der Tierkreiszeichen — selbstverständlich unter Berücksichtigung gerade akuten statischen Rauschens aus dem Andromedanebel und des frisch entdeckten Plutomondes, gepaart mit dem Sexualverhalten der Eltern —, unverzichtbar Tarotsymbole und Orgelmusik und all der üblich-üble Plunder, den Vollverblöder und Schwerverdiener in Sachen Hintersinn so zielgerichtet einsetzen, um in den Augen ihrer Patienten noch ein Schäufchen mehr an astraler Kraft aus den Weiten des Universums ausgerechnet für ihr kümmerliches bißchen Sein einzustreifen.

Man kann darüber nur lachen ... und doch ist es nur traurig. Der Lohn für die bedauernswerten Opfer:

Imprimis merken sie nie, daß sie Opfer sind, geschweige bedauernswerte,

secundo verfallen sie unwiederbringlich in ein ... ›glückliches‹ Scheinleben, wie alle stark Süchtigen, das allerdings nur kurz währt ... aber bis es zu Ende, sind die Kranken schon jenseits jeder Rettungsmöglichkeit. Laut Bry gibt es zwei Auswege: Wahnsinn oder Selbstmord, Brunner sieht tertio, und wenig angenehm für den Verseuchten, wenn er überlebt, das immer rüde Wachgerütteltwerden durch die Wirklichkeit ... Wenn sich der Gläubige der Realität überhaupt noch aussetzt, wenn er nicht nur noch zu Seinesgleichen flieht, ist diese Schockbehandlung unausbleiblich: das Reale setzt sich als stärker über wolkige Lüge hinweg — eine ziemlich fürchterliche Bezahlung zumeist, die für eine ohnehin zweifelhafte Heilung zu entrichten ist. Vor allem, wenn auf der Habenseite des Befallenen nur kurzfristige Illusionen stehen, die Trugbilder der Kraft des Unterbewußtseins, die eingebildete Macht Positiven Denkens, der entsetzliche Irrtum, daß das Bewußtsein das Sein bestimmen könne.

Mit ›Menschenspiel‹ und ›Träumende Erde‹ gibt Brunner all den Scharlatanen und Jenseitsianern — wie den Adepten — die einzig mögliche Antwort: Er lacht sie aus. Nagelt sie fest in ihrer haarsträubenden Lächerlichkeit. Zeigt vor allem im ›Menschenspiel‹ durch die bloße Rapportierung, durch die bloße Massierung, durch Ausschöpfen des ganzen Repertoires wie oberflächlich, wie reine Geschäftssache, wie betrügerisch, wie trivial-banal-dumm all dieser Esoterik-Seich tatsächlich ist. Und wie bombastisch unverständlich, daß die Schlepper doch immer wieder ›potentielle Opfer‹ finden, daß denen tatsächlich immer noch Menschen auf den Leim gehen — den Menschenfischern in die Netze, als Schafe zur Herde: Auch diese Welt Brunners ist leider keine Vision, ist leider hier, heute. Erfunden sind die Geschichten, die Stories — die Welten sind nur zu real, zu leicht erkennbar:

»Die Erde war schon so lange reich, daß ihre Behörden sich leisten konnten, nachsichtig mit den Bürgern umzugehen«, (Fiktion) »und viele der früheren Motive für ein Verbrechen waren ungültig geworden, wie beispielsweise Armut« — »niemand auf dem Planeten mußte Not leiden« (Fiktion) »außer den Besitzlosen, und sie hatten ihr Geschick selbst verschuldet« (Realität): nicht nur in Wahlkämpfen mag so manchem konservativen Politiker nichts daran als Fiktion erscheinen, mancher Enzyklika wäre wohl nur der letzte Halbsatz nicht zu unterschreiben, »wir Menschen halten uns heutzutage im allgemeinen so gut an die Gesetze, daß keine besonders intelligenten Leute bei der Polizei benötigt werden ...«, an anderer Stelle nennt Brunner diese Spezies denn auch despektierlich und wahr ›uniformierte Abführmittel‹.

Die ›Bürger der Galaxis‹ (dt. 1970, orig. ›Into The Slave Nebula‹, 1968) leben in einer Zeit, in der es vorstellbar ist, daß Menschen, die eine Heilmethode für irgendeine Krankheit gefunden haben, ihr Wissen nur gegen hohe Bezahlung verraten. John Brunner imaginiert eine Welt, in der Kinder reicher Leute entführt werden zwecks Erpressung von Lösegeld, schreckliche Bräuche sind aufgekommen, wie daß sich Hinterbliebene nach der Beerdigung die Bäuche vollstopfen und kannenweise Bier trinken ...

und dann blüht natürlich der Sklavenhandel. Dessen Rechtfertigung, daß blauhäutige Menschen schon durch ihre andere Hautfarbe automatisch zum Sklaven vorbestimmt seien, mutet angesichts gar nicht so alter Erdgeschichte ziemlich vertraut an: Blaue Menschen haben keine Seele, sind daher keine Menschen, dürfen daher behandelt werden, wie es ihren Besitzern Spaß macht ... eine beklemmende Vision, weil es wieder einmal keine ist, ›Besitzer‹ sind heute diejenigen, die bestimmen dürfen, wer Arbeit und Brot hat und wer nicht.

Die besten Schwindler kommen — galaxisweit — von der Erde, die Außerirdischen aber lernen rasch: Ist es wertvoller, Leben von Menschen zu bewahren, die andere Leute nicht töten wollen, als Leben von Menschen zu bewahren, die Mörder sind? Ein Hauch von Scholastik durchweht das All ... nicht alles, was die allmählich befreiten Sklavenwelten über die Erde an Schlüssen ziehen, muß stimmen — es gibt mitnichten nur Verbrecher und Großkapitalisten —, der Erde aber mag es eine Lehre sein, die sie bestimmt nicht so bald vergißt, heißt es am Ende des Romans, als ein wenig auf den imperialistischen Finger geschlagen wird ... Brunnersches Wunschdenken zwecks optimistischen Ausblicks, in Wahrheit weiß er ganz genau: Nie wird die Erde etwas lernen, stets wird sie die gleichen Fehler immer wieder begehen und wieder und wieder ... nicht ›die Erde‹, aber immer die gleichen und gleichen und gleichen Menschen; passend das grandiose Bild aus ›Ein Stern kehrt zurück‹ (dt. 1972, orig. ›Catch A Falling Star‹,

1968): Die singend von selbst zu den Schlachthöfen marschierenden, fellbedeckten Menschenherden — ... Menschen, die sich ihrem Instinkt folgend — als Schlachtvieh verstehen.

Und auch in dieser Welt gibt es Menschen, denen alles gleichgültig ist, was um sie herum vorgeht, Brunner nennt sie Historiker, meint einen gewissen Typus dieser

Mensch bleibt Mensch — mit dem Recht auf Gier und Dummheit

Gattung, meint die, die wie Voyeure in der Vergangenheit schnüffeln und sich, ohne etwas zu lernen, nicht um Gegenwart und Zukunft bekümmern.

Sie haben natürlich das Monopol auf die Lehrtätigkeit — ganze Völker haben sie schon verblödet, »daß die jedes Gefühl für die Notwendigkeit der Gegenwart verloren. Diese auf falschen, längst zu kargen, verbrecherischen Dogmen verkommenen Theorien Hockenden wissen nicht (mehr), daß manchmal Veränderungen erforderlich sind«. Selbst wenn es um das Überleben des ganzen Planeten geht, also auch um ihr Da-Sein, ist ihre einzige Reaktion: »Gelehrte sollen sich die Hände schmutzig machen? — Pfui, wie obszön!«

Es ist in dieser Zeit das Volk, das den Ewiggestrigen die Antwort gibt, es komme nicht darauf an, die Welt zu interpretieren, wie es diese verblendeten Vielschwätzer so gerne tun, sondern es gelte, sie zu verändern; es sei nun einmal so, daß es nur ein Los für eine erstarrte Gesellschaft gebe — die Zersplitterung.

Und abgesplittert werden jene, die in ihrer Kurzsichtigkeit und in ihrem Egoismus erleichtert aufatmen, wenn sie erfahren, daß ›erst‹ in 288 Jahren ein ›falling star‹ ihre ›Erde‹ verbrennen wird: Na also, was soll's? Da leben wir ja ohnehin nicht mehr ... — ein Standpunkt, der angesichts heutiger vor Ozonloch und Regenwaldrodung gar nicht deutlich genug angeprangert werden kann, eine Indolenz, die 1968, als Brunner das Buch schrieb, vor allem die zügellosen Atomlobbies auszeichnete, der Vergiftung der Meere damals schon, der Anhäufung von ABC-Waffen, der Verlagerung der Chemieindustrie in die Dritte Welt ... man kennt Beispiele zur Genüge.

Oder kennt sie vielmehr nicht. Sonst würde die Menschheit — und es ist schon fast zu spät — ihre Ermordung nicht so geduldig über sich ergehen lassen.

Für Brunner spielt es bei der Beurteilung seiner Zeitgenossen — und er kennt sie! — keine Rolle, unter welchen klimatischen oder — vor allem — ökonomischen Verhältnissen sie leben, existieren müssen, offenbar verurteilen sie sich jedenorts und jederzeit zu den immer gleichen Fehlern.

In ›Bürger der Galaxis‹ war die Welt zu reich, in ›Die Pioniere von Sigma Draconis‹ (dt. 1971, orig. ›Bedlam Planet‹, 1968) bietet die Erde, »deren Ebenen und Wälder von der Gier und der Dummheit des Menschen in Agrarsteppen und Karstwüsten verwandelt und deren liebliche Täler und Ufer mit häßlichen Stadtlandschaften überzogen worden waren«, keine Chance mehr auf eine lebenswerte Existenz. Autoren haben's leicht ... also auf ins All, auf zu Neuen Welten ... ein Unterfangen, das bei John Brunner nicht so wahnsinnig viel Raum für Optimismus läßt, zu oft erscholl der Ruf hier, auf unser aller ›Heimatplaneten‹, und zu oft wurde er der Auftakt für Mord und Totschlag, Holocaust für ganze Völker, Rassen.

So direkt macht es Brunner nicht, in seiner Neuen Welt gibt es den größten Feind des Menschen nicht — den anderen Menschen, dafür unbekannte Bakterien, die die Aufarbeitung von Ascorbinsäure verhindern und damit Skorbut grassieren lassen — worauf alles in schrankenlose Lethargie verfällt; dann gibt es seltsame Quallen, deren Berührung das »Universum in wilde

Drehung« versetzt und zu temporärer ›blinder Verrücktheit‹ führt ... im Grunde nichts Unbekanntes also, und insgesamt kein leichtes Leben, denn »wie lange kann ein Mensch seinen Geist mit der Notwendigkeit belasten, jede seiner Handlungen einer bewußten Entscheidung zu unterwerfen?« — ist ja auch wirklich zuviel verlangt! Denken auch noch! — »... dabei bietet der Planet mehr Zeit für Fehler als die Erde, ist der Traumplanet auch für jeden Unternehmer — endlich ein Dreißig Stunden-Tag!«

Nach wunderschöner, wohldosierter Ironie: lange dauert's auch bei diesen wenigen Pionieren nicht, bis der Mensch wiederum des Menschen ärgster Feind wird ... begonnen wird mit der durch ›Sachzwänge‹ entschuldigten Teilung der Gesellschaft in Oben und Unten, bald folgen die bekannten Tricks der neuen ›Entscheidungsträger‹, wie »die Geheimhaltung bestimmter Ereignisse in spezialisierten Abteilungen, gefolgt von überraschenden Bekanntmachungen ...«, traditionelles Mittel und »bestens geeignet, die Moral der Siedler aufzumöbeln«.

Fazit: Wo Menschen sind, geht's gefährlich menschlich zu — bald wird es auch auf ›Bedlam Planet‹ notwendig sein, aufzubrechen, es auf einer Noch Neueren Welt wieder einmal erneut zu versuchen. Zu befürchten ist: Wieder vergeblich, Mensch bleibt Mensch, mit dem Recht auf ... — wie war das? — »Gier oder Dummheit«.

Von diesem Recht wurde in Vergangenheit und Gegenwart reichlich Gebrauch gemacht, ein Ende ist nicht abzusehen: Die Spanische Armada hat gesiegt, absolut regiert gegen Ende des Zwanzigsten Jahrhunderts der Katholizismus die Welt, an der Macht daher natürlich Horden von Königen & Prinzen von Gottes Gnaden, beraten und geleitet von Jesuitenpatern — schmerzlich bekannte Ingredienzen, die John Brunner zu einem Großen Roman um »den Stoff, aus dem das Universum gemacht ist«, um ›Zeiten ohne Zahl‹ (dt. 1985, orig. ›Times Without Number‹, 1974/1981) gemischt hat.

Gereist wird per Pferd und Kutsche, per Ruder- und Segelboot, die Zeit ist stillgestanden wie die Welt stillzustehen hat, wenn eine päpstliche Bulle verlesen wird. Natürlich gibt es 1988/89 noch die Sklaverei, auch wenn wirklich gutes Material fast unerschwinglich teuer ist. Es wird gependelt und in esoterischen Gefilden geschwelgt, vom Teufel besessen gemacht und nicht unerwartet ist einer, der noch denkt, überrascht, daß »der Boden unter seinen Füßen überhaupt noch fest ist«. Wege und Straßen werden durch Fackeln beleuchtet und Räume durch Kerzen, der Besuch der Silvester-Mette ist Pflicht ... aber wenigstens ist es in dieser fernen Zukunft (heute, aber eine andere Welt, eine ganz! andere) manchen Untertanen seiner Allerkatholischsten Majestät ›peinlich‹, an die Verbrechen der Vergangenheit erinnert zu werden, an das Schicksal gerade erst vernichteter großer Zivilisationen Zentral- und Südamerikas.

In Europa gibt's nur in Skandinavien irgendeine schismatische Sekte — dort dürfen daher sogar Frauen wählen! Diese erschütternde Tatsache wird aber, so gut es geht, verheimlicht, sonst lächerlich gemacht, Kenntnisse von Welten, in denen der Wahre Glaube noch nicht so recht gesiegt hat, dürfen nicht publik gemacht werden, überhaupt ist es eine segensreiche Einrichtung, daß ein SJ-Generalbevollmächtigter bestimmt, welches Wissen für das Volk geeignet ist und für welches es noch nicht die erforderliche Reife besitzt ... Paradiesisches also für Österreichs Herrn Krenn, Erzbischof, und seine Idee, daß journalistische Meldungen über katholische Belange gefälligst der gottsöbersten Approbation teilhaftig werden müßten, bevor eine Zeitung sie drukken dürfte — in vollem Ernst geäußert und veröffentlicht! im Jahre des Heils 1989 ... bei aller ›Härte des Regiments‹ ist Brunners Welt also gar nicht so utopisch: könnten sie nur, wie sie wollen ...

Natürlich ist ›Scharfrichter‹ in diesem Europa der Religion der Nächstenliebe ein angesehener, höchst wichtiger Beruf — häufig wird geköpft ... und nicht nur das! Besonders Widerborstigen drohen noch härtere Strafen, Exkommunikation etwa! (zeichnete nicht erst 1986 oder 87 der tüchtige Pole mit dem hl. Stuhl den Maltekischen Ministerpräsidenten durch diese Strafe aus? — Brunner, der Prophet) Dann droht noch das Päpstliche Interdikt! Und Staaten, die nicht spuren, droht der Kirchenbann!

Es ist eine wahrhaft grauenvolle Vision, die sich da auftut, ... wäre ein noch köstlicherer Spaß, wenn Europa diesen Irr- und Aberwitz nicht blutig tatsächlich mitgemacht hätte, und gar nicht in allzu vergangenen Zeiten. Man erinnere sich bloß, wie sich ein Kardinal Faulhaber bei Hitlers Regime überschwenglich dafür bedankte, daß es Zucht & Ordnung so prächtig wiederhergestellt, Freizügigkeit in Kunst & Literatur so prächtig unterdrückt habe.

»Die Geschichte ist unparteiisch«, läßt der Autor postulieren, »sie kennt keine Nachsicht mit Dilettanten, die es vorziehen, das, was ihnen mißfällt, nicht wahrzunehmen — und sie ist voller Tatsachen, die unser Mißfallen erregen müssen, denen wir uns aber dennoch nicht entziehen können.« Zumindest nicht, wenn wir als Denkende Menschen ernst genommen werden wollen, ›Zeiten ohne Zahl‹ ist — wie ›Das Menschenspiel‹, wie ›Träumende Erde‹ — eine notwendig harte, ungeschminkte Warnung vor den Finsteren Gestalten, die zu allen Zeiten versucht haben und versuchen, das Denken zu verhindern, die immer noch unter uns sind ... zu oft über uns, so stark und so mächtig, als hätten sie nicht eine blutige Vergangenheit, wie sie sie nachweisbar haben.

Nicht in jeder vorstellbaren Zukunft können sie absolut regieren — aber stets erfüllen sie ihre Aufgabe innerhalb des jeweiligen Systems zur Zufriedenheit der Mächtigen und — bei weitem nicht zuletzt — zu ihrer eigenen: In ›Der Schockwellenreiter‹ (dt. 1979, orig. ›The Shockwave Rider‹, 1975) macht John Brunner einen Schritt in die auf ›Morgenwelt‹ und ›Schafe blicken auf‹ folgende Zukunft, aber wieder ist diese ›Zukunft‹ keine Utopie, wieder erschreckende Gegenwart; »seine Welt ist erneut ins Grau der Bitternis eingefärbt«, ist in ein dichtes Netzwerk aus miteinander verwobenen Datenkanälen verstrickt, in dem es keine vertraulichen Informationen mehr gibt. Nichts mehr ist vor den zentralen, totalitär regierenden Machtstellen in Washington verborgen: die Beichtstühle an sich sind zwar tabu, damit dem Priester aber Gewissenskonflikte von wegen Beichtgeheimnis erspart bleiben, sind sie direkt mit den Polizeidienststellen verbunden — auch in dieser Zukunftswelt bedient man sich also dieses uralten Instruments zur Ausübung von Macht — »die Stielohren der Regierungscomputer durchziehen die Gesellschaft wie ein Pilzgeflecht«.

Es ist eine Welt, in der »nur die ganz Reichen und die ganz Dummen glauben, man könne sich das Glück auf den Leib schneidern«, mit Entsetzen bemerkt der Superhacker Nick, der Held des Romans, »wie apathisch die Menschen sind, wie sehr sie vom zentralen Prozeß der Entscheidungsfindung abgeschnitten sind, wie völlig hilflos und resigniert«.

»Es gibt zwei Arten von Narren, die eine sagt: Dies ist alt und deshalb gut. Und die andere sagt: Dies ist neu und deshalb besser.« — Zwischen diesen beiden Polen kämpft Nick, der imstande ist, jeden Code zu knacken und sich selbst dabei perfekt zu tarnen, der in jede beliebige Identität schlüpft und sich zutraut, das engmaschige Regierungsnetz mit dessen eigenen Waffen zu schlagen.

Die Menschen sind keine Menschen mehr, sie sind reduziert auf numerische Größen, sie werden als Nummern verbraucht und vernichtet — gelöscht.

»Wenn es ein Phänomen wie das absolute Böse überhaupt gibt«, definierte Brunner einmal, »dann besteht es darin, einen Menschen wie ein Ding zu behandeln. — Und doch tun sie es, diese Perfektionisten, diese entsetzlich tüchtigen Leute, die mit ihren präzise funktionierenden Fischgehirnen Menschen auf Stückgut, auf Menschenmaterial, auf Zahlenkombinationen reduzieren.«

Die überwiegende Mehrheit der Menschen in Brunners Schreckensvision läßt es sich gefallen, denn »die Theorie lautet, hatte immer so gelautet: der anständige Bürger besitzt bei so einer Sache keinen Grund zur Furcht. Die wichtige, später wichtigste Frage hieß: Was ist mit dem unanständigen Bürger?« — Denn das ist sehr bald nicht mehr der Verbrecher, der Mörder, der Vergewaltiger und Räuber — das ist sehr bald jeder, der anders denkt, anderes glaubt, das ist sehr bald jeder, der etwas gegen die willkürliche Allmacht der Funktionäre hat. Der findet, die Abhaltung eines Opernballes ist pervers, so lange in der Dritten Welt vier Kinder pro Minute verhungern; aber sie veranstalten ja auch Wettfressen, und Ausstellungen mit Kunstwerken aus Nahrungsmitteln ...

Nick also nimmt den Kampf gegen dieses System auf, setzt den Regierungscomputern solche Riesenbandwürmer von zerstörenden Programmierungen ein, daß den Mächtigen nur noch militärische Intervention bleibt — aber da ist es schon zu spät, da sind sie schon an ihrer eingebildeten Vollkommenheit gescheitert, da sind die Viren Nicks auch schon in den Zielgeräten der Bomber. Ein unwahrscheinliches Happy-End, und daß es so knapp wurde, sich die Rettung fast nicht mehr ausging, ist auf einen weit verbreiteten Irrtum zurückzuführen: Auch Nick hatte beinahe zu lange den leicht und oft tödlichen, fatalen Fehler begangen, nämlich anzunehmen, »die Dinge könnten gar nicht so schlimm sein, wie man sie immer darstellte«.

Sie sind schlimmer, wesentlich schlimmer, die Geheimhaltungsmaschinerien sind wesentlich effizienter, als wir Bedrohten es uns auch nur träumen könnten — die von Zeit zu Zeit und weltweit aufplatzenden Skandalblasen sind nur schwache Hinweise darauf, was hinter den Kulissen an Großschweinereien ausgeheckt und durchgezogen wird, selbst ein John Brunner kann mit noch so beängstigend realistischen Darstellungen nur verbalisierbare, also vorstellbare Ängste ansprechen, kann nur warnen, laut und deutlich, kann bei aller Phantasie nicht darüber hinwegtrösten, daß die Wirklichkeit noch viel, viel grimmiger wird ... wenn sie es nicht schon ist. Zu befürchten ist: Mensch bleibt Mensch ... mit dem schon genannten Recht ... eine Schlußfolgerung, der sich John Brunner aus Kenntnis der Welt, wie sie ist, nie entzieht — trotz oftmaliger Versuche, seinen Geschichten ein Happy-End zu verpassen:

Wichtiger als die ›Story‹ ist nämlich diesem Autor allemal ›Die Welt‹, seine jeweilige Welt, und jede mit seinen anderen und unserer eng verwandt, vor der als Hintergrund, vor der als Haupt-Akteurin die ›Helden‹, die Menschen als ihre und nur ihre Produkte agieren.

Daher sind die Oberflächen, die Äußerlichkeiten einer vollkommen fremden Welt in ›Die Gußform der Zeit‹ (dt. 1985, orig. ›The Crucible of Time‹, 1983) so weit entfernt vom Irdischen wie nur vorstellbar, sein Hauptanliegen, zu warnen und endlich! endlich! zum Denken und zum Widerstand gegen Willkür aufzurufen, ist in diesem Kolossalgemälde einer völlig fremdartigen Kultur und Rasse so klar und unübersehbar wie nur je in den klar definiert auf der Erde spielenden Hauptwerken, den irdischen ›Morgenwelten‹.

Brunner zeichnet in diesem gewaltigen Epos penibel die Geschichte eines Planeten auf, die Entwicklung einer gesamten Zivilisation ... die wie jede gelungene Parabel alles in allem so fremd nicht ist, mit gewohnt viel Ironie wird so mancher Schwachsinn dem Lächeln preisgegeben, bis hin zum obligaten Zölibat für den Ersten Wissenschaftlichen Kopf — solange er noch und auch Oberpriester ist.

Sehr, sehr frühe Machtmittel sind in diesem Gemeinwesen die Träume der ... tja, ›Menschen‹, die ›vorsätzliche und systematische Ausbeutung‹ dieser Träume, — dazu mußte es den Leuten nur genügend schlecht gehen:

»Wir sind von Idioten bedrängt«, erkennt ein früher Denkender, »die dermaßen an ihren Träumen hängen, daß sie alle Einsichten leugnen. Dabei würden ein paar ordentliche Mahlzeiten ausreichen, sie eines Besseren zu belehren!« Aber »unter den Kaplänen ist es Sitte, angesichts einer Gefahr in der Hoffnung zu fasten, daß ihnen eine Vision vom Himmel zuteil werde, mit deren Hilfe sie Rettung für sich und ihre Kameraden finden würden. Es war kein Fall einer auf solche Weise bewirkten Rettung bekannt, aber die Gewohnheit überdauerte.« — und kehrte immer wieder, wenn Notzeiten anbrachen, die Kapläne »konnten sicher sein, daß Hunger und Zukunftsangst das Volk unweigerlich zum Glauben und zu den Bräuchen der Vorfahren zurückführen würden«.

Vollzug des intellektuellen Selbstmordes:
»Wir wissen, was wir wissen wollen.«

Denn »Der Aberglaube, in dem wir aufgewachsen, verliert, auch wenn wir ihn erkennen, darum doch seine Macht nicht über uns«, läßt Lessing seinen Tempelherrn im ›Nathan‹ wahr-sagen, und Voltaire setzt noch eins drauf: »Gewohnheit, Sitte und Brauch sind stärker als die Wahrheit«, noch einfacher faßt es nur das Sprichwort, Volkes Maul: »Glauben ist leichter als Denken.«

Sie sprachen von der ›höheren Wirklichkeit‹ und dabei ging es nur um die Macht, und sie gewannen die

Macht und konnten sie halten, weil sie das Volk unwissend hielten, weil »die Religiösen ... darauf bedacht waren, alle auf eine geistige Ebene herabzuziehen, wo Vernunft und Traum nicht unterscheidbar war«. Sie gingen so weit, das »Sehvermögen des ganzen Volkes zu beeinträchtigen«, damit es die ›rationalistischen Schriften‹ der ›Ausländer‹ nicht lesen konnte, als Bekräftigung und äußeres, sichtbares Zeichen ihrer Rechtschaffenheit gleichsam verbrannten sie Sternkarten, taten wissenschaftliche Erkenntnisse als Legenden ab, solange es irgend ging. Sie hatten traditionell nichts zu bieten außer Zuspruch und Gebet, und natürlich ihre Spekulationsbesessenheit, »ihre Begeisterung für alles, was unbeweisbar war«.

Als schließlich die Naturwissenschaften unübersehbar die besseren Argumente vorzuweisen hatten, saßen sie an den Hebeln der Macht, waren auf ihrer Seite blinder Fanatismus und das Recht, in die Kerker zu werfen.

John Brunner beschreibt in ›Gußform der Zeit‹ eine völlig fremde Welt? Eine fremde Rasse?, eine fremde Zivilisation, Kultur?

Nicht-menschlich ja, ... aber ›fremd‹? Brunner lebt im christlich-abendländischen Europa, viel in Amerika — er weiß schon, was er — leider, Gott wär's gepfiffen, gäb's ihn — an Verkleidung anlegen muß, um die Stimme ungestraft erheben zu dürfen; als Werke des sehr großen Karlheinz Deschner in USA erscheinen sollten, drohten die Buchhändler dem kurzfristig mutigen Verlag mit Totalboykott, leicht war verblendete, verbohrte Öffentlichkeit alarmiert, die Bücher sind dort nie erschienen; — ein Vernünftiger tritt auf:

»Wenn die Verhältnisse schwierig werden, zieht ihr es vor, euch in Verträumtheit zurückzuziehen, statt nachzudenken und zu arbeiten ... Kaplan oder nicht, du bist ein traumkranker Narr, und es ist deine eigene Schuld.«

Die eigene Schuld, die diese Blinden nicht sehen:

»Wir wissen, was wir wissen wollen.« — Und das verkünden sie in ihrem Wahn auch noch, sind noch stolz auf ihre Dummheit!, »eine wuchernde, um sich greifende, hirnlose Masse«, die sich nur noch fortpflanzen kann — aber nicht mehr denken, planen, »unbekümmert und unangreifbar in ihrer Selbstsicherheit«. Und blind gegenüber den wahren Problemen der wahren Welt, geschweige gegenüber Lösungsvorschlägen, die nicht den Hauch des Irrsinns tragen.

»Sie glauben, daß Ihr Erfolg bei der Hinwendung der Leute zu sich selbst und zu ihren persönlichen Motiven und Reaktionen die am besten geeignete Antwort sei, mit der traurigen Lage fertigzuwerden, in der wir uns befinden?« fragt Brunner all die Grahams, Murphys, Hanussens, Jesusse, Johnny Applepies und Konsorten ...

... die Antwort ist natürlich ein hysterischer Ausbruch: »Sie wagen es, mich der Geistesgestörtheit zu bezichtigen?«

Auch die Neuen Heilslehrer in dieser vollkommen fremden Welt merken nicht, daß sie in einem Wahn befangen sind, »nicht anders als die Anhänger früherer Religionen. Mit Besessenen kann man nicht diskutieren«, sieht die Wissenschaftlerin endlich ein, die nur etwas gegen Überpopulation und Hungersnot unternehmen wollte:

»Teurer als bittre Wahrheit ist uns der erhabne Wahn«, wie der Dichter sagte.

Noch einmal sei, weil noch deutlicher, Voltaire bemüht: »In einer irrsinnigen Welt vernünftig sein zu wollen, ist schon wieder ein Irrsinn für sich.« — Aber aufgegeben hat auch er nicht.

Es ist in diesen verseuchten Welten, in Brunners und in der unseren, gleichermaßen »zum Platzen, wenn man mitansehen muß, wie ordentliche, gewöhnliche Leute, die ihr ganzes Leben noch vor sich haben, in eine Sackgasse gelockt werden, wo sie sich auf der Suche nach immer wilderen und verrückteren Visionen durch Entbehrungen kasteien. Sie entsagen allem, Hoffnung, Existenz, zugunsten dieses traumverlorenen Glaubens, daß ihre unsterblichen Seelen in einer anderen Welt mit den Geistern der Toten und der Bewohner fremder Regionen in Eintracht und Glückseligkeit fortleben werden.«

Und sie haben dabei die aus ihrer Krankheit geborene unerschütterliche Sicherheit, die ihren Zustand in alle Ewigkeit verlängert, unheilbar macht. Argumente und Verstand sind Bestandteile des realen Lebens, das reale Leben aber interessiert sie nicht mehr, ist pure Nebensächlichkeit, wenn wahrgenommen, als störend: »Auf die Erleichterung kam es an, auf den Pfad zum Licht, in Traumgesichten geschaut, die man ungezählten begierigen Zuhörern nahebringen konnte. Mochten andere sich angesichts einer unerträglichen Wirklichkeit in hektische Aktivität flüchten, der Weg nach innen war reicher und lohnender ...«

»Und am Ende ... steht der kollektive Massenwahn«, stehen die militanten Fanatiker der Religionskriege, stehen Inquisition, Scheiterhaufen, Zensur. Stehen Konzentrationslager und Weltkriege, steht die gesegnete Atombombe in der Hinterhand, der letzte Trumpf. Aber davon reden sie nicht, die Volksverdummer und Schönfärber, die Spendenkassiere und Kanzeltycoons:

›Freunde‹ sind die, die Geld abliefern. ›Erleuchtete‹ die, die ihren Unsinn glauben, ›von unbeschreiblicher Dummheit‹ die, die hinterfragen, die sich, selbst irrtümlich!, mit einem Wissenschaftler eingelassen haben.

John Brunner ist in diesem Falle, in der ›Gußform ...‹, Optimist, er versucht glauben zu machen, daß die ratio siegen wird, daß die Mittel zum Überleben der Vernunft entsprechend aufgeteilt und ausgenützt werden, daß die Völker schließlich sogar erkennen, daß es zwischen ihnen nur künstlich zugespitzte Gegensätze gibt.

Das Rezept klingt ja auch einfach genug:

»Es heißt, wir seien zur Vernunft fähig: wir fanden es

richtig, unsere Schlußfolgerungen ebenso auf uns selbst wie auf unsere Umgebung anzuwenden. Und es hat sich ausgezahlt«, diese Rasse hat überlebt.

Einige dieser Schlußfolgerungen wurden auch auf der Erde schon gezogen … nur fehlten offenbar stets die Voraussetzungen, sie konsequent zu beherzigen:

»Ein Gelöbnis wird mit klarem Verstand abgelegt, Träume zerstören die Erinnerung daran …«, daher »müssen wir zu allen Zeiten und für immer von Leben statt von Tod sprechen; wir müssen den Wahn der Träume bekämpfen und uns auf die Vernunft konzentrieren …«

Bei John Kilian Houston Brunner klingt alles so einfach, so selbstverständlich, möglicherweise könnte auch alles so einfach, so selbstverständlich sein … in einer anderen Welt, mit anderen Menschen …

Oder hier, heute. Wenn einmal mehr gewußt und weniger geglaubt wird, mehr gedacht und weniger kritiklos, ohne zu fragen, übernommen.

Wenn die Welt, wie sie ist, als die einzige erkannt wird, die wir haben, und wenn wir einsehen, daß es sich lohnt, sie zu verteidigen gegen die, die sie ruinieren wollen oder eintauschen gegen eine andere, womöglich sogar jenseitige, und die im Gegengeschäft für ihre leeren Versprechungen Untätigkeit verlangen, Maulhalten, schlachtviehmäßiges Sterben für irgendwelche -ismen.

Brunners Bücher sind Appelle, alle gleichsam unter einem Motto zu lesen, zu verstehen:

»Besser ist es, den Stoff des Lebens zu gebrauchen, als den Stoff des Todes.«

Aber Brunner ist in der Tradition der Aufklärung von Wieland über Moritz … bis herauf zu Arno Schmidt ein literarischer Schreckensmann, ein Pessimist mit Guten Gründen — also faßt er mit seinen Appellen wie alle seine Vorgänger zwangsläufig und traurig-traurig ins Leere.

Seine optimistischen ›Finali‹ sind Wunschdenken, leider nur ein guter Rat, leider an der Realität vorbei, die seit der kurzen Periode der geschichtlichen Aufklärung keinen besonders guten Draht zur Vernunft zu haben scheint. Erschreckend daher und zu weiteren, schlimmsten Befürchtungen Anlaß gebend, wie nahtlos sich Brunners Abschluß des 20. Jahrhunderts, der Einstieg ins 3. Jahrtausend u. Z. nicht nur an seine Großen Werke der (vergleichsweise geradezu optimistischen) 60er-Jahre anschließt, sondern, noch deprimierender, wie sehr er in allen seinen Visionen (eher und besser: Interpretationen) der sog. ›Menschlichkeit‹, von der nur logischen Entwicklung des sog. ›Menschen‹ recht hatte, wie sehr die tatsächliche Entwicklung Brunners Welten, den literarischen, entspricht, ja, zum überwiegend tödlichen Teil, diese sogar übertrifft.

Brutalste, raffinierteste, schrecklichste, ... ›normalste‹ Realität ist mittlerweile die weltweit horrend ansteigende Kinderkriminalität, minderjährige Raubmörder machen New York unsicher, Los Angeles berichtet detto, Kinder von irgendeinem Bahnhof Zoo knipsen sich mit einer Leichtigkeit aus, wie sie ›Glücklichen Träumern‹ nur eigen sein kann oder zum Heldentod verrannten Fundamentalisten-Söhnen, Babystrich und Drogensucht unter noch nicht 13-, 14jährigen beschäftigen (vorläufig zumindest nur und noch) die Behörden der Großstädte — und genau das ist das Thema in Brunners bitterem Kommentar zum Ausstieg aus dem 2. Jahrtausend, geniale Verbrecher im Schulalter — das sind vordergründig die ›Kinder des Donners‹ (dt. 1990; engl. Orig. ›Children of the Thunder‹, 1989): Wieder präsentiert sich eine Welt, die heute schon ahnbar ist, schon so gut wie wirklich, bloße Momentaufnahme zwischen ... Was schon geschehen ist, was gerade geschieht, was, folgerichtig, logisch, unabwendbar geschehen wird und muß: die Welt total verdatet, Wohnraum fast unerschwinglich, neben unsichtbaren, moralisch bankrotten Regierungen regiert nur Gott Mammon, es gibt keine Nachrichten ohne »politische Krisen, ökonomische Katastrophen, ökologische Desaster, Kriege, Hungersnöte, Berichte über Flüchtlinge und Vertriebene« ... und es tobt eine neue Art Krieg: zwischen den Ländern, die sich das sündhaft teure Serum gegen AIDS leisten können und denen, die nur AIDS haben.

Obskurantentum hat übernommen, überreiche fundamentalistische Kirchen kaufen sich mit ihren Spenden-Milliarden in die Zentren der Universitäten, ihr finsterer Finger auf den Schalthebeln jetzt nicht nur der Macht, auch der Forschung (was eines sein mag) tut ein übriges zum allgemeinen Klima der Ausweglosigkeit ... was nicht aufgekauft und damit unschädlich gemacht werden kann, wird von Fanatikern gesprengt; Zustände, die von denen, die sie herbeigeführt oder zumindest ermöglicht haben, mit Zähnen und Klauen verteidigt werden — im Namen der Freiheit & Demokratie etwa, wachsend wieder im Namen von Gott & Co., schlimmstenfalls und ohne Rücksicht auf Verluste im Namen von Recht & Ordnung ganz allgemein: Prüfstein laut Brunner ohnehin für den Wert jeder Gemeinschaft: mit welchen Mitteln sie R&O durchsetzt ... es ist eine sehr, sehr kranke Welt, in die Kinder heutzutage hineingeboren werden, folgerichtig präsentieren sich daher ausgerechnet sie, landläufig immer noch Träger der Zukunftshoffnung, als deren ärgste, erklärte Bedrohung: Weder wollen sie in einem nuklearen Krieg verschmoren, noch vergiftet werden durch die Nahrungsmittel, die sie essen, durch das Wasser, das sie trinken, durch die Luft, die sie atmen ... also sind sie nicht nur schlecht von vornherein, sie lügen, betrügen und morden ... und sie kommen damit auch durch — entwickeln Drogen, bringen mißgünstige Nachbarn um, ziehen Prostitutionsringe auf, kassieren Schutzgelder ... und sind noch nicht einmal vierzehn ... gute, perfekte Schüler der Schule Welt, wie wir sie kennen:

Die durch Naturkatastrophen vernichtet wird, wie

wir sie kennen, und durch die Umtriebe eines neuen Nazi-Gottes, wie wir sie kennen, die durch Rassismus brennt, wie wir ihn kennen, und durch Nationalismen, wie sie uns nicht fremd, die ertrinkt in der Dummheit irrationalsten Fanatikertums und erstickt in Repressionen, einzige Zuflucht einer zunehmend hilflosen Obrigkeit, dem überforderten Zauberlehrling der Macht, der die Verbreitung der Wahrheit als ›anti-patriotisch‹ verfolgen muß, wie jeden mündigen Bürger, der nichts mehr gegen vergiftete Anbauflächen und damit Ernten, nichts gegen tödliches Wasser und tödliche Luft, nichts gegen eine Freie Marktwirtschaft unternehmen kann, die Profit über Leben stellt, Gesundheit ist unerschwinglich ...

Nur natürlich kommen die ›Kinder des Donners‹ mit ihren Aktionen durch ... Kinder liebt man eben, und warum sollte ausgerechnet gegen minderjährige, ›strafunmündige‹ Gesetzesbrecher vorgegangen werden, wenn sich die Menschheit doch willig von deren Vorbildern ins Verderben, in jedes vorstellbare Verderben!, regieren läßt? Das Pack sich sogar wieder und wieder freiwillig (na ja ...) wählt, die Ochsen gleichsam, die sich immer wieder den Metzger zum König wählen? Wie ihre Großen Vorbilder leisten sich selbstverständlich auch diese Kinder den Luxus eines Gewissens nicht.

Die Welten des John Kilian Brunner sind so erschrekkend vertraut, die Welt der ›Kinder des Donners‹ ist so verdammt nahe ... und man kann — so schade das ist — nicht einfach ›nur‹ die literarische Leistung Brunners anerkennen, man muß sich auch fürchten, auf alles gefaßt sein, bleiben.

Brunners geniale Appelle werden auch in Zukunft ins Leere gehen, ungehört verhallen, wie auch nicht:

›Mensch‹ könnte lernen, leider muß ›Mensch‹ nicht, eine groß angelegte Verdummungsindustrie warnt immer noch und immer frecher vor den Flüchen des Wissens, das Naschen vom Baum der Erkenntnis gilt Glücklichem Leben im Wege, richtig manipuliert dünkt sich der Bauch das Neue Gehirn zu sein, irrational heißt emotional und emotional das Zauberwort, sich der Mühsal des Denkens & Arbeitens zu entheben ... nur kurz hatte der WissenschaftsJournalist Peter Levin aus den ›Kindern des Donners‹ in seinem Leben den Eindruck, als könne die Vernunft siegen, als habe sie wenigstens eine Chance ... doch die Verhältnisse, die sind nicht so ... Freiwillige selektive Blindheit ist einfacher als denken, nicht nur töten, auch sterben ist einfacher, als ums Überleben zu kämpfen, als zu leben, Heile-Welt-Gebimmel, Vertuschungs-Lüge und Beschwichtigungs-Betrug werden so lange regieren, bis da nichts mehr ist.

Brunner wird recht gehabt haben, aber — helfen wird dies keinem mehr.